suhrkamp taschenbuch 2587

Lange bevor Cyberspace und virtuelle Welten zu einem festen Bestandteil der allgemeinen Diskussion wurden, hat sich Herbert W. Franke (geb. 1927), theoretischer Physiker, Kybernetikfachmann, Pionier der Computerkunst und Science-fiction-Autor, in seinen wissenschaftlichen und belletristischen Arbeiten mit diesen Themen auseinandergesetzt. Mit *Einsteins Erben* liegen drei der erfolgreichsten Bücher von H. W. Franke wieder vor: In seinem Roman *Zone Null* entwirft er in Form eines spannenden Expeditionsberichts das Bild einer computerisierten Zivilisation, deren Angehörige, aller materiellen Sorgen enthoben, sich ganz dem widmen können, was sie interessiert: der Forschung, der Kunst, dem Spiel. Aber ist solch ein technisches Paradies ein erstrebenswertes menschliches Ziel? In *Ypsilon minus* zeigt Franke eine totalitäre Technokratie, in der elektronische Überwachungsanlagen die absolute Kontrolle aller Menschen ermöglichen. Beides, totale Freiheit und totale Kontrolle, sind Extremfälle der technischen Entwicklung. Sind warnende Beispiele für falsche zivilisatorische Entwicklungen. Probleme und ihre Lösung bilden auch den Kern des Erzählbandes *Einsteins Erben*: Informationsexplosion, Überbevölkerung, Umweltverschmutzung, die Anwendung von Kybernetik und Biotechnik sind die Themen dieser Erzählungen, die »an wissenschaftlicher Phantastik und spannendem Aufbau nicht zu wünschen übriglassen« (*Neue Zürcher Zeitung*).

Herbert W. Franke, 1927 in Wien geboren, studierte Physik, Mathematik, Chemie, Psychologie und Philosophie. Er promovierte an der Universität Wien mit einem Thema aus der theoretischen Physik zum Doktor der Philosophie. Seit 1957 ist er freier Schriftsteller. Seine ersten Science-fiction-Geschichten publizierte er in den Jahren 1953 und 1954 in der Wiener Kulturzeitschrift *Neue Wege*. Weitere Veröffentlichungen: *Der grüne Komet*, 1960; *Das Gedankennetz*, 1961; *Der Orchideenkäfig*, 1961; *Die Glasfalle*, 1962; *Die Stahlwüste*, 1962; *Der Elfenbeinturm*, 1965; *Zone Null*, 1970; Einsteins Erben, 1972; *Ypsilon minus*, 1976; *Zarathustra kehrt zurück*, 1977; *Sirius Transit*, 1979; *Schule für Übermenschen*, 1980; *Paradies 3000*, 1981; *Endzeit*, 1985; *Hiobs Stern*, 1988, u. a.; 1980 wurde Franke zum Mitglied des Deutschen PEN-Clubs gewählt. Im selben Jahr wurde ihm der Berufstitel Professor verliehen, 1988 wurde er als korrespondierendes Mitglied in die Europäische Akademie der Wissenschaften, der Künste und der Literatur berufen.

Herbert W. Franke
Einsteins Erben

Ypsilon minus
Zone Null. Roman
Einsteins Erben

Phantastische Bibliothek
Band 336

Suhrkamp

Redaktion und Beratung: Franz Rottensteiner
Ypsilon minus erschien 1976 als st 358,
Zone Null 1980 als st 585 und
Einsteins Erben 1980 als st 603.
Umschlag: Hans-Jörg Brehm

suhrkamp taschenbuch 2587
Erste Auflage 1996

Satz: IBV Satz- und Datentechnik, Berlin
Druck: Nomos Verlagsgesellschaft, Baden-Baden
Printed in Germany
Umschlag nach Entwürfen von
Willy Fleckhaus und Rolf Staudt

1 2 3 4 5 6 – 01 00 99 98 97 96

Ypsilon minus

1.

Dieser Tag unterschied sich durch nichts von tausend anderen Tagen.

Um sechs Uhr früh Wecken. Das übliche Gedränge im Waschraum. Das Anstellen um das Frühstücksgeschirr, um die Synthese-Milch, um Brot und Marmelade.

Der Vormittag: Gymnastik. Psycho-Training. Unterricht. Die Privatstunde von elf bis zwölf hatte Ben Erman benutzt, um seinen Berechtigungsschein für die Benutzung der Mikrofilmbibliothek erneuern zu lassen und einen Antrag auf einen neuen Overall zu stellen.

Zwölf Uhr bis vierzehn Uhr: Anstellen um das Essen. Wieder einmal hatte er ein Randstück vom Algenbrot bekommen – so hart, daß er erst gar nicht versuchte, es zu zerlegen. Er warf es mit den Papiertellern und dem Plastikbesteck in den Müllschlucker.

Die Fahrt mit der Hängebahn... sie war eine Zäsur in seinem Tagesablauf – zwischen der Individual- und der Sozialarbeit. Und sie war ein kurzer Zeitabschnitt ohne Aufgabe, ohne Verpflichtung. Er saß in seiner Ein-Mann-Kabine – allein –, blickte von hoch oben auf die Straßen mit ihren Laufstegen und Schwebezügen, mit den durcheinanderströmenden Menschenmassen... Von hier sah es aus, als wäre eine träge wirbelnde Flüssigkeit zwischen Mauern eingeschlossen. Die Luft in der Kabine war gut – Ben brauchte sein Atemfilter nicht zu benutzen. Vielleicht war das der Grund, daß er sich in diesen Minuten immer wie befreit vorkam – als wäre er nicht selbst ein Teil dieser ruhelosen Stadt.

Vierzehn Uhr: Beginn des vierstündigen Arbeitstags.

Ben Erman war Rechercheur in der Computerzentrale – ein Posten, der nur Angehörigen der R-Kategorie zustand.

Auch jetzt noch wies nichts auf die Besonderheit des Tages hin. Ben setzte sich auf seinen Rollstuhl, ließ den Hebel der Stromversorgung nach rechts klicken und tastete seine Kennummer ein: 33-78568700-16 R. Ein rotes Lämpchen leuchtete auf. Ben wartete einige Sekunden lang, dann erschien ein Schriftzug auf dem elektronischen Leuchtschirm: Die Verbindung zur Arbeitseinheit war hergestellt, das Interaktionssystem stand bereit. Zugleich erschienen rechts oben die rasch wechselnden Ziffern der elektronischen Kontrolluhr, die die Rechenzeit und den Rechenwert überwachte. Ben rief die Resultate des letzten Tages ab und wandte sich dann jenen Punkten zu, die er noch nicht berücksichtigt hatte: den Ergebnissen der medizinischen Untersuchungen und psychiatrischen Tests, den Listen der Medikamente und Drogen – soweit sie offiziell zugeteilt worden waren –, der Zahl der Fremdkontakte mit Personen außerhalb des eigenen Wohnblocks, dem Freizeitverhalten usw.

Bisher hatte es nicht schlecht um den Prüfling gestanden. Die Ergebnisse waren nicht besser und nicht schlechter als bei tausend anderen, die er überprüft hatte. Eine Kategorie hinauf oder hinunter… gewiß: wichtige Entscheidungen für den Betroffenen, doch für die Statistik bedeutungslos!

Dann aber sank die Kennzahl der integralen Bewertung rapide. Schon die Antworten auf den Fragebogen für die regelmäßigen psychologischen Prüfungen zeigten einen deutlichen Abfall. Auch die Aussagen, die er in den obligatorischen Stunden der Selbstkritik gemacht hatte, ergaben überraschend niedrige Werte, als er sie nach dem sozialen Schlüssel auswertete. Einen niederschmetternden Eindruck machte schließlich die Auflistung der Fernsehsendungen und Filme – hier ergab sich ganz deutlich eine Bevorzugung der aus Testzwecken in die Programme eingebauten negativen Archetypen in einem ganz bestimmten Sinn, nämlich in Richtung auf destruktive Elemente. Bevor sich Ben der nächsten Qualifikationsgruppe zuwandte, schaltete er auf grafische Ausgabe um. Noch befand sich der rote Punkt hoch über dem Strich, der die Y- und die Z-Kategorien trennte. Aber es war unverkennbar, daß er sich ihm mehr und mehr näherte.

In diesem Moment legte sich eine Hand auf Bens Schulter.

»Hallo, Ben!« Es war Olf Peman, Bens Nachbar aus der Arbeitsnische links von ihm.

Olf warf nur einen Blick auf den Bildschirm... »Donnerwetter! Ein interessanter Fall – warum rufst du uns nicht?«

Olf lief aus Bens Nische, doch – wie zu erwarten war – nur, um die anderen Mitarbeiter der Abteilung heranzuholen.

Im stillen ärgerte sich Ben darüber – er hätte diesen Fall lieber noch eine Weile allein bearbeitet, um ganz sicher zu sein... Noch stand keineswegs fest, daß die Bewertungskurve weiter absinken würde. Einige weitere Oualifikationswerte, und alles könnte sich als blinder Alarm herausstellen.

Und andererseits: Ben hatte es nie leiden können, wie die Ypsilon-minus-Fälle von der Belegschaft behandelt wurden. Gewiß, es handelte sich um Entartete, um heimliche Außenseiter, die aus der Gesellschaft eliminiert werden mußten. Und doch – konnte man hier von Absicht oder Schuld sprechen? War es nicht vielmehr ein Schicksal, das sich aus welchen Gründen auch immer auf irgendeinen von ihnen richtete – das zu tragisch war, als daß man die letzten Entscheidungen, das letzte Urteil wie einen sportlichen Schiedsspruch erwarten und feiern durfte?

Doch nun war es zu spät – aus allen Kabinen strömten die Rechercheure, die Statistiker, die Analytiker und drängten sich um ihn.

Es kostete ihn Mühe, konzentriert weiterzuarbeiten – immerhin hing das Schicksal eines Menschen von seiner Aufmerksamkeit ab; ein Irrtum wäre – selbst wenn er später vom Computer korrigiert worden wäre – ärgerlich und blamabel. Er hatte noch nie einen Ypsilon-minus-Fall gehabt – ebensowenig wie viele seiner Kollegen, die zum Teil schon länger als er in der Abteilung waren. Und was könnte es jetzt für sie alle Amüsanteres geben, als daß er sich zu verrechnen begann, daß er unsicher wurde, daß er sich als unfähig herausstellte...

Ben rechnete jetzt langsamer, doch es war ihm gelungen,

sich zu konzentrieren. Trotz der Stimmen hinter ihm, des Geflüsters, der Ratschläge von jenen, die es besser wissen wollten, blieb er ruhig und nahm sich eine Qualifikation nach der anderen noch einmal vor: die Resultate des programmierten Unterrichts, das Kontaktregister, das Freizeitverhalten, die Fluktuationen während der Ferienzeit...

Selbstverständlich würden sich die Ärzte und Psychologen, die Verhaltensforscher und Soziologen, die Organisatoren und Kontrolleure mit dem Fall beschäftigen. Sie würden herauszufinden versuchen, an welcher Stelle ein faux pas passiert war – in der genetischen Konditionierung, in den psychologischen Programmen des Unterrichts, in der Verhaltensorganisation, in der zur allgemeinen Verwendung freigegebenen Information oder in unerwünschten Fehleinflüssen des Freizeitangebots. Dabei handelte es sich aber lediglich um Erklärungsversuche und nicht um eine Revision; die Entscheidung war längst getroffen. Es ging um Vorkehrungen für die Zukunft, um die Verhinderung weiterer ähnlicher Fälle, um eine Vervollständigung der Kontroll- und Überwachungsmaßnahmen. Damit hatte er, Ben, nichts mehr zu tun. Er war Rechercheur und kein Organisator. Eigentlich brauchte ihn ein solcher Fall nicht zu berühren; für ihn bedeutete er nicht mehr als Zahlen und Symbole auf Leuchtschirmen, sinnvoll im Dienst der Sozietät verbrachte Arbeitszeit, vielleicht einen Pluspunkt in seinem beruflichen Werdegang, eine Prämie, vielleicht gar eine Neueinstufung?

Ben kam zu den letzten Qualifikationen. Das Gemurmel hinter ihm wurde leiser, die Spannung wuchs. Und als der rote Punkt dann endgültig unter der waagerechten Trennlinie verschwand, ging ein Ächzen durch den Raum, und dann jubelten sie, klatschten, schlugen sich gegenseitig auf die Schultern. Nur Ben saß wie erstarrt auf seinem Stuhl, und obwohl sie ihm die Hände drückten und ihm gratulierten, war er wie durch eine Mauer von ihnen getrennt, er bemühte sich, zu verstehen, was geschehen war, fragte sich, welchen Anteil er eigentlich daran hatte und wieso ihm

Glückwünsche zukamen. Er starrte auf den Schirm, auf dem jetzt die zusammenfassenden Ergebnisse der einzelnen Qualifikationsbereiche aufgelistet wurden, bis schließlich, gewissermaßen als Summe eines Lebens, das unumstößliche Resultat erschien: y–.

Grundsatzreferat zur Geschichtsphilosophie

Wie die statistische Analyse beweist, greifen in historische Entwicklungen oft Zufallsprozesse ein, die die Abläufe in unkontrollierbare Bahnen lenken. Auf diese Weise kam es vor der Stunde Null oft zu nicht vorhersehbaren Situationen, die die Entscheidungsträger vor unlösbare Aufgaben stellten. Die Lösungsversuche beschränkten sich meist auf passives Reagieren, auf Aktionen von lediglich kurzfristigem Einfluß. Deren Effektivität wurde bald durch weitere Zufallsereignisse gemindert, vage Ansätze zur gesellschaftlichen Besserstellung fielen den zunehmenden Turbulenzen zum Opfer. Der Mensch war lediglich Werkzeug der Geschichte, aber nicht ihr Gestalter. Durch den Zustand hochgradiger Unordnung war seine Freiheit erheblich eingeschränkt.

Die geschilderte Situation ist typisch für die archaische Gesellschaft vor der Stunde Null. *In unserem Staat der Einheitlichkeit und der Ordnung müssen entropische Einflüsse aus der Geschichte eliminiert werden*. Daraus folgt die Notwendigkeit einer präzisen Planung historischer Abläufe, die durch eine hochentwickelte elektronische Simulationstechnik möglich geworden ist. Wir unterscheiden die zwei Programme KURZHIST und LANGHIST für kurzfristige und langfristige Planung. In der kurzfristigen Planung werden nicht nur die gewünschten Entwicklungen – soziologische Relevanzen, bildungstechnische Maßnahmen, medizinische Betreuung, psychologisches Training usw. – im Detail ausgearbeitet, sondern auch die dafür nötigen Eingriffe. Die angezeigten Maßnahmen werden in der allgemein verständlichen Sprache SIMPLON ausgegeben. Sie werden nach dem Programm VARIATORFAKT über das Kommunikationssystem SELEKTOR verteilt und den Angehörigen der operativen Klassen A und B übermittelt. Die langfristige Planung beschränkt sich vorderhand auf die Ausarbeitung von Zielvorstellungen und ihre Gewichtung nach den verfügbaren Ressourcen. Auf Detailanweisungen zur Durchführung wird vorderhand verzichtet, doch ist eine sukzessive Erweiterung der Kurzfristprogrammierung in den Langfristbereich vorgesehen.

Die Erkenntnis einer fehlerhaften Entwicklung der Geschichte erfordert auch Maßnahmen zu ihrer Korrektur. Philosophische Grundlage dazu ist das informationspositivistische Prinzip der Realität: Die Wirklichkeit ist die Summe aller korrelierbaren Informationen. Dem Institut für historische Planung ist deshalb eine Abteilung für Geschichtskorrektur angefügt. Sie hat die Aufgabe, die historischen Tatbestände neu festzulegen, und zwar so, daß sie den logisch-kausalen Hintergrund der modernen Geschichte bilden. Auf diese Weise sollte es gelingen, alle dunklen Punkte aus unserem Weltbild zu entfernen, die heute noch an eine düstere Vergangenheit erinnern und die Psyche der Bürger belasten. *Der vollkommene Staat braucht auch eine vollkommene Geschichte.*

2.

Bens Arbeitstag neigte sich dem Ende zu. Zwei Stunden, achtundvierzig Minuten und drei Sekunden Rechenzeit hatte er benötigt, um den Nachweis zu führen, daß einer von ihnen in ihrer Gemeinschaft nichts mehr zu suchen hatte. Die Pause nach dem Erreichen des Ziels war nur kurz gewesen – sie alle hatten ihr Soll zu erfüllen. Sie hatten sich gegenseitig Pharmadrops angeboten und Olf hatte aus dem Schrank, in dem die Kassetten mit den Magnetbändern lagen, eine Flasche Fitness-Sekt geholt – sie waren alle gut gestimmt, als sie seine Kabine verließen. Auch Ben fühlte die künstliche Hochstimmung, die Energie, die das Getränk freigesetzt hatte, aber es fehlte die Gelegenheit, sie angemessen zu verwenden. Ihm blieben nur noch fünfzehn Minuten, um die verlorene Zeit wenigstens zum Teil aufzuholen, und so wandte er sich seinem nächsten Fall zu. Er stellte die Verbindung mit dem Speicher her und rief die Kenndaten und Codezahlen ab. Nur Bruchteile von Sekunden später lagen ihm alle nötigen Angaben vor, und er griff schon nach dem Xerox-Duplikator, als er gewahr wurde, welche Kennzahl da stand: 33-78568700-16 R. Er blickte noch einmal hin – ein Irrtum der Maschine? – was konnte es anderes sein! Er bat um Überprüfung und Korrektur... einige Sekunden Wartezeit, dann die Antwort: korrekte Angabe – und wieder die Zahl: seine Zahl!

An diesem Abend arbeitete Ben nicht mehr. Es hatte einige Zeit gedauert, bis er verstand, doch dann mußte er es sich selbst bekräftigen: Er hatte den Befehl erhalten, sich selbst zu überprüfen.

Dieser Fall war so unerwartet und ungewöhnlich, daß Ben einige Zeit hindurch nicht imstande war, etwas zu tun. Eine Überprüfung – das mußte noch nicht unbedingt etwas Negatives bedeuten; oft genug wurden Personen durch den Zufallsgenerator ausgewählt und durch die Mühlen der Kontrolle gedreht. In solchen Fällen hatte sich allerdings noch nie eine Abweichung ergeben. In der Mehrzahl der Fälle aber bestand begründeter Verdacht; und meist war dann, wie die Berechnungen erwiesen, auch eine Rückstufung unvermeidlich. Als er daran dachte, lief es ihm kalt über den Rücken. Er war sich darüber im klaren, daß es ausnahmslos jeden treffen konnte. Jeder konnte Verdacht erregen, und meist gab es auch Gründe dafür. Freilich war es für die meisten schwer, diese Gründe festzustellen – wenn sich ihnen diese Gelegenheit überhaupt bot. Einige falsche Antworten bei den Befragungen, eine ungünstige Auswahl des Lesestoffs oder der Spielpartner, Verdachtsmomente durch ungewöhnliche Reaktionen beim Psychotraining und so fort... aber all das konnte bei ihm kaum zutreffen, denn er wußte genau, bei welchen Gelegenheiten man Gefahr lief, sich eine Blöße zu geben. Für jeden Kriminalfilm, den er sich ansah, tippte er zwei oder drei historische oder soziale Sendungen ein – selbst wenn er die Stunden dann in den letzten Reihen dösend verbrachte. Und jeden Kontakt mit dem leichtsinnigen Rex Oman, seinem Freund, kompensierte er durch Unterhaltungen mit seinem Psychotrainer oder mit einem der Gruppenersten. Ben konnte sich nicht vorstellen, wodurch er Verdacht erregt haben könnte.

Dazu kam aber der unglaubliche Fall, daß er seine Überprüfung selbst vornehmen sollte. Könnte es sich dabei um einen besonders raffinierten, ja geradezu witzigen Trick der Kontrolleure handeln? Aber diesen Gedanken verwarf er bald; denn wenn eines feststand, war es die Tatsache, daß die Kontrolleure bei ihrer Arbeit nicht das geringste Anzeichen von Witz erkennen ließen. Sie gingen absolut kein Risiko ein. Dann blieb nur noch eine Möglichkeit, die aber ebenso unwahrscheinlich war, nämlich ein Irrtum der Maschine...

Aber auch bei diesem Gedanken stockte er. Die Maschine irrte sich nie, und wenn nun der sicher überaus seltene Zufall eintrat, daß ein Rechercheur seinen eigenen Fall zur Bearbeitung übertragen bekam, so konnte das einfach daran liegen, daß man vergessen hatte, diese Möglichkeit auszuschließen. Immerhin – das müßte sich überprüfen lassen. Er hatte Zugang zu den Programmen, und was gab es Einfacheres, als sich über diesen Punkt zu informieren... Schon wollte er zur Tastatur seines Fernschreibers greifen, als ihm einfiel, daß das, was er eben zu tun beabsichtigte, nicht zur üblichen Routine seiner Arbeit gehörte. Obwohl es keine Anweisung gab, die es ihm untersagt hätte, so gab es auch keine, die es ihm nahelegte... was er tun wollte, war nicht vorgeschrieben – und aus diesem Grund zumindest bedenklich. Und in diesem Moment wurde ihm mit erschreckender Deutlichkeit klar, daß er aus seiner Situation nicht herausfinden würde, ohne seinen Status als loyales Mitglied der Freien Gesellschaft zu gefährden.

Ben hatte das interaktive System ausgeschaltet – zwei Minuten zu früh. Er war einfach nicht fähig, an diesem Tag noch weiterzuarbeiten. Die Unterbrechung kam ihm gelegen – er wollte mit seinen Gedanken ins reine kommen.

Bevor er das Haus verließ, ging er in den Waschraum. Er ließ sich einen Viertelliter Trinkwasser in den Papierbecher gießen und schluckte zwei Tabletten: eine zur Beruhigung und eine zur Ermunterung.

Am liebsten hätte er den Heimweg heute allein angetreten, doch als er am Ende des langen Korridors um die Ecke bog, trat ihm Olf entgegen, legte die Hand auf seinen Arm und dirigierte ihn zum Ausgang.

»Du bist ein Glückspilz«, sagte er. »Ein solcher Fall sollte mir auch einmal unterkommen! Ich bin sicher, daß du mindestens zwanzig Punkte Prämie bekommst –«.

Durch die Schleusentür kamen sie ins Freie, sie mußten ihre Atemfilter umbinden, wodurch Olfs Redefluß ein wenig gedämpft wurde. Wie schon in den letzten Tagen hatte sich gegen Abend der Smog gesenkt, und nun hatten sie Mühe, die paar Schritte durch die Schwaden hindurch bis zur Haltestelle der Schwebezüge zu finden.

Ben machte einen Versuch, dem hartnäckigen Gesprächspartner zu entgehen. »Wir sind heute ein wenig später dran – vielleicht finde ich eine freie Gondel.«

»Unsinn!« meinte Olf. »Da mußt du mindestens eine halbe Stunde warten. Komm, wir steigen ein – hier sind noch Plätze frei.«

Sie setzten sich, und Olf band sein Atemfilter ab. Die Luft war auch hier nicht gerade gut, aber man konnte sie ohne Schleimhautreizung atmen.

»Ich bereite mich schon auf meinen Urlaub vor«, berichtete Olf. Es war anzunehmen gewesen, daß er bald wieder auf seine eigenen Angelegenheiten zurückkommen würde. »Ich habe mich diesmal für einen Skikurs entschieden. Sie haben das alte Kohlerevier im Norden zum Winter-Erholungspark gemacht. Eisbahnen, künstlicher Schnee und so fort. Viel angenehmer als bei echter Kälte. Meinst du, daß ich Abfahrt machen soll? Oder könnte man mir das als Aggressivität anrechnen?«

Ben zuckte die Schultern. Er hatte Olf nicht zugehört. Wie sollte er sich verhalten? Natürlich war es möglich, sein Dilemma mit dem Psychiater zu besprechen; aber das wäre das letzte, was er tun würde. Er konnte Bengt Haman nicht ausstehen – was er sich natürlich nicht merken ließ.

»Wenn ich mich zusätzlich in eine Gruppe für meditativen Gesang einschreiben lasse, hätte ich sogar noch einige Bewertungspunkte gut – was meinst du? Ich bin mir nur noch nicht sicher, ob ich Übernachtung in einem Ferienheim beantragen oder lieber zu Hause schlafen soll. Ich glaube, ich werde mich für das Ferienheim entscheiden. Das kostet mich freilich einige Formalitäten, aber ich habe ja Zeit.«

Zwar war es Vorschrift, alle persönlichen Schwierigkeiten mit dem psychologischen Personal durchzusprechen, aber in Bens Fall handelte es sich ja zunächst um ein berufliches Problem. Die zuständige Stelle war der Abteilungsleiter Oswaldo Efman, und ihm hätte sich Ben ohne weiteres anvertraut – wenn er sich darüber schlüssig gewesen wäre, ob das

Problem für eine offizielle Anfrage ernst genug war. Vielleicht handelte es sich gar nicht um einen Irrtum oder einen unberücksichtigten Sonderfall – warum sollte es auch nötig sein, für Überprüfungen der eigenen Person besondere Ausnahmen vorzusehen. Ob es nun er war oder ein anderer – er konnte ja sowieso nichts tun als seiner Routine nachgehn, Punkt für Punkt durchnehmen, die Qualifikationen auflisten und bewerten, die Testergebnisse entschlüsseln und so fort.

»Ich glaube, daß mir der Wintersport recht gut liegt«, sagte Olf. Er sprach weiter, ohne darauf zu achten, daß ihm Ben kaum zuhörte. »Hast du schon gesehen, wie ich von der Drehscheibe auf das Schnellaufband springe? Ich habe nicht die geringsten Schwierigkeiten mit dem Gleichgewicht. So ähnlich stelle ich mir das Skifahren vor. Man bekommt doch bei sportlichen Erfolgen auch Punkte – oder nicht?«

Ben schreckte aus seinen Grübeleien auf. »Gewiß, aber ich glaube, das gilt nur für Berufssportler – nicht für Amateure.«

»Schade!«, Olf bemühte sich, einen Blick nach draußen durch die Fensterscheiben zu werfen; sie waren – obwohl sie täglich gereinigt wurden – von einer dicken Schmutzschicht überzogen. »Hier muß ich raus! Machs gut!«

Er drängte sich durch die Menge, Ben hatte noch zwei Stationen zu fahren. Der Zug erhob sich ein wenig schwingend, die Beschleunigung drückte die Fahrgäste, die Sitzplätze gefunden hatten, in die Schaumgummikissen. Ben war unruhig, unauffällig griff er sich an den Hals, suchte mit der Fingerkuppe die Schlagader, um seinen Pulsschlag zu überprüfen. Fast hundert! Er holte eine weitere Beruhigungstablette aus seinem Schächtelchen und schluckte sie ohne Wasser hinunter. Hoffentlich wirkte sie! Mehr als drei Tabletten so kurz hintereinander – wie alle anderen hatte er das schon einmal mitgemacht: Man glaubte, nie mehr in den normalen Zustand zurückzukehren – so stark war das Gefühl der Übelkeit. Nun gut, diese eine ließ sich noch verantworten.

Als er aus der Wärme des Wageninneren in den kühlen

Nebel hinaussprang, fühlte er einen Stich in seiner Schulter. Er würde sie wieder einmal bestrahlen lassen müssen. Mit eingezogenem Kopf ging er weiter, durch das Atemfilter mühsam Luft holend. Am liebsten hätte er heute auf das Abendessen verzichtet, aber die nicht abgegebenen Essenmarken hätten in der Abrechnung gefehlt und wären in seinem individuellen Protokoll vermerkt worden. Er stellte sich in die langen Reihen im Korridor vor der Kantine und war froh, daß vor und hinter ihm kein Bekannter stand. Er achtete nicht darauf, was ihm der Automat auf den Pappteller schob und hätte fast vergessen, Aufmerksamkeit zu heucheln, als nach dem Essen die News durchgegeben wurden. Auf dem großen Bildschirm auf der Stirnseite des Saals erschien der Sprecher und stellte einige verdiente Mitarbeiter vor – einen Biotechniker, der eine besonders große Algenausbeute zu verzeichnen hatte, und einen Beamten des Wasserwerks, der auf 10.000 erfolgreiche Chlorierungen zurücksehen konnte. Es folgten die »Berichte aus der Arbeitswelt« – Szenen aus einer Kugellagerfabrik und aus einer Werkstatt, in der Nylonborsten für Reinigungsanlagen erzeugt wurden. Mit dem gewohnten spontanen Beifall wurden die jüngsten Zahlen aus der Kommune quittiert – eine neue Strecke der U-Bahn freigegeben, eine Tagung über Probleme der Ergonomie erfolgreich beendet. Dazwischen kamen die kurzen Zeichentrickfilme, die in spaßiger Art auf oft begangene Fehler hinwiesen: ungenügende Reinigung des Arbeitsgeräts, Stromverbrauch und Nutzwasserverschwendung. Schließlich wurde auf Abgabetermine für die Formulare aus verschiedenen sozialen Aktionen aufmerksam gemacht, und nach dem Wetterbericht, der die Zeiten des für morgen vorgesehenen Regens angab, durften sie aufstehen und den Saal verlassen.

Ben verzichtete für diesmal auf die Lesestunde, für die er eine Sondererlaubnis hatte. Er setzte sich nur noch für einige Minuten in das Raummusiktheater, ließ die schwebenden und schwellenden Klänge auf sich wirken – und stellte doch nur fest, daß sie ihn nicht von seinen Grübeleien ablenken konnten.

Dann machte er sich zum Schlafengehen bereit, ein wenig früher als die anderen, die die Freizeit am Abend stets bis zur letzten Minute auskosteten. Der Schlafsaal war nahezu leer, die meisten Kojen unbesetzt. Ben hatte eine in der vierten Reihe – über eine kleine Leiter stieg er hinauf. Es waren vier Quadratmeter, und sie gehörten ihm allein. Zwei Schränke, ein Lautsprecher – der Anschluß zum öffentlichen Rundfunkprogramm –, sein Bett. Aus dem Punkteüberschuß der letzten Monate hatte er sich eine bunte Decke und einen Kissenüberzug gekauft; so unterschied sich seine Schlafstätte wohltuend von dem einheitlichen Grau der anderen. Und an die Schrankwände hatte er die Etiketten der letzten Sammelaktion geklebt. Er hätte sie gegen Schokominz-Würfel umtauschen können, doch sie waren so hübsch, daß er sie lieber für sich behielt.

Sonst, wenn er den Vorhang zuzog und sich damit vor der öffentlichen Welt verschloß, hatte er immer ein Gefühl der Zufriedenheit verspürt – eine Art Harmonie zwischen sich und der Gesellschaft, die in einer dialektischen Wechselwirkung zueinander stehen und doch, auf einer höheren Ebene, eins sind. Doch dieses Gefühl versagte sich ihm heute, und so blieb ihm als letzte Hoffnung nur noch Blondy, seine Schlafpuppe. Er hatte schon mit dem Gedanken gespielt, sie gegen den anderen Typ, die etwas kleinere und schwarze Blacky, umzutauschen, hatte sich doch letztlich nie dazu entschließen können. Nun war er froh, daß er sie behalten hatte. Er legte sie neben sich ins Bett, drückte sich an sie und kostete das Gefühl der Wärme aus, das sie ihm stets übermittelte. Er ließ seine Finger durch ihr blondes Kunsthaar streichen und schmiegte seine Wange an die ihre. Endlich merkte er, daß die ihn beunruhigenden Gedanken von ihm abließen und daß es doch noch Momente im Leben gab – Belohnung für die im Dienste der Gemeinschaft geleistete Arbeit –, die ihm niemand wegnehmen konnte. Sogar die

Schmerzen in seiner Schulter verschwanden, und er überließ sich den zärtlichen Bemühungen der Puppe – durch ein Feedbacksystem kontrolliert und gesteuert.

Manifest des Ausschusses für soziale Sicherheit

Seiner biologisch bedingten physischen und psychischen Struktur gemäß ist der Mensch auf Tätigkeit angelegt. Im archaischen Zeitalter diente seine Aktivität der Erhaltung des Überlebens. Da es keinerlei Instanzen gab, die für die Durchführung eventuell unterlassener notwendiger Maßnahmen verantwortlich waren, stand die gesamte Existenz des Menschen unter einem ständigen Zwang, der sich mit den Grundsätzen unseres modernen Staats nicht in Einklang bringen läßt. Aus diesem Grund hat der Staat die Versorgung und Betreuung der Bürger übernommen – eine Voraussetzung für Freiheit und Glück.

Maßnahmen dieser Art verlangen auch eine Änderung der menschlichen Funktionen und Einstellungen. Die Teams der anthropologischen Planungsabteilungen sind dabei, die Eingriffe vorzubereiten, die den Menschen auch biologisch von dem Zwang ununterbrochener Aktivität und Wachheit befreien. Bevor dieses Problem nicht gelöst ist, muß unsere Situation als Übergangsstadium gewertet werden. Obwohl es, insbesondere mit medikamentösen Mitteln, durchaus möglich ist, den Aktivitätspegel herabzusetzen, bleibt doch die Notwendigkeit bestehen, einen vorderhand nicht reduzierbaren Rest an Aktionspotential zu berücksichtigen. Aus diesem Grund sind die Angehörigen der Klassen C bis H bedingt und jene der Klassen I bis T ausschließlich mit pseudoberuflicher Tätigkeit zu beschäftigen. Dabei handelt es sich um eine Art der Berufsausübung, die äußerlich den im archaischen Zeitalter üblichen Berufsständen entspricht, der jedoch die produktive Komponente fehlt. Unvermeidbare Arbeitsleistungen sind durch Dispersionsprozesse zu kompensieren. Angehörige der nicht angepaßten Klassen U bis X können vorderhand zu Dienstleistungen in Form von körperlicher Arbeit herangezogen werden, durch die ihr energetisches Potential ausgeglichen wird. Es handelt sich dabei hauptsächlich um Tätigkeiten, zu deren Automatisierung ein höherer Aufwand an Robotsystemen nötig wäre.

Es entspricht somit der Planungsstrategie, daß ein gewisser Teil der lebenserhaltenden Maßnahmen – insbesondere für Versorgung und Dienstleistung – vorderhand von der Automatisierung und Computerisierung ausgenommen wird. Die Vorbereitungen für eine Umstellung auf Vollautomatisierung sind jedoch praktisch beendet; diese kann jederzeit kurzfristig erfolgen, sobald das biologisch-anthropologische Problem gelöst ist.

3.

Als Ben am nächsten Tag seinen Arbeitsraum betrat und sich ans Pult setzte, war ihm, als hätte sich hier etwas verändert..., doch es gelang ihm nicht herauszufinden, was es war. Die Konsolen waren blank geputzt wie immer, der antistatische Leuchtschirm glänzte, die Magnetbänder im Eingabesystem waren straff gespannt, das grüne Kontrollicht brannte, die Anzeige des Adressenwählers stand auf Null. Die grauen Gevierte der Kästen, unter denen sich die elektronischen Eingeweide verbargen, waren perfekt ausgerichtet in den Raum geschrieben, die Kanten ordneten sich einem rechtwinkligen Koordinatensystem ohne die geringste Abweichung ein. Das war sein Arbeitsraum, so wie er es seit Monaten und Jahren gewesen war – und doch kam er Ben heute anders vor. Aber er war es selbst, der sich verändert hatte; es war seine Beziehung zu den Geräten, zu seiner Aufgabe, zu deren Sinn... die alte absolute Trennung zwischen Subjekt und Objekt war plötzlich aufgehoben. Er war nicht mehr unbeteiligt, denn es ging um ihn selbst.

Er hatte sich vorgenommen, seine Arbeit durchzuführen, wie stets bisher. Es gab keine Vorschrift, die ihn zu etwas anderem hätte veranlassen können. Und er sah auch keinen Grund, von der Routine abzugehen. Sollte sich in seinem Verhalten die geringste Abweichung von der Norm zeigen, so würde er das feststellen, genausogut wie es ein anderer festgestellt hätte. Doch schon als er das Programm aktivierte und die ersten Daten aufrief, stellte er fest, daß sein Herz wieder klopfte, daß sein Atem schneller ging, daß er gespannt auf den Schirm starrte... Er griff zur Pillenschachtel und ließ zwei der weißen Scheibchen in seinen Mund gleiten. Beruhigung und Konzentration – mit Hilfe der Chemie und der Pharmazie würde er seine Aufgabe erfüllen. Und er wollte sie erfüllen.

Er rief die erste Qualifikation auf – Routineüberprüfung. Daten aus dem genetischen Programm, aus den Erziehungsprotokollen, aus den Psycholehrgängen – Resultate der Prüfungen, Ja-Nein-Antworten auf gestellte Fragen, Kreuze in viereckige Felder, gestanzte Löcher oder nicht markierte Besetzungsstellen... In diesen Symbolen lag sein Ich verschlüsselt, das war er mit seiner physischen und psychischen Existenz, mit seinen Verhaltensweisen und Routinen, mit seinem Antriebsmuster und seinen Motivationen, mit seinen Vorzügen und Schwächen. ... Wieder schreckte er aus seinen Gedanken auf, gab die Daten in den Speicher, ließ sie summieren und integrieren, subtrahieren und differenzieren, ordnen und vergleichen, wieder ausschreiben und bewerten.

Was sich dabei ergab, war Durchschnitt – in keiner Weise bemerkenswert. Das war nicht gerade erfreulich, denn insgeheim hielt sich Ben wie so viele andere doch für etwas Besonderes, eher ein Individuum als repräsentativer Querschnitt der normierten Gesellschaft. Andererseits war das Ergebnis beruhigend. Vielleicht hatten auch die Tabletten ihre Wirkung getan, aber diese Zahlen sprachen für sich: Hier gab es nichts daran zu rütteln – sie entsprachen durchaus seiner Einordnung in die R-Klasse und deuteten nicht im geringsten auf eine Veränderung und schon gar nicht auf eine Abklassifizierung hin.

Als zweites ging Ben die medizinischen Daten durch. Hier war alles vermerkt: seine Klon-Gruppe, seine Geburtsdaten, sein Wachstumskoeffizient, seine Impfungen und Immunisierungen, die Fluorierung seiner Knochen und Zähne, die Pigmentierung seiner Haut. Seine Kinderkrankheiten waren ebenso aufgezeichnet wie alle kleineren Unfälle im Heim und auf der Straße – vom abgerissenen Fingernagel bis zum aufgeschlagenen Knie. Die Medikamente, die man ihm verabreicht hatte, waren ebenso angeführt wie die Mengen von Watte und Heftpflaster, die ihm zugeteilt worden waren. Nach Beendigung der Aufbauphase, mit zweiundzwanzig Jahren –, und das bedeutete gleichzeitig das Ende der Konditionierung – traten kaum noch Krankheiten auf. Er war gesund, und wieder erinnerte er sich daran, daß die Genugtuung darüber nicht die war, die man einem Fremden gegenüber aufbringt. Daran war nichts zu ändern: Er war es selbst, den er untersuchte, und was dabei herauskam, war ihm prinzipiell nicht gleichgültig.

Auch die medizinische Qualifikation hatte zu keinem ungewöhnlichen Ergebnis geführt. Es steckte kein heimliches Leiden in ihm, das sich im Laufe der obligatorischen Gesundheitsuntersuchungen angedeutet und ihn aus den Reihen der Normalen ausgestoßen hätte. Alles war in Ordnung, alles entsprach seiner Klassifikation: Stufe R. Er lehnte sich im Stuhl zurück und atmete auf – vielleicht war doch alles nur ein böser Traum. Aber gerade in diesem Moment, ohne daß er einen Anlaß erkannte, fiel ihm etwas Bestürzendes auf und ließ es siedendheiß in ihm aufsteigen: In diesem Protokoll stand nämlich nichts von seiner schmerzenden Schulter. Bisher hatte er kaum Gedanken darauf verschwendet – er erinnerte sich, daß vor Jahren einmal von einem Unfall die Rede gewesen war, und einmal hatte er in einem Spiegel eine schwache Narbe bemerkt, die vom Halsansatz nach hinten lief. Nur relativ selten spürte er Schmerzen, und er hatte sich so sehr daran gewöhnt, daß er sie kaum noch beachtete. Nun erst gewann dieses kleine Gebrechen an Bedeutung – als er nämlich feststellte, daß es in seinem medizinischen Protokoll fehlte.

Wieder begann er zu grübeln. Was war zu tun? Er zwang sich zur Ruhe, suchte die Situation logisch zu bewältigen und kam zum Schluß, daß er offiziell keinen Anlaß hatte, der Sache weiter nachzugehen. Denn normalerweise hätte er von dieser Unstimmigkeit nichts erfahren. Für ihn als Rechercheur existierte die Narbe nicht. Für ihn als Person freilich war sie vorhanden, und wenn er sich darum kümmerte, dann war das seine private Angelegenheit.

Es waren leise Geräusche, Schritte und Gesprächsfetzen, die Ben aus seinen Grübeleien rissen. Auch eine Frauenstimme war vernehmbar – es konnte sich also nur um Oswaldo Efman handeln und um dessen Sekretärin Gunda.

Gunda Iman war die einzige Frau in der Abteilung, und das unterstrich die Sonderstellung von Oswaldo, der der F-Kategorie angehörte. Für viele war es nicht recht verständlich, warum Oswaldo gerade eine Frau zur persönlichen Unterstützung brauchte, und immer wieder gab es Gerüchte, daß sie Schande miteinander trieben. Ben hatte solche Andeutungen stets mit Nachdruck zurückgewiesen; es erschien ihm unmöglich, daß Oswaldo zu einem solch abstoßenden Verbrechen fähig wäre. Damit war freilich die Frage noch nicht beantwortet, warum er eine Frau in seiner Nähe duldete – wobei sich gewisse Peinlichkeiten nie vermeiden ließen – und damit der perversen Phantasie des Personals Nahrung bot. Doch Angehörige der Kategorie F verhielten sich in mancher Weise ungewöhnlich, und es hatte wenig Sinn, sich darüber den Kopf zu zerbrechen.

Oswaldo wäre der einzige Mensch gewesen, den Ben gern um Rat gefragt hätte, doch hatte er sich bisher nicht dazu entschließen können. Wer konnte Oswaldos Reaktion vorhersagen? Vielleicht hätte er ihm einen väterlichen Rat geben können, durch ein beruhigendes Wort all die Unruhe beschwichtigen, der sich Ben ausgesetzt fühlte. Doch genau so gut war es denkbar, daß sich Oswaldo empört von ihm abwandte, und das hätte seine Situation unerträglich gemacht.

Ben stellte das interaktive System auf ›Pause‹. Rasch schluckte er eine Tablette zur Hebung des Selbstbewußtseins und trat hinaus auf den Korridor. Nur wenige Meter von ihm entfernt, vor dem Eingang zur Nische seines Nachbarn, standen Oswaldo, Olf und Gunda. Als sie Ben sahen, unterbrach Oswaldo das Gespräch und kam auf ihn zu. Er schüttelte ihm die Hand. »Ich hatte noch nicht Gelegenheit, dir zu gratulieren! Herzlichen Glückwunsch! Deine Ableitungen sind fehlerlos – ich bekam vorhin den Bericht.«

»Ich habe nur meine Pflicht getan...«, murmelte Ben. »Es war ein Zufall, daß ich...«

Oswaldo hob abwehrend die Hand. »Nein, nein! Es ist schon oft vorgekommen, daß Kollegen solche Fälle an die

Zentrale zurückgewiesen haben. Und sie haben richtig gehandelt – es ist nicht jedermanns Sache, eine solche Verantwortung auf sich zu nehmen.« Bisher waren sie bei den anderen stehengeblieben, doch nun wandte sich Oswaldo zu Bens Arbeitsnische. Gerade das war es, was dieser gern vermieden hätte: Oswaldo hatte sich immer für seine Arbeit interessiert, und so war es nicht ausgeschlossen, daß er sich auch diesmal einige Zwischendaten des neuen Falls einspielen ließ.

»Ich hatte übrigens vor«, fuhr Oswaldo fort, »dich für einen Lehrgang über Psychoprogrammierung vorzuschlagen. Wenn du ihn bestehst, und daran zweifle ich nicht, können wir dir eine höherqualifizierte Aufgabe übertragen. Es ist nicht einmal ausgeschlossen, daß damit auch eine Anhebung in die Q-Kategorie verbunden ist.«

Inzwischen waren sie an Bens Arbeitsplatz angekommen, und Oswaldo setzte sich wie selbstverständlich in dessen Stuhl und ließ seine Blicke über die Notizblätter schweifen, die auf der Arbeitsplatte ausgebreitet waren. »Woran arbeitest du jetzt? Wieder ein interessanter Fall?«

Jetzt muß ich es ihm mitteilen, jetzt ist der richtige Augenblick dafür, sagte sich Ben. Er ist dir wohlgesonnen, er hat Verständnis für dich, er wird dir helfen... Statt dessen hörte er sich selbst sagen: »Nichts Besonderes, Oswaldo. Keine Probleme...«

Oswaldo hob die Pauseneinstellung auf und drückte auf einige Tasten. Ben spürte ein leises Zittern, das seinen Körper zu erfassen versuchte, aber er atmete einige Male tief durch, und es gelang ihm, sich zu beherrschen.

Über die Bildfläche flimmerten Symbole, wie hingeworfen bauten sich die Zeilen auf. Mit einem entspannenden Ausatmen konstatierte Ben, daß der Text völlig neutral war. Es handelte sich um die integralen Werte der ersten Qualifikation, und daran war nun beim besten Willen nichts Auffälliges zu bemerken. Vor allem aber erschien oben lediglich die Code-Zahl des Falls, nicht aber seine eigene Kennziffer.

Oswaldo ließ sich auch das Ergebnis des zweiten Qualifikationskomplexes einspielen und wandte sich dann uninteressiert ab. »Wirklich ein Routinefall. Eigentlich zu einfach für dich. Ich will dafür sorgen, daß du dich in Zukunft mit interessanteren Problemen zu beschäftigen hast!«

Hatte Oswaldo bei diesen Worten gezwinkert? War eine Nuance von Ironie in seinen Worten zu spüren? Nein – das bildete sich Ben nur ein. Es war das schlechte Gewissen, das mit ihm spielte – die Schuld, in die er sich allmählich zu verstricken begann: durch seinen Mangel an Vertrauen, durch seine Unentschlossenheit.

Fast hätte er nun Oswaldo alles gestanden, aber in diesem Moment stand dieser auf, und außerdem war Gunda hinzugetreten.

»Ach ja, fast hätte ich es vergessen. Hast du die Mappe hier?« wandte er sich an die Frau.

Sie reichte ihm einen Umschlag, und Oswaldo zog eine Magnetkarte heraus. »Im Namen der zentralen Verwaltung überreiche ich dir einen Punktebonus – 64 Punkte: Verwende sie gut!«

Hatte er wieder gezwinkert?

Ben stammelte einige Dankesworte, doch Oswaldo schnitt sie ab. »Kein Grund, mir zu danken! Prämien werden nach einem Punktesystem berechnet. Danke dem Computer, wenn du willst!« Er lächelte selbst über seinen Scherz, und auch Gunda lachte, aber es war ein spöttisches Lachen. Beide drückten Ben die Hand, nickten ihm zu und gingen in den Korridor hinaus.

Ben setzte sich in seinen Stuhl und starrte auf die Magnetkarte. Vierundsechzig Punkte – zu jedem anderen Zeitpunkt wäre das ein Fest für ihn gewesen. Und nun? Er steckte das elastische Blatt mit der magnetischen Kunststoffbeschichtung in die Brusttasche und wandte sich wieder dem Bildschirm zu. Systematisch, rasch und zielbewußt begann er zu arbeiten...

Nach zwei Stunden stand es fest: In seinem Leben fehlten

drei Jahre. Der Nachweis dafür war nicht einfach gewesen – es bedurfte der ganzen Raffinesse eines bewährten Rechercheurs, um versteckte Anzeichen auf etwas Ungewöhnliches herauszufinden. Denn selbstverständlich gab es in den Akten keine Lücken. Medizinische Daten, Testergebnisse, Wiederholungskurse, Prüfungen, Verbrauch an elektrischem Strom, das Freizeitverhalten, die Auswahlindices für Sport-, Spiel- und Unterhaltungssendungen... überall waren die Angaben vollständig und homogen. Gerade hier aber lag der Schlüssel zur Überprüfung: Es waren genau drei Jahre, in denen der Homogenitätsgrad geradezu auffallend hoch war. Es gab kein herausstechendes Ereignis, nichts, das irgendwelche Folgen hinterlassen hätte, keinerlei Anhaltspunkte für Erinnerungen. Aus den medizinischen Protokollen dagegen konnte er die Daten jener Bestrahlungen entnehmen, die ihm von Zeit zu Zeit zur Behandlung seiner kranken Schulter verordnet worden waren. Sie fingen völlig unvermittelt an: genau nach jenen fraglichen drei Jahren. Und sie hörten genauso unvermittelt auf.

Selbstverständlich versuchte Ben, sich an diese Zeit zu erinnern. Aber sie lag zehn Jahre zurück, und was bedeuten da drei Jahre ohne herausragende Geschehnisse? An seinem inneren Auge zog nichts anderes vorüber als der Alltag in den Zellen, Unterrichtssälen und Arbeitsräumen, nichtssagende Gespräche mit Nachbarn und Kollegen, Spiele in der Psychogruppe, ein wenig Spannung bei den Sportveranstaltungen und Filmen, ein wenig Erregung mit Blondy, seiner Puppe, ein graues Allerlei, eine Reihe blasser Bilder, Fragmente der Vergangenheit, gleichgültig, irrelevant... Und so sehr er sich auch bemühte, das geringste Anzeichen für etwas Außergewöhnliches in seinem Gedächtnis zu finden – er fand nichts.

Interne Mitteilung zur Frage der Emotionen

Noch immer erweist sich die emotionale Unruhe des Menschen als unangenehmer Störfaktor im sozialen Gefüge. Im Sinne der Kybernetik sind Emotionen assoziativ ausgelöste bewußtwerdende Signale, die auf die Relevanz einer Situation hinweisen. Man unterscheidet positive und negative Emotionen, je nachdem, ob das Individuum dazu gebracht werden soll, eine bestimmte Situation beizubehalten oder sich ihr zu entziehen. In einer archaischen Umgebung haben die Emotionen eine biologische Funktion: Sie halten das Individuum an, sich sinnvoll zu verhalten, also etwa den eigenen Organismus zu schützen und zu versorgen bzw. Schäden und Gefahren abzuwehren oder zu meiden.

In unserem modernen Sozialstaat können Schutz und Versorgung des Bürgers nicht dem unkontrollierten Auftreten emotionaler Regungen überlassen bleiben. Diese Aufgaben werden vom Staat übernommen und unterliegen nicht mehr dem Eingreifen des Individuums. Somit sind Emotionen als ein Relikt archaischer biologischer Zustände zu werten, das in unserer sozialen Situation keinen Sinn mehr hat. Besonders unangenehm ist die Tatsache, daß Emotionen oft ohne erkennbaren Grund auftreten und somit zu Verhaltensweisen führen, die unvorhersehbar und deshalb nicht kalkulierbar sind und somit zu störenden Auswirkungen führen müssen. Das ist der Grund dafür, daß einige Teams der Abteilung für anthropologische Forschung damit beschäftigt sind, die Emotionen auszuschalten bzw. so umzufunktionieren, daß sie dem Bürger nützlich sein können. So könnten beispielsweise die positiven Emotionen der Begeisterung und der Freude als Lohn für besonders gute Anpassung, für kritiklose Befolgung der Richtlinien usw. eingesetzt werden.

Die dargelegte Situation läßt es als wichtig erscheinen, die Untersuchung der Emotionen, ihre Auslösung, Kontrolle und Unterdrückung, als Schwerpunktprogramm durchzuführen. Nach den bisherigen Erfahrungen bieten sich hierfür insbesondere drei Wege an:

a) Die Beeinflussung der Emotionen durch Assoziation – eine Methode, die bereits in der archaischen Zeit bekannt war, beispielsweise zur Unterstützung kapitalistischer Wirtschaftssysteme. Man bietet dem Publikum Zeichen, Gestalten oder Begriffe an, die mit den betreffenden Emotionen assoziiert sind. Beispiele sind:

spielende Menschen – Lebensfreude
hübsche Mädchen – erotische Anziehung
Kampf- und Folterszenen – Aggression.

Dieses Verfahren erweist sich als wenig wirkungsvoll, da der Adressat gegen Einwirkungen dieser Art abstumpft und sie dann unbeachtet läßt. Da sie andererseits die beste Methode zur simultanen Beeinflussung von größeren Gruppen sind, werden sie auch in unserem Soziogefüge – zum Wohl des einzelnen – noch angewandt. Das geschieht insbesondere in den Stunden des Psychotrainings, durch gemeinsames Zitieren von Versen und Sinnsprüchen.

b) Die medikamentöse Beeinflussung von Emotionen. Aus der archaischen Zeit sind Rauschgifte und Drogen bekannt, durch die sich die Menschen in von ihnen angestrebte angenehme emotionale Zustände versetzten. Die meisten dieser Mittel hatten eine sumative Wirkung, d. h., daß sie mehrere emotionale Zentren anregten und somit zu unkoordinierten Gemütszuständen führten. Im letzten Jahrzehnt vor der Stunde Null setzten Mediziner und Psychiater eine Reihe von Präparaten ein, die bereits eine weitaus gezieltere Wirkung erlaubten. In den medizinischen Zentren der Forschungsbehörde wurden auf diesem Gebiet in letzter Zeit nennenswerte Fortschritte erzielt. Heute stehen uns Präparate zur Verfügung, mit denen es gelingt, einzelne emotionale Regungen willkürlich hervorzurufen und zu unterdrücken. Der Intensitätsgrad sowie die Dauer zeigen zwar individuelle Varianten, doch sind sie in gewissen Grenzen festzulegen. Mit Hilfe dieser Mittel, die dem Trinkwasser oder allgemein gebrauchten Lebensmitteln zugefügt werden, ist es gelungen, bestimmte emotionale Regungen zu dämpfen, die den Bürgern bisher Beschwerden verursacht haben. Das gilt insbesondere für erotische und sexuelle Gefühle, die in archaischen Zeiten oft zu unüberlegten und widersinnigen Handlungen geführt haben. In einer Zeit, in der die volle Liebe des Bürgers dem Staat gehört und er in dieser Zuneigung seine volle Befriedigung findet, sind Gefühle dieser Art überflüssig und störend.

c) Die elektrische Stimulierung von Neuronen. Diese Methode bietet die günstigsten Aussichten, die Skala der Emotionen unter Kontrolle zu halten. Nachteil dieser Methode ist es, daß dem Adressaten dünne Silberdrähte ins Gehirn geführt werden müssen, was allerdings völlig schmerzlos erfolgt. Dabei kommt es insbesondere auf eine genaueste Positionierung der aktiven Spitze an – ein Problem, das bis heute noch nicht völlig gelöst ist (durch geringe Abweichungen vom anvisierten Zielort sind oft unerwünschte Reaktionen eingetreten). Im Moment wird an einer dreidimensionalen Kartierung der emotional ansprechbaren Stellen im Gehirn gearbeitet – mit dem Fernziel einer computerisierten Stimulation. Bisher ist die Methode noch zu aufwendig, um den Bürgern in ihrer Gesamtheit zugute zu kommen. Sie wird jedoch in Einzelfällen angewandt, insbesondere in Spezialfällen, etwa bei krankhaften oder kriminellen Abweichungen. Die Methode der elektrischen Stimulation wird übrigens auch zur Erzeugung synthetischer Träume sowie zur Gedächtnisaktivierung eingesetzt.

4.

Der nächste Tag – ein Sonntag. Doppelte Marmeladerationen, Biokaffee. Die Wochenfeier in der Aula, Verlesung des Grundgesetzes, Gesang, Auszüge aus dem Sozialprogramm, ein Sprecher der Volksbühne, Musik. Anstellen zum Mittagessen, farbige Pappbecher und Teller zur Feier des Tages. Sojawürze zur Proteinpastete. Fitness-Bier. Endspiel der Basketball-Meisterschaft, eine langweilige Fahrt zum Sportplatz, zwei Stunden Gedränge auf dem Weg zurück.

Eine Stunde bis zum Abendessen... Darauf hatte Ben gewartet. Er suchte seine Koje auf, zog den Vorhang zu. Er warf sich aufs Bett, doch es war diesmal nicht Blondy, die ihn interessierte. Er überzeugte sich, daß zwischen Vorhang und Wand kein kleiner Spalt freigeblieben war, der Einblick in seine Zelle gewährt hätte. Dann zog er seine Pillenschachtel hervor und die Plastiktüte, die er im Waschraum mit Wasser gefüllt hatte. Die Pillen waren trocken und schwer hinunterzuwürgen, und außerdem lösten sie sich schneller auf, wenn man Wasser nachtrank. Zuerst schluckte er sechs Konzentrationspillen und nach einigem Überlegen noch vier weitere. Es war ihm klar, daß ihm unbeschreiblich schlecht werden würde, aber er nahm es in Kauf. Er lag auf der Schaumgummimatratze, den Kopf auf das Kissen gestützt, die Augen geschlossen, und er versuchte, sich auf weit zurückliegende Ereignisse zu konzentrieren. Er spürte, wie sich als Folge der chemischen Präparate sein Bewußtsein veränderte, wie manches überdeutlich und quälend scharf wurde, wie sich die Kontraste verhärteten und Bewegungen zu gellenden Blitzen wurden. Natürlich war ihm nicht klar, auf welche Art und Weise er sich bemühen sollte, die Vergangenheit wachzurufen, und er versuchte es auf alle mögliche Art. Sein Herz klopfte vor Erwartung, als er merkte, daß es ihm besser und besser gelang, und plötzlich wurden ganze Schwärme von Details in sein Bewußtsein geschwemmt. Dutzende Bilder, rasch hintereinander aus dem Nichts heraus auftauchend und von weiteren verdrängt… Aber rasch kam die Enttäuschung – denn was da wie eine Flut in sein Bewußtsein einbrach, waren nur Belanglosigkeiten. Er sah Personen, die längst aus seinem Gesichtskreis verschwunden waren – aber es waren die üblichen Unterhaltungen über Sport und Spiele, Essen und Puppen, Energieverbrauch und Prämien. Er sah sich in verschiedensten Situationen, fast erstaunt darüber, wie lebendig diese längst vergrabenen Dinge wurden, aber es war nichts anderes als ein Sieg der Hockeymannschaft, die seine Sympathie besaß, ein Schlager aus den Hitparaden, der ihm früher einmal besonders gut gefallen hatte, Passagen aus Abenteuer- und Kriminalfilmen. Auch eine Menge unangenehmer Erinnerungen wurde heraufgespült: falsche Antworten, die er dem Psychiater gegeben hatte, die beschämende Begegnung mit einer Frau, die ihn zu berühren versucht hatte, die verlorene Magnetkarte, die dann plötzlich wieder aufgetaucht war…

Und dann wurde der Reigen der Bilder gestört, verdunkelt, vernebelt, und es waren Wellen von Übelkeit, die alles überschwemmten, und dann lag er in seiner Koje, wand sich vor Schmerz, glaubte sterben zu müssen, rief nach dem Arzt, dem Psychiater, dem Moderator…

Er erwachte im Behandlungsraum des Blockarztes, fühlte sich schwach und ausgeleert, doch die Übelkeit war wie ein Wunder vergangen, und so hoffte er, den Fragen, die ihm bevorstanden, begegnen zu können.

Ein Angehöriger der Psychokontrolle stand am Kopfende seines Lagers, daneben der Moderator und der Arzt. Durch ein Nicken deutete dieser an, daß Ben zur Befragung freigegeben war…

»Wieviel Tabletten hast du genommen? Was für Tabletten waren es? Warum hast du das getan? Du hast ein Verbot mißachtet. Weißt du nicht, daß die Einnahme limitiert ist?«

Ben wußte es, und es hatte keinen Sinn, es zu leugnen. »Ich habe mir nichts dabei gedacht«, sagte er leise und versuchte, seiner Stimme einen festen Klang zu geben. »Ich wollte es einmal ausprobieren. Ich wußte nicht, daß es so schlimm werden würde.«

»Du weißt, daß der Mißbrauch von Pillen schwer bestraft wird. Der Fortschritt der Pharmazie, den unser Staatssystem gefördert hat, soll den Menschen helfen, ihre Probleme zu bewältigen. Aber das setzt verantwortungsbewußte Mitglieder voraus. Es setzt voraus, daß die Vorschriften beachtet werden. Und diese Vorschriften haben ihren Sinn. Der menschliche Organismus verträgt biochemische Agenzien nicht unbeschränkt. Auf ein Übermaß reagiert er durch ein Abwehrsystem – dessen Folgen hast du zu spüren bekommen. Du gehörst der Kategorie R an und hättest wissen müssen, welche Folgen dein unüberlegter Schritt hatte. Warum hast du es getan?«

Ben wußte es genau. Und er wußte auch, daß es keineswegs der menschliche Körper war, der sich durch Übelkeit gegen die chemischen Stoffe wehrte. Vielmehr fügte man jeder Tablette eine geringe Menge eines Präparates hinzu, das diese Übelkeit erregte. Das war ein gutes Mittel, um die Einnahme der Tabletten, die alle gewünschten Emotionen hervorriefen, auf ein gewünschtes Maß einzudämmen. Und es war eine vernünftige Maßnahme und eine wirkungsvolle dazu. Ben hatte das bestätigt gefunden. Er hatte nicht erwartet, daß es so schlimm werden würde – mit Schaudern dachte er an die letzte Stunde zurück, als er sich hilflos im Bett gewälzt hatte. Aber offenbar gab es ein wirksames Gegenmittel, und man hatte es angewandt. Das kam ihm jetzt zugute, denn er konnte antworten, ohne sich eine Blöße zu geben. Er hatte es sich gut überlegt.

»Es ging mir nicht darum, high zu werden«, erklärte er. »Ich versuchte nur, eine bessere Erinnerung an einige Kurse zu erreichen, die ich vor Jahren besucht hatte... über Lehr- und Unterrichtsprogrammierung. Als eine Konzentrationspille nicht half, habe ich, ohne mir etwas dabei zu denken, einige weitere genommen. Das war dumm von mir – ich sehe es ein. Und ich habe Strafe verdient. Aber ich hatte keine böse Absicht.«

Jetzt kam es darauf an! Wenn sie ihm glaubten, kam er mit der üblichen Strafe davon: Punkteentzug, und diesen konnte er verschmerzen – nicht zuletzt wegen seiner Prämie. Glaubten sie ihm aber nicht, mußte er mit einer Psychobefragung rechnen, und dann war es gleichgültig, ob sie sich für eine Unterstützung durch Psychopharmaka oder durch gehirnelektrische Stimulation entschieden – es würde alles herauskommen, was er bisher noch hatte verbergen können.

Es waren bange Sekunden... Dann machte der Kontrolleur ein Zeichen auf die Personalkarte, die er in der Hand hielt, und reichte sie Ben. »Du hast sehr unüberlegt gehandelt«, sagte er. »Aber du hast deine Strafe schon bekommen. Es war das erstemal, und so kommst du ohne Punktentzug weg. Laß es dir eine Lehre sein!« Er nickte dem Arzt und dem Moderator zu und entfernte sich.

Ben stand auf und tat mit wackligen Beinen ein paar Schritte. Der Moderator kam mit ihm und stützte ihn. Bisher hatte er sich beherrscht, aber nun ließ er sich seine Wut unverhüllt anmerken. »Eine solche Schweinerei in meinem Block!« Er schloß die Hand um Bens Arm und rüttelte ihn. »Und diese Kerle lassen dich ohne Strafe davonkommen! Natürlich – ihnen kann es ja gleichgültig sein; und wie ich zurechtkomme, interessiert niemanden. In dieser Nacht wirst du noch an mich denken!«

In dieser Nacht gab es zehnmal Fehlalarm, und die Insassen des Schlafsaals mußten, notdürftig angekleidet, die Feuerleiter hinunterklettern und sich im Hof versammeln – ehe sie in die Betten zurückgescheucht wurden. Die meisten wußten, wem sie das zu verdanken hatten, und die Blicke, die Ben heimlich streiften, waren alles andere als wohlwollend.

Wie jeder Wochentag, so begann auch der kommende Montag mit der Individualarbeit. Ihr Sinn war es, die Mitglieder der Gemeinschaft körperlich und geistig fit zu erhalten, ihre

Fähigkeiten zu bewahren, ihr Wissen zu erneuern, sie über die politischen Programme auf dem laufenden zu halten. Besonders wichtig war die psychogene Reinigung, das Training in Selbstbeherrschung und Flexibilität, die Übungen, die es ihnen ermöglichten, jede psychologische Fehlentwicklung im Keim zu ersticken, Fehler zu beseitigen, ehe sie entstanden waren. Das Verhalten in der Gemeinschaft war ein wesentlicher Punkt und ebenso die Motivation, die zu einem positiven Sozialverhalten führte. Fehlorientierungen wie Individualismus oder egozentrische Einstellungen wurden schonungslos aufgedeckt; dazu diente das Psychotraining, die Gemeinschaftsarbeit in der Gruppe, die Fragen- und Antwort-Spiele, bei denen es sich sofort erwies, wenn irgend jemand zum Egoismus neigte, individuellen Gedankengängen nachging, emotionale Erlebnisse für sich behalten wollte und so fort. Der Leiter von Bens Psychogruppe war Bengt Haman.

Jede Stunde dauerte vierzig Minuten; das restliche Drittel war nötig, um sich die Fragebogen, Magnetschriftgriffel, Abdeckschablonen für die Unterrichtsprogramme und so weiter abzuholen.

An diesem Vormittag drängte sich Ben rücksichtslos vor, und es gelang ihm, die unvermeidlichen Formalitäten in wenigen Minuten zu erledigen. Er hatte sein Ziel, die eigene Vergangenheit zu entschleiern, keineswegs aufgegeben und versuchte es nun auf andere Art; es gab auch einen offiziellen Weg.

Obwohl es ihm unangenehm war, sich bei Bengt anzubiedern, war es ihm bisher nicht erspart geblieben, und auch in Zukunft würde es nicht anders sein.

»Ich hatte einen Ypsilon-minus-Fall«, berichtete er. »Ich habe dafür eine Prämie von vierundsechzig Punkten bekommen, und der Chef der Abteilung hat mir Glück gewünscht. Ich freue mich sehr darüber. Ich bin mir aber nicht darüber im klaren, ob das nicht ein Zeichen von Einbildung oder Stolz ist. Was soll ich dagegen tun?«

Bengt sah ihn mit der Miene ungetrübter Zuneigung an, die er stets im Gespräch mit den ihm anvertrauten Mitgliedern zeigte. »Nun«, sagte er, »da hast du ja einen schönen Erfolg aufzuweisen. Und dieser Erfolg ist deiner fleißigen Arbeit im Dienste der Gemeinschaft zuzuschreiben. Du bist im Recht, wenn du dich darüber freust. Oder hast du den Eindruck, jetzt etwas Besseres als deine Kollegen zu sein?«

Ben schüttelte den Kopf... »Natürlich nicht. Ich weiß genau, daß die meisten anderen ihre Aufgaben ebensogut erledigt hätten wie ich – sie hatten nur keine Chance dazu. Und trotzdem: Sie alle freuen sich mit mir, so wie ich mich mit ihnen gefreut hätte, wenn sie dasselbe Glück gehabt hätten. Aber eines schließt eben das andere aus – letztlich habe doch nur ich allein eine Prämie bekommen, und so angenehm mir das ist, so fühle ich mich dadurch doch ein wenig von den anderen getrennt.«

Der Psychiater runzelte nur kurz die Stirn, dann strahlte er wieder Zuversicht und Sicherheit aus. »Es ist ein gutes Zeichen, daß du dir Gedanken darüber machst, und gerade das beweist mir, daß keine Gefahr besteht. Trotzdem will ich dir einige psychogen wirksame Sätze aufschreiben, die du in deiner Freizeit aufsagen oder denken kannst – sie werden dir helfen, dein Problem zu überwinden. Die Belobigung soll dir ein Anlaß dafür sein, dich bei deiner Arbeit künftighin eher noch eifriger einzusetzen.«

»Gewiß«, antwortete Ben. »Das ist auch einer der Gründe dafür, daß ich Sie sprechen wollte. Man hat mir angekündigt, daß ich einen Lehrgang für Psychoprogrammierung mitmachen soll. Ich habe nun versucht, mir alles, was ich seinerzeit darüber gelernt habe, in Erinnerung zu rufen, aber ich habe festgestellt, daß einiges davon verblaßt ist. Aus diesem Grund möchte ich einen Antrag auf Reaktivierung von Gedächtnisstoff stellen. Ich wollte Sie bitten, diesen Antrag zu unterstützen.«

Wieder runzelte Bengt die Stirn, diesmal nachhaltiger als zuvor. »Reaktivierung von Gedächtnisstoff? Wieso ist dir diese Möglichkeit bekannt?« Er blickte Ben forschend an, dann legte er ihm die Hand wie entschuldigend auf die Schulter. »Ach ja, du bist ja Rechercheur; hast vielleicht selbst schon von diesem Mittel Gebrauch machen lassen. Nun gut, wenn es einem guten Zweck dient... ich werde deinen Antrag unterstützen.«

Er nickte Ben zu und trat zum Schaltpult des Unterrichtscomputers, von dem aus er seinen Kurs steuerte. Das Glokkenzeichen zum Beginn war bereits erklungen, und bald war der Raum von den Stimmen der Gruppenmitglieder gefüllt, die in üblicher Weise mit geistigen Lockerungsübungen begannen:

»Wir sind eine fröhliche und zuversichtliche Gemeinschaft.«

»Jeder von uns ist für den anderen da.«

»Wir haben keine Geheimnisse voreinander.«

»Unser Denken ist frei und ungezwungen.«

»Wir haben nichts voreinander zu verbergen.«

»Wir sind Mitglieder der Freien Gesellschaft.«

Liederbuch des Psychotrainings – Auszug aus dem Register »Liebe zum Staat«

Wir sind glückliche Menschen!
Wir sind zufriedene Bürger!
Wir leben in der besten aller Welten!
Wir leben im perfekten Staat!
Unser Staat – das sind wir selbst.
Unser Staat – er sorgt für uns
– er schützt uns
– er bewahrt uns vor Krankheit
– er bewahrt uns vor Not
– er macht uns zu glücklichen Menschen.
Wir gehören zueinander.
Wir gehören unserem Staat.
Einer ist für alle da.
Jeder hilft jedem.

Wir fühlen uns geborgen!
Niemand hat Zweifel!
Niemand hat Sorgen!
Niemand hat Angst!

Unser Leben verläuft auf ruhigen Bahnen.
Unser Schicksal ist geplant.
Unser Leben ist gesichert.
Wir leben das beste aller Leben.
Wir sind glückliche Menschen
– frei von Sorgen
– frei von Zweifeln
– frei von Not.

Und die Freiheit ist unser Leben
– und unser Leben ist unser Glück
– und unser Glück ist unser Staat.

5.

Als Ben am Nachmittag sein Programm aufrief, wurde eine Ergänzung eingespielt: 33-78568700-16 R hat einen Antrag auf Reaktivierung von Gedächtnisstoff gestellt, der abgelehnt wurde.

Ben hatte selbst noch nichts von der Ablehnung erfahren, und es traf ihn ein wenig unerwartet, daß er nun auf diesem Weg Antwort erhielt. Es zeigte ihm aber, daß es noch einige Maschen im Netz der Kontrolle gab, die ihm unbekannt waren, und daß er vorsichtig sein mußte.

Eigentlich sollte er diese Meldung codifizieren und validieren und in die Statistik einbringen. Das wäre der erste Schönheitsfehler in der Qualifikationstabelle gewesen. Irgend etwas ließ ihn zögern, und kurzentschlossen spielte er dieses Item in den Zwischenspeicher ein.

Noch immer bewegte ihn die Tatsache der drei verlorenen Jahre, und er konnte nicht mehr unterscheiden, ob dieses Interesse dienstlicher oder privater Natur war. Da er selbst als Informationsquelle unbrauchbar war, bestand vielleicht die Möglichkeit, dem Rätsel über andere Personen näher zu kommen. Er rief das Kontaktregister ab, aber, wie er erwartet hatte, war es wenig aufschlußreich: In der betreffenden Zeit tauchte keine einzige neue Person des persönlichen Bekanntenkreises auf. Er war aber schon lange genug in diesem Beruf, um stets auch über andere Wege informiert zu sein, wenn die naheliegenden nicht zum Ziel führten. Wenn Recherchen von seiner Seite aus unergiebig waren, so konnte sich vielleicht von der Gegenseite aus etwas feststellen lassen. Oder anders ausgedrückt: Gab es Kontaktpersonen, die man in seinem Register gelöscht hatte, so mußte er doch selbst in den Kontaktregistern der betreffenden Personen auftauchen. Das bedeutete freilich eine immense Rechenarbeit, doch wenn er ein time-sharing-Programm mit fingierten Zwischenfragen anwandte, konnte er unter der bewilligungsfreien Ablaufzeit bleiben.

Der Computer rechnete dreiundfünfzig Minuten, zwanzig Sekunden und sechsundneunzig Hundertstelsekunden; dann lagen die Namen vor:

Jonathan Vauman – 63-10796950-17 V,
Barbara Teman – 11-64911430-12 T,
Hardy Weman – 14-5566850-19 W.

So sinnlos es erschien, so bemühte sich Ben dennoch, mit Hilfe dieser Namen Assoziationen in seinem Gehirn auszulösen. Irgend etwas sprachen sie in ihm an, irgendwie kamen sie ihm bekannt, vertraut vor. Aber was davon war Wahrheit, was Einbildung? Namen wie tausend andere, Kennzahlen, die dem Eingeweihten Information über genetische Konditionierung, die Klon-Gruppe, den Wohndistrikt, die Qualifikationsordnung und die soziale Wertigkeit gaben, und die doch nichts darüber sagten, wer dahintersteckte – eine Person, die lebte, handelte, dachte, empfand, ein Mensch, der anderen Sympathien und Antipathien entgegenbringt, der sich Ziele setzt, sie verfolgt, sie erreicht oder verfehlt. Welche Intentionen verbanden ihn mit jenen, die sich hinter den Namen Jonathan, Barbara und Hardy verbargen? Sie steckten irgendwo in dieser Stadt, sie hatten Aufgaben und Pflichten wie er, aber sie hatten etwas, was er nicht mehr besaß: Erinnerungen an eine für ihn verlorene Zeit – so hoffte er wenigstens.

Erst allmählich wurde ihm klar, was diese drei Zeilen von Leuchtbuchstaben bedeuteten. Sie waren nicht mehr und nicht weniger als der Beweis dafür, daß er keinem Phantom nachjagte, daß es in seinem Leben tatsächlich etwas gab, das von irgendeiner Instanz ausgelöscht wurde. Die Vermutung lag nahe, daß die Prüfung, die nun seine Aufgabe war, mit diesen Ereignissen zusammenhing. Er hatte noch gar nicht so recht daran geglaubt, daß irgend etwas aus seiner Vergangenheit plötzlich Gestalt annehmen könnte, und nun war es geschehen. Für ihn bestand nicht der geringste Zweifel, daß er alles an Information herausholen mußte, das aus diesen Personen herauszuholen war.

Es geschah zwar selten, aber es kam vor, daß für die Bearbeitung eines Falles Feldarbeit nötig war. Bei diesem Stand seiner Untersuchung gab es daran keinen Zweifel – Ben legte sich immer wieder die Frage vor, ob er ebenso handeln würde, wenn es um die Qualifikation eines Fremden ginge, und das traf hier zweifellos zu. Insgeheim war er längst dazu entschlossen, alle Mittel einzusetzen, die erlaubten und die unerlaubten, um sein Ziel zu erreichen, doch durfte er keinen Verdacht erregen, und so war es wichtig, sich genau so zu verhalten, wie das den Vorschriften und Richtlinien entsprach.

Selbstverständlich hatte sich Ben die Akten der Kontaktpersonen vorgenommen, sich alle Daten, Register, Testergebnisse und Untersuchungsprotokolle aufrufen lassen, und so wußte er alles, was über sie bekannt war – wahrscheinlich mehr, als sie selbst über sich wußten. In diesen Daten waren die gesamte Persönlichkeit und deren Lebenslauf protokolliert: der Meinung des Dozenten für Deskription und Dokumentation gemäß gab es darüber hinaus nichts, was des Festhaltens wert gewesen wäre. Die Einsicht in die Protokolle lieferte ein besseres Persönlichkeitsbild als eine Gegenüberstellung oder Untersuchung. Wie aber jeder Rechercheur wußte, gab es Ausnahmen von der Regel, und auch in diesem Fall fand Ben diese Erfahrung bestätigt. Denn so intensiv er sich auch mit den Daten beschäftigte – er fand nicht den geringsten Hinweis darauf, in welcher Beziehung er zu den verdächtigen Personen gestanden hatte. In den Listen waren lediglich die Daten der Zusammenkünfte vermerkt, aber alle weiteren Fragen blieben unbeantwortet. Vielleicht lag – wie es manche vermuteten – hier ein Fehler im System, vielleicht hätte man die Kontrolle auch auf den Inhalt von Gesprächen, das Verhalten während des Kontakts, die emotionalen Regungen und so fort erstrecken sollen und sich nicht nur auf die Statistik verlassen! Andererseits war einzusehen, daß diese immense Mehrarbeit nur wenig Gewinn bringen würde: eben nur in jenen Ausnahmefällen, in denen echte Abweichungen von der Norm auftraten. Aber waren nicht gerade das jene Fälle, denen ihre ganze Arbeit galt?

Richtlinien zur Persönlichkeitsveränderung

Das uns aus archaischen Zeiten überantwortete Menschenmaterial ist in vieler Hinsicht fehlerhaft und der Funktion des perfekten Staatswesens noch nicht völlig adaptiert. Relativ einfach ist die Anpassung des Nachwuchses; hier liegt die Schwierigkeit vor allem in genetischen Mängeln, die bei der Überprüfung übersehen wurden (die Methoden sind noch nicht perfektioniert) bzw. durch Mutationen (die man bisher noch nicht völlig ausschalten kann) entstanden sind. Abweichungen dieser Art werden aber im Laufe der verschiedenen Testreihen relativ frühzeitig entdeckt, so daß es möglich ist, Anpassungen durch eine gezielte medikamentöse Therapie oder durch chirurgische Eingriffe zu beheben. Nur in wenigen Fällen erweist sich eine völlige Löschung der Persönlichkeit als erforderlich.

Das größte Problem ergibt sich bei jenen Individuen, die schon vor der Stunde Null das Erwachsenenstadium erreicht hatten. Zwar gelingt es in den meisten Fällen, die irritierenden Erinnerungen an diese Zeit zu löschen, so daß eine völlige Konzentration auf unser Staatssystem möglich ist, doch ergeben sich immer wieder Rückfälle – plötzlich auftauchende Erinnerungen, die Wiederaufnahme archaischer Handlungsweisen, der Ausbruch unerwünschter und unpassender Gefühlsregungen.

Da Vorkommnisse dieser Art nicht nur das Staatsgefüge stören, sondern auch eine schwere nervliche Belastung der Betroffenen mit sich bringen, hat unser Staat Vorsorge getroffen, diesen Erscheinungen möglichst frühzeitig entgegenzutreten. Normalerweise kommt man mit einer allgemeinen Absenkung des Aktivitätspegels aus, wodurch auch meist der Anreiz zur Aktivierung vergrabener Gedächtnisinhalte wegfällt. Gelegentlich werden aber auch hartnäckige Fälle beobachtet – Menschen, in denen ohne erkennbaren Grund umfassende Erinnerungsbilder lebendig werden. Der Betroffene gerät in einen pathologischen Zustand, dessen Symptome gut bekannt sind: motorische

Unruhe, Aggressionen. Unzufriedenheit bis zum Verfolgungswahn, Betätigung als Querulant und Saboteur, Wahnvorstellungen. Unter Umständen können Menschen, die von dieser Krankheit befallen sind, auch destruktiv in unser Sozialgefüge eingreifen; indem sie aktivierte Traumbilder und Halluzinationen mit der Realität von heute in Verbindung bringen und Vorstellungen dieser Art als Imperative nehmen, bringen sie Fehlinformationen in Umlauf und initiieren Mißtrauen und Zweifel in ihren Kontaktpersonen.

Kranke dieser Art sind als Sonderfälle zu behandeln; es geht zunächst darum, den Ursachen ihres Zustandes auf die Spur zu kommen. Die einschlägigen Nachforschungen erfolgen in Zusammenarbeit mit dem Institut für prähistorische Forschungen; auf diese Weise gelingt es, zwischen den Schreckensbildern der Vergangenheit und den im Patienten neu auftretenden Wahnbildern zu unterscheiden. Zur Therapie sind die bekannten psychologischen, medikamentösen und mikrogehirnchirurgischen Mittel anzuwenden. Meist ist eine Linderung nur durch eine Kombinationstherapie zu erreichen; es geht dabei nicht nur darum, den Patienten wieder in ruhigen Zustand zu versetzen und in die Gesellschaft einzugliedern, als vielmehr auch um eine Löschung der störenden Gedächtnisinhalte. Als Methode der Wahl hat sich dabei die Persönlichkeitsveränderung erwiesen. Die durch den Gedächtnisschock erzielten partiellen Erinnerungslücken werden durch synthetische Inhalte ersetzt. Es bedarf dabei einer Zusammenarbeit zwischen Individualpsychologen, Medizinern und Historikern, um plausible Verbindungen mit den geschichtlichen Abläufen sowie logische Anschlüsse an die Gegenwart zu erreichen. Am besten empfiehlt es sich, unauffällige Lebensläufe zusammenzustellen, die etwa dem repräsentativen Querschnitt eines Durchschnittsbürgers entsprechen. Obwohl auf diese Weise meist hundertprozentige Heilerfolge erzielt werden, sollten die betroffenen Patienten doch über Jahre hinweg unter Beobachtung gestellt bleiben.

6.

Ben hatte einige Zeit gezögert, ehe er sich entschied, wen er zuerst aufsuchen sollte: Jonathan, Barbara oder Hardy. Von vornherein stand fest, daß es sich um unangenehme Stunden handeln würde – schon aufgrund des Milieus, in dem sich diese Personen aufhielten. Es waren Angehörige niedriger Kategorien. Menschen, bei denen die Angleichung an den Idealtyp eines Mitglieds der Freien Gesellschaft nicht völlig gelungen war. Und wenn in ihrem Staat auch alle Menschen frei und gleichberechtigt waren, so blickten doch viele auf die unteren Klassen herab, bedauerten sie, ekelten sich vor ihnen und empfanden doch auch eine Spur von Neid darüber, daß man auch Staatsbürger sein konnte, ohne stets sauber gewaschen und gekämmt, peinlich korrekt gekleidet, freimütig und höflich zu sein. Daß man Staatsbürger sein konnte ohne täglichen Psychounterricht, ohne Übungen in vergleichender Geschichte, ohne meditative Gymnastik... Und so war Bens Exkursion in diesen Teil der Stadt zugleich der Vorstoß in ein fremdartiges Gelände, in dem er sich unsicher und gehemmt fühlte.

Das, was ihn am meisten erstaunt hatte, war das Auftauchen eines Mädchens als Kontaktperson. Er konnte sich nicht vorstellen, je Kontakt mit einem weiblichen Wesen gehabt zu haben, und schon gar nicht privaten Kontakt, der nicht nur verboten, sondern aus einem gesunden Empfinden heraus einfach undenkbar war. Freilich hatte er von Zeiten der Barbarei gehört, in denen Männer und Frauen zusammengelebt haben sollten, und es gab auch Gerüchte über ärgere Dinge – Perversionen, die kaum vorstellbar und geschweige denn auszusprechen waren. Aber, falls in diesen Geschichten ein Kern von Wahrheit steckte, so war diese Phase der menschlichen Entwicklung vorbei, und es würde keinem Staatsbürger mehr einfallen, freiwillig die Gesellschaft eines Angehörigen des anderen Geschlechts zu suchen.

Aus diesem Grund war die Begegnung mit Barbara auch jener Teil seiner Aufgabe, vor dem er am meisten zurückschreckte. Andererseits aber, obwohl sich in seinen Erinnerungen auch mit dem Namen Barbara nichts verband, fühlte er doch eine seltsame Unruhe, seit er in Leuchtbuchstaben auf dem Bildschirm erschienen war, und vielleicht war das der Grund dafür, daß er seine Aversionen überwand und sich Barbara zuerst vornehmen wollte.

Obwohl es vielleicht aufschlußreicher gewesen wäre, sie in ihrem Zellenblock aufzusuchen, erschien ihm der Besuch ihrer Arbeitsstätte weniger peinlich, und so meldete er sich bei der Betriebsleitung der Kunststoffverarbeitungsfabrik an, in der Barbara beschäftigt war. Offenbar erschienen hier selten Personen der mittleren Kategorien, und vielleicht war das der Grund, daß man Ben eine Moderatorin als Begleiterin zuwies, die offenbar einen relativ hohen Rang bekleidete. Sie schien allerdings mehr auf Firmenbesichtigungen eingestellt zu sein, und so mußte sich Ben lange Vorträge über Schmelzen, Lösen, Fällen, Verschäumen und Verhärten von Plastikmaterialien anhören; er konnte nicht entscheiden, ob es echte Begeisterung war, der der Redefluß der Frau entsprang, oder ob es sich um die übliche Art der Betreuung von Besuchern handelte. Er hörte auch kaum auf das hin, was ihm mitgeteilt wurde – nicht nur, weil es ihn nicht interessierte, sondern weil ihn das Zusammensein mit einem weiblichen Wesen weitaus mehr irritierte, als er sich anmerken lassen und auch sich selbst eingestehen wollte. Er blickte sie von der Seite an: Sie trug einen weißen Overall, wie er auch bei den Männern üblich war, aber wie abstoßend waren die Wölbungen an ihrer Brust, die runden Formen der Hüften und Oberschenkel! – selbst ihre schrille Stimme ließ ihn insgeheim schaudern.

Nachdem sie sich gegen seinen Willen – doch er versäumte, dagegen zu protestieren – längere Zeit in einer Abteilung für die Fertigung von Sonnenbrillen und in einer anderen, in der Badeschwämme erzeugt wurden, aufgehalten hatten, betraten sie endlich die Halle, in der sich Barbaras Arbeitsplatz befand.

»Hier arbeiten tausendeinhundertzwölf Mädchen«, berichtete die Moderatorin. »Es ist ein halbautomatischer Betrieb – selbstverständlich könnte man ihn auch vollcomputerisieren, doch vorderhand haben wir in unserem Betrieb keine Verwendung für die Arbeitskräfte, die dadurch frei würden. Doch ist es schließlich nicht gleichgültig, auf welchem Weg wir unser Ziel erreichen?« Sie lächelte ihn beifallheischend an, und diese Anbiederung war Ben so unangenehm, daß er seine Schritte beschleunigte, um einen möglichst großen Abstand zwischen sie und sich zu bringen. Doch eilte sie ihm mit schleifenden Schritten nach und redete ununterbrochen weiter: »Dort drüben wird das Polymerisationsmaterial in Form kleiner Kügelchen angeliefert. Es kommt in die Schmelzanlage…«

In der Luft lag ein scharfer Geruch nach organischen Lösungsmitteln, Bens Augen tränten, seine Lider röteten sich. Um ihn herum, in Reihen geordnet, waren Anlagen aufgebaut, die ihm unerklärlich und gefährlich vorkamen; es war geradezu Sehnsucht, die er empfand, als er einen Augenblick lang an die kühle Klarheit seiner Computerzentrale dachte.

»Hier ist das Förderband für die Erzeugung von Plastikflaschen – in den Größenordnungen 5 bis 7. Dort wird die Kunststoffmasse zu Flächen gewalzt, dort drüben in einem Wirbelfeld erhitzt und hier…«, sie zerrte Ben am Ärmel, »werden die Rohformen gepreßt. Es folgt eine weitere Phase der Erhitzung – die endgültige Form der Flaschen kommt durch Einblasen von Luft zustande…«

Ben hatte das Gefühl, in die Irre zu laufen. Er blieb stehen und fragte: »Sind wir bald da?« Er mußte husten und zog ein Papiertaschentuch heraus.

»Nur ein paar Schritte. Gleich sind wir in der Bläserei, eine verantwortungsvolle Arbeit, eine Arbeit, die Konzentration und Fingerspitzengefühl erfordert…«

Plötzlich war die Moderatorin verstummt, Ben blickte

sich um und sah, daß sie stehengeblieben war, offenbar ein wenig außer Atem, dann aber wies sie auf das Mädchen, das unmittelbar neben ihr auf einem dreibeinigen Schemel saß. Es wandte ihnen den Rücken zu, drehte sich aber sofort um, als Ben nähertrat... und so kam es, daß ihn dieses Zusammentreffen, auf das er sich längst innerlich vorbereitet hatte, doch überraschend traf, und daß er im ersten Moment so verlegen war, daß er keine Worte fand. Er sah den grauen Arbeitskittel, unter dem die weibliche Gestalt kaum zu erkennen war, er blickte in ein blasses, ein wenig flaches Gesicht – eine kurze, eine Spur aufgebogene Nase, Augen, deren Farbe in den Protokollen als graugrün DIN 62/3 gekennzeichnet war; erst jetzt sah er, was das bedeutete...

Die Moderatorin befahl dem Mädchen aufzustehen. »Am besten, wir unterhalten uns dort drüben im Lagerraum – da ist es etwas stiller.«

Sie gingen nebeneinander her, eine Gelegenheit für Ben, sich zu sammeln – und das Mädchen zu mustern. Im Profil sah sie ganz nett aus, vielleicht ein wenig weich, aber das fand man bei vielen Frauen. Ihr Haar war kurz geschnitten, wie es heute allgemein vorgeschrieben war, und doch sah es ungewöhnlich aus, etwas struppig... so, als wäre es mit einer Schere geschnitten und nicht vom Frisierautomaten gestutzt. Vielleicht war es dieses Haar, vielleicht auch die aufgeworfene Nase oder die vorspringenden Lippen, die dem Mädchen einen Hauch von Wildheit verliehen – so sanft sie auch sonst aussehen mochte. Wenn er aber die anderen Personen ansah, die die Arbeitsplätze bevölkerten, so mußte er sich eingestehen, daß Barbaras Züge dagegen geradezu ebenmäßig waren. Hier gab es somatische Abweichungen, die ihm geradezu krankhaft erschienen: schiefstehende Zähne, narbige Haut, Brauen, über der Nasenwurzel zusammengewachsen, sogar einige Leute mit Brillen waren dabei. Einen Moment lang hatte er das Gefühl, daß sich alle diese Mädchen und Frauen nach ihm umdrehen könnten, sich langsam von ihren Plätzen erheben, ihm den Weg versperren, ihn in eine Ecke drängen und irgend etwas Unvorstellbares mit ihm machen könnten...

Sie betraten den Lagerraum, und Ben atmete auf.

»Sie können Ihre Fragen stellen«, forderte ihn die Moderatorin auf, als er einige Sekunden lang schwieg.

Ben deutete auf einige Hocker. »Setzen wir uns!«, schlug er vor.

Er hatte sich eine Menge Fragen zurechtgelegt, und er begann sie zu stellen. Kenndaten, Ausbildung, beruflicher Werdegang. Die Ergebnisse der letzten Zwischenprüfung, des letzten psychologischen Tests. Einige Fragen über das Grundgesetz, die letzten Sozialprogramme.

Er hatte sein Notizbuch herausgezogen und verglich die Antworten mit den Daten. Das meiste stimmte, und wo es keine Übereinstimmung gab, hatte das wenig Bedeutung, denn selbstverständlich war er besser informiert als sie – schließlich standen ihm das gesamte Kontrollsystem, alle gespeicherten Daten zur Verfügung.

In Wirklichkeit diente ihm die Befragung nur dazu, sich einen ersten Eindruck zu verschaffen, sich selbst zu fragen, ob sich nun in seiner eigenen Erinnerung etwas rührte, ob er irgendein Anzeichen des Wiedererkennens bemerken würde...

Er hatte dieses Mädchen nie gesehen. Bisher hatte er sich heimlich davor gefürchtet, daß dieser Kontakt irgendeinen Abgrund in ihm öffnen könnte, daß ihn vielleicht Dinge aus der Vergangenheit überkommen würden, die so gräßlich waren, daß er sie verdrängt hatte. Aber so war es nicht. So vollkommen und ausschließlich kann man nichts verdrängen: Barbara war ihm unbekannt.

Und wie verhielt sie sich?

Diese Frage war schwer zu beantworten, denn er wußte nicht, wie sich Frauen zu verhalten pflegen, und schon gar nicht solche der unteren Kategorien. Sahen solche Mädchen Männer immer so an wie sie ihn? War dieser Blick offen oder war er herausfordernd? War er unterwürfig oder lag darin der Versuch, ein geheimes Einverständnis zu erzielen?

Obwohl das nicht zu seinen Aufgaben gehörte, begann er mit einem psychologischen Assoziationstest. Das Mädchen verstand sicher nichts davon, und auch die Moderatorin konnte nicht wissen, daß er damit seine Kompetenzen überschritt.

»Hast du schon einmal das Gefühl gehabt zu schweben?«

»Welche Empfindungen hast du, wenn du eine beschmutzte Fahne siehst?«

»Könntest du der Moderatorin Haßgefühle entgegenbringen?«

»Wärst du fähig, dich einem Befehl zu widersetzen?«

Ben machte eifrig Notizen, doch auch das diente nur dem Schein. Es war Tarnung – für das, was er eigentlich fragen wollte: »Gibt es Dinge, die du einem Rechercheur nicht sagen würdest?«

»Was für Gedanken hattest du, als ich vor dir stand?«

»Erinnert dich diese Situation an etwas, das du schon erlebt hast?«

»Hast du das Gefühl, mich schon einmal gesehen zu haben?«

Das Mädchen antwortete ohne Zögern, leise, aber durchaus verständlich. Und sie ließ auch bei den Antworten auf die letzten Fragen keinerlei Unsicherheit erkennen. Und doch waren Bens Zweifel nicht beschwichtigt. Diese grüngrauen Augen blickten ihn unverwandt an, und obwohl das unter diesen Umständen selbstverständlich war, fragte sich Ben, ob nicht ganz andere Worte dahinterstecken könnten, beispielsweise: Ja, ich erinnere mich... weißt du noch, damals... du kannst mich doch nicht vergessen haben?

Die Moderatorin räusperte sich, und er merkte, daß er einige Zeit unbewegt in sein Notizbuch gestarrt hatte, ohne die hingekritzelten Zahlen und Worte zu erkennen. Er stand auf. »Das wär's.«

Sie standen einen Moment lang unschlüssig nebeneinander, und dann reichte Ben Barbara die Hand und erkannte im selben Augenblick, daß dieses Benehmen unpassend und unüblich war. Aber er konnte seine spontane Geste nicht ungeschehen machen, und so lag die Hand des Mädchens einen langen Atemzug lang in seiner, und er spürte einen leisen Druck, warm und sanft, der wieder alle Zweifel in ihm aufriß, die schon halb beseitigt worden waren...

Er drehte sich abrupt um und ging weg, unbekümmert darum, ob ihm die Moderatorin folgte oder nicht.

Erst als er in der Schwebebahn saß, fand er eine Erklärung dafür, wieso ihm Barbara – eine Fremde – doch irgendwie bekannt und vertraut vorkommen konnte: Sie wies verblüffende Ähnlichkeit mit Blondy, seiner Schlafpuppe, auf.

Katalog der Punktewertung individualpsychologischer Qualifikationen

	−3	−2	−1	0	+1	+2	+3
Ablenkbarkeit				x			
Anpassungsfähigkeit				x			
Altruismus							x
Auffassungsgabe					x		
Ausdauer			x				
Belastbarkeit			x				
Beharrlichkeit		x					
Beeinflußbarkeit				x			
Bescheidenheit						x	
Ehrlichkeit						x	
Einfühlungsvermögen					x		
Ehrgeiz			x				
Entschlußkraft		x					
Ermüdbarkeit					x		
Erregbarkeit		x					
Flexibilität				x			
Freigebigkeit			x				
Geduld					x		
Gehorsam							x
Gutmütigkeit						x	
Großmut			x				
Gedächtnis		x					
Humor			x				
Höflichkeit						x	
Intelligenz		x					
Konzentrationsfähigkeit			x				
Kritikfähigkeit	x						
Mut		x					
Naivität						x	
Offenheit						x	
Obrigkeitssinn							x
Pflichtgefühl							x
Risikobereitschaft		x					
Subordinationsvermögen							x
Sparsamkeit			x				

	−3	−2	−1	0	+1	+2	+3
Schweigsamkeit		x					
Spontaneität		x					
Schutzbedürfnis							x
Stolz		x					
Toleranz	x						
Treue				x			
Vorstellungsgabe			x				
Verantwortungsbewußtsein			x				

7.

Es war nicht angeraten, die Exkursionen in das Viertel der unteren Klassen kurz aufeinander folgen zu lassen – selbst ein Rechercheur hätte damit Aufsehen erregen können. Aus diesem Grund arbeitete Ben weiter an den Statistiken, obwohl die Resultate keine brauchbaren Hinweise erbrachten.

Während der Sekunden, die der Computer brauchte, um komplizierte Relationsanalysen durchzuführen, grübelte er darüber nach, auf welche Weise er die Erinnerungen aktivieren könnte, die doch zweifellos in irgendeinem Winkel seines Gehirns schlummerten. Der offizielle Weg war ihm versagt, auch mit den üblichen Medikamenten und Drogen ließ sich die Schranke seines Gedächtnisses nicht durchbrechen, aber es gab noch einen anderen Weg, der allerdings wieder aus den gebahnten Bereichen seiner Sicherheit herausführte.

Die Rationierung der psychogenen Mittel verleitete immer wieder Personen dazu, sie sich auf unerlaubte Weise zu verschaffen. Insbesondere für jene Personen, die in den biochemischen und pharmazeutischen Fabriken arbeiteten, bedeutete ihr berufliches Wissen eine große Versuchung. Für diesen Personenkreis war es nicht schwer, die Verbote zu umgehen. Das einfachste Mittel war es noch, die übelkeitserregende Beimengung der genehmigten Präparate zu extrahieren und dadurch den Weg zu höheren Konzentrationen zu öffnen, die zu verschiedenartigen Rauschzuständen führten. Manche Biochemiker und Pharmazeuten hatten aber auch Zugang zu den Syntheseanlagen, die man trotz aller Sicherheitsvorkehrungen auch gelegentlich ein paar Minuten lang für nicht ganz saubere, private Zwecke mißbrauchen konnte. Wer klug war, nutzte all diese Möglichkeiten nur, um sich selbst ein paar Stunden der Schwerelosigkeit, der Gelöstheit, der inneren Einsicht, der Harmonie mit sich und seiner Welt zu verschaffen. Und doch fanden sich auch immer wieder Leute, die kleine Mengen ihrer Erzeugnisse gegen Punkte verkauften.

Am Abend, nach dem Nachtmahl, suchte Ben Rex Oman auf, der stets informiert war, wenn es um Dinge ging, von denen man lieber nicht offen sprach.

Als Ben das Gespräch auf Drogen brachte, zeigte er plötzlich eine merkliche Zurückhaltung. »Wozu brauchst du das Zeug? Du willst mir doch nicht erzählen, daß du plötzlich Lust hast, dich zu besäuseln! Wenn ich dir helfen soll, dann mußt du mir schon sagen, um was es geht!«

Ben hatte schon vorher überlegt, ob er Rex ins Vertrauen ziehen sollte, aber dazu war das Problem, mit dem er zu tun hatte, zu schwerwiegend. Andererseits konnte er ihn auch nicht mit einer Ausrede zufriedenstellen. »Ich will es dir sagen«, meinte er, »doch du mußt mir versprechen, daß du es für dich behältst: Ich habe das Gefühl, daß es in meinem Leben eine Zeit gibt, die ich völlig vergessen habe. Ich möchte zu gern wissen, was damals geschehen ist.«

»Und warum gehst du nicht zu einem Psychiater? Warum stellst du keinen Antrag auf Reaktivierung von Gedächtnisstoff?«

»Das habe ich versucht, aber es wurde abgelehnt«, antwortete Ben.

»Vielleicht ein Psychoblock? Hast du schon an diese Möglichkeit gedacht? Vielleicht bist du Zeuge irgendeines Verbrechens geworden, und man will quälende Erinnerungen von dir fernhalten? So etwas kommt vor.«

»Gewiß, an so etwas habe ich auch gedacht. Aber was nützt es mir, wenn man mich schonen will: In der letzten Zeit bin ich in der Nacht immer wieder aufgewacht, mein Herz klopft, und es ist mir, als sei irgend etwas geschehen, das ich zu fassen versuche, und das mir im letzten Augenblick doch wieder entwischt. Ich halte diese Ungewißheit nicht mehr aus. Ich möchte wissen, was dahintersteckt – schrecklicher als meine Alpträume kann es auch nicht sein!«

Rex dachte eine Weile nach, dann sagte er: »Vielleicht hast du recht. Über solche Dinge kommt man am besten hinweg, wenn man sich ihrer klar bewußt wird. Doch ich verstehe nicht, daß die Psychiater nichts tun können...«

»Willst du mir helfen?«

Rex sah sich nach allen Seiten um, dann flüsterte er: »Nun gut, wenn du mir versprichst, unter keinen Umständen meinen Namen zu sagen!? – Paß auf: Mit ein paar Portionen eines Stärkungsmittels für das Gedächtnis ist es nicht getan. Du brauchst einen Fachmann, der sich deiner annimmt...«

»...und du könntest mir einen Fachmann empfehlen?«

»Hör zu: Du gehst an einem Freitagabend zwischen acht und zehn in den Waschraum des Radstadions, Block E. Du schließt dich in der Kabine ganz links ein und schiebst durch eine Ritze unter der linken Seitenwand deine Magnetkarte F. Wenn du Glück hast, wird jemand die Wand beiseiteklappen, und du kannst vorbringen, was du willst. Die Sache ist natürlich nicht billig.«

»Damit begebe ich mich doch in die Hand von irgendwelchen Gaunern... warum gerade die Streckenkarte?«

»Die kriegst du zurück. Aber wenn du kein Vertrauen hast – wie kannst du es von der anderen Seite erwarten? Mach was du willst – ich hab dir den Tip gegeben. Aber vergiß nicht, was du versprochen hast: Ich will nichts mit der Sache zu tun haben, ich weiß von nichts!« Er nickte Ben kurz zu und ließ ihn allein.

Am Abend machte sich Ben auf den Weg zu Block E. Das Stadion war voll besetzt, und die Anfeuerungsrufe der Menge drangen dumpf bis in die inneren Regionen des Betonbaus – in die Heiz- und Kühlanlagen, in die Generatorräume, in die Funkstation, die Küchen und Kantinen, die Lagerhallen für Sportgeräte, die Kabinen, Bäder und Duschen, die Waschräume und Toiletten...

Ben kannte das Stadion gut, aber in dessen innerem Teil war er zum ersten Mal. Es war ein Labyrinth, grau in grau, Betonwände, Stufen aus gestanztem Blech, endlose Gänge, vom grünen Licht der Radiumlampen nur trüb erhellt, gebogene Wände, die der Krümmung des Rundbaus folgten, und damit eine verzerrte Perspektive, die es schwer machte, sich zurechtzufinden.

Nur wenige Menschen begegneten ihm. Sie erschienen ihm grau wie die Wände, lichtscheu, körperlos... Um so erstaunter war er, als er die Tür zu den Toiletten öffnete: Fast ein Dutzend Männer stand hier herum, und als er auf die erste Kabine links in der Reihe zugehen wollte, merkte er, daß sie besetzt war und daß einer davor stand, der auf Einlaß wartete, und daß sich hinter diesen ein anderer postiert hatte; es war eine Warteschlange, nicht so straff ausgerichtet wie vor den Türen und Schaltern, aber ebenso linear und beständig. Sie standen nur so herum, keineswegs dicht hintereinander, und doch wußte jeder von jedem, wer vor ihm an der Reihe war, und auch Ben merkte es sofort, wenn er sich dazwischenzustellen versuchte – er merkte es an einer leisen Unruhe, an ärgerlichen Mienen, an angedeuteten Gesten... Schließlich stand er hinten, in der Nähe des Ausgangs, wartete mit den anderen, versuchte sich hinter einem abweisenden Gesichtsausdruck zu verstecken...

Unauffällig musterte er die anderen... in dieser Gesellschaft fühlte er sich nicht wohl. Nicht daß die Wartenden ungewöhnlich ausgesehen, sich abnormal betragen hätten... und doch schien es ihm, als hätten sie irgend etwas zu verbergen, als stünden sie unter einer verborgenen Spannung, hielten sich mit Gewalt im Zaum – da wippte einer nervös mit dem Fuß, der andere drehte am Ärmelknopf seines Overalls, einer hatte ein nervöses Zucken im Auge, und einer kaute an der Unterlippe.

Ein Mann betrat den Raum, sah sich verblüfft um... die Wartenden machten unbeteiligte Gesichter, aber alle beobachteten ihn aus den Augenwinkeln heraus, und Ben folgte unwillkürlich ihrem Beispiel – und merkte, daß er, obwohl er kein einziges Wort mit einem von ihnen gesprochen hatte, nun doch zu ihnen gehörte. Und wenn irgend etwas schief ging, wenn plötzlich ein Trupp von Schutzbeamten hereinstürzte und sie alle festnahm, dann würde er Tage und Wochen mit ihnen verbringen und keine Beweise dafür haben, daß er zum ersten Mal hier war, daß noch nichts Gesetzwidriges geschehen war.

Der Mann ordnete seine Kleidung und verließ den Raum. Und endlich öffnete sich auch die Tür der Kabine links und der nächste trat ein...

Es dauerte nahezu eine Stunde, bis sich die Tür vor Ben öffnete und er mit dem Gefühl höchsten Unbehagens den winzigen Raum betrat. Er achtete darauf, daß die Tür gut hinter ihm verschlossen war, zögerte einen Moment und steckte dann, wie es ihm Rex empfohlen hatte, seine Streckenkarte F durch die Ritze, die er tatsächlich knapp über dem Boden der linken Seite fand. Und dann klappte die Wand auf, und als er stehenblieb, griff eine magere Hand nach ihm und zog ihn durch den Spalt.

Er befand sich in einem schmalen, nahezu leeren Raum mit schiefstehender Decke – offenbar nichts anderes als eine freigebliebene Nische unterhalb der Besucherränge. Fünf nebeneinander angeordnete Radiumlampen spendeten ein gespenstisches Licht und ließen die Gestalt, die nun vor Ben stand, um so unheimlicher erscheinen.

»Was soll's sein?« fragte eine heisere Stimme, und als Ben nicht gleich antwortete, fuhr sie fort: »Bist du zum erstenmal hier? Wer hat dich hergeschickt?«

Der Mann musterte ihn mißtrauisch und kam dazu unangenehm dicht an ihn heran. Er war alt, mager, ausgezehrt, die Kleider hingen an seinem Körper wie an einem Skelett. Die Augen saßen tief in den Höhlen, und sie waren voll Mißtrauen.

»Also sag schon, was du willst. Willst du Farben sehen oder die Engel singen hören? Willst du einen Trip in eine andere Welt machen? Willst du für eine Stunde der Teufel sein – oder Gott?« Er kramte in einem Haufen durcheinanderliegender Schachteln, zog eine Ampulle heraus, hob eine Spritze auf... »Du weißt nicht, was du wählen sollst? Soll ich dir raten? Nimm das: zwei Stunden Träume. Du wirst nicht enttäuscht sein...«

»Wer bist du?« fragte Ben. Er merkte jetzt die Angst des anderen, der ihn möglichst schnell loswerden wollte. »Bist du wirklich Psychologe? Oder bloß ein Chemiker, der aus Abfällen miese Lösungen zusammenmischt?«

Die Hand des anderen zitterte. »Willst du mich reinlegen? Bist du vom Schutzdienst?«

»Gib Antwort!« herrschte ihn Ben an.

»Um des Friedens willen: leise!« Der Alte nahm eine unterwürfige Haltung an. »Ich bin Psychologe, habe eine volle Ausbildung. Man hat mich nur rückgestuft – es war nicht meine Schuld...«

»Kannst du einen Gedächtnisblock aufheben? Hast du die Mittel für eine Reaktivierung – was gibt es da zu überlegen: ja oder nein?«

Der Alte wich bis zur Wand zurück. »Laß mich in Ruhe! Mit solchen Dingen will ich nichts zu tun haben. Ein paar Drogen, ein paar Aufputschpillen – die sind harmlos. Manche Menschen brauchen sie. Ich gebe sie ihnen. Das ist alles... politische Dinge kümmern mich nicht – ich arbeite nicht gegen die Regierung, ich arbeite nicht gegen den Staat!«

Ben trat einen Schritt näher. Er war die Autorität, und der andere würde gehorchen – so wie sie alle es gelernt hatten: sich dem überlegenen Willen der Höhergestellten zu beugen.

»Verlier keine Zeit! Fang an!«

»Dafür bin ich nicht ausgerüstet! Wie kann ich...«

Bens Stimme wurde ungeduldig: »Ich glaube, du bist ganz gut ausgerüstet!« Er trat an den Tisch, hob einige Schächtelchen auf, zog Ampullen heraus, ließ sie fallen...

»Vorsicht!« rief der Alte.

»Also...«

Jetzt änderte sich das Benehmen des Mannes. »Das kostet aber eine Menge! Von deiner Streckenkarte wird nicht viel übrigbleiben!«

Ben war das gleichgültig. Er hatte noch genügend Prämienpunkte, um sich eine neue Streckenkarte zu leisten. Raffiniert übrigens, sich durch Fahrkarten honorieren zu lassen; sie ließen sich überall wieder gegen Punkte umtauschen, und das ohne Registrierung!

Der Alte zog eine Ampulle aus einer Schachtel, holte die Injektionsspritze... er zog die klare Flüssigkeit auf... Während er sie in die Vene einfließen ließ, sagte er: »Es wird in ungefähr zwanzig Minuten zu wirken anfangen. Verschwinde und schau, daß du möglichst weit von hier wegkommst. Verkriech dich irgendwo, und glaub nicht, daß du mich reinlegen kannst. Ich bin das letzte Mal hiergewesen. Du gehst erst nach mir hinaus – nach einer Minute.«

»Gib mir noch zwei von diesen Ampullen«, befahl Ben und streckte die Hand aus. Der Alte warf ihm einen haßerfüllten Blick zu, doch dann kramte er im Haufen seiner Schachteln, suchte zwei davon heraus und reichte sie Ben. Den Rest raffte er hastig zusammen und schob ihn in einen Plastikbeutel, wie er für den Transport von Abfällen verwendet wurde. Er warf ihn über den Rücken, klappte die Wand auf und verschwand. Als Ben kurz danach heraustrat, stand er einem Dutzend Männer gegenüber, auf deren Gesichter Bestürzung gemalt war. Er sah nicht nach rechts und nicht nach links und ging hinaus.

Zunächst hatte Ben keine Angst vor dem Eingriff in sein Gedächtnis gehabt. Die Methode war längst klinisch erprobt, und sie wurde oft genug in Routinefällen angewandt, wenn es darum ging, vergessenen Wissensstoff wachzurufen. Das ersparte oft langwierige und mühsame Wiederholungskurse. Auch aus medizinischen oder psychiatrischen Gründen nahm man oft genug eine Aktivierung vor, und außerdem – was nicht allgemein bekannt war, was aber Ben sehr gut wußte – war sie auch ein Mittel der Rechtsprechung: beispielsweise, um Zeugenaussagen über länger zurückliegende Ereignisse zu verbessern. Ben hatte nie gehört, daß damit unangenehme Folgen, Schmerzen, Übelkeit oder dergleichen verbunden gewesen wären. Andererseits wußte er nicht, welches Medikament ihm der illegale Psychochemiker verabreicht hatte, und darum dachte er daran, sich während der Zeit seines somnambulen Zustands in irgendeinen Winkel zu verkriechen – nur aus dem Grund, nicht aufzufallen. Dann aber entschloß er sich doch, in seinen Block zurückzukehren; er konnte es gerade noch bis zum Beginn der Nachtruhe schaffen. Als er in seine Koje kroch, merkte er, daß sich sein Gesichtsfeld schon einzuengen begann, und so warf er sich samt den Kleidern aufs Bett, und in dem Augenblick versank die Wirklichkeit auch schon in einem diffusen Nebel von Bildern und Gestalten.

I.

Das Handgemenge war in vollem Gange. Den Polizisten war es gelungen, den Platz unmittelbar vor dem Eingang zum Bahnhof von Demonstranten zu säubern, doch die Menge drängte nach.

Wie immer waren es nur wenige, die sich auf tätliche Auseinandersetzungen einließen. Einige von ihnen hatten sich mit Helmen zu schützen versucht und entgingen so den gefährlichen Stockschlägen auf den Kopf. Die übrigen hatten wenig Chancen. Von Wunden geschwächt und vom Schmerz benommen, wurde einer nach dem andern abgeführt. Man trieb sie in irgendeinem Winkel des Bahnhofgebäudes zusammen, in dem der Aufruhr begonnen hatte…

Ben stand etwas weiter hinten in der Menge, dort wo man noch ein wenig Luft holen und sich bewegen konnte. Seine Lippe blutete, und er tupfte sie mit einem Taschentuch ab. Ein Ärmel seiner Jacke war halb abgerissen. Es war erst vor einigen Minuten gewesen – ein Trupp von Polizisten hatte sich einen Weg durch die Menge zu bahnen versucht, und Ben hatte sich ihnen gemeinsam mit einigen anderen entgegengestellt, doch es war ein kläglicher Versuch – gegen Schlagstöcke und Elektropeitschen.

Es war düster – die Morgenstunde eines trüben Tags, an dem das Sonnenlicht kaum durch die Wolkendecke brechen würde. Einige Lampen der Straßenbeleuchtung waren durch Steinwürfe zertrümmert worden, und daher hatte man das Netz abgeschaltet. Daher war auch der Verkehr weit über den Schauplatz des Geschehens hinaus lahmgelegt.

Bellende Befehle aus Megaphonen. Schreie aus der Menge, die sich zu einem stampfenden Chor verdichteten. Dann einige baffende Geräusche – Tränengasgranaten…

Nun blinkten Scheinwerfer auf, beleuchteten die Vorderfront des Bahnhofgebäudes. Manchmal zuckten riesige Schatten darüber hinweg. Es war wie ein Schauspiel, rituelle Handlungen auf einer Bühne… Die meisten waren Zu-

schauer, zur Untätigkeit verurteilt. Das war es, was Ben geradezu unerträglich erschien: daß man sich nicht wehren konnte. Er blickte auf seine Uhr – 9.45 Uhr: Wieder würde er zu spät ins Büro kommen. Er drehte sich um, drängte sich durch die Menschen, die mit verschatteten Gesichtern dastanden, als wüßten sie nicht, was geschah.

Ben begann zu laufen. Er hatte es nicht weit bis zur Datenbank. Er überlegte, ob er die Stechuhr nur zum Schein betätigen sollte – man brauchte dazu nur eine alte Lochkarte einzustecken. Aber er verwarf diesen Gedanken: denn dann würde der Aufdruck in seinem Ausweis fehlen, und außerdem blieb es sowieso nicht unbemerkt, daß er wieder zu spät kam.

Bevor Ben die Arbeitsräume betrat, ging er in den Waschraum und versuchte sich zu säubern. Die Lippe war etwas angeschwollen, er hatte das Gefühl einer riesigen Beule, doch, wie er sich durch einen Blick in den Spiegel überzeugte, sah die Sache weitaus harmloser aus. Er tupfte sich mit einem feuchten Taschentuch ab, wusch dann Gesicht und Hände, kämmte sich... Schließlich zog er einen Arbeitskittel über seine zerfetzte Jacke.

Er hatte sich nicht getäuscht. Sein Chef Sam Borowski, blickte auf, als er an dessen von Glaswänden gebildetem Abteil vorbeikam.

»Was war es diesmal? Ein dringender Gang zum Arzt? Eine Ausweiskontrolle? Eine Verkehrsstockung?«

»Richtig geraten: eine Verkehrsstockung!« antwortete Ben trotzig. »Sie haben sicher schon von den Unruhen gehört. Seit zwei Stunden fährt keine Schnellbahn mehr.«

»Ich weiß aber auch, daß Sie keine zehn Minuten von hier entfernt wohnen und deshalb die Schnellbahn gar nicht zu benützen brauchen...« Er wehrte durch eine Geste ab, als ihn Ben unterbrechen wollte. »Gewiß, Sie können mir ein halbes Dutzend Gründe anführen, was Ihnen dazwischengekommen ist. Das Seltsame daran ist nur, daß Ihren Kollegen so etwas nicht passiert. Es trifft immer nur Sie allein. Gehen

Sie bitte an die Arbeit!«

Ben schluckte die Antwort hinunter, die er gern gegeben hätte. Ohne zu grüßen, verließ er den Raum.

Er ging gar nicht erst in sein Büro, sondern suchte gleich die Rechenhalle auf. Wie er erwartet hatte, waren seine Freunde in jenem Teil des Raums versammelt, der durch eine Reihe von Speichern abgeteilt und der Sicht des Vorgesetzten entzogen war.

»Warst du dabei, Ben?«

»Donnerwetter, dich hat es aber erwischt!«

»So erzähl doch!«

»Seid leise«, bat Ben. »Ich bin schon wieder einmal unangenehm aufgefallen. Aber ich kann mich einfach nicht auf meinen Sessel hocken, wenn draußen gekämpft wird.«

Die anderen umringten ihn ungeduldig: »Mach es doch nicht so interessant – was war los?«

Ben berichtete eilig... Der Anstoß zu den Unruhen ging von den Eingangsschaltern des Vorortbahnhofs aus. Sie wurden vor kurzem automatisiert – an die zentrale Automatik angeschlossen. Und wie schon so oft hatte es Störungen gegeben, diesmal zu einem besonders unangenehmen Zeitpunkt: als die Einwohner der Vorstadt morgens auf dem Weg zu ihren Arbeitsplätzen waren. Irgendeiner hatte seine Karte falsch eingesteckt, vielleicht mit dem roten Rand voran oder mit der magnetbeschichteten Fläche nach unten... Daraufhin hatte eine Sperrschaltung eingesetzt: Die Drehkreuze ließen sich nicht mehr bewegen – kein Mensch konnte zu den Bahnsteigen weitergehen. Die Menschen drängten sich an den Schaltern, es wurden immer mehr, allmählich wurden Proteste laut – wie schon oft, richteten sie sich gegen die Computerisierung der Stadt, die vor kurzem angelaufen war. Und dann flogen die ersten Steine...

Ein Kollege gab ein Zeichen, man hörte Schritte, und rasch verteilten sie sich an den Pulten, den Mikrofilmregalen, den Ablichtungsautomaten...

»Ist hier wieder eine kleine Versammlung in Gang?«

fragte Borowski. »Meine Herren, gehen Sie doch bitte an Ihre Arbeit. Sie wissen, daß wir gerade in diesen Tagen mit unseren Terminen zu kämpfen haben. Ich erwarte, daß jeder sein Möglichstes tut!«

Unwillig gingen sie auseinander und zerstreuten sich. Schon zu Mittag, nach dem ersten Glockenzeichen, standen sie wieder beisammen.

»Eben ist eine Meldung gekommen: Fünfzig Leute wurden verhaftet!« Es war François, der mit dieser Meldung hereinstürzte. Aus seiner Manteltasche holte er ein flaches Transistorgerät, schaltete ein und stellte ein wenig lauter. Sie konnten den Nachrichtensprecher hören, der in beruhigendem Ton Texte verlas, die gar nicht beruhigend waren. »...zwischen zehn Uhr abends und sechs Uhr morgens der Aufenthalt auf den Straßen verboten... und deshalb wurde vorgeschlagen, daß Täter, die in flagranti bei Sachbeschädigungen ertappt werden, durch Schnellgerichte...«

»Wißt ihr, was das bedeutet? – den Ausnahmezustand!«

»Hardy hat recht«, rief Edwige, die einzige weibliche Programmiererin. »Ich habe euch das schon vor einer Woche vorausgesagt!«

Hardy trat ans Fenster und setzte sich mit einem kleinen Sprung auf das Brett. »Cassandrarufe und Klagegesänge! Das ist alles, was wir dazu beizutragen haben. Wir sitzen hier, in unseren Büros, und sind froh, daß uns irgend etwas aus dem ewigen Trott herausreißt. Dabei geht es uns doch ebenso an wie die andern. Wir gehören doch nicht zu den Bonzen, die in ihren Ledersesseln sitzen – wir sind kleine Pinscher, und wir müssen unsere Freiheit verteidigen – ebenso wie das übrige Fußvolk!«

»Was willst du tun? Hältst du es für vernünftig, dich mit den Schwarzhelmen herumzubalgen?«

»Vernünftig, vernünftig! Muß man nicht auch einmal einer inneren Stimme gehorchen, sich in den Dienst einer wichtigen Sache stellen? Ohne gleich nach wenn und aber zu fragen?«

Jonathan versuchte das Stimmengewirr der anderen zu übertönen. Er hatte insofern eine Sonderstellung, als er nicht nur Mathematiker, sondern auch Psychologe war. Was er sagte, hatte Hand und Fuß. »Ich sehe da keinen Widerspruch. Warum soll man nicht für eine wichtige Sache eintreten und trotzdem vernünftig bleiben?«

»Und was schlägst du vor?«

»Mir fällt da etwas auf«, meinte Jonathan. »Überlegt euch doch einmal, was der Anlaß für die heutigen Unruhen war!«

»Du meinst die Stauungen am Bahnhof?«

»Warum gab es Stauungen? Sie hängen mit dem elektronischen Steuerungssystem zusammen. Ein kleiner Defekt – eine riesige Störung! Heute war es nur ein Zufall. Wäre es nicht möglich, diesem Zufall ein wenig nachzuhelfen? Und wer könnte das besser als Fachleute?«

Sie schwiegen nachdenklich. Dann sagte einer mit Anerkennung in der Stimme: »Donnerwetter! Ich glaube, da ist etwas Wahres dran!«

Sie berieten eine Weile. Präparierte Fahrkarten, lahmgelegte Uhren, falsch eingestellte Anzeigegeräte... das ließ sich tatsächlich relativ leicht erreichen. Und sie wußten, was zu tun war. Das elektronische System war relativ empfindlich – kleine Abweichungen von den Formaten, unscheinbare Einschnitte in den Karten, eine verwischte Magnetisierung... und schon liegen die Anlagen still. Immer mehr Einfälle wurden zur Diskussion gestellt. Die Geldautomaten in den Kaufhäusern, die Regelung der Verkehrsampeln, der Wasserverteilung, der Stromversorgung... es gab Fernheizwerke und Klimaanlagen, die von zentralen Stellen aus reguliert wurden, es gab Nachrichtenmedien, Telefon und Videofon. Rohrpost und Glasfaser-Bildübermittlung, von Zentralen aus gelenkt... und alles das geschah mit Hilfe von Lochkarten, Magnetkarten, Magnetbändern, mit Hilfe von datenverarbeitenden Systemen, mit Hilfe von Programmen... Und die Ausarbeitung dieser Systeme – das war ihre Aufgabe und die vieler Kollegen in diesem und anderen Instituten. Plötzlich merkten sie, welche Macht im Status eines Programmierers liegt.

»Jetzt versteht ihr es auch: Wenn wir wollen, dann bricht das ganze System zusammen«, sagte Jonathan. »Wir müssen nur einig sein. Wir müssen möglichst viele Kollegen davon überzeugen, daß sie nicht widerstandslos mitmachen dürfen. Schließlich ist es ihre Freiheit, die sie verlieren. Zunächst sollten wir Datenbanksysteme ausarbeiten, dann ging es um die Verbreitung und Selektion von Nachrichten – und was ist das anderes als Zensur? Und schließlich kam die Überwachung hinzu: Wir sind zu Spitzeln geworden! Und nun auch noch die Computerisierung der Stadt! Was ist sie anderes als ein Instrument der Unterdrückung!«

Beifall wurde laut, aber sie unterdrückten ihn – schließlich befanden sie sich nicht in einem Wahllokal, sondern in einem Rechensaal, noch dazu in einem der Regierung.

»Aus vielen Gesprächen mit Kollegen weiß ich«, sagte Edwige, »daß es viele gibt, die nicht mitmachen wollen. Wer ein bißchen denkt, merkt ja, was da vor sich geht. Wir müssen Kontakt mit ihnen aufnehmen, wir müssen sie alle zu gemeinsamen Aktionen bringen!«

»Edwige hat recht«, meinte Ben. »Ich schlage vor, daß jeder im Kreis seiner Bekannten nach Leuten sucht, die wir ins Vertrauen ziehen können.«

»Und wie lange wird das dauern? Wochen oder Monate? Was glaubt ihr, wie schwer es ist, eine größere Menge von Leuten aus ihrer Schläfrigkeit herauszureißen! Gut – ich sehe ein, daß wir es versuchen müssen! Aber soll sonst nichts geschehen?«

»Eine Aktivität, an der viele Leute beteiligt sind, läßt sich kaum geheim halten«, sagte Jonathan. »Ich glaube nicht, daß der Weg über eine größere Zahl von Gesinnungsgenossen gangbar ist. Denkt daran, was ich euch gesagt habe: Durch unser Wissen und durch die Zugriffsmöglichkeit, die uns diese Tätigkeit hier gibt, haben wir eine Macht, die wir

selbst noch kaum überblicken. Wir könnten sie auch in einer kleinen Gruppe ausüben; das erscheint mir sinnvoller zu sein.«

»Ich bin derselben Meinung«, bekräftigte François. »Ich bin dafür, daß kein anderer eingeweiht wird. Dafür aber gehen wir gleich an die Arbeit. Ich schlage vor, wir verwenden diesen Nachmittag dazu, um alle Möglichkeiten des Eingriffs zusammenzustellen. Jeder notiert, was ihm einfällt, und heute abend treffen wir uns und überlegen, was davon brauchbar ist und was wir als erstes unternehmen.«

»Einverstanden«, sagte Ben. »Und jetzt gehen wir am besten mittagessen – sonst fallen wir hier noch auf.«

Sie hatten sich für acht Uhr abends in der Kantine neben der Bowling-Bahn verabredet – ein beliebter Treffpunkt für alle Angehörigen der Datenbank –, doch heute befanden sich nur wenige Personen hier; die politischen Ereignisse waren allen in die Knochen gefahren, und so hatten Ben und seine Freunde den Raum für sich.

Bald lag auf dem Tisch ein Haufen von Notizzetteln; hier hatten alle ihre Vorschläge zur Sabotierung des Automatensystems niedergelegt. Wieder waren sie darüber erstaunt, wie vielfältig die Möglichkeiten des störenden Eingriffs waren. Sie redeten sich in merklichen Eifer hinein, aber sie blieben sachlich. Die Diskussion hörte sich eher wie ein kompliziertes Fachgespräch an als eine Besprechung zur Vorbereitung von revolutionären Maßnahmen.

Am Schluß hatten sie eine beachtliche Liste aufzuweisen; sie war weitaus mehr als eine Aufzählung. Jeder hatte sein Wissen zur Verfügung gestellt, und dabei war eine ganze Menge von Daten, die als streng geheim galten, beispielsweise Codes zum Entschlüsseln von Sperrmaterial, interne Adressen zum Aufruf von Daten, die nicht für die Öffentlichkeit bestimmt waren, und so weiter. Dazu kamen viele praktische Hinweise zum Problem, wie man Automaten an der Peripherie, also beispielsweise Zahl- und Wechselautomaten, Sicherungen für Eingänge und Lifts, Fernschreiber und Datensichtstationen für die allgemeine Kommunikation, außer Funktion setzen können. Natürlich besaßen sie noch nicht alle Kenntnisse zur Realisierung ihrer Ideen, aber das, was hier noch fehlte, würde sich beschaffen lassen...

Ben faltete die Blätter mit den Aufzeichnungen sorgsam zusammen und steckte sie in die Innentasche seiner Jacke. »Wir werden noch eine Weile damit zu tun haben«, sagte er, »bis wir alles das geprüft und ausprobiert haben. Am besten, wir beginnen mit kleineren Störaktionen – um zunächst einmal zu sehen, ob die Sache so läuft, wie wir uns das vorstellen.«

»Und inzwischen bereiten wir uns auf den großen Schlag vor«, ergänzte François. »Das wird das Zeichen für den Aufstand sein.«

Jonathan nickte. »Und diesmal haben wir eine echte Chance – denn wir werden auch alle Nachrichtenmedien und Verkehrsmittel lahmlegen, deren sich die Polizei bedient.«

Ein Knacken im Lautsprecher, und dann eine Stimme: »Herr Ben Erman ans Videofon. Herr Erman wird am Videofon verlangt!«

Jonathan wandte sich an Ben: »Wer weiß davon, daß du hier bist?«

Ben zuckte die Schultern. »Ich habe es niemandem gesagt!«

»Na, geh schon!« forderte ihn François auf. »Aber sei vorsichtig!«

Ben stand auf und verließ den Raum. Die Videofonzelle war draußen, am anderen Ende des Korridors. Als er sie betrat, bemerkte er, daß der Bildschirm eingeschaltet war; darüber hinweg lief sich stetig wiederholend der Schriftzug »Bitte warten!«

Die anderen waren ein wenig unruhig geworden. Ihre Unterhaltung stockte – sie warteten auf Ben.

Und dann horchten jene, die etwas weiter vorn und damit näher am offenen Eingang zum Treppenhaus saßen, irritiert auf, und nun hörten es auch die andern: polternde Schritte schwerer Lederstiefel. Es dauerte keine drei Sekunden, und sie waren von einem doppelten Ring uniformierter Männer umgeben. Einer sah wie der andere aus – in der einen Hand den Schlagstock, in der anderen die Hochvoltpeitsche.

Schließlich trat ein unscheinbarer, kleiner Mann in Zivil durch die Reihen, und alle erschraken: der Chef des Geheimdienstes, den man gelegentlich in Zeitschriften und Fernsehsendungen sah. Und doch war es ein Gesicht, das man kaum vergaß, wenn man kein ganz sauberes Gewissen hatte…

»Ich glaube, das genügt«, sagte er. Er trat von einem zum andern, blieb vor jedem stehn, musterte ihn. »Ihr wollt also dort zuschlagen, wo es am wehesten tut. Ich glaube, ihr werdet noch drauf kommen, wie kindisch eure Ideen waren. Abführen!«

Nach einer Minute war der Raum leer.

8.

Der nächste Vormittag verlief für Ben wie im Traum. Ihm war, als wäre er noch nicht richtig erwacht, als befände er sich in einer imaginären Zeit, in einem imaginären Raum, der das Reich der Träume von der Realität trennt.

Das Klingelsignal hatte ihn um sechs Uhr früh aus einer Welt gerissen, die nun plötzlich wieder Existenz gewonnen hatte. Zwar kam sie ihm nicht wirklich vor, aber sie war aus irgendwelchen Bereichen hergeholt worden, und sie ließ sich nicht mehr tilgen. War es Wahrheit oder Traum? War es ein Stück Vergangenheit oder war es ein Abriß aus irgendwelchen Parallelwelten, über die sie im Physikunterricht gehört hatten? Der Unterschied zwischen Nichtexistenz, Möglichkeit und Realwelt war verwischt, und es war eine Frage, ob sich jemals wieder feste Grenzen ziehen lassen würden.

Doch Ben hatte mit Erleichterung festgestellt, daß der Eingriff nicht mit üblen Neben- oder Nachwirkungen verbunden gewesen war. Offenbar hatte er die Nacht ruhig verbracht, ohne den anderen ein Zeichen dafür zu geben, daß er nicht wie sie in normalen Schlaf versunken war, sondern einen Ausflug ins Unfaßbare gemacht hatte. Und wenn er nun auch traumverloren und mechanisch seinen Routinen und Pflichten nachging, sich wusch und kämmte, aß und trank, die gymnastischen Übungen machte und in den Sprechchor einfiel, so gab es da noch eine andere Seite seines Bewußtseins, der es erst allmählich gelang, mit der Flut des Neuen fertig zu werden, das in kürzester Zeit auf ihn eingestürmt war.

Gegen Mittag hatte er sich aber schon merklich gefangen, und um vierzehn Uhr saß er äußerlich ruhig an seinem Datensichtgerät und aktivierte die Verbindung mit der Arbeitseinheit. Es dauerte ungewöhnlich lang, bis die üblichen Schriftzüge erschienen. Ungewöhnlich – das waren nur Bruchteile von Sekunden, aber im Hinblick auf die Schnelligkeit der Adressierungs- und Rückrufprozesse war es lange. Nun erst warf er einen Blick auf die Kontrollzeit… er hatte den Wert von gestern nicht notiert, aber er war sicher, daß mindestens zehn Minuten fehlten. Irgend jemand war an seinem Arbeitsplatz gewesen, und er hatte sich den Inhalt der von Ben angelegten Dateien aufrufen lassen. Zu welchem Zweck? Und wer war es? War jetzt der Punkt gekommen, vor dem er sich gefürchtet hatte: der Moment seiner Entlarvung? War sein Spiel entschleiert worden, war man ihm auf die Schliche gekommen?

Außer einigen kleinen Regelwidrigkeiten, die nur er als Fachmann merkte, deutete nichts darauf hin. Es konnte ein Vorgesetzter gewesen sein, ein Kontrolleur, ein Kollege… genausogut konnte die Ursache freilich bei einem Angehörigen des Reinigungstrupps liegen, der unvorsichtig mit seinem Antistatikgerät hantiert hatte, oder an einem Reparaturtrupp, der über Nacht die Anlagen prüfte. Aber, so gern er diese Möglichkeiten auch gelten lassen wollte, so wußte Ben doch genau, daß ohne Kenntnis des Codes kein Zugang zu Datenmaterial bestand.

Was aber auch immer die Ursache sein mochte – im Moment konnte er ihr nicht auf den Grund kommen, und so spielte er sich noch einmal die Daten von Hardy Weman, Kennzahl 14-5566850-19 W, ein. Und er sah sich auch die Reihe von dessen Fotoaufnahmen an, die Jahr für Jahr erneuert wurden. Dieses Gesicht war nicht sympathisch; es schien jung zu sein, doch wenn man es näher betrachtete, so zeigte es einen Ausdruck von Resignation, wie man ihn nur bei den Alten findet, die kurz vor ihrer Z-Einstufung stehen – der Nihilation. Die Haare waren schwarz, das Kinn ein wenig herabgezogen – es war ein Zug von Verachtung, der sich hier Jahr für Jahr stärker eingraviert hatte.

Ben blickte auf die Uhr: Es war noch früh – vierzehn Uhr zwanzig –, und so entschloß er sich spontan, Hardy heute schon aufzusuchen. Er war sich nicht mehr sicher darüber, wie lange er seinen Ermittlungen noch ungestört nachgehen konnte.

Lehrbrief über das Nachwuchs-Problem

Eine besonders krasse Verletzung sozialer Verantwortlichkeit liegt im archaischen Zeitalter bei der Aufzucht und Pflege des Nachwuchses vor. Als folgenschwerste Fakten sind aufzuzählen:

a) Man überließ die Frage des Nachwuchses privater Initiative.
b) Die Zahl der produzierten Kinder hing von zufälligen Einflüssen und Entscheidungen ab.
c) Jedermann konnte sich aus freiem Willen in den Vermehrungsprozeß einschalten.
d) Es gab keinerlei Rücksicht auf erbgesundheitliche Gegebenheiten.
e) Es gab keinerlei genetische Auslesegesetze.
f) Die Pflege der Säuglinge und Kleinkinder wurde dem Elternpaar überlassen.
g) Auf diese Weise waren die ersten Lehr- und Erziehungsversuche dem Dilettantismus von Privatpersonen überantwortet.
h) Selbst im Stadium des Schülers wurde das Kind noch den schädlichen Einflüssen der Familie überlassen.
i) Die Ausbildung erfolgte nach individualistischen und nicht sozial orientierten Zielvorstellungen.

Das Überhandnehmen von genetisch bedingten Krankheiten physischer und psychischer Art, insbesondere aber die unkontrollierbar weite Streuung der Eigenschaften, ließ die Zusammensetzung des menschlichen Materials als denkbar ungeeignet für den sozialen Zusammenschluß erscheinen. Die Folge davon war ein Ungleichgewichtszustand zwischen den individuellen Wünschen und den sozial vorgegebenen Pflichten, der zu Frustrationen und Aggressionen führte. Dadurch war die Freiheit des einzelnen empfindlich eingeschränkt; ein Übergang zur nächsthöheren gesellschaftlichen Organisationsstufe war unmöglich. Die Freie Gesellschaft mußte daher völlig neue Methoden der Nachwuchsproduktion und -pflege entwickeln.

Zur Vermehrung sind nur qualifizierte Elternpaare zugelassen. Ihre genetische Ausstattung muß innerhalb einer Streubreite von ± 2,5% liegen. Als Norm dafür ist das Qualitätenspektrum des repräsentativen Durchschnittsbürgers zu nehmen. Die Frucht bleibt sechs Wochen im Mutterleib und wird dann durch einen hormonalen Schock ausgestoßen. Die weitere Reifung erfolgt im Brutkasten. Während der folgenden zehnmonatigen Entwicklungsphasen sind mindestens drei Zwischentests für genetische Eignung eingeschoben.

Die Pflege der Säuglinge bis zum 2. Lebensjahr erfolgt in steriler Umgebung ausschließlich durch Automaten. Zur Aktivierung der motorischen und sensuellen Fähigkeiten kommt ein Programm an Reizen taktiler, auditiver, visueller u. a. Art zur Anwendung.

Ab dem dritten Lebensjahr werden die Kinder in Schulklassen zusammengefaßt und von ausgebildetem Personal nach festgelegten Lehrplänen betreut. Bis zum 22. Lebensjahr lernt der heranwachsende Bürger auf diese Weise alle Verhaltensweisen, die ihn zum Vollmitglied der Freien Gesellschaft qualifizieren. Für spätere Planungsphasen ist Vollcomputerisierung vorgesehen.

Gemäß den biologischen Erkenntnissen befindet sich das Individuum während seiner Reifungsphase in einem besonderen psychologischen Zustand, der es von jenem der Erwachsenen unterscheidet. Es ist vor allem durch die Bereitschaft zur wahllosen Aufnahme von Information gekennzeichnet, weiter durch eine erhöhte Risikobereitschaft, durch eine geringe Konzentrationsfähigkeit, durch einen gesteigerten Hang zu unkonventionellem Denken, durch die Anwendung spielerischer Verhaltensweisen auch in sachlichen Aufgabenbereichen. Da die Individuen in dieser Phase aufnahmebereit und lernoffen sind, müssen ihnen alle sozialen, betätigungstherapeutischen und pseudoberuflichen Qualifikationen anerzogen werden. Während der Mensch des archaischen Zeitalters diese infantilen Verhaltensmuster in das Erwachsenenstadium mit hinübergenommen hat – wodurch die Gesellschaft zu einem Kessel widerstrebender Meinungen und Trends wurde –, erreicht der Bürger der Freien Gesellschaft ein echtes Reifestadium. Er ist dann für die Aufnahme neuer Information und die Annahme neuer Verhaltensweisen nicht mehr geeignet – eine Voraussetzung für eine optimale und permanente Adaption an das bestehende soziale Wirkungsschema. Die Umstellung zum Erwachsenenstadium erfolgt mit Hilfe einer halbjährigen Hormonbehandlung. An ihrem Ende steht ein zusätzlicher Gedächtnisschock, der im erwachsenen Bürger der freien Gesellschaft die Erinnerung an die Reife- und Lernphase löscht, die sich im weiteren Leben nur als Störfaktor erweisen würde.

Da eine Infiltration der für Kinder und Jugendliche charakteristischen Denk- und Verhaltensweisen für den Erwachsenenstaat schädlich wäre, hat sich deren Aufenthalt auf abgeschlossene Areale zu beschränken. Jede Kommunikation zwischen diesen und dem äußeren Bereich ist strengstens untersagt und wird durch automatische Kontrollen unterbunden.

9.

Auf Hardys Vernehmung hatte sich Ben gut vorbereitet – er ließ sich diesmal durch nichts überraschen. Er war genau darüber orientiert, wo dieser arbeitete: Er gehörte zu einem Reinigungstrupp, der für die Entstaubung von Leitungen, Röhren und Glasfaserkabeln zu sorgen hatte. Der Arbeitsbereich war die versteckte Kehrseite der Maschinen, jener Teil, der vollautomatisch arbeitete und sich selbst steuerte. Menschen waren hier überflüssig, zumindest in leitenden Positionen. Das einzige, wofür man noch keine Automaten gefunden hatte, war die Dienstleistung, deren auch technische Anlagen von Zeit zu Zeit bedürfen.

Diese Arbeit war gefährlich. Die den Menschen zugängliche Zone war in jeder Hinsicht geschützt – materiell durch Sicherheitsvorkehrungen, ideell durch Gesetze und Vorschriften. Die Betreuung der Menschen ging so weit, daß sogar willkürliche Zerstörungen oder Verletzungen ausgeschlossen waren; jedes Stuhlbein wäre ohne ernsthafte Wirkung abgebrochen, wenn man es auf den Schädel eines Widersachers geschmettert hätte. Selbst die Bestecke waren aus biegsamem Kunststoff, die Wände mit Schaumgummi gepolstert, die Steckdosen lieferten nur Schwachstrom. Aber es gab ja gar keine Widersacher – jeder Anflug von Aggression wurde durch das psychogene Training und die psychiatrischen Präventivmaßnahmen im Keim erstickt, ehe sie sich Luft schaffen konnte.

Hier war das anders... Ben erkannte das deutlich, als er sich auf einer automatisch gesteuerten Lore über das Geflecht der Schienen bewegte. Schon die Dimensionen waren dem Menschen nicht angepaßt: riesige Säle und Tunnels, die nackten Innereien der Streben. Achsen, Leitungen... Stufen. Abbrüche, offene Fenster in tiefere Etagen – das alles ohne Geländer, ohne Warnblinkanlagen, ohne Polsterung. Die Luft war schlecht, er mußte sein Atemfilter tragen, doch als er es einen Moment lang abnahm, spürte er nicht den sauren

Geruch von oxidierten Kohlenwasserstoffen, sondern jenen von unbekannten Chemikalien, vielleicht von Ozon, vielleicht von Zyanwasserstoff. Schadstoffe, Gifte – er schüttelte sich. Das war kein Ort für den Aufenthalt von Menschen, eine Hölle, gerade noch dem Existenzminimum der niedrigsten Kategorien angemessen.

Man hatte ihm eine Broschüre in die Hand gedrückt, einen Plan, mit dessen Hilfe er sich über seinen Weg orientieren konnte. Aus den riesigen Hallen ging es hin und wieder durch enge Röhren – er mußte sich bücken, um mit dem Kopf den Staubfäden auszuweichen, die wie Spinnweben von den Decken hingen. Ein Stück ging es steil bergab, und er klammerte sich an die Stützen an seinem Gefährt. Dann wieder einige sanfte Kurven, ein unterirdisches Flußbett, der Abfluß dampfender Chemikalien, und dann zwei Luftschleusen, Eingang zum unterirdischen Teil eines riesigen Prozeßrechners, der zentralen Steuerungsanlage für die Stadtfunktion.

Hier irgendwo mußte Hardy zu finden sein... links tauchte die riesige Wand mit den unzähligen in Platten gedruckten Schaltungen auf, rechts gähnten die Öffnungen der Klimaanlage, die neben der präzise temperierten Luft auch oberflächenaktive Stoffe hereintrugen – sie dienten zur selbsttätigen Verbesserung von Isolationsschäden, die infolge der Alterung der Materialien hier und da auftraten und früher ein ernsthaftes Problem gewesen waren.

Noch um zwei Ecken herum... aber da versperrte ihm eine Gruppe von Menschen den Weg, auf dem Geleise stand eine Transportlore mit einem blinkenden roten Kreuz. Die Automatik schaltete das Transportsystem aus, bevor ein Zusammenstoß erfolgen konnte. Ein Mann im weißrot gestreiften Overall der Sanitäter lief Ben entgegen und brüllte ihn an: »Siehst du das Alarmzeichen nicht! Mach den Weg frei, aber rasch!«

Ein anderer erschien hinter dem ersten, stieß ihn warnend an. »Nicht doch, Paul! Das ist doch der angekündigte Besucher.« Er wandte sich an Ben: »Sie kommen zu spät, Hardy hat es erwischt. Er war es doch, den Sie befragen wollten – nicht wahr?«

Ben stieg aus der Lore, zwei Männer traten vor und hoben sie aus den Schienen. Die Transportlore setzte sich wieder in Bewegung, und während sie an Ben vorbeifuhr, blickte der in das Gesicht, das er noch vor einer Stunde auf dem Bildschirm studiert hatte: das häßliche, schmale Gesicht, das weder alt noch jung aussah, dem man aber selbst in der Ohnmacht noch die Verachtung für die Umwelt anzusehen glaubte...

Ben wandte sich an den Mann im blauen Overall, der die Funktion eines Truppführers innezuhaben schien. »Was ist mit ihm passiert?«

»Er wurde eben erst gefunden. Aber wir werden es prüfen.«

»Fangen Sie gleich damit an!« forderte Ben.

Inzwischen kam aus Nebengängen, deren Mündungen er in der Dämmerung der radiolumineszierenden Streifen nicht gesehen hatte, aus Winkeln und Nischen eine ganze Horde verwegen aussehender, schmutziger, mit undefinierbaren Werkzeugen ausgestatteter Männer. Von manchen von ihnen konnte man nur das Weiße ihrer Augen erkennen. Sie drängten sich zusammen, ein leises Murmeln klang auf. Ben hatte das Gefühl als wäre er in Gefahr, als hätten sich hier Emotionen aufgestaut, die sich jeden Moment gegen ihn entladen könnten – obwohl er nicht wußte, warum. Unwillkürlich trat er einen Schritt beiseite, auf die Stufe des Schienenzugs hinauf, von der er einen besseren Ausblick hatte – und die bessere Möglichkeit, im Dunkel zu verschwinden.

Der Mann im blauen Overall machte ein Zeichen, und das Gemurmel erstarb. »Wer hat Hardy gefunden?« fragte er.

»Ich!« Einer der Männer trat vor – er hielt eine lange, in drei Spitzen auslaufende Stange in der Hand und stemmte sie gegen den Boden wie eine Lanze.

»Wo war das?«

»Dort drüben, beim Verteiler. Ich habe Bill gerufen, und der hat die Sanitäter alarmiert.«

»Hat jemand gesehen, was passiert ist?« Der Leiter des Trupps blickte die Männer forschend an, ein Gesicht nach dem andern. Niemand, den sein Blick traf, rührte sich, doch Ben hatte den Eindruck, in einer hinteren Reihe eine Bewegung wahrgenommen zu haben, und als er hinblickte, bemerkte er, daß ein großer, breit gebauter Mann einen anderen, kleineren am Oberarm festhielt, als wollte er jede Handlung ersticken, die vielleicht beabsichtigt sein mochte.

»He – komm vor... ja, dich meine ich!« Ben wandte sich an den Anführer: »Ich will selbst ein paar Fragen stellen!«

Als der Kleine zögernd näher trat, sagte Ben: »Ich bin ein Angehöriger des Kontrolldienstes; du weißt, daß du mir antworten mußt.«

Der andere nickte und sah zu Boden.

»Ich weiß, daß du etwas beobachtet hast. Sag es!«

Der kleine Mann schüttelte den Kopf. Ben wartete eine Weile, dann sagte er zum Truppleiter, und zwar so laut, daß es alle hören konnten: »Ich nehme ihn mit. Und auch du kommst mit – du garantierst dafür, daß es dabei keinerlei Schwierigkeiten gibt. Du bist dir sicher im klaren darüber, daß ich mit einem Telekommunikator Verbindung mit der Zentrale habe.«

Dieser Hinweis half, wenn er auch nicht auf Wahrheit beruhte – doch der Respekt vor den übergeordneten Instanzen lag den Männern zu tief im Blut. Die drei Männer bestiegen eine Lore und setzten sich in Bewegung – dem Einstiegsschacht entgegen.

Ben war sich klar darüber, daß der Mann, aus welchen Gründen auch immer, vor seinen Kollegen nicht sprechen würde, und daß es vor allem darauf ankam, ihn von den anderen zu entfernen.

Am Schacht angekommen, gingen sie in die Glaskabine des Pförtnerhauses, und Ben stellte noch einmal seine Frage. Der kleine Mann sah den Truppführer fragend an, und dieser nickte ihm zu und sagte: »Du mußt antworten.«

»Es stimmt, ich habe es beobachtet. Es war kein Unfall. Hardy hat zwei Zuleitungen aus der Stromschiene gerissen. Er hat sie an den Isolierenden angefaßt, an seinen Kopf gehoben, und dann mit den blanken Kontaktplatten an seine Schläfen gelegt, eine links, die andere rechts. Es war scheußlich, es hat ihn geschüttelt, hin- und hergerissen. Er hatte einen irren Ausdruck im Gesicht. Dann fiel er zu Boden.« Er schwieg.

»War das alles?«

»Ja!«

»Es ist gut«, sagte Ben. »Und nun möchte ich Hardy sehen – wo ist er?«

Mit dem Truppführer ging er in den Sanitätsraum. Hardy lag auf einem Notlager, ein Arzt saß neben ihm. Dieser stand auf, als er Ben eintreten sah, und ging ihm entgegen. »Ein schwerer Elektroschock«, erklärte er. »Es ist nicht zu verstehen, wie so etwas geschehen konnte, doch er muß mit beiden Schläfen zugleich an spannungführende Teile gekommen sein.«

Ben sah, daß Hardy die Augen geöffnet hatte, doch er lag bewegungslos, das Gesicht zur Decke gewandt. »Ist er bei Besinnung?«

»Er ist wach«, bestätigte der Arzt. »Hätte die Spannung andere Körperteile erfaßt, wäre er nun vielleicht gelähmt, doch das läßt sich in Ordnung bringen. So aber hat es sein Gehirn getroffen. Ja, er ist wach. Aber ob er bei Besinnung ist? Ob er noch erkennt, was um ihn herum vorgeht? Ob er noch Erinnerungen hat? – wer weiß es?«

Ben trat leise an das Lager heran und beugte sich über den Verletzten. Als er in Hardys Blickfeld kam, bäumte sich dieser plötzlich auf und schrie: »Ich weiß nichts, geh fort! Ich weiß nichts, nichts, nichts. Ich weiß nichts...«

Der Arzt zog Ben zurück, doch die Schreie hielten an.

»Worum geht es?« fragte der Arzt.

»Ich weiß es selbst noch nicht«, antwortete Ben. Er verabschiedete sich und ging zum Lift hinaus. Dieser trug ihn empor, zurück in den gesicherten Lebensraum der Freien Gesellschaft.

Notizen über das Symposium ›Ordnung und Antiordnung‹

Vorbemerkungen zur Begriffsbestimmung
Ordnung: Gesetzmäßigkeit. Regelhaftigkeit
Antiordnung: Zufall, Chaos, Entropie
Antithesen: Ordnung – Chaos
Information – Redundanz
Bestimmtheit – Unbestimmtheit

Das Geschehen in der Makrowelt, in der der Mensch lebt, ist durch Ordnungsbeziehungen diktiert. Die einzige Quelle von Unbestimmtheit ist die Mikrowelt (Quantenprozesse). Auswirkungen im sozialen Gefüge können nur durch Ereignisse nach dem Modell des Quantenverstärkers erfolgen. Man versteht darunter eine Anordnung, die ein Mikroereignis in ein Makroereignis umwandelt. Ein Beispiel dafür ist das Verstärkersystem, das in Zählrohren aufgefangene Impulse hör- oder sichtbar macht. Auch in biologischen Organismen kommen Effekte dieser Art zustande, beispielsweise durch zufällige Änderungen in den Genen, wodurch Mutationen hervorgerufen werden. Entsprechende Prozesse greifen ins Gehirngeschehen ein – sie führen zu Spontanreaktionen, unvorhersehbaren Einfällen, unlogischen Entscheidungen usw.

In geologischen, biologischen oder soziologischen Initialzuständen können Zufallsereignisse mitunter zu Änderungen führen, die Verbesserungen in Relation zum ökologischen System der Umwelt ergeben. Hat diese erst einmal einen näheren Organisationsgrad erreicht, dann haben Zufallseinflüsse stets destruktive Tendenz. So muß sich notwendigerweise in einem perfekten Sozialstaat jede durch Zufall induzierte Änderung in einer Beeinträchtigung der Funktionalität ausdrücken.

In einer vom Menschen kontrollierten Welt ist für den Zufall kein Platz. Es ist unsere Aufgabe, ihn auszuschalten. Unsere Welt muß total kontrolliert und umfassend gesteuert werden. Zufallseinflüsse im technischen Bereich führen zu Unfällen, Spontaneität im sozialen Bereich bringt Unruhe mit sich. Berufsgruppen, deren Tätigkeit auf der Produktion von Ideen und Phantasie beruht, sind destruktive Elemente im sozialen Gefüge; die Tätigkeit von Erfindern, Reformern, Künstlern und Schriftstellern wirkt sich negativ auf die Zufriedenheit der Bürger aus; diese Berufsstände werden deshalb aus den offiziellen Berufslisten gestrichen.

Der Einsatz von Zufallsgeneratoren im technischen Bereich ist nur mit Sondererlaubnis gestattet, vor allem für Simulations- und Forschungszwecke. Sobald die Übergangsphase überwunden ist, wird der destruktive Zufall völlig aus dem Wirkungsgefüge des Sozialstaats gestrichen. So wird durch eine totale Sperre zwischen Mikrowelt und Makrowelt ein Zustand der perfekten Ordnung erreicht.

10.

Das Zusammentreffen mit Hardy hatte Ben weitaus stärker aufgewühlt, als er sich selbst eingestehen mochte. Es war auch anders gewesen als mit Barbara, der er völlig unvorbereitet gegenübergestanden war. Mit Hardy hatte er sich weitaus eingehender beschäftigt, er war ihm aber auch schon deshalb kein Unbekannter mehr gewesen, weil er ja in seinem Traum eine wichtige Rolle gespielt hatte. Aber war der Hardy aus seinem Traum jener Hardy, der jetzt irgendwo in einem Hospital lag, weil er seine Erinnerungen auslöschen wollte, bevor er mit Ben zusammentraf? Wenn Ben sich auch eines Geschehens bewußt war, in das er und seine drei angeblichen Kontaktpersonen verflochten schienen, so stand noch keineswegs fest, daß alles etwas mit wirklichem Geschehen zu tun hatte. Er hatte die handelnden Personen nur vage gesehen, es war, als seien es Schemen gewesen, Aktionszentren, die sich, vielleicht auf gut Glück, in irgendwelchen Personen verkörperten, die derzeit in seinem Denken eine große Rolle spielten.

Aber wie dem auch sei – Ben war sicher, daß sich ihm die Vergangenheit zum Teil enthüllt hatte, und er nahm sich vor, schon in dieser Nacht die nächste Ampulle anzuwenden. Noch bevor er sich aber für das Abendessen anstellte, machte ihn sein Zellennachbar darauf aufmerksam, daß ein Ruf angekommen wäre. Er betrat die nächste Videofonzelle und wählte die angegebene Nummer. Der Bildschirm erhellte sich, blieb aber leer. »Es ist schön, daß wir uns wiedergetroffen haben. Ich möchte dich sehen...« Ben erkannte die Stimme sofort, obwohl sie keinen Namen nannte: Barbara. »Hallo, bist du noch da? Hörst du mich?«

»Ja«, antwortete Ben.

»Hör zu: Wollen wir uns heute abend treffen?« Sie wartete die Antwort nicht ab. »Ich erwarte dich also um neunzehn Uhr dreißig an der Endhaltestelle der U-Bahn – Stadtsektor West. Hast du verstanden: neunzehn Uhr dreißig!«

Der Bildschirm wurde dunkel, und Ben hatte das Gefühl, überrumpelt worden zu sein. Trotz aller Zweifel stand vom ersten Moment an fest, daß er der Einladung folgen würde. Trotz aller Bedenken, sich mit einem Mädchen zu treffen, überwog seine Neugier. Das war die Bestätigung: Barbara wußte etwas über seine Vergangenheit. Heute würde er es erfahren!

11.

Als er aus der überfüllten Untergrundbahn stieg, nieselte es, und er band rasch seine Atemmaske vor. Er ließ den Hauptstrom der Fahrgäste an sich vorüberziehen und sah sich dann auf dem verlassenen Bahnsteig um. Eine Minute lang glaubte er, unverrichteter Dinge wieder in den Wohnblock zurückkehren zu müssen, da löste sich eine Gestalt aus dem Schatten. Es war Barbara. Sie nahm ihn an der Hand und zog ihn mit sich fort. Sie hielten sich im Schatten. Obwohl in diesem Viertel vielleicht Übertretungen dieser Art nicht gar so selten waren, wollte er doch um keinen Preis mit einem Mädchen gesehen werden. Diesem Wunsch kam der Nebel entgegen, aber auch die Atemmasken und Regenumhänge aus Kunststoff verbargen die Personen, die darin steckten, in einer einheitlichen Anonymität.

Barbara führte ihn in ein Gebäude. Sie warteten einige Sekunden, bis niemand mehr in der Nähe war, dann betraten sie den Lift. Ben beobachtete, daß Barbara eine seltsame Zahlenkombination eintippte – sie berührte manche Tasten mehrmals, als gäbe es über die zwölf Stockwerke hinaus weitere Etagen, die man mit dem Aufzug erreichen konnte. Um so erstaunter war er dann, daß dieser absurde Gedanke der Wahrheit entsprach. An der kurz aufleuchtenden Zahl am Flüssig-Kristall-Schirm erschienen die Nummern weiterer Etagen: 13. 14. 15... vielleicht Maschinenräume, Zwischenböden für Reparaturen, verbotenes Terrain? Die Ziffernfolge ging weiter, der Lift hielt erst bei 76. Er mußte sich in einem der turmartigen Gebäude befinden, die sich an einigen Stellen der Stadt in unbekannte Höhen erhoben; die oberen Teile der Bauwerke konnte man nicht sehen, da sie stets im Nebel verborgen blieben.

Sie traten auf einen Korridor hinaus, und Bens Erstaunen ging in Ungläubigkeit über: Hier gab es eine Halle mit Wänden aus Spiegelglas und Marmor, der Boden mit dicken Teppichen belegt, an der Decke ein Raster von Lampen hinter geschliffenem Glas. Wieder zog Barbara ihn weiter. »Wir dürfen uns hier nicht zu lange aufhalten!«

Sie kamen an eine Tür, und Barbara steckte ein Stück Silberfolie in den Schlitz für die Kennkarte. Sie lauschte... zog die Folie schnell zurück und drückte auf eine Taste.

»Was tust du?«

»Die Wohnung steht heute leer. Eine Freundin von mir ist hier Stubenmädchen. Sie hat mir den Tip gegeben. Es hat mich zehn Punkte gekostet.«

»Aber wo sind wir?«

Sie hatten die Wohnung betreten – sie war ebenso großzügig angelegt wie die Halle – die Decke hoch über den Köpfen, riesige Räume, in denen man von einer Wand zur anderen zwanzig Schritte brauchte.

»Wußtest du das nicht? Das ist die Wohnung eines Angehörigen der B-Kategorie.«

Sie traten an eine Fensterwand; die Aussicht war überwältigend. Sie befanden sich hoch über dem Wolkenmeer, in einer Luft, die durch Schwebestoffe kaum getrübt war. Über ihnen wölbte sich ein schwarzblauer Himmel, im Westen lagen einige Wolken wie über dem Horizont dahingebreitet, von unten rosarot beleuchtet. Tief unter ihnen wogte es: das graue Meer des Smogs.

»Hier läßt es sich leben, nicht wahr?« Barbara war ganz nahe an Ben herangetreten, und dieser wich unwillkürlich zurück. »Was ist mit dir los? Freust du dich nicht, daß wir wieder beisammen sind?«

»Hör zu, Barbara, ich weiß nicht, ob ich der bin, den du erwartet hast. Es scheint einen Zusammenhang zwischen uns zu geben, aber ich kenne ihn nicht. Meine Erinnerungen... ich habe alles vergessen.«

»Vergessen? Wer möchte das nicht: vergessen? Aber komm, wir wollen die Zeit nützen!«

Sie trat an einen Wandschrank, klappte ihn auf – eine Batterie von Flaschen in allen Farben und Größen tauchte auf, wie von Geisterhand präsentiert. Barbara nahm zwei Gläser heraus und füllte sie. Eines davon reichte sie Ben. »Trink! Hör auf zu grübeln!«

Sie hob das Glas, berührte damit das seine. Die hauchdünnen Gläser begannen zu klingen, und es war, als rege sich etwas in Bens Erinnerung, diesmal kein Traum, sondern ein echtes Zeichen von vergangenen Dingen... aber genauso schnell, wie dieser Eindruck entstanden war, verschwand er auch wieder. Ben trank die Flüssigkeit, die ein wenig süß, ein wenig scharf und ein wenig betäubend schmeckte – es mußte sich um konzentrierte Chemikalien handeln... »Werden wir nicht... können wir nicht?«

Barbara berührte mit den Fingerspitzen seinen Mund. »Mach dir keine Gedanken – alles ist in Ordnung!«

Durch eine Tür, die als Rundbogen in der Wand freigelassen worden war, ging Barbara in ein Nebenzimmer und verschwand hinter einer Ecke. Langsam trat Ben hinzu und blickte in einen Raum, der mit einem dicken, wolligen Teppich ausgelegt war – die gedrillten Fäden bildeten geradezu einen Rasen, in dem man mit den Füßen versank. An der rechten Seite setzte sich die Fensterwand fort, und darunter erstreckte sich ein riesiges Lager, mindestens sechs mal so groß wie seins in seiner Zelle.

Hinter sich hörte er ein Geräusch, er drehte sich um und erblickte Barbara. Sie hatte sich umgezogen. Sie trug ein Kleid, das sie von den Schultern bis zu den Füßen verhüllte, das bis zum Boden reichte und am Teppich streifte, und erst dann erkannte Ben, daß es halb durchsichtig war – zum ersten Mal sah er den Körper einer Frau, und das, was er sah, stellte alle Puppen, die er bisher gehabt hatte, weit in den Schatten.

Das Gefühl der Abstoßung, des Ekels, das Vorstellungen dieser Art stets in ihm ausgelöst hatten, blieb zu seinem Erstaunen aus. Was blieb, war eine geradezu ekstatische Erregung, die ihn erfaßte, ein Taumel zwischen Jubel und tödlicher Verlegenheit, zwischen Verlangen und Furcht.

»Komm, komm!« flüsterte Barbara. Sie legte sich auf das Bett, streckte sich aus, räkelte sich.

»Ich wollte dich fragen... wir müssen...« Ben vermochte nicht mehr, im Zusammenhang zu sprechen.

»Du brauchst mich nichts zu fragen. Es ist vorbei, und es ist gut, daß es vorbei ist. Wir sind beisammen, und mehr wünsche ich mir nicht... komm!«

Sie zog ihn hinunter aufs Lager, und was nun geschah, geschah so selbstverständlich, daß er sich nachher nicht mehr an Einzelheiten erinnern konnte. Alles, was ihm blieb, war das Gefühl unbeschreiblichen Glücks, und das überwog bei weitem das Aufkommen der Scham darüber, daß er sich zu entsetzlichen Perversionen hatte hinreißen lassen, zu Dingen, die zu den übelsten Abweichungen gehörten, die denkbar waren.

Ben kam erst am nächsten Morgen in seinen Wohnblock zurück. Er hatte die ganze Nacht in der fremden Wohnung verbracht und während dieser Zeit ein rundes Dutzend Gesetze, Vorschriften und ungeschriebene Regeln verletzt. Im letzten Moment, als die Dämmerung schon aufkam, hatten sie sich hastig angekleidet, die Wohnung verlassen, waren mit dem Lift hinuntergefahren... mit dem Nebel und dem säuerlichen Geruch nach Abgasen überfiel sie der Alltag. Wortlos gingen sie auseinander.

Soweit es Ben beurteilen konnte, war ihm nicht leicht nachzuweisen, wo er sich aufgehalten hatte; er konnte sich in Ruhe eine Ausrede ausdenken. Denn um eine Tatsache kam er nicht herum: widerrechtliches Fernbleiben während der Nachtstunden. Das brachte nicht nur Punktabzug, sondern meist auch eine Untersuchung ein. Als er den Wohnblock betrat, war er froh, keinem Menschen zu begegnen. Er ging in den Gymnastikraum und von dort in das Kleine Verlies, in dem die Fitnessgeräte aufbewahrt wurden. Er schloß die Tür hinter sich und zog das Zellophanetui heraus, in dem er seine Kennmarke aufzubewahren pflegte. Er riß die durchsichtige Vorderseite heraus – sie hatte dieselbe Größe wie die Kennmarke – und rieb sie, so fest er konnte, an der Kunststoffmasse des Bodenbelags. An den winzigen Stäubchen, die sich daran festsetzten, konnte er erkennen, daß sie sich elektrisch aufgeladen hatte. Und dann steckte er sie in den Schlitz der Tür. Seine Hoffnung war es, daß die ladungsempfindlichen MOS-Schaltungen gestört wurden. Und diese Hoffnung fand er bestätigt, als er die Folie herauszog und statt dessen seine Kennkarte einsteckte: Die Tür öffnete sich nicht.

Nun wartete er, bis er im Gymnastiksaal Schritte hörte, und dann polterte er gegen die Tür. »Ich bin eingeschlossen, das Schloß ist kaputt!«

Es dauerte eine Weile, bis man ihn herausgeholt hatte. Sein erster Weg führte zum Moderator, wo er den Vorfall meldete. Er gab an, die ganze Nacht eingeschlossen gewesen zu sein und beantragte Befreiung vom morgendlichen Unterricht. Er mußte warten, bis ein Fachmann der Reparaturabteilung zur Prüfung des Vorfalls gekommen war, dann wurde er entlassen – und er erhielt sogar die Erlaubnis, sich den Morgen hindurch in seiner Zelle aufzuhalten.

Es war ein herrliches Gefühl, sich im Bett zu räkeln, während er die anderen in den Unterrichts- und Sportsälen wußte. Eigentlich hätte er ein schlechtes Gewissen haben müssen – er hätte nie von sich selbst gedacht, daß er sich so leichten Herzens über Grundregeln hinwegsetzen konnte, die sein Leben bisher bestimmt hatten. Aber woran es auch lag: Er fühlte sich herrlich, und es war nicht die wohlige Müdigkeit, die ihm angenehm erschien, sondern er verspürte auch ungeahnte Kräfte in sich, geradezu eine Lust, sich den Problemen zu stellen.

Unter diesen Umständen war es ihm fast unmöglich, den ganzen Vormittag tatenlos zu verbringen. Kurz entschlossen ging er hinunter ins Erdgeschoß, in den Sanitätsraum, und ließ sich Schlaftabletten geben. Unbemerkt konnte er eine

Injektionsspritze einstecken... fünf Minuten später lag er wieder in seiner Koje und erwartete die Traumbilder, die der Aktivierung vergrabenen Gedächtnisstoffs entspringen würden.

II.

Die Straßen waren menschenleer und totenstill. Die Schnellbahn hatte den Betrieb eingestellt, der Taxiverkehr war untersagt. Dafür patrouillierten mit Polizisten besetzte Jeeps, und gelegentlich rollte ein Panzer über den Asphalt.

Ben bewegte sich von Hauseingang zu Hauseingang. Vor jeder Straßenecke blieb er stehen und vergewisserte sich, daß die Luft rein war. Dann verschwand er in einem Durchgang. Im Hinterhof lag eine altmodische Druckerei, und hier stellten sie ihre Flugblätter her. Viel mehr wagten sie nicht zu tun.

Von ihrer Gruppe waren nur noch wenige übriggeblieben, darunter Jonathan, Hardy, Edwige und François. Die andern wollten seit ihrer Entlassung aus dem Gefängnis nichts mehr von Untergrundaktivitäten hören.

Nur noch Ben hatte seinen Posten bei der zentralen Datenbank behalten. Wie durch ein Wunder war er damals der Verhaftung entgangen, und er wußte bis heute noch nicht, wer ihn damals angerufen hatte. War es ein Zufall gewesen, oder hatte ihn jemand warnen wollen? Als er durch die Glasscheibe der Zelle die anrückenden Polizisten bemerkt hatte, hatte er sich geduckt und war dann durch die Hintertür verschwunden; in seiner Brusttasche steckten die Papiere mit der Liste der Sabotagemethoden und damit der greifbare Beweis für die aufrührerischen Absichten der Gruppe. Das war der Grund, weshalb man sie nicht lange gefangen gehalten hatte. Auf diese Weise wurde Ben aber zum Außenseiter. Er war der wichtigste Mann, der den Ereignissen gewissermaßen von innen heraus folgen konnte; und wenn irgendeine der Aktionen, die sie geplant hatten, realisiert werden sollte, so würde er es sein, der die Finger auf die Tasten legte… Und doch war er mit seiner Situation nicht zufrieden. Denn obwohl man es ihn nicht merken ließ, war der Schatten eines Verdachts auf ihn gefallen: Es gab einige, die ihn für einen Verräter hielten – für jenen, der ihre Absichten und den Ort des Zusammentreffens gemeldet hatte.

Sie saßen im Hinterraum, dessen Zugang außen durch einen Wandschrank verborgen war. Hier waren sie einigermaßen sicher.

Sie entwarfen den Text für ihr neues Flugblatt. Hardy notierte die Sätze auf einem Blatt Papier, und die anderen halfen ihm bei der Formulierung. Aber ihnen allen war klar, wie hoffnungslos ihre Lage war.

»Ich glaube, was wir hier tun, ist sinnlos«, sagte Edwige. »Seht euch das an: Da fordern wir zum Widerstand auf! Wer ist heute noch dumm genug, um Widerstand zu leisten! Er weiß, was er riskiert – Gefängnis. Straflager...«

»Willst du vielleicht aufgeben!?« fragte François empört.

»Nein«, antwortete Edwige, »aber wenn wir uns nicht etwas Wirksameres einfallen lassen als fromme Sprüche, dann können wir gleich einpacken.«

»Glaube ja nicht, daß du dich so leicht von uns absetzen kannst«, rief François. »Du weißt doch selbst...«

»Laß Edwige zufrieden«, unterbrach Jonathan. »Sie sagt doch nur, was wir alle denken.«

Hardy schob seinen Notizzettel von sich und legte den Bleistift darauf. »Und was schlägst du vor? Hast du eine bessere Idee?« Jonathan wiegte den Kopf. »Vielleicht«, sagte er.

»So laß dir doch nicht jedes Wort einzeln herausholen!« forderte François.

»Hört einmal gut zu!« Jonathan senkte die Stimme, als fürchtete er, belauscht zu werden. »Mir ist da ein Gedanke durch den Kopf gegangen... Und wenn ich recht habe – das wäre nun tatsächlich der Schlüssel zu unserem Problem.«

Wieder machte er eine Pause. »Wißt ihr, was eine strategische Zerstörung ist? Dieses Mittel wurde in allen Kriegen angewandt, und zwar immer dann, wenn sich Truppen zurückziehen mußten. Dabei ging es darum, wichtige technische Anlagen, die dem Feind nicht in die Hand fallen sollten, zu vernichten. Ich frage mich, ob nicht auch die Regierung für einen solchen Fall Vorsorge getroffen hat.«

»Was meinst du damit?«

»Vorsorge – in welchem Sinn? Was soll zerstört werden?«

Jonathan sagte mit festerer Stimme: »Ich bin überzeugt davon, daß in die wichtigsten Einheiten des zentralen Computers Sprengsätze eingebaut sind. Und zweifellos gibt es einen Code, den nur die wichtigsten Leute an der Spitze kennen, mit dessen Hilfe sie sich auslösen lassen. Es ist doch klar: Um keinen Preis würden sie das Computersystem mit allen gespeicherten Daten und den unzähligen Programmen, auf denen ihre Macht beruht, anderen in die Hände fallen lassen. Versteht ihr, was ich meine?«

Nun riefen sie alle durcheinander, fasziniert und begeistert von dieser Idee; seit langem zeichnete sich wieder so etwas wie Hoffnung in ihrer Stimmung ab. Doch es dauerte nicht lange, und sie kamen an den entscheidenden Punkt: Wie sollten sie an diesen Code herankommen?

»Hast du dir darüber schon Gedanken gemacht?« fragte François.

»Ja«, antwortete Jonathan. »Wenn einer die Codenummer besorgen kann, dann ist es Ben.«

Eine Forderung dieser Art hatte Ben bereits auf sich zukommen sehen, und doch war er jetzt überrumpelt... Alle blickten ihn an – war es bittend, verlangend, herausfordernd?

»Ihr wißt, daß ich alles tue, was möglich ist«, sagte er zögernd. »Aber in diesem Fall – ich sehe keine Chance...«

»Du hast eine Chance«, sagte Jonathan. »Und deine Chance ist Barbara Boulanger.«

»Ich verstehe nicht...« stammelte Ben.

»Nun – du wirst doch auch bemerkt haben, daß Barbara an dir interessiert ist. Und Barbara ist Direktionsassistentin. Kannst du zwei und zwei zusammenzählen?«

Ben schüttelte den Kopf. »Ich habe nichts mit Barbara... Sie ist ein hübsches Mädchen, aber sie interessiert mich nicht...«

»Von nun an interessiert sie dich«, sagte Jonathan hart. »Ich glaube, wir haben uns verstanden.«

Was an diesem Abend noch gesprochen wurde, ging an Ben vorbei – er hörte es nicht. Er dachte an Barbara... Jonathan war Psychologe, und vielleicht beobachtete er besser als andere. Wenn Ben es sich vergegenwärtigte – da gab es tatsächlich gewisse Anzeichen... Und eines ließ sich nicht ableugnen: Barbara war wirklich ein bemerkenswertes Mädchen – sie sah nicht nur gut aus, sondern sie war auch sympathisch...

Das Angenehme mit dem Nützlichen verbinden? An so etwas hatte Ben vorher nie gedacht. Ich muß es tun, ich muß es tun, flüsterte eine Stimme in ihm. Nun gut – was blieb ihm anderes übrig?

Ein paar zufällige Begegnungen, einige freundliche Worte...

Es war überraschend leicht gewesen. Jonathan kannte sich in menschlichen Regungen aus.

Gemeinsames Essen in der Kantine, ein Zusammentreffen in einem der wenigen Cafés, die noch geöffnet hatten.

Nur wenig später lud ihn Barbara zu sich ein. Sie besaß eine nette Wohnung in einem der riesigen Wohnblöcke, die für die höheren Angestellten der Datenbank bestimmt waren. Als Direktionssekretärin hatte sie vielerlei Möglichkeiten, die sich anderen nicht boten.

Sie lagen beisammen auf der breiten Couch. Nun, da Barbara ihre anfängliche Scheu verloren hatte, zeigte sie ein beachtliches Zärtlichkeitsbedürfnis, und Ben fand Gefallen an diesem Spiel. Am Anfang hatte er sich gefragt, ob er die schauspielerischen Fähigkeiten aufbringen würde, um einem Mädchen den Verliebten vorspielen zu können, aber bald hatte sich das erübrigt: Er brauchte ihr nichts mehr vorzumachen, er war wirklich verliebt. Und deshalb hatte er es vermieden, mehr als unbedingt nötig über die Datenbank zu sprechen, sie auszufragen und auszuhorchen. Doch seine Freunde wurden von Tag zu Tag ungeduldiger.

Er löste sich aus ihren Armen und zündete sich eine Zigarette an. »Was denkst du eigentlich über unsere Arbeit?« fragte er. »Hast du eigentlich keine Angst, dich mit mir sehen zu lassen? Bei den meisten gelte ich als Unruhestifter.«

»Ich weiß«, antwortete Barbara. »Vielleicht ist es gerade das, was mich auf dich aufmerksam gemacht hat. Du bist anders als die andern, nicht so unterwürfig und ergeben.«

»Und wie steht es mit dir? Du bist doch genau wie sie: Du unterwirfst dich den Regeln, tust, was man dir befiehlt, und hilfst so mit, die Menschen zu unterdrücken. Hast du schon einmal daran gedacht, auch etwas zu tun?«

Barbara richtete sich auf, stützte sich auf den Ellbogen und blickte ihn zärtlich an. »Wer sagt dir denn, daß ich nicht bereit bin, etwas zu tun? Hast du es für Zufall gehalten, daß du damals der Verhaftung entgangen bist?«

Ben fuhr hoch. »Das warst du? Hast du mich damals angerufen?«

»Ja«, antwortete das Mädchen. »Ich konnte es nicht zulassen, daß sie dich ins Gefängnis warfen. Ich glaube, ich war schon damals in dich verliebt.« Sie versuchte, Ben an sich zu ziehen, doch er blieb steif aufgerichtet sitzen. »Und die andern hast du in ihr Verderben laufen lassen?« Seine Stimme klang gepreßt vor Empörung. »Du hast nur an dich selbst gedacht, es ist dir gleichgültig, worum es geht!«

Für Barbara kam diese Reaktion überraschend. »Sei nicht bös!« bat sie. »Ich habe es doch nur gut gemeint. Schließlich ist dir einiges erspart geblieben. Deswegen brauchst du doch nicht so häßlich zu mir zu sein!«

»Hör zu, Barbara!« sagte Ben. »Du weißt, wie lieb ich dich habe. Aber was hat das alles für einen Sinn – jetzt, in dieser Situation. Schon heute ist Freiheit nur noch ein Wort, das auf dem Papier steht. In Wirklichkeit sind wir einem System ausgeliefert, das uns rücksichtslos unterdrückt – nur, damit es einigen Leuten an der Spitze gutgeht. Wenn wir auf

eine Zukunft hoffen wollen, dann müssen wir etwas unternehmen. Wir müssen unser persönliches Glück zunächst zurückstellen und uns für die Gemeinschaft einsetzen. Schließlich tun wir es ja für uns selbst.«

»Aber was können wir schon tun?« fragte Barbara.

»Es gibt da eine Möglichkeit...« Schnell und hastig, als gelte es, die verlorene Zeit einzuholen, berichtete er von der geheimen Codenummer. »Es besteht kein Zweifel daran, daß sie deinem Chef bekannt ist«, sagte er. »Du brauchst nichts anderes zu tun, als mir diese Nummer zu beschaffen. Du hast Zugang zu seinem Schreibtisch, zu seinem Notizblock, zu seinen Akten. Du brauchst nur zu suchen. Und wenn du sie gefunden hast, sagst du sie mir. Das ist alles. Wirst du es tun?«

Barbara lag tief in den Kissen vergraben. Während seiner Ausführungen hatte sie geschwiegen. Ihr von langem blondem Haar umrahmtes Gesicht sah seltsam hilflos aus. Sie sagte auch nichts, als Ben nun wieder schwieg, doch sie preßte sich mit Leidenschaft an ihn, als er sich über sie beugte und ihre Stirn, ihre Wangen und ihren Mund küßte.

»Wirst du es tun, Barbara?« fragte Ben dann noch einmal.

»Ja.« Es war kaum hörbar. »Ich tue alles für dich, Ben. Ja – ich will es versuchen.«

Nun hatte er die Codezahl. Barbara hatte ihn nicht weiter darüber informiert, auf welche Weise sie sie gefunden hatte. Es schien, als wollte sie nicht daran erinnert werden. Und als sie sich liebten, tat sie es mit einer Intensität der Gefühle, über die Ben fast erschrak, denn sie sah diesmal nicht glücklich aus – eher verzweifelt.

Und auch für Ben war es kein lustvolles Erlebnis. Er flüsterte zärtliche Worte, malte ihr eine rosige Zukunft aus, aber er fragte sich insgeheim, ob sich auch nur der geringste Teil davon verwirklichen würde...

Und dann verabschiedete er sich schnell – so schnell, daß er fast die Grenze zur Schroffheit streifte.

Seine Freunde erwarteten ihn. Mit hungrigen Augen starrten sie ihn an – so kam es ihm vor.

Ben versuchte das Gefühl des Stolzes ein paar Sekunden lang auszukosten – doch dann merkte er, daß es ganz anders war, als er es sich ausgemalt hatte. »Hier ist sie!« sagte er und warf den Zettel hin, auf den er ein paar Buchstaben und Zeichen gekritzelt hatte.

»Du mußt den Code selbst eingeben«, sagte Hardy.

»Ich selbst?« fragte Ben zurück.

»Wer sonst?«

»Ich kann mir kein rechtes Bild vom Ausmaß der Zerstörungen machen«, sagte Ben. »Vielleicht fliege ich dann mit in die Luft.«

»Willst du das Risiko nicht eingehen?« fragte François.

»Könntest du nicht eine äußere Datenstation benützen?« fragte Hardy.

Ben überlegte eine Weile, dann fragte er: »Das würde schwierig sein – mein Arbeitsplatz liegt im Zentrum, und an andere Eingabegeräte komme ich nicht heran. Es gibt aber eine andere Möglichkeit: Ich lasse ein Programm laufen, durch das am Schluß der Zerstörungsbefehl gegeben wird. Inzwischen kann ich das Gebäude verlassen.«

»Und wann soll das geschehen?« fragte François.

»Am besten gleich morgen«, sagte Hardy, »sonst kommt am Ende noch etwas dazwischen.« Er wandte sich an Ben: »Bist du eigentlich sicher, daß Barbara dichthält?«

Ben nickte. »Sie verrät uns nicht.«

»Da wäre noch etwas...« sagte Jonathan gedehnt.

»Du hast sicher nicht übersehen, daß Barbara in der Zentrale sein wird – ich meine, während...«

»Ich werde veranlassen, daß sie an diesem Nachmittag nicht in der Zentrale ist«, sagte Ben.

Alle starrten ihn an.

»Das wirst du nicht!« sagte Hardy. »Sie könnte sich den-

ken, was geschieht. Sie könnte schwach werden. Nein, Ben, du darfst sie nicht warnen!«

»Was Hardy sagt, ist richtig«, bestätigte Jonathan. Und es war wie ein Todesurteil.

»In Ordnung«, sagte Ben.

In dieser Nacht konnte er nicht schlafen. In den letzten Jahren hatte er schon eine Menge Sabotageakte unternommen, und niemals hatten ihn irgendwelche düsteren Vorahnungen geplagt, nie hatte er Zweifel gehabt, niemals Angst. Diesmal war es anders. Er konnte sich den Grund dafür selbst nicht erklären – denn es handelte sich ja nicht darum, ein Gebäude in die Luft zu sprengen; vielmehr würden einige kleine Sprengsätze explodieren, die aus sinnvollen Schaltungen ein Gewirr aus Blech und Draht machen würden. Und das war auch schon alles. Zerrissene Leitungen, zerstörte Speicher... Was lag schon daran?

Aber er war sich auch im klaren darüber, daß das zentrale Rechenwerk etwas anderes war: Es war das Gehirn eines riesigen Systems, und daran hingen so gut wie sämtliche Maschinen des Landes – von den Kraftwerken bis zum letzten Telefon. Was würde geschehen, wenn das Gehirn erstarb? Würden die Anlagen an der Peripherie dann stillstehen? Oder würden irgendwelche Prozesse weiterlaufen – ungehemmt, unkontrolliert? In den Kernkraftwerken, in den Waffenfabriken, in den Raffinerien...? Er mußte sich die Antwort schuldig bleiben. Doch es gab keinen Schritt zurück.

Und dann dachte er an Barbara. Er hätte diese Nacht mit ihr verbringen können, aber er war nicht dazu fähig gewesen. Was sollte er tun?

Als er am nächsten Tag ins Büro ging, versuchte er so ruhig zu sein wie immer, sich nicht auffälliger, aber auch nicht unauffälliger zu benehmen als sonst.

Er versäumte keine Zeit. Er setzte sich an sein Pult und

gab die Anweisungen für den Programmablauf, den er sich zurechtgelegt hatte. Er gab den Code ein, der später aufgerufen werden würde, und gab die Anweisung zum Start. Nun war nichts mehr aufzuhalten.

Bevor er das Gebäude verließ, trat er in die öffentliche Videozelle. Mit einer Hand hielt er das Fernsehauge zu, als er die Nummer von Barbara wählte. Er wartete... Dann hörte er ihre Stimme.

»Ich glaube, du weißt, wer spricht. Du erinnerst dich: Einmal hast du mich gewarnt. Heute warne ich dich. Verlasse sofort das Gebäude, unverzüglich! Schau, daß du möglichst weit wegkommst. Leb wohl!«

Er war ein Risiko eingegangen, und er hatte gegen den Rat seiner Freunde gehandelt. Aber es hatte keine andere Wahl für ihn gegeben. –

Tagsüber durften Taxis verkehren. Es waren nicht mehr allzu viele, aber wer sich rechtzeitig anmeldete, konnte eins bekommen. In einem davon wartete Hardy auf Ben – einen Häuserblock weiter. Sie fuhren unverzüglich los, auf einer geraden Linie von der Zentrale weg. Allerdings kamen sie nicht allzuweit, denn der Fahrer hielt sich streng an die Höchstgeschwindigkeit von 30 km pro Stunde. Nur Polizeifahrzeuge durften schneller fahren.

25 Minuten später bemerkten sie das erste Anzeichen ihrer Aktion: Die Lichter der Ampeln waren erloschen. Zwei Minuten danach hörten sie einige Explosionen, und dann leuchtete ein Lichtblitz auf – heller als tausend Sonnen. Sie wurden nicht direkt von ihm getroffen – der Taxifahrer bremste jäh, und das Fahrzeug stieß mit einem dumpfen Schlag an die Bordsteinkante.

Und dann sahen sie den riesigen Rauchpilz, der sich am anderen Ende der Stadt, dort wo das Reaktorversuchsgelände lag, bis an die Grenzen der Wolkendecke aufwölbte. Erst ein paar Atemzüge später kam die Welle der Zerstörung: Fensterscheiben barsten, Häuserwände stürzten ein, Dächer wurden abgetragen. Menschen hetzten über die

Straßen, warfen sich in Nischen, suchten Schutz in Hauseingängen – und wurden doch von stürzenden Gesteinstrümmern erfaßt. Plötzlich waren sie von Staubschwaden eingehüllt, die den Atem unterbanden. Die Stadt versank unter einer Hülle von Dunkelheit.

12.

Die Szenen, die das chemische Präparat in ihm lebendig gemacht hatte, waren nicht weniger bewegt als jene des ersten Traums. Aber es war, als hätte er sich daran gewöhnt: Nun stand er seinen Erlebnissen weitaus kühler gegenüber, er vermochte sie nüchtern zu analysieren. Noch ließ sich nicht entscheiden, was davon auf Tatsachen beruhte und was nicht, aber es bestärkte ihn in seiner Absicht, den Dingen auf den Grund zu gehen und sich durch nichts beirren zu lassen. Schon an diesem Nachmittag wollte er die dritte Person seiner Liste aufsuchen: Jonathan Vauman.

Als er kurz vor zwei den Korridor entlangging, trat wie zufällig Oswaldo Efman aus seinem Büro. Ben hatte das leise Gefühl, daß das kein Zufall war.

Oswaldo legte ihm den Arm auf die Schulter. »Ich habe eine erfreuliche Nachricht für dich: Du kannst heute schon in der Abteilung für psychologische Programmierung beginnen.«

»Oh – ich hätte nicht gedacht, daß das so schnell möglich ist. Ich habe ja den Kurs noch nicht absolviert...«

»Ach was – was bedeutet schon ein Kurs! Du wirst dich rasch einarbeiten. Ich werde Gunda zu dir schicken – sie kann dir beim Umzug helfen.«

»Ich habe meinen neuen Fall noch nicht abgeschlossen...« sagte Ben.

»Das braucht dich nicht zu kümmern. Er ist nicht wichtig. Dein Nachfolger kann ihn übernehmen.«

»Wer wird mein Nachfolger sein?«

»Vorderhand haben wir noch keinen, aber es hat ja keine Eile.«

»Trotzdem – ich möchte meine Arbeit nicht unabgeschlossen liegenlassen. Es kann sich nur noch um ein paar Tage handeln.«

Oswaldo trat einen Schritt von Ben weg. Noch immer freundlich, doch mit Nachdruck in der Stimme sagte er:

»Ich möchte, daß du gleich mit deiner neuen Arbeit beginnst.« Er winkte ihm zu und ging in sein Büro zurück.

Wenige Minuten später erschien Gunda. Er hatte sie bisher meist nur aus der Ferne gesehen und kaum mit ihr gesprochen. Diesmal blickte er sie mit anderen Augen an. Sie war hübsch. Ihre Züge waren ebenmäßiger als jene von Barbara. Sie hatte eine samtene hellbraune Haut und schwarzes Haar. Sie setzte sich vor ihn auf das Pult, es hatte den Anschein, als wolle sie ihm eher beim Aufräumen zusehen, als ihm behilflich sein. Oder wollte sie ihn beobachten?

Ben packte die wenigen Dinge zusammen, die ihm gehörten, und steckte sie in eine Mappe. »Wir können gehen«, sagte er.

»Willst du die Daten nicht an den Hauptspeicher zurückgeben?« Gunda lächelte ihn an und schlenkerte mit den Beinen.

War das ein freundschaftlicher Rat? War es ein Befehl? Jedenfalls entsprach es den Vorschriften, und er mußte sich danach richten.

Er sah sie forschend an, und sie erwiderte seinen Blick. Ben stellte den Hauptschalter auf Rot und tippte einige Zeichen in den Fernschreiber. Im Prinzip wäre er mit einigen wenigen Anweisungen ausgekommen, aber er tat ein übriges, ordnete einige Adressen, codierte Daten um, und er machte es so schnell, daß jemand, der kein versierter Programmierer war, kaum die Übersicht behalten konnte. Aus den Augenwinkeln heraus blickte er immer wieder zu Gunda hinüber, und sie sah ein wenig irritiert aus.

So konnte er es riskieren: Zwischen einigen harmlosen Befehlen definierte er einen neuen Code und meldete einen Rückrufvorbehalt an. Die Zeilen wurden so schnell gelöscht, wie sie auf dem Bildschirm erschienen waren, es handelte sich um selten gebrauchte Symbolkombinationen, und so hoffte er, daß sie Gunda unbekannt waren.

Er stand auf. »Ich bin soweit. Zeigst du mir meinen neuen Arbeitsplatz?«

»Gern. Wir müssen zur nächsten Etage hinauf – komm!«

Der neue Arbeitsplatz unterschied sich nur in einigen unwesentlichen Dingen von seinem alten, und doch konnte der Eingeweihte an dem zusätzlichen Ablagetisch, der polierten Schreibplatte und dem gepolsterten Sitz die höhere Kompetenz ablesen.

Ben nahm seinen Notizblock aus der Tasche und legte einen Metallstift dazu. »Fertig«, sagte er.

»Vorderhand bekommst du noch keinen neuen Auftrag«, erklärte Gunda. »Hast du Lust, mit mir ein Glas Mentholtee zu trinken?«

Wieder wandte Ben sich dem Mädchen zu, äußerlich freundlich, doch innerlich wachsam – was wollte sie von ihm? Was bedeutete diese unerwartete Freundlichkeit? Sollte sie ihn überwachen? Sollte sie ihm eine Falle stellen? Durfte er noch daran glauben, daß die Einmaligkeit seines letzten Auftrags den höheren Stellen entgangen war, oder versuchte man ihn jetzt auf einem unauffälligen Weg kaltzustellen?

»Ich würde gern mit dir Tee trinken«, sagte er und lächelte ihr zu, »doch ich fürchte, das würde Gerede bei den Kollegen geben.« Offensichtlich hatte sein Umzug die Neugier der anderen erregt; schon einige Male waren sie unauffällig vor dem Eingang zu seinem Abteil vorbeigegangen, und nun näherten sich drei Männer, um Ben zu begrüßen. Er zuckte bedauernd die Schulter, und zu seiner Genugtuung ging Gunda darauf ein und nickte ihm zu. »Schade – aber wir sehen uns bald wieder!«

Es war klar, daß sich Ben nun einige Minuten seinen Besuchern widmen mußte, doch er hatte vor, sie rasch abzufertigen, und das gelang ihm auch. Endlich saß er unbehelligt vor seinem Pult und stellte den Betriebsschalter ein. Es war nicht nötig, sich besonders mit dem System vertraut zu machen; es war dasselbe wie jenes, an dem er bisher gearbeitet hatte, nur die Kapazitäten, über die er jetzt verfügte, waren etwas größer. Das konnte nicht schaden.

Er tippte die neue Code-Nummer ein und versuchte einen Rückruf seines alten Programms. Und tatsächlich, sein Trick hatte funktioniert: Da liefen wieder die Daten über den Bildschirm, mit denen er sich so intensiv beschäftigt hatte wie mit keinen zuvor. Das war sein Fall, sein ureigener Fall, und er würde ihn sich von niemandem streitig machen lassen.

Der nächste wesentliche Schritt, der ihm bevorstand, war der Besuch bei Jonathan. Unter den gegebenen Umständen konnte er es nicht mehr riskieren, ihn während der Dienstzeit zu besuchen. Er mußte dazu den Abend verwenden, und er hoffte, daß man ihm trotzdem eine offizielle Mission glauben würde.

Den Nachmittag hindurch beschäftigte er sich mit den Daten von Jonathan, und das, was er dabei feststellte, verhieß keine guten Aussichten auf Erfolg. Aber er mußte sein Glück versuchen.

Auszug aus dem Register für Schutz- und Sicherheitsmaßnahmen

Betrifft: Zufallsgeneratoren

Zufallsgeneratoren können als apparative Maßnahmen zur Erzeugung unvorhergesehener Ereignisse angesehen werden. Diese folgen keinen absoluten, sondern nur wahrscheinlichkeitstheoretischen Gesetzen und genügen daher nicht den Anforderungen der uneingeschränkten Sicherheit. Sie erhöhen die Entropie der Welt und stehen somit dem allgemeinen Ziel des Übergangs zu einem höheren Ordnungszustand entgegen. Insbesondere in ihrem Einsatz für wissenschaftliche, technische und ästhetische Zwecke führen sie zur Entstehung unkonventionellen Gedankenguts und wirken sich somit für das soziale Gleichgewicht negativ aus.

Die Wissenschaft zeigt, daß Zufallsgeneratoren auch in der physikalischen und biologischen Welt auftreten, wo sie zumeist im Sinn von Quantenverstärkern arbeiten. Auch hierin liegt eine Quelle entropischer Prozesse, die einen Trend zum Chaos mit sich bringen (Wärmetod). Es muß somit Ziel der Forschung sein, Maßnahmen zur Eindämmung von unbeabsichtigten Zufallsprozessen und zur Eliminierung von Zufallsgeneratoren aus unserer Zeit zu entwickeln.

Ein gezielter Einsatz stochastischer Prozesse erfolgte bisher gelegentlich auch im Sozialstaat, beispielsweise, um eine gerechte Verteilung von Vorteilen, Mangelprodukten, genetischen Eigenschaften usw. zu erreichen. In diesen Fällen ist der bedenkliche Einsatz von Zufallsgeneratoren aber keineswegs gerechtfertigt. Ziel einer Reihe von Forschungsarbeiten ist ein Modus, nach dem derartige Verteilungsprozesse von den psychologischen Eigenschaften der Empfänger abhängig gemacht werden. Solange ein Regulativ dieser Art nicht zur Verfügung steht, ist die Verteilung nach Zufallszahlentabellen vorzunehmen. Da auch deren Gebrauch keineswegs unbedenklich ist, fallen diese unter die Geheimnisklausel und sind nur dem Personenkreis der Klassen A und B zugänglich zu machen.

In speziellen Bereichen der Soziostruktur galten Zufallsgeneratoren bisher als unentbehrlich, beispielsweise bei Spielen und Verlosungen (Spielwürfel und Lotteriemaschinen). Dieses Verfahren bringt einige Risiken mit sich; so ist es möglich, daß auf diese Weise Personen zu Vorteilen gelangen, die sich für den Staat nicht in nötigem Maß eingesetzt haben. Neuerdings werden daher die Gewinne bei Spiel und Lotto nach einem System vorgenommen, das die Verdienste der Beteiligten berücksichtigt. Diese Methode führt in das Wirkungsgefüge einen psychologischen Verstärker ein, der zu einer Intensivierung der Bemühungen im Sinne von Staatsinteressen führt.

13.

Wie schon zweimal in diesen Tagen, so führte Bens Weg auch diesmal in den Nordwesten der Stadt, in jenen Teil, in dem die Angehörigen der niedrigen Kategorien lebten. Auf den ersten Blick unterschied er sich nicht von den anderen Vierteln – es gab dieselben zwölfstöckigen Einheitsbauten mit den Schlaf- und Wohnheimen, den Unterrichts-, Gymnastik-, Eß- und Unterhaltungsräumen –, doch wenn man genauer hinschaute, dann merkte man den Hauch von Verwahrlosung: Auf den Gehsteigen lagen Abfälle, die Laufbänder waren verschmiert, die Geländerstangen fühlten sich klebrig an. Und die Leute waren schlampig gekleidet, sie schienen keinen Wert darauf zu legen, ob ihnen die Overalls zu groß oder zu klein waren, ob sie beschmutzt oder zerrissen waren. Am meisten aber erschreckte Ben immer wieder die Verschiedenheit der Gesichter, die Unebenmäßigkeit der Züge, die Abweichungen vom Normalbild eines gesunden Mitglieds der Freien Gesellschaft.

Ben hatte keine Schwierigkeiten, den Wohnblock von Jonathan zu finden. Es gab auch keine Hindernisse, und doch wußte er, daß er eine Spur zurückließ: Jedes Einstecken der Streckenkarte F wurde registriert, an jedem Gatter mußte er seine Erkennungskarte einschieben, und wenn sich die Schranke auch unverzüglich zur Seite bewegte, so waren die ausgelösten Impulse doch längst zur Zentrale gelaufen und dort abgespeichert worden. Aber Ben hatte sich schon mit dem Gedanken abgefunden, daß sein Tun sowieso nicht verborgen bleiben konnte, und so ging es ihm eher darum, seine letzten Ermittlungen schnell abzuschließen, als seine Spur zu verwischen.

Vor Jonathans Zelle angekommen, stellte er fest, daß der Vorhang aufgezogen war – sie war leer.

Er wandte sich an einen Mann, der sich mit einem Papiertaschentuch die schmierigen Hände abwischte – ein unappetitlicher Anblick. »Ich suche Jonathan Vauman. Kannst du mir sagen, wo er ist?«

Der Mann drehte sich um, als hätte er sich über eine Störung zu beklagen. »Laß mich in Ruhe, was geht mich Jonathan an?«

Ben sah sich nach einer anderen Person um, die er fragen könnte. Er bemerkte, daß er von einer Koje aus beobachtet wurde; der Vorhang war halb aufgezogen, dort saß ein Mann und ließ die Beine herabbaumeln.

»Weißt du, wo Jonathan ist?«

»Ich habe nichts mit ihm zu tun! Von mir können Sie nichts erfahren – tut mir leid.« Abrupt zog er die Beine an, zog sich in seine Zelle zurück und schob den Vorhang vor.

Ratlos stand Ben eine Weile herum, dann entschloß er sich, den Moderator aufzusuchen.

Er fand ihn in der Glaskanzel an der Stirnseite der Halle, stieg die Leiter hinauf und fragte wieder nach Jonathan Vauman.

»Was willst du von Jonathan?« fragte der Moderator; sein Mißtrauen war unverkennbar.

»Ich will ihn besuchen, ist dagegen etwas einzuwenden?«

»Hör zu«, sagte der Moderator, »ich rate dir: verschwinde! Sonst werde ich deine Personalien feststellen lassen. Wo kommst du überhaupt her?«

Ben blieb nichts anderes übrig, als sich auszuweisen. »Ich bin im Dienst hier, im Auftrag der Abteilung. Jetzt sag mir endlich, was mit Jonathan los ist!«

Das Benehmen des Moderators änderte sich schlagartig. »Entschuldigen Sie... ich konnte nicht wissen... Jonathan wurde vor zwei Tagen abgeholt. Eine akute Psychose. Er war nie ganz gesund, wir hatten häufig Scherereien mit ihm.«

»Was für Scherereien?«

»Nun, Ärger, Unruhe... was soll ich Ihnen sagen? Erkundigen Sie sich bei den Ärzten. Die wissen mehr.«

Es war deutlich zu erkennen, daß er keine weitere Auskunft zu geben bereit war. Er schrieb einige Buchstaben und

Ziffern auf einen Zettel und schon ihn Ben hin: die Adresse einer Klinik. Ben bedankte sich und ging.

Wieder mußte er sich ausweisen – als harmloser Besucher hatte er hier von vornherein keine Chance. Es dauerte dann eine Weile, bis ein Psychiater erschien, der bereit war, ihn zu Jonathan zu führen. Sie gingen zum Lift, fuhren einige Etagen abwärts, dann ein endloser Korridor. Rechts und links Türen mit runden Glasfenstern. Die Scheiben glänzten kupferfarben – offenbar gaben sie den Blick nur in eine Richtung frei. Ben versuchte hineinzuspähen, doch konnte er nichts erkennen. Und dann erschrak er, als er dicht hinter einer dieser Scheiben ein Gesicht erkannte, eher eine Fratze, eine breite, platte Nase, Augen, die ins Leere starrten...

»Da sind wir schon«, kündigte der Psychiater an. Erst warf er einen prüfenden Blick durch das Fenster, dann steckte er die Schlüsselkarte ein – die Tür glitt auf. Sie traten ein.

Ben erkannte Jonathan, den er sich auf den Fotos genau angesehen hatte, kaum wieder. Der Mann kauerte in einer Ecke des Raums, seine Glieder zuckten. Den Kopf hielt er gesenkt.

»Es wird nicht viel mit ihm anzufangen sein«, sagte der Arzt.

Jonathan schien zu lauschen, dann hob er den Kopf... Sein Blick glitt über den Arzt, dann über Ben... Plötzlich sprang er auf, sprang vor diesen hin, packte ihn am Kragen, zerrte daran... »Das hätte ich mir denken können – dir habe ich das zu verdanken. Du Verräter! –«

Der Psychiater blickte Ben vielsagend an, als wollte er sagen: Na, siehst du!

»Du bist schuld, daß wir damals aufgeflogen sind. Und mit solchen Feiglingen wollten wir eine Revolution machen –« Noch immer zerrte er an Bens Kragen, der ihn unentschlossen abwehrte.

»Der Mann ist völlig durcheinander. Er weiß nicht, was er

spricht«, sagte der Psychiater.

»Du hast uns alle auf dem Gewissen! Mich und Barbara und Hardy! Und nun hast du dich mit diesen da arrangiert!« Er ließ von Ben ab und deutete auf den Arzt. »Weiß er überhaupt, daß du dazugehört hast? Was haben sie dir dafür gegeben?« Jonathan hatte Mühe zu sprechen. Es war, als könne er Lippen und Zunge genausowenig unter Kontrolle halten wie die übrigen Glieder, die heftig schlingerten und zuckten. Ben versuchte den Redefluß von Jonathan zu unterbrechen. »Ich muß dir einige Fragen stellen. Sei bitte still! Kannst du mich verstehen?«

Wieder ging Jonathan auf Ben los, und er schrie dabei – die vor Anstrengung japsende Stimme ging in ein Krächzen über: »Verräter! Feigling! Miststück! –«

Ben hatte nicht ahnen können, was ihn erwartete. Diese Szene war mehr als unangenehm, sie konnte die Katastrophe auslösen, die er unausweichlich auf sich zukommen sah. Der Arzt brauchte nur einmal aufzuhorchen, sich Jonathans Beschuldigungen durch den Kopf gehen lassen...

»Alles Halluzinationen, Phantasien eines Irren!« Jetzt kam er Ben zu Hilfe, drängte Jonathan zurück; es bereitete ihm keine Mühe – der Kranke hatte seine letzten Kräfte verbraucht. Als Ben und sein Begleiter draußen standen und durchs Fenster blickten, saß er wieder in der Ecke und stierte auf den Boden.

Diese Episode hatte Bens Nerven beansprucht. Der Psychiater bemerkte es und bot ihm einige Psychodrops an. »Machen Sie sich nichts daraus! Diese manisch-depressiven Typen basteln sich eine irre Scheinwelt, aus der sie nicht mehr herausfinden. Sie beziehen die Personen ihrer Umgebung in ihre Phantasien ein, sehen sich von überallher bedroht. Schwerer depressiver Schock, Verfolgungswahn.«

Ben schüttelte die Beklemmung von sich ab. »Da ist wirklich nichts zu machen. Gehen wir!«

Als er sich in einem Wagen der Untergrundbahn auf dem Weg nach Hause befand, fielen ihm zwei Dinge auf: Erstens hatte sich der Arzt mit keiner Frage danach erkundigt, was Ben mit seinen Ermittlungen bezweckte. Und zweitens war Jonathan ein unheilbarer Fall – wenn der Zustand, in dem er sich befand, tatsächlich ein naturgegebenes Leiden war. Dann aber, und das gab Ben zu denken, hätte man sich nicht die Mühe gemacht, ihn in einer Zelle zu pflegen. Für ihn wäre die vorzeitige Nihilation fällig gewesen.

Es war eine lange Fahrt. Ben hatte nicht auf seine Umgebung geachtet und schreckte auf, als der Wagen mit einem Kreischen der Räder durch eine Kurve fuhr. Er bemerkte, daß er sich allein im Abteil befand. Draußen herrschte Dunkelheit, nur die Lichtschlange der Radiofluoreszenzlampen hüpfte auf und ab, wich einmal ein Stück weiter zurück, um dann wieder vorzuschnellen...

Da: die Lichter eines Bahnsteigs. Hier hätte Ben aussteigen müssen, aber zu seinem Erstaunen fuhr die Bahn ohne zu halten durch. Er stand auf, ging zur Tür, suchte nach einem Schaltknopf, doch die Untergrundbahn funktionierte vollautomatisch, und es gab weder Tasten noch Schalter, nicht einmal eine Notbremse.

Ein zweiter Bahnsteig flog vorbei, wieder eine Kurve... eine leise Verlangsamung an einer ansteigenden Strecke, dann eine sich beschleunigende Fahrt hinunter... Die Bahn mündete in einen engen Kreis, Ben wurde durch die Zentrifugalkraft an die Wand gepreßt. Der Zug hielt mit kreischenden Bremsen, die Tür glitt auf... draußen wieder ein Bahnsteig, aber keine Stationstafel, kein Hinweis auf den Ort. An der Wand altmodische Plakate, darunter Holzbänke, von denen die Farbe abblätterte. Als er auf die Plattform hinaustrat, bemerkte er, daß seine Füße in Staub einsanken. Es mußte sich um eine aufgelassene U-Bahnstation handeln, aus einer Zeit, die er nur vom Geschichtsunterricht her kannte. Einen Moment flackerte Interesse in ihm auf, und er trat an die Plakatwand heran. Die Schriftzüge waren vergilbt und kaum noch leserlich. Dagegen waren einige Bilder noch recht gut erhalten, doch Ben konnte sich nicht erklären, weshalb man Abbildungen dieser Art in eine U-Bahnstation gebracht hatte: eine schäumende Flüssigkeit in Gläsern, ein Fahrzeug mit Gummireifen und einem bis zu den Rädern hinunterlaufenden gekrümmten Dach, bunt gekleidete Menschen, die auf Skiern über eine Schneepiste fuhren und so fort. Und dann zuckte er zusammen: Auf vier kleineren, grau bedruckten Blättern erkannte er die Porträts von Barbara, Hardy, Jonathan und – sein eigenes. Er versuchte den Staub wegzuwischen, die Schrift darunter zu entziffern – in altmodischen Buchstaben las er FAHNDUNGSBEFEHL... VERBRECHEN DES AUFSTANDS... GEFÄHRLICH, BENUTZT WAFFEN... POLIZEI ZU VERSTÄNDIGEN...

Ben glaubte ein Geräusch zu hören und drehte sich um... ein Schatten hinter einer Säule.

Die Situation war ihm bisher schon unheimlich genug gewesen, doch nun spürte er nackte Angst. Er fühlte, daß sein Mund trocken wurde – nervös feuchtete er sich die Lippen mit der Zunge an. Er drehte sich um, versuchte, in der trüben Dämmerung etwas zu erkennen... Hinter ihm ein Geräusch, Schritte. Dort trat eine Gestalt aus dem Dunkel – er hatte sich nicht getäuscht. Wieder Schritte, er blickte nach links, und auch dort war jemand aufgetaucht. Jetzt kamen sie von allen Seiten, Menschen, in dunkle Regenumhänge gemummt, die Gesichter verhüllt.

»Weißt du, wer wir sind? Erkennst du uns wieder?«

»Nein«, antwortete Ben und räusperte sich, da er Schwierigkeiten hatte zu sprechen.

Er fühlte einen schmerzhaften Stoß in den Rippen. »Das wird deiner Erinnerung helfen!«

»Ich weiß nicht... wer seid ihr?« Ben versuchte zurückzuweichen, aber der Ring um ihn hatte sich geschlossen.

»Es paßt uns nicht, daß du dich in unsere Angelegenheiten mischst! Es scheint dir Vergnügen zu machen, andere ans Messer zu liefern! Aber das werden wir dir austreiben!« Sie drängten sich noch dichter um ihn, seine beiden Arme wurden von hinten erfaßt und zusammengepreßt. Er versuchte sich dem Griff zu entziehen, doch die anderen verfügten über eine rohe Kraft, gegen die er wehrlos war. Der vor ihm stehende Mann griff in seine Tasche und holte sein Ausweisetui heraus. Er entnahm ihm die Kennkarte, sah sie einen Moment lang aufmerksam an und steckte sie dann in einen flachen Behälter, den man ihm von hinten reichte. Ein leises Summen erklang, dann zog der Mann die Karte wieder heraus, steckte sie ins Etui und dieses zurück in Bens Tasche.

»Das ist unsere erste und letzte Warnung«, sagte eine Stimme dicht an seinem Ohr. Jemand hatte ihn am Genick ergriffen, so daß er nicht einmal den Kopf wenden konnte. »Stell deine Nachforschungen ein, oder es wird dir schlecht ergehen!«

Der Ring um ihn öffnete sich, doch noch fühlte er Hände an Armen und Genick. Dann erhielt er einen schmerzhaften Stoß und stolperte ins Innere des U-Bahn-Wagens. Die Tür schloß sich, der Ruck der Anfahrt warf ihn auf einen Sitz. Der Wagen vollendete die vorhin begonnene Kreisbahn und bewegte sich wieder in den Tunnel hinein. An der nächsten Haltestelle hielt er ordnungsgemäß, und Ben sprang hastig auf und lief hinaus.

Er erreichte unangefochten seinen Wohnblock, knapp vor Beginn der Nachtruhe.

Er warf sich aufs Lager, und jetzt erst fühlte er, daß ihm übel war und daß sein Kopf schmerzte. Er nahm zwei Beruhigungstabletten. Allmählich entspannte er sich.

Nach einer Weile richtete er sich auf und holte aus dem Versteck unterhalb der Lampenfassung die Ampulle und die Injektionsspritze. Er mußte dem Geheimnis auf die Spur kommen: mit allen Mitteln.

III.

Tag und Nacht dröhnten die Sprengungen. Die Ruinen, die von der Stadt übriggeblieben waren, wurden systematisch dem Boden gleich gemacht. Hinter den Sprengkommandos kamen die Bulldozer und Planierraupen – eine neue, lichte, saubere und gesunde Stadt sollte dort entstehen – so hieß es.

Sie lebten zu fünft in dem Keller eines halbzerstörten Hauses. Er schien als Lagerraum gedient zu haben – sie hatten einige Säcke mit Baumwolle oder einem ähnlichen Material gefunden, die dem Brand, der hier gewütet hatte, entgangen waren. Sie hatten notdürftige Lagerstätten daraus gebaut: in den Nächten war es empfindlich kalt, und von einer Heizung war keine Rede mehr. Als Beleuchtungsquellen dienten ihnen einige Kerzen. Und die Nahrungsmittel holten sie sich auf kurzen Streifzügen durch das radioaktiv verseuchte Gelände.

Nur fünf von ihnen waren übriggeblieben. Meist saßen sie regungslos in alte Decken gehüllt und dösten vor sich hin. Nur selten kam es zu einem Gespräch, das meist bald in Streit überging. Sie alle waren verwundet, krank, von Strahlen verseucht – und mit den Nerven am Ende.

Sie hatten ihr Quartier schon mehrmals wechseln müssen. Die Sanierungstrupps nahmen sich Straßenzug um Straßenzug vor, und vor ihnen kam eine Kette von Polizei und Militär. Denn das, was der Katastrophe vorangegangen war, war keineswegs vergessen worden. Das Transistorgerät, mit dem sie den einzigen Sender abhören konnten, in dessen Reichweite sie waren, gab ganze Listen von Namen durch: von Leuten, die gesucht wurden. Auch ihre Namen waren darunter.

»Irgend jemand hat uns verraten«, sagte Hardy. Er warf die Decken ab und lief ruhelos im Raum hin und her. »Anders kann ich es mir nicht erklären. Wieso hätte man sonst unsere Namen?« Er warf einen bösen Blick auf Ben.

»Versuche dich zu beherrschen«, fuhr ihn Jonathan an.

»Was hat es für einen Sinn, über die vergangenen Ereignisse nachzugrübeln. Wir sitzen alle zusammen in der Patsche.«

Hardy machte eine abwehrende Geste, als wollte er Jonathans Worte beiseite wischen. Er pflanzte sich vor Ben auf und sagte: »So gib es doch zu: Du hast nicht dicht gehalten! Du hast Barbara gewarnt, und so konnten die Bonzen dem Anschlag entgehen.«

»Das ist doch Unsinn«, wehrte sich Ben. »Dann hätten sie die Zerstörung verhindern können. Haben sie das getan?«

»Vielleicht wollten sie es gar nicht!« sagte Hardy. »Vielleicht kam ihnen das gerade recht!«

Edwige mischte sich ein: »Aber wir haben doch eine neue Regierung!«

Hardy sah aus, als ob er sie schlagen wollte. »Das ist es ja eben«, brüllte er. »Wir hatten uns das so schön ausgedacht: Wir wollten doch die neue Regierung bilden. Wir haben doch sogar schon die Posten vergeben! Und wie ist es gekommen? Wir wissen nicht, wer jetzt an der Spitze sitzt, aber so, wie sich die neue Regierung benimmt, ist sie weitaus schlimmer als die alte.«

»Du brauchst mich nicht so anzubrüllen«, sagte Edwige.

»Streitet euch nicht!« mahnte Jonathan. »Wir machen dadurch nichts besser. Jetzt kommt es vor allem darauf an, unser Leben zu retten. Wer weiß – vielleicht ist unsere Zeit noch nicht vorbei!«

»Du bist ein unverbesserlicher Optimist«, sagte Edwige. »Glaubst du wirklich daran, daß wir einmal aus diesem Schmutz herauskommen? Was können wir schon tun? Es bleibt uns nichts anderes übrig als abzuwarten, bis sie uns endlich doch finden.«

»Ihr habt recht: Offenbar hat sich nichts geändert.« Jonathan stand auf und rieb sich die klammen Hände. »Die Töne, die die neue Regierung anschlägt, unterscheiden sich kaum von jenen, die wir von früher her kennen. Aber vielleicht liegt gerade darin unsere Chance. Wenn hier wirklich

ein neuer Staat aufgebaut wird, dann wird man auch das alte Computersystem wieder neu installieren. Und darin sind wir immer noch Fachleute. Und Ben hat immer noch die Papiere – die Zusammenstellung jener Methoden, die dem System gefährlich werden. Ihr könnt sagen, was ihr wollt, aber ich bin sicher: Eines Tages werden wir sie wieder anwenden.« Er hatte sich hoch aufgerichtet und erinnerte Ben an einen Propheten, der durch Räume und Zeiten hindurch in die ferne Zukunft sieht. Aber es gab keinen Propheten, und es gab keine Sicherheit. Alles, was es gab, waren Chancen, und diese waren denkbar gering: Ja, er hatte die Aufzeichnungen noch, sie steckten in seiner Brusttasche – unwillkürlich legte er die Hand darauf und hörte das Rascheln des Papiers. Aber waren sie wirklich noch von Wert?

Sie hörten Schritte die Stiege herunterpoltern – es war François, der Wache gestanden hatte. »Ich glaube, jetzt nehmen sie unseren Straßenzug dran!«

Hardy, der erschöpft an die Wand gelehnt dagestanden war, fuhr herum. Er hatte Fieber – seine Augen schienen zu flackern. »Ich haue ab – hier sitzen wir wie in einer Mausefalle!«

»Bleib hier!« herrschte Jonathan ihn an, aber Hardy lief schon die Stufen hoch... sie hörten das Geräusch seiner Schritte auf dem mit Mauertrümmern und Ruß bedeckten Pflaster...

»Wenn wir hierbleiben, sind wir geliefert«, sagte Ben.

»Ich habe es satt, von einem Winkel in den anderen zu flüchten. Ich bin unbeschreiblich müde. Ich kann nicht mehr.« Edwige streckte sich auf ihrem Lager aus und schloß die Augen.

Jonathan streifte sie mit einem verächtlichen Blick. Dann sagte er: »Ihr seid euch im klaren darüber, was es heißt, wenn man uns findet?« Er blickte in die Runde, doch er erhielt keine Antwort. »Es ist nicht ausgeschlossen, daß sie darüber informiert sind, wem sie die Katastrophe zu verdanken haben«, fuhr Jonathan fort. Er drehte sich kurz zu Ben *hinüber, der aber ebensowenig reagierte. »Es ist genausogut möglich, daß wir lediglich wie viele andere auf ihren schwarzen Listen stehen. Freilich – wenn wir ihnen in die Hände fallen, dann bleibt nichts mehr verborgen. Sie haben Methoden, um Leute zum Sprechen zu bringen. Sie brauchen nur einen zu erwischen...«*

Er schob den Ärmel seines Mantels hoch und blickte auf die Uhr. Als er gerade ansetzte, weiterzusprechen, hörten sie eine kurze Garbe aus einer Maschinenpistole. Es war nicht allzu nah, aber auch nicht allzu fern. Sie alle dachten in diesem Moment das gleiche: Hardy.

»Wir müssen hier raus!« flüsterte François.

Betont ruhig setzte sich Jonathan auf einen Sack. »Wir müssen die Nacht abwarten. Dann wollen wir versuchen, uns durchzuschlagen. Aber diesmal sieht es bös aus, denn der Ring um diese Gegend wird immer enger. Es bleibt uns nichts anderes übrig – wir müssen versuchen, durch die Kette zu kommen – hinter die Front.«

François starrte ihn an: »Und du meinst, wir hätten Aussicht...?«

Jonathan machte eine unbestimmte Handbewegung. »Wir haben kaum eine Chance«, sagte er. »Es ist ein letzter, verzweifelter Versuch – nicht mehr. Und damit keiner einen andern verraten kann, schlage ich eine besondere Maßnahme vor.« Er stand auf, ging in die Ecke des Raums, in der er einige Kleinigkeiten, die ihm geblieben waren, niedergelegt hatte: eine Tasche, ein mit Zeitungspapier umhülltes Paket, eine kurze eiserne Stange, die man im Notfall als Waffe benutzen konnte. Er öffnete den Karton, holte ein längliches Etui und einen Plastikbehälter mit einigen Ampullen heraus. Das Etui enthielt eine Injektionsspritze und einige Nadeln. Eine davon nahm er zwischen die Finger und schraubte sie an. »Das ist ein Stoff, der die Erinnerung löscht«, sagte er. »Die für das Leben nötigen Fähigkeiten bleiben erhalten, dagegen werden wir alles vergessen, was wir in den letzten Monaten und Jahren getan haben – die Er-

eignisse und die darin verwickelten Personen.«

Er stockte einen Moment lang und lauschte... sie hörten ein leises Knattern und Prasseln. Die Säuberungskommandos kamen näher.

»Ich glaube, uns bleibt nicht mehr viel Zeit«, stellte Jonathan fest. »Macht eure Arme frei, jeder bekommt seine Dosis, und ich werde nicht sparen – es wird Jahre dauern, bis sich die Erinnerungen wieder einstellen, vielleicht auch Jahrzehnte.«

»Und wie lange...« fragte François zögernd, »wie lange dauert es, bis das Zeug wirkt?«

»Vielleicht zwei bis drei Stunden«, antwortete Jonathan. »Jetzt beginnt es langsam dunkel zu werden, und wir werden uns trennen. Jeder wird allein versuchen, durch die Reihen zu kommen. Einige wird es erwischen, einige werden den Polizisten in die Hände fallen. Doch wenn die Verhöre beginnen, wird keiner mehr etwas aussagen können.«

Sie schwiegen. Vielleicht schenkten sie Jonathans Worten Glauben, vielleicht waren sie auch einfach zu müde, um etwas einzuwenden. Sie traten vor ihn hin, und er injizierte das Präparat. Auch Edwige blieb nicht verschont – François machte dem apathisch daliegenden Mädchen den Arm frei, und Jonathan kniete neben ihm nieder. Zuletzt gab er sich selbst ein Spritze. Dann stand er auf und sagte leise: »Machts gut!«

Sie sahen sich nicht mehr an. Einer nach dem andern schlich sich die Treppe hinauf und verschwand in der einbrechenden Dämmerung. Nur Edwige blieb teilnahmslos liegen.

Als Ben oben ankam, blieb er einen Moment stehen... er hörte gerade noch die verhaltenen Schritte von François, der vor ihm hinausgegangen war. Eigentlich ist es gleichgültig, in welche Richtung ich gehe, sagte er sich. Kurz entschlossen schwang er sich über eine Mauer an der linken Seite, landete auf dem Schutt eines niedergebrochenen Dachs und kletterte über die Trümmer hinweg. Es kam darauf an, einen Platz zu finden, an dem er sich verstecken konnte. Und es mußte ein raffiniertes Versteck sein, sonst würden ihn die Spezialisten mit ihren Infrarotdetektoren finden. Ziellos durchstöberte er einige halbverfallene Räume und Nischen. Einmal versuchte er, durch ein Fenster in einen Souterrainraum zu gelangen, doch da begannen einige Ziegel nachzurutschen, und er kehrte wieder um. Er blieb stehen, lauschte... aus der Ferne Geräusche, und da, viel näher, Worte aus einem Lautsprecher: »...wir fordern alle auf, sich zu ergeben. Ohne ärztliche Hilfe seid ihr verloren! Verlaßt eure Verstecke, hebt die Hände über den Kopf, tretet langsam heraus...«

Ben drehte sich um und lief davon. Immer wieder mußte er über Mauerreste und Balken springen. Er bemühte sich, kein Geräusch zu machen, doch das war unter den gegebenen Umständen schwierig. Immer abenteuerlicher wurde die Gegend. Wie von einem Rasiermesser aufgerissen sahen die Häuser aus, einige Teile waren völlig unbeschädigt – man konnte in Wohnräume hineinblicken, man sah Möbel und Vorhänge, mitunter auch mumifizierte Menschen; daneben hatte wieder die Zerstörung gewütet und alles zu Staub zermahlen.

Als Ben durch ein Tor in eine enge Schlucht zwischen zwei aufragenden Ruinen kam, trat er auf ein Stück Blech, rutschte aus, und schlug polternd hin. In diesem Moment leuchtete ein Schweinwerfer auf und noch einer, und noch einer... Wie ein aufgescheuchtes Tier versuchte er sich in dunklen, schattigen Winkeln zu verkriechen, doch das Licht blendete ihn, und er hatte das Gefühl, wehrlos auf einem Podest zu stehen...

Dann fand er einen engen Gang, der zwischen einer Hauswand und einem umgestürzten U-Bahn-Wagen geblieben war, und er zwängte sich hindurch.

Von hinten Schritte... nun waren sie ihm schon ganz nahe auf den Fersen.

Da: Nun auch polternde Schritte von vorn.

Noch einmal versuchte er nach der Seite auszuweichen,

fand ein kurzes Stück überdachter Straße, offenbar der Rest eines Bogengangs. Er rannte hinein, doch dann merkte er zu seinem Entsetzen, daß er in eine Sackgasse geraten war: Von hier gab es keinen Ausweg.

»Ergib dich! Komm mit erhobenen Händen heraus!« rief eine Stimme, durch ein Megaphon verstärkt.

Ben lag bewegungslos in einem Winkel. Er keuchte vor Anstrengung, er preßte seine Hand an die schmerzende Brust – und da hörte er ein Rascheln: seine Aufzeichnungen. Es überlief ihn siedend heiß. Daran hatte keiner gedacht – nicht einmal Jonathan. Wenn sie ihn nun festnahmen, dann würde dieses Papier der Beweis für seine Schuld sein. Er sah sich um wie ein wildes Tier, das in eine Falle geraten ist.

Wo konnte er die Papiere verschwinden lassen?

An den Wänden nur Mauerwerk, ein herabgestürzter Fensterrahmen... Vor ihm ein Hydrant.

Nun hörte er wieder Schritte, die langsam näherkamen.

»Halt, stehenbleiben! Oder ich schieße!« Er brüllte es hinaus, und er hoffte, dadurch einige Sekunden zu gewinnen.

Mit zitternden Händen schraubte er den Deckel des Hydranten ab. Er holte die Papierblätter aus seiner Brusttasche und faltete sie so klein wie möglich. Er klemmte sie unter das freiliegende Anschlußstück und schraubte den Deckel wieder auf. Dann lief er los, versuchte den Weg zu überqueren, sich an der anderen Seite in den Schatten zu werfen... ein Schlag auf seine Schulter, der ihn zu Boden warf, dann erst drei kurze knallende Geräusche.

Es wurde dunkel um ihn. Er hörte noch, daß sich Schritte näherten, dann wurde es plötzlich still, und er befand sich in einer Welt ohne Licht, ohne Ton, ohne Boden unter den Füßen. Und dann fiel er, sich ständig beschleunigend, in eine tiefe Leere hinein.

14.

Wieder empfand Ben die Reaktivierung der längst verschütteten Gedächtnisinhalte wie einen wirren Traum. Und doch war es anders. Er merkte, daß er manchmal nahe daran war zu erwachen – vielleicht wirkte das Mittel nicht mehr so stark, vielleicht war er unempfindlicher dagegen geworden. Er warf sich hin und her, fand sekundenlang in die Gegenwart zurück, ohne die Augen zu öffnen – er hatte Angst, dann völlig in die Wirklichkeit zurückzugleiten –, und wußte dann nicht mehr, wo er war...

Und dann wachte er endgültig auf, ganz plötzlich, durch irgendein erschreckendes Traumerlebnis, an das er sich dann nicht mehr erinnern konnte, aus seinem Schlafzustand gerissen – und er starrte in ein Gesicht, seltsam ausdruckslose Züge, wirres Haar, das an den Schläfen in spröden Büscheln zur Seite stand: Hardy!

Er hatte kaum Zeit zu konstatieren, daß er sich noch immer in seiner Schlafkoje befand, daß Hardy neben seinem Kissen kniete, einen zylindrischen Gegenstand in der Hand. Er hörte, wie Hardy flüsterte: »Wie gut, daß du im Schlaf sprichst! Schlaf weiter!« In seinem Gesicht fühlte er eine kühle, durchdringend riechende Flüssigkeit, den Niederschlag des Aerosols aus dem Spray, und fast augenblicklich fiel er in den Schlaf zurück, oder in die Bewußtlosigkeit...

Als er erwachte, wußte er nicht, wie weit das Ereignis zurücklag, das ihm sofort klar und ungetrübt vor Augen stand. Und in dem Moment erinnerte er sich auch an ein Ereignis in seinem Traum, auf den sein Ich wie auf ein Signal reagiert hatte... Das war jener Punkt, von dem aus sich eine Brücke zur Gegenwart spannte – jene Episode, auf die er von Anfang an gewartet hatte. Es war die Erinnerung an die Aufzeichnungen...

Was hatte Hardy gesagt: Er hätte im Schlaf gesprochen? Da überlief es ihn siedend heiß. Wenn er im Schlaf gesprochen hatte, über die Aufzeichnungen und über das Versteck, das er nun kannte, dann war auch Hardy informiert...

Jetzt war er völlig wach und konzentriert. Er merkte, daß er noch in den Kleidern steckte und sich nur die Jacke überzuziehen brauchte. Mit dem Kamm fuhr er rasch durch die Haare, dann spähte er aus seiner Koje. Die große Uhr an der Stirnseite zeigte neun Uhr zehn... offenbar war noch nicht aufgefallen, daß er nicht aufgestanden war; den Blicken von unten blieb er so lange verborgen, wie er flach dahingestreckt lag. Freilich, wenn er nun aufstand, so würde man ihn bemerken, aber das war ihm im Moment gleich. Und vielleicht gab es sogar einen Weg, unerkannt zu bleiben. Mit einem Satz schwang er sich aus der Koje, preßte ein Papiertaschentuch gegen das Gesicht und rannte, so schnell wie er konnte, aus dem Saal. Die Sperre überwand er durch eine Flanke, die ihm auf dem Sportplatz alle Ehre gemacht hätte. Jetzt verschwendete er keinen weiteren Gedanken darauf.

Seine Hoffnung lag darin, daß er durch seine Stellung als Rechercheur in Notfällen ein Single-Schwebecar anfordern konnte. Er lief zum nächsten Videofon, steckte seine Kennkarte ein und gab die Anforderung durch. Zwei Minuten später stand das automatische Fahrzeug neben ihm am Straßenrand. Er sprang hinein, stellte die Adresse ein, und es erhob sich in die Luft – höher als alle anderen Fahrzeuge, höher auch als die Schwebezüge der öffentlichen Bahn. Einen Moment erschrak er, als eine Sirene ertönte, dann aber fiel ihm ein, daß es sein eigenes Gefährt war, das mit Ton- und Lichtsignalen den Weg freimachte.

Hardy hatte gewiß einige Stunden Vorsprung, aber mit den öffentlichen Verkehrsmitteln hatte er einen langen Weg vor sich. Darauf setzte Ben seine Hoffnung.

Als er endlich draußen am Stadtrand angekommen war, dort wo man den letzten Teil der Alten Welt für Besichtigungszwecke erhalten hatte, dirigierte er das Schwebecar zu einem der Aussichtstürme. Von seinem überhöhten Standort hatte er gute Aussicht auf die historischen Anlagen.

Er drückte auf den Knopf, der die Rückkehr des Fahrzeugs in die Remise veranlaßte, sprang heraus und mischte sich unter die Menschenmengen, für die heute Führungen stattfanden. Für alle Betroffenen war es ein Festtag, und das nicht nur, weil sie einmal dem ewigen Trott der Gymnastik, des Unterrichts und des Psychotrainings entgingen, sondern auch, weil sich in das Schaudern immer noch ein Anflug von Vergnügen mischt... Hier sah man nicht nur die Mauern der untergegangenen Stadt, so wie sie am Ende der letzten Dekade von den Detonationen aufgerissen worden war, man sah auch die Körper der Unglücklichen, die damals umgekommen waren – so lebendig, als wäre es erst gestern geschehen, denn sie waren in Polyesterharz eingegossen worden. Und obwohl viele gräßliche Verwundungen aufwiesen, so war doch auch deutlich zu erkennen, daß diese Menschen bis zu Skeletten abgemagert waren, daß sie bis zur Verzweiflung gehungert hatten, daß sie von Krankheiten aufgezehrt worden waren... es war die Todesstunde einer Gesellschaft gewesen, die sich nicht mehr am Leben erhalten konnte, die sich in eine Situation hereingewirtschaftet hatte, die zur Vernichtung führte. Für die Angehörigen der Freien Gesellschaft waren diese Dinge unfaßbar, und wenn sie davon in den Unterrichtsstunden hörten, so waren viele darunter, denen es an Phantasie fehlte, so etwas für wahr zu halten. Hier fanden sie die Beweise. Und sie drängten sich auf den Aussichtstürmen, auf den Galerien, in den Gängen, die quer durch das Gelände hindurchführten, nur durch Bleiglaswände von den Ruinen getrennt, vor den Fernrohren, die alle fünf Meter aufgestellt waren und mit denen man die unzugänglichen Partien vergrößert erfassen konnte...

Das alles war Ben im Moment gleichgültig. Mit dem Lift fuhr er in das erste Geschoß, in den Vorraum zur Versammlungshalle, in der über Magnetophone und Lautsprecher Erläuterungen gegeben wurden. Dem Lifteingang gegenüber mündete ein Korridor, durch den man unmittelbar in den alten Teil kam. Er wandte sich ohne zu zögern hin, ein Schwarm von Besuchern schnitt ihm den Weg ab, und während er sich hindurchdrängte, war ihm, als höre er ein leises Klirren, das im Stimmengewirr fast unterging. Er beschleunigte seine Schritte, drängte die Leute rücksichtslos beiseite, stellte mit einem Blick fest, daß die Scheibe eingeschlagen war... Dort stand der Hydrant, das Oberteil abgeschraubt, am Boden – er war zu spät gekommen, aber Hardy mußte noch in der Nähe sein, und wenn es auch unmöglich schien, so wollte er sich noch nicht geschlagen geben – er mußte Hardy finden. Er folgte dem Gang, der keine Abzweigungen hatte, und lief dann einige Stufen die Treppe hinauf, die zum nächsten Geschoß führte; von dort hatte er einen guten Überblick über die Halle. Und tatsächlich – es erschien ihm fast wie ein Wunder – sah er Hardy in der Menge, die sich an der Tür zur rechten Aussichtsgalerie drängte. Hardy hatte sich selbst verraten: Während sich alle in Ruhe anstellten, hetzte er zwischen den Menschen hindurch, die in der Nähe der Wände nicht so dicht gedrängt standen wie in der Mitte, und so war er von oben gesehen ein rasch dahintreibender Punkt im steten Auf und Ab einer leichten Wellenbewegung.

Ängstlich bemüht, Hardy nicht aus den Augen zu verlieren, lief ihm Ben nach; obwohl er sich Mühe gab, mit den Leuten möglichst nicht zusammenzustoßen, so zog er doch eine Welle von Verwirrung hinter sich her. Erst im letzten Moment wurde Hardy auf ihn aufmerksam und drängte sich nun rücksichtslos in das dichteste Gewühl hinein. Er kam aber immer langsamer voran, und Ben rückte näher. Bald hatte er ihn in Reichweite. Er packte ihn von hinten an einer Falte des Overalls und hielt ihn fest. In dem Gedränge schob er sich dicht an ihn heran, tastete die Taschen des anderen ab, was mühevoll genug war, denn dieser wehrte sich, so gut es in dieser Umgebung ging. Von allen Seiten eingekeilt und nur beschränkt bewegungsfähig, begannen sie einen stummen und hartnäckigen Kampf, bei dem Ben zunächst keinen Erfolg verbuchen konnte. Schließlich fiel ihm aber auf, daß Hardy einen Arm an seine Brust preßte, und da kam ihm die Erleuchtung, daß er die Papiere in den Ausschnitt seiner Jacke gesteckt hatte. Rücksichtslos riß er ihm die Knöpfe auf. Obwohl sich Hardy nun wehrte, als gelte es sein Leben, merkte Ben, daß er der Stärkere war, und mit Triumph hielt er schließlich die Papiere in der Hand, zerknittert, mehrmals eingerissen, aber sonst unbeschädigt. In diesem Moment schob er sich von Hardy fort, und bald waren sie im Gedränge getrennt, wurden durch die Sperre mit dem Zählwerk hindurchgeschoben, immer weiter entfernte sich Hardy von Ben, und schließlich verlor ihn dieser aus den Augen.

Es war ein verzweifelter Kampf gewesen, inmitten von Hunderten von Menschen, und doch hatte kaum jemand etwas davon bemerkt.

Noch immer hielt sich Ben inmitten der Menschentrauben, wurde mit den anderen durch Korridore und über Stiegen hinweggeschoben und setzte sich dann, als er rechter Hand eine Treppe bemerkte, rasch und unauffällig ab. Er lief zum nächsten Ausgang, verließ das Gebäude und ging rasch, doch keineswegs mit auffälliger Eile bis zur nächsten Haltestelle der Hängebahn.

Er brauchte sich nicht einmal lange anzustellen – der Luxus einer bequemen Fahrt mit Aussicht auf die Stadt aus der Vogelperspektive kostete viele Punkte. Ben hatte aber keinen Grund mehr, mit seinen Punkten knausrig zu sein, und der ungestörte Aufenthalt in der Einzelkabine war ihm die Sache wert. Kaum war er der Sicht der auf die nächsten Kabinen wartenden Menschen entkommen, zog er die Papiere aus der Tasche, glättete sie und versuchte zu verstehen, worum es sich handelte. Denn das war keineswegs so einfach; meist handelte es sich um Symbole und Daten, und nur wenige handschriftlich hingeworfene Worte deuteten den dahintersteckenden Sinn an. Dann aber, als er ihm gut bekannte Codereihen sah, bereitete ihm die Entschlüsselung keine grundsätzliche Schwierigkeit mehr. Das also war der geheime Schatz der Verschwörergruppe! Auf den ersten Blick war es keine Sache von großem Wert, eher eine Sammlung von Tricks, Taschenspielereien und Anleitungen zur Sachbeschädigung. Und sie alle betrafen das staatliche Computersystem. Es handelte sich um Anweisungen, wie man durch Schaltungstricks Zugriff zu fremden Programmen und blokkierten Speicherteilen bekommt, wie man die Zählung und Validierung von Rechenzeit umgeht, wie man abgespeicherte Programme und Routinen kurzschließt, so daß sie der Benützung entzogen sind, wie man Codes zur Sicherung von geheimen Daten bricht, wie man Magnetkarten präpariert, um Sperrgebiete zu betreten, wie man Netzkarten fälscht, wie man Kontrollanlagen überlistet, wie man Apparate oder Apparateteile außer Funktion setzt oder zerstört... das alles erschien ein wenig läppisch, die Mittel, wie sie von aufsässigen Jugendlichen benutzt werden könnten und nicht von ernsthaften Revolutionären. Bei genauer Überlegung sah die Sache allerdings anders aus. Die gesamte Funktion des Staatswesens hing an diesem Computersystem, an den unzähligen Anlagen im Zentrum und an der Peripherie, an den Programmen, den Routinen, den Karteien und Dateien. Das System war mehrfach gesichert und schien gegen Störungen aller Art kaum anfällig zu sein. Aber er selbst hatte im Lauf der Arbeit doch die eine oder die andere Schwäche erkannt; wenn er es beabsichtigt hätte, dann wäre es ihm durchaus einmal möglich gewesen, das System zu mißbrauchen. Er hatte es natürlich nicht getan. Aber in den Händen einer Gruppe von Leuten, die solches Wissen rücksichtslos einsetzen, konnte sich dieses Material in eine gefährliche Waffe verwandeln. Die Zerstörung verschiedener Kontrollfunktionen würde ein unvorstellbares Chaos hervorrufen, und die Lahmlegung von Ausgleichs- und Reparaturprogrammen könnte es verhindern, daß sich der Normalzustand wiedereinstellte, bevor die Ursachen gefunden waren. Dieses System, das Menschen und Automaten schicksalhaft miteinander verband, war aber so wesentlich für die Aufrechterhaltung der Ordnung, für die Versorgung, für die Betreuung des Nachrichten-, des Verkehrs- und Transportwesens und für viele andere Bereiche, daß ein Ausfall, der sich nicht rasch wieder beheben ließ, bald zur Gefährdung des Lebens von Millionen geführt hätte. Je länger Ben die Blätter studierte, um so nachdenklicher wurde er. Es ging ihm nicht um einen Privatkrieg gegen den Staat, aber dieses Dokument konnte ihm entscheidend weiterhelfen, seine Probleme zu lösen und sich selbst besser zu schützen.

Über den Einsatz digitaler Rechenanlagen

In Form des Computers steht ein Instrument zur Verfügung, das seiner Organisation gemäß ein Mittel zur Erzeugung von Ordnung und zur Vernichtung von Information ist. Insbesondere sind folgende Maßnahmen mit automatisierbaren und computerisierbaren ordnungserzeugenden Prozessen verbunden:

steuern

planen
programmieren

organisieren
klassifizieren
registrieren
führen
lenken
berechnen
formalisieren
quantifizieren.

Da die Erreichung des höchstmöglichen Ordnungszustands Hauptziel des Staatswesens ist, kommt dem Computer bei dessen Verwirklichung eine bevorzugte Rolle zu.

In archaischen Zeiten wurden die besonderen Möglichkeiten, die der Computer hierzu bietet, weder begriffen noch genutzt. Es gab Einsätze von Rechenmaschinen, die statt zu einer Konsolidierung zu einer Erhöhung der Unsicherheitsfaktoren führten. Dazu gehören insbesondere alle interaktiven Methoden – wobei das menschliche Gehirn mit der Rechnerlogik zusammengeschaltet ist. Da hierbei spontane und intuitive Entscheidungen als steuernde Faktoren auftreten, kam es zu nicht vorhersehbaren Resultaten – das Schulbeispiel für mißbräuchliche Anwendung an sich nützlicher Medien. Beispiele hierfür findet man bevorzugt im Bereich der damals unkontrolliert wuchernden

Wissenschaft und Technik sowie im Einsatz des Computers für künstlerische Zwecke (Computergraphik – Computerkunst).

Das Beispiel aus der Geschichte zeigt, daß sich negative Konsequenzen aus dem Gebrauch von Computern stets dann ergeben, wenn er spontanen menschlichen Einflüssen unterworfen ist. Daraus ergibt sich die Notwendigkeit einer progressiven Verselbständigung der informationsverarbeitenden Anlagen. Das Endziel dieser Entwicklung ist ein System, in dem ein Netz von zentralen Großcomputern, Prozeßrechnern und Datenbanken allein nach den legislativen Programmen auf Grund automatisch registrierter Daten arbeitet.

Als Prämisse muß die Regel gelten, daß der Computer stets so einzusetzen ist, daß er dem Menschen auf bestmögliche Weise dienlich ist. Durch seine unfehlbare Präzision ist er das prädestinierte Werkzeug für die Leitung und Lenkung eines Staatswesens. Dadurch werden Willkürmaßnahmen eliminiert, wie sie in archaischen politischen Systemen oft genug vorkamen.

Die übergeordneten Programme, nach denen das Computersystem operiert, enthalten alle Paragraphen des Grundgesetzes samt den Anhängen und Ergänzungen. Um eine hundertprozentige Anpassung an die jeweils gegebene Notwendigkeit zu erreichen, müssen die als periphere Zentren installierten Prozeßrechner genaue Kenntnis über den Sozialzustand haben – insbesondere über die jeweils anfallenden sozialen, psychologischen und medizinischen Bedürfnisse der Bevölkerung. Dementsprechend wird das Soziosystem im Hinblick auf Überwachung und Kontrolle strukturiert. Medizinische Untersuchungen und psychologische Tests werden ergänzt durch ein eng verteiltes Netz optischer und akustischer Sensoren. Die erste Phase der Auswertung erfolgt in den peripheren Einheiten – die Daten über durchschnittliche Verhaltensakte werden gelöscht, jene über Abweichungen zur zentralen Analyse weitergegeben.

Dadurch fällt dem Computer im Mensch-Technik-System eine tragende Rolle zu: Er übernimmt die Funktion früherer menschlicher Regierungen, wobei er deren Pflichten ideal erfüllt, ohne auch deren Mängel zu übernehmen. Er ist das vollkommene Regierungsinstrument – selbstlos, rastlos, unermüdlich – im Dienste des Menschen.

15.

Ben konnte den Nachmittag kaum erwarten. Er brannte darauf, an seinem Terminal einige der Tricks zu prüfen und zu erproben, die die Arbeit mit dem zentralen Computer betrafen. Inzwischen fuhr er planlos in der Stadt herum, benützte verschiedenste Verkehrsmittel, stieg aus, besuchte ein Automatenrestaurant und eine Spielhalle, ließ sich eine Gesichtsmassage machen und die Hände pflegen... und auch dabei kam ihm das Wissen zugute, das er den Aufzeichnungen entnommen hatte: Er steckte statt seiner Kennkarte ein Stück Silberpapier in den Schlitz – und dennoch öffnete sich die Sperre, und er bekam seine Bons für die Behandlung durch die Roboter im Frisiersalon; er ringelte einige der Felder in seiner Magnetkarte mit seinem Metallstift ein – und die Sperren öffneten sich, ohne daß das gelbe Licht der Registratur aufleuchtete; und er drückte eine bestimmte Zahlenkombination in die Tastatur eines Schwebecars – und er stellte fest, daß er die Leitlinien des Verkehrsnetzes beliebig verlassen konnte, die Normgeschwindigkeit überschreiten, wahrscheinlich auch gesperrte Areale ansteuern... er hütete sich vorderhand, alle diese Möglichkeiten zu realisieren, da er keineswegs die Absicht hatte, besonders aufzufallen. Aber schon diese ersten Versuche bewiesen, daß der Inhalt der Aufzeichnungen auch jetzt noch anwendbar war: Jetzt war er der mächtigste Mann im Staat.

Vierzehn Uhr. Kaum wurde der Eingang in das Kontrollzentrum freigegeben, lief Ben zum Aufzug, ließ sich in die Etage seines neuen Arbeitsraums bringen... zwei Minuten später hatte er die Datensichtstation eingeschaltet. Ordnungsgemäß tippte er seine Kennziffer ein.

Er überlegte kurz, wo er die Papiere unterbringen könnte. Er mußte vermeiden, daß sie andere sahen. Schließlich zog er ein Schiebefach unter der Platte seines Pults hervor und befestigte die Blätter, eins neben dem andern, mit Klebefolie darauf. Wenn jemand hereinkam, so brauchte er das Fach nur hineinzuschieben.

Systematisch nahm er sich ein Problem nach dem anderen vor: die Umgehung der Zeitkontrolle, den Zugang zu Sperrmaterial, die Blockierung bestimmter Aufrufe, Programme, Anwendungen... Nicht alles klappte so wie erwartet; offenbar war das System weiterentwickelt worden. Aber es fiel ihm meist nicht schwer, die Anpassung an die neue Situation zu finden. Wenn auch einige Codeziffern oder Symbole nicht mehr stimmten, so wußte er doch, was an ihre Stelle getreten war – die Grundprinzipien der empfohlenen Methoden hatten ihre Gültigkeit behalten.

Natürlich: Es drängte ihn, von diesen Möglichkeiten auch Gebrauch zu machen, sich über Dinge zu informieren, die für ihn bisher verschlossen waren, sich die Akten von Kollegen und Vorgesetzten vorzunehmen, von Oswaldo und von Gunda, und nach weiteren Daten über sich selbst zu suchen... Aber zunächst ging es vor allem darum, das Instrument, das ihm so unerwartet zuteil geworden war, beherrschen zu lernen...

Es war etwa eine Stunde später, als er draußen Schritte hörte, – und unverzüglich ließ er die Aufzeichnungen verschwinden, löschte den Bildschirm und tippte einige unverfängliche Befehle in den Fernschreiber ein.

»Wie immer: der vorbildliche Rechercheur!« Gunda setzte sich in ihrer schon gewohnten Haltung auf die Schreibplatte, genau über das Schiebefach mit den geheimen Papieren – ein wenig provozierend, wie es Ben schien. Er fragte sich, ob sie sich auch bei den anderen Kollegen so in Szene zu setzen pflegte. Aber vielleicht bemerkten es diese nicht, oder es erschien ihnen nur unangenehm – wie früher auch ihm. Doch nun hatte er gelernt, Mädchen und Frauen unter einem ganz anderen Aspekt zu betrachten. Er sah sie aufmerksam an, und er wich ihrem Blick nicht mehr aus. Sie sah gut aus, und wie schon so oft erinnerte sie ihn an die Puppe Blacky. Aber auch ihre Figur übertraf die Proportionen der Puppe bei weitem, und plötzlich fühlte Ben wieder das Gefühl der Spannung, das er schon von früheren Begegnungen mit Gunda kannte, doch diesmal mischte sich keine Abscheu hinein – im Gegenteil: Es war – und er gestand es sich vorbehaltlos ein – unleugbar jenes körperliche Verlangen.

Vielleicht hatte sein Gesichtsausdruck zu viel verraten, denn Gunda stand plötzlich auf und trat so nahe an ihn, daß sie ihn berührte.

Ben legte seine Hand auf ihre Hüfte und zog sie noch näher heran.

»Ich versuche mich mit der neuen Anlage vertraut zu machen«, sagte er.

»Lassen wir das Versteckspiel!« sagte Gunda unvermittelt – mit einem neuen Ton in der Stimme. Sie zog einen zweiten Hocker heran und setzte sich dicht neben Ben. Sie blickte sich um und sagte dann flüsternd: »Du bist in Gefahr. Du müßtest es doch selbst längst bemerkt haben. Aber vielleicht ist dir nicht klar... ich will dir helfen!«

»Was meinst du damit?« Ben hatte nicht die Absicht, Gunda seine Geheimnisse zu verraten. Plötzlich war er wieder vorsichtig. »Was meinst du damit: Wie willst du mir helfen?«

»Was für eine Frage! Doch du brauchst keine Angst vor mir zu haben – ich bin auf deiner Seite. Und ich kann es dir beweisen. Ich werde dir etwas sagen, was nur ganz wenige wissen. Hast du eigentlich schon einmal darüber nachgedacht, ob es nicht auch in unserem Staat Menschen gibt, die mit dem System nicht zufrieden sind? Illegale Gruppen. Untergrundorganisationen? Kurz und gut: Ich gehöre einer solchen Organisation an.«

»Und warum sagst du mir das?«

»Das ist doch klar: Weil du zu uns gehörst.«

»Das ist doch Unsinn! Ich weiß nichts von einer Untergrundorganisation.«

»Du weißt nichts, weil du unter einem Psychoblock gestanden hast. Aber in den letzten Tagen mußt du doch gemerkt haben, daß du nicht das harmlose, minderbemittelte, durchschnittliche Mitglied der Freien Gesellschaft bist! Glaubst du, es ist mir verborgen geblieben, daß du mit Hardy, mit Jonathan und Barbara zusammengekommen bist? Nun – auch sie gehören meiner Gruppe an.«

»Ich habe mit keinem von ihnen ein Wort über eine geheime Organisation oder etwas ähnliches gewechselt.«

»Natürlich nicht! Sie alle hatten genaue Verhaltensregeln für den Fall, daß sich ein Rechercheur bei ihnen meldete. Und du bist als ein Rechercheur gekommen. Du bist ihnen nicht als Mitglied bekannt, du hast dich ja in den letzten Jahren nicht mehr beteiligt – in den Jahren, seit ich dazugestoßen bin. Aber früher warst du dabei, und du hast eine hervorragende Rolle gespielt. Viele kennen deinen Namen und haben von dem gehört, was du getan hast. Seit Jahren hoffen sie darauf, daß du eines Tages wieder auftauchst – daß sich deine Erinnerungen wieder melden. Und ich war es, die dich beobachtet hat und die dir geholfen hat, zu dir selbst zu finden.«

Ben versuchte das, was ihm Gunda sagte, mit seinem lückenhaften Wissen in Einklang zu bringen. Einiges klang plausibel. Noch war er von Mißtrauen erfüllt, aber andererseits regte sich in ihm die Hoffnung, nun doch auch die Lösung des Rätsels zu erfahren, das ihn bewegte.

»Vielleicht sollte ich dir erklären, was in den letzten Tagen geschehen ist und was dahintersteckt.« Gunda zog ihr Pillenschächtelchen hervor, bot Ben ein Fitnessdrops an und nahm selbst eins. Ihr Flüstern wurde eher noch leiser: »Vor einigen Jahren hat dich ein Mitglied unserer Gruppe entdeckt. Es erschien uns fast lächerlich: gerade als Rechercheur, als der brave Diener seines Herrn Benedikt Erman. Aber das bedeutete natürlich auch, daß ihnen bei dir die ›Umkehrung‹ perfekt gelungen war. Das war bei einigen anderen, die sie so wie dich erwischt hatten, durchaus nicht der Fall. Ich wurde zu deiner Beobachtung eingesetzt. Ja, du wirst es nicht glauben, aber wir haben auch Mitglieder unter den Angehörigen höherer Kategorien. Auf diese Weise wird manches möglich, das Leuten deiner Stellung wie ein Wunder erscheint. Kurz und gut – an einigen Anzeichen habe ich bemerkt, daß sich die psychischen Sperren bei dir zu lösen begannen.«

»Und warum hast du mir nicht einfach die Wahrheit gesagt?«

»Du hättest mir glauben können oder auch nicht. Nein, die Initiative mußte von dir kommen – aus eigenem Antrieb. Aber wir konnten einen Anstoß dazu geben, und das haben wir gemacht. Ja, ich glaube, jetzt kommst auch du darauf...« Sie hatte bemerkt, wie Ben nachdenklich die Augenlider zusammengekniffen hatte. »Wir haben dich mit dir selbst konfrontiert. Du wirst doch nicht gedacht haben, daß dem System ein solcher Fehler unterläuft. Nein, dazu bedurfte es einiger Eingriffe. Aber das Wichtigste war: Es hat gewirkt! Du kannst dir denken, daß wir dich nun nicht mehr aus den Augen gelassen haben; immer war einer von uns hinter dir her. Wir haben es auch ermöglicht, daß du eine Reaktivierung vornehmen konntest. Auch das hätte dir zu denken geben müssen: Du kannst doch nicht im Ernst erwarten, daß ein illegaler Biochemiker, der im Hinterraum einer Herrentoilette arbeitet, über die Mittel für eine Reaktivierung verfügt.«

»Aber diese Reaktivierung ist nicht hundertprozentig gelungen«, wandte Ben ein. »Gewiß – es ist mir eine ganze Menge von Dingen bewußt geworden, aber vieles davon war widersprüchlich, unklar, unwahrscheinlich...«

»Das konnte auch gar nicht anders sein«, antwortete Gunda. »Zu einer richtigen Reaktivierung gehören ganz andere Dinge als ein paar Chemikalien. Warst du schon bei einer dabei? Mit der Neuronensonde wird eine Ebene nach der anderen angepeilt. Jede wird selektiv stimuliert, mit genau dosierten elektrischen Stromstößen. Die pharmazeutischen Präparate dienen nur zur Unterstützung. Das alles war bei dir nicht möglich. Wir haben dir das beste Mittel untergeschoben, das uns zugänglich war, aber es kann natürlich nur integral wirken. Das heißt, es beeinflußt nicht nur die blockierten Gehirnteile, die verschüttete Information, sondern es wirkt auf den gesamten Assoziationsspeicher, und somit werden dir neben dem relevanten Gedächtnisstoff auch alle möglichen anderen Bilder bewußt, die eigentlich nichts mit der Sache zu tun haben. Es sind also gewissermaßen Träume, die die eigentliche Reaktivierung begleiten.«

»Und was davon ist wahr?«

»Ich weiß nicht, wie das Mittel gewirkt hat und was du für Traumerlebnisse gehabt hast. Aber ich will dir gern sagen, was wahr ist: Es ist ja fast selbstverständlich, daß sich in einem System wie diesem immer wieder Menschen zusammenfinden, die sich mit der Diktatur der Computer nicht abfinden. Du hast einer solchen Gruppe angehört – ebenso wie Hardy, Jonathan und Barbara...«

»Ich hab es im Traum erlebt...«, flüsterte Ben.

»Was meinst du?« Gunda stoppte einen Moment. »Erinnerst du dich jetzt? War es das, was du in deinen Träumen erlebt hast?«

»Ja, es kann sein.« Ben strich sich mit der Hand über die Stirn, als wollte er beunruhigende Gedanken beiseite schieben. »Nun gut. Vielleicht ist es so, wie du es sagst. Vielleicht sind alle diese Dinge irgendwo in mir noch lebendig... einiges davon habe ich gesehen, erlebt. In Ordnung; wenn es so ist, ist nichts daran zu ändern. Aber was soll nun geschehen?«

»Ja, kannst du denn auch nur einen Augenblick daran zweifeln? Du schließt dich uns wieder an! Du kannst eine führende Position einnehmen. Wir werden zusammenarbeiten – würde dich das nicht reizen?« Gunda rückte wieder näher an Ben heran. Doch ihn bewegten jetzt ganz andere Gedanken.

»Das klingt alles sehr logisch. Aber siehst du es nicht nur aus deiner Sicht? Für mich liegen diese Dinge weit zurück. Und selbst wenn sie wahr sind – was bedeuten sie mir schon? Warum sollte ich mich euch anschließen? Wie kommst du überhaupt dazu, mir das alles zu offenbaren?«

»Aber Ben!« Sie packte ihn am Arm. »Du kannst jetzt gar nicht anders, als mit uns zu arbeiten. Du weißt doch, daß die Menschen in diesem Staat nicht nur unter körperlichen, sondern auch unter geistigen Beschränkungen leben. Man hat ihnen ihr Gesichtsfeld eingeschränkt. Man hat eine ganze Skala von natürlichen Antrieben unterdrückt, einige völlig gelöscht. Glaubst du, es kommt von selbst, daß sich diese Menschen widerspruchslos allen Befehlen unterwerfen? Willst du es hinnehmen, daß man Männer und Frauen trennt, nur weil man irgendwelche abstrakten genetischen Daten unter Kontrolle halten will? Man verurteilt die natürlichsten Dinge der Welt als Perversionen! Ist es nicht gerade umgekehrt: Die Gesellschaft, in der wir leben, ist pervertiert!« Gunda hatte sich in einen offenen Haß hineingeredet. Sie war etwas lauter geworden, doch nun suchte sie sich wieder zu beherrschen. »Man sagt uns, daß wir alle die gleichen Rechte haben, daß die Unterschiede zwischen arm und reich verwischt sind. Inzwischen hast du doch selbst erfahren, daß das nicht stimmt. Du hast die Wohnräume gesehen, in denen die Angehörigen der höchsten Kategorien leben. Alles, was man uns sagt, ist Lüge. Letztlich geht es nur um eins: daß einige ganz wenige auf Kosten der anderen ein Leben in Luxus und Überfluß führen. Und da fragst du mich, warum du dich uns anschließen sollst? Es gibt einige wenige Menschen, bei denen die psychologische Einengung des Horizonts nichts nützt. Du und ich – wir gehören dazu. Und wer einmal mit offenen Augen um sich sieht, der kann unmöglich so leben wie alle anderen. Wer auch nur den geringsten Funken von eigener Initiative bewahrt hat, ist bereit, alles gegen dieses System zu tun, was in seiner Macht steht.«

Ben überlegte kurz. Dann sagte er: »Nun gut. Nehmen wir an, ich arbeite in deiner Gruppe mit. Was hätte ich zu tun? Auf welche Weise wollt ihr etwas gegen diesen Staat unternehmen? Du weißt so gut wie ich, daß alles perfekt organisiert, gelenkt und kontrolliert ist. Was können einige wenige Leute, wenn sie noch so intelligent und aktiv sind, dagegen tun? Was kann ich dagegen tun?«

Gunda sah ihn nun mit einem Ausdruck an, den er sich nicht recht erklären konnte. Gewiß – sie war erregt, es mußte ein wichtiger Augenblick in ihrem Leben sein, aber jetzt war noch etwas hinzugekommen, ein Ausdruck von Hunger, von Gier, und Ben wartete mit Spannung auf die Antwort – vielleicht erfuhr er mehr, als Gunda verraten wollte.

»Ganz einfach, Ben. Es gibt ein Mittel. Und du wirst uns helfen, es zu benützen. Weißt du, was ich meine? Es sind die Papiere, die Aufzeichnungen... ja, wir haben gewußt, daß es nur einen gibt, der das Versteck kennt, und das bist du. Daher bist du so wichtig für uns. Gib mir die Papiere, du mußt sie mir jetzt geben, und alles geht gut.«

»Und was ist das Ziel? Wozu wollt ihr diese Methoden einsetzen?«

Gunda schüttelte den Kopf, als wäre sie über soviel Unverstand entsetzt. »Ist das nicht klar? Wir stören dieses System, wir vernichten es. Wir verursachen ein Chaos, und du weißt, daß wir nun dazu imstande sind. Wo hast du die Papiere?«

»Ich habe dich nicht nach den Maßnahmen gefragt; ich kenne mich gut genug mit dem zentralen Steuer- und Kontrollsystem aus, um zu wissen, was man tun kann, um bestimmte Effekte hervorzurufen. Ich habe dich nach dem Ziel gefragt. Was wollen wir damit verändern? Habt ihr überhaupt ein Ziel?«

Gunda war verblüfft. »Selbstverständlich: die Zerstörung dieses Systems! Wir werden selbst die Führung übernehmen. Wir werden den Menschen die Freiheit geben. Mensch, Ben, stell dir vor, wie sich diese Welt für uns verändern wird! Wir selbst werden es sein, die in den Hochhäusern wohnen – ganz oben, über der Stadt, hoch über allen anderen! Wir könnten zusammen sein, Ben – wir beide! –, uns irgendeine von diesen üppig ausgestatteten Etagen aussuchen, ein unbeschwertes Leben führen... Was meinst du dazu? Wäre das nicht wunderbar?«

Es wäre wunderbar! Ben stellte sich vor, wie man sich fühlen würde, wenn man genügend Wohnraum hätte, wenn man in einer guten Luft leben würde, mit genügend Nahrungsmitteln und einem Überfluß an sauberem Wasser. Er stellte sich ein Leben vor, in dem es keine festgefügte Tageseinteilung gab, kein Anstellen vor der Essenausgabe, keine Uniformen, keine Tagesnachrichten und Erläuterungen der politischen Programme. Keine Gymnastik, kein Psychotraining, kein Unterricht in vergleichender Geschichte. Keine Büros, keine Kontrollen, keine Beschränkungen...

Er hätte keine Phantasie haben dürfen, um von den Bildern, die Gunda da gemalt hatte, nicht beeindruckt zu sein. Und Gunda selbst: Er kannte sie kaum, aber war das nötig? Er hatte immer nur mit seiner Puppe geschlafen, und er hatte nur einmal ein richtiges Mädchen gehabt: Barbara. War es nicht völlig gleich, mit wem er zusammenleben würde? Und Gunda sah nicht nur gut aus, sondern sie schien auch intelligent zu sein – ganz anders als die Menschen, mit denen er es sonst zu tun gehabt hatte. Vielleicht war das alles doch nicht nur Illusion. Ein unbeschwertes Dasein, eine freie Existenz, ein Leben wie in einem permanenten Urlaub, viel schöner noch als in den Feriendörfern...

Aber da war noch etwas. Wenn er auch noch längst nicht zu seiner Vergangenheit zurückgefunden hatte, obwohl er sich noch unklar darüber war, was nun eigentlich Wahrheit war und was Traum, so war doch eines in ihm wieder lebendig geworden, etwas, was er noch nie in Worte gefaßt hatte, was auch nicht so leicht auszudrücken und zu beschreiben war wie eine angenehmere Umgebung, was aber doch weitaus wesentlicher und wirklicher war: Es war das Ziel, dem er sich verschrieben hatte. Er wußte es wieder, und er wünschte sich wieder, es zu erreichen. Und mit diesem Ziel ließ sich all das, mit dem Gunda zu locken versucht hatte, nicht vereinbaren.

Er richtete sich starr auf, wobei Gundas Hand von seinem Arm glitt. »Nein«, sagte er. »Ich habe es mir überlegt: Ich mache nicht mit bei euch. Das ist mein letztes Wort.«

Gunda stand auf wie unter einem Peitschenschlag. In ihrem Gesicht malte sich grenzenloses Erstaunen. »Wie? Du willst nicht mitmachen? Hast du Angst, bist du zu faul oder zu dumm? Gut, laß es sein! Laß die anderen die Dreckarbeit machen – für alle, und auch für dich. Aber gib uns die Aufzeichnungen! Gib sie her! Wo hast du sie?...«

Sie klammerte sich an Ben, wandte sich dann zu seinen Notizen, wühlte darin, lief zur Schranktür, riß sie auf... Sie schien einem hysterischen Anfall nahe zu sein. Ben trat rasch zu ihr hin, hielt ihre Arme fest, so daß sie sich nicht von der Stelle bewegen konnte. »Du bist verrückt! Sei still. Die anderen werden aufmerksam! So beherrsche dich doch!« Er wartete, bis sich ihr verkrampfter Zustand plötzlich löste. Dann sagte er: »Ich glaube, wir haben uns nichts mehr zu sagen. Geh hinaus! »Willenlos ließ sie sich von ihm bis zum Eingang seines Arbeitsraumes schieben. Dort blieb er zurück, und sie ging weiter, mit steifen Schritten, wie eine Marionette.

Ben brauchte einige Zeit, um das zu verdauen, was er eben gehört hatte. Er war sich keineswegs sicher, ob alles stimmte, was Gunda gesagt hatte, aber einiges sprach dafür, einiges stimmte mit seinen Erinnerungen überein. Vor allem aber wußte er jetzt, daß auch andere den Wert des Dokuments erkannt hatten und daß sie es um jeden Preis in ihre Hände bekommen wollten. Er überlegte kurz, dann ließ er sich durch einen Zufallsgenerator eine neue Codezahl geben, sicherte sie durch einen Trick, den er erst vor einer Stunde gelernt hatte, und reservierte sich damit einen Speicherabschnitt, an den niemand mehr herankonnte, es sei denn, unter Zerstörung der Daten. Hier speicherte er alle Hinweise und Zahlen ein, die die Aufzeichnungen enthielten. Er überzeugte sich noch einmal, daß sie sich unter der

Codezahl, die er auswendig gelernt hatte, aufrufen ließen…
Dann löste er die Blätter von der Platte, auf die er sie geklebt hatte, und verbrannte sie.

Konzept über die Anwendung der Datenverarbeitung im sozialen Feld

Entscheidende Voraussetzung für die Anwendung der automatischen Datenverarbeitung in der Soziologie ist ein ausgewogenes Verhältnis zwischen der Verbesserung der sozialen Versorgung durch umfassendere Informationsverarbeitung einerseits und dem Schutz der in der Kommunikation zwischen Sozialtrainer und Bürger wechselnden Information.

Der Computer soll ausschließlich Hilfsmittel des Sozio- und Psychotrainers sein – unter der Zielvorstellung der bestmöglichen Erfüllung des Dienstes am Patienten und an der Gemeinschaft bei der Strukturierung psychologischer und sozialer Verhaltensweisen.

Endziel der Entwicklung muß eine totale Informationserfassung und -verarbeitung sein; dazu muß der Bürger im Rahmen seiner täglichen Verrichtungen auch seiner Auskunftspflicht genügen; weitere Mittel der Datenerfassung sind Prüfungen und Tests, von denen einige deklariert, andere (um die Unbefangenheit zu erhalten) maskiert eingesetzt werden. Das psychologische Datenmaterial zusammen mit den laufenden Ergebnissen der medizinischen Untersuchung ergibt ein umfassendes Persönlichkeitsbild. Entsprechend dem Prinzip von der Identität von Staat und Bürger gibt es den Behörden der Datenerfassung gegenüber keine Privatsphäre und kein Geheimnisrecht. Den informationspositivistischen Grundsätzen gemäß ist die Persönlichkeit nichts anderes als die Summe aller erfaßbaren Individualdaten. Der Anspruch auf Sorge und Schutz für den Bürger ist nur bei völliger Transparenz der Persönlichkeitsstruktur gewährleistet. Die Offenbarungspflicht ist somit als integraler Bestandteil in den § 1 des Grundgesetzes einbezogen.

16.

Den Rest seiner Arbeitszeit verwendete Ben, um einige Änderungen in seiner eigenen, elektronisch abgespeicherten Akte vorzunehmen. Insbesondere griff er in die letzten Registrierungen ein, und er löschte alles, was Verdacht erregen könnte. Er sah mit Verblüffung, welch fundiertes Sachwissen in den Methoden steckte, die er durch die Aufzeichnungen kennengelernt hatte. Es mußte das Wissen von Fachleuten sein. Und sie mußten gehörige Zeit und Mühe aufgewendet haben, um alle diese Schwächen des Systems aufzuspüren und sich nutzbar zu machen. Und er erkannte auch, daß gerade in der Ausschließlichkeit, mit der sich der Staat auf die Datenverarbeitung stützte, eine große Schwäche lag. Denn mit dem Eingriff in die Daten wurde auch ein Stück Wirklichkeit gelöscht. Es war möglich, die Vergangenheit nachträglich zu ändern – man brauchte nur den Inhalt einiger Speicheradressen zu löschen und andere Daten einzuspielen... und dann wurde er sich plötzlich klar, daß dieses Prinzip noch in einem viel weiteren Sinn angewandt werden konnte: Zusammen mit den modernen psychologischen Methoden konnte man selbst die Lebenswege der Menschen nachträglich ändern, reparieren, verbessern...

Jetzt war er sich klar darüber, daß er die Waffe, die ihm in die Hand geraten war, anwenden würde. Ja, es war eine Waffe, es war ganz deutlich, daß man mit diesem know how weitaus mehr erreichen konnte als mit Sprengstoff oder Thermit, daß Information ein weitaus wirksameres Mittel ist, um die Welt zu verändern, als Werkzeuge oder Waffen...

Natürlich mußte er sich in einigen Punkten Gewißheit verschaffen. Wie weit hatte ihn Gunda richtig informiert, in welchen Punkten hatte sie ihn getäuscht?

Nun hatte er Zugang zu unzähligen Daten, die ihm bisher verschlossen gewesen waren, und es lag nahe, sie alle zu sichten, auf Hinweise zu durchleuchten... Aber konnte er dadurch Gewißheit erlangen? Konnten diese Daten nicht längst von anderen manipuliert worden sein – verfälscht in einem Sinn, der allen möglichen divergierenden Absichten entsprechen mochte?

Die beste Methode, um die Wahrheit zu ergründen, war es immer noch, sich persönlich zu überzeugen…

Nach Abschluß der Dienstzeit machte er sich auf den Weg zu Barbara. Sie war die einzige, von der er sich Auskunft erhoffen durfte. Er fuhr bis zum Eingang ihres Wohnblocks und ließ sie von dort aus rufen.

Schon eine Minute später war sie da. »Ben, ich hatte so gehofft, daß wir uns wiedersehen! Doch ich habe mich nicht getraut…«

Ben legte ihr den Arm um die Schulter und ließ es dann wieder, weil er die Blicke der Passanten fürchtete. »Komm«, forderte er sie auf.

»Die Wohnung oben im Hochhaus ist heute besetzt«. sagte Barbara. »Ich wollte warten, bis eine andere frei ist… Ich hätte mich gemeldet… im Moment weiß ich nicht, wohin wir gehen sollen.«

»Hör zu, Barbara, ich möchte mit dir sprechen. Du mußt mir einige Fragen beantworten. Willst du das tun?«

»Ja, gern«, antwortete Barbara, während sie überlegte. »Ich wüßte schon ein Versteck, einige Freundinnen haben es gelegentlich benutzt. Es ist nicht so luxuriös wie die Wohnung – wird es dich nicht stören?«

»Das ist mir gleichgültig«, sagte Ben. »Paß auf. Barbara, ich will nur etwas über diese Untergrundorganisation wissen.«

»Welche Untergrundorganisation? Komm – wir müssen dort hinüber gehen. Es ist nicht weit. Es ist ein Depot für Arbeitskleidung. Eine Warmluftheizung führt hindurch – dort ist es nicht so kalt.«

»Es ist wichtig, Barbara: Du mußt mir alles sagen, was du weißt. Was hast du mit dieser Untergrundorganisation zu tun?«

»Ich weiß nicht, was du meinst. Ich habe nie etwas von einer Untergrundorganisation gehört. Laß doch diese dummen Fragen, komm!«

Ben blieb stehen, und als sie weitergehen und ihn mit sich ziehen wollte, hielt er sie auf. »Barbara«, sagte er mit beschwörender Stimme, »bitte, sag mir die Wahrheit. Ich habe es heute erfahren – das von dir und von Jonathan und von Hardy. Du kannst ruhig zu mir sprechen. Ich gehöre jetzt zu euch. Laß dich nicht so bitten!«

Jetzt veränderte sich Barbaras Gesichtsausdruck, ihre Züge wurden hart. »Du mußt verrückt sein, Ben! Du sprichst von einer Geheimorganisation. Laß mich doch mit solchen Albernheiten zufrieden! Oder bist du da irgendwo dabei? Du – damit möchte ich nichts zu tun haben.« Sie stemmte sich ein wenig gegen ihn, und er rückte von ihr ab. »Ist das alles, was du mir zu sagen hast?«

»Ja!«

Ben drehte sich um und ließ das Mädchen stehen.

Er benützte die Untergrundbahn, um in seinen Wohnblock zu gelangen. Er achtete darauf, nicht allein in einem Wagen zu bleiben, denn sein Erlebnis von gestern war ihm noch deutlich genug in Erinnerung. Dafür hatte Gunda keine Erklärung gegeben, und selbst wenn sie das getan hätte, dann hätte es ebensowenig Wert gehabt wie das, was er heute nachmittag von ihr erfahren hatte. Er glaubte, daß Barbara die Wahrheit gesagt hatte. Es war nicht denkbar, daß sie sich so gut verstellen konnte. Und es hätte auch keinen Sinn für sie gehabt, sich zu verstellen. Unter diesen Umständen hätte sie anders reagieren müssen... Nun gut – vielleicht fand er es noch heraus, vielleicht auch nicht. Aber eigentlich war das jetzt zweitrangig. Immer stärker wurde in ihm der Wille, das zu tun, was er sich vorgenommen hatte.

Als er den Schlafsaal betrat, bemerkte er eine Menschenansammlung, und dann sah er, daß sie sich vor seiner Koje konzentrierte. Er ahnte einen Zusammenhang mit den Ereignissen in die er verwickelt war, und versuchte sich in der Menge zu verbergen. Allmählich rückte er näher und erkannte, daß man seine Koje ausgeräumt hatte. Nicht nur die Decke, das Kissen, das Laken und die Matratze lagen am Boden, man hatte auch den Schrank herausgerissen, Blondy lag am Boden, die Hülle aufgeschnitten – Schaumkugelflokken quollen heraus –, auch die Matratze war zerfetzt, sogar seinen Rundfunkempfänger hatte man zerschlagen. Er dachte keine Sekunde darüber nach, welche Absicht dahintersteckte, drehte sich um und ging hinüber zum Lift.

Sobald eine Kabine hielt und sich die Tür öffnete, trat er ein, obwohl sie schon stark besetzt war, und drängte sich zwischen die anderen Männer.

»Ist er das?«

Aus dem Hintergrund antwortete eine weibliche Stimme: »Ja.« Er wandte sich nach rechts und erkannte Gunda, die sich hinter einer Atemmaske versteckte.

Plötzlich fühlte er sich festgehalten, Finger glitten in seine Taschen, der Overall wurde ihm aufgerissen, das Innenfutter abgetastet. »Nichts zu finden!«

»Weiter – er muß sie bei sich haben!«

Nun rissen sie ihm die Kleider regelrecht vom Leib, zogen ihm die Schuhe aus, musterten jeden Quadratzentimeter. Er stand nackt zwischen ihnen, noch immer von kräftigen Händen gehalten.

»Nichts!« sagte ein Mann und drehte sich zu Gunda um. Ihr Gesicht war wutentbrannt. »Sag, wo du sie versteckt hast! Los, sag es!«

Ben schwieg.

»Sollen wir ihn bearbeiten?« Einer faßte ihn an der Kehle und bog ihm den Kopf hoch.

Gunda zögerte einen Moment, dann sagte sie: »Laßt ihn! Wir haben keine Zeit.«

Wie an der Anzeigelampe zu ersehen war, waren sie im Kellergeschoß angelangt. Als sich die Tür geöffnet hatte, erhielt Ben einen Tritt, seine Sachen wurden ihm nachgeworfen. Die Tür klappte zu, und die Kabine entzog sich seinen Blicken. Rasch zog sich Ben wieder an. An einigen Stellen seiner Kleider waren Risse entstanden, und er mußte sich bemühen, die Löcher zu verdecken. Er hatte das Gefühl, daß ihm nicht mehr viel Zeit blieb, und lief rasch die Treppen hinauf.

Geheimdokument – unter Verschluß zu halten!

Zufallszahlentabelle

72137	73850	32733	35321	80647	39713	61060	57865	88049	20557	43375	50914	83628	73935	72502	48174	62551	96122	22375	96488
04254	60099	50584	10961	57642	19101	30613	01549	96531	83936	45842	78222	88481	44933	12839	20750	74116	58973	99018	22769
48083	50731	81250	57995	41467	29834	08059	22945	72193	36077	82577	16210	76092	87730	90049	02115	37096	20505	91937	69776
16602	26772	89693	92558	38394	84119	68486	17622	30953	78267	31568	58297	88922	50436	86135	42726	54307	29170	13045	65527
29910	55480	47184	79775	09779	08718	45822	17643	63252	00232	98059	07255	90786	95246	15280	61692	45137	17539	31799	64780
77708	83761	89238	86521	82711	79266	47763	26173	36183	65869	64355	91271	49295	98354	28005	69792	01480	51557	70726	35862
90715	65115	12870	89922	24926	44062	94896	97561	96490	35454	51623	98381	11055	32951	28363	16451	67912	66404	76254	75495
79666	48119	38525	82189	34921	49838	47558	92343	47408	99542	44247	12762	54488	74321	36224	95619	16238	25374	13653	25345
53294	49761	76235	55814	29900	03796	73326	94291	10739	36087	32326	52225	72447	77804	57045	27552	72387	34001	83792	66764
44422	78305	76369	20601	39701	80769	17322	78280	42376	64899	62390	68375	42921	28545	33167	85710	11035	40171	04810	69848
12601	54432	65017	91131	50515	97477	80691	31834	32401	11994	97820	06653	27477	61364	22681	02280	53815	47479	44017	37563
65664	73669	24910	25488	23699	86413	19985	49355	24358	02915	81553	92012	50435	73814	96290	86827	81430	45597	82296	28947
18363	66515	23098	22384	87756	66396	63646	50963	99099	67895	09202	48494	95974	33534	94657	71126	71770	16092	03942	90111
00491	53688	72033	68063	86104	90576	04119	65531	30304	39202	82110	82254	03669	03281	11613	36336	98297	48100	71594	52667
02878	83197	94318	47901	85252	91224	32939	75043	40325	53252	18175	09457	83810	46392	02705	85591	33192	65127	80852	42030
79920	22780	43100	83886	26378	66010	00020	80666	66861	17820	50756	80608	35695	72641	26306	76298	32532	22644	96853	18610
97556	54260	42361	12741	56996	48177	85725	36668	45531	85245	12710	60264	74650	92126	08152	32147	17457	56298	48964	64733
79435	52143	12322	12554	04314	98550	58315	78036	24355	85822	44424	88508	66190	74060	93206	92840	44833	81146	64060	62975
93903	78220	09178	33676	58996	78675	11648	96220	54127	24804	24729	66501	74157	42246	41688	72835	87258	89384	11251	34329
04758	50961	90230	72006	24268	77817	10524	60304	79352	31942	85419	93017	28087	78323	77109	56832	78400	24190	37978	85863
53841	28758	93442	42983	25254	96336	16570	89358	36619	72838	10933	99964	13468	17211	48046	51122	92668	96750	11130	06275
07626	78473	17708	50059	33584	52451	11575	53992	83223	58546	49559	71671	53603	24491	57570	90789	32932	67449	05115	45941
40645	27008	16341	05870	42604	79286	08720	13175	89573	38051	39391	92039	71664	40219	97707	93975	66981	19556	24605	52169
82666	14127	94390	07069	39152	10357	94612	56748	75428	28101	38543	54214	48928	32818	51963	87353	15094	29529	87305	01361
60147	99378	58310	34655	48242	58656	30544	01860	08322	70476	44242	54227	28598	64422	29361	20359	48577	05971	92373	22765
61557	43927	11643	65522	76713	95782	34956	67384	47654	64999	11468	74140	81386	94127	67342	38010	92522	57728	39432	27914
71522	16545	68464	62540	76143	06328	94718	58404	84099	73641	52165	54336	89196	40042	37889	06003	58033	50082	94988	62152
05366	66273	49518	25415	20346	22719	18255	47685	78475	67421	83093	77038	55399	67893	89597	85630	08059	35757	49479	63531
72668	62720	08971	97908	15905	86615	97559	68107	10649	30976	66455	90708	08450	50129	17795	55604	51222	17900	55553	02980
51497	78491	83680	08319	51223	19735	72708	82599	28127	29660	30790	65154	19582	20942	81439	83917	90452	64753	99645	19799
66170	68781	91423	86645	02925	51327	41022	76893	29200	82747	97297	74420	18783	93471	89055	56413	77817	10655	52915	68198
23361	60672	52451	03774	06365	94880	70978	57385	70532	46078	87300	53319	90155	03154	20301	47831	86797	11284	49160	79852
53608	59661	70966	24937	56559	98856	19207	41684	20288	19783	82215	35810	39852	43795	21530	96315	55657	76473	08217	46810
24079	01177	02666	35515	24819	73382	50172	23114	28745	12249	35844	63265	26451	06986	08707	99251	06260	74779	96285	31998
50495	87947	20592	91917	59595	55083	43112	94833	72864	58785	53473	06308	56778	30474	57277	23425	27602	47759	18422	56074
93550	48308	20282	92711	74402	51335	64031	41740	69680	69373	73674	97914	77989	47280	71804	74587	70563	77813	50242	60398
16260	03381	09798	89487	33632	47073	92357	38870	73784	95662	83923	90790	49474	11901	30322	80254	99608	17019	17892	76813
32868	72831	55156	90166	91599	09471	79945	42580	86605	97758	08206	54199	41327	01170	21745	71318	07978	35440	26128	10545
80722	21328	19977	82161	29385	62151	48030	05125	70865	72154	86385	39490	57482	32921	33795	43155	30432	48384	85430	51828
67362	87389	09559	98456	70498	40173	80016	81500	48061	25583	74101	87573	01556	89183	64830	16779	35724	82103	61658	20206
83452	92994	85019	57720	36951	03383	34265	65728	89776	04006	06080	84076	12445	47416	83620	59151	97420	23689	74515	55211
51168	41624	94768	53124	95920	04777	82534	76335	21108	42302	79406	21054	80132	67719	72662	58360	57384	65406	63918	17046
83805	28803	63272	65480	08764	16379	72055	61146	82780	89111	53131	57879	39099	42715	24830	60045	23250	30847	46616	17817
59782	50488	77081	10186	86577	28581	26999	96204	20431	30114	23035	30380	76272	60343	57573	42402	47962	21439	54664	97968
09627	26695	79373	09119	79765	99918	01628	47335	17893	53176	07436	14799	78197	48601	97557	83918	20530	61565	69344	71964
20160	50603	71684	34875	60617	77991	66322	27390	73834	73494	21527	93579	20049	85666	25102	64733	93872	72698	78520	43340
04375	15463	49139	17369	71179	77472	96230	18521	67354	41883	58939	36222	43935	36272	47817	90287	91434	86453	84477	03559
[illegible]	[illegible]	[illegible]	[illegible]	[illegible]	[illegible]	[illegible]	[illegible]	[illegible]	45062	63903	33862	14903	38996	60027	41702	78189	28598	12707	91101

56013	02278	53110	33235	62949	53799	51375	42451	76889	68096	80857	91046	95340	70209	23825	46031	45306	64476	31460	61553
46596	51960	02957	56574	18672	02994	39960	02489	53079	72789	22562	30359	38220	13972	86115	17196	24569	26820	66299	50962
52928	66296	15570	31407	54988	78749	16135	82797	31296	93268	10101	95616	82618	85756	51156	74037	12501	94162	42006	99213
09403	50848	71088	31308	35677	49046	10870	72107	11550	61175	33345	56717	07896	74085	53886	05051	78702	13102	74518	20992
20328	72163	66728	81091	52307	78952	60261	11207	73065	48286	57057	49472	95241	84360	13960	95736	43637	60399	19080	72417
78707	57821	28410	64908	30452	78760	36880	02564	96978	62332	77321	92228	53849	26578	39954	86726	91039	13884	25376	60187
73597	94657	72927	46459	61325	50908	25601	30038	78786	65197	65283	18169	72867	53931	47906	90501	27533	69946	69875	31568
07446	66408	19958	65159	11338	39231	72802	70630	87336	16385	32784	38073	87910	89260	66444	15979	83469	76952	50065	89540
47870	55448	14158	83451	58729	42430	42234	04905	83274	22459	75032	93544	10482	34277	46177	01081	57748	09012	39805	35950
84269	35824	35508	49401	36478	30246	41771	61398	98154	61644	12405	45037	68034	98561	46747	30655	41878	93610	51745	97527
52704	71441	50581	65679	37597	17182	60733	11765	09293	70076	40751	95846	80277	92450	69033	18682	45966	25837	79966	62841
19020	09999	08516	82751	89731	52148	09111	64205	77930	32391	69076	13459	59896	78185	60268	03650	36814	88460	34049	19544
19442	94873	36976	30366	65815	66895	27222	17378	59359	00055	06780	54939	78360	04163	77673	73342	78915	20537	06126	92480
39523	74227	51895	39733	29426	76685	93548	87546	07687	47338	12240	32277	23015	54261	95020	77705	81683	96907	37411	90717
01201	85057	93409	81200	21176	78459	18960	85182	02245	11566	52527	62992	55171	85448	12545	75992	08790	88992	69756	46772
51725	60273	84903	84374	31438	36959	83719	40702	70038	68130	63125	03821	50005	02204	69319	60672	90037	76680	96734	92743
91045	72642	42684	32419	12825	58785	84563	62071	17799	96094	41635	52830	19700	08193	37600	70617	78259	45486	56338	12464
54896	95603	17290	91508	95605	82514	32257	15699	02654	83110	44878	95523	12666	87597	23190	26243	36690	75829	71060	91605
92324	88115	77848	38006	45600	02181	70261	49705	31491	25318	52586	72494	66685	05344	71633	68536	18786	28575	08455	93825
88397	78035	06366	37342	62026	13032	14048			16304	11950	78684	72590	47283	45445	35611	98354	53680	45747	78442
52118	65337	13461	18438	16099	57330	05018	92605	10316	07351	78020	86361	30286	06434	50229	09070	44848	09996	77753	49227
37202	05623	23595	79677	59772	37141	63590	48093	02366	05407	08325	52046	87404	95585	25547	53500	45017	08406	66984	71128
71637	80260	83299	89743	94628	26784	17792	09214	53781	90102	25774	92525	32301	25923	76556	13274	39776	97027	56919	88547
35790	19603	31212	34119	34728	47391	93272	09887	34196	98251	62453	37703	70711	37921	54989	17828	60976	57662	61757	71249
99087	72525	34402	50115	09825	54728	37514	24437	01316	04770	06554	17768	36086	05468	41631	95632	78154	38634	47463	99723
89768	36608	49108	92337	79809	81934	06370	18703	90858	55130	40869	88243	37403	42231	17073	49097	54147	03656	14735	78551
83816	00718	94663	39629	27812	28250	44083	33831	54280	67850	06025	96117	99768	14321	69029	25453	48798	15486	73835	51776
00806	20667	81224	24296	39967	60239	89494	34431	44890	59892	79682	20308	82510	53609	13258	89631	80497	49167	81559	47202
65733	03902	29140	05414	62087	65727	54430	52632	94126	95597	48338	67645	44676	14730	22642	21919	21050	87791	76192	56686
60671	23190	47433	86979	45281	69750	96999	42104	34377	63300	83181	60278	08969	96020	75815	09043	48864	87355	27209	69827
45326	86280	74876	51856	03263	10215	87947	09427	32380	43636	58578	07761	28456	46570	11623	50417	37763	30136	58254	71090
54419	65493	88741	89069	10789	00973	30238	46126	85306	37114	22718	56584	92291	56575	24075	43889	40909	18741	86154	20843
72845	68939	06483	40835	16564	75047	22938	13073	32066	43098	75738	94910	15403	89151	73322	18376	90586	46115	87375	79147
01823	48113	60005	87083	98000	22346	89182	27750	63314	87302	49472	24885	79506	60638	07132	00908	92035	75518	30878	14979
89871	81320	05251	25930	37320	11895	16187	03303	40287	52435	23926	92544	54099	31497	03863	22864	72620	74169	25511	80669
71883	93005	77888	64673	19502	54669	21526	07401	30925	46148	20138	33874	56715	38424	38273	11361	15263	64912	62494	31231
25493	56247	46907	25634	84761	76421	42907	95158	27146	37042	43361	03173	97911	71313	44256	66609	42504	76799	46790	28464
28278	93841	13134	25129	65536	19838	21479	48265	01674	47274	56350	37512	14883	99673	62298	33048	32456	28675	04242	20735
44834	89816	52509	85192	32114	83770	90076	70233	76730	25043	16686	54737	57431	01786	20803	69465	37970	05673	49516	98035
23329	74767	85661	54449	76506	02131	93202	05355	93941	84434	22384	13240	93617	51549	28532	57150	77261	62643	74966	08777
33176	16108	98145	27652	76918	41000	46059	72208	90475	10341	39703	83244	37858	61657	04184	15597	29448	01922	05709	77900
44597	28074	92908	22392	38034	83739	32876	98604	75652	95680	51386	48724	76069	94867	93570	20306	31712	96238	57864	86267
81456	81110	94771	13664	07478	80992	58485	18882	13238	89865	55644	05528	94935	58972	43340	94718	97397	92197	57257	73187
91503	59589	22803	18122	17790	00236	93750	20468	92189	66781	06210	18208	13973	57905	66878	53721	67437	61709	88182	92769
63651	64109	13207	68346	42140	00052	04099	48767	23355	42505	34539	51129	48580	59386	62209	29754	77409	48146	50411	50511
30709	25869	68851	65221	69392	35106	36393	27129	17326	86452	69052	68433	72332	62502	76323	38379	07293	76788	84281	58581
50664	89487	41973	98456	51147	51327	26590	94684	58103	96936	71276	30275	22753	46046	67196	65135	54879	71903	23541	92400
80089	83750	36605	85343	26090	28447	33179	69730	09683	08770	80381	43130	88108	64709	15191	68718	38375	46747	19860	76129
19293	91304	37043	82077	42231	31534	54358	52939	26655	72687	26616	09608	59223	74533	64986	49667	78039	61030	46122	54941
97754	28401	62553	98641	48553	35996	08033	91811	70471	81538	20017	19613	81103	37642	41866	96777	08667	74544	92903	58427
47923	38366	81939	61526	27691	13988	21630	00957	50599	91260	72832	80364	14158	71740	91289	61204	91185	23485	18424	65084

17.

Draußen war es dunkel geworden, wie immer lag schmutziger Nebel in den Straßen, und die Menschen hatten ihre Atemfilter umgebunden.

Ben nahm sich keine Zeit dazu. Er rief ein Schwebecar zu einer Sonderfahrt, stieg ein und ließ sich zur Zentrale bringen. Das Tor war geschlossen, aber er hatte seine Kennkarte präpariert, und so öffnete es sich prompt, als er sie einsteckte. Als es hinter ihm zugefallen war, drehte er sich plötzlich um: Es kam ihm vor, als wäre damit etwas Abschließendes, Endgültiges geschehen. Dann aber sagte er sich, daß dieser Eindruck vielleicht auch durch den ungewohnten Anblick des Gebäudeinneren veranlaßt wurde: er hatte es noch nie außerhalb der Dienststunden gesehen, und schon gar nicht in der Nacht. Es war nur durch die Radiolumineszenzstreifen an Decken und Wänden beleuchtet – ein Licht, das Kontraste verwischte und Gegenstände wie von Staub überzogen aussehen ließ.

Ben vermied es, den Lift zu benutzen, und stieg lieber die Treppen hinauf.

Als er seinen neuen Arbeitsraum betrat, blieb er wie erstarrt stehen: Auch hier hatte eine rücksichtslose Meute gewütet. Die Zerstörungen an den Anlagen berührten ihn mehr als jene in seiner Koje: Alle Verkleidungen waren abgerissen, die Schaltungen geöffnet, unzählige Chips lagen am Boden herum. Auch die Schrankfächer standen offen, sämtliche Kassetten mit Magnetbändern lagen geöffnet herum, die Bänder selbst waren zu endlosen Schlangen auseinandergezogen und bildeten einen unentwirrbaren Klumpen in einer Ecke des Raums. Ben drehte sich um – ganz so überraschend kam dieser Anblick nicht. Er hätte an einen beliebigen anderen Arbeitsplatz gehen können, aber irgend etwas zog ihn in seinen alten Raum zurück. Er lief zwei Etagen abwärts und dann den Gang entlang. Ein wenig hatte er damit gerechnet, daß man auch diese Kammer durchsucht hatte, doch er fand sie unbeschädigt vor.

Er trat ein. Auf dem Pult lagen einige Stifte, daneben ein Notizblock. Auf den Blättern hingeworfene Worte, Daten... Also hatte man schon einen Nachfolger für ihn gefunden.

Er zog den Stuhl vom Pult mit der elektrischen Schreibeingabe ab und setzte sich. Mit den geübten Handgriffen, die er schon tausendmal angewandt hatte, stellte er die Verbindung her. Der Leuchtschirm wurde hell. Ein Schriftzug erschien. Eine Kennzahl: 33-78568700-16 R. Ein Name: sein eigener. Ein Diagramm, eine abwärtslaufende Linie. Ein Kreuz, das das Endergebnis der statistischen Aufnahme anzeigte. Und dann, in einer weiteren Zeile, rot unterstrichen, die neue Einstufung: Y–.

Obwohl Ben damit gerechnet hatte, war er ein paar Sekunden lang benommen vor Schreck. Er schien keine Luft zu bekommen – seine Lungen zogen ächzend den Atem ein...

Dann erholte er sich rasch. Das war im Moment nicht das Wichtigste. Früher oder später hatte es eintreten müssen. Er war darauf zugegangen. Wenn er es sich auch nicht eingestanden hatte, so hatte er es geahnt. Und schließlich war er hierhergekommen, um der anderen Seite zuvorzukommen...

Das System funktionierte, er hatte Zugriff zum Rechenwerk, zum Steuerzentrum, zu den Speichern... Darauf kam es an. Er hatte sich genau eingeprägt, welche Anweisungen er geben mußte, um die Sperren zu durchbrechen, um die es ihm jetzt ging. Dann rief er den Inhalt der Aufzeichnungen auf: sie erschienen prompt auf dem Bildschirm – nüchterne Zahlen, Zeichen, Worte, denen man ihre Brisanz nicht ansah.

Und nun gab Ben jene Anweisung, die die Verbindung herstellte – die die Information genau dorthin leitete, wo sie verwertet werden würde...

Noch einige Befehle – Maßnahmen zur Sicherung: Dieses Programm würde bis zum Ende durchgeführt werden, niemand konnte etwas daran ändern.

Ben legte den Hauptschalter nach links. Der Bildschirm wurde dunkel, die Lämpchen am Eingabepult erloschen. Er war aus dem System ausgeschlossen. Aber dieses System war lebendig, und es folgte dem, der den Schlüssel dazu hatte.

Ben hatte nichts mehr zu tun. Er war ausgepumpt, leer. Er wartete. Er wußte nicht, worauf, aber irgend etwas würde eintreten, das nur noch ihn persönlich betraf, und es war nicht mehr abzuwenden.

Als er Schritte hörte, drehte er nicht einmal den Kopf. Eine Hand legte sich auf seine Schulter... eine Stimme – jene von Oswaldo.

»Ich habe mir gedacht, daß ich dich hier finde.«

Jetzt drehte sich Ben um. »Ist sonst niemand hier?«

»Wer soll noch hier sein? Ich wollte allein mit dir sprechen. Oder suchst du Gunda? Sie ist soeben verhaftet worden. Sie und ihre Mitverschwörer. Du hast die Prüfung bestanden und dich nicht mit ihr verbündet. Dir haben wir es zu verdanken, daß wir ihr auf die Schliche gekommen sind. Du hast den letzten Teil deiner Prüfung bestanden – und meine Erwartungen nicht enttäuscht.« Oswaldo ergriff Bens Hand und schüttelte sie. »Komm mit – hier hast du nichts mehr zu tun.«

Er führte Ben in sein Büro. Hier lag ein neuer, sauberer Overall für ihn bereit. »Du wirst dich säubern wollen, dort ist die Tür zum Waschraum. Und zieh dich um!«

Gedankenverloren folgte Ben den Anweisungen. Er ließ sich kühles Wasser, das nur wenig nach Schwefel roch, über das Gesicht laufen – so lange, bis er glaubte, wieder klar denken zu können.

Oswaldo erwartete ihn im Vorraum und forderte ihn wieder zum Mitkommen auf. Mit dem Lift fuhren sie zum Dachgeschoß, wo ein Turbinentaxi bereitstand. Ben war noch nie in einem geflogen...

Oswaldo setzte sich ans Steuer, Ben neben ihn. Die Kanzel war voll mit Glas verkleidet. Sie hing unter dem Antriebs- und Steuerteil – sie hatten Aussicht nach allen Richtungen.

Oswaldo zog den Flugkörper langsam hoch, durch wabernde Nebelfetzen, die im Licht der Scheinwerfer wie eine heftig bewegte Flüssigkeit aussahen. Nach ein paar Sekunden hatten sie die Oberfläche des Nebelmeers erreicht. Sie befanden sich in klarer Luft – in einem Bereich, den Ben erst ein einziges Mal gesehen hatte: von der Wohnterrasse im Hochhaus. Wie weit lag das zurück!

Endlich begann Oswaldo zu reden. So neugierig Ben auf seine Erklärungen war, so hatte er ihn doch nicht drängen wollen. Er hatte gewußt, daß Oswaldo von selbst anfangen würde, sobald der richtige Zeitpunkt gekommen war.

»Schau hinunter! Aus dieser Höhe ist nichts davon zu bemerken, daß die Erde besiedelt ist. In solchen Regionen gewinnt man Abstand vom Alltag. Und wenn man wichtige Entscheidungen zu fällen hat, dann ist es gut, solchen Abstand zu gewinnen.«

Sie schraubten sich immer höher empor, manchmal zwischen Flocken von hellen Wolken hindurch, die in horizontalen Schichten wie mit Stecknadeln aufgespießt verteilt waren. Im Osten schickte sich die Sonne an, das Meer von diffusen Massen zu durchbrechen. Ein feuriger Kreis wuchs, erhellte sich dabei – ganze Bündel von gelben Strahlen schienen in das All hinauszuschießen.

»Von hier aus sieht das Meer des Smogs ganz anders aus, als wenn man sich darin befindet«, sagte Oswaldo. »Es ist das letzte Überbleibsel einer vergangenen Geschichtsepoche – einer Zeit, in der der Mensch seinen Lebensraum systematisch zerstörte. Er hatte schon ein beachtliches technisches Niveau erreicht, und dennoch war es eine Zeit der Anarchie. Die Vernunft hatte mit der Wissenschaft nicht Schritt gehalten. Der Mensch war nicht fähig, den Regeln der Vernunft zu folgen – sich selbst einer Ordnung zu unterwerfen, die für das Überleben unentbehrlich ist.«

Ben sagte nichts, und nach einer kleinen Pause fuhr Oswaldo fort: »Die Oberfläche des Smogmeeres ist im Sinken begriffen. Die Ansammlungen von Ölrückständen, Metalloxiden, Ruß und Schmutz gehen zurück. Jedesmal, wenn ich mir einmal die Zeit nehme, hier heraufzufliegen, kann ich mich von unseren Erfolgen überzeugen: Noch haben wir unter den Nachwirkungen einer wahnsinnig gewordenen Menschheit zu leiden, aber allmählich werden wir damit fertig. Ich warte auf den Tag, an dem sich die Nebelmasse öffnet und unsere Stadt zum ersten Mal im unvergleichlichen Licht der Sonne erstrahlen wird.« Wieder schwieg er, und es war Ben so, als versuche Oswaldo, seine Rührung zu verbergen. Er verstellte einige Hebel. »Automatische Steuerung. Jetzt können wir uns in Ruhe unterhalten.« Seine Stimme klang jetzt fester, weniger nachdenklich. »Ich bin überzeugt, daß dir eine Menge Fragen auf der Zunge liegen.«

Ben mußte sich fast gewaltsam der Stimmung entreißen, in die er geraten war: ein Gefühl des Irrealen, des Abgelöstseins – einen neuen Standpunkt erreicht zu haben: weitab von banalen Problemen des täglichen Lebens. Er wäre gern bereit gewesen, all das zu vergessen, was ihn an diese düstere Welt band, die dort unten, irgendwo unter der Nebeldecke, lag. Wollte ihm Oswaldo einen Ausweg andeuten, eine ungeahnte, unglaubliche, bessere Möglichkeit? Doch dann wurde er wieder nüchtern, und seine Stimme klang ruhig, als er fragte: »Wieso bin ich hier? Warum haben Sie mich mitgenommen. Was hat das zu bedeuten? ... Sie wissen, was ich meine: die Kategorie Ypsilon minus.«

»Gewiß, die neue Qualifikation. Was hast du eigentlich erwartet? Was, meinst du, geschieht mit Menschen, die mit Ypsilon minus qualifiziert werden?«

»Nun – bestenfalls eine psychologische Umformung, die Bildung einer neuen Persönlichkeit. Aber viel wahrscheinlicher: die Nihilation. Das vorzeitige Ende.«

Oswaldo lachte leise. »Die Kategorie Ypsilon minus ist nur eine Zwischenstation. Deine neue Klassifikation lautet ›C‹. Nun bist du ein Angehöriger der C-Kategorie mit allen ihren Aufgaben und Pflichten.«

»Aber wieso... die Resultate der Statistik... die Benotung

ist schlecht, sie liegt weit unter dem Durchschnitt.«

Wieder lachte Oswaldo. »Jede Beurteilung ist relativ. Ich gebe dir ein Beispiel: Was bedeuten Aktivität, Initiative und Kreativität für einen Arbeiter am Fließband? Eigenschaften dieser Art sind seiner Tätigkeit nur lästig. Prüft man ihn auf seine Eignung, so werden die Ergebnisse schlecht sein. Verstehst du, was ich sagen möchte?«

»Ich glaube: ja... Sie meinen, daß die Ypsilon-minus-Qualifikation zwar für bestimmte Aufgaben ein negatives Urteil bedeutet, daß aber dieselben Eigenschaften für andere Aufgaben positiv, ja sogar wesentlich sein könnten.«

»Genau das«, bestätigte Oswaldo. »Und damit komme ich auch zur Erklärung dessen, was dich in den letzten Tagen sicher bewegt hat: dein eigenes Schicksal. Die Sache ist ganz einfach. Es ist sehr schwer, aus der riesigen Menge unserer Staatsbürger jene Menschen herauszufinden, die aufgrund unerwarteter genetischer Änderungen, Mutationen, Eigenschaften gewonnen haben, die ihnen zunächst fehlten. Wir sind uns darüber im klaren, daß es keinerlei Tests gibt, um solche Eigenschaften einwandfrei festzustellen. Denn die üblichen Prüfungsnormen weisen in eine andere Richtung, und gerade wer intelligent ist, weiß, wie er sich verhalten muß, um im herkömmlichen Sinn ›gute‹ Eigenschaften vorzuweisen. Hast du dich nicht selbst manchmal in dieser Weise um eine schlechte Benotung herumgedrückt?«

Als Ben nickte, fuhr er fort: »Es gibt keine bessere Methode, um Aktivität, Initiative und Kreativität nachzuweisen, als den Betreffenden in eine Situation zu bringen, in der er gezwungen ist, alle diese Eigenschaften anzuwenden. Wir waren es also, die dieses Spielchen inszeniert haben, und ich muß dich um Entschuldigung bitten, daß es dir schwere Stunden bereitet hat. Ich bitte dich aber auch um Verständnis! Und wie du siehst: Die Methode funktioniert.«

»Gunda hat mir eine andere Erklärung gegeben«, warf Ben ein. »Sie sagte, es sei ihre Gruppe gewesen, die mir den Befehl zur Untersuchung des eigenen Falls gegeben hätte.«

»Du kannst Gunda ruhig vergessen«, antwortete Oswaldo ernst. »Lange Zeit hindurch war sie mir eine gute Mitarbeiterin. Und sehr angenehm. Du wirst ja inzwischen auch festgestellt haben, daß die strikte Trennung zwischen Mann und Frau, wie sie den unteren Kategorien vorgeschrieben wird, nur eine Konsequenz unserer Taktik ist. Nun ja, – Gunda hat mich enttäuscht. Einige Zeit hindurch dachte ich, sie würde die Überstellung in eine höhere Kategorie verdienen. Doch es waren die moralischen Eigenschaften, die das nicht zuließen. Du hast sicher bemerkt, daß sie eine hervorragende Schauspielerin war und daß sie glaubhaft lügen konnte. Was sie dir erzählt hat, entspricht nicht der Wahrheit. Sie hat es sich vom ersten bis zum letzten Wort ausgedacht, nur um an die Aufzeichnungen zu kommen.«

»Ich habe auch vermutet, daß sie nicht bei der Wahrheit geblieben ist«, meinte Ben. »Aber irgendein wahrer Kern muß doch dahinterstecken. Was war nun mit meiner Vergangenheit? Welche Bewandtnis hat es mit der Untergrundorganisation, der ich angehört haben sollt? In welcher Beziehung stehe ich zu Barbara, zu Hardy und zu Jonathan?«

Der Flugkörper hatte sich längere Zeit hindurch auf einer Horizontalen bewegt, und nun lag das Meer unter ihnen. Im Licht der Sonne, die inzwischen höher gewandert war, spiegelten sich hunderttausend Wellen. Die Reflexe zeichneten Dreiecke, Streifen und Trapeze auf die Wasseroberfläche. Ben hatte sich das Meer nie richtig vorstellen können.

Oswaldo verstellte einen Hebel am automatischen Steuerungssystem – der Horizont schien wie eine Drehscheibe zu rotieren, und dann flogen sie, ruhig und gleichmäßig wie zuvor, auf einem großen Bogen zurück.

»Du wirst doch jetzt nicht mehr im Ernst annehmen, daß sich unter all diesem wirren Zeug ein Funken Wirklichkeit verbirgt! Freilich, wir sind imstande, in die Vergangenheit einzugreifen, oder, besser gesagt, in die Vorstellungen von der Vergangenheit. So ist es auch in deinem Fall geschehen.

Wir haben ein Stück imaginäres Geschehen aufgebaut – wir mußten es tun, denn aus deinem Werdegang, der völlig regulär verlief, hätte sich kein Anlaß zum Handeln für dich ergeben. Aber du kannst dich ja selbst danach fragen: Ist in all deinen Erinnerungen, die du von früher zu haben scheinst, auch nur das Geringste aufgetaucht, das dir als reales Geschehnis vorkommt?«

»Nein«, gab Ben zu. »Reales Geschehnis? Nein – nichts.« Er rief sich die Szenen und Bilder, die ihm seine Traumerlebnisse vorgegaukelt hatten, noch einmal ins Gedächtnis zurück – nein, es war nichts Gesichertes darunter, nichts, das er als wirklich erlebt anerkennen würde. Und doch, abseits allen Handelns und Erlebens gab es da etwas, etwas absolut Gültiges, etwas, das sich in ihm erhalten hatte – wenn er auch dessen Ursprung nicht auf die Spur zu kommen vermochte... er wollte es Oswaldo zu erklären versuchen, aber schon sprach dieser weiter.

»Barbara, Hardy und Jonathan sind Psychopathen, Menschen, die in einer Welt der Einbildung leben, fast schon am Rande der Lebensberechtigung. Und doch erfüllen auch sie eine Funktion in unserer Gesellschaft: Sie helfen uns von Zeit zu Zeit dabei, Personen aufzuspüren wie dich. Wir machen sie zu Attrappen ihrer vorgetäuschten Vergangenheit, einer Vergangenheit, die sie dann ablegen wie einen Mantel. Aber das ist alles vorbei, du brauchst dich nicht mehr davon beirren zu lassen.«

»Und was habe ich als Angehöriger der Kategorie C zu tun?«

»Gunda hat dir erzählt, daß wir alle Nichtstuer und Ausbeuter sind. Ja, du hast richtig gehört – ich beziehe mich mit ein, denn ich selbst gehöre der Kategorie A an. Meine Qualifikation F dient nur zur Tarnung. Aber Gunda hatte unrecht. In Wirklichkeit hat jeder von uns auch seine Aufgabe in den unteren Klassen, er hat seinen Decknamen, der aber in seiner Bedeutung weit über eine Tarnung hinausgeht – denn er lebt genau im Sinn seiner offiziellen Einstufung.«

»Und die Wohnung, oben im Hochhaus?«

»Ich weiß – du hast sie besucht. Wir haben das vorbereitet, du solltest eine Ahnung davon bekommen, daß es auch noch andere Seiten des Lebens gibt. Nun, die Frage ist leicht zu beantworten. Und doch muß ich ein wenig weiter ausholen. Wie dir bekannt ist – und hier kannst du dich voll auf die Informationen aus dem Geschichtsunterricht verlassen –, war die Menschheit früher nicht nur von außen bedroht, sondern auch von innen. Durch Mißbrauch ihrer Freiheit, durch ein ausschweifendes Leben, durch ein Handeln gegen alle Gesetze der Medizin und Psychologie haben die negativen Eigenschaften immer mehr die Oberhand gewonnen. Körperliche und geistige Degeneration, Anfälligkeit gegen Krankheiten, Überhandnehmen destruktiver Antriebe, ein Zusammenbrechen der Ethik und Moral. Zum Aufbau unserer Freien Gesellschaft mußten wir zu völlig neuen Formen der Organisation finden. Es ist nicht vertretbar, daß sich alle Menschen wahllos miteinander paaren und unbeschränkt vermehren. Nur noch ganz wenige unter ihnen haben einen Genpool, der in jeder Hinsicht gesund und einwandfrei ist: ihre Nachkommenschaft muß die leeren Stellen ausfüllen, die durch die Geburtenbeschränkung entstehen. Hier stützen wir uns auf das System der Klone: aus jeder Eizelle entstehen durch künstlich induzierte Teilungen ein paar Dutzend Kinder. Sie sind genetisch identisch, sie alle haben dieselben positiven Eigenschaften wie ihre Eltern. Und ich darf dir mitteilen, daß auch du unseren Untersuchungen gemäß für das Kloning zugelassen bist.«

Inzwischen schwebten sie wieder über einem Meer von Nebel, das nach allen Richtungen hin unbegrenzt zu sein schien. Oswaldo übernahm die Steuerung, und der Flugkörper begann langsam zu sinken.

»Es ist klar, daß dem Nachwuchs unsere ganze Sorgfalt gilt. Auch hier mußten wir ganz andere Vorkehrungen treffen, als das früher geschehen ist – als man die Ausbildung der Lust und Laune des einzelnen überließ. Nein, jetzt führen wir eine Betreuung durch, die den ganzen Menschen erfaßt, und zwar lückenlos, bis zum zweiundzwanzigsten Lebensjahr. Wir haben die Mittel des audiovisuellen Unterrichts perfektioniert und arbeiten mit Lehrprogrammen, die dem einzelnen bis aufs feinste angepaßt sind. Jeder erhält eine ganz speziell für ihn berechnete, seinen Begabungen und Neigungen entsprechende Ausbildung. Es ist klar, daß wir auch Charaktereigenschaften und Handlungsweisen trainieren. Das Ergebnis sind Menschen, die mit sich und ihrer Umgebung im Gleichgewicht stehen. Die Aufgaben, die wir ihnen später zuweisen, entsprechen ihrem Können und ihren Vorlieben. Und sie sind bereit, richtig zu handeln, sich den Notwendigkeiten des Systems zu fügen. Niemand mehr wird unterdrückt, weder körperlich noch geistig, weder direkt noch indirekt.«

»Aber ich erinnere mich nicht an meine Ausbildung«, sagte Ben.

»Gewiß«, bestätigte Oswaldo. Inzwischen befanden sie sich wieder in der Nebelmasse, die jetzt durch das diffus gestrahlte Sonnenlicht noch trübe erhellt war. »Gewiß! Auch das beruht auf einer Maßnahme, die für das Bestehen einer reibungslos funktionierenden Gesellschaft unerläßlich ist. Sie beruht auf dem Unterschied zwischen einem lernoffenen Jungwesen und einem gereiften Individuum, für das jede Lernfähigkeit eine Gefahr bedeutet. Sobald die Ausbildung abgeschlossen ist, braucht keine neue Lehrinformation mehr hinzuzukommen; es genügt, wenn die alte immer wieder erneuert wird. Aus diesem Grund nehmen wir einen Eingriff vor – es handelt sich um die Elektrokoagulierung eines winzigen Zentrums im Gehirn –, der gewissermaßen der Schlußstrich unter die Lernphase ist. Als Begleiterscheinung dieser Operation erlischt auch die Erinnerung an die Lernzeit. Und das hat sogar seine guten Seiten: störende Gedanken und Erinnerungen werden eliminiert.

»Wissen die Schüler, was ihnen bevorsteht? Ich meine: Wird ihnen gesagt, daß man ihre Erinnerungen löscht und ihre Fähigkeit, sich weiterzuentwickeln, abtötet?«

Oswaldo blickte Ben forschend an. »Sie wissen, daß sie ihre Prüfung bestanden haben und ins Leben hinaustreten werden. Das ist ein wichtiger Augenblick in ihrer Entwicklung, und er wird mit einem Fest und mit einer rituellen Zeremonie gefeiert. Das ist alles; mehr brauchen sie nicht zu wissen. Und das ist richtig so.«

Inzwischen wurde es zusehends dunkler um sie, die Sonne hatte in dieser Jahreszeit noch nicht die Intensität, um die Nebelschicht bis zum Grund zu durchdringen. Und dann landeten sie mit einem sanften Ruck auf dem Dach des Gebäudes, von dem sie gestartet waren.

Grundsatzreferat zu den Entwicklungszielen des Ordnungsstaats

Aufgaben wie Forschung und Wissenschaft sind Kennzeichen einer Übergangsphase, die dadurch gekennzeichnet ist, daß der angestrebte Idealzustand noch nicht erreicht wurde. Der damit betraute Personenkreis steht außerhalb des Gesetzes. Er ist auf ein unabdingbar kleines Minimum zu reduzieren. Kommunikation zwischen dem extraterritorialen Arbeitsbereich und der Außenwelt ist auf unbedingt nötigen Austausch fachlicher Daten beschränkt.

Es ist die vordringliche Aufgabe des Ausschusses, Pläne für die raschestmögliche Realisierung der Idee des Ordnungsstaats auszuarbeiten. Diese Ausarbeitung hat so zu erfolgen, daß sie den Programmsprachen und der Funktion von digitalen Rechenanlagen optimal angepaßt ist. Der Zustand der Vollautomatisierung ist dann erreicht, wenn die Computer in Form von Programmen vollständige Richtlinien für den Übergang zum totalen Ordnungsstaat erhalten haben. Ein weiterer Einsatz von Forschung und Wissenschaft ist dann überflüssig. Da jede Erinnerung an die letzten Relikte der chaotischen Zeit Unruhe und Störungen hervorrufen kann, hat sich der betreffende Personenkreis hierauf unverzüglich einem umfassenden Gedächtnisblock zu unterwerfen. Er wird dann uneingeschränkt in die Soziostruktur der Freien Bürger integriert. Durch diese Maßnahme ist die letzte Einflußmöglichkeit archaischen Gedankenguts getilgt – der Mensch hat das Endziel seiner Entwicklung erreicht:

DER HÄNDE ARBEIT, DIE SORGE UM DAS TÄGLICHE BROT GEHÖREN DER VERGANGENHEIT AN. DER MENSCH HAT DEN WEG ZURÜCKGEFUNDEN: INS PARADIES.

18.

Oswaldo und Ben verließen das Flugzeug. Ben wollte zu der Treppe gehen, die zum Lift führte, doch Oswaldo deutete in eine andere Richtung: »Hierher!«

Es war der Eingang zu einem Lift, der sich kaum von jenem unterschied, mit dem sie hergekommen waren. Oswaldo betätigte die Rufanlage, und kurze Zeit später öffnete sich die Schiebetür. Sie traten ein und fuhren abwärts.

»Ich bringe dich in einen anderen Teil des Gebäudes«, kündigte Oswaldo an. »Die Arbeitsräume der obersten drei Kategorien sind aus verständlichen Gründen von jenen der anderen getrennt. Ich führe dich in deine neuen Räume.«

Sie verließen den Lift und gingen einige Schritte durch einen Gang. Er war schmucklos bis auf einen schweren roten Läufer und einen Strang von Leuchtröhren, der in gekrümmten Bahnen, eine phantastische Schlangenlinie bildend, die Decke entlanglief.

Oswaldo öffnete eine Tür, sie traten ein. Ein Mädchen saß an einem automatischen Schreibgerät. An der Wand über ihr waren sechs Bildschirme angeordnet. Zwei davon waren ausgeschaltet, einer zeigte den Haupteingang des Gebäudes, der andere dessen Dach mit dem Landeplatz für die Flugzeuge, der dritte den Korridor vor der Tür. Auf dem vierten war ein modern eingerichtetes Arbeitszimmer zu erkennen.

Das Mädchen erhob sich. Es trug einen dunkelroten Minirock und einen schwarzen Pullover. Es war blond und hatte die Haare in der Mitte gescheitelt. Sie fielen bis zur Schulter hinunter. »Das ist Jenny, deine Sekretärin.«

Das Mädchen stand auf und reichte Ben die Hand. Es war unbeschreiblich hübsch, so hübsch, wie sich Ben auch in seiner kühnsten Phantasie keine Frau vorgestellt hatte. »Aber komm doch weiter: Hier ist dein Arbeitsraum.«

Oswaldo schob Ben vorwärts durch eine geöffnete Tür an der rechten Wand. Offenbar befanden sie sich in jenem Arbeitszimmer, das auf dem vierten Bildschirm zu erkennen war.

»Gefällt es dir?«

Das Zimmer war hell und freundlich. Es zeigte keinen überflüssigen Luxus, doch das Material der Möbel, die Tapete an der Wand, der Bodenbelag, die mannshohen Fenster... alles das war von einer phantastischen Vornehmheit und Würde. Es mußte einfach wunderbar sein, hier zu arbeiten.

Oswaldo gab Ben, der unbewegt stehengeblieben war, einen leichten Stoß. »Dort ist dein Schreibtisch, er ist mit allem ausgestattet, was du brauchst. Setz dich!«

Ben glaubte zu träumen. Er setzte sich, ließ den Blick durch den Raum schweifen, über ein Relief aus einem dunkelglänzenden Metall, das eine geometrische Figur zeigte, über einen Sichtschirm von zwei Metern Durchmesser an der gegenüberliegenden Wand, über mehrere niedrige und breite Sessel und eine Couch, die in einer rechteckigen Vertiefung im Boden zu einem Rechteck angeordnet waren, über den Glastisch in der Mitte, über einige exotische Pflanzen, die in irdenen Behältern auf dem Fensterbrett standen und durch die hellgelb getönte Scheibe, die ihn von draußen trennte. Er blickte in einen riesigen Innenhof von der Form eines langgezogenen Sechsecks... Unten waren Bäume angepflanzt, eine Rasenfläche, Blumen, und auf alles schien die Sonne, oder zumindest glaubte er das zunächst, bis er erkannte, daß der Hof durch eine Glaskuppel überdacht war, in deren Mitte ein Warmlichtstrahler seinen Schein über den Garten fließen ließ.

Oswaldo setzte sich auf einen Stuhl, der an der Frontseite des Schreibtisches stand. »Hier wirst du arbeiten«, wiederholte er. »Selbstverständlich wirst du einen Decknamen bekommen und eine Tarnklassifikation – ich glaube, mit der Einstufung. Das alles wird dir Jenny sagen. Du wirst eine Menge Pflichten haben und eine gehörige Portion Verantwortung. Du wirst mehr leisten müssen, als du bisher je geleistet hast, aber du wirst dafür belohnt werden. Männer unserer Position brauchen auch einmal Entspannung. Und selbst während dieser Zeiten sind wir für die Gesellschaft tätig. Ich habe dir bereits berichtet, daß du zum Kloning auserwählt bist. Von Zeit zu Zeit wirst du in eines unserer Appartements ziehen, in die Hochhäuser draußen am Stadtrand. Und du wirst die Gesellschaft von Frauen genießen, die allen Ansprüchen entsprechen, nicht nur den genetischen.«

Vielleicht war es ein Zufall, daß Jenny ins Zimmer getreten war, einen Notizblock in der Hand.

»Gut, dann kann ich dich ja zunächst allein lassen«, sagte Oswaldo und stand auf. »Jetzt bist du einer der unseren. Da wäre nur noch eine Kleinigkeit – ich hätte fast darauf vergessen: Für unser Archiv brauchen wir die Aufzeichnungen – du weißt, welche ich meine. Du brauchst sie mir nicht selbst zu geben, es genügt, wenn du sagst, wo sie sind.«

Ben hatte die Hände an den Rand der Schreibtischplatte gelegt und ließ sie über das Material streichen... war es Kunststoff, Stein, Metall? Er fühlte die Glätte des Materials – ein angenehmes Gefühl von Beständigkeit und Festigkeit.

»Hast du nicht gehört, Ben? Ich habe dich um die Aufzeichnungen gebeten. Es handelt sich zwar nur um Kindereien, aber es wäre doch dumm, wenn sie in die falschen Hände fallen würden. Wo hast du sie?«

»Ich habe sie verbrannt«, antwortete Ben.

»Verbrannt?« fragte Oswaldo. Vielleicht war seine Stimme eine Spur leiser als zuvor. »Was meinst du damit: verbrannt?«

»Was ich damit meine? Das, was ich sage: Ich habe sie verbrannt.«

Oswaldo schwieg ein paar Sekunden. Dann sagte er: »Willst du damit sagen, daß die Aufzeichnungen nicht mehr existieren? Erinnerst du dich auch genau? Hast du einen Beweis dafür?«

»Einen Beweis?« wiederholte Ben. »Welchen Beweis gäbe

es dafür, daß die Papiere vernichtet sind? Ich habe bemerkt, daß gefährliche Dinge darin stehen, und ich habe auch bemerkt, daß sie einige Leute um jeden Preis in ihren Besitz bringen wollen. Was sollte ich mit den Papieren? Ich habe sie verbrannt.«

Oswaldo blickte Ben starr an, und auch Jennys liebliches Gesicht sah versteinert aus.

»Vielleicht ist es wahr«, sagte Oswaldo. »Vielleicht sprichst du die Wahrheit. Ja, ich glaube fast, daß es stimmt, was du sagst. Trotzdem frage ich dich noch einmal, und es hängt sehr viel davon ab – nicht zuletzt für dich. Wo sind die Papiere? Überlege es dir gut, bevor du mir antwortest.«

Noch immer saß Ben im Schreibtischsessel, der viel zu groß für ihn war. »Was soll ich anderes antworten? Sie sind verbrannt, zu Asche geworden, zu Staub. Niemand braucht sich mehr um sie zu bemühen, niemand braucht zu lügen und zu betrügen, um sie in seinen Besitz zu bringen. Das ist meine Antwort, ob du damit zufrieden bist oder nicht.«

Oswaldo nickte. »Nun – es hat wenig Bedeutung, ob es wirklich so ist oder ob du es mir nur nicht sagen willst. Viel wichtiger ist, daß niemand da ist, der sie zum Schaden der Freien Gesellschaft anwendet.«

Ben hörte Schritte, und als er sich umdrehte, sah er, daß sechs Männer der Schutztruppe eingetreten waren. Wie alle trugen sie weiße Overalls, doch sie hatten Helme aufgesetzt und am Gürtel Halfter befestigt. Die dazugehörigen Strahlenwaffen trugen sie in der Hand, und sie hatten sie auf Ben gerichtet. Und hinter ihnen war noch jemand hereingekommen: Gunda. Oswaldo drehte sich zu ihr um und sagte: »Die Jagd ist zu Ende. Er hat die Papiere verbrannt.«

»Glaubst du ihm?« fragte sie.

»Wir können das prüfen«, antwortete Oswaldo. »Unsere Psychologen leisten Hervorragendes. Unsere Neurologen sind mit den besten Instrumenten ausgerüstet. Es wird eine mühsame und langwierige Arbeit werden, aber wir werden sie auf uns nehmen – wir dürfen kein Risiko eingehen. Erst dann können wir sicher sein, daß dieses gefährliche Wissen niemals gegen uns angewandt wird.«

»Er muß verrückt sein«, flüsterte Gunda. »Aber das erklärt, warum wir sie nicht finden konnten.«

»Er wollte nicht mit uns zusammenarbeiten. Ich hätte ihm goldene Berge versprechen können.«

»Er hat nicht einmal versucht, seine Chance wahrzunehmen.«

»Hatte er eine Chance?«

»Entweder er hat grenzenloses Vertrauen in sein Glück – vielleicht glaubt er an Gott. Oder er ist nicht normal. Er war weder durch Drohungen noch durch Versprechungen zu beeinflussen. Wir konnten ihn nicht einmal erschrecken. Als wir ihn an der U-Bahnstation überfielen, stieg sein Herzschlag nicht über achtzig.«

Oswaldo wandte sich an Ben: »Du wirst bemerkt haben, daß du am Ende bist. Es tut mir fast leid, denn persönlich habe ich nichts gegen dich. Du hast mich immer interessiert. Ich habe dich beobachtet, und ich glaubte dich zu kennen. Deshalb ist es mir unerklärlich, daß du die Papiere verbrannt hast. Jetzt könntest du es mir doch sagen: Was hast du dir dabei gedacht?«

Ben blickte wie abwesend vor sich auf die Tischplatte. »Wie spät ist es?« fragte er.

»Er hat den Verstand verloren«, sagte Gunda.

»Und was ist nun eigentlich wahr?« fragte Ben. Seine Stimme war ausdruckslos. »Bin ich ein Überbleibsel einer alten Zeit, über Jahrhunderte konserviert und durch einen Zufall wieder zum Leben erweckt? Bin ich Mitglied einer Bande von Verschwörern? Habe ich mich an einem Aufstand beteiligt?«

»Du bist kein Held, wenn du das meinst«, antwortete Oswaldo. »Mit einer kleinen Gruppe von Studenten der Programmiererschule wolltest du die Welt verändern – das war alles. Eine Kinderei, sonst nichts. Ihr habt wohl selbst nicht geahnt, wie gefährlich die Rezepte zur Sabotage sein konnten, die ihr euch ausgedacht hattet. Es waren deine eigenen Kameraden, die dich unter einen Psychoblock gestellt hatten, und das ist der Grund, weshalb wir dich leben ließen: Du warst der einzige, der wußte, wo die Papiere versteckt waren; so mußten wir auch diese letzte Gefahr noch beseitigen. Und wenn die Gefahr auch noch so winzig war, so wollten wir doch auch die letzte Spur davon ausmerzen. Aus diesem Grund haben wir dich überwacht – jahrelang. Wir wußten, daß sich der beste Psychoblock nach einer gewissen Zeit lockert, und daß man dieser Lockerung nachhelfen kann. Du hast so reagiert, wie wir es erwartet haben. Du hast uns große Scherereien gemacht und manchen Ärger, aber du hast auf verlorenem Posten gekämpft. Diese Welt haben wir in der Hand, und das ist gut so.«

Abrupt stand Ben von seinem Schreibtisch auf. Die Schutzmänner hoben ihre Strahler, doch mit einer fast herrischen Bewegung winkte er ihnen ab. »Es ist wahr: Die Papiere sind vernichtet. Aber ich habe dafür gesorgt, daß das Wissen, das in ihnen festgehalten war, lebendig bleibt. Wie spät ist es?«

Erstaunt blickte Oswaldo auf seine Armbanduhr und antwortete: »Kurz nach elf. Was soll diese Frage?«

»Ganz einfach: In allen Unterrichtszentren, vor allem in jenen eurer Schulen und Lehrinstitute, wird zwischen zehn und elf Uhr vormittags vergleichende Geschichte gelehrt. Ich habe den Inhalt der Papiere durch das öffentliche Kommunikationsnetz ausgeben lassen. Und ich habe ihn durch einige Erklärungen ergänzt. Ich habe dafür gesorgt, daß der Text und die Daten noch während der Sendung aufgezeichnet werden, auf Xerox, mit Lochkarten, mit Magnetbändern – auditiv und visuell. In dieser Minute existieren Millionen von Vervielfältigungen. Ihr könnt einen Teil davon vernichten, wahrscheinlich sogar den größten Teil, aber es sind so viele, daß immer noch einige übrigbleiben werden. Und jeder, der sie liest, ist aufgefordert, den Inhalt auswendig zu lernen und weiterzugeben. Worauf ich rechne, das sind nicht die Menschen in der Stadt, die ihr zu willenlosen Marionetten gemacht habt. Ich zähle auf die Jungen, denen ihr die Freiheit gelassen habt, zu lernen, Ideen zu haben und Ziele zu verwirklichen. Ich weiß nicht, wie es weitergehen wird, aber ich rechne fest damit, daß diese Stadt nicht mehr so weiterexistieren kann wie bisher: Die Menschen werden sich ändern. Das ist alles.«

Die Gesichter der Schutzmänner waren ausdruckslos, es sah aus, als blickten sie über die Dinge hinweg oder durch sie hindurch. Oswaldo stand an den Türrahmen gelehnt. In seinem Gesicht malte sich blankes Entsetzen. Er hatte Mühe zu sprechen, als er befahl: »Führt ihn ab!«

Zone Null

Das Glas der Kabinenfenster war mit weißer Farbe überstrichen, aber die meisten kratzten sie heimlich weg. Zuerst gab es wenig zu erkennen. Sie waren am Rand des bewohnten Distrikts gestartet, der Schein der Beleuchtungssatelliten drang nur streifend durch die schwarzen Schwaden des Smogs. Graue Rechtecke, tiefe Schattenlöcher darin, da und dort ein unbestimmtes Glitzern.

Dann stiegen sie höher, tauchten von unten in die trägen Massen, starrten ins wirbelnde Dunkel, nur gelegentlich ein Blick in einen Nebelabgrund mit zerfressenen Rändern – dann plötzlich riß der flatternde dunkle Vorhang auf, und über ihnen strahlte der Nachthimmel mit unzähligen Lichtpunkten: die Sterne, von den Lehrprogrammen her gut bekannt, gelegentlich in Planetarien bewundert, und doch erstaunlich. Nirgends waren sie so beschrieben, wie sie wirklich waren, nirgends so gezeigt.

Das Meer des Smogs wogte tief unter ihnen. Allmählich wurden die Schwaden dünner, bildeten Wirbel, Löcher. Unten ahnte man es mehr, als man es sah: das unbekannte Land.

Dort unten, irgendwo mußte die Grenze liegen. Keine Befestigungen mehr, Gräben, Drahtverhaue, Wachttürme, keine Panzersperren, Mauern, kein eiserner Vorhang. Nicht viel mehr als eine gedachte Linie. Doch die Sperre war absolut, die Befestigung unüberwindlich. Radar, Seismographen, versteckte Fernsehkameras, dahinter der Ring der Raketenbasen. Vielleicht auch andere Kontrollen, andere Waffen, wer wußte es? Es war gespenstisch, wie sie jetzt so einfach darüber hinwegflogen.

Gegen Morgen erlebten sie ein Schauspiel, wie es sonst nur die Lehrfilme bieten: Die Sterne verblaßten, der Himmel überzog sich mit milchigem Rosa, und dann stieg der Sonnenball über den Horizont, viel heller als die blasse Scheibe, die tagsüber durch den Dunst erkennbar war, gleißender sogar als die Beleuchtungssatelliten bei voller Intensität. Jetzt wanderte unter ihnen die Landschaft dahin – ein Muster aus Weiß, Grau und Schwarz, Anflüge von Grün – aufkeimende Pflanzen inmitten der Asche, dazwischen Kreise aus Ocker, Krater, aufgewühlte Erde, Lehm. Ein spiegelndes Adernetz, ein Fluß, in Hunderte Arme gespleißt, daneben eine endlose graue Gerade – das drainierte Bett, jetzt trocken; Berge aus aufgeworfenem Gestein hatten es in seinem Oberlauf gesperrt, und der Strom hatte sich neue Wege gebahnt. Die Zone Null.

Jetzt kippte der Boden, die Motoren sangen höher, der Rumpf des Transporters vibrierte; der Pulk schwenkte ein, folgte den spiegelnden Wasserfäden. Rechts und links Hügelketten, lange Schatten daneben, dann wieder Ebene, Spuren alter Bebauung, eine Zeichnung aus Strichen und Kurven, einst Straßen, Schienen, dort das Skelett einer Brücke, Trümmerhaufen, einst Dörfer und Städte, Abschußrampen, unbeschädigt, aber leergefegt. Und dann schob sich eine unübersehbare gelb und grau gesprenkelte Fläche heran, riesig und leer, die bald das gesamte Gesichtsfeld einnahm.

Eine Stunde noch. Langeweile, trotz der Erwartung, Flug über das Nichts. Die Soldaten in ihren schweren Ausrüstungen rückten hin und her, eine leise Unterhaltung kam auf, dazwischen lautere Worte, Scherze…

Bis der Lautsprecher die nächste Phase einleitete.

Helme aufsetzen, Funkgeräte einschalten! Gesichtsklappen schließen! Lehnen aufrecht stellen! Köpfe an die Knie! Hände an den Nacken!

Schleusentüren schließen! Landefähre ab!

Es ruckte kurz, der Magen hob sich, das Gefühl des Schwebens… das Aufheulen der Gleitflügel, der sanfte Andruck wie im Lift, einige mühsame Atemzüge lang. Dabei, etwas unangenehm, das Warten auf die Landung – würden sie gut aufsetzen? Das Ganze wie bei einer Übung. War es eine Übung?

Wer noch einen Blick durch die freigekratzten Fenster geworfen hatte, konnte vorn rechts ein matt blinkendes Gebilde erkennen – wie Schaum, der auf Wasser liegt. Unten war nichts mehr davon zu sehen.

*

Er war zurückgekommen – wie geplant.

Er hatte damit gerechnet, daran geglaubt und daran gezweifelt. Er hatte darauf gehofft und sich davor gefürchtet. Er hatte es sich ausgemalt: das Wiedersehn, die vertraute Umgebung, die Glückwünsche und Ehrungen, und dann die lange, verheißungsvolle Arbeit – die Auswertung der Daten. Das war die selbstverständliche Folge der Schritte im Programm.

Und jetzt verstand er das Selbstverständliche nicht. Er fühlte sich nicht so, wie er es erwartet hatte, war weder ruhig noch sicher, weder stolz noch zufrieden.

Durch die Kunststoffscheiben blickte er in die Umgebung. Es hätte eine Garage sein können, ein Hangar, eine leere Sporthalle. Irgendwo über ihm, außerhalb seines Gesichtsfelds, brannte trübes Dauerlicht. Die Schatten in den Ecken wirkten wie kantige Löcher. Vor der Rolltür saß ein Posten auf einem Schemel, die MP auf den Knien.

Sie hatten ihm einen Käfig gebaut, ein Plastikgehäuse, einen Palast aus synthetischem Glas, eine Suite von Zellen, viel zu groß für ihn, den Arzt und die Krankenschwester.

Vielleicht war es das: daß er allein war. (Sein medizinischer Überwacher und die Schwester zählten nicht. Es waren Nullen. Das Mädchen war blond und aufreizend hübsch, Pflegerin und Sekretärin. Sie umsorgte ihn mit penetranter Unterwürfigkeit. Der Arzt hatte angedeutet, sie wäre nicht abgeneigt, mit ihm zu schlafen – wenn er diesen verständlichen Wunsch verspürte, nach der langen Expedition...) Pavel, Greg, Josef, Tibor und Sonja; er versuchte, jeden einzelnen des Teams aus der Erinnerung heraus lebendig werden zu lassen, aber sie blieben Schemen. Der Schleier, der vor den Dingen lag, umfaßte auch die Gestalten der Vergangenheit. Er war nicht so traurig darüber, ohne die anderen zurückgekommen zu sein, wie er es hätte sein müssen. Nein, daran lag es nicht. Er stieß die Illustrierten beiseite, die Sportzeitschriften, Magazine und Rätselhefte, die sie ihm immer wieder auf den Tisch schoben. Am liebsten hätte er sie zerfetzt oder an die Wand geworfen, aber dann käme der Arzt angerannt, und das blonde Flittchen, und sie würden ihn wieder martern – EKG, Pulsschall, EEG, Blutsenkung. Urin, Gewebeproben; sein Körper war mit Pflästerchen bedeckt, überall dort, wo sie ihm Haut, Muskelfleisch, Knochen entnommen hatten. Sie beobachteten ihn unablässig, beim Wachen, im Schlaf, beim Lesen, Essen, ja selbst auf der Toilette; sie sammelten seine Fäkalien und durchsuchten sie mit ihren Mikroskopen. Sie waren nicht zufrieden mit ihm, weil er sich anders verhielt als ein Held, und sie suchten den Grund in der Verdauung.

War er ein Held? Das Wort lag außerhalb seines Begreifens. Der Ministerpräsident hatte ihn so genannt, der Oberbefehlshaber der Luftstreitkräfte hatte ihm einen Orden überreicht. Die Niederlage wurde zu einem Sieg umfunktioniert. Kadetten hatten Fahnen geschwenkt, und einer von ihnen hatte einen Absatz aus dem Basaltext vorgelesen:

... Soweit das Leben nur ein bloßer Prozeß zwischen Mensch und Natur ist, bleiben seine einfachen Elemente allen gesellschaftlichen Entwicklungsformen gemein. Aber jede bestimmte historische Form dieses Prozesses entwickelt die materiellen Grundlagen und gesellschaftlichen Formen weiter. Auf einer gewissen Stufe der Reife angelangt, wird die bestimmte historische Form abgestreift und macht einer höheren Platz. Daß der Moment einer solchen Krise gekommen ist, zeigt sich, sobald der Widerspruch und Gegensatz zwischen der materiellen Entwicklung und der gesellschaftlichen Form Breite und Tiefe gewinnt.

Eine Minute lang hatten sie geschwiegen und jener gedacht, die nicht zurückgekehrt waren. Dann hatten sie wieder auf Jubel umgestellt, ihn durch das Glas wie ein seltenes Tier betrachtet, und schließlich waren sie abgezogen. Das Fernsehen war einige Male gekommen, Regisseure, Fotografen, Beleuchter, die Kameras hatten ihn mit starren Augen eingekreist, später hatte man ihm sein Bild auf den Titelseiten gezeigt, wie er am Fenster saß, höflich lächelnd, den Telefonhörer am Ohr. So wurde er der Freien Welt bekannt.

Inzwischen schien ihn die Öffentlichkeit vergessen zu haben. Nur die Offiziere erschienen täglich, die Ärzte, Psychologen, Soziologen, die Biologen und Physiker, die schweigenden Männer vom IKD, stets kamen sie in Rudeln, setzten sich vor den Lautsprecher, klopften auf die Mikrophone, schalteten ihre Geräte ein, und er saß im Schaufenster, mit Elektroden am Schädel, an der Brust und am Rücken, mit Hygrosonden an den Handflächen, sie fragten, er antwortete, und ihre starren Mienen verrieten nicht, ob sie ihm glaubten. Es bestand auch keine Notwendigkeit dafür, ihm zu glauben oder nicht zu glauben; an den Lügendetektoren konnten sie ablesen, ob er die Wahrheit sprach. Ja, noch mehr: ob er befangen war oder nervös, ob er sich ängstigte, ein schlechtes Gewissen hatte oder etwas verschwieg. Und wenn die Befragung vorbei war, eher ein Verhör, dann steckten sie ihre Notizblöcke ein, schoben die Kugelschreiber in die Taschen der Uniformjacken, reckten sich und gingen hinaus. Noch keiner hatte ihn gegrüßt.

Zuerst hatte er es geduldig ertragen, später ließ er eine leichte Gereiztheit erkennen, zu der er sich berechtigt glaubte, doch dann begann er an seinen Rechten zu zweifeln und bekam Angst davor, sie könnten ihn noch länger in seinem Käfig festhalten, und er wurde wieder höflich, hilfsbereit, zuvorkommend, aber sein Verdacht erhärtete sich bis zur Gewißheit: 40 Tage sollte die Quarantäne dauern – jetzt waren es 43 Tage. Er war ein Gefangener.

*

Sie setzten hart auf, aber nicht härter als sonst, die Federn fingen den Impuls ab, sie schwangen auf und nieder. Der Bremsmechanismus rüttelte sie durch, die Wände klappten hoch...

Sie sprangen, rannten los, zehn Meter weit, warfen sich zu Boden... es blieb still. Der Boden, den sie durch die Scheiben ihrer Helme unter sich sahen, bestand aus Grus von glasigen Massen – ähnlich dem Bruch von Sicherheitsglas. Es gab weder Gras noch Bäume, weder Tiere noch Menschen – außer den Angehörigen der Landetrupps. Auch die Geigerzähler schlugen nicht aus. (Das war das Wichtigste, hier lag das große Risiko der Aktion.)

Sie mußten liegenbleiben, bis das Manöver beendet war. Die Fähren setzten dicht nebeneinander auf, und man konnte nicht erwarten, daß alle glatt landeten. Bei den Übungen hatte der Mechanismus gelegentlich versagt, und einzelne Gleiter waren wie Steine zu Boden gefallen. (Nur wenige wußten, daß sie unbemannt gewesen waren; es handelte sich um eine psychologische Maßnahme – die Vorbereitung auf den Ernstfall, bei dem nicht unbedingt alles glatt gehen mußte.)

Diesmal ging alles glatt. Der weißblaue Himmel war von schwarzen Punkten übersät, die zuerst schnell, dann langsamer tiefer sanken. Von jenen Fähren, die in der Nähe herabkamen, hörte man das Sausen der beiden Kränze gegenläufiger Flügelräder, die durch den Aufwind bewegt wurden und die gewonnene Energie über ein Düsenaggregat in Auftrieb umsetzten.

Nach fünf Minuten war alles beendet. Sie hatten die Erlaubnis bekommen aufzustehen – es drohte keine unmittelbare Gefahr –, und nun lungerten sie in ihren unförmigen Kombinationen untätig herum. Nur ein Trupp entwickelte roboterhafte Geschäftigkeit, eine Fernsehkamera wurde aufgestellt, der Boden gelockert, und dann ordneten sich 50 Soldaten in Reih und Glied.

Es knackte im Helmlautsprecher. »Das kann doch nicht

wahr sein – der Marinechor in Paradeuniform!« das war Tibor.

»Ein Strafpunkt für L 10/6. Funkgeräte nur für Dienstgebrauch und in Notfällen.«

Und dann kamen die denkwürdigen zehn Minuten, in denen die Freie Welt von der Aktion erfuhr.

Sondermeldung: Heute, drei Uhr früh, begann das bedeutendste Unternehmen in der Geschichte der Freien Welt. Die vereinigten Verbände haben eine Landeaktion begonnen, die um vier Uhr sechsundzwanzig planmäßig abgeschlossen war. Das Ziel ist die Integration der Zone Null, die Säuberung der verseuchten Landstriche. Ein Team aus Angehörigen der Wissenschaftlichen Akademie, bestehend aus Strahlenmedizinern, Humangenetikern, Virologen, Geologen, Botanikern und Ökologen, hat einen Plan zur Sanierung und späteren Besiedlung ausgearbeitet. Die Bevölkerung, die noch unterdrückt und hermetisch abgeschlossen in den Städten lebt, wird vom Joch der jetzigen Machthaber befreit werden. Die Vorbereitungen für die Umschulung sind getroffen.

Über Rundfunk und Fernsehen wird laufend über das Unternehmen berichtet werden. Wir schalten um zur ersten Übertragung.

CS: Es ist ein stolzer Augenblick für die Menschheit: Bald wird es auf der Erde keinen Zwang mehr geben. Der Preis dafür ist hoch – die Gefahr, der sich unsere Truppen aussetzen. Doch die schwerste Hürde ist genommen, es gibt keine Gegenwehr. Dort, wo sonst jeder Versuch, die Grenze zu überschreiten, rücksichtslos niedergeschlagen wurde, schweigen heute die Waffen. An mehreren Stellen des Sperrgebiets gleichzeitig gelang die Landung. Der Augenblick rückt näher, da wir den restlichen Teil der Welt, der sich unseren Bemühungen zur Verständigung bisher entzogen hat, in Besitz nehmen werden. Wir schalten um in den Distrikt K 11/U 16. Dort wurde soeben eine Fernsehkamera aufgestellt, die den entscheidenden Akt übermitteln wird. Wir blenden uns in die direkte Verbindung zwischen der Befehlsstelle und dem Landekommando ein:

S: »...keine Verluste, eine Bilderbuchlandung.«

HQ: »Radioaktivität?«

S: »Geringfügig – wir messen laufend.«

HQ: »Krankheitskeime? Viren?«

S: »Schwer festzustellen. Bis jetzt nichts Auffälliges. Aber wir behalten die Schutzanzüge an.«

HQ: »In Ordnung. Eben hat sich das öffentliche Funksystem zugeschaltet. Vielleicht schildert ihr einmal, wie man sich fühlt, wenn man als erster einen neuen Teil der Welt betritt.«

S: »Wir sind stolz! Und ergriffen! Wir alle wissen, was das bedeutet. Die schwerste Arbeit steht freilich noch bevor – es wird lang dauern, bis dieses Land besiedelt ist. Aber wir freuen uns, daß wir einen Beitrag dazu geleistet haben.«

HQ: »Habt ihr keine Bedenken wegen der Verseuchung?«

S: »Alle sind ruhig. Die Radioaktivität ist nicht höher als normal. Die Schutzanzüge sind gut; sie lassen keine Keime durch. Vorderhand atmen wir noch mitgebrachten Sauerstoff, doch wenn die ersten Analysen negativ sind – also nichts Gefährliches festgestellt ist –, schalten wir auf Filter um. Das Licht ist außerordentlich grell, aber das Glas unserer Helme absorbiert alle schädliche Strahlung. Sonst tut sich hier nichts Besonderes. Öd ist es hier und langweilig. Keine Mädchen« (lacht).

HQ: »Jetzt haben wir ein Videobild. Ich glaube, der feierliche Akt beginnt. Der Mann im Vordergrund ist Generalmajor Robin, der Chef der Landetruppen. Er wird einige Worte sprechen.«

Robin: »Hiermit sei dieses Land dem Besitz der Freien Welt überantwortet. Möge diese Stunde der Beginn einer friedlichen und fruchtbaren Entwicklung sein. Es lebe die Einigkeit, das Recht und die Freiheit!«

HQ: Drei Angehörige des Landungsteams ziehen die

Fahne der Freien Welt am Flaggenmast hoch, von den Videokameras im Profil gegen den Himmel erfaßt. Dazu erklingt die Hymne, vorgetragen vom Chor der Marine – die Stimmen wirken ein wenig gequetscht, denn die Helme müssen geschlossen bleiben. Die Fahne entfaltet sich im Wind. Man hört einzelne Jubelrufe.

*

Hatten Sie Angst?

Nein.

Es wäre die normale Reaktion gewesen.

Uns war versichert worden…

Haben Sie darauf vertraut?

Ja.

Aber nicht völlig.

Nein, nicht völlig. So sicher war ich mir nicht. Ich wußte nicht, was geschehen könnte. Fernzündung des Treibstoffs? Störung der Steuerung? Lufttorpedos? Es wäre wahrscheinlich schnell gegangen. Wir hätten vielleicht gar nichts gemerkt. Angst hatte ich nicht.

Sie und Ihre Kollegen waren sorgfältig vorbereitet.

Ja.

Sie hatten sich seit langem mit dem Gedanken an eine Invasion beschäftigt. Hatten Sie nicht irgendeinen Verdacht, als sie in die Zone Null hineinkamen, und es gab keine Abwehr?

Nein.

Haben Sie sich mit den Angehörigen Ihres Teams darüber unterhalten?

Wir haben kaum gesprochen.

Was empfanden Sie nach der erfolgreichen Landung im Sperrgebiet?

Dasselbe wie alle andern.

Genauer!

Ich freute mich, daß alles glatt gegangen war.

War das alles?

Ich wußte, was die Landung bedeutete. Ich glaube, ich war tief bewegt.

Als Tibor seine Bemerkung über den Marinechor machte, hat jemand gelacht. Wissen Sie, wer es war?

Ich habe gelacht. Wir hatten uns früher einmal über den Chor amüsiert. Es hatte nichts mit den Feierlichkeiten zu tun.

Lieben Sie Musik?

Ja.

Was für Musik?

Nun, ...nicht gerade Chorgesang.

Hatten Sie damals irgendwelche Zweifel am Gelingen der Besetzung?

Nein.

Wir haben eine Bemerkung von Ihnen registriert... es war, warten Sie...

Ich weiß, was Sie meinen... Ich wußte, daß noch wichtige Aufgaben bevorstanden. Unsere Situation – ich meine, die unseres Teams – war von jener aller übrigen verschieden. Wir waren länger auf den Einsatz vorbereitet worden. Alles ging vor sich, wie wir es unzählige Male geübt hatten, es war nichts Überraschendes mehr dabei. Und außerdem... die Aufgabe der anderen war beendet, unsere fing erst an.

*

Dan – Kybernetiker, Homöostase bei komplexen und sehr komplexen Systemen, Organisationskybernetik, Spieltheorie, allgemeine Formalismen für strategische Konzepte.

Pavel – Soziologe, Verhaltenslehre des Menschen, Informationswege in Soziostrukturen, politische Konzepte; Theoretiker der Umschulung.

Greg – Linguist, Übersetzungsautomaten, alte Sprachen, Geschichte; Spezialist für das Brechen von Codes.

Josef – Schwachstromtechniker, Funker, Erfahrung mit

Hör- und Sehfunkübertragungen; Verwalter der Vorräte.

Tibor – Elektrotechniker, Feinmechaniker, Waffentechniker, Pilot.

Sonja – Sprecherin, Fernsehansagerin, Dolmetscherin; mit 18 Jahren Jahresbeste im Zehnkampf.

*

Sie lehnten in den harten Kissen des Ballonwagens. Sie trugen ihre Schutzanzüge und schwitzten unter der ungewohnt stechenden Sonne. Tibor hockte hinter dem Steuerrad und fluchte.

Vor ihnen fuhren sechs der Transporter und, allen weit voran, der Rover, der automatische Analysewagen. Seine besondere Aufgabe: Kontrolle der Radioaktivität. Erst zweimal hatte er Alarm gegeben, sie hatten strahlende Inseln umfahren, aber es war eher eine Vorsichtsmaßnahme gewesen, sie hätten die Strahlung ohne weiteres, auch längere Zeit hindurch, vertragen. Übertriebene Sicherheit – so würden sie wohl weiterhin verfahren müssen, wenn sie Erfolg haben wollten. Aber Sicherheit schränkt den Freiheitsgrad ein, dachte Dan. Doch er sagte nichts.

Wieder war es Tibor, der aussprach, was alle dachten. »Warum lassen sie uns nicht die verdammten Masken abnehmen? Man kann sich ja nicht einmal den Schweiß abwischen. Die Sichtscheibe läuft an – wie soll ich da steuern?«

»Hättest Scheibenwischer einbauen müssen.«

Die Radioaktivität läßt sich kontrollieren. Das Problem waren die Krankheitserreger. Hatte hier jemand entkeimt? Niemand wußte es. Sporen und Viren altern nicht, bleiben virulent. Eine genaue Analyse dauert Tage... Mikroskop, Stereoscan, Immuntest. Doch selbst das sind nur Stichproben.

»Seid still«, bat Josef.

»Tut sich was im Äther?«

»Eine Menge!«

»Laß uns mithören!«

Er ließ den Schalter nach rechts klicken, und alle horchten. Es knackste, heulte, summte.

»Sind unsere Geräte entstört?«

»Ja. Es kommt von draußen.«

Josef wies nach vorn. Noch war nichts zu sehen als Grus – eine Wüste, ohne Abwechslung, ohne Anhaltspunkte, künstlich eingeebnet, trostlos.

»Sonst nichts? Morsezeichen? Sprache? Geh auf andere Wellenlängen!«

»Tu ich die ganze Zeit. Nichts. Nur diese Geräusche. Es ist aber kein leeres Rauschen... Horcht!«

Es sang, hoch, tief, hoch, tief.

Sie hörten es den ganzen Tag – es änderte sich nicht, doch es wurde lauter.

Am Abend wurde das Zeichen zum Halten gegeben. Der Rover schlug einen Kreis, durchschnüffelte die umrundete Fläche. Kein Zeigerausschlag.

»Freigegeben!«

Der Troß rückte nach – fünfzehn Fahrzeuge, zehn Mannschaftswagen, fünf Transporter. Die Soldaten stiegen aus, plump in ihren Anzügen, aber bald standen die Zelte, waren die Luftschleusen bereit.

Die sterilisierende Flüssigkeit überrieselte sie. Das Aerosol hing in der Luft wie Nebel, und sie warteten auf den Niederschlag. Die automatische Uhr beseitigte die Sperre, sie stießen den Deckel auf, stiegen hinein, schälten sich aus ihren Rüstungen.

»Das tut gut!«

»Jetzt eine kalte Dusche!«

»Wir haben zwölf Liter Wasser pro Tag; also seid sparsam!«

»Regnet es hier nie?«

»Vielleicht kontrollieren sie das Wetter.«

Sie blickten durch die Fensterschlitze in der welligen Kunststoffolie, in Augenhöhe rings um das Zelt angeordnet.

»Warum lassen sie sich nicht sehen?«

»Wissen sie nicht, daß wir kommen?«

»Sie verlassen ihre Städte nie.«

»Und die automatische Verteidigung?«

»Ist außer Funktion – sonst wären wir nicht so weit gekommen.«

»Vielleicht sind sie wehrlos, haben Angst.«

»Vielleicht leben sie nicht mehr.«

»Und die Funksignale?«

»Erinnere Josef nicht an die Signale, sonst setzt er sich sofort wieder an seinen Kasten. Er soll lieber ein paar Konserven herausrücken.«

»Und ein paar Dosen Bier!«

Auf zwei Luftmatratzen saßen sie beisammen und fühlten sich wohl. Sie hatten gelernt zu essen, wenn Essen auf dem Programm stand, und zu schlafen, wenn Schlafen auf dem Programm stand, sie waren drei Jahre lang ausgebildet worden, nicht immer in dieser Besetzung, doch so hatte sich die Mannschaft schließlich ergeben – als die stabilste Kombination, die möglich war. Sie waren einander sympathisch, vertrugen sich, ohne sich anzuöden; sie wußten genau, daß Pavel ausgewählt worden war, weil er Ruhe ausstrahlte und Differenzen zu schlichten verstand. Tibor hatte gegensätzliche Charaktereigenschaften; er war lebhaft und erregte sich oft über Kleinigkeiten. So kam es nie zu jener lähmenden Erstarrung, wobei jeder nur vor sich hinbrütet. Aber niemand zweifelte daran, daß Tibor, wenn es hart auf hart ging, einer der Zähesten war. Und Sonja? Wahrscheinlich hatte man aus ähnlichen Gründen eine Frau eingeschaltet; so gab es immer Spannung – eine unterdrückte Spannung allerdings, denn die dunkelblonde Sonja strahlte Kälte aus wie Eis.

Sie sahen sich überraschend ähnlich, wie sie so dasaßen in ihren lehmbraunen Anzügen aus schmiegsamem Stoff, der im Innern der Schutzkombination weder knüllte noch rieb. Sie sahen aus wie Geschwister, obwohl sich Geschwister selten so ähnlich sehen, und sie waren sich einig wie die Angehörigen einer Sekte.

Pünktlich um 20 Uhr, wie vorgesehen, kam über Funk ein Lagebericht aus dem Hauptquartier, der nicht viel mehr besagte, als daß es keine Zwischenfälle gegeben habe. Danach gab der Offizier vom Dienst die Tagesinstruktionen durch – Ausgabe von Treibstoff und Proviant für morgen, Einteilung der Wachen.

Danach kam der Befehlshaber der Abteilung zu einem kurzen Besuch in ihr Zelt. Eigentlich war er ihr Vorgesetzter, aber er gab sich freundschaftlich. Er setzte sich auf die Gummimatratze – neben Sonja, worüber sie alle verstohlen lächelten.

»Kaffee oder Bier?«

»Habt ihr noch Mineralwasser?«

Er hatte den Rang eines Obersten, doch seine Machtbefugnisse reichten weit darüber hinaus. Es war ein offenes Geheimnis, daß er im IKD eine führende Rolle spielte. Seine Scherze waren plump, doch er schien es nicht zu merken, und so wirkten sie nie peinlich; seine Versuche, mit Sonja zu flirten, brachten ihm nur gelassene Antworten ein. Wieder registrierten sie es mit Genugtuung; keiner hatte bei Sonja Erfolg gehabt – jeder hatte es versucht –, und nun gaben sie sich damit zufrieden und empfanden es als eine Art Treue, daß sie den Offizier abblitzen ließ.

»Ihr habt einen Sonderauftrag«, sagte der Oberst, »und ihr seid sorgfältig darauf vorbereitet worden. Die Schwierigkeit liegt darin, daß niemand genau weiß, was ihr tun sollt. Wir wissen zu wenig über die Bewohner der Städte. Was wir wissen, ist Jahrhunderte alt, überholt. Das habt ihr alles gelernt: die gesellschaftliche Ordnung, die Verhaltensweisen, die ethischen Werte, die Sprache...

Ich fürchte nur, daß das meiste sinnlos ist, daß ihr damit nichts anfangen könnt. Wahrscheinlich hat sich alles verändert, ist die Entwicklung weitergegangen – auch bei uns hat sich einiges getan.

Aber in welcher Richtung ging die Entwicklung? Hat ihre Technik weiterhin so große Fortschritte gemacht? Wie sieht ihr politisches System heute aus? Wie läuft ihr Leben ab? Woran arbeiten sie? Welche Ziele haben sie? Wir wissen nicht einmal, wie sie aussehen. Sind sie durch Mutationen verändert? Sind sie degeneriert?«

»Vielleicht leben sie nicht mehr.«

»Aber es gibt doch Anzeichen – die Funksignale...«

»Automaten, die ihre Schöpfer überlebten?«

»Niemand kann sagen, ob die Signale Bedeutung haben.«

»Seit der Isolation gab es keine Nachricht mehr von drüben.«

»Wir waren es selbst, die abgeriegelt haben.«

»Ja, weil wir erkannt haben, daß die größte Gefahr für die Störung eines Systems in der Infiltration von fremdem Gedankengut liegt.«

»Fremdes Gedankengut ist nicht unbedingt schlecht.«

»Es ist destruktiv – für das eigene System, das nach anderen Prinzipien funktioniert.«

»Ob es richtig war oder falsch, was damals geschah... jetzt sind wir in die nächste Phase der Geschichte eingetreten.«

»Warum gerade jetzt?«

Der Oberst beachtete diese Frage nicht. Er veränderte seine Stellung auf der Luftmatratze und versuchte sich bequemer zu setzen.

»Was ich jetzt sagen werde, ist streng geheim. Es betrifft die Vorgeschichte und darf auf keinen Fall an die Öffentlichkeit dringen. Es könnte Unruhe stiften. Das ist auch der Grund dafür, daß es euch erst jetzt mitgeteilt wird.«

Tibor räusperte sich, aber er sagte nichts.

»Die Versuche, die Sperre zu durchbrechen, begannen schon sehr früh, eigentlich schon kurz nach der Isolation. Selbstverständlich wurde der Funkverkehr abgehört, aber wir sind sicher, daß die abgefangenen Zeichen ohne semantischen Inhalt waren. Die Analyse deutete eher auf Steuersignale für Kontrollgeräte, und wir wissen ja, daß diese aktiv waren.

Wir haben das systematisch überprüft – zuerst mit Versuchstieren, später mit Automaten. Die Sperre war lückenlos. Ob am Boden, in der Luft oder unter der Erde, unsere Objekte wurden abgefangen. Sie wurden geortet – und sie wurden zerstört. Nicht immer auf die gleiche Art, aber stets wirkungsvoll. Manchmal waren es ferngesteuerte Flugkörper, manchmal Energiefelder, Licht, Schall oder Elektrizität, manchmal konnten wir nicht feststellen, was sie vernichtet hatte.«

»Und ein direkter Angriff? Wurden auch schnelle Raketen abgefangen?«

»Das ist ein weiteres Kapitel unserer Erfahrungen mit diesem Land. Wir bereiteten uns natürlich auf einen Angriff vor – aus vorsorglichen Gründen selbstverständlich. Plötzlich kam eine Warnung; es ist bis heute ungeklärt geblieben, wie sie von unseren Plänen Wind bekamen.«

»Vielleicht dachten sie nur logisch?«

»Unvermittelt kündigten sie eine Demonstration ihrer Stärke an. Ihr wißt, daß der Mond Sperrgebiet ist, aber ihr wißt nicht, warum. Sie benützen ihn als Zielscheibe. Jedes Jahr erfolgt auf der Hinterseite, von der Erde aus unsichtbar, aber durch die Seismographen genau zu orten, eine Explosion. Offenbar handelt es sich um eine Kernwaffe unbekannter Art. Sie haben bereits ein richtiges Muster in den Mondboden gepflügt... witzigerweise ein Sechseckmuster – man weiß nie, wo der nächste Einschlag erfolgt, aber er liegt stets präzise in einem Rasterpunkt.«

»Eine wirksame Abschreckung!«

»Und jetzt?«

»Das Bombardement hat aufgehört.«

»Wann?«

»Vor fünf Jahren.«

»Eine Finte?«

»Wozu?«

»Was steckt dahinter?«

»Vielleicht ist ihr System zusammengebrochen.«

»Vielleicht fühlen sie sich stark genug, um auf eine solche Abschreckung verzichten zu können.«

»Eine Geste der Versöhnung?«

Der Oberst hob die Schultern, rutschte auf seinem Sitz hin und her, wobei er näher an Sonja rückte.

»Vielleicht ein Zeichen der Resignation. Sie müssen bemerkt haben, daß sich unser technischer Stand dem ihren nähert – wir holen auf, besonders auf dem wichtigsten Gebiet, dem der Kybernetik. Vor zwanzig Jahren haben wir unsere groben Probeobjekte durch miniaturisierte Automaten ersetzt. Einige waren nicht größer als Spielwürfel. Einige haben wir als Gesteinsbrocken oder Holzsplitter getarnt, einige in Tiere eingebaut, in Vögel oder Fluginsekten. Sie wurden trotzdem abgefangen, aber immerhin – sie konnten ein gehöriges Stück weit eindringen.«

»Wie steht es jetzt? Ist das Abwehrsystem noch in Betrieb?«

»Soweit wir festgestellt haben, nein. Seit fünf Jahren kommen wir mit unseren Automaten bis an den Rand ihrer Städte. Unsere jetzige Aktion ist die Konsequenz daraus.«

»Aber niemand kann sicher sein…«

»Niemand. Natürlich nicht. Wir tragen ein Risiko. Aber der negative Fall interessiert uns im Moment nicht. Wir stellen uns auf den positiven Fall ein. Morgen werden wir die Stadtgrenze erreichen. Wir haben den Befehl, einzudringen. Und dann beginnt eure Aufgabe. Wir werden euch beschützen.«

*

Dan lag auf dem Rücken und starrte zur Decke. Das Lager war weich, der Ventilator trieb einen schwachen Luftzug über ihn hinweg. Die Luft kam aus der Umwälzanlage, aus den Filtern, und nicht von außen. Es gab keine Verbindung mit der Außenwelt. Die Tür war abgeschlossen und ließ sich nur mit einem Spezialschlüssel öffnen, die Fenster waren keine Öffnungen, sondern durchsichtige Stellen in der Kunststoffwand.

Er richtete sich auf, schwenkte die Beine über die Kante, setzte die bloßen Füße auf die gewärmten Fliesen. Leise, um seine beiden Mitbewohner nicht zu wecken, stand er auf und trat ans Fenster. Ein plattes Gesicht starrte ihm entgegen, sein Spiegelbild? Plötzlich verschwamm es, ein paar Schritte, hohl und laut, draußen der Posten, nun wieder weiter entfernt... er hielt seine Maschinenpistole umkrampft, zog sich Schritt für Schritt zurück...

Schon jetzt war Dan kein Mensch mehr. Er war ein Monster, das man heimlich im Schlaf beobachtet, das einem das Gruseln lehrt, selbst wenn es im Käfig sitzt, dem man zutraut, daß es andere anspringt, zerfleischt, auffrißt, das auf unbegreifliche Art Einfluß ausüben kann, verzaubert, behext, entseelt, Scheusal, Gott, Golem, Mißgeburt, Ungetüm... man sollte ihrem Willen entsprechen, sollte ihnen geben, was sie erwarteten, sollte ihnen die Panik in die Knochen jagen, das Grauen ins Gehirn...

Dan brach in Gelächter aus, als der Posten weglief, sich an die finsterste Ecke zurückzog. Dann erst merkte er den Grund: Er ertappte sich dabei, daß er das Gesicht an die Scheibe preßte und Grimassen schnitt, die Lippen verzog, die Zunge herausstreckte, die Augen rollen ließ, die Wangen aufblies...

Er taumelte zum Lager zurück und versank in ein dumpfes Brüten.

Schlafen, traumlos schlafen...

Doch sobald er die Augen schloß, wurden die Erinnerungen lebendig. Irgend etwas rief den Speicherinhalt seiner Gehirnzellen an, ohne daß er sich dagegen wehren konnte. Es strömte, verwirrend, chaotisch, überflutete ihn, ertränkte ihn...

Nachwirkungen der Pharmaka?

Folge der Verhöre?

Vielleicht kam es nur vom Nichtstun, von der Leere seines Daseins. Müdigkeit, Überdruß, Langeweile... Vielleicht war es die Hoffnungslosigkeit. Er hatte keine Zukunft – was sollte er erwarten? Er hatte keine Aufgabe mehr und sah kein Ziel.

Er hatte diese Leere schon einige Male kennengelernt – es war nicht sein erster Einsatz gewesen. Wenn alles vorbei war, die Besetzung, die Analyse, die Übernahme der Kontrollen, die Umschulung, die Eingliederung, dann hatte er sie gefühlt. Ein Ziel zu erreichen ist immer ein Verlust. Man muß ihn hinnehmen, versuchen, sich wiederzufinden, sich einzugliedern in neues funktionelles Geschehen, ohne das man nackt und hilflos ist.

Er hatte sie gefühlt, aber nur für kurze Zeit. Es gab weitere Aufgaben, ja eigentlich war alles nur Vorbereitung auf die eine große Aufgabe.

Sie begannen immer wieder von vorn. Unterricht, Training, Berechnungen, Simulationen, Prüfungen, Diskussionen, Programme. Die Isolierung. Der Count-down. Besetzung, Analyse, Übernahme der Kontrollen, die Umschulung, die Eingliederung. Rückkehr, die Pause, in der die Langeweile wächst und die Ungeduld. Eine neue Aufgabe...

Sie hatten Erfolg gehabt.

Stets geht alles glatt.

Alles ist erprobt.

Durch Simulationen geprüft.

In Planspielen vorbereitet.

Die Programme sind fehlerlos.

Enthalten alle Möglichkeiten.

Sind auf Unwahrscheinlichkeiten eingestellt.

Beziehen selbst das Unvorhersehbare ein.

Die Entscheidungen sind zwingend
die Urteile begründet
die Risiken kalkuliert
die Rechnungen korrekt
die Systeme transparent
die Funktionen überschaubar
die Methoden effektiv

die Resultate vorhersehbar
Störungen werden beseitigt
Widerstände gebrochen
Mißerfolg ist ausgeschlossen
Das schwächste Glied der Kette ist der Mensch.
Das schwächste Glied der Kette ist der Mensch.

Doch der Mensch ist flexibel
anpassungsfähig
fähig zu lernen
kann sich entwickeln
Unzulänglichkeiten ablegen
Widerstand aufgeben
Emotionen unterdrücken
Reflexe beherrschen
Impulse drosseln
sich in den Griff bekommen

Wir führen Sie – zur Perfektion
Wir schulen Sie
Wir beseitigen Ihre Schwächen
Wir schalten Ihre Instinkte aus
Wir legen eine Basis nutzvoller Motivationen an
Wir lehren Sie Objektivität
Wir lehren Sie Sachlichkeit
Wir lehren Sie das kühle Denken
Wir befreien Sie von überalterten Denkgewohnheiten
Wir befreien Sie von anarchischen Trieben
Wir befreien Sie von menschlichen Bindungen
Wir stellen Ihnen eine Aufgabe
Wir setzen Ihnen ein Ziel
Wir geben Ihrem Dasein Sinn…

Dan zuckte zusammen, horchte auf. Die Augen waren ihm zugefallen, er war eingenickt. Sein Körper brauchte Erholung, aber seine Gedanken kamen nicht zur Ruhe, quälten ihn, ängstigten ihn, verwirrten ihn. Er grübelte, versuchte die Bilder zu ordnen, durchforschte sich selbst – sachlich, wie er es gelernt hatte, kühl, kritisch, auch im Stress... er und die Mitglieder des Teams, sie waren perfekt geschult, beherrschten die Routinen, hatten sich in der Gewalt, kannten ihre Fähigkeiten, wußten ihr Instrumentarium zu gebrauchen, hatten stets einen Katalog heuristischer Methoden zur Hand, wenn die Bestimmungsstücke zur Lösung der auftretenden Probleme fehlten.

Konnte es Probleme geben, vor denen sie versagten? Fragen, die nicht ins Schema paßten? Aufgaben, die sie überforderten?

War Perfektion relativ?

Gab es noch unbekannte Denkbereiche?

War ihr Wissen unzureichend?

Hatten sie sich getäuscht?

Wieder ertappte sich Dan bei unsachlichen Gedankensprüngen, beim Abirren in einen Dschungel abstruser Vorstellungen, bei unkontrollierten Emotionen.

Was war es, was ihn so hoffnungslos verwirrte?

Er sammelte sich, konzentrierte sich auf einen Punkt.

Was war es, was da in ihm Raum gewann, ihm die Herrschaft über sich selbst streitig machte?

Zweifel, ein schlechtes Gewissen...?

Es dauerte lange, bis er es einsah, denn er hatte das Zweifeln verlernt. Die Ausbildung, die Lehrprogramme, die Politgespräche, die Psychostabilisation, das autogene Training – alles das hatte den Zweck gehabt, Sicherheit zu geben, Zweifel zu beseitigen. Und nun war das Gerüst, an dem er stets Halt gefunden hatte, unversehens zusammengebrochen, und er suchte in den Trümmern nach Anhaltspunkten.

Das war es: *Er zweifelte.*

Als er das einsah, öffneten sich Abgründe, und die Sprünge liefen bis in die fernsten Winkel des Gebäudes seiner Überzeugungen.

Waren die Besetzungen begründet gewesen?

Hatten sie den Einwohnern Gutes gebracht?

War ihre Aufgabe sinnvoll?
War die Freie Welt wirklich frei?
Waren ihre Ideale richtig?
Und wenn das nicht so war – was blieb?

*

Sie saßen wieder in ihren Fahrzeugen, steckten in den schweren Anzügen, schwitzten, schaukelten mit dem trägen Fahrzeug auf den Kissen der Ballonreifen. Die Kolonne fuhr vor ihnen und zog eine Staubfahne hinter sich her. Die Funksignale sangen ihre eintönige Melodie, einschläfernd, aber nicht beruhigend.

Plötzlich Pavel: »Halt an!«

Josef zögerte, doch Pavel bat: »Seht – was ist das? – dort drüben!«

»Wir sollten nicht zurückbleiben!«

»Nur einen Augenblick – das möchte ich mir ansehen!«

Pavel öffnete die Tür und ließ sich hinuntergleiten. Schwerfällig tappte er durch den Sand.

Es war so etwas wie ein schwarzer Stab, der dort im Grus steckte, an seinem oberen Ende eine Bewegung, ein gedämpftes Blinken.

»Schalt den Geigerzähler ein!«

»Schon geschehen.«

Erst lief Pavel zielbewußt auf die Stelle zu, eine flache Erhebung in etwa dreißig Metern Entfernung, dann plötzlich zögerte er, blieb stehen, alle sahen es: Der Stab war nicht mehr da.

»Habt ihr das gesehen?«

»Er ist im Boden versunken.«

»Unsinn! Er wurde durchsichtig und schließlich unsichtbar.«

»Hier dürfte es gewesen sein.« Pavel kniete nieder und wühlte Erde auf. »Es muß doch eine Spur zu finden sein!«

»Komm zurück! Sie rufen uns – wir müssen aufschließen.«

Inzwischen waren die zwei letzten Fahrzeuge, die die Nachhut bildeten, herangekommen und hatten gehalten. Von vorn forderte man sie dringend auf, so schnell wie möglich nachzukommen.

Pavel kam an den Wagen zurück und stieg mißmutig auf. Die Fahrzeuge setzten sich in Bewegung. Josef versuchte das verlorene Terrain wieder wettzumachen, und der Wagen schwankte so stark, daß sie sich festhalten mußten. Zwanzig Minuten später kam die Stadt in Sicht.

*

»Sie nähern sich dem verbotenen Distrikt. Sie haben noch zehn Meter bis zur Grenze.

Acht Meter.

Sechs Meter.

Sie tragen selbst die Verantwortung für die Folgen.«

Vor ihnen lag eine Linie, von fern besser sichtbar als von nah, jetzt schon fast verwischt, die Andeutung einer Bodenwelle, zu regelmäßig, um natürlichen Ursprungs zu sein, das Terrain dahinter ein wenig anders, ein veränderter Farbton, abweichende Textur.

»Noch vier Meter.

Noch zwei Meter.

Sie überschreiten die Grenze.

Sie befinden sich im verbotenen Distrikt…«

»Halt den Mund, Tibor! Spar dir die Scherze! Wir haben auf anderes zu achten!«

»So – und worauf? Wenn du eine Erleuchtung hast, dann heraus damit!«

Die Stadt lag noch fern, doch jetzt tauchte sie merklich über den Horizont. Was sie sahen, hatte noch nie ein Mensch gesehen: einen matt blinkenden Strich am Horizont, hängende Netze ohne sichtbare Verspannung. Wabentürme aus silbernem Gitterwerk. Und je näher sie kamen, um so deutlicher war zu erkennen, daß der Himmel darüber nicht normal durchsichtig war, sondern das Licht auf seltsame Weise brach oder krümmte. Es sah aus, als ginge von dem riesigen Bauwerk eine blauschwarze Flamme aus.

»Rätselhaftes Ding.«

»Was kann man von hier aus schon erkennen?«

»Diese Netze – vielleicht Absorber für Sonnenenergie.«

»Sicher ist die dunkle Flamme der Grund dafür, daß die Satellitenbeobachtung keine vernünftigen Bilder ergab. Sie wirkt wahrscheinlich als Verzerrungslinse. Außerdem steht sie nicht ruhig – sie oszilliert. Darum führten unsere Rekonstruktionsversuche zu so schlechten Ergebnissen.«

»Bald wissen wir mehr!«

»Hoffen wir es!«

Ohne Zwischenfall hatten sie die Stadtgrenze erreicht. Die Kolonne war in einem breiten Bogen ausgeschwärmt. Noch geschah nichts.

Vor ihnen, schwach nach außen gekrümmt, erstreckte sich eine spiegelnde Wand – ohne Öffnung, ohne Stützen, gleichförmig, fehlerlos. Nirgends gab es einen Blick ins Innere; die einzige erkennbare Bewegung rührte von ihrem eigenen Spiegelbild. Je länger sie die Wand anstarrten, um so deutlicher sahen sie sich selbst, etwas verwischt, etwas verzerrt. Da und dort blinkte die Linse eines Fernglases, drehte sich eine Antenne.

Weiter oben bog die Wand leicht nach außen, bildete einen Überhang. Sie waren nicht so dicht herangefahren, daß sie darunter standen, aber das Hindernis unterband die Sicht. Noch nie waren sie so nahe ans Ziel herangekommen – und sahen jetzt nichts als sich selbst.

»Radioaktivität Null.«

»Soweit erkennbar: keine Krankheitskeime.«

»Keine Funksignale.«

Josef drehte hastig an den Knöpfen – nichts. Auch das singende Auf und Ab des Dauersignals war verstummt.

»Empfang sehr schwach! Bitte, lauter.«

»Wir haben bereits auf höchste Sendeleistung geschaltet!«

»Keine Verbindung zur Befehlsstelle – blackout!«

»Was bedeutet das, Josef?«

»Es bedeutet, daß wir uns in einem Medium befinden, das die elektromagnetischen Wellen reflektiert oder absorbiert.«

Tibor zog zwei Elektroden aus einem Kästchen und drehte ein Potentiometer über mehrere Teilstriche. »Josef hat recht – die Luft ist stark ionisiert.«

Sie brüllten in die Mikrophone, konnten sich aber kaum verständigen.

»Es bedeutet, daß wir keine Anweisungen von außen mehr erhalten!«

»Kolonne kehrt! Tausend Meter zurücksetzen. Dort ein Lager errichten! Vorwärts!« Der Oberst schrie es in ein Megaphon.

Dreißig Minuten später hatten sie die Zelte aufgestellt. Der Funkverkehr war wieder normal.

*

Wie war Ihre Reaktion auf die Beeinträchtigung des Funkverkehrs?

Ich habe ihn zur Kenntnis genommen.

Waren Sie beunruhigt?

Nein. Die Erscheinung war physikalisch erklärbar.

Die Verbindung zur Befehlsstelle war unterbrochen. Sie waren von der übrigen Welt abgeschnitten. Und das sollte Sie überhaupt nicht berührt haben?

Ich hatte das Bewußtsein, daß wir nun auf uns allein gestellt waren. Aber darauf waren wir ja vorbereitet. Mir war so, als hätte die Aktion erst jetzt begonnen.

Wie haben die übrigen Mannschaften auf das Ereignis reagiert?

Wir steckten in dicken Anzügen, in denen wir uns kaum bewegen konnten. Private Äußerungen über Funk waren verboten. Es gab keine Gelegenheit, sich über die Gefühle anderer ein Bild zu machen.

Gab es Unruhe? Litt die Disziplin?

Nichts dergleichen.

Haben Sie den Rückzug als eine Niederlage empfunden?

Nein, als taktisches Manöver.

Spielen Sie Dame oder Schach?

Ja. Aber nicht besonders gut.

Ärgern Sie sich, wenn Sie verlieren?

Nur wenn ich Fehler gemacht habe.

Wie war das Verhältnis der Angehörigen des Spezialistenteams untereinander?

Wie immer. Gut.

Haben Sie sich über die Situation unterhalten?

Ja.

Befanden sich alle körperlich wohl?

Ja.

Wie war die Laune?

Gut.

Hatte jemand Vorahnungen oder dergleichen?

Nein.

Riet jemand zur Umkehr?

Nein.

Es muß Ihnen doch klar gewesen sein, daß Sie im Begriff waren, sich mit einer unbekannten Macht auseinanderzusetzen. Es muß doch gewisse Bedenken darüber gegeben haben, ob sich Ihre Aufgabe überhaupt erfüllen ließ?

Wir rechneten mit Schwierigkeiten, doch wir hatten keine Bedenken.

*

Vielleicht war das der Grund: weil man ihn ausgeschlossen hatte. Die Männer, die ihn mit Fragen quälten, gehörten derselben Abteilung an wie er. Die meisten aber waren ihm unbekannt, es waren junge Kräfte, Nachwuchs; aber auch jene, mit denen er früher zu tun gehabt hatte, ließen nicht merken, daß sie sich daran erinnerten. Dabei bestand kein

Unterschied zwischen ihnen und ihm: Wäre irgendein beliebiger von ihnen an seiner Stelle, so hätte er nicht anders handeln können. Und säße er, Dan, mit jenen andern draußen, so hätte er versucht, genauso emotionslos zu konstatieren und abzuwägen wie sie jetzt.

Was wollten sie wissen? Was erwarteten sie? Eine unvorhersehbare Reaktion? Das Zeichen einer Veränderung? – einer Abweichung? Sie mußten doch wissen, daß er – wie jeder andere von ihnen – hundertfach geprüft worden war, unter schwersten Bedingungen, im echten Einsatz.

Seine Stabilität war erwiesen.

Wie würde er reagieren, einer Person gegenübergestellt, in deren Leben es einen verborgenen Bereich gab, dessen Vergangenheit sich der Aufklärung entzog? Die Menschen, die ihm bisher gegenübergestanden waren, gaben keine Probleme auf, oder es wurden keine gestellt. Lehrer, Betreuer, Ärzte, Kollegen... Die einzigen, mit denen eine Auseinandersetzung nötig schien, waren die Bewohner der besetzten Länder – als sie noch nicht eingegliedert waren. Stellten sie Probleme?

Auf den Formularen waren ihre Verhaltensweisen katalogisiert. Die Zuordnung von Gestimmtheiten, Intentionen und Handlungen zu den Auslösern bestand zwar nur in einer Wahrscheinlichkeitsfunktion, aber gerade die grundlegenden Reaktionsweisen waren durch scharfe Peaks erkennbar. Nur Unwesentliches deutete sich in den flachen Bäuchen der typischen Gaussverteilung an. Aus einer Analyse ihrer Sprache ergaben sich ihre Gewohnheiten und Werteinschätzungen, Sympathien und Antipathien, Statussymbole und Tabus –

angezapfte Telefonleitungen
abgehörter Funkverkehr
automatische Sprache-Schrift-Umsetzung
Wort- und Silbenzahlen
Satzschachtelung
Statistik der Zusammenhänge

Information zweiter Ordnung
Textpartituren
Netze von Bedeutungsklassen
Katalog der Assoziationen und Innovation
Sprache als Ausdruck des Denkens
Sprache als Modellfall kreativen Verhaltens
Sprache als Handlung

Der Computer lieferte die Worthäufigkeit, Synonyme, Homonyme, die Grammatik, die semantischen Zusammenhänge, das Schema der Sprachlogik, die Pragmatik. Daraus formte sich das psychische Verhalten eines repräsentativen Querschnitts. Abweichungen, abzulesen an Streubreiten und Differenzfaktoren. Durchschnitt. Untere und obere Spitze. Varianz. Integrale Kennzahlen, horizontal und vertikal aufgeschlüsselt.

Wo bleibt der Raum für Überraschungen? Das System läßt keine Überraschung zu. Überraschung ist Ausdruck partieller Unkenntnis. Überraschung weist auf Mangel von Wissen hin, deutet Leerstellen an. Bisher hatten sie keine Leerstellen festgestellt.

Ein Wirkungsgefüge – kompliziert, aber glasklar. Ein probabilistisches System, aber stochastisch beschreibbar. Der Schein eines freien Willens, in Wirklichkeit determiniert. Zehntausend Möglichkeiten des Eingriffs. Reize, Auslöser, Fallen, Suggestion, Überredung, Logik, Rhetorik, Sophistik. Freiwillige Unterwerfung. Freiheitsverlust für Freiheitsgewinn. Lange Schrittfolgen, aber effektiv. Markoffketten.

Es gab auch rasch wirkende Methoden
direkte Eingaben von Signalen
Veränderungen des Nervennetzes
Mikrochirurgie
Viren und RNS
Hypnotika
Stimulantia
Analgetika
Neuroleptika

Tranquilizer
Antidepressiva
Psycholytika
Mittel zur Beeinflussung von Schlaf, Schmerz und Antrieb, zur Beseitigung oder Erzeugung von depressiven Verstimmungen und schizophrenen Psychosen. Mittel mit motorisch aufputschenden oder dämpfenden Wirkkomponenten. Mittel zur Auslösung von Erregung und Beruhigung. Mittel, um Unruhe und Angst zu unterdrücken oder hervorzurufen. Mittel zur Erzeugung von Sinnestäuschungen und Wahnideen. Eingriffe ins limbische System. Wirkungen auf die subkortikale Regulation. Synthetische neurasthenisch-hypochondrisch-depressive Syndrome.
Subkutan oder intravenös injizieren
oral oder anal eingeben
im Leitungswasser aufschlämmen
als Aerosol versprühen
Kontaktgifte im Textilgewebe
Unruhe aus der Kleidung
Angst aus Konserven
Panik aus Flaschenmilch
Selten bedarf es direkter Maßnahmen – bei rastlosen Unruhestiftern, kreativen Führungskräften, Psychopathen, Künstlern, Querulanten, Ärzten, in aller Vorsicht, sanft regulierend, verantwortungsbewußt, zielstrebig, wohlgesinnt. Normalerweise genügt es schon, Worte anders auszusprechen, die Stimme zu erheben, Bilder zu veröffentlichen, Musik zu unterlegen, durch Sperrdruck hervorzuheben, sympathisch zu wirken, eine neue Sicht zu zeigen, Beispiele treffend zu wählen, Bedeutungen geringfügig zu verschieben, Leitbilder zu ändern, anzudeuten, zu betonen, zu loben, zuzustimmen, zu bekräftigen, und dabei streng bei der Wahrheit zu bleiben – soweit sich Wahrheit als passend erweist –, Wort zu halten – besonders bei Nebensächlichkeiten –, Ordnung zu wahren – insofern es nützliche Ordnung ist.

Das Schwerste ist der Übergang. Das Ankämpfen gegen

zementierte Sitten und Gebräuche, gegen den Starrsinn der Alten, gegen die Unbeweglichkeit, gegen die Gewohnheiten. Größere Chancen bei den Jungen, formbares Material, ungebahnte Leitungen, der Hang zum Neuen, Risikofreudigkeit, Spieltrieb, Begeisterungsfähigkeit, lenkbare Emotionen. Elastizität. Kompromißlosigkeit. Entscheidungsbereitschaft. Drang zur Verantwortung. Gemeinschaftssinn. Druck auf Außenseiter. Selten bricht einer aus. Problemlos die ganz Jungen, die Ungeborenen. Unruhe im Keim erstikken. Störenfriede haben keine Chance. Ideale werden geprägt. Reaktionen anerzogen, Denkmodelle aufgebaut, Wege vorgezeichnet. Unmerklich die lenkende Hand. Die freiwillige Unterordnung.

Selbstregulierung

niemals zögern

Subordination, Adaption. Der Gesellschaft dienen.

Keine Zweifel haben. Nützliche Glieder der Gemeinschaft. Freier Wille auf festen Bahnen. Kein Zwischenbereich. Kein Weg ins Niemandsland. Die Sicherheit, stets richtig zu handeln, richtig zu denken, richtig zu entscheiden.

Das Produkt eines funktionierenden Systems

einbezogen

keine Reibungsflächen

Entropie Null

Der Integrationsprozeß ist beendet. Keine individuellen Unterschiede mehr. Einwohner der Freien Welt. Garantie für ein erfülltes Leben!

Dreißig Jahre lang dauert der Prozeß der Integration. Die neue Generation wächst ohne Zweifel auf. Glückliche Jugend!

Auch Dan wuchs ohne Zweifel auf. Worin lag der Unterschied zwischen ihnen und ihm?

Es gab keinen Unterschied.

*

Es war Nacht, durch die Fensterschlitze sah man die Stadt. Das Mauerwerk spiegelte nicht mehr, sondern strahlte diffuses Licht aus. Dahinter verschwommene Flecken. Das flammenförmige Gebilde wirkte schwarz wie ein Abgrund; es verschluckte die Sterne. Ein hellerer Rand begrenzte es gegen den übrigen Himmel, ein schmaler Streifen, auf dem Reflexe auf- und abliefen.

Der Oberst saß bei ihnen im Zelt. Sonja war ruhig sitzengeblieben, aber sie hielt sich starr aufrecht und lachte spöttisch. Der Offizier tat, als bemerke er es nicht.

»Ich komme eben von einer Rekognoszierung. Zehn Kilometer fuhren wir die Wand entlang, ohne ein Tor oder eine Öffnung zu finden. Wir haben das Material untersucht – es handelt sich um ein Mittelding zwischen Glas und Keramik. Das Zeug ist hart, aber nicht unzerstörbar. Zugfest, aber elastisch. Eine feste Flüssigkeit. Die Dicke – 18 Zentimeter – mit Schallotung festgestellt. Freilich ist nicht ausgeschlossen, daß dahinter noch eine innere Wand liegt.«

»Wollen Sie durchbrechen? Sollte man nicht erst prüfen, ob es vielleicht doch irgendwo einen Eingang gibt?«

»Das Bauwerk erstreckt sich über eine Fläche von rund zehntausend Quadratkilometern. Sein Umfang beträgt ungefähr fünfhundert Kilometer. Wir würden Wochen brauchen.«

»Was haben Sie vor?«

»Heute nacht sende ich ein Ultimatum. Ich verlange, daß man uns öffnet.«

»Die Signale werden nicht durch die ionisierte Zone dringen.«

»Das täte mir leid. Dann bliebe uns nichts anderes übrig, als Gewalt anzuwenden. Aber ich will alles versuchen, um eine friedliche Verständigung zu erreichen. Andernfalls sprengen wir. Auf alle Fälle – morgen sind wir in der Stadt.«

Wieder standen die Fahrzeuge in einem Halbkreis vor der Mauer, zweihundert Meter Abstand, alle einem Punkt zugewandt, an dem nun ein grauer Gegenstand zu erkennen war, ein Pappkarton oder ein Stück Schaumstoff. Eine Schnur, ein umsponnener Draht, schlängelte sich von der Bombe bis zum Wagen des Obersten. Dieser schloß den Kontakt, und dann zeichnete sich ein Spinnennetz von Sprüngen in der Wand ab, eine braune Wolke stieg auf und verbarg die gähnende Öffnung, die für Bruchteile von Sekunden sichtbar geworden war.

Auf ein Zeichen des Obersten hin setzte sich die Reihe in Bewegung, die Transporter für die Mannschaften, die nun Maschinenpistolen und Gewehre trugen, die Lastfahrzeuge, deren Dächer aufgeklappt waren, die Mündungen der MGs und Werfer auf die Bresche gerichtet, um die sich jetzt alles zusammenzog.

Die Wolke verflog, ein halbrundes Loch stand offen, die Keramikmasse war geplatzt, die Ränder angesengt, verkohlt, ausgezahnt, nach innen gebogen.

Die Reihe der Fahrzeuge hielt 20 Meter vor der Öffnung. Der Rover löste sich heraus, auf seinen unförmigen Ballonreifen näherte er sich schnell der zerstörten Wand und verschwand im Innern.

»Luft atembar, Temperatur 24 Grad Celsius, keine Radioaktivität.«

Die Meldung kam über Funk und war leise, aber gut zu verstehen. Der Empfang war besser als am Vortag.

Zuerst starteten die Lafettenfahrzeuge, drangen ein, schwenkten ab und postierten sich im Innern, links und rechts hinter der Öffnung. Dann fuhr der Wagen des Obersten los, und die anderen folgten durch die Bresche.

*

Wir fuhren etwa zwanzig Meter einwärts, hielten auf einer ebenen Fläche von mattem Metallglanz. Hier hatte die Sprengung so gut wie keine Zerstörung mehr hervorgerufen, nur einige Bruchstücke der zerstörten Außenwand lagen uns im Weg.

Wir befanden uns auf einer Art Rampe, die gegen das Terrain der Stadt um etwa drei Meter überhöht war. Weiter unten zog sich ein Geländestreifen entlang, den wir als Spiel- oder Sportplatz ansahen. Wir sahen Laufbahnen, Turngeräte, Spielfelder, Schwimmbecken, großzügig angelegt, gegen das Zentrum allmählich absinkend. Etwa fünfhundert Meter dahinter das eigentliche Massiv der Stadt – eine Reihe pyramidenförmiger Gebäude in Silber und Grau, oben flach, ohne Dächer. Dahinter noch höhere Bauten, glatte, weißblinkende Quader, kantige Türme, darüber, abgehoben, tellerförmige Plattformen.

Alles machte den Eindruck kompromißloser Ordnung, nirgends moderne Architektur, kühne Straßenschleifen, gewagte Brücken, nichts von all dem, was wir erwartet hatten, und dennoch war der Eindruck überwältigend – die Großzügigkeit, die Endgültigkeit, die Logik.

Das Licht kam von einigen Punkten hoch oben, einem Kranz von Leuchtkörpern, rings um die Stadt verteilt. Es war ein freundliches, mildes, weißes Licht, hell, wenn auch nicht so hell wie das der Sonne, klarer als bei uns, aber das lag wohl an der Reinheit der Luft; sie war frei von Dunst und Staub.«

»Haben Sie diesen Vergleich schon damals gezogen?«

»Ich verstehe nicht…«

»Sie sagten: das Licht war klarer, die Luft sauberer als bei uns.«

»Nein. Ich versuche nur, es Ihnen zu beschreiben.«

»Und die Einwohner der Stadt?«

»Wir sahen kein lebendes Wesen.«

*

Der Funkverkehr verlief wieder normal. Josef, dessen Empfänger sämtliche Wellenlängen aufnahm, registrierte die verschiedenen Sendungen – musikartige Tonkombinationen, Laute, Geräusche, an Sprache erinnernd, regelmäßige Signalfolgen. Zunächst hatte er aber keine Zeit, sich damit zu beschäftigen. Es galt, die nächsten Schritte zu beratschlagen.

Da es nirgends eine Gelegenheit zur Abfahrt von der erhöhten Rampe gab, hatte der Oberst befohlen, die Stufe an einer Stelle abzuflachen. Einige Sprengschüsse, dann bewegte sich die Kolonne in einer Schlangenlinie hinab, etwa fünfzig Meter weiter. Eine Art Bühne, mit rostbraunem Sand bedeckt, gegen die Stadt hin offen, sollte als Lagerplatz dienen. Die Geschütze wurden vorgezogen, blieben an den Flanken, um im Notfall den Rückzug zu sichern.

Wenig später standen die Zelte in einer Doppelreihe, ausgerichtet wie auf dem Exerzierplatz. Einige Posten beobachteten die Umgebung, die Anlagen, die Gebäude. Nirgends zeigte sich Leben. Eine Radarantenne kreiste und warf das Abtastbild auf einen Schirm. Das Fleckenmuster blieb unbewegt. Der Trichter eines Schallreflektors war wie ein großes Ohr gegen das Zentrum gerichtet. Er fing nur ein gleichmäßiges Beben, eine allgemeine Unruhe auf – wie von Luftbewegungen, aber es gab keinen Wind, vielleicht von Schritten, von Stimmen, von Fahrzeugen, von Maschinen, aber sie mußten hinter den Mauern verborgen sein, im Innern oder in der Tiefe.

Der Meßtrupp war eifrig am Werk, und von Zeit zu Zeit liefen die Meldungen ein.

»Keine Pflanzen, auch keine Mikroorganismen.«

»Keine Bodenbakterien.«

»Luft völlig staubfrei.«

»Temperatur konstant 24 Grad Celsius.«

»Luft frei von Ladungen.«

»Die oberste Bodenschicht besteht aus synthetischem Material.«

»Das Licht entspricht dem Sonnenspektrum.«

Diese Informationen hatten wenig Bedeutung, man hätte sie auch ohne Messung erhalten können, es sah aus, als müßten die Menschen mit Routinearbeiten beschäftigt werden, als gäbe es nichts zu tun in einer neuen Welt, in einer ungewohnten Umgebung, in der fremden Stadt, die noch keins ihrer Geheimnisse preisgegeben hatte. Es war, als widmete man sich der gewohnten Betätigung nur, um sich nicht um das Ungewöhnliche kümmern zu müssen. Die Besonderheiten dieses Ortes waren nicht seine Temperatur, seine Feuchtigkeit oder seine Luftzusammensetzung, sondern seine Geschichte und seine Funktion. Darüber wußten sie nichts. Sie mußten bei Null beginnen.

»Von hier aus ist wenig zu machen«, meinte Pavel.

»Vielleicht findet Josef etwas heraus?«

»Bis jetzt nur ein paar Geräusche. Es könnte eine Sprache sein, aber die Übertragungsart ist ungewöhnlich... vielleicht liegt es an der Modulation...«

Sie standen vor ihrem Zelt, die Funkgeräte waren auf dem Fahrzeug aufgebaut. Wenn sie peilen wollten, mußten die Antennen beweglich sein.

Der Oberst trat zu ihnen. »Ich habe mitgehört – keine verständlichen Funksignale. Was sagt ihr Wissenschaftler zur Situation?«

»Es gibt wenig zu sagen. Die Stadt ist ein Wunderwerk der Technik.«

»Alles sieht friedlich aus.«

»Ob sie das Ultimatum gehört haben? Reagiert haben sie nicht.«

»Hier haben wir keine Chance. Wir müssen ins Zentrum.«

»Nicht so eilig!« Der Offizier wies unbestimmt in die Ferne. »Wir müssen auf Sicherheit bedacht sein. Vorerst bleiben wir hier. Niemand geht über die Postenlinie hinaus.«

»Wir können nicht dauernd auf einem Fleck sitzen.«

»Ich glaube, es ist am besten, wir bleiben heute noch hier und warten ab. Wenn uns jemand vertreiben will, hat er keinen Grund zu warten. Wir dürfen uns nicht täuschen lassen – ein Angriff kann jeden Augenblick erfolgen, auf jede denkbare Weise.«

»Es sieht so aus, als ob uns niemand bemerkt hätte.«

Greg hob die Hand. »Vielleicht befindet sich kein lebendes Wesen mehr hier. Das ist meine Hypothese. Die Sprengung ging nicht lautlos vor sich. Wenn die Stadt noch Bewohner hat, so kann es diesen nicht gleichgültig sein, ob jemand ihre Mauer aufsprengt und mit Panzern eindringt, auf dem Sportplatz lagert und die Geschütze gegen die Gebäude richtet.«

»Die Konsequenzen?«

»Sie sind ausgestorben. Vielleicht eine Seuche. Vielleicht degeneriert.«

»Und die Funksignale?«

»Automaten. Wer weiß, ob nicht auch das Abwehrsystem automatisch gesteuert war und seine Aufgabe erfüllt hat, obwohl die Menschen, die es schützen sollte, nicht mehr lebten.«

»Das ist möglich. Es würde unsere Aktion erleichtern.«

»Es wäre ein wenig zu einfach!«

»Es wäre traurig«, sagte Sonja, »wenn die Konstrukteure dieser Anlage tot wären. Sie haben viel geleistet!«

»Welchen Wert hatten ihre Leistungen in einer abgeschlossenen Welt?«

»Es war ihre eigene Welt.«

»Vielleicht werden wir doch beobachtet«, sagte Dan. Er zeigte an den Rand des Lagerplatzes, wo ein flacher Hügel aufgeschüttet war. An seiner höchsten Stelle ragte ein schwarzer Stab empor.

»Was meinen Sie?« fragte der Oberst. »Den Stab? Was bedeutet er?«

»Er war vorher noch nicht da. Es wäre mir aufgefallen.« Dan erzählte von dem Vorfall des Vortags.

»Sehen wir nach!« schlug der Oberst vor.

Sie gingen hinüber, näherten sich dem Stab auf zehn Meter, sahen eine blinkende Kugel am oberen Ende... plötzlich versank das Gebilde im Boden. An seinem Platz fanden sie nichts als eine winzige Mulde, und auch als sie den Sand beiseite scharrten, war keine Spur des Stabs zu finden.

Der Oberst befahl zwei Soldaten, einen Graben auszuheben. In fünfzig Zentimeter Tiefe wurde der Boden merklich härter, sie stießen auf eine Schicht von zusammengebackenem Material, zwischen den Blöcken gab es mit Sand gefüllte Löcher; das war aber auch alles.

»Was meint ihr?« fragte der Major. »Ein Mikrophon? Eine Fernsehkamera?«

»Möglich. Es könnte eine Kugellinse sein, die das Gesamtbild der Umgebung auffängt.«

»... und weiterleitet.«

»Wohin weiterleitet?«

»Wer weiß?«

»Also hat man von uns Kenntnis genommen«, stellte der Oberst fest. Er sagte es völlig ruhig, aber er hatte sich ein wenig geduckt, und seine Hand lag an der Waffe.

»Dieses Ding verrät uns nichts darüber, ob noch Menschen hier sind«, sagte Greg. Sie schlenderten zu den Zelten zurück. »Es könnte zu den automatischen Anlagen gehören.«

»Da!«

»Er ist wieder da!«

»Er beobachtet uns!«

Der Oberst drehte sich um, zog die MP, stellte sie auf Korpuskularstrahlung ein, zielte kurz und schnitt den Stab knapp über dem Boden ab.

»Das hätten Sie nicht tun sollen«, sagte Dan.

Sie liefen hin und sahen, wie der Stumpf im Sand verschwand. Pavel hob den Rest des Stabes auf und gab ihn dem Oberst. Dieser betrachtete ihn und reichte ihn an Josef weiter.

»Untersuchen!«

Unmittelbar danach wurde erste Alarmstufe gegeben. Auf allen Anhöhen ringsum waren schwarze Stäbe erschienen.

Die Stunden flossen zäh dahin. Die Mannschaften hatten nichts zu tun, und der Oberst befahl, um sie abzulenken, die Fahrzeuge zu reinigen. Das war mit den schweren, bleigefüllten Anzügen, mit den heruntergeklappten Visieren eine schwierige Aufgabe, und überdies, wie alle wußten, auch eine unnötige Aufgabe. Sie gehorchten, aber sie gehorchten ungern, und sie waren irritiert durch die schlanken Stäbe, die sie offenbar beobachteten – Stielaugen von Polypen.

Am späten Nachmittag versanken die stummen Wächter plötzlich, und die Stimmung wurde besser.

Josef und Greg bastelten an ihren Funkgeräten herum. Um 18 Uhr gelang es ihnen, über einen Umsetzer Musik zu empfangen. Es war ein Klingen, wie es Stimmgabeln hervorbringen, kurze Glockentöne, kein durchgehender Takt, doch rhythmische Sequenzen, scheinbar willkürlich gereiht.

»Ich weiß nicht, ob das Klangbild stimmt – ich habe möglichst reine Sinustöne zugrunde gelegt.«

»Müßte sich dann nicht auch die Sprache verstehen lassen?«

»Horcht!«

Alle sechs hatten sich eingeschaltet, und jetzt hörten sie Laute, die sicher menschlich waren, obgleich sie verzerrt klangen. Josef änderte die Modulation, und mit einemmal fiel der quäkende Tonfall weg – sie vernahmen jene Sprache, die sie gelernt hatten, von den Büchern her kannten, von den alten Tonbändern, und von der sie kaum geglaubt hatten, daß sich ihrer noch jemand bediente.

»...17, 29, 31 gewonnen; 2, 10, 33 pari; 11, 13, 20 verdoppelt; 9, 19, 31 Depot; 12, 18, 23 verloren; 14, 26, 35...«

Es war eine freundliche weibliche Stimme, so präzis, daß sie nicht unbedingt von einem Menschen stammen mußte, und was sie sagte, war nicht besonders inhaltsreich, doch im Moment bewegte es sie, daß sie überhaupt etwas verstehen konnten, und sie lauschten aufmerksam, gewöhnten sich zunehmend an die Aussprache, die nicht ganz mit jener übereinstimmte, die sie geübt hatten, versuchten nachzusprechen...

Als Josef abschaltete, protestierten sie, aber es gab technische Probleme zu lösen – Empfang in anderen Wellenbereichen, vielleicht sogar Video.

»Ist das ein Beweis für Leben?« Alle stellten sich diese Frage.

»Ein Spielmechanismus kann auch weiterlaufen, wenn niemand mehr mitspielt.«

»Wünscht ihr eigentlich, daß wir Menschen finden? Oder wäre es euch lieber, sie lebten nicht mehr?«

»Dann fiele alles ohne Schwierigkeiten in unsere Hände.«

»Es gäbe keinen Widerstand und keine Auseinandersetzung.«

»Und doch – es wäre wunderbar, Menschen zu finden. Dazu sind wir doch schließlich hier!«

Um zwanzig Uhr hatte Josef seine Apparatur so weit, daß er mehrere Stationen empfangen konnte. Die meisten sendeten Zeichenreihen, die unverständlich waren. Greg saß am Computer und suchte nach einem Schlüssel. Er hätte eine größere und schnellere Maschine gebraucht, als sie ihm hier zur Verfügung stand. Doch Funkkontakt mit außen gab es nicht – nach wie vor waren sie auf sich allein angewiesen.

Es wurde 21 Uhr, die Helligkeit der Beleuchtungskörper änderte sich nicht; offenbar gab es hier keinen Wechsel von Tag und Nacht. Sie waren müde, doch als der Befehl zur Nachtruhe kam, konnten die wenigsten einschlafen. Sie lagen in ihren Zelten, auf ihren Luftmatratzen und wälzten sich unruhig hin und her.

»Laß uns doch noch ein wenig Musik hören, Josef!«

Die weichen, dahinspielenden Klänge waren seltsam unwirklich. Sie kamen aus dem Unbestimmten, und sie hörten sich auch so an. Aber sie wirkten beruhigend. Sie erzeugten einen Dämmerzustand, eine entspannte Ruhe.

Und dann wurde die Musik leiser, und eine sanfte Stimme fing zu sprechen an.

...lösen Sie sich von den Dingen
die Signale sind leer

die Zeichen bedeuten nichts
alle Zweifel sind vorbei
es war ein schöner Tag
kommen Sie mit uns
die Erde ist fern
wir sind außerhalb des Raums
wir sind außerhalb der Zeit
Gedanken sind grenzenlos
wir fühlen nichts
wir denken nichts
wir wünschen nichts
löschen Sie Ihr Gedächtnis
machen Sie sich schwerelos
das Sternenlicht verblaßt
es ist Zeit, um auszuruhen
es ist alles getan, was zu tun war
wer hofft, fürchtet auch
wer sich freut, leidet auch
der Morgen dämmert
es ist alles geschehen, was geschehen konnte
es ist alles gedacht, was Sinn hatte
es ist alles entstanden, was sich fügen läßt
es gibt keine Tatsachen mehr
die Wirklichkeit liegt jenseits eines Abgrunds
nur ein Schritt führt zum Sirius
nur ein Hauch löscht die Sonne
kommen Sie mit uns
lassen Sie Ihre Augen zurück
Sie werden das Unsichtbare sehen
Sie werden die Unendlichkeit fühlen
Sie werden keine Stunden mehr zählen
keine Maße mehr messen
es gibt nichts zu erwägen
es gibt nichts zu entscheiden
es gibt nichts mehr zu tun
es war ein schöner Tag heute

es war ein Leben voller Wunder
werden Sie wie wir
bleiben Sie bei uns
Sie gehören zu uns
Sie gehören zu uns...

Sie wurden schläfrig und zufrieden und schlummerten lächelnd ein.

Als am frühen Morgen Alarm gegeben wurde, lag ein Ausdruck des Glücks auf ihren Gesichtern, als hätten sie einen wunderbaren Traum gehabt.

Der Sender schwieg, leise summte das Mikrophon. Josef schaltete es ab.

*

Strategie der Integration

Integration (lat.)
a) allg.: Zusammenschluß, Bildung übergeordneter Ganzheiten
b) math.: Aufsummierung differentieller Elemente
c) soz.: funktionale Eingliederung eines soziologischen Teilsystems in das Gesamtsystem

Phasen der Integration (soz.)

0. propagandistische Präparation
0,1 Funk
0,2 Agenten
0,21 materielle Störaktionen, Sabotage
0,22 psychologische Verunsicherung

1. militärische Aktion, Brechung des Widerstandes
1,0 Psychopharmaka (per Trinkwasser, Nahrungsmittelversorgung. Klimaanlagen)
1,1 Bakterien, Viren
1,2 chemische Kampfstoffe

1,3 konventionelle Waffen
1,4 A-Waffen (nur im Falle eines Rückzugs)

2. Invasion
2,1 Kommunikationssystem
2,2 medizinisch-psychologische Zentren
2,3 Trinkwasserspeicher
2,4 Nahrungsmittelversorgung
2,5 Verkehrswesen
2,6 Wissenschaft, Forschung
2,7 Regierungsstellen
2,8 Wohnbezirke

3. Abschluß
3,1 Analyse der praktizierten Steuerungsmechanismen. Übernahme
3,11 Aufrechterhaltung des Gleichgewichts
3,12 Transposition – Umstellung auf erweiterte Arbeitsebene
3,13 Angleichung an die vorgegebene Zielvorstellung
3,2 Analyse der soz. Modalitäten und Werteskalen
3,21 Transformation der Soziostruktur
3,22 Abbau traditioneller Widerstände
3,23 Umschulung – verbindliche politische Leitideen
3,24 Heranziehung einer linientreuen Elite
3,25 Besetzung von Schlüsselstellungen durch Einheimische (siehe 3,24)...

*

Ihre Aufgabe erschien leicht, wie alles leicht erscheint, wenn es erst einmal objektiviert worden ist.

Die Analyse.

Kommunikationsnetze. Vermaschte Systeme. Rückkopplungsmechanismen. Negativer feed back.

einfach zu entschlüsseln

Störgrößen

Regelgrößen
Stellgrößen
Führungsgrößen
Staaten sind adaptive Systeme. Zur Analyse ihres Verhaltens stellt die Regelungstheorie ein Instrumentarium mathematisch-formaler quantitativer Verfahren zur Verfügung, die besonders die Übergangsfunktionen, charakterisiert durch die Beziehungen zwischen der Eingangsgröße und der Ausgangsgröße eines Regelkreisgliedes, im Zeitablauf zu erfassen gestatten. Sind diese Relationen bekannt, so läßt sich das Stabilitätsverhalten eines Systems durch ein System von Differentialgleichungen beschreiben.

Die Unabhängigkeit des Reglers von der Ursache der Störung ermöglicht es in vielen Fällen, mit einem relativ einfachen Regelsystem von geringer Varietät eine große Vielfalt von Störungen zu bewältigen. Diese Tatsache beruht darauf, daß die Ursache-Wirkungsrelationen in einem System oft nicht ein-eindeutig, sondern mehr-eindeutig sind: Eine große Anzahl von Störungen bewirkt vielfach die gleiche Abweichung von einem bestimmten Sollwert. Der Regler, dessen Aufgabe es ist, diese Abweichungen zu kompensieren, erhält nur auf dem Umweg über den Ausgang des Systems Informationen darüber, daß irgendeine Störung eingewirkt hat, die eine Veränderung des Ausganges zur Folge hatte. Seine Varietät braucht daher nicht größer zu sein als die der Abweichung des Ergebnisses vom Sollwert.

Ein rückkopplungsgesteuerter Regler wirkt darüber hinaus auch Störungen entgegen, deren Ursache unbekannt ist. Dadurch wird es einer Organisation möglich, mit Problemen fertig zu werden, die sie selbst nicht kennt. Aufgrund dieser Eigenschaft können auch äußerst komplexe Systeme durch rückkopplungsgesteuerte Regler beherrscht werden. Ein gutes Beispiel hierfür ist ein Staat: Ein Staat besteht aus Menschen und Sachmitteln. Er verfolgt sein Ziel in einer Umgebung, deren Veränderungen durch andere Staaten oder sonstige menschliche Aktivitäten weitgehend bestimmt werden. Der Mensch selbst ist ein äußerst komplexes probabilistisches System: Seine Handlungen sind nicht determiniert, seine Motive nicht durchschaubar. Weiterhin verfügen Menschen über unterschiedliche Eigenschaften, die keine einheitliche Beschreibung zulassen. Staat und Mensch funktionieren als gegengekoppelte Systeme. Weder die Transformationen der Umwelt noch die der Staaten selbst sind mit Sicherheit vorauszusehen. Dennoch ist es möglich, eine solche Organisation mit Hilfe eines komplizierten Systems von Rückkopplungskreisen zu kontrollieren.

Kein System entzieht sich der schematisierten Erfassung.

Kein System kann sich der Quantifizierung widersetzen.

Kein System bricht aus dem generellen Schema aus.

Signifikante Fragen zur Intendierung von Lösungen.

Kriterien für die funktionalen Typstrukturen.

Welche kommunikativ gekennzeichneten Gruppierungen sind abhebbar?

Wieviel Freiheit ist an Teilorganisationen delegiert?

Welche relevanten Handlungsalternativen sind eingeräumt?

Welche positiven Anreize für eine Identifizierung der individuellen Ziele mit den Organisationszielen sind vorgesehen?

Wurde eine konfliktfreie Zielhierarchie entwickelt?

simple Ja-Nein-Antworten

statistische Gewichtungen

funktionale Relationen

algorithmische Formulierung

Plangleichungen

Flußdiagramme

Vektorfelder

Graphennetze

Motivationsräume

stochastische Zuordnung

Reiz-Reaktionsketten

Programme

Was folgt, ist Routine. Jeder an seinem Platz. Anzapfen von Leitungen. Aufbrechen von Codes. Einschaltung. Sukzessive Abwandlung der Signalreihen. Fiktivsituationen. Modulation der Akzente. Transposition der Werteskala –

audiovisuelle Information
unterbewußte Reize
kybernetische Pädagogik
ästhetische Programme
psychologische Verstärker
Ablenkung auf Sekundärebenen
psychogene Unterdrückung
Angebot irrelevanter Freiheitsgrade

Jeder Schritt erfolgt unter Kontrolle. Auswirkungen werden festgestellt, Resultate gehen als Parameter in die folgenden Aktionen ein. Die Redundanz ist hoch. Störungen werden bewältigt. Unsicherheiten ausgeschaltet. Die Strategie ist erprobt. Die Funktion zuverlässig. Die Umschulung bereitet keine Schwierigkeiten, die Umstellung erfolgt freudig, der Eifer zur Beseitigung alter Strukturen ist beträchtlich – das sind die Erfahrungen früherer Aktionen, es kann sein, daß die adaptive Phase da etwas länger, dort etwas kürzer ist, daß Anpassungsschwierigkeiten auftreten, Instabilitäten, unvorhergesehene Varietäten, aber all das beeinflußt den Ablauf der Schritte kaum, beeinträchtigt den Effekt wenig, verhindert nicht, daß die Eingliederung zügig und endgültig vollzogen wird, und somit ist festzustellen, daß die Chancen künftiger Aktionen noch höher liegen als die aller bisherigen. Praktisch liegen sie bei 100 Prozent.

Am nächsten Morgen weckte sie die Alarmsirene.

Als sie aus dem Zelt liefen, standen einige Männer auf der Anhöhe hinter dem Lager und hatten etwas entdeckt.

Es war ihnen als eine Art Schienenstrang erschienen, was dort in Windungen, Achtern, Überhangkurven und Todeskehren eine Kalligraphie in den Streifen schrieb. Jetzt schoß etwas diese Bahn entlang, ein rotes lanzettförmiges Fahrzeug, auf vier Rädern, mit einer Art Heckanker ausgerüstet, der an einer Mittelschiene hing. Bei scharfen Kehren ging von dort ein Funkenregen aus. Der Wagen lag schief in der Bahn, schlitterte, nur vom Anker gehalten... fing sich, raste weiter. Die Luft war von einem metallischen Kreischen erfüllt.

Ein zweiter Wagen erschien, giftgrün, pfeilte über die Gerade, warf sich in die Kehre, verlangsamte schlagartig, beschleunigte, verschwand in einem Tunnel, schoß einen Berg hinauf...

»Der Alarm war überflüssig«, sagte Tibor. »Das gilt nicht uns!«

»Scheint so. Die kümmern sich gar nicht um uns. Sieht fast so aus, als stünden wir recht blöde da – wie Zaungäste.«

»Zu wenig Respekt vor uns Eroberern, nicht wahr?«

Es knackte, und die Stimme des Obersten erklang. »L 10/4: Gehen Sie mit Ihren Bemerkungen nicht über die allgemeine Frequenz, wenn Sie sie schon nicht unterdrücken können.«

Fast alle Soldaten hatten sich am Rande der Böschung angesammelt und blickten hinunter. Die Geschütze hatte man herumgeschwenkt und ihre Rohre hinunter auf die Rennstraße gerichtet. Die Automobile hatten sich aus dem Blickfeld entfernt, es war still geworden. Schon sah es aus, als wäre der Spuk beendet, plötzlich heulte es ohrenbetäubend auf, und ein ganzer Pulk von Fahrzeugen warf sich in die Schlängelbahn. Offenbar konnten sie die Fahrbahnen wechseln, denn, wie man sah, ging es zunächst darum, möglichst lang in den Innenkurven zu fahren. Das Feld zog sich allmählich auseinander, nur an der Spitze blieben einige Wagen eng beisammen.

»Was meinen Sie? Ist das wirklich so harmlos, wie es aussieht?« fragte der Oberst.

»Es scheint so. Aber eine sichere Antwort gibt es nicht.«

»Vielleicht ein Ablenkungsmanöver?«

»Unwahrscheinlich – aber möglich!«

Einige Posten hatten ihre Plätze verlassen und sahen dem Schauspiel zu. Der Major verteilte Strafpunkte und wies sie an ihre Plätze zurück. Sie gingen widerwillig.

Das Rennen war erregend. Es war dazu angetan, die Situation vergessen zu lassen. Einige Fahrzeuge wurden aus den Kurven getragen und gerieten auf den Seitenstreifen. Ein Aufschrei aus vielen Kehlen klang durch die Helmlautsprecher (so gefährlich es aber auch aussah – keines der Fahrzeuge kippte um, sie glitten nur beiseite und fuhren dann selbsttätig wieder auf die Bahn, um das Rennen fortzusetzen), und danach wurden Anfeuerungen laut, Bemerkungen, Rufe, und die Unteroffiziere mußten durchgreifen, auf Ordnung dringen, aber ohne den gewünschten Erfolg.

»Schaut! Der Oberst!« Diesmal hatte Josef die Wellenlänge eingeschaltet, auf der sie sich ungestört unterhalten konnten (eine Maßnahme, die kein Privileg war, sondern ihrer späteren Aufgabe dienen sollte).

Der Oberst hatte das Visier des Helms hinaufgeschoben und hob ein Fernglas an die Augen.

»Wenn er schon selbst demonstriert, daß er von den Schutzmaßnahmen nichts hält, dann wird er sie nicht mehr lange durchsetzen können!«

Der Offizier meldete sich wieder. »Ich glaube, wir sollten uns die Sache aus der Nähe ansehen. Vielleicht gibt es Gelegenheit, einen der Einwohner festzunehmen. Dan, Pavel und Josef, kommen Sie! Die anderen bleiben hier!«

Sie zogen los. Etwa zehn Mann, die der Oberst bestimmt hatte, schlossen sich an. Sie überquerten Spielfelder, kletterten über Dämme, stapften durch Flächen, die kniehoch mit weichem Sand bedeckt waren, und näherten sich der nächstgelegenen Bahnkurve.

»Da sind sie wieder, die schwarzen Stäbe!« rief Josef.

Er hatte recht, direkt in der Kurve standen einige nahe beisammen, einige reichten hoch hinauf, andere ragten nur ein wenig aus dem Sand heraus, und auch längs der Bahngeraden waren einige zu sehen.

»Eine Übertragungsanlage«, meinte Josef. »Fernsehen. Sie verfolgen das Rennen. Wahrscheinlich ist es ein großes Ereignis.«

»Ein großes Rennen ohne Publikum?«

»Auch bei uns gehen die Besucherzahlen zurück«, sagte Dan. »Es ist eine logische Folge guter Übertragungen. Niemand setzt sich noch ans Spielfeld.«

Aus dem allgemeinen Kanal drangen Rufe:

»Der Grüne liegt vorn!«

»Hat eine tolle Fahrt drauf!«

»Der Violette überholt ihn noch – was wetten wir!«

»Ich setz auf den Grünen!«

»Der Rote wird letzter«, sagte der Oberst. »Er liegt weit zurück!«

»Interessieren Sie sich für Autorennen?« fragte Sonja.

»Nein«, antwortete der Oberst. »Aber den letzten holen wir uns! Er kommt hier vorbei. Geht in Deckung!«

Er hatte recht. Die Kurve war nicht weit von der Zielgeraden entfernt. Die ersten Renner, die noch eng beisammenlagen und sich gegenseitig überholten, jagten jetzt heran.

Sie lagen hinter der Böschung, hörten das Heulen der wilden Jagd, ein Funkenregen sank auf sie nieder.

»Sie sehen uns trotzdem«, bemerkte Dan und deutete auf die schwarzen Stäbe.

»Keine Sorge«, antwortete der Oberst und gab seiner Mannschaft einige Anweisungen. Als sich die letzten Automobile näherten, zogen die Männer die Pistolen und mähten die Fernsehaugen um. Als der Vorletzte vorbei war, sprangen zwei auf die Fahrbahn und legten an der Mittelschiene der Innenbahn eine Tellermine. Als der letzte Wagen die Stelle erreichte, gab es einen Feuerschlag, das Fahrzeug wurde hochgeschleudert und aus der Kurve getragen. Es prallte gegen die Böschung, überschlug sich mehrmals und blieb liegen – es hatte ein Rad verloren, die rechte Wand war aufgerissen, die Vorderfront eingebeult. Doch es brannte nicht.

Die Soldaten rannten mit gezogenen Pistolen los, umzingelten das Fahrzeug. Sie näherten sich nun langsam, zwei sprangen vor und hoben das eingedrückte Dach ab. Es gab keinen Fahrersitz und kein Lenkrad – an dessen Stelle saß ein metallener Kasten, aus dem eine Drahtleitung lief. Sie führte zu einer Antenne, die jetzt völlig verbogen war. Sonst war der Wagen leer.

*

Ist Ihnen in diesen ersten Stunden im Innern der Stadt etwas aufgefallen – etwas Ungewöhnliches, irgendein Einfluß auf die Mannschaften oder auf Sie selbst?

Nichts Besonderes.

Wie war die Stimmung?

Gut.

Bei allen?

Ich denke, ja.

Hatte das ungewohnte Milieu nicht gewisse Auswirkungen?

Niemand hatte den Eindruck einer unmittelbaren Gefahr.

Aber es gab doch einige ungewöhnliche Ereignisse – zum Beispiel das Auftauchen der schwarzen Stäbe.

Ich glaube, daß alle Angehörigen der Vorhut sorgfältig ausgesucht und geschult waren. Sie hätten mit viel schlimmeren Dingen fertig werden können.

Wie erklären Sie sich dann die Disziplinlosigkeiten?

Vielleicht lag es daran, daß nichts geschah. Alle brannten vor Ungeduld, am liebsten wären sie in die Stadt einmarschiert. Aber es gab nur Langeweile, tatenloses Warten.

Als Dreizehnjähriger, während Ihrer Kadettenzeit, sind Sie einmal für drei Tage aus einem Ferienlager entwichen. Wissen Sie noch, warum?

Ich erinnere mich nur noch dunkel – ich glaube, ich hatte romantische Ideen, wollte ein ungebundenes Leben führen.

Die Angehörigen des Teams für Sonderaufgaben haben

sich eines Verstoßes gegen die Dienstordnung schuldig gemacht. Sie benutzten den allgemeinen Kanal, um sich über Dinge zu unterhalten, die nicht für die Mannschaften bestimmt waren.

Es ist nur einmal geschehen – ein Versehen.

Wirklich nur einmal? Könnte nicht vielleicht auch die Rundfunksendung, die Sie des Nachts abhörten, in die anderen Zelte übertragen worden sein?

Nein.

Auch nicht aus Versehen?

Nein... kaum... niemand hat etwas darüber gesagt. Auch nicht der Oberst.

Der Oberst hat an diesem Abend fest geschlafen.

*

»Fertigmachen für eine Erkundungsfahrt in die Stadt. Es nehmen teil: Transporter 1 und 3, ein Lafettenwagen und die Sonderabteilung. Alle anderen halten den Lagerplatz besetzt. Den Befehl hat der OvD.«

Die Fahrzeuge kamen gut voran. Nur selten mußten sie Hindernissen ausweichen, einmal einem Wasserbecken, einmal den Aufbauten eines Schießstandes. Das Gelände, so vorbildlich es angelegt war, machte einen toten Eindruck. Es gab keinen Baum und keinen Strauch, keine Grünfläche, man sah keinen Vogel und kein Insekt. Und nirgends ließ sich ein Mensch blicken.

Die Mauern der Gebäude rückten näher. Es zeigte sich, daß die Zwischenräume zwischen den einzelnen Blocks viel größer waren, als es von ferne den Anschein gehabt hatte – keine Schluchten, sondern steile Täler, terrassenförmig untergliedert. Während die Wandfläche selbst silbergrau schimmerte, hatten die Balustraden einen anthrazitfarbenen Ton. Es war nicht zu erkennen, wie man die höheren Stockwerke erreichen sollte, doch gab es am Fuße der Bauwerke quadratische Öffnungen, die ins Innere führten.

Die Kolonne blieb am Grund des Tals, in der Mitte der Straße. Die Ränder waren von Schienen gesäumt, auf denen in Abständen von etwa zwanzig Metern flache, elliptische Fahrzeuge standen, oben und vorne offen, mit zwei Sitzen nebeneinander.

Die Soldaten folgten der eingeschlagenen Richtung noch zehn Minuten, dann erreichten sie eine Querstraße. Sie fuhren geradeaus weiter bis zur nächsten Querverbingung und wieder zur nächsten. Sie bogen nach links, umrundeten den Block, erreichten die schon benutzte Straße wieder – es hätte irgendeine andere sein können, sie unterschied sich durch nichts von den übrigen.

Josef arbeitete am Peilgerät, er fing vielerlei Signale auf, Stimmen, die sangen, rezitierten, flüsterten, forderten, Musik, schläfriges Klingen, aber auch aufpeitschendes Trommeln, dazwischen immer wieder eine dunkle Männerstimme, die Anweisungen gab:

...Erheben Sie sich vom Boden
strecken Sie die Flügel aus
atmen Sie tief im Wind
lassen Sie sich treiben
Sie brauchen kein Ziel
lassen Sie zurück, was Sie belastet
eine Wolke nimmt Sie auf
eine Schale aus Wärme
eine Handvoll Sympathie
ein Hauch Vergessenheit
es gibt keine Vergangenheit
und keine Zukunft...

»Kannst du den Sender anpeilen?« fragte Sonja.

»Es nützt uns nichts – es dürfte viele Sendeantennen geben; wenn ich mich nicht irre, in jedem Block eine. Das sagt nichts darüber aus, wo die Zentrale ist.«

»Wie sollen wir weiterkommen?«

»Wenn es keine Menschen gibt, haben wir nicht viel zu

tun. Wir brauchen keine Nachrichten auszugeben und niemanden aufzufordern, sich unserer Ordnung anzupassen.«

»Wozu bin ich dann hier?« fragte Sonja.

»Wozu sind wir hierhergekommen?«

»Es ist nicht gesagt, daß es keine Menschen gibt. Wir waren noch nicht in den Gebäuden.«

»Warum sehen wir nicht nach?«

»Der Oberst ist vorsichtig, und ich glaube fast, er hat recht. Ist niemand hier, so haben wir keine Eile. Gibt es aber doch Menschen hier, so müssen wir auf alles gefaßt sein.«

»Es ist schwer, Geduld zu haben, wenn man das Unbekannte schon berührt.«

»Wir werden noch lange genug zu tun haben – länger als uns lieb ist. Ganz gleich, ob sie leben oder nicht: Wir werden ihre Technik erforschen, ihre Erfindungen kennenlernen, das System ihrer Steuerung, ihre Art zu leben – abgeschlossen von der Welt, in einem künstlichen Gehäuse. Woher beziehen sie ihre Energie, ihre Rohstoffe, ihre Nahrungsmittel? Wie haben sie sich entwickelt, körperlich, geistig?«

»Sollen wir hier Wissenschaft betreiben?«

»Wenn sich herausstellt, daß wir keine anderen Aufgaben haben, werden wir Wissenschaft betreiben.«

»Dann werden andere kommen, die das besorgen.«

»Wir sind darauf trainiert, die Situation schnell zu erfassen. Wir sind schneller als die anderen. Wäre das eine normale Stadt, so hätten wir innerhalb von Stunden wissen müssen, wie sie verwaltet wird, wo die mechanischen Schlüsselstellen liegen, wie wir die Bevölkerung auf unsere Seite ziehen können. Vielleicht brauchen wir nun nichts mehr zu unternehmen, trotzdem gibt es genug Probleme zu lösen.«

»Nur Sonja hat dann nichts zu tun.«

»Soll ich nach Hause gehen?«

»Nein, Sonja, du gehörst zu uns!«

*

Sie kehrten am Abend ins Lager zurück. Sie hatten nichts gesehen als leere Straßen, Wände ohne Fenster, einen Streifen künstlichen Himmels.

Die Mannschaften standen untätig umher, einige lungerten in der Umgebung herum. Viele hatten die Helme geöffnet. Der Oberst überwand seine Bedenken und gestattete offiziell, daß die Schutzanzüge abgelegt werden durften. Die Analysatoren hatten keine Spur von Keimen festgestellt, und niemand glaubte noch an geheimnisvolle Viren.

Als um 21 Uhr der Befehl zur Nachtruhe kam, waren die Mannschaften nicht müde, denn sie hatten wenig getan, und sie waren verdrossen, weil ihnen das wenige, das man ihnen befohlen hatte, als Schikane erschienen war.

Josef hatte die Empfangsgeräte wieder ins Zelt genommen und hörte einige Wellenbereiche ab.

»Wie soll es weitergehen?«

»Wir brauchen volle Bewegungsfreiheit, sonst kommen wir nicht weiter.«

»Morgen sehen wir uns die Häuser an, ob es dem Obersten recht ist oder nicht.«

Sie aßen, machten sich Notizen, überprüften einige Geräte. Dann gab es nichts mehr zu tun. Draußen war es hell, das Licht drang durch die Sichtschlitze ein und warf mehrfache Schatten.

»Haben wir nichts zum Verdunkeln – bei dieser verfluchten Festbeleuchtung kann ja niemand schlafen.«

Sie hefteten Silberfolien von den Frischhaltepackungen über die Luken. Es wurde finster, aber es kam keine Abendstimmung auf. Verdrossen legten sie sich auf ihre Gummimatratzen, zogen die Decken über.

»Mach Musik, Josef!«

Der Singsang der langgezogenen, auf- und abschwellenden Laute erfüllte die Enge, und allmählich versank die Wirklichkeit und gab einer wohligen Mattigkeit Raum.

Dann drang wieder eine Stimme durch die Musik, diesmal eine weiche Frauenstimme, dunkel, vibrierend:

…das ist die Stunde der Zärtlichkeit
die Stunde der uralten Spiele
seid gut zueinander
macht eure Wärme zum Geschenk
laßt eure Hände wandern
geht auf die Suche mit den Lippen
glättet das feuchte Haar
kühlt die heiße Haut
horcht in das Dunkel hinein
hüllt euch in den Mantel des Vergessens
die Süße liegt im Verborgenen
sucht sie, sucht sie…

Dan drehte den Kopf und sah zu Sonja hinüber. Sie blickte ihn mit großen Augen an. Er streckte den Arm aus, und sie kam ihm entgegen. Seine Lippen berührten ihre Stirn, ihre Augen, die Wangen, den Mund. Unter seiner Hand fühlte er ihre Schulter. Er streichelte sie, fuhr die glatte Haut entlang. Es war still, bis auf verhaltene Atemzüge, bis auf die leise Musik, die Stimme aus dem Lautsprecher.

Dan zögerte noch. Einen Augenblick lang beobachtete er alles gleichsam von außen, wie alle Grundsätze zerfielen, alle Bedenken zerflossen. Er wurde seltsam leicht, er schwebte. Die Welt war dunkel, er sah nichts, alle seine Sinne konzentrierten sich auf das Gefühl. Ein Strudel erfaßte ihn, und er ließ sich treiben.

Sonja küßte ihn, und er küßte sie. Sie verhielten sich lautlos und bewegten sich nicht, lange Zeit. Aus dem Hintergrund, durch einen Vorhang von Schatten, flüsterte die Stimme auf sie ein. Als sie am nächsten Morgen erwachten, lagen sie nebeneinander, und doch waren sie meilenweit voneinander entfernt. Sie verstanden nicht, was geschehen war, vielleicht war es ein Traum gewesen, und vielleicht hatten alle dasselbe geträumt.

Kurz darauf meldete sich der Oberst über Funk. Es gäbe etwas zu sehen.

Sie stiegen den Hang hinauf, erreichten den Weg, den sie zwei Tage zuvor gekommen waren, überwanden den Steilhang zur Rampe. Von hier aus konnten sie die oberste Einebnung überblicken, den untersten Streifen der Kunststoffwand... Von der Öffnung, die sie gesprengt hatten, war nichts mehr zu sehen.

Die Wand war glatt, nebelhaft durchsichtig wie zuvor, draußen dehnte sich die endlose Ebene.

»Wir sind eingeschlossen.«

»Seit wann? Haben die Posten nichts bemerkt?«

»Nein. Es muß heute nacht geschehen sein. Gestern noch waren einige Männer hier oben; sie versichern, daß die Öffnung noch bestand.«

»Was werden Sie tun?«

»Behalten Sie es vorerst für sich. Es könnte Unruhe verursachen. Ich nehme die Sache nicht tragisch. Wir können jederzeit wieder sprengen. Wenn es sein muß, sprenge ich die ganze Kuppel in die Luft.«

*

Er spürte noch den Druck der Elektroden auf der Haut seiner kahlrasierten Schläfen, die Striemen des Pulsschalldetektors am Handgelenk.

Zuerst war er zufrieden gewesen, dann gereizt, dann beunruhigt... es schien sich nicht um eine einfache Verzögerung zu handeln, um eine Verschiebung im Zeitplan – jetzt war er sicher, daß sie irgend etwas vermuteten, einen Verdacht hatten. Die Fragen nach Stimmung, Disziplin, Allgemeinbefinden legten es nahe. Suchten sie nach einem Schuldigen? Wollten sie ihn bestrafen? Dachten sie an eine Meuterei? Hielten sie ihn für den Rädelsführer? Sollte er etwas zugeben, eingestehen, nur um endlich herauszukommen? Aber was?

Er verschwieg nichts, wußte nicht, was er hätte verschweigen sollen. In den ersten Tagen hatte er versucht, Privates für sich zu behalten. Jetzt besaß er längst nichts Privates mehr. Sie merkten es sofort, wenn er etwas verschwieg, und der Arzt hatte ihm einige Male Injektionen gegeben.

Er schüttelte sich. Nicht, daß einem übel wurde, das Völlegefühl im Magen war zu ertragen. Das Unerträgliche war dieser Zwang zu reden. Er hörte sich selbst zu, erstaunt, verwirrt, beschämt, was sich da in ihm formulierte, Dinge, die er von sich selbst nicht wußte, sich nicht eingestand. Es war, als hätte etwas in ihm eine teuflische Freude daran, die intimsten Gefühle zu offenbaren, sie auszuarbeiten, darin zu wühlen. Dabei war er nicht einmal sicher, ob alles stimmte, was er da von sich gab. Könnte es nicht sein, daß dieses willenlose, willfährige Ich in ihm Geschehnisse erfand, nur um die Zuhörer zufriedenzustellen?

Er hätte sein Erlebnis mit Sonja gern für sich behalten. Es hatte nichts mit den weiteren Geschehnissen zu tun, betraf nur sie beide. Sie hatten nie davon gesprochen, waren mit keiner Andeutung, keiner Geste darauf zurückgekommen.

Er hatte versucht, zu schweigen, aber als der Arzt mit der Spritze kam, hatte er geredet. Vielleicht hatte er Angst, zu viel zu sagen, mehr, als wirklich gewesen war. Er hatte von Sonja gesprochen, und zwanzig Sachverständige hatten zugehört, Notizen gemacht, Tonbandaufzeichnungen. Der Arzt hatte weggesehen, das blonde Mädchen gelacht. Wo war sie jetzt? Beobachtete sie ihn durch ein Loch in der Wand?

Er hatte alles erzählt, als ob es wirklich geschehen wäre, und war sich doch nicht sicher.

Und selbst wenn es stimmte, so bedeutete es nichts. Er war überzeugt, daß sie ihn nicht geliebt hatte, sie hatte keinen von ihnen geliebt. Es war eine Geste des Vertrauens, der Zusammengehörigkeit gewesen, vielleicht aus einem Gefühl der Einsamkeit heraus, und dazu die schmeichelnde Musik, die fordernde Stimme...

Doch das alles konnte doch nicht der Grund dafür sein,

daß man ihn hier festhielt – es war keine Verletzung der Dienstordnung, um derentwillen man zwanzig Offiziere bemüht.

Was war es? Wußte es die blonde Krankenschwester? Er stand auf und trat an die Tür ihres Zimmers.

Wenn sie es mir nicht verraten will, so prügle ich es aus ihr heraus, nahm er sich vor.

*

»Ich gebe Ihnen einen Wagen und zehn Mann als Begleitschutz«, sagte der Oberst. »Den Befehl hat Leutnant Roszanue. Er steht Ihnen zur Verfügung. Sie können sich frei im Gelände bewegen, ich lege Ihnen keinerlei Beschränkungen auf. Ich bitte Sie nur um Vorsicht. Wir bleiben in Funkverbindung. Halten Sie mich auf dem laufenden. Viel Glück!«

Eine halbe Stunde später befanden sie sich an der Gebäudefront, auf der Suche nach einem Eingang. Es sah so aus, als ob es im Parterre keine Eingänge gäbe, und sie stiegen vom Wagen, um sich zu Fuß umzusehen. Die Soldaten blieben bei den Fahrzeugen.

Um an das Gebäude heranzukommen, mußten sie den Weg überqueren, in dessen Mitte die Führungsschiene für die kleinen zweisitzigen Wägelchen lag. Als sie sich näherten, setzten sich die Fahrzeuge in Bewegung. Auf der einen Seite des Mittelstreifens ging es nach links, auf der anderen nach rechts, in flottem Tempo, lautlos, ein Wagen hinter dem anderen.

»Wollen wir fahren?« fragte Tibor.

»Wo ist die Haltestelle?«

»Vielleicht hier?« Josef berührte einen Metallpfahl, einen von vielen, die die Schienenbahn in regelmäßigen Abständen säumten. Zuerst war keine Reaktion zu sehen, doch dann beschleunigte eine herankommende Sitzgondel ihr Tempo, rückte an die vordere auf, hielt dann vor der Rufsäule, blieb stehen, bis der nächste Wagen herankam, setzte sich in Bewegung, beschleunigte und nahm weiter vorn den Mittelplatz zwischen ihren Nachbarn wieder ein.

»Du hättest Zeit genug zum Einsteigen gehabt!«

»Wollen wir es versuchen?«

»Haben wir nichts Besseres zu tun?«

»Es ist gleichgültig, wo wir ansetzen; warum nicht hier? Ich wette, wir lernen eine Menge.«

Josef hatte die Kontaktscheibe wieder niedergedrückt. Das Schauspiel von vorher wiederholte sich. Josef stieg ein, setzte sich, Greg folgte ihm. Schon fuhren sie ab.

»Kommt ihr mit? Oder bleibt ihr da?«

»Wir sollten uns nicht trennen!«

Zehn Minuten später beherrschten sie ihr neues Fortbewegungsmittel. Es gab eine Kontaktscheibe an der Seitenwand, einen Schalter, der die Gondeln zum Halten brachte. An den Kreuzungsstellen ging es normalerweise geradeaus, doch konnte man auf eine Querschiene einschwenken, wenn man einen Hebel nach rechts oder nach links stellte. Von dieser Querschiene wechselte dann ein Wagen auf die Schiene der ursprünglichen Richtung, so daß die Fahrtordnung beibehalten blieb. Verließ man die Bahn und auch den daran anschließenden Wegstreifen, so hielt die Kette der Fahrzeuge an.

»Das System ist idiotensicher«, sagte Pavel. »Ich wette, der Zugang zu den oberen Etagen ist ähnlich leicht.«

Sie waren einige Male um den Block gefahren, an den Soldaten vorbei, die ihnen zweifelnd nachsahen. Dann hatten sie eine Erkundungsfahrt gegen das Zentrum gemacht, ohne etwas entscheidend Neues zu finden.

»Versuchen wir es! Ich glaube nicht, daß wir uns in Gefahr begeben.«

Sie hatten keinen Leiter, sie waren ein Team ohne Befehlshierarchie, gerade von der richtigen Größe, um funktionsfähig zu sein. Jeder konnte das Kommando übernehmen, wenn es um Fragen seiner Spezialfächer ging, aber selbst dann erteilte niemand Befehle. Normalerweise gab es nur

Vorschläge, denen alle folgten oder, wenn es einen triftigen Einwand gab, auch nicht.

Jetzt gingen sie die Gebäudefront entlang, und es war nicht schwer, einen ähnlichen Kontaktschalter zu finden wie jenen für die Gondelbahn. Er befand sich in einer Vertiefung an der Mauer, um ihn herum im Boden eine leichte Rille, die im Rechteck herumlief.

»Stellt euch hier herein!« Josef drückte den Schalter nieder – aus der Rille erhob sich eine Glaswand, schloß sie ein, der Boden hob sich, und sie fuhren in einer durchsichtigen Kabine schräg aufwärts. Die Straße fiel unter ihnen zurück, die gegenüberliegende Mauerfront entfernte sich. Plötzlich hielten sie sanft, die Glaswand versank im Boden, sie standen auf einer Terrasse, vielleicht 100 Meter hoch, ein hüfthohes Geländer schirmte sie ab.

»Hast du uns gestoppt?«

»Ja, ich habe den Mechanismus ausprobiert. Er ist ganz einfach: unter diesem Plättchen erscheinen Leuchtziffern – man drückt darauf, und der Aufzug hält. Wollt ihr noch höher?«

»Nein! Sehen wir uns um!«

Es war eine einfache Eingangsöffnung ohne Tor oder sonstige Sperre. Sie führte in einen langen Korridor, der geradeaus ins Innere lief, von einem Lumineszenzstreifen an der Decke diffus beleuchtet – nicht sehr hell, aber ausreichend. Er war völlig leer, auch Türen waren nicht zu bemerken. Sie folgten ihm mehrere Minuten, das Tageslicht versiegte hinter ihnen, bis nur noch ein helles Quadrat zu sehen war. Da endete die gerade Strecke, ein Quergang führte nach links und rechts.

»Gehen wir weiter?«

»Was sonst?«

»Werden wir zurückfinden?«

»Kein Problem.«

»Besser, wir markieren den Weg.«

Greg zog einen Filzstift aus der Jackentasche und zeichnete einen Pfeil auf den makellos sauberen Boden.

Sie wandten sich nach links.

Ein leichter, warmer Luftzug war zu verspüren, der aus dem Inneren kam.

»Eine Ventilation.«

»Dieses Riesengebäude muß eine Klimaanlage besitzen.«

»Hört ihr nichts?«

Sie lauschten.

»Es kommt von hinten!«

»Nein, von vorn.«

Plötzlich ein lauteres Geräusch, ein Kratzen und Winseln. Tibor spurtete los, bis zu einer Gangkreuzung. »Da war ein Mensch!«

Die anderen rannten ihm nach. Der Gang war leer.

»Wo ist er?«

»Dort vorn... verschwunden!«

»Hast du dich nicht getäuscht?«

»Sicher nicht!«

»Sehen wir nach!«

Wieder zeichnete Greg einen Pfeil auf den Boden.

»Seht, ich habe recht gehabt!«

Wieder eine Gangmündung, diesmal schmaler, niedriger.

»Hier muß er untergetaucht sein.«

»Hat er dich gesehen?«

»Ich weiß es nicht, sah ihn nur von hinten.«

Wieder ein kaum vernehmbares Wischen.

»Das kam bestimmt von hinten!« Sonja lief zurück. Dan folgte ihr. Die anderen blieben unschlüssig stehen.

Die beiden standen wieder an der Kreuzung. Nichts zu sehen. Leere Gänge in drei Richtungen.

»Da! Der Pfeil ist verschwunden!«

»Kommt her!«

»Da muß es gewesen sein!«

»Greg, weißt du noch genau, wo du den Pfeil hingezeichnet hast?«

»Hier.« Er kniete am Boden, suchte nach einer Spur.

Nichts.

»War jemand hier?«

»Wieder ein Automat? Eine Art Reinigungsdienst vielleicht – Boden und Wände nicht beschmutzen! Das wird es sein!«

Sonja gab einen flüsternden Laut von sich, packte Pavel, der neben ihr stand, am Arm. Jetzt sahen auch die anderen: Auf einem Rollstuhl näherte sich eine Gestalt, glitt vorbei, unwillkürlich wichen sie zurück. Das Gefährt mit seiner Last verschwand hinter einer Ecke.

Greg faßte sich zuerst, rannte hinterdrein, prallte zurück – vor ihm war eine Wand heruntergegangen.

*

Es stand also fest, daß es noch Menschen in der Stadt gab.

Ja.

Warum haben Sie den Mann mit dem Rollstuhl nicht aufgehalten?

Er fuhr nicht besonders schnell. Wir hätten ihn leicht eingeholt. Wir wollten wissen, wohin er fuhr.

War das wirklich Ihre Überlegung gewesen? War es nicht vielmehr die Überraschung? Oder wollten Sie ihn schonen?

Wir waren überrascht. Es kam unerwartet. Wir hatten keinen Grund, ihn zu schonen, aber auch keinen, ihn zu verletzen.

Hat jemand eine Waffe gezogen? Es hätte sich um einen Angriff handeln können.

Ich kann mich nicht erinnern... ich glaube nicht... doch: Sonja hielt eine Pistole in der Hand.

Sie schoß nicht.

Nein.

Hat sie jemand daran gehindert?

Nein. Es gab keinen Grund zum Schießen.

Was haben Sie nach der Begegnung unternommen?

Wir haben die Sperre, die heruntergelassene Wand, untersucht.

Das Ergebnis?

Massiver Kunststoff.

Zu massiv, um ihn aufzusprengen?

Kaum.

Warum haben Sie nicht gesprengt?

Wir konnten es später immer noch tun.

Können Sie Lärm gut vertragen? Erschrecken Sie bei einem plötzlichen Geräusch?

Lärm macht mir nichts aus, auch kein überraschender Schuß.

Was geschah dann?

Wir sind auf dem schnellsten Weg zum Lager zurückgekehrt.

Eine Flucht?

Die Konsequenz logischer Überlegungen. Wir mußten die Nachricht weitergeben.

Warum nicht per Funk?

Die Verbindung war unterbrochen. Nein, wir mußten zurück. Die Kameraden waren ahnungslos...

...und benahmen sich leichtsinnig.

Alles sah unbedenklich aus.

Zwei Tage ohne Feindberührung berechtigen nicht zum Leichtsinn. Die Männer haben sich ohne Erlaubnis vom Lager entfernt, sie haben die Sportanlagen benützt. Einige sind bis zur Gondelbahn vorgedrungen und haben Vergnügungsfahrten unternommen.

Darauf hatten wir keinen Einfluß.

Die Soldaten haben – trotz Verbots – stadteigene Sender abgehört.

Möglich.

Wie wurden ihnen die Wellenlängen bekannt?

Es waren die üblichen Wellenlängenbereiche, die auch wir benützten. Man brauchte nur an den Knöpfen zu drehen.

Und die Modulation?

Sie hatten einen Sender gefunden, der unsere Art der Modulation benützte.

Sie waren ihm nicht freundschaftlich gesinnt, das stand fest, sie sahen keinen Helden in ihm, sie versuchten, ihn zu überführen... Verrat, Sabotage, fehlerhaftes Verhalten...

Doch er hatte keinen Fehler gemacht – keiner des Teams hatte sich falsch verhalten. Sie alle waren dem Plan gefolgt, hatten so gehandelt, wie sie es gelernt hatten, waren nicht abgewichen, hatten sich keine eigenen Gedanken erlaubt, kein Ausbrechen aus dem Schema der bedingten Befehle... und doch – sie hatten ihr Ziel nicht erreicht. Ihr Wissen, ihre sorgfältig übertragenen Kenntnisse, Zehntausende von Daten, Verfahren, Lösungswege hatten nichts genützt. Nicht, daß sie sie falsch angewandt hatten – sie waren gar nicht dazu gekommen, sie anzuwenden. Sie hatten so gehandelt, wie man es ihnen eingedrillt hatte, und gerade deshalb falsch gehandelt. Lag der Fehler in der Wissenschaft oder in der Technik? Mußte er alles durchforschen, was er gelernt hatte, um ihn zu entdecken? Stimmte die Mathematik nicht, die Logik, die Kybernetik? Lag es an falschen Daten, an Approximationen, an Fehlergrenzen, an unerlaubten Verallgemeinerungen? Lag es in einem Irrtum, an einer Gedächtnislücke, an einem Übertragungsfehler, an einem mangelhaften Code? Lag es im Prinzip – in der Anwendbarkeit, an der Übertragbarkeit, an der Deutung? Lag es am Menschen oder an der Maschine?

Sie hatten sich mehrfach gesichert.

Theorie.

Experiment.

Zahllose Berechnungen, zahllose Versuche.

Das Durchspielen im mathematischen Modell. Die Simulation. Der Test. Vortäuschung der Wirklichkeit. Übung am realen Objekt.

Entscheidungssimulationen machen die strategische Grundproblematik deutlich. Umgekehrt dienen sie der gruppendynamischen Untersuchung des ausgewählten Teams.

Während der Simulation wird das Verhalten der Teammitglieder untereinander, ihre Einstellungen, Spannungen,

Bedürfnisse und Kommunikationen, untersucht. Das Ergebnis bildet die Grundlage für die Aufstellung eines Persönlichkeitsmodells. An diesem werden weitere, durch Tests nicht erfaßbare Situationen und Konstellationen durchgespielt.

Jede Gruppe erarbeitet ihre Kriterien selbständig, bestimmt ihre Ziele und Präferenzordnungen. Im Laufe des Versuchs revidiert sie ihre Kriterien nach partiellen Optimierungen und sequentiellen Lernprozessen –

Mathematik
Logistik
Semiotik
Informationstheorie
Codierungstheorie
Boolesche Algebra
Automatentheorie
Theorie adaptiver Systeme
Regelungstheorie
Spieltheorie
Systemkomplextheorie
Organisationskybernetik
kybernetische Pädagogik
Theorie der Beeinflussung
Regierungstheorie –

geschlossene Denkmodelle, logische Abhängigkeiten, kausale Erklärungen, Wechselbeziehungen und Kreisrelationen, das Weltbild hat sich geschlossen, die Übersicht ist lückenlos, die Wissenschaft ist unteilbar, ihre Aussagen sind unwidersprüchlich formulierbar, allumfassend praktikabel...

Wo lag der Fehler?

Nicht in den Praktiken, Routinen, Denkweisen, nicht in den wissenschaftlichen Methoden. Energetische und informationelle Größen. Physikalische, biologische, soziologische Systeme. Die Modelle sind allgemeingültig, die Theorie operiert auf höchster abstrakter Ebene, die Schemata sind beliebig einkleidbar, die Schlüsse zwingend, die Resultate übertragbar. Es gibt keine verborgenen Parameter, keine Unschärfen, keine singulären Stellen, der Anwendungsbereich ist unendlich – die Gültigkeit universell. Das Unbekannte ist vorweggenommen –

das leere Schema mit Daten füllen
ins Konkrete gehen
Konstanten bestimmen
Meßwerte einlesen
Realität als Variationsproblem
optimieren
maximieren
Wendepunkte bestimmen
numerische Lösungen suchen
Zeichenreihen
Listen
Zuordnungen
die Wirklichkeit als Spezialfall des Denkbaren

Vielleicht lag hier der wunde Punkt? Das Spektrum der Möglichkeiten, das realisierte Weltmodell, der Zusammenhang nicht ein-eindeutig, das Einzelne liegt dem Unendlichen eingebettet, das Unendliche läßt stets noch Varianten zu. Der Schluß vom Allgemeinen aufs Spezielle? Irrtum der Philosophie?

Ihr System war eine stabile Lösung des Problems, aber es war nicht die einzige, es gab andere. Dann aber taugte das Argument der Stimmigkeit nichts mehr, oder es galt ebenso für jede andere Lösung, aber nur eine konnte die beste sein, aber welche Kriterien zur Wertung heranziehen, der Katalog der Kriterien war erschöpft, gab es andere, aber in welchen Bereichen, dann verlor ihre Lösung den Rang einer Zielvorstellung, dann waren andere Realisationen gleichwertig, und die Sicherheit, die bisher den vieldimensionalen Raum der gesellschaftlichen Fragen als Koordinatennetz durchzogen hatte, erwies sich als leeres Schema.

Ideologie ist wissenschaftlich nicht begründbar.

Dan bewegte sich nicht, als sich dieser ketzerische Gedanke in ihm festkeilte, aber er war sich der Bedeutung bewußt. Er erschrak, als er erkannte, daß ihm unter den Schlußfolgerungen, die seine Einsicht erbrachte, zuerst jene auffielen, die ihn ganz persönlich betrafen. Plötzlich sah er sich in den Zustand des Privaten zurückgeworfen. Hatte er bisher noch annehmen dürfen, daß jeder seines Teams, dessen Teil er war, in ähnlichen Situationen ähnlich gedacht hätte, so war er nun aus ihrer Vorstellungswelt ausgebrochen, war geflohen, hatte sich der Verantwortung entzogen, hatte versagt. Er bewegte sich in Regionen, in die ihm niemand folgen konnte, und wäre ihm ein anderer vorangegangen, so hätte selbst er ihn verachtet. Jetzt war er endgültig allein, und er schämte sich, weil es ihm wie Verrat vorkam.

*

Der nächste Schritt war genau geplant. Der Oberst hatte darauf bestanden, daß sie nichts ohne den Begleitschutz einiger Soldaten unternahmen. Sie sollten sich nicht zu weit ins Stadtinnere vorwagen, sondern möglichst im Randgebiet in ein Gebäude eindringen und versuchen, mit den Bewohnern Kontakt herzustellen.

Sie benützten den Lift, fuhren zur ersten Etage. Zunächst trachteten sie, einen Überblick zu gewinnen. Ein Meßtrupp legte einen Plan an, was mühsam war, weil der Kompaß ausfiel. (Die Magnetnadel wich in irregulärer Weise von der Nord-Süd-Richtung ab. Sie nahmen die Frontlinie als Bezugskoordinate und behalfen sich mit Bogenmaß und Entfernungsmesser.) Eine Art Hauptgang lief in einem Sechseck um das Gebäude herum, nach außen und innen zweigten Nebengänge ab, die blind endeten. Von diesen wieder führten kurze Gangabschnitte zur Seite, in denen es Einschnitte gab, hinter denen man Türen vermuten durfte.

Nun zögerten sie nicht mehr, sondern nahmen sich die erste vor. Rechts und links postierten sich die Soldaten mit erhobenen Waffen. Tibor untersuchte die Tür, fand aber weder Klinke noch Schlüsselloch.

»Sollen wir mit Gewalt eindringen?«

»Warum nicht klingeln?«

»Hältst du das für eine Klingel?« Greg deutete auf einen Milchglasstreifen neben dem Türrahmen.

»Was soll es sonst sein?«

»Wir werden sehen!« Dan drückte leicht darauf. Prompt erschienen darunter rotleuchtende Schriftzeichen.

»Was bedeutet das?«

Greg antwortete. »Es scheint mir eine Abkürzung zu sein, und ich wage sie zu deuten: Es heißt, bitte nicht stören!«

»Sollen wir darauf Rücksicht nehmen?« Sie versuchten es bei einer Tür nach der anderen. Erst im nächsten Gangabschnitt kam eine andere Reaktion. Ein grüner Schriftzug erschien, und zugleich glitt die Tür beiseite. Zwei Soldaten sprangen mit erhobenen Waffen vor, doch der erste Blick ins Innere ließ sie mitten im Sprung innehalten; sie blieben wie angewurzelt stehen. Die anderen schreckten verblüfft zurück: Vor ihnen lag ein Abgrund, tief unten glitzerndes Wasser, ringsherum blauer Himmel, am Horizont violett gesäumt, darüber etwas dunkler, am Zenit samtig schwarz, vor diesem dunklen Hintergrund frei schwebend, ein Spiel leuchtender Kugeln, grün, gelb, orange, dann wieder rosa, purpur, braun, von silbernem Gespinst überzogen, das unruhig über die bunten Flächen lief, dabei zerriß, dunkelklare Farbovale freigab, sich an anderen Stellen wieder zusammenzog und schloß, sich wabenartig raffte, feine Netze bildete, erneut zerriß.

Der Schritt durch die Tür führte unmittelbar in den leeren Raum – leer bis auf eine schwebende Plattform, auf der ein dickgepolsterter Liegesessel stand, darauf ruhte ein Mensch, ein Mann; hohe Stirn, weißes Haar, braunes, junges Gesicht. Er blickte nach oben, offenbar in die Betrachtung des Spiels der bunten Blasen versunken.

Dann schien er zu merken, daß etwas Ungewöhnliches vor sich ging. Er richtete sich auf, wobei die Lehne an seinem Rücken blieb, streckte die Hand zu einem Schaltkästchen aus, das sich ihm automatisch entgegenbewegte und ließ seine Finger kurz über einige Tasten spielen. Mit einem Schlag verblaßten die Farben der Kugeln, das Blau des Himmels, das Grün des Meeres, und aus der Zeichnung der Konturen, die zuletzt noch übrigblieb. traten graue, geperlte Wände, leicht gekrümmt, statt Kanten Rundungen, die Decke eine flache, ebenfalls graugeperlte Kuppel, der Boden dunkelgrau gefasert.

Der Mann blickte sie irritiert an.

»Was hat das zu bedeuten? Wo ist Gilbert?«

Sie traten zögernd ein, Greg voran, dann Pavel, dazwischen schoben sich die Soldaten, die andern drängten nach.

»Verlaßt den Raum! Wer seid ihr?«

»Verzeihen Sie«, sagte Greg. »Wir haben nichts Böses im Sinn. Nur einige Fragen!«

»Kommen Sie von der Regeneration? Es ist noch zu früh.«

»Beruhigen Sie sich«, bat Greg. »Wir...«

»Das ist eine Ungeheuerlichkeit. Verlaßt den Raum – unverzüglich!«

Seine Hand bewegte sich auf dem Manual. Den Männern wurde schwarz vor den Augen.

Als sie erwachten, lagen sie draußen auf der Terrasse, einer neben dem andern. Es war ihnen nichts geschehen. Sie wurden unvermittelt hellwach, hatten keine Kopfschmerzen, verspürten keine Müdigkeit.

»Wir sind zu plump vorgegangen«, sagte Pavel. »Wir haben ihn erschreckt.«

»Jeder hätte Angst bekommen. Für ihn sind wir Fremde.«

»Er hatte keine Angst.«

»Was dann?«

Pavel hob die Schultern. »Ärger, würde ich sagen. Empörung. Es war keine Schreckreaktion. Er fühlte sich nicht bedroht – bis auf einen Moment – als er von der Regeneration sprach, da war ein Anflug von Angst in seiner Stimme.«

»Er hat offenbar jemand anderen erwartet.«

»Ja, darum ließ sich die Tür öffnen.«

»Und die bunten Kugeln?«

»Vielleicht ein Experiment?«

»Ein Spiel.«

»Das eher.«

»Projektion – oder Fernsehen.«

»Hohe Qualität. Völlige Vortäuschung der Wirklichkeit.«

»Ich habe im ersten Moment auch geglaubt, wir befänden uns in luftiger Höhe.«

»Es gab keine Möglichkeit, die Täuschung festzustellen.«

»Mit etwas Logik...«

»Ins Zimmer treten...«

»Um keinen Preis wäre ich eingetreten.«

»Was nun?«

»Behutsamer vorgehen.«

»Nicht gleich mit einer ganzen Mannschaft.«

»Am besten einer allein.«

»Das Risiko...«

»Offenbar hat man nichts Böses mit uns vor, sonst hätte man uns nicht unverletzt hierhergebracht.«

»Wir können es riskieren: einer allein.«

»In Ordnung. Wer geht?«

*

Sie waren alle aus demselben Holz geschnitzt, hatten die gleiche Erziehung, waren zusammen geschult worden, waren aufeinander eingespielt, waren vertraut miteinander, verstanden sich ohne Worte, sprachen Zweifel freimütig aus, hatten keine Geheimnisse voreinander, waren ein Team, gehörten der Elite an, waren intelligent, reagierten rasch, hatten eine gute Auffassungsgabe, waren ein wenig schwerfällig, waren kaum aus der Ruhe zu bringen, wirkten langweilig, waren es auch, wirkten beherrscht, waren schlechte Unterhalter, sahen nicht aus wie Helden, taten selten etwas Überraschendes, hatten sich unter Kontrolle, waren aneinander gewöhnt, spotteten über ihre eigenen Schwächen, hatten einander wenig zu sagen, ergänzten sich, waren gesund, waren ohne Illusionen, waren normalsichtig, benahmen sich unauffällig, hatten niedrigen Blutdruck, waren ehrgeizig, waren nicht älter als 40, hielten zusammen wie ein Mann, hatten keine besonderen Kennzeichen, waren Nichtraucher, waren psychologisch getestet, übten verschiedene Sportarten aus, arbeiteten ausdauernd, hatten denken gelernt, waren anpassungsfähig, waren nicht vorbestraft, waren das Produkt jahrelanger Planung, waren der Stolz der Akademie, waren bereit zum Gehorsam, unterschieden sich kaum voneinander, konnten sich aufeinander verlassen, hatten ähnliche Werturteile, waren farblose Übermenschen, fühlten wie andere auch, waren gelegentlich schlecht gelaunt, hatten gepflegte Zähne, waren Experten auf Spezialgebieten – aber einander so ähnlich, daß es gleichgültig war, ob der eine mit dieser, der andere mit jener Aufgabe betraut wurde (vorausgesetzt, es handelte sich um eine allgemeine Aufgabe und nicht um eine spezielle, für die jeder einzelne besonders vorbereitet worden war), in solchen Fällen also dachten sie ähnlich, verhielten sich ähnlich, handelten ähnlich, und niemand hätte sie allein aufgrund dessen, was sie dachten, wie sie sich verhielten, wie sie reagierten, unterscheiden können.

Sie waren austauschbare Größen.

*

Wir setzten mehrmals dazu an, in die Wohnräume der Stadtbewohner einzudringen. Meist leuchtete die rote Schrift auf, und wir versuchten es bei der nächsten Türe. War man ausdauernd genug, hatte man bestimmt früher oder später Glück. Stets ging nur einer hinein, die andern warteten draußen – das hatten wir uns zur Regel gemacht.

Wir sammelten eine Fülle von Informationen, und doch enthüllten sie, geordnet und in Zusammenhang gebracht, nur einen Teil des Bildes, gewissermaßen den vordergründigen. Aber dieser Teil ist sicherlich wesentlich, er bestimmt den Sollwert des Regelkreises, der sich hier eingespielt hatte.

Natürlich besprachen wir die Ergebnisse eingehend. Wir legten möglichst präzise Gedächtnisprotokolle an, diskutierten ungewöhnliche Geschehnisse, versuchten Widersprüche aufzuklären. Viele Beobachtungen wiederholten sich, andere waren einmalig und nicht reproduzierbar.

Ich berichte – als Beispiel für viele – von einem eigenen Versuch, der gute Resultate erbrachte.

Ich fand eine Tür, die sich öffnen ließ. Nur ein Teil der Projektionswände war erleuchtet, etwa ein Drittel des Umfanges, der andere Teil halbverdunkelt. Oben, im Zentrum der Kuppel, schwebte ein Beleuchtungskörper, eine Lichtspindel, die einen weichen, gelblichen, fein gebündelten Strahl abgab. Später merkte ich, daß es nur eine Projektion war.

Das Bild auf der Sichtfläche zeigte ein kompliziertes Diagramm, farbige Linien, Pfeile, Kreise mit eingeschriebenen Ziffern, die mitunter wechselten. In einer Ecke eine Zeitanzeige, die offenbar im Zeitraffer lief.

Als ich eintrat, sah der Mann im Liegesitz kurz auf. Zur Bildfläche gewandt sagte er »Pause«. Die Zeitanzeige blieb stehen. Das Diagramm verblaßte, man sah in einen dämmrig erleuchteten Raum, es war wie ein Spiegelbild, derselbe Liegestuhl, ein Mann; zuerst meinte ich, in das Nachbarappartement zu sehen, aber es war eine Projektion, wer weiß, über welche Entfernung.

Der eine Mann sagte zum andern: »Fünf Minuten, wenn es dir recht ist?«

»In Ordnung.«

Das Bild verschwand, es wurde heller, ohne daß ich hätte sagen können, wodurch.

»Bist du einer der Fremden?«

»Ja.«

»Du hast Glück. Ich interessiere mich für Geschichte.« Er drückte eine Taste, und neben mich schob sich eine Liege.

»Bitte, setz dich. Du holst dir noch einen Muskeltremor. Ein Stärkungsbad?«

»Nein, danke.«

»Ich brauche einige historische Angaben. Die Schlacht bei Waterloo – ein Begriff?«

»Ja.«

»69052 Mann hatte Napoleon, 272 Kanonen, Blücher 74860, doch mir fehlen die Angaben über Wellington – 90000? oder 64000? Und wieviel Kanonen? 272 hatte Napoleon. Und Wellington? Kannst du die Daten besorgen?«

»Ich kann es versuchen.«

»Man hätte Wellington und Blücher den Weg abschneiden sollen. Die Geschütze auf der Hügelkette postieren. Dann wären die Verluste geringer gewesen. Ich habe es durchgerechnet. Napoleon hätte die Schlacht bei Waterloo gewinnen können. Was meinst du?«

»Ich weiß nicht recht.«

»Glaubst du mir nicht? Wollen wir wetten?«

»Nein. Ich hätte eigentlich einige Fragen...«

»Später. Zuerst ich, dann du. Schließlich bist du reingekommen – ohne zu fragen.«

»Die Tür war nicht verschlossen.«

»Wem fällt es schon ein, in fremde Appartements zu kommen, noch dazu zu Fuß.«

»Verlaßt ihr nie den Rollstuhl?«

»Ich frage zuerst: Wieviel Mann hatte Napoleon?«

»Das weiß ich nicht.«

»Aber ihr habt doch sicher Aufzeichnungen darüber. Könntest du sie nicht abrufen?«

»Ich will es gern tun, aber es geht nicht so schnell.«

»Wirst du es tun?«

»Ja. Wenn du mir meine Fragen beantwortest.«

»Jetzt?«

»Ja.«

»Dann bitte schnell. Ganz kurz.«

»Wieviel Einwohner hat die Stadt?«

»Aber das ist doch albern. Frag doch selbst ab.«

»Bei wem?«

»Bei der Zentrale selbstverständlich.«

»Ich habe kein Ein- und Ausgabegerät.«

»Es stehen genügend Appartements frei.«

»Wo?«

»Wie soll ich das wissen, ich hab' meins.«

»Kannst du nicht nachfragen?«

»Jetzt nicht – keine Zeit!«

»Dann besorge ich dir die Daten nicht.«

»Na schön.«

Er drückte einige Tasten auf dem Manual. Auf der Projektionswand erschien ein Plan, offenbar ein Plan der Stadt. Einige Bereiche oszillierten rot.

»Zufrieden?«

»Wie ist die Orientierung?«

»Jetzt wird mir die Sache aber wirklich zu blöd. Ich muß zurück.«

Ein Griff an die Schalttafel, und die Projektionswände leuchteten auf, Klirren und Tosen erfüllte den Raum, Schreie, französisch, deutsch, englisch, flämisch. Funken stoben, Dampf stieg auf; man roch es, gedämpft, aber durchaus echt – es roch nach Pulver, nach Schweiß, nach Tierleibern. Bärenmützen, Tschakos, Reiter klammerten sich an hochgehende Pferde, Menschen in bunten Uniformen rannten gegen einen Hagel von niederprasselnden Geschossen, ein hölzerner Wagen brannte. Degenspitzen, Bajonette, Fontänen von Schlamm. Die Zeitansage lief wieder, die Ziffern schwebten frei im Raum.

»Siehst du, es geht weiter! Diesmal finde ich die richtige Strategie. Wir müssen von links angreifen, das ist die Lösung.«

Er saß wie ein Feldherr inmitten der Schlacht. Ein Knopfdruck, und das Diagramm erschien. Finger huschten über die Tasten, einige Pfeile änderten ihre Richtung. In einem blendendweißen Feld erschienen Zahlen:

$$\begin{array}{rr} 7624 & (+\ 316) \\ & (-\ \ 28) \\ \hline 7624 & (+\ 288) \end{array}$$

»Hab' ich's nicht gesagt – sie haben größere Verluste! Heute besiege ich Blücher. Geh jetzt, bring mir die Daten, aber geh rasch, rasch…«

Ich stand auf und ging hinaus.

*

Sie waren hochgewachsen, verließen ihre Räume selten, hockten vor den Projektionsschirmen, waren mit großem Ernst bei ihren Spielen, interessierten sich für alles mögliche und für nichts, fanden ihr Dasein selbstverständlich, waren nicht dumm, hatten einen guten Kern, konnten sich wirklich begeistern, ließen sich nichts entgehen, merkten nicht, daß die Zeit verstrich, vermieden jede Anstrengung, führten ein hygienisches Leben, waren manchmal unzufrieden, wollten nicht gestört werden, nützten ihre Möglichkeiten nicht aus, ergriffen selten die Gelegenheit, lebten ihr Leben, vermieden Entscheidungen, ließen sich von Robotern bedienen, wurden von UV-Strahlern gebräunt, schämten sich nie, waren Egoisten, sahen nicht über ihren Horizont hinaus, wußten nichts von Ackerbau und Viehzucht, hatten eine Leidenschaft für Sport, entwickelten sich nicht weiter, tauchten ihre Hände in destilliertes Wasser, entfalteten sich nicht, hatten eine gute Verdauung, hatten Sinn für das Schöne, waren am Ziel angelangt, lebten in einer Scheinwelt, reizten ihre Sinne mit elektrischem Strom, waren längst abgeschrieben, waren an Überwachung gewöhnt, vertrauten den Maschinen, hörten gern Musik, ließen ihre Muskeln verkümmern, hatten nie ein Stück Himmel gesehen, waren unschuldig, konnten sich nichts anderes vorstellen, waren in eingefahrene Bahnen geraten, fühlten sich ganz wohl dabei – und wenn jemand angeregt hätte, sie sollten ihre Situation überdenken, sich kritisch auseinandersetzen, von den vorgezeichneten Wegen abweichen, so hätten sie ihn nicht verstanden, wären schockiert gewesen oder belustigt, nicht mehr bewegt als über eine Störung im Spiel, hätten sich im Recht gefühlt, und anders konnte es auch nicht sein, denn sie hatten nicht gelernt, Fragen zu stellen über Dinge, die selbstverständlich schienen, und so sahen sie nicht mehr als das, was offen vor ihnen lag, und nicht einmal das, ersparten sich Konflikte, mieden Entscheidungen und nahmen das Leben so wie es war.

Sie waren frei von Schuld, und das war ihre einzige Freiheit.

*

Die folgende Nacht war die letzte, die Sie im Lager verbrachten?

Wir kehrten zurück – um zu berichten und zu einer Ruhepause. Von Tag und Nacht konnte man nicht sprechen. Es war stets gleich hell, es gab keinen Wechsel der Temperaturen, keinen Wind, keine Bewegung am Himmel.

Hielten Sie den normalen Tagesrhythmus nicht ein?

Dazu bestand keine Veranlassung. Unsere Untersuchungen hielten uns mitunter länger auf, und es schien vernünftig, sie nicht zu unterbrechen.

Wie hielten es die übrigen Mannschaften?

Die feste Zeitordnung schien sich aufzulösen.

Warum achtete der Oberst nicht darauf?

Er versuchte es, aber die Leute taten nicht mit.

Er hätte Strafen verhängen können.

Strafpunkte verteilen – niemand kümmerte sich darum.

Energische Maßnahmen, Arrest...

In fremdem Territorium... nein, das konnte er nicht. Er durfte es nicht auf eine Kraftprobe ankommen lassen.

Wie erklären Sie sich den Verfall der Disziplin?

Bei Besetzungen geht es stets freier zu als in der Kaserne. Das bedeutet noch längst keine Meuterei.

Diese Aktion unterschied sich von den anderen Besetzungen.

Ja, sonst gab es Widerstand. Das stärkt den Zusammenhalt.

Sehen Sie einen Zusammenhang mit den Stimmen aus dem Radio?

Wenn Sie an eine geheimnisvolle Suggestivwirkung denken – nein.

Einige Soldaten hatten sich von der Truppe entfernt.

Ja.

Waren den Leuten die Ergebnisse Ihrer Untersuchungen bekannt? Wußten sie von den freistehenden Appartements, von den Möglichkeiten der Projektionsspiele?

Es ist möglich. Wir haben diese Dinge nicht geheimgehalten.

*

Dan hatte den Plan nur kurz gesehen, aber es hatte genügt, um zu erkennen, daß die unbesetzten Räume im Zentrum der Stadt lagen. Sie mußten viele Stunden fahren und nahmen ihre Ausrüstung mit, um unabhängig zu sein. Da es kein freies Gelände gab, lagerten sie mitten auf der Straße. Ein Wagen stand etwas weiter vorn, einer zurückgezogen, dazwischen stellten sie ein Zelt auf. (Eigentlich war das überflüssig, denn sie brauchten keinen Schutz gegen Regen oder Kälte, Radioaktivität oder Krankheitskeime. Längst hatten sie die schweren Schutzanzüge abgelegt und trugen die leichten, olivgrünen Kombinationen mit den aufgesteppten Taschen, die knapp geschnittenen Laufschuhe mit den

Schaumgummisohlen, die Schirmkappen. Auch die Luftmatratzen lagen auf dem Boden; wer Dunkelheit zum Schlafen brauchte, zog die Decke über den Kopf. Im Zelt hatten sie einen Teil der Vorräte aufbewahrt, die Wasserkanister, die Gefrierpackungen mit Fertigmahlzeiten, die Trockenfrüchte, die Konserven, die Kraftrationen, die Konzentrate und Notvorräte, dort hatten sie auch einige Geräte bereitgestellt, und sie bewachten sie, aber niemand rechnete ernstlich damit, sie verteidigen zu müssen.)

Um die unbesetzten Räume zu finden, mußten sie sich von ihrem Standplatz entfernen, einige Soldaten kamen mit, andere blieben zurück, gelangweilt, träge oder gereizt, sie lungerten umher, saßen am Rand der Fahrbahn, lagen auf den Matratzen und starrten hinauf in die blendende Helle der schwebenden Lichter.

Das Expertenteam brauchte nicht lange zu suchen. Die Gebäude unterschieden sich nicht von den andern, ihr Bauplan war derselbe, das Labyrinth der Gänge nahm denselben Verlauf. Sie fanden die kurzen, blinden Gangabschnitte mit den geschlossenen Türen. Wenn man die Leuchtscheiben berührte, leuchteten keine Schriftzeichen auf. Die Appartements dahinter waren leer.

*

Bis zur Stunde hatten wir uns außerhalb des Systems befunden, wir hätten genausogut draußen in der Wüste bleiben können. Was wir von der Stadt gesehen hatten, war ihre Oberfläche. Ihre Funktion, ihre Wirklichkeit lag in ihrem Kommunikationssystem. Was sich in ihr begab, sich veränderte, sich entfaltete, geschah durch Signale, lief durch Drähte, durch Halbleiterelemente, durch monomolekulare Schichten, durch ionisierte Gase, durch den leeren Raum; wurde ausgegeben, aufgefangen, entschlüsselt, verglichen, neu kombiniert, wieder ausgegeben, gespeichert, abgerufen, analysiert, geordnet, zusammengefaßt, gelöscht. Das alles begab sich lautlos und ohne Bewegung, in einer unhörbaren Sprache, in unsichtbaren räumlichen Ordnungen. Es entstanden Muster aus Ladungen, Impulsen, Wellen, einem Geschehen zugeordnet, oder dieses Geschehen selbst, Muster mit Bedeutung, Zeichen, Begriffe, bestimmt durch ein Zuordnungsschema, einen logischen Operator, einen Ähnlichkeitsschluß... Die Richtung der Magnetisierung, die Faltung einer Proteinkette, die Orientierung des Spins, ein Sprung in der Kennlinie, die Besetzung eines Quantenzustands, der Wechsel des Energieniveaus – Ereignisse auf verschiedenen Ebenen, Funktion von Zeichenträgern, Codes für komplexe Situationen.

Das System war dabei – aber das wußten wir damals noch nicht –, die Entwicklung auf eine informationelle Ebene zu heben. Die Stadt war die Nahtstelle zwischen den beiden Ebenen.

Hochrechnungen, Simulationen, Modelle... von einem bestimmten Moment an ersetzen sie Wirklichkeit und Zukunft. Nichts zwingt mehr dazu, die Ereignisse abzuwarten, die Reaktion erfolgt im Vorgriff, setzt Fakten, die man prüft, bewertet, in Rechnung stellt, über die man entscheidet, die Konsequenzen zieht... Das reale Objekt wird überflüssig, das elektronische Schema bildet es ab, die Rasterung ist beliebig fein, die Identität erreichbar.

*

Am Abend saßen sie beisammen und berieten. Ein wenig abseits hatten es sich die Soldaten bequem gemacht, sie spielten Karten, hörten die betörende Musik aus den Radioapparaten, schliefen – es sah aus, als hätte sich ihre Zahl vermindert.

Pavel, Dan und die anderen Mitglieder des Expertenteams hatten wieder mehrere Rekognoszierungen vorgenommen und ihre Erfahrungen ausgetauscht. Im Grunde waren die Ergebnisse alle gleich: Menschen, die intensiv damit beschäftigt waren, sich allen möglichen Arten von Vergnügungen hinzugeben.

»Solange wir uns mit ihnen beschäftigen, können wir nicht auf das System kommen, das in dieser Stadt wirksam wird.«

»Wir tappen noch an der Oberfläche herum.«

»Es muß einen Weg geben, tiefer einzudringen, zum Eigentlichen vorzustoßen.«

»Man müßte hinter die Wände schauen können, sehen, wohin die Leitungen führen. Es muß so etwas wie ein Gehirn geben, das alles überwacht.«

»Ich habe versucht«, berichtete Josef, »eine Wandplatte zu lösen. Kaum hatte ich die Kreissäge angesetzt, da hörte ich das Zischen von Gas – die übliche Art, uns an unseren Nachforschungen zu hindern. Doch diesmal hatte ich mir eine Gasmaske aufgesetzt. Viel hat sie mir nicht genützt. Vielleicht sollten wir es einmal mit den Schutzanzügen und den Sauerstoffbehältern versuchen. Das Gas ging durch die Filter durch, aber es wirkte doch ein wenig langsamer, als wenn man völlig ungeschützt ist.«

»Was hast du erlebt?«

»Erzähle!«

»Lacht mich nicht aus!« Josef zögerte noch ein wenig. »Vielleicht hatte ich Halluzinationen. Ich sank zusammen, konnte mich nicht bewegen, aber durch die Gasmaske hindurch sah ich jemand auf mich zukommen...«

»Na, weiter!«

»Zwei – Wesen. Sie sahen aus... wie Affen. Affen in Kleidern – dunklen Overalls. Einer zog mir die Maske herunter. Sie hoben mich auf... dann weiß ich nichts mehr.«

»Vielleicht hast du wirklich geträumt – ich hätte eher perfekte Roboter erwartet.«

»Ich habe den Eindruck, daß wir in Gefahr schweben... vielleicht haben wir bisher nur Glück gehabt und sind uns dessen nicht bewußt.«

»Es muß irgendeine Intelligenz dahinterstecken. Diese

müssen wir aufspüren.«

»Aber wie?«

»Auch ich habe etwas Merkwürdiges erlebt – vielleicht gibt uns das einen Hinweis«, sagte Dan. »Bisher haben wir mit allen möglichen Tricks versucht, Informationen über die Steuerung des Systems, die Lebensweise der Einwohner, die Geschichte und den Zustand der Stadt zu bekommen. Heute habe ich einen direkten Weg eingeschlagen. Durch Zufall kam ich auf einen Speicher, der Antworten auf beliebige Fragen ausgibt – eine Art Fragekasten. Ich habe die Fragen gestellt. Zuerst nach der Geschichte der Stadt.«

»Und du bekamst Antwort?«

»Nicht gleich. Es erschien mir zuerst als eine Ausflucht. Statt einer Antwort kam eine Gegenfrage: ›Die Beantwortung dieser Frage nimmt etwas mehr Zeit in Anspruch. Dürfen wir inzwischen eine andere Frage beantworten?‹ Ich fragte nach der Herkunft der Einwohner – denn hier gibt es keine Familien, keine Kinder, keine Schulen. Ich bekam wieder keine Antwort – und wieder sollte ich eine weitere Frage stellen. Ich fragte nach der steuernden Instanz.«

»Und weiter?« Spannung lag auf den Gesichtern der anderen.

»Plötzlich erschien auf dem Bildschirm ein Gesicht – es war ein Schock für mich, denn der, der mir von der Wand lebensecht entgegensah, ...der war – ich selbst.«

»Eine Spiegelung?«

»Nein. Der andere sagte, und ich möchte schwören, mit meiner Stimme! ›Sie haben das Recht, auf alle Fragen, die Sie stellen, Antwort zu erhalten. Ihre Fragen sind allerdings so schwierig, daß sie sich nicht mit einigen Sätzen beantworten lassen. Die mögliche Antwort nimmt Bezug auf eine Ebene von Zusammenhängen, über die Sie nicht informiert sind. Auch der Zugang zu diesen Informationen steht Ihnen selbstverständlich frei, und wir sind bereit, sie Ihnen zu vermitteln. Dazu ist Zeit nötig; es würde auch bedeuten, daß wir Sie Ihrem jetzigen Milieu entziehen müßten. Wollen Sie auf die Antwort verzichten oder bestehen Sie darauf?‹ «

»Was hast du geantwortet?«

»Ich habe Bedenkzeit erbeten.«

»Das war richtig.«

»Hört sich phantastisch an.«

»Das könnte uns der Lösung näher bringen!«

»Man scheint nicht oft solche Fragen zu stellen.«

»Was meinst du. Dan? Willst du es tun?«

Sie diskutierten längere Zeit. Dann beschlossen sie, das Risiko auf sich zu nehmen. Da damit zu rechnen war, daß Dan an einen anderen Ort gebracht würde, gaben sie ihm ein taschenlampengroßes Sende- und Empfangsgerät mit Peilantenne mit. Sie vereinbarten Rufnummern für ihre persönlichen Funkgeräte und einen Notruf. 24 Stunden würden sie warten, dann sollten sie – falls er noch nicht zurückgekommen war – den Funkkontakt herstellen.

Am nächsten Morgen begleiteten sie Dan vor die Tür des Appartements.

»So schlimm wird es schon nicht werden«, sagte er, als er die besorgten Gesichter sah. »Auf Wiedersehen!«

Er winkte ihnen zu und ging durch die Tür, die sich hinter ihm schloß.

*

Nur am Wechsel der Farben war zu merken, daß die Kugel in die Tiefe sank: gelbgrün, smaragd, blauoliv. Das Wasser schien unbewegt, Daniel mußte nah an die gewölbte Sichtscheibe heranrücken, um das Wirbeln winziger Luftbläschen, das Aufströmen von Phytoplankton zu sehen. Ein Knistern lief durch die Kugel – der Außendruck nahm zu.

Das Prinzip des Antriebs war einfach: freier Fall gegen die Reibung, faltbare Schwimmer, für den Aufstieg mit Preßluft gefüllt, für den Abstieg leergepumpt. Elektronische Kontrolle der Transversalaberration. Schwenkflügel zur Gegensteuerung. Kein Fahrgeräusch. Vergeblich spähte Daniel nach Fischen; dieser Teil des Meeres war ungenutzt, die Farmen lagen weitab. Tummelplatz von Planktonfischern, das Meereswild längst ausgerottet. Daniel lehnte sich in die glatten Kissen der kreisrunden Bank zurück. Er war etwas benommen, seine Glieder waren schwer.

Reflexe an der Decke – tief unten schimmerndes Licht. Im selben Maß, wie es an Helligkeit gewann, wurde der diffuse Schein von oben blasser, und schließlich, als sich im Nebel ein triangulares Netz von Lumineszenzröhren abzeichnete, erschien das Wasser oben schwarz – ein schwarzer Himmel ohne Sterne. Das Bauwerk lag im Bereich der ewigen Nacht.

Das Bewußtsein, daß sich die Fahrt dem Ende näherte, wirkte belebend auf Daniel. Er überzeugte sich, daß seine Tasche geschlossen war, blickte unter die Sitzbank, um sich zu vergewissern, daß er nichts verloren hatte, griff nach seiner Kennmarke und stand auf, jetzt nicht mehr schläfrig, sondern unruhig und erwartungsvoll.

Von hier war jetzt auch die Zellenstruktur des Bauwerks zu erkennen, ein Wabenmuster, dem Prinzip des Sechsecks folgend. Das Dach durchsichtig, flach gewölbte Kuppeln, Linsen aus Kunstglas, die verzerrte Einsicht in die Räume des oberen Geschosses gewährten. Schon vorbei... sie durchstießen die Ebene der Oberfront und bewegten sich in eine trichterförmige Öffnung. Die weiße Helle drang nun von allen Seiten ins Innere der Kugel, es gab einige sanfte Stöße, einen Ruck.

Ein Knacken im Lautsprecher. Die freundliche Stimme der Automatik.

»17 Uhr 25
wir sind am Ziel
Tiefe: 245 Meter
Wassertemperatur 22 Grad
bitte, nehmen Sie Platz
die Schleuse wird geöffnet.«

Daniel setzte sich. Unter ihm zischte es... der Boden samt der Bank fuhr einige Meter abwärts, glitt aus der Kugel heraus, setzte in einer Vertiefung auf.

»Wir hoffen, Sie hatten eine gute Reise
wir wünschen Ihnen einen schönen Tag
bitte, steigen Sie jetzt aus.«

Daniel nahm seine Tasche auf und trat durch die schmale Lücke, die in der Sitzbank ausgespart war. Als er den festen Boden betreten hatte, hob sich die scheibenförmige Plattform, von einer Säule getragen, zurück zur Schleuse. Wieder zischte es, die Säule senkte sich, verschwand im Boden, die Verbindung zur Außenwelt war verschlossen.

Der Raum war von sechs Wänden umgrenzt, einige durchsichtig; er sah in andere Räume hinein, die selbst wieder durchsichtige Wände hatten, ein verwirrender Eindruck, vergleichbar dem Bild einer vielfachen Spiegelung, in unzählige Schichten gegliedert, mit endloser, vorgetäuschter Tiefe. Innerhalb dieser Ebenen sah er Geräte, blaßblaue und graue Kästen, Tastaturen, Bildschirme, Rollsessel, dazwischen, da und dort, einen Menschen, meist unbewegt, über ein Pult gebeugt, mit irgend etwas beschäftigt.

In jeder der Wände eine Tür, darüber Buchstaben, N, A, B, S, C, D. N und S lagen einander gegenüber – Nord und Süd. A, B, C, D – vier weitere Himmelsrichtungen? Daniel sah sich um. An der Tür »S« leuchtete eine Schrift auf: ANMELDUNG. Er wollte sich schon in Bewegung setzen, um auf diese Tür zuzugehen, als er Schritte hörte. Ein schmächtiger junger Mann, in schwarzes Leinen gekleidet, einfache Jacke, Hose, Sandalen, Haftschalen, dunkles Kraushaar, eine Schirmkappe darüber gestülpt, lief auf ihn zu, ergriff seinen Arm, hielt ihn fest.

»Zur Anmeldung? Kein Grund zur Eile. Geben Sie mir die Tasche, kommen Sie!« Er versuchte, Daniel die Tasche zu entwinden, aber dieser hielt sie fest und war bestrebt, sich der offenbar gutgemeinten Hilfsbereitschaft zu entziehen.

»Ruhen Sie sich aus, stärken Sie sich! Ärgerlich, diese Formalitäten! Doch man nimmt es hier nicht so genau – es kommt nicht auf ein paar Stunden an. Trinken wir zusammen ein Bier oder eine Tasse Kaffee, drüben ist eine Ruheterrasse.« Er ging einige Schritte vor, sah sich um, ob Daniel ihm folgte.

Daniel war nicht abgeneigt. Zwar hatte er keinen Durst, doch hätte er gern Näheres über die Zentrale erfahren, und dieser Mann schien geschwätzig genug, um ihm einige Fragen zu beantworten. Zögernd folgte er ihm. Sie durchschritten die Tür mit der Aufschrift D, kamen in einen langgestreckten Raum, der eine ganze Reihe von Sechseckparzellen umfaßte, ein Magazin oder eine Bibliothek – an den Wänden endlose Schränke mit Aufschriften, Zahlen und Buchstabengruppen, jeder hatte einen Anschluß an ein Druckluftfördersystem, große Rohre, quer durch den Raum gezogen, da und dort ein Videotisch mit Abrufpanel.

Der Schwarzgekleidete sprach ununterbrochen, sagte aber nichts, was Daniel aufschlußreich erschienen wäre, und ließ ihn nicht zu Wort kommen. Mit hüpfenden Schritten ging er neben ihm her, ungeduldig, nervös, erklärte, deutete, gestikulierte.

»Selten, daß noch jemand kommt. Was haben Sie bisher gemacht? Sind Sie Logiker? Mathematiker? Biologe? Genetiker? Woher? Welcher Distrikt?«

Daniel bereute längst, daß er mitgekommen war. Es ging um mehrere Ecken herum, durch Konferenzräume, Hallen mit blauverkleideten Schaltungen, Projektionswänden. »Ist es noch weit?« fragte er. Er wollte dem andern nicht verraten, daß er nicht wußte, woher er kam. Zwar brauchte er sich dessen nicht zu schämen, aber es ging Fremde nichts an.

»Warten Sie hier!« befahl der Mann plötzlich. Er trat in eine Art Zelle, drückte auf die Knöpfe einer Schalttafel, eine Schiebetür glitt aus der Wand, und ehe sie sich schloß, griff der Unbekannte nach Daniels Tasche, riß sie ihm mit einem heftigen Ruck aus der Hand. Sekunden später stand Daniel vor der leeren Zelle – der Mann war mit einer Art Kabine verschwunden, die Tasche triumphierend an sich gepreßt.

Nicht daß ihn der Verlust der Tasche geschmerzt hätte, er

vermißte nichts... was nimmt man schon auf eine Reise mit? ... aber ein solches Erlebnis ist ärgerlich, verleidet einem den Tag, macht mißtrauisch, lenkt ab, beschämt. Daniel beschloß, sich nun unverzüglich anzumelden. Er drehte sich um, suchte den Weg zurück... Vorher waren die Türen offen gewesen oder hatten sich vor ihnen automatisch geöffnet, jetzt öffnete sich keine Tür mehr, und er hätte geschworen, daß nun auch einige der zuvor offenen Türen geschlossen waren. Er versuchte, sie über Umwege durch andere Räume zu umgehen, mußte sich aber bald eingestehen, daß er sich verirrt hatte. So peinlich es war, er mußte jemanden fragen, doch obwohl er vorher an einigen Leuten vorbeigekommen war, sah er jetzt niemanden und hatte den Eindruck, sich hoffnungslos zu verlaufen. Jetzt erst begann er, systematisch auf die Richtungsbezeichnung N, A, B, S, C, D zu achten, er entdeckte Schildchen mit Zahlenserien, offenbar Koordinaten der Räume... Die erste Zahl war gleichbleibend 62, und er vermutete, daß es sich um die Kennummer der Etage handelte... Die beiden übrigen änderten sich von Raum zu Raum, es konnten Angaben für die Position in der horizontalen Ebene sein.

Endlich stand er wieder vor einer undurchsichtigen Wand, und als er sich der Tür näherte, scholl ihm dumpfes Pochen entgegen. Die Tür öffnete sich, und er trat ein. Vor ihm lag eine langgestreckte Halle, darin im Kreis angeordnet eine Reihe von Aufbauten, einige durch Vorhänge verdeckt, unter denen Drähte, Kabel, Schläuche hervorkamen... Im Zentrum stand jene Maschine, von der das Pochen ausging, einem Ungetüm mit vielen Glasgefäßen, in denen trübe Flüssigkeiten sprudelten, Röhren, in denen Flügelräder liefen, Ballons, die sich aufblähten und wieder zusammensackten.

Zwei Männer standen an einem Sichtschirm, über den grüne Schlangenlinien züngelten... Beide waren weiß gekleidet, Rundmützen, hochgeschlossene Kragen, dünne Gummistiefel. Der eine, glattes rundes Gesicht, violett getönte Haftschalen, wandte sich Daniel zu.

»Müssen Sie uns schon wieder stören? Wie soll man da arbeiten können! Ich halte es einfach nicht für angebracht, daß Sie persönlich kommen. Warum gehen Sie nicht über den Bildschirm?«

»Laß doch, Fenner«, sagte der andere, ein jüngerer Mann mit rotem Gesicht und kleinen, hinter Speckfalten versteckten Augen. »Du weißt: Das Prinzip der Freizügigkeit. Na kommen Sie schon, ich führe Sie!«

»Ich bitte um Verzeihung«, sagte Daniel... »Ich wollte Sie nicht stören, ich habe mich verlaufen, wollte Sie nach dem Weg fragen... Ich muß zur Anmeldung.«

Wie auf Kommando lachten beide.

»Lassen Sie doch, kommen Sie nur, kein Grund zu Ausflüchten!« Der jüngere Mann schob Daniel vor sich her, zum nächsten Aufbau, einer Art Aquarium, das auf einem Sockel stand. Er zog den Vorhang beiseite. »Da haben Sie gleich unser Musterstück, eine Kreuzung zwischen einem Delphin und einem Menschen, aus einer künstlichen Hybridzelle aufgezogen. Schwierig, im Wasser nicht lebensfähig, und auch nicht in Luft. Kiemen, aber menschliche Lungen, Sauerstoffversorgung unmittelbar über das Blut, natürlich auch die Ernährung. Der Darmtrakt nicht intakt, die Schlacken führen wir durch einen Schlauch heraus, dort ist der Desintegrator. Die Augen in Ordnung, Gehör sogar ausgezeichnet, Gehirn gut entwickelt, trotzdem schwachsinnig, hatten keine Gelegenheit zu schulen, aber: reagiert!«

Er trat an das Wesen heran, halb Fisch, halb Embryo, das in einer Lösung schwamm, Fischleib, Ansatz von Schultern, Arme flügelartig verdickt, keine Finger: Flossen, dicker Hals, menschlicher Schädel mit Schnauze. Fenner ließ eine Taschenleuchte aufblinken, deutete auf einen Oszillographenschirm, auf dem jetzt Wellen in Unruhe gerieten.

»Wenn Sie gestatten, so möchte ich jetzt gehen«, bat Daniel, doch der Weißgekleidete trat schon an den nächsten Verschlag und zog den Vorhang herunter. »Eine Mutation, spontan, nicht künstlich, früher wäre so etwas natürlich schon im Keimstadium abgestorben, aber wir können alles am Leben erhalten, tun natürlich unsere Pflicht, nur außergewöhnliche Fälle werden hier behandelt, Routinefälle übernimmt die Automatik. Sehen Sie, einmalig, eine kreisförmige Verwachsung, nur ein Arm, ein Bein, der Leib halbiert, keine Leber, dieser Wulst hier ist die Brust – eine Lunge, versteht sich – dieser Sack, mit Gedärm gefüllt, der Bauch, vollausgebildete Geschlechtsorgane, ein Mann, der Kopf gegenüber von Arm und Bein, intelligent, hat sich bisher gegen die Transformation gestemmt, jetzt schläft er, warten Sie, ich wecke ihn, er unterhält sich gern...«

Daniel kämpfte mit Panik, bemühte sich um Fassung, löste seinen Blick von jenem unförmigen Wesen, das in eine Spezialkonstruktion eingespannt war. Der Mann im weißen Mantel hatte einen Hebel gedrückt, und die Klammern, Ringe, Hebel, Leitungen samt dem Körper, den sie umfingen, bewegten sich, hoben ihn in aufrechte Haltung, der Kopf saß starr in einem Gummikragen, die Augenlider zitterten, hoben sich, und ein unendlich trauriger Blick richtete sich auf Daniel.

»Entschuldigen Sie mich jetzt bitte«, preßte dieser heraus und lief zur Tür zurück.

»Aber bleiben Sie doch, er möchte mit Ihnen sprechen!« rief der weißgekleidete Mann, doch Daniel hörte ihn kaum noch, sondern eilte durch die nächste offene Tür. Erst als er ein halbes Dutzend weiterer Räume durchquert hatte, blieb er stehen und überlegte. Weiteres Suchen hatte wenig Sinn. Es blieb ihm nichts anderes übrig, als irgend jemand zu fragen; schließlich war es ja kein Problem, ihm den Weg zur Anmeldung zu zeigen.

Er sah sich um – er befand sich in einer Steuerzentrale, eine große Schalttafel mit unzähligen Tasten und Anzeigern nahm vier von den sechs Wänden ein. Schlagartig wurde ein großer Bildschirm hell, und er sah den Kopf eines alten Mannes, mit schmerzlich vergrämter Miene, der ihn von oben herab anzusehen schien. Vielleicht bin ich über eine

Fernsprechleitung mit ihm verbunden, mutmaßte Daniel und trat an die Konsole heran. Er fand das Mikrophon der auditiven Eingabe und suchte nach einer Taste, mit der er eventuell die Verbindung herstellen könnte. Es blieb ihm nichts anderes übrig, als es nach Gutdünken zu versuchen, und er berührte zögernd eine Taste nach der andern. Plötzlich kam von der Decke ein hoher, durchdringender Pfeifton, das Bild auf dem Schirm wechselte: ein vierkantiger Schädel, haarlos, dunkle Augen, scharfe Nase, schmale Lippen.

»Müssen Sie denn die ganze Bande auf uns aufmerksam machen? Du lieber Himmel, ich kann Dummheit nicht ertragen. So reden Sie schon! Haben Sie mit Crantz gesprochen?«

Daniel legte schon die Hand an die Taste, um wenigstens den Ton abzuschalten, als er eine Regung an der Klarsichtscheibe der Wand bemerkte. Drüben stand ein Mädchen und bedeutete ihm etwas... offenbar sollte er das Schaltpult nicht berühren, den Raum verlassen. Er warf einen Blick auf den Bildschirm. Der Mann sprach noch immer und schien allmählich wütend zu werden.

Daniel gehorchte dem Mädchen. Es trug einen gelben Kittel und eine halblange gelbe Hose, ähnlich einem Karatekostüm, an den Füßen schwarze Pantoffeln. Es hatte breite Schultern, war geradezu unförmig dick, hatte ein plattes, rundes Gesicht, braunes Haar, glatt, in Nackenhöhe gerade abgeschnitten.

»Kommen Sie, sonst haben wir Unannehmlichkeiten«, flüsterte das Mädchen, nahm ihn an der Hand und zog ihn fort.

»Weshalb sollten Sie Unannehmlichkeiten haben?« fragte Daniel.

»Ich hätte aufpassen sollen.« Der Weg führte durch mehrere menschenleere Räume. »Ich hätte nicht weggehen dürfen.« Das Mädchen lief überraschend schnell, Daniel konnte kaum Schritt halten.

»Hier hinein!« Sie hielten vor einer Zelle, die Daniel noch

in unliebsamer Erinnerung hatte. »Fahren Sie los, beeilen Sie sich!«

»Ich kenne mich hier nicht aus, bin erst seit kurzem hier!«

Das Mädchen schob ihn in die enge Kabine, drängte sich zu ihm hinein, wobei sie einige Tasten an der Schalttafel hinunterdrückte. Die Schiebetür schloß sich, sie fuhren ein kurzes Stück abwärts, hielten an, dann setzte sich die Fahrt in horizontaler Richtung fort. Durch die gläsernen Scheiben der Kabine sah man Leuchtziffern vorübergleiten.

»Hat man Ihnen keinen Wohnraum zugewiesen? Wie sind Ihre Koordinaten?«

»Ich bin eben erst angekommen, wollte mich eben anmelden... ein Mißgeschick...«

»Oh, Sie sind neu hier? Darum habe ich Sie noch nie gesehen. Ich heiße Pamela. Und Sie?« Bisher hatte Daniel das Gefühl gehabt, sie wolle ihn möglichst schnell abschieben, doch jetzt zeigte sie plötzlich Interesse.

Daniel nannte seinen Namen und berichtete von den Erlebnissen der letzten halben Stunde.

»Warten Sie, wir fahren einmal rundherum. Hier beobachtet uns niemand. Wir werden überlegen, was man für Sie tun kann.« Sie kam nahe an ihn heran, näher, als es die Enge der Kabine erforderte, er sah ihr Gesicht unmittelbar an seinem, die frischen, vorgewölbten Lippen, die etwas zu kurz geratene Nase, die großen braunen Augen, er spürte ihren Atem, roch ihr Haar, ihr Körper drückte sich an den seinen, und da er nicht unhöflich sein wollte, rückte er nur verstohlen von ihr ab, was keine Wirkung hatte, denn sie drängte sofort nach und preßte ihre Brüste an seinen Körper. Sie war jung, nicht unappetitlich, und es gab eigentlich keinen Grund, sie abzuweisen. Er merkte, daß ihre Nähe keineswegs unangenehm war, und obwohl er, hätte er sie unter anderen Umständen kennengelernt, kaum den Wunsch gehabt hätte, mit ihr in engeren Kontakt zu kommen, so wurde er jetzt ganz von selbst auf diese Frage gelenkt, und er gestand sich ein, daß er durchaus bereit war, mit ihr zu schlafen, wenn es sich ergab.

Obwohl sie nun eng aneinandergepreßt dastanden, sprach sie ganz sachlich weiter. »Selbstverständlich müssen Sie sich sofort anmelden, sie brauchen ein Appartement und Bons für Rechenzeit. Außerdem wird es Sie ja interessieren, womit man Sie beschäftigen will. Haben Sie sich freiwillig gemeldet?«

Daniel hatte Mühe, ebenso ruhig zu antworten, denn ihre Fülle war nicht formlos, sondern wies alle Vorzüge der Fraulichkeit auf, ihr Körper war muskulös, die Schenkel fest, die Bauchdecke hart, die Brüste prall, doch da ihm die Situation unangenehm war, beherrschte er sich, er wollte nicht noch mehr blamable Abenteuer bestehen, er hatte Angst, in dieser Situation ertappt zu werden.

»Könnten Sie mich nicht zur Anmeldestelle zurückbringen? Ich werde Ihnen alles erzählen, doch im Moment würde das zu lang dauern. Vielleicht können wir uns später irgendwo treffen?«

»Fein«, sagte Pamela. »Rufen Sie mich an! 3 N 17 D 5. Am Abend bin ich dort. Ich werde warten!« Sie drückte wieder die Knöpfe der Tastatur. »Wenn wir halten, steigen Sie sofort aus. Ich fahre weiter. Am besten, Sie erwähnen mich nicht.«

*

An der Deckenschleuse erkannte Daniel den Raum seiner Ankunft – sonst unterschied er sich kaum von anderen, die er kennengelernt hatte. Fest entschlossen, sich durch nichts mehr stören zu lassen, ging er auf die Tür mit der Leuchttafel ANMELDUNG zu. Sie öffnete sich von selbst, und er trat ein. Er stand in einer Kammer, sechseckig wie alle anderen, nur viel kleiner, gedämpft beleuchtet, leer. Ein Projektionsschirm zeigte Bilder: ein Mann, der einen Schuttberg zu erklettern versucht, nackte Kinder in einem Bad, ein medizinisches Labor, ein magerer Körper auf dem Behandlungstisch.

Die Sequenzen waren nur kurz, wechselten rasch; es sah aus, als wäre jemand auf der Suche nach dem richtigen Programm. Manchmal kippten die Bilder weg, kamen wieder, oft waren die Farben falsch. Gewimmel von Ratten im Käfig, ein Förderband... Dazwischen Szenen, die er nicht entschlüsseln konnte, Mikroaufnahmen, Teil eines bunten Mosaiks, das Auge eines Tieres, weit geöffnet, hin und her zukkend.

Dann ein dämmriges Zimmer, ein Mann von schräg oben gesehen, verschattet, unbewegt... Daniel wandte sich ab, um sich weiter umzusehen, da bemerkte er eine Bewegung an der Projektion und stellte fest, daß sie nun ein Abbild seiner selbst zeigte. Das Bild wurde langsam deutlicher, der Ausschnitt eingeengt: Brust und Kopf, Gesicht. Einen Moment blickte er sich selbst an wie einen Fremden, dann wurde es dunkel. Jetzt ließ sich die freundliche Stimme der Automatik hören.

»Ein schöner Tag heute!

Willkommen in der Zentrale.

Bitte folgen Sie den Anweisungen!

Es handelt sich um einige unumgängliche Formalitäten.

Bitte gehen Sie weiter, in den nächsten Raum!«

Wieder eine kleine Kammer, an einer Wand ein Kasten mit zwei Öffnungen in Hüfthöhe.

»Stecken Sie die Hände in die Öffnungen!«

Daniel tat es. Die Löcher waren mit schwarzem, nachgiebigem Material ausgekleidet, er fand mit den Fingern in Hohlräume – als hätte er Handschuhe anzuprobieren, die etwas zu groß waren. Er hielt einige Augenblicke still, nichts regte sich, dann die Stimme:

»In Ordnung. Bitte gehen Sie in den nächsten Raum!«

Daniel tat so, als verwechselte er die Richtung und trat auf die Tür zu, durch die er gekommen war. Sie öffnete sich nicht. Er wandte sich um, ging in den nächsten Raum und dort gleich weiter zur nächsten Tür. Auch sie blieb geschlossen. Obwohl er seine Anweisungen im Ton höflicher Bitten bekam, waren es Befehle; es blieb ihm nichts übrig, als zu gehorchen.

Er mußte sich zwischen zwei mannshohe Wände stellen, in der nächsten Station bis zwanzig zählen, in der nächsten Station in ein Linsensystem blicken, in der nächsten unter eine Haube treten. Es waren langweilige Prozeduren, deren er bald überdrüssig wurde; um so überraschender kam der blitzartig einsetzende Schmerz, als er sich ohne Bedenken in einen Lehnstuhl mit Kopfstütze gesetzt hatte. Eine sengende Flamme schoß durch sein Gehirn, ein Feuerball füllte sein Bewußtsein, Hunderte von Filamenten züngelten durch das Nervennetz in die motorischen Zentren und zogen sämtliche Muskelfibern zusammen. Er bäumte sich im Krampf auf, verlor das Bewußtsein, fiel zu Boden.

Als er erwachte, waren zwei leere Gesichter über ihm, zwei Primis, bemüht, ihn aufzuwecken, daneben ein Mann mit einer Uhr: »Um Gottes willen, beeilen Sie sich doch, wir haben schrecklich viel Zeit versäumt.« Von oben blickte jemand auf ihn herab, längliche Kopfform, schwarzes Haar, hoch ansetzend, gelbe Haftschalen, Nasenplastik.

Der eine Primi massierte seinen Nacken, der andere hielt einen Kardiographen an seine Brust – das Hemd hatten sie aufgeknöpft – und las von der Sichtscheibe des faustgroßen Instruments die Form der Herzrhythmen ab.

»Es ist soweit«, meldete er. »Er ist zu sich gekommen.«

Der Schwarzhaarige trat vor. »Im Namen aller Mitarbeiter darf ich Sie willkommen heißen. Ich bin der Konsulent, Figueira ist mein Name, und das ist Miriam, Ihre Sekretärin.«

Aus dem Hintergrund schob sich eine Gestalt in Daniels Blickfeld, ein blondes Mädchen, hellgrüne Haftschalen, weißgeschminkter Mund, weiße Haare – Perücke – die Arme unter einer Robe verborgen, die von schmalen Schultern in Falten herabhing, von den Hüften ab eng anlag und von den Beinen nur die Fesseln sehen ließ. Die Füße waren frei bis auf nachgiebige Metallsohlen, mit dünnen Schnüren befestigt. Bürstenbelag, nach unten gerichtet, so daß sie lautlos vorangleiten konnte, ohne die Beine merklich zu bewegen.

»Bitte, Miriam, das Protokoll!«

»Leider sind wir sehr verspätet, leider. Nichts mehr zu ändern, aber... Wir können den Ministerialdirigenten nicht länger warten lassen.«

Daniel versuchte, Worte zu formen, was ihm Mühe bereitete. »Ich bin im Moment nicht in der Lage... verzeihen Sie... können wir nicht etwas später...«

»Um keinen Preis!« Figueira schien schockiert. »Hat es uns so mitgenommen? Aber ich bitte Sie! Cäsar, eine Spritze! Das haben wir gleich. Wollen Sie nicht das Protokoll... ich glaube, Sie hatten noch keine Gelegenheit, Einsicht zu nehmen...«

Der eine der Gehilfen legte Daniel einen Injektionsspray an die Armbeuge und drückte den Griff langsam herab. Ein schwacher, süßlicher Geruch breitete sich aus, Miriam zog einen Bausch feuerroter Watte aus der Tiefe ihres Faltengewandes und preßte ihn vor die Nase. Sie hatte schlanke weiße Arme.

Daniel fühlte eine Welle der Belebung durch seinen Körper rinnen. Er schob die beiden um ihn bemühten Primis beiseite und stand auf. Während er seine neuen Mitarbeiter, Figueira und Miriam, zum ersten Mal bewußt musterte, schob er den Ärmel seines Hemdes herunter, knöpfte es zu. Figueira half ihm in die Jacke, Miriam drückte ihm ein Bündel Papiere in die Hand. »Das Referat!« sagte sie bedeutungsvoll.

Figueira stand schon ungeduldig an der nächsten Tür.

»Sind wir fertig? Dann rasch, rasch!« Er machte Daniel Platz, der hindurchtrat... ein Vortragssaal, ein Rednerpult. Stühle, fast alle besetzt, Männer, Frauen, alt und jung, auch Rollstühle mit Kyborgs verschiedener Grade. Daniel ging auf einen freien Stuhl zu, doch Figueira packte ihn am Ellbogen und zerrte ihn aufs Podium, an das Pult. Miriam folgte ihnen, setzte sich an ein Seitentischchen mit einem Sprache-Schrift-Transformer. Das Licht wurde gedämpft, nur das Pult war von blendendem Licht eingekreist. Das Auditorium klatschte leise.

Daniel war momentan ratlos, aber Miriam tauchte neben ihm auf, schlug die erste Seite des Manuskripts auf und verschwand wieder. Er beugte sich über die Blätter und las.

»Sehr verehrte Anwesende, Mitglieder des Konzils!

Nur noch zu besonderen Gelegenheiten halten wir es für angebracht, persönlich zusammenzutreffen. Dieser alte schöne Brauch gerät immer mehr in Vergessenheit, je besser die Mittel der Telekommunikation werden. Heute, gewissermaßen in einem historischen Augenblick, möchte ich darauf zurückkommen, um einige Worte, die aus bekanntem Anlaß zu sagen sind, direkt an Sie zu richten.«

Beifall.

»Bevor ich ins Detail gehe, gestatten Sie mir bitte, allen Mitarbeitern einen ganz besonderen Dank auszusprechen. Ohne den unermüdlichen und aufopferungsvollen Einsatz aller Kräfte, ohne die harmonische Zusammenarbeit und ohne das Verständnis für die Schwierigkeiten, die die Mängel am technischen Apparat leider immer noch mit sich bringen, wären wir noch nicht so weit, wie wir heute sind.«

Beifall.

»So lassen Sie mich jetzt zum wesentlichen Teil meines Referates kommen: ...«

An dieser Stelle hatte er die letzte Zeile des ersten Blattes erreicht, und er blätterte um. Er stutzte – das nächste Blatt war unbedruckt, weiß, und als er auch dieses umwandte, lag ein weiteres leeres Blatt vor ihm. Er drehte sich zur Seite, zu seiner Sekretärin, suchte den Lichtkäfig zu durchdringen, sah sie undeutlich, hörte sie laut flüstern: »Die nächsten Blätter sind leider noch nicht fertig«, und auf eine fragende Bewegung hin erklärte sie: »Wir hatten einen Defekt am Tonband, die Aufnahmetaste sprang nicht an... leider...«

Er merkte, daß alle Zuhörer aufmerksam heraufblickten,

aufmerksamer als während seiner bisherigen Ausführungen. Er wandte sich wieder dem Publikum zu und stützte sich schwer aufs Pult. Sein Mund war trocken.

»An dieser Stelle wäre es sicher angebracht, einen Rückblick auf das Geleistete zu geben. Ich glaube, daß ich mir diesen Rückblick schenken kann; alle waren so stark von ihrer Aufgabe erfüllt, daß jede Phase des Geschehens noch in uns lebendig ist. So bleibt mir nur noch übrig, etwas über die nächsten Schritte zu sagen. Selbstverständlich liegt ein detailliertes Programm vor, und ich darf Ihnen verraten, daß die Aussichten auf künftige erfolgreiche Weiterarbeit außerordentlich günstig sind.«

Beifall.

»Es hätte keinen Sinn, dieses Programm jetzt im einzelnen darzulegen; es wird Ihnen in nächster Zeit zugeleitet werden. Es bleibt kein Zweifel daran, daß wir auch künftig das gesetzte Ziel nur dann erreichen können, wenn jeder mit soviel Können, Beharrlichkeit und Begeisterung am Werk ist wie bisher. Das möchte ich Ihnen und mir für die Zukunft wünschen!«

Anhaltender Beifall.

Daniel trat vom Pult zurück. Jetzt, als die Beleuchtung wieder aufflammte, fühlte er ein Zittern in den Knien. Er kämpfte mit Schwindelgefühlen, während ihn ein Primi vom Podium führte. Hinter ihm gedämpfte Stimmen, der Saal leerte sich. Er saß auf einem Rollstuhl, Miriam stand vor ihm, blickte auf ihren Notizblock, las etwas vor. Figueira tauchte neben ihr auf, sprach schnell und anhaltend. Miriam schien zu widersprechen, wandte sich zu Daniel, stellte eine Frage. Daniel hörte ihre Worte, vermochte aber den Sinn nicht zu erfassen, obwohl er sich zu konzentrieren suchte. Wieder disputierte Miriam mit Figueira. Dann winkte sie einen der Primis heran, nannte ihm einige Zahlen, sie trat vor Daniel, beugte sich zu ihm herab und sagte betont:

»Ich hoffe, Sie hatten einen schönen Tag. Auf Wiedersehen!«

»Schöner Tag heute«, murmelte Daniel mechanisch.

Der Primi schob den Stuhl an, Daniel schloß die Augen. Er fühlte das sanfte Rollen, leises Anrucken, jede Änderung der Richtung verursachte ihm leichte Übelkeit. Das Klicken einer einrastenden Tür, die Vibration einer anfahrenden Kabine, Summen, der Zug von Zentrifugalkräften, wieder die Wiege mit Gummirädern, die Rückenlehne glitt tiefer...

Daniel fühlte, daß man ihn aus dem Kissen hob, auf ein weiches Lager bettete, entkleidete. Er schlief für Stunden ein, erwachte wieder, führte einen vergeblichen Kampf gegen seine Mattigkeit, mühte sich vergebens, die Augen zu öffnen, schlief ein...

*

Mit einem Zusammenziehen der Rückenmuskeln erwachte er, öffnete die Augen... ein sechseckiger Raum, die Wand gegenüber perlgrau, die anderen graublau, ein Tisch, zwei Rollstühle, ein Schemel, ein Regal, in den Fächern einige Mikrofilmrollen, Tonbandkassetten, Lumineszenzröhren, auf Nullspannung, noch schwach leuchtend... er konnte nicht lang geschlafen haben, war immer noch müde...

Das Geräusch, das ihn geweckt hatte – ein kaum vernehmbares Hallen, Luftzug... Schritte.

»Gut, daß Sie nicht angerufen haben. Die Sache hat Staub aufgewirbelt. Nein, nein, man beobachtet mich nicht... trotzdem...« Pamela setzte sich zu Daniel ans Bett. Sie zog ihren Karatekittel aus, legte ihn sorgfältig zusammen, angelte mit dem Fuß den Schemel heran, legte die Jacke darüber. Sie ließ die Sandalen fallen, schob sie unter das Lager. Als sie zu Daniel unter die Decke schlüpfte, streifte sie auch die halblange Hose ab. Sie trug keine Unterwäsche, schmiegte sich nackt an Daniel, dessen Erschöpfung weder eine Geste der Abwehr noch der Ermunterung zuließ.

»Oder haben Sie unsere Verabredung vergessen?« Sie stützte sich ein wenig mit dem Ellbogen hoch, blickte Daniel ins Gesicht. »Das war etwas viel am ersten Tag, nicht wahr? Alles ungewohnt, niemand, mit dem man reden kann.« Sie ließ sich wieder aufs Kissen zurücksinken, schlang ihren Arm um Daniels Brust. Ihr Körper war warm und weich – ihn zu fühlen war wie ein heißes Bad, angenehm, doch einschläfernd.

»Aber Sie sind nicht allein. Sie werden mir alles erzählen? Was für ein Glück für Sie, daß Sie mich getroffen haben! Ich stecke noch nicht so tief drin. Wir passen gut zusammen, glaube ich.«

Sie drückte sich an ihn, begann ihn zärtlich zu streicheln.

»Wirklich, ich rate Ihnen, lassen Sie sich nicht zu schnell überreden! Sie wären der Typ dafür.«

Durch seine Müdigkeit hindurch spürte er langsam die Erregung hochsteigen. Er überlegte, ob er sich nicht vielleicht doch noch fünf Minuten wach halten könnte. Er legte seine Hand an ihre Hüfte, ließ sie tiefer gleiten und beobachtete an sich selbst, daß sein Herz klopfte und die Müdigkeit nachließ.

»Sie brauchen keine Bedenken zu haben – man ist völlig korrekt. Das Prinzip der Freizügigkeit… man nimmt es hier genau. Sie merken es an mir, nicht wahr?« Wie zum Beweis drehte sie sich halb über ihn, und er hatte Mühe zu atmen. Wenn sie sich ganz auf mich legt, dachte er, werde ich auf angenehme Weise erdrückt…

Plötzlich blinzelte er – der Raum schien heller geworden zu sein, mühsam schob er Pamela von sich herab und hob den Kopf. Die perlgraue Wand war verschwunden, man blickte in einen andern Raum: drei Kyborgs höherer Grade saßen ihm zugewandt, zwei von ihnen hatten noch menschliche Köpfe, der dritte war mit einem Weitwinkelobjektiv an einem Schwenktubus ausgestattet.

»Wir hoffen, Sie hatten einen schönen Tag.«

Daniel war irritiert, doch da der Gruß höflich klang, murmelte er eine Zustimmung.

»In Ihrem Protokoll besteht eine Lücke… Wir kommen

nicht weiter im Programm – Sie verstehen.«

Daniel verstand nicht. Er fühlte, wie sich Pamela unter der Decke verkroch, doch offenbar nicht aus Angst, denn sie tätschelte und kitzelte ihn da und dort – vielleicht erschien es ihr nur peinlich, erkannt zu werden, oder sie wollte sich einfach gegen die Störung abschirmen. Daniel entschloß sich zu einem höflichen Protest.

»Es ist spät«, sagte er. »Ich bin sehr müde... muß es jetzt sein? Ich stehe Ihnen gern zur Verfügung... vielleicht morgen. Ich würde Sie bitten...«

»Nur ein paar kurze Fragen. Wir sind sofort fertig, eine pure Formalität!«

Pamela, die unter der Decke unruhig umherrückte, flüsterte ihm etwas zu, was er nicht verstand.

»Sie brauchen uns nur eine Auskunft zu geben. Sie kamen um 14 Uhr 30 hier an, haben sich aber erst um 15 Uhr 52 in der Zentrale gemeldet. Bitte, sagen Sie uns, wo Sie sich aufgehalten haben, wir stören Sie dann nicht mehr.«

Daniel seufzte und machte sich darauf gefaßt, noch länger in dieser peinlichen Lage ausharren zu müssen. Er versuchte zu berichten, wollte sich kurz fassen, hatte Schwierigkeiten, die wesentlichen Punkte herauszugreifen, schob Erklärungen dazwischen, stockte, wußte nicht mehr, wie weit er gekommen war, und wurde unsicherer, je länger er sprach. Als er den Verlust seiner Tasche schilderte, meinte er, einen Ausdruck des Hohns und des Unglaubens in den Gesichtern zu erkennen, und als er bei seiner Flucht aus dem Saal mit den monströsen Geschöpfen ankam, flüsterte ihm Pamela – die sich schon seit einiger Zeit still verhielt – zu, er solle nichts von der Begegnung mit ihr erwähnen, und er kam ins Stokken, da er Mühe hatte, sich schnell genug etwas auszudenken, was seine Rückkehr in die Ankunftshalle erklären mochte.

Als er verstummt war, blieben auch seine drei Gesprächspartner für eine Weile still, dann sagte einer – er erkannte nicht, welcher:

»Ihr Abenteuer mit der verlorenen Tasche... haben Sie es richtig wiedergegeben? Sie wollen doch nicht ernstlich behaupten, jemand hätte... Das ist einfach undenkbar, es kommt nicht vor. Wollen Sie nicht lieber offen sagen, wo Sie Ihre Tasche versteckt haben?«

Daniel versicherte, es wäre genauso gewesen, wie er es berichtet hatte, doch er merkte, daß ihm die andern nicht glaubten, sie hörten nicht einmal zu, gerade, daß sie ihn nicht unterbrachen, und er mußte sich eingestehen, daß die Begebenheit, in Worte gefaßt, höchst unglaubwürdig wirkte, geradezu phantastisch schien, er selbst mußte sich fragen, ob er nicht einer Sinnestäuschung erlegen war, aber er schüttelte diesen Gedanken ab, der sich einzuschleichen versuchte, gewiß, er war verwirrt gewesen, die ungewohnte Umgebung, der Verlust der Übersicht, der Unmut über sich selbst, weil er dem Fremden ausgeliefert war, der ihm immer unsympathischer wurde, dem er am liebsten davongelaufen wäre, es aber nicht wagen durfte, da er nicht wußte, wie er zurückfinden sollte, das unterschwellige Unbehagen darüber, etwas Wichtiges unterlassen zu haben, nämlich die Anmeldung, die Tatsache, daß er sich auf ein Abenteuer eingelassen hatte, sich gewissermaßen illegal in fremdem Territorium aufhielt, vielleicht sogar der Gedanke, sich unter Wasser zu befinden, abgeschlossen von der freien Luft der Städte, schließlich noch eine dumpfe Bedrückung, die tief in ihm saß, die er mit sich herumschleppte, deren Ursprung er nicht kannte – dennoch, er hatte es erlebt, er war Herr seiner Sinne, er hatte sich nicht täuschen lassen, auch die verlorene Zeit sprach dafür, Pamela hatte ihm geglaubt, ihn keineswegs für einen Lügner gehalten oder für einen Phantasten. Er unterbrach sein Gestammel in einem Anflug von Auflehnung und rief:

»Warum glaubt ihr mir nicht! Weshalb sollte ich eine Geschichte erfinden, die peinlich genug für mich ist? Ich hätte viel mehr Grund, mich zu beschweren: Ich habe das Recht darauf, vor Gewalttätigkeiten geschützt zu werden. Meine

Tasche hätte mir längst zurückgegeben werden müssen.«

»Sie haben den Verlust nicht angezeigt«. antwortete einer der Kyborgs. »Das ist ungewöhnlich. Hätte jemand ein solches Abenteuer wirklich zu bestehen, er würde nicht zögern, Alarm zu schlagen. Nicht nur aus persönlichen Gründen – der Gemeinschaft halber. Es würde ja bedeuten, daß ein Entarteter frei herumliefe. Warum haben Sie den Vorfall nicht angezeigt?«

»Ich wußte nicht, wo, kenne mich hier nicht aus. Ich nahm es nicht so tragisch«, fügte er lahm hinzu.

»Und später, in der Anmeldung? Sie hätten es bloß mitzuteilen brauchen, und schon hätten die Recherchen begonnen.«

»Wie sind Sie überhaupt zurückgekommen – wenn es stimmt, daß Sie die Übersicht verloren haben?«

Pamela sagte nichts, aber sie kniff ihn in den Oberarm, offenbar als Signal, nichts über sie zu sagen. Unter den gegebenen Umständen wäre es Daniel lieber gewesen, er hätte offen sprechen können, und er war auch versucht, es zu tun, aber er besann sich darauf, daß es den denkbar schlechtesten Eindruck gemacht hätte, wäre er jetzt mit einer anderen Version der Geschichte gekommen, einer Version, die überdies nicht erklärte, wo die Tasche geblieben war, dafür aber bewies, daß sein Bericht nicht lückenlos gewesen war, vermuten ließ, er versuche hinter einem Lügengespinst etwas zu verbergen.

»Auch später haben Sie niemand gegenüber Ihre Tasche auch nur erwähnt.«

»Vermissen Sie den Verlust nicht? Es war doch das einzige, was Sie von draußen mitgebracht hatten!«

»Was befand sich in der Tasche?«

Da war nun die Frage laut geworden, die er insgeheim gefürchtet hatte. Was befand sich in der Tasche? Er hatte schon mehrmals darüber nachgedacht, sich zu erinnern versucht, nebenher, wie über eine Nichtigkeit, die nur dadurch Bedeutung gewinnt, daß man sie vergessen hat, und sich nur deshalb ins Gedächtnis zurückzurufen versucht, um sie mit gutem Gewissen wieder vergessen zu können, aber nun stand er vor einem neuen Problem, vor einer weiteren bedenklichen Wendung im Spiel der Fragen und Antworten, in dem so viel offenbleiben mußte und nun auch das noch offenblieb: Daniel konnte nicht antworten. Was befand sich in der Tasche? Sicher waren es völlig unwichtige persönliche Dinge gewesen, ein Erfrischungsspray, vielleicht einige Tabletten VITALAN, ein Miniprojektor, ein paar Bandkassetten... sollte er diese Dinge auf gut Glück nennen? Aber sicher wäre es vergeblich, genauso wie seine Beteuerungen, die Wahrheit zu sagen.

Und jetzt erst dachte er mit einem kalten Erschrecken daran, daß mit der Tasche seine Vergangenheit verlorengegangen war. Bisher hatte ihn seine Gedächtnisschwäche wenig berührt, er hatte vage Erinnerungen an Wohnblocks, Laufbänder, Parabelbahnen, Luftkissenboote, an Menschen, Kyborgs, Primis, an ein Gewimmel von Gesichtern, Lärm, Rufe, Stimmen, an die Stadt, an draußen, an die Art, wie man sich zu verhalten hatte, wie man anderen begegnete, wie man sprach – nur die persönliche Erinnerung ließ ihn im Stich. Er hatte aber keine Sekunde daran gezweifelt, daß ein geringfügiger Anlaß sein bisheriges Leben wieder heraufbeschwören würde, ein Stichwort, ein Bild, ein Gegenstand... und jetzt schien es ihm, als wäre dieser Brückenschlag zu früher keineswegs mehr selbstverständlich, sondern bedurfte einer besonderen Anstrengung, doch nun war ihm das einzige Mittel, der Schlüssel zur Vergangenheit, genommen.

Er hörte, daß man ihm weitere Fragen stellte, doch er hörte nicht zu, und er antwortete nicht. Er schaltete ab, ließ die Wärme von Pamelas Körper an sich wirken. Sie war wie ein Schirm, hinter dem er sich verkroch, drückte sich ins Kissen, lag starr, merkte, daß ein diffuses Stück Leere in ihn einsickerte, und überließ sich der erquickenden Stille, die über ihn kam.

In das Schweigen hinein: Klänge, Gongschläge oder Musik, unaufdringlich, allmählich lauter, synchron mit der Rückkehr in das Wachsein. Daniel öffnete die Augen – das Licht war ebenso gedämpft wie die Glockentöne, und es paßte sich seinem langsamen Erwachen an.

»8 Uhr 03.

Wir hoffen, Sie hatten eine angenehme Nacht.

Keine Anrufe,

keine besonderen Vorkommnisse.

Auszug aus dem Tagesprogramm: 9 Uhr 00 ärztliche Untersuchung.

Bitte, holen Sie vorher in der Rezeption Ihre Bons ab!

Wir wünschen einen schönen Tag.«

In der Luft lagen hauchdünne Schwaden glitzernder Tröpfchen. Daniel atmete das belebende Präparat ein – es war parfümiert, roch belebend, vielleicht etwas zu herb, prickelte in der Nasenschleimhaut; er nahm sich vor, an der Skala eine andere Duftnote einzustellen. Aber es erfrischte wunderbar. Er warf die Decke zurück, eine hochelastische Matte aus gebläsegestrickten Hohlfasern, trat mit beiden Beinen zugleich auf den Tartanbelag des Bodens. Er stand auf, räkelte sich. Die Erlebnisse des vorigen Tages lagen weit zurück, im Moment war er auf das Kommende eingestellt. Die ärztliche Untersuchung, eine Formsache – er war gesund. Es konnte nicht mehr lange dauern, und er durfte mit seiner Arbeit beginnen.

Die Automatik unterschied sich kaum von den üblichen Einrichtungen. Als er einen Schritt auf die Wand neben dem Bett zutrat, öffnete sich eine Tür zum Massageraum. Er ließ sich tüchtig durchkneten, nahm ein Ozonbad, vertrieb den letzten Rest von Müdigkeit durch scharfe Wasserstrahlen, die in rascher Folge kalte und heiße Schauer über seine Haut jagten. Er stülpte die Gesichtsmaske über, ließ Augen, Mund und Nase mit Öl durchspülen, die Ohren reinigen, die Haare legen. Zuletzt nahm er die ihm verordnete Dosis UV – gleich auf einmal, dann brauchte er sich den Rest des

Tages nicht mehr darum zu kümmern.

Er trat ins Zimmer zurück – inzwischen war das Bett in der Wand verschwunden. Die Automatik überließ ihm die Entscheidung zwischen einer rostroten und einer hellblauen Kombination, dazu leichte Schuhe – Kleidung für einen Tag, synthetische Erzeugnisse, die am Abend in den Müllschlukker kamen. Er wählte die rostrote Kombination, Netzhemd, Overall, Jacke, setzte sich an den Tisch und verwendete einige Sekunden darauf, ein gutes Frühstück zusammenzustellen. Die Versorgung war erstklassig – es gab je zwanzig Geschmacks- und Konsistenzkombinationen für die Kauwürfel sowie die üblichen Sorten Kaffee –, Kaffee-grün, Kaffeeblau, Kaffee-braun, Kaffee-gelb, selbstverständlich freie Wahl aller Erfrischungsgetränke.

Als er das Mahl beendet hatte und das Tablett in der Wand verschwunden war, leuchtete die perlgraue Projektionswand auf. Er blickte in ein Büro, Sortiertisch, verschiedene Tastaturen, im Vordergrund, in perspektivischer Verzerrung, stehend, eine kräftige Gestalt in weißem Mantel... erst bei näherem Hinsehen bemerkte Daniel, daß es ein Primi war: das breite Gesicht, die platte Nase, das fliehende Kinn, die vorgewölbte Mundpartie, die wulstigen Lippen... das alles aber nur angedeutet, eher ein rohes menschliches Gesicht als das eines Tieres. »Ich hoffe, Sie hatten ein angenehmes Erwachen. Mein Name ist Julius. Ich bin der Sekretär.«

Er sprach langsam, stockend, konzentriert, als bereite ihm jedes Wort Kopfzerbrechen. Trotzdem war Daniel überrascht – Primis pflegten sich nicht in Sätzen auszudrücken, zwar verstanden sie alles, was mit den Hinweisen zusammenhing, die man ihnen gab, aber ihr Wortschatz beschränkte sich auf einige zustimmende oder verneinende Äußerungen, allenfalls auf Namen oder die Bezeichnungen einfacher Tätigkeiten.

»Ihre Marke und Ihre Bons wurden noch nicht abgeholt. Darf ich sie Ihnen bringen?«

»Bitte.«

Eine Minute später ertönte ein Summer, und Daniel gab das Frei-Zeichen. Nun hatte er Gelegenheit, den Primi aus der Nähe zu betrachten: Er sah gutmütig aus, seine dunklen, menschlichen Augen blickten wach, sein Gesicht war mit winzigen, durchsichtigen Härchen bewachsen. Als er Daniel die Marke und die Bons überreichte, schob sich der Ärmel über die Handgelenke zurück – es waren schlanke Gelenke, die in schmale Hände übergingen, nicht die üblichen Affenpfoten.

Daniel war sich unklar darüber, wie er ihn behandeln sollte – ihm einen Sessel anbieten? Das wäre zu weit gegangen. Doch er zögerte, sich selbst zu setzen, und so standen sie einander sekundenlang wortlos gegenüber. Ob man ihm Fragen stellen konnte? Der Primi begann selbst zu sprechen, und es war Daniel, als bemerkte er ein süffisantes Lächeln, obwohl es schwer war, diese Gesichtszüge zu deuten, die aus der Nähe zwar nichts an Gleichmaß verloren, aber doch fremdartig wirkten. Seiner Stimme war nichts anzumerken. »Verzeihen Sie, daß ich hergekommen bin – ich hoffe, es stört Sie nicht. Aber es ist besser, die Marken persönlich zu übergeben.«

»Hätte das nicht Zeit gehabt?« fragte Daniel etwas schroff, und jetzt setzte er sich demonstrativ.

»Ihre alte Marke nützt hier nichts. Wir haben hier ein anderes System, als Sie es von draußen gewohnt sind. Das Engramm ist vollständiger. Daher die genaue Aufnahme Ihrer Kennzeichen. Wenn Sie diesen Schieber herausziehen, wird Ihr Standort laufend registriert – alle Anrufe und Meldungen gehen dann sofort an Sie weiter. Am besten, Sie lassen ihn geöffnet.«

»Dann wird jeder meiner Schritte überwacht?« stellte Daniel peinlich berührt fest.

»Keineswegs! Es bleibt ja Ihnen überlassen, ob Sie sich dazu entschließen. Das Prinzip der Freizügigkeit! Es ist nur bequemer. Sie werden sehen.« Er beugte sich vor, steckte

Daniel die Marke an den Kragen, entfernte die alte, steckte sie ein. »Die brauchen Sie nicht mehr.«

Daniel spürte den leicht säuerlichen Körpergeruch des Primitiven; es ekelte ihn, obwohl er es sich nicht anmerken ließ.

»Geben Sie her, ich will sie behalten«, forderte er und streckte die Hand aus.

»Aber sie nützt Ihnen nichts!« Es sah aus, als überlege er. Dann reichte er sie zurück. »Wie Sie wünschen!«

»Danke«, sagte Daniel, »Sie können gehen.«

»Die Bons!« erinnerte der Primi. »Hier bitte!«

»Und meine Kredits?« Daniel holte einige der gelochten Karten aus seiner Brusttasche.

»Wertlos«, antwortete der Primi verächtlich. »Werfen Sie sie in den Müllschlucker. Hier bekommen Sie alles, was Sie wünschen. Sie brauchen nicht zu bezahlen.«

»Und die Bons?«

»Rechenzeit«, sagte der Primi. Er verbeugte sich. »Ich wünsche Ihnen einen schönen Tag.« Er verließ den Raum.

Der Besuch des Primitiven hatte Daniels gute Laune gedämpft; er grübelte darüber nach, warum. Vielleicht war es das: Julius unterschied sich nicht nur äußerlich von anderen Primis – er war intelligent, zeigte Regungen, man konnte ihn offenbar kränken, ihm vielleicht sogar eine Freude machen. Aber wodurch? Und wozu? War es nötig, sich mit den Primis gut zu stellen? Ein neues Problem; er wischte es beiseite.

8 Uhr 50 zeigten die Leuchtziffern des Chronometers an. Er hatte Lust, einen Blick nach draußen zu werfen. Bestand Gefahr, daß er sich verirrte? Diesmal war er vorsichtig. Er trat vor die Tür des Appartements... er befand sich auf einer von vielen Etagen, die in einer Spirale rund um einen riesigen Schacht liefen. Das Prinzip des Wohnsilos – eine endlose Reihe von Türöffnungen, dazwischen Mündungen von Gängen. Sechseckiger Schachtquerschnitt. In der Mittelachse eine materielose Lichtsäule. Schattenlose Beleuchtung.

Daniel trat an das Geländer. Tief unten ein Gleitkarren,

lautlos auf seinem Quecksilberpolster schwimmend, den Spiralen rundum folgend.

Plötzlich fühlte er sich nach hinten gerissen, es gab einen dumpfen Laut, und neben ihm lag jemand am Boden, rundlich, kahlköpfig, in gelbem Plastikumhang, vergeblich bemüht, sich aufzurichten... Daniel half dem Hingefallenen auf die Beine... ein faltiges Gesicht, graue Haftschalen, rosa getönte Kaumechanik.

»Verzeihen Sie, es sind die Bürstenschuhe, man bewegt sich erschütterungsfrei fort, doch wenn man aus dem Gleichgewicht gerät... Hoffentlich habe ich Sie nicht erschreckt! Wie fühlen Sie sich?«

Die Stimme ließ Daniel vermuten, daß es ein Zwitter war; er mußte lautlos aus einem Gang gekommen sein, war vielleicht ausgerutscht, und doch verstand Daniel die Situation nicht ganz. »Gut, danke. Doch wie fühlen Sie sich? Weh getan?«

»Keineswegs. Bin mit Ballonreifen ausgerüstet.« Er deutete an seinen aufgeblähten Umhang. »Trage diese Schuhe erst seit gestern. Ungewohnt. Sah Sie hier stehen. Lief natürlich gleich los. Mein Name ist Solla. Arzt. 28 quer 146 quer 91.«

Daniel murmelte seinen Namen.

»Ich weiß: 37 quer 170 quer 155, Ihre Nummer. Ist sie Ihnen schon geläufig?« Er wies auf ein Schild an der Tür. »Unwichtig. Brauchen Sie sich nicht zu merken. Steht ja auch auf Ihrer Marke. Tragen Sie sie geschlossen? Nicht zu empfehlen! Kommen Sie?«

Er führte Daniel in einen Seitengang, zeigte ihm eine Beförderungskabine, erklärte ihm das System. Sämtliche Kommunikationsmittel stützten sich auf die Koordinatenangaben. Man brauchte sie nur einzutasten, Länge, Breite, Höhe. »Zu merken brauchen Sie sich nur eine Nummer: 001 quer 001 quer 001! Sie verbindet Sie mit der Automatik-Ausgabe. Dort erhalten Sie jede beliebige Auskunft; über Mikrophon, über Bildschirm, über Fernschreiber, wie Sie wünschen.«

Sie betraten einen Raum, die üblichen Farbtöne: blau und grau, verkleidete Automaten, die übliche Ausstattung an Kommunikationsgeräten, Monitoren, Konsolen. Ein paar Sessel, ein Tisch.

»Wollen Sie gleich mit der Untersuchung beginnen? Soll ich mich entkleiden?«

Solla hatte seinen Umhang abgestreift und sich der umgebundenen Kissen entledigt. Er ließ sich in einen Sessel fallen.

»Nein, nein. Ein Mißverständnis. Sie sind gesund, das wurde schon festgestellt.« Er deutete auf eine Couch. »Bitte.«

»Ich würde gern mit der Arbeit beginnen. Es wäre mir lieb, wenn ich nicht noch länger aufgehalten würde.«

Solla lächelte freundlich und wiederholte seine einladende Handbewegung. Er schob eine Packung Riechkapseln über den Tisch. »Bedienen Sie sich!«

»Keine Untersuchung?«

»Nur ein Gespräch – eine Formsache. Eigentlich haben Sie schon alles überstanden. Nur noch, daß wir uns kennenlernen. Ich habe Sie hier zu betreuen.«

»Wozu Betreuung?« Er merkte, daß er unhöflich wirkte, und setzte hinzu: »Bitte, verstehen Sie mich nicht falsch, das richtet sich nicht gegen Sie. Doch bin ich nun einmal hier, habe mich ordnungsgemäß angemeldet und mein Appartement bezogen. Ich bin gut ausgeruht und frisch und möchte keine Zeit verlieren.«

Solla drückte eine Kapsel auf, hielt sie an die Nase und zog genießerisch die belebende Gasmischung ein. Er atmete einige Male tief, bevor er antwortete. »Wozu einen Betreuer? Sie sind völlig fremd hier. Haben Sie nicht das Bedürfnis, sich mit jemand auszusprechen?«

»Sie sind Psychiater«, sagte Daniel.

»Natürlich. Das Soma stellt keine Probleme. Wir sind hier ein bißchen weiter als die da draußen. Einfache, aber wirksame Methoden. Kein mühsames Aufmöbeln mehr. Organaustausch, Transplantation. – Nein, nein, wenn etwas Probleme stellt, dann ist es die Psyche.«

»Ich fühle mich durchaus wohl.«

»Hatten Sie heute schon Ärger? Glauben Sie mir, ich verstehe mich auf Symptome. Selbstverständlich befinden Sie sich völlig innerhalb des Stabilitätsbereichs. Doch erscheinen Sie mir ein wenig gereizt. Was könnte es gewesen sein?«

Daniel schüttelte den Kopf.

»Heute morgen hatten Sie Besuch… Julius, nicht wahr? Sehen Sie, das sind Kleinigkeiten, die Stimmungen verderben. Ungewöhnlich, daß er zu Ihnen kam. Sie haben es gestattet? Nebenbei, darüber ist ein Streit in Gang: Sind sie noch Tiere? Was meinen Sie dazu?«

Er wartete nicht auf Daniels Antwort, steckte die Daumen in die Brusttasche seines Jacketts.

»Wissen Sie, daß man sie heute mit beliebiger Intelligenz züchten kann? Man braucht nur einige zusätzliche Abschnitte in die DNS einzubauen. Und schon erwächst das Problem: Die Geschöpfe bekommen Persönlichkeit. Wir wissen, daß wir ihnen gegenüber keinerlei ethische Verpflichtungen haben, doch es meldet sich das schlechte Gewissen, das sich nicht an historische Fakten hält. Sie sind unsere Produkte, unser Eigentum, doch plötzlich merkt man einen eigenen Willen, Eigensinn, wenn Sie so wollen, Ausdruck – Zweifel, Mißbilligung – Kritik! Haben Sie es nicht etwa so empfunden?«

»Kann sein«, gab Daniel zu. »Ich habe nicht darüber nachgedacht.«

»Nicht bewußt. Aber man muß es aussprechen«, sagte der Arzt. »Sonst trägt man den ganzen Tag einen Stachel mit sich herum. Nicht, daß es wichtig wäre – ich wollte Ihnen nur zeigen, daß Sie mir vertrauen können, daß es sich lohnt, zu mir zu kommen, wenn Sie der Schuh drückt. Das sind Sie sich selbst schuldig: Sie müssen auf Ihr inneres Gleichgewicht achten. Also gehen Sie jetzt, wenn Sie wollen. Ich halte Sie nicht zurück.« Er stand auf, geleitete Daniel zur Tür.

»Sie sind offenbar genau darüber informiert, was ich getan habe«, sagte Daniel. Er blieb kurz an der Schwelle stehen. »Ich glaubte, es gäbe keine Überwachung.«

»Gibt es auch nicht«, antwortete Solla. »Sie können sich völlig frei bewegen, niemand achtet darauf, was Sie tun. Auch wir Ärzte überwachen niemand, es unterliegt unserer eigenen Verantwortung, ob wir Kontakt mit einem Patienten herstellen, und wir tun es nur in besonderen Fällen. Bei einem Neuankömmling mußte ich mich freilich überzeugen... Nun, es ist ja alles in Ordnung. Einen schönen Tag wünsche ich!«

»Ja, es ist alles in Ordnung«, bestätigte Daniel. Aber er hatte ein Gefühl der Beklemmung, das ihn auf eine merkwürdig vertraute Art ängstigte.

Als er mit betont zielbewußten Schritten den Korridor entlangging, hatte er den Eindruck, daß der Psychiater ihm nachschaute, aber er tat, als kümmerte ihn das nicht, und ging weiter, obwohl er nicht wußte, wo er sich befand, und sich nicht im klaren darüber war, was er als nächstes tun sollte. Dieser Teil des Bauwerks war belebter als der Wohntrakt, der Gang erweiterte sich bald zu Sälen mit Tischen und Stühlen, den Wartezimmern von Kliniken ähnlich, da und dort saß jemand, die meisten in sich selbst versunken, vor sich hindösend, andere in Gespräche vertieft, einige glitten auf Bürstenschuhen an ihm vorbei, gelegentlich ein Kyborg auf einem Rollgleiter, und obgleich niemand Notiz von ihm nahm, behielt Daniel seine demonstrativ selbstsichere Haltung bei, bis er einen leeren Raum entdeckte, eine Theke, Barhocker; er setzte sich, holte sich einen Becher Säuerling aus dem Automaten und überlegte, was er unternehmen sollte. Seine neue Umgebung wirkte nach wie vor verwirrend auf ihn, aber das konnte nicht anders sein, er hatte es nicht anders erwarten dürfen, mußte sich abfinden, versuchen, sich so rasch wie möglich einzugewöhnen. Heute war er nicht mehr so verloren wie gestern, er war registriert, hatte eine Erkennungsmarke, verfügte über ein Appartement und hatte Zugriff zur Datenbank. Am besten, er setzte sich mit der Automatik in Verbindung und verschaffte sich Übersicht über die Kommunikationsmittel, die Organisation, die Modalitäten. Er suchte sein Zimmer auf.

Inzwischen hatte sich ein Mann einige Sitze von ihm entfernt an der Theke niedergelassen und Bier-schwarz in einen Becher rinnen lassen. Nun rückte er näher, griff an einige Hebel, ohne etwas zu bestellen, bis er schließlich neben Daniel saß – ein junges, asketisches Gesicht, braun getönt – was auf eine Überdosis UV schließen ließ –, weißblond, rote Augenlider. Er schob das Bierglas hin und her, blickte sich betont unauffällig um und wandte sich schließlich, ohne ihm ins Gesicht zu sehen, an Daniel, der sein Gehabe merkwürdig fand.

»Warum kommen Sie gerade hierher?« Er sprach mit Verschwörermiene, aus dem Mundwinkel heraus. »Ist das nicht ein wenig unvorsichtig? Außerdem: Sie sind nicht avisiert.« Er tippte Daniel an den Kragenaufschlag. »Wer hat Ihnen das Zeichen mitgeteilt? Pst!«

Zwei Primis schoben eine Rollbahre vorbei, auf der ein Mensch lag, von einer Plastikfolie bedeckt. Sie haftete fest auf Stirn, Nase, Wangen. Kinn, an den Stellen von Augen, Mund und Nase waren runde, schwarz gesäumte Löcher eingeschnitten. Lautlos verschwanden sie im Gang.

»Wieder einer«, sagte der Blonde. »Sie sehen, hier kann man sich kaum unterhalten. Haben Sie schon Mutungspunkte?«

Daniel hob die Schultern, doch eine Handbewegung hieß ihn schweigen. Der Blonde blickte angestrengt zur Seite, horchte...

»Hören Sie?« fragte er. »Für mich wird es Zeit. Am besten, Sie kommen einmal zu einer unserer Sitzungen. Hier!« Er ergriff Daniels Hand, legte ein Stück Folie hinein, schloß ihm die Finger zur Faust. »Freie Bahn!« Er stand auf, ging rasch, doch ohne zu hasten, davon.

Nachdenklich sah Daniel ihm nach. Auch das gehörte

wohl dazu: daß sich die Menschen merkwürdig benahmen, daß er vieles, was sie taten, sagten, andeuteten, von ihm verlangten, nicht verstand. Seine Hand tastete den Kragen entlang... hier steckte seine Plakette, der Schieber geschlossen. Trug man ihn offen? Wahrscheinlich. Dadurch war er aufgefallen. Aber wer hatte es nötig, sich durch Geheimzeichen zu verständigen? Unzufriedene? Anarchisten? Saboteure?

In einer flachen Ecke – 120 Grad, dem Sechseckprinzip entsprechend – bemerkte er eine Zelle des Beförderungssystems. Er stand auf und trat heran: die Tür öffnete sich nicht. Er nestelte an seiner Erkennungsmarke herum, zog den Schieber heraus... die Tür glitt beiseite. Er trat ein. Die Tür schloß sich hinter ihm.

Noch bevor er seine Kennummer und damit die Koordinaten seines Appartements eintasten konnte, setzte sich die Kabine in Bewegung. Zugleich tönte aus einem Lautsprecher in der Decke die Stimme:

»Wir rufen:
037 quer 170 quer 155,
Dringlichkeitsstufe A 3,
Sie werden erwartet:
Koordinaten 034 quer 281 quer 577. –
Wir bitten Sie, sich einzufinden.
Wir rufen: 037 quer 170 quer 155...«

Die Stimme begleitete ihn die ganze unfreiwillige Fahrt hindurch. An den Leuchtziffern an der Wand merkte er, daß es den genannten Koordinaten näher ging. Wie vorauszusehen: Stop bei 034/281/577. Die Tür glitt auf.

Daniel trat hinaus: Eine Zelle, eng, leer, sechseckig, undurchsichtige Wand, eine Tür, geschlossen. Von der Decke die Stimme:

»Ihre Kollegen heißen Sie willkommen, bitte warten.«

Pause. Dann wieder:

»Ihre Kollegen heißen Sie willkommen, bitte warten.«

Pause. Noch einmal:

»Ihre Kollegen heißen Sie willkommen, bitte warten.«

Noch mehrmals, immer wieder. Daniel sah sich um – keine Sitzgelegenheit im Raum.

Ein Knacken. Summen aus dem Lautsprecher.

Sekunden später: Die Tür öffnete sich.

Die Stimme:

»Bitte, treten Sie ein!«

»Blicken Sie bitte nach links!«

Eine Projektionswand. Das Aufflimmern eines Bildes. Ein Gesicht, schon bekannt...

Er hörte Schritte hinter sich, eine Hand legte sich auf seine Schulter.

»Lassen Sie sich nicht verblüffen, kommen Sie!«

Eine Frau, dem Äußeren nach 25 bis 30, doch sicher reaktiviert –, das zeigte die porenlose Haut hinter den Augen; schwarzes Haar, gelockt, grüne Augen. Sie lächelte ihn an, wandte sich dann zum Videoschirm.

»Alles in Ordnung! Abblenden!« Sie führte ihn durch eine weitere Tür, die sich lautlos geöffnet hatte: eine Flucht von Räumen, durchsichtige Wände, grau und blau verkleidete Automaten, Fernschreiber, Schalttafeln, Sichtschirme, hüpfende Ziffern auf gerastertem Glas. Zwei Männer kamen ihm entgegen, glatte Gesichter von Dreißigjährigen, der eine groß und breit, mit gewelltem, zurückgekämmtem, hellbraunem Haar, natürlich eine Perücke, der andere dunkelhaarig, gebückt, schlank, mit langen Armen.

»Schöner Tag heute, wir freuen uns«, sagte der Große. »Das ist Maud, das ist Larry, ich heiße Benedikt. Mit uns werden Sie hauptsächlich zu tun haben. Setzen Sie sich doch, bitte.«

Daniel schüttelte die Hände, murmelte seinen Namen: »Es tut mir leid, daß ich Sie warten ließ! Offenbar haben Sie mich suchen lassen, doch Ihr Ruf hat mich erst vor ein paar Minuten erreicht!«

»Kein Grund zur Eile!« erklärte Benedikt. »Sie hatten sich wohl ausgeschaltet. Das ist Ihr gutes Recht.«

Sie setzten sich vor eine Kaleidoskopwand; die Figuren

wechselten kaum merklich, Maud reichte Erfrischungskapseln; würziger Duft hing für kurze Zeit in der Luft, ehe ihn die Ventilatoren forttrugen.

»Das sind Sie also«, meinte Benedikt und sah Daniel wohlwollend an. »Offenbar haben Sie alles gut überstanden. Die ersten Stunden sind immer schwer.«

»Ja«, bestätigte Larry, »ich hatte einige scheußliche Erlebnisse – erinnere mich nur ungern daran. Die Psychiater haben uns allen übel mitgespielt.«

»Es war nur eine kurze Unterredung«, sagte Daniel.

Sie lachten. »Gewiß, aber die Tests haben es in sich.«

»Tests?« wiederholte Daniel.

»Reduktion der Verhaltensbedingungen, parzellierte Information, Labilisierung, Verunsicherung... sagen Sie bloß, Sie hätten es nicht bemerkt?«

»Ich hatte einige ungewöhnliche Erlebnisse – allerdings... Aber was war Test, und was war Wirklichkeit? Wie kann man sie unterscheiden?«

»Das ist es ja eben – daß man sie nicht unterscheiden kann. Wirklichkeit und Test gehen ineinander über. Ich bin überzeugt, daß mancher Konflikt, dem man zufällig ausgesetzt ist, als Test verwertet wird und umgekehrt: Situationen, als Testfälle konstruiert, setzen sich in der Wirklichkeit fort.«

»Kein angenehmer Gedanke«, meinte Daniel und griff nach einer Riechkapsel. »Normalerweise kann man doch wenigstens nachträglich erkennen, womit sie einem eine Falle stellen wollten.«

»Ein Test hat nur Sinn, wenn man ihn nicht als Test erkennt. Überlegen Sie doch: Sie merken es – eine gestellte Situation. Sie reagieren nicht spontan, sondern so, wie Sie meinen, daß man es von Ihnen erwartet. Die Psychologen müssen das in die Rechnung einkalkulieren, was die Sache schwierig macht. Doch damit nicht genug: Sie stellen sich darauf ein, den Psychologen sei bekannt, daß Sie die Situation als Teil einer Prüfung erkennen. Dann modulieren Sie

Ihre Verhaltensweise noch einmal, nämlich so, daß sie auch unter diesem Aspekt noch gut benotet wird. Das müssen aber auch die Psychologen berücksichtigen. Mit anderen Worten: Solche Rückkopplungen würden die Analyse außerordentlich erschweren. Ich kann die Seeleningenieure auch nicht leiden, aber in diesem Punkt muß ich ihnen recht geben.«

»Ist es nicht doch irgendwie möglich, zu erkennen, was ein Test war und was nicht – zum Beispiel durch die Logik der Konsequenzen?«

»Das wissen sie zu verhindern; sie konstruieren ihre Testsituationen logisch oder pseudologisch. Wenn sie eine Serie beendet haben, führen sie die Ereignisketten fort, nur um keine Anhaltspunkte zu geben, und knüpfen später daran an, wenn es nötig ist.«

»Wann ist die Zeit der psychologischen Prüfungen vorbei?«

Wieder lächelten sie über diese Frage. »Nie. Die Psyche ist ja nichts Unveränderliches. Sie kann jederzeit aus dem Gleichgewicht geraten, und das können wir hier nicht riskieren. Man muß immer lernen und sich immer prüfen lassen. Die Tests gehen weiter, sie sind ein Teil der Wirklichkeit geworden. Doch Sie werden sehen – daran gewöhnt man sich. Im Gegenteil: Gerade durch diese permanente Testsituation verliert man jede Angst vor einer Psychoprüfung. Es gibt nichts zu befürchten.«

»Widerspricht das nicht dem Prinzip der Freizügigkeit?«

Benedikt schüttelte den Kopf.

»Keineswegs! Es sichert unsere Freiheit und die der andern. Schließlich wird von hier aus die Welt gesteuert.«

Sie fügten sich dieser Argumentation – er sah es an den Gesichtern, die nach wie vor freundlich waren. Es waren die ersten Menschen, mit denen er sich verständigen konnte, die seine Sprache sprachen, die seine Gedanken dachten. Er gehörte zu ihnen, und das ließ die Ungereimtheiten seines bisherigen Aufenthalts unwichtig erscheinen. Unauffällig musterte er seine neuen Kollegen: Benedikt bewegte sich ruhig und gelassen, er strahlte Zuversicht aus, was er sagte, sagte er klar und abschließend; ihm schien die Führungsrolle zuzufallen. Larry, mit seinen dunklen, braunen Augen, seinem strähnigen Haar, seiner ins Gesicht geschriebenen Gutmütigkeit, erweckte sofort Vertrauen. Er schien geduldig genug, um Fragen anzuhören und ausführlich zu beantworten. Maud – eine Frau, die sich pflegte und Geschmack hatte. Die Gesichtsform, die sie gewählt hatte, entsprach nicht den üblichen Normen, dazu waren die Lippen zu voll, die Bakkenknochen zu betont – also eine Persönlichkeit mit eigenem Willen, offenbar intelligent, sonst wäre sie nicht hierher delegiert worden. Sie saßen so, daß sie das Spiel des Kaleidoskops im Gesichtsfeld hatten, und manchmal erschien auf ihren Gesichtern der Widerschein von sattem Rot oder fahlem Blau.

Benedikt ließ die Lehne seines Sessels um ein weniges nach rückwärts gleiten und wandte sich erneut an Daniel.

»Ich kann mir denken, daß Sie noch etwas verwirrt sind, doch das ist uns allen so gegangen. Sie wissen ja, was wir hier zu tun haben, und mit den Maschinen sind Sie vertraut. Gewiß gibt es hier Besonderheiten, Abweichungen vom Standard, aber das liegt daran, daß unsere Anlagen ständig erneuert werden; es sind die besten, die es gibt! Im übrigen können Sie der Automatik vertrauen; wir kommen im großen und ganzen gut mit ihr aus. Sie hat Geduld mit uns, stellt sich auf uns ein.

Für Sie ist es sicher am besten, wenn Sie sich rasch mit allem vertraut machen. Ihr Arbeitsplatz liegt neben dem von Maud – vielleicht ist es am besten, wir bitten Maud, Ihnen das Wichtigste zu erklären. Würden Sie es tun, Maud?«

»Gern«, sagte Maud und stand auf. »Kommen Sie!«

»Wir sehen uns später!«

Maud führte ihn durch Räume, die sich kaum voneinander unterschieden, Arbeitszellen, die üblichen durchsichtigen Wände, Ein- und Ausgabegeräte für den Computer.

»034 quer 269 quer 578. Das ist Ihr Reich, Daniel«, sagte Maud. Sie deutete über die Geräte hin, die wenig Abwechslung zeigten – blau und grau verkleidete Einheiten mit Schaltpulten, Projektoren, Tastaturen, Sichtschirmen.

»Am besten, Sie gehen die Checkliste durch«, schlug Maud vor. »Geben Sie mir die Bons für die Rechenzeit.« Sie legte die Rolle in die dafür vorgesehene Vertiefung in der Platte des Pultes. Mit spielerischer Leichtigkeit ließ sie ihre Finger über die Tasten gleiten, auf dem kleinen Bildschirm des Panels erschien der erste Kasten eines Lehrprogramms.

Daniel blickte Maud an, und Maud Daniel. Dann lachten sie beide.

»Zu langweilig, nicht wahr?« fragte Maud. Sie öffnete eine Klappe und zog ein Kabel hervor, das in einem Kontaktkopf endete. »Wenn Sie ungestört sein wollen, drücken Sie diesen Knopf – sehen Sie.« Die Wände wurden undurchsichtig, die Intensität des Lichtes sank auf den niedrigsten Grad. Daniel strich eine Haarsträhne beiseite und legte die münzengroße kahle Ansatzstelle frei. Der Kontaktkopf paßte. Maud drückte wieder einige Tasten... Daniel schloß die Augen, seine Hände umkrampften die Lehnen des Stuhls – das half gegen das leichte Schwindelgefühl durch das Flimmern, das den Zustrom der Information anzeigte. Chaotisch wechselnde Bilder, Begriffe, Zahlen, wie sie der Zufall aus dem logischen Kontinuum herausholt.

Fünf Minuten, dann das Wecksignal. Daniel zog selbst den Kontakt ab, strich die Haare über die Haftstelle.

»Die erste Lektion«, sagte Maud. »Zehn Lektionen – und Sie kennen alle Geheimnisse der Automatik.«

»Wir haben viel Zeit gewonnen«, meinte Daniel. Er stand auf und trat hinter Maud, die sich auf den Besucherstuhl gesetzt hatte. Er strich ihr über die Haare, von denen ein zarter Duft ausging, tastete mit den Fingern über ihren Kopf, fand die kahle Stelle.

»Ja, viel Zeit«, bestätigte Maud. Sie stand auf. »Am besten, wir gehen in mein Appartement.«

Abend, die Uhr zeigte 22.10, Daniel machte sich zur Nachtruhe bereit, als das Rufsignal ertönte. Er unterbrach das Assoziationsspiel, das er eingestellt hatte, und gab das »bereit«-Zeichen. Die Projektionswand verdunkelte sich und blieb schwarz, als sich der Anrufer meldete: »Wollen Sie nicht zu einer Sitzung kommen? Raum 023 quer 181 quer 116. Aber schließen Sie den Schieber Ihrer Erkennungsmarke!«

Daniel schwankte kurze Zeit zwischen Müdigkeit und Neugier, erinnerte sich der unangenehmen Erlebnisse des Vortags, war froh, daß dieser Tag auf angenehme Weise vorübergegangen war, und lehnte ab – er sei müde, sei gerade im Begriff, schlafen zu gehen, ein anderes Mal...

»Es wird Sie vielleicht interessieren, daß wir Ihre Tasche in Besitz haben. Wir sind selbstverständlich bereit, sie zurückzugeben. Sie werden verstehen, daß wir die Rohrpost nicht dazu benützen wollen. Wir nehmen an, Sie kommen.«

Es knackte. Der Anrufer hatte abgeschaltet. Ärgerlich stellte Daniel das Assoziationsspiel wieder an – er verzichtete darauf, den versäumten Abschnitt wiederholen zu lassen, die Bildfolgen waren frei gereiht, Traummotive, futuristische Landschaften, phantastische Geschöpfe, Farbvisionen von konkreten Lauteffekten begleitet, alle emotional betont, eine Folge von Mutungserlebnissen. Er streckte sich in seinem Liegesessel, doch es gelang ihm nicht mehr, sich auf die Bilder zu konzentrieren. Er schaltete die Projektion aus, nahm eine Schlaftablette und legte sich zu Bett. Er sank in tiefe, traumlose Nacht, doch nach einiger Zeit schreckte er auf, er wußte nicht, was ihn geweckt hatte, eine Bewegung, ein Geräusch... als er die Augen öffnete, war es dämmrig, die Leuchtröhren glühten schwach. War es falsch gewesen, daß er seine Tasche nicht geholt hatte? Der Gedanke daran quälte ihn, ließ ihn nicht wieder einschlafen, im Gegenteil, er war hellwach, so wach, daß er es nicht mehr ertrug, tatenlos dazuliegen. Ob es noch Sinn hatte, den genannten Treffpunkt aufzusuchen? 023 quer 181 quer 116. Er konnte es versuchen.

Rasch entschlossen stand er auf, zog den Morgenrock über. Seine Erkennungsmarke? Den Schieber schließen? Damit ließ sich der Lift nicht in Funktion setzen. Am besten, er ging zu Fuß, ließ die Erkennungsmarke da. Er trat aus dem Raum – es war dämmrig draußen, die vertikale Lichtsäule verbreitete nur schwachen Schein. Er orientierte sich, fand sich zurecht, er kannte die Bedeutung der Koordinaten, wußte, wo Positionshinweise zu finden waren, war mit den Richtungsangaben vertraut. Zuerst folgte er der Schraubenlinie der Terrassen, zehnmal rundum, eine ermüdende Aufgabe, aber die automatischen Systeme waren ihm verschlossen. Dann wandte er sich in einen Gang der Richtung A und zweigte in eine Flucht von Räumen ab – Richtung S. Alle Türen standen offen – er war nicht sicher, ob sie sich für ihn geöffnet hatten, er hatte nichts davon bemerkt.

Seine Tasche sah er schon von weitem. Sie lag inmitten eines völlig leeren Raums auf dem Boden – es sah aus, als sei dieser Teil des Gebäudes noch unbenutzt, auch die anderen Zellen, durch die er gekommen war, standen offenbar leer. Er war keinem Menschen begegnet – in der Nacht schien niemand unterwegs zu sein.

Er ging auf die Tasche zu, bückte sich... Als er sich wiederaufrichtete, hatte sich seine Umgebung verändert – die Wände waren undurchsichtig geworden. Er hörte ein Zischen, spürte den Duft von Magnolien. Um ihn herum Hekken, Lauben, schmale Wege, Treppen, Brücken über Tümpel mit Seerosen... die Perspektive änderte sich, die Farben verblaßten, die Bauten wurden durchsichtig, die Wege hoben sich über die Ebene, bildeten ein kompliziertes Muster, Verzweigungen, Sterne, Rundgänge, nur noch das Diagramm, ein schwarzes Liniennetz...

START

Er preßte die Tasche an die Hüfte und folgte dem Pfeil, der die Richtung wies.

INTEGER * 2 I 1, I 2 UMFORM
LOGICAL * 1 A, B, UN/.FALSE/'TRANS'S...

Seine Bewegung wurde schneller, er raste dahin, und je mehr er sich der Lichtgeschwindigkeit näherte, um so mehr verlor er seine Persönlichkeit, seine individuellen Eigenschaften, er wurde abstrakt, ein Aggregat von Zahlen, über vorgegebene Wege gejagt, geradeaus, im Kreis herum...

I F (I. EQ. K) GO TO 20
GO TO 7

Die Welt klappte zu einer Fläche zusammen, schmolz zu einer Linie, eine eindimensionale Mannigfaltigkeit von Zuständen, ein Folge von Operationen, an komplizierte Bedingungen geknüpft...

IF (C. EQ. O) GO TO 7
TRANS = = TRUE
RETURN

Eine endlose Bahn ohne Ausblick, ohne Ziel, in sich geschlossen, endlose Wiederholungen der gleichen Schleife, rundum. Sprung...

TRANS = = FALSE
RETURN
END

Die letzten Kräfte verzehrt, gewichtslos, ausgehöhlt, im Klischee erstickt, zum Schema geworden, aufgerieben, verloren, auf Null reduziert, Modell seiner selbst...

Er lag auf einem Tisch, Gesichter erschienen und verschwanden, unkenntlich hinter Masken, Klirren von Instrumenten, schlürfende Schritte, widerlicher Geruch, grelles Licht, eine Hand, eine dunkle Last über den Augen.

Später: In einem Gleitstuhl. Stille. Dämmerndes Licht, Sonnenuntergang über blühenden Kakteen, rotglühende Wolken, das Huschen einer Fledermaus... Das Bild zerfließt, Solla, zu ihm hinabgebeugt. »Alles in Ordnung, keine Sorge. Morgen sind Sie wieder fit.«

»Was ist geschehen?« flüsterte Daniel und hatte Mühe, die paar Worte herauszubringen.

»Wir fanden Sie in einem leerstehenden Teil des Gebäudes. Ohnmächtig. Sie hatten sich verirrt, waren ohne Erkennungsmarke herumgelaufen, im Morgenrock, die Tasche unterm Arm. Wahrscheinlich ein Anfall von Schlafwandeln. Kommt nicht wieder vor. Wir haben die verantwortlichen Gehirnzellen ausgetauscht, einige Nervenfasern, Leitungen zum Schlafzentrum. Bleiben Sie ganz ruhig. Gefällt Ihnen das Bild?« Er wartete die Antwort nicht ab, die Kakteenwüste tauchte aus dem Grau der Wand, wurde plastisch, die Sonne ging unter, die Fledermaus huschte.

Als Solla den Raum verlassen hatte, griff Daniel nach der Steuerkonsole des Krankenwagens, doch das Gefährt reagierte nicht auf den Knopfdruck. Er ließ den Arm seitlich herunterfallen, er tastete die Bremse. Mit aller Kraft stemmte er sich dagegen, und der Wagen drehte sich. Er glitt zu jenem Tischchen, auf dem der Morgenrock lag, und auf diesem die Tasche. Er brauchte zehn Minuten, um sie auf seine Knie zu ziehen und zu öffnen. Sie war leer.

*

Er schlief lange, erwachte, bekam Injektionen, schlief wieder, erwachte, fühlte sich kräftiger, nahm Anteil am Geschehen in seiner Umgebung, genoß die Ruhe, ein Primi schob ihn mit dem Gleitwagen einen Rundhorizont entlang, eine Projektionswand mit unmerklich wechselnden Landschaften, Gebirge, die Antarktis, die Sahara, die Kraterfelder des Mondes, es sah aus, als blickte man von einer Plattform herunter, von einem Weg, von einer Brücke... Gefiel ihm ein Bild besonders gut, so gab er Anweisung, den Wagen stehenzulassen, er schickte den Primi fort und blickte lange und nachdenklich in die Weite.

»Eines der stimmungsvollsten Motive!« Ein anderer Gleitstuhl war, ohne daß er es bemerkt hatte, neben den seinen geschoben worden. Eine Gestalt, bis zum Hals in Dekken vermummt, ein altes Gesicht, faltig, braungefleckt, wirres, schütteres, weißes Haar, Mann oder Frau, es war nicht zu erkennen, auch die heisere Stimme verriet nichts. »Eine Rekonstruktion aus alten Farbaufnahmen, vorzüglich gelungen. Aus solchen Wäldern sind wir einst hervorgekrochen – kaum zu glauben.«

Auf der Wiese standen jetzt zwei schlankbeinige braune Tiere. Gefiederte Wedel von Farnen neigten sich im Wind.

»Ja, es ist sehr eindrucksvoll«, stimmte Daniel zu. Er war nicht gerade erfreut über die Störung, doch er hatte keinen Grund, abweisend zu sein.

»Haben Sie sich zur Transposition entschieden? Sie sehen noch jung aus. Raten Sie, wie alt ich bin! 230 Jahre. Mir nützt keine Reaktivierung mehr. Ich habe mich lange gesträubt, hatte Angst – trotz aller Versicherungen. Jetzt fühle ich mich prächtig. Darauf kommt es an: wie man sich fühlt. Auf das Aussehen achtet man später nicht mehr. Ich glaube, das ist ein Beweis dafür, daß man reifer wird. Ja, auch mit zweihundert lernen Sie dazu. Seit dreißig Jahren habe ich es aufgegeben, mich reaktivieren zu lassen. Daß sich ein paar junge Leute ekeln… egal. Man ist nur noch selten nach AUSSEN gewandt. Man verliert das Interesse am oberflächlichen Geschehen. Was früher etwas bedeutet hat, wird bedeutungslos. Ein Wandel in der Orientierung. Nicht mehr. Ein Reifungsprozeß, meine ich. Die energetische Welt ist ärmlich. In Verbindung mit ihr von Freizügigkeit zu reden, ist lächerlich, jetzt sehe ich es ein. Aktionen, Bewegungen, Eingriffe, physikalische Prozesse, eingeengt durch eine Unzahl von Gesetzen. Ein Gefängnis. Die Welt von AUSSEN ist ein Gefängnis.

Einst sind wir aus den Wäldern gekommen. Jetzt setzen

wir zur nächsten Stufe an. Ich höre nicht mehr auf die Eklektiker! Lange genug haben sie meine Entwicklung verzögert. Jetzt sehe ich das ein. Freilich, wer jung ist, macht sich die Situation nicht klar. Man läßt sich reaktivieren, immer wieder. Daß auch das einmal zu Ende ist, will man nicht wahrhaben, es liegt in weiter Ferne – so scheint es zunächst. Aber wenn es soweit ist – es ist nicht gleichgültig, glauben Sie mir. Man döst nicht dahin, man verdämmert nicht. Man findet sich nicht ab, man ergibt sich nicht in sein Schicksal. Zur nächsten Stufe zu finden, darauf kommt es an.

Sie sagen, es sei unnatürlich. Ich glaube, es ist der vorgezeichnete Weg. Wir dürfen glücklich sein, daß wir ihn heute ein Stück weiter gehen dürfen. Sie sagen, wir seien am Ende. Ich meine, daß wir erst am Anfang stehen.«

»Ein interessanter Aspekt«, sagte Daniel, nur um nicht stumm zu bleiben.

»Denken Sie darüber nach! Ich wünsche Ihnen einen schönen Tag.« Der Alte schloß die Augen, ein Primi trat hinzu, schob den Wagen an. Dabei glitt die Decke ein wenig tiefer hinunter, und Daniel sah, daß die Gestalt, die in den Kissen saß, vom Kinn abwärts keinen menschlichen Körper mehr hatte.

Noch eine längere Schlafperiode, dann kam Daniel für einige Minuten in eine Reanimationszelle. Frisch, körperlich und geistig gestärkt, stand er vor Solla, der ihn befriedigt musterte. »Sie haben sich glänzend erholt. Ihr kleines Erlebnis hat uns sehr geholfen – es hat uns an Ihre schwache Stelle geführt. Ein paar falsch gebahnte Leitungen, nichts weiter. Ich nehme an, daß Sie jetzt ideal im Gleichgewicht sind. Wir brauchen Sie nicht länger festzuhalten. Hier ist Ihre Erkennungsmarke, hier Ihr Eigentum.« Er deutete auf ein Regal, auf dem, mit einem Etikett versehen, die Tasche lag.

Daniel bedankte sich. Er nahm die Tasche auf, drehte sich wieder zu Solla um. »Darf ich eine Frage stellen?«

»Aber sicher!« Die grauen Haftschalen wandten sich ihm zu.

»Wer bin ich?« fragte Daniel. »Woher komme ich?«

Solla trat zurück, griff nach einem Spray und zerstäubte eine kleine Dosis Duftessenz. »Setzen Sie sich!« Er selbst zog einen Sessel heran, wies auf einen andern. »Ihre Identität? Eine berechtigte Frage. War zu erwarten. Es muß Ihnen ja auffallen, daß Ihre Erinnerung gelöscht ist. Dafür, auch das haben Sie sicher überlegt, dürfte es einen Grund geben.« Er nahm die Schachtel mit Erfrischungskapseln vom Regal, bot sie Daniel an. Dieser lehnte ab.

»Gab es einen Grund, so könnte er jetzt auch noch bestehen. Dann würde ich mich weigern, etwas darüber zu sagen – vorausgesetzt, Ihre Vergangenheit wäre mir bekannt. Oder ich würde Ihnen eine falsche Identität geben. Sie hätten keine Möglichkeit, herauszufinden, ob es die Wahrheit ist oder nicht. Sie hätten Zweifel. Es wäre genausogut, als hätte ich geschwiegen.«

»Ich würde mich erinnern«, wandte Daniel ein.

»Das wäre kein Beweis. Wir hätten Ihr Unterbewußtsein mit einer falschen Identität ausstatten können. Einige Stichworte würden sie Ihnen gegenwärtig machen. Sie würden sich an etwas erinnern, das Sie in Wirklichkeit nie erlebt haben.«

»Dann ist meine Identität für immer verloren?«

»Aber nein!« Solla winkte beruhigend ab. »Eines Tages werden wir Sie selbst informieren, und das brauchen wir ja nicht zu tun, um Ihnen etwas Falsches zu sagen.«

»Und wenn es doch nicht die Wahrheit ist?«

Solla stand auf, blickte auf die Uhr, als hätte er es plötzlich eilig.

»Was bedeutet Wahrheit und Unwahrheit? Tatsache ist, daß wir Sie mit jeder beliebigen Identität ausstatten können. Wann ist diese Identität falsch? Wann ist sie richtig? Was in Ihrem Gehirn als Vergangenheit gespeichert ist, bildet das Bezugssystem für Ihr heutiges Handeln. Es ist weder wahr noch falsch, sondern effektiv oder nicht, und nur auf diese Kategorien kommt es an. Wir sind Psychologen, Praktiker, keine Philosophen. Eine Identität kann einem Charakter oder einer Situation angemessen sein oder nicht. Das ist für uns die richtige oder die falsche Identität.«

»Aber«, sagte Daniel, der sich nun auch erhob, »ich handle doch nach Erfahrungen, die aus meiner Vergangenheit stammen, wenn ich sie mir auch nicht vergegenwärtigen kann. Ist das nun die richtige oder die falsche Vergangenheit?«

»Die richtige«, sagte Solla freundlich. Er legte Daniel die Hand auf die Schulter und führte ihn zur Tür.

Daniel benutzte den Lift, um sich an seinen Arbeitsplatz bringen zu lassen. Er traf Benedikt, der vor einem Panel saß und ihn bat, sich neben ihn zu setzen. Er unterbrach seine Arbeit nicht, tastete Befehle ein, studierte eine Kurve auf dem Leuchtschirm, drückte wieder einige Tasten. Winzige Lämpchen flimmerten, zeigten den wechselnden Inhalt des Arbeitsspeichers an. Benedikt warf noch einen Blick darauf, dann drehte er mit einer schwungvollen Bewegung den Stuhl herum und lächelte Daniel zu. Dieser setzte zu einer Erklärung an, doch Benedikt sagte: »Lassen Sie nur – es geht uns allen so: Von Zeit zu Zeit kriegen uns die Psychofritzen zu fassen. Sind Sie einigermaßen ungeschoren geblieben?«

Daniel nickte: »Mir fehlt nichts, ich fühle mich wohl!«

»Gut so«, meinte Benedikt. »Sie haben es überstanden. Man muß es nehmen, wie es kommt. Sie sind ja noch jung. Manche kriegen das große Zittern, wenn man sie holt. Sicher ist es nur Sentimentalität, aber man hängt an seinem Körper. Mit jedem Organ, das ersetzt wird, geht ein Stück davon verloren – jedenfalls empfinden es viele so. Andererseits: Die Mediziner tun ihr Bestes. Solange es Organersatz gibt, verzichten sie auf Metall und Kunststoff. Keiner muß befürchten, am nächsten Tag als Kyborg aufzuwachen. Kybernetische Ersatzteile werden nur eingesetzt, wenn die Genehmigung dazu vorliegt.«

»Wer gibt die Genehmigung?« fragte Daniel.

»Der Erkrankte selbst. Solange das Gehirn nicht betroffen ist, kann er entscheiden.«

»Und wenn das Gehirn betroffen ist?«

»Wenn kein Ersatz durch organisches Material mehr möglich ist, bleibt nur noch eines, um den Rest der Persönlichkeit zu retten: Anschluß an das Schaltsystem.«

»Hat man dann noch die Möglichkeit, zu handeln? Lebt man dann noch?«

»Aber sicher: umfassender als vorher. Es besteht Zutritt zu sämtlichen Speichern, zu sämtlichen Eingabegeräten und Sonden und damit auch zur Außenwelt, weiter zu allen peripheren Verarbeitungseinheiten und schließlich Verbindung zu den Aktions- und Steuerzentren, was bedeutet, daß größere Eingriffsmöglichkeit besteht, als wir sie jetzt zum Beispiel haben.«

»Wenn es vorteilhaft ist, ins Schaltnetz integriert zu sein, warum muß man dann abwarten, bis ein Gehirnschaden vorliegt?«

»Man braucht nicht abzuwarten. Jeder kann sich integrieren lassen.«

»Doch es gibt dann kein Zurück?«

»Das ist der springende Punkt«, sagte Benedikt. »Da niemand weiß, in welcher Form der Selbsterkenntnis man dann existiert, schrecken die meisten davor zurück.«

»Sie auch, Benedikt?« fragte Daniel.

»Es besteht keine Eile«, antwortete Benedikt. »Wir versäumen nichts. Ich habe allerdings den Eindruck, daß unser Dasein hier nur ein Übergangsstadium ist. Was wir tun, kann von INNEN aus genauso gut oder besser getan werden.«

»Was haben wir für eine Aufgabe?« fragte Daniel.

»Ich würde es Ihnen gern sagen – wenn ich es selbst wüßte. Leider gibt es keine Vorschriften, keine Anweisungen oder Befehle. Wir haben unserer eigenen Verantwortlichkeit zu folgen. Vielleicht ist unsere Aufgabe nur geschichtlich zu verstehen.«

»Wie meinen Sie das?«

Benedikt zögerte, durch eine Veränderung im Lichterspiel auf der Konsole abgelenkt. Jetzt erschienen Muster, die sich in kurzen Abständen wiederholten. Dann erstarrte die Bewegung – eine Figur schien auf der Mattglanzschicht des Bildschirms zu haften. Benedikt drückte eine Taste. Im Rechteck erschien ein Schriftzug:

LOGISCHER FEHLER IN ZEILE 262
ERBITTE KORREKTUR

Benedikt seufzte. Er zog das magnetbedruckte Programmformular aus dem Schlitz und zog es bis zu Zeile 262 durch. Dann wandte er sich zum Nebenrechner, tastete einige Zahlen ein, drückte die Korrekturtaste. Man hörte das Surren der rotierenden Trommeln.

»Geschichtlich«, wiederholte Benedikt. »Wir sind die Vertreter des Volkes. Unserer Kontrolle unterliegen die Beschlüsse, die Gesetzesänderungen bedürfen unserer Zustimmung. Wir können Einspruch erheben, wenn uns eine Entscheidung unrichtig erscheint.«

»Geschieht das auch?«

»Im ursprünglichen Sinn des Wortes nicht. Alle sozialen Programme sind verwirklicht, allen Forderungen der Medizin und Hygiene Rechnung getragen. Es gibt keinen Hunger mehr, keine Kriege, keinen Zwang zur Bildung, keine Notwendigkeit, zu arbeiten. Die Betreuung ist umfassend, die Sicherheit absolut. Der Forderung nach Lebensglück wird entsprochen, die Freiheit ist uneingeschränkt. Tritt ein Problem auf, so fällt es in neunundneunzig komma achtundneunzig von hundert Fällen unter ein Routinemodell und wird nach bereitgestellten Programmen gelöst. Theoretisch ist das, was übrigbleibt, unsere Aufgabe, aber was bedeutet das schon! Ehe wir die Fakten auch nur durchgegangen sind, liegt bereits das Ergebnis einer Simulation vor und das Programm zur Lösung der Aufgabe. Unnötig, es zu prüfen. Es stimmt immer.«

»Was haben wir dann hier noch zu tun?«

»Wir sind hier, weil es ein uraltes Prinzip der Kontrolle vorschreibt – aufgrund einer Abmachung mit der Rechenanlage. Ein Relikt der Vergangenheit sozusagen. Seit der Einführung sich selbst reparierender Schalteinheiten hat es keine Beanstandungen mehr gegeben. Wir dürfen sicher sein, daß alle Menschen, die von hier aus betreut werden, in jenem Idealzustand leben, den sie sich selbst wünschen.«

Sie schwiegen eine Weile.

»Erinnern Sie sich eigentlich noch daran, was Sie früher gemacht haben? Kennen Sie Ihre Vergangenheit?« fragte dann Daniel wieder und erwartete fest, eine verneinende Antwort zu erhalten.

»Gewiß«, antwortete Benedikt, »ich hatte meine Wohnzelle, genoß die Spiele, die Flirts, die Massagen, die Duftkompositionen, die programmierten Träume, ich hörte Computermusik, löste Rätsel, schlief, aß, trank... das war das Wichtigste, und soviel ich mich erinnere, war es auch schon alles.«

»Und wie kamen Sie hierher?«

Einen Augenblick sah es so aus, als ob Benedikt nicht antworten würde, aber dann tat er es doch. »Das ist gewiß ein heikler Punkt. Offiziell heißt es, daß ein bestimmter Prozentsatz von Menschen als Volksvertreter ausgewählt wird, doch worauf es ankommt, ist das Auswahlprinzip, und dazu habe ich nur eine Vermutung.«

Wieder zögerte Benedikt, und erst, als ihm ein Seitenblick auf Daniel zeigte, daß dieser mit Spannung die Antwort erwartete, sprach er langsam weiter: »Die Situation ist so: Einerseits gibt es hier Kybernetiker, Linguisten, Logiker; dazu gehören wir. Andererseits gibt es hier Mediziner, Humanbiologen, Psychologen und Psychiater. Sie beschäftigen sich mit allen jenen Abweichungen, die nicht unter Routine einzustufen und automatisch heilbar sind – Mutationen, Regenerationen, psychische Defekte. Die Betroffenen holen sie hierher – zur Beobachtung, zur Behandlung, zur Erforschung. Es wäre nun natürlich möglich, daß die Auswahl der Volksvertreter unabhängig davon erfolgt. Es wäre aber auch möglich, daß wir nichts anderes sind als, na, sagen wir's rundheraus, nichts anderes sind als Abnormale.«

»Haben Sie einen Grund zu diesem Verdacht?«

»Mehrere. Einer ist ein logischer Widerspruch. Man hätte uns nicht gegen unseren Willen herbringen dürfen, nicht, wenn wir in unserem früheren Lebensraum restlos glücklich gewesen wären – das würde dem Prinzip der Freizügigkeit widersprechen. Da der äußere Lebensraum so eingerichtet ist, daß er dem normalen Menschen volle Zufriedenheit gibt, können wir nicht normal sein.«

»Und der zweite Grund?«

»Der zweite Grund ist persönlicher Natur. Eigentlich spreche ich ungern darüber, aber es bleibt doch unter uns?« Auf das zustimmende Nicken Daniels hin fuhr er fort: »Ich hatte einen Zusammenbruch. Tobsuchtsanfall, Zerstörungswut. Ich rannte schreiend durch die Gänge – ich glaube, ich habe andere zu verletzen versucht. Ich verlor das Bewußtsein. Als ich erwachte, befand ich mich auf dem Weg hierher. Ich muß in der Zwischenzeit auf meinen Aufenthalt in der Zentrale präpariert worden sein, denn alles schien mir selbstverständlich.«

Ein paar Sekunden war es still. Auch die Apparatur war zur Ruhe gekommen, doch Benedikt kümmerte sich nicht darum. Schließlich konstatierte Daniel: »Wir befinden uns also in einer Irrenanstalt.«

Benedikt stand auf, trat an ein Pult, lehnte sich, Daniel zugewandt, mit verschränkten Armen darauf. »Manchmal fürchte ich es«, antwortete er.

Daniels Arbeitsplatz lag verwaist da, so wie er ihn verlassen hatte – an der Konsole noch die Adresse der Checkliste eingedrückt. In der Nachbarzelle sah er Maud, die beschäftigt schien. Er nickte ihr zu, und sie nickte zurück. Daniel verdunkelte den Raum und ließ sich die zweite Lektion einspielen. Wie immer war er ein wenig erschöpft danach; er nahm eine Tablette RA forte und fühlte sich besser. Als die lichtabsorbierende Tönung an den Glasscheiben der Trennungswände verschwunden war, bemerkte er, daß Maud Besuch hatte. Larry saß bei ihr. Daniel wartete eine Weile, rief zur Übung einige Daten ab, sah das Inhaltsverzeichnis der Programmbibliothek durch... Als er merkte, daß Maud mit Larry wegging, blieb er noch eine Weile untätig, dann fuhr er in sein Appartement. Nach langer Zeit schloß er sich wieder an das Mysteryprogramm an. Er wies sich die Rolle des Helden zu, der schwierige Abenteuer besteht, Rivalen besiegt, Mädchen befreit, bewundert wird, alle anderen übertrifft, vor nichts zurückschreckt, stets einen Ausweg findet, von seinen Gegnern gefürchtet wird, sich niemals fürchtet, allen andern stets ein Stück voraus ist, sich niemals ergibt, mit allen Wassern gewaschen ist, alle Tricks kennt, sich nicht übertölpeln läßt, alle Waffen beherrscht – und durch den Glauben an sich selbst ein solches Maß an Überlegenheit gewinnt, daß er tun und lassen kann, was er will, jedes Risiko eingehen, sich in jede Gefahr stürzen, jedes Wagnis auf sich nehmen kann, ohne zu zögern, weil er mit Sicherheit weiß, daß es ihm gelingen wird, als Sieger hervorzugehen.

Später Nachmittag, ein angebrochener Tag, keine besonderen Ereignisse, keine Resultate, sinnlos vertan, aber was heißt schon ›sinnvoll‹, verlorene Stunden, doch kein Verlust, denn an Zeit herrscht kein Mangel, im Gegenteil – es kommt darauf an, sie hinter sich zu bringen, und das ist schwierig genug, wenn die Ewigkeit vor einem liegt.

Daniel schloß sich an den Emotionsgenerator an und ließ jenes Gehirnzentrum reizen, das fröhliche Zuversicht auslöst. Danach fühlte er sich unruhig und tatendurstig, die Enge seines Zimmers störte ihn, und er trat hinaus, strich ohne festes Ziel durch die Gänge, betrat eine Kabine des Liftsystems. Vor der Tastatur zögert er: Er wollte einen Teil des Gebäudes aufsuchen, den er noch nicht kannte, hatte einfach das Bedürfnis nach neuen Eindrücken, nach Bewegung, nach Veränderung. Er hatte es versäumt, den Plan zu studieren, und wußte nicht, welche Koordinaten er wählen sollte. Am Rande des Rechteckmusters aus Druckknöpfen bemerkte er einzelne Tasten mit besonderen Symbolen: ›STOP‹, ›HELP‹, ›CALL‹, und dergleichen, darunter auch welche, deren Bedeutung nicht zu entschlüsseln war, wobei ihm das Zeichen ›i‹ auffiel. Es konnte verschieden ausgelegt werden, doch zuerst kam ihm die Einheit der Imaginärzahlen, die Wurzel aus minus Eins in den Sinn, im Zusammenhang mit Koordinaten naheliegend, mit Adressen einer realen Raumordnung jedoch merkwürdig. Kurz entschlossen drückte Daniel auf den Knopf und tastete, als sich nichts ereignete, eine beliebige Adresse ein. Die Kabine setzte sich in Bewegung, kam in Fahrt, die Leuchtzahlen glitten vorbei, einige Male ein Wechsel in der Fahrtrichtung... unversehens wurde es dunkel. Nur an der schwachen Vibration war zu merken, daß der Lift noch arbeitete, ein sanfter Ruck, ein Augenblick des Stillstands... wieder in Bewegung, aber in welcher Richtung? War es die Dunkelheit, die den Gleichgewichtssinn verwirrte, ungewöhnliche Eindrücke vorspiegelte? Daniel war sicher, daß er sich nicht mehr in einer Ebene bewegte, aber auch nicht abwärts, obwohl die Empfindung jener eines Sinkens nahe kam. Er hatte das Gefühl, daß der Boden unter seinen Füßen schwankte, er verlor die Orientierung, war nicht sicher, ob er noch aufrecht stand, tastete nach den Kabinenwänden, um sich zu vergewissern, daß er nicht frei im Raum schwebte, fand Halt, lauschte in die Finsternis hinein, empfand die Vibration der Fahrt als einzigen reellen Vorgang, glaubte, sich im Kreise zu drehen und zugleich zu kippen.

Die Kabine hielt... das Schleifen der Tür. Nach wie vor Dunkelheit. Er trat an die Türöffnung, hielt sich am Rahmen fest, fühlte mit dem Fuß vor, glitt ab, trat ins Leere. Das Geräusch hell, leise nachhallend... die Ahnung eines großen Raums. Eine Hand am Türrahmen, eine nach vorn gestreckt – eine Strebe. Der Tasteindruck glatt, trocken, weder kühl noch warm. Die Finger strichen darüber hinweg. Zentimeter um Zentimeter. Eine Quersprosse.

Daniel zog sich wieder in die Kabine zurück. Er suchte in seiner Tasche nach einem entbehrlichen Gegenstand, fand den Magnetschreiber. Er hockte sich auf den Boden... hier die Schwelle, einige Zentimeter weiter nichts mehr. Er schob den Stift über die Kante. Er fiel, prallte auf, kollerte... Stille... Aufprall... Kollern... Er horchte... nichts, absolute Stille. Er starrte ins Dunkel – kleine Punktreihen, eine Halluzination? Es hatte den Anschein. Ein Punktraster, einen Atemzug lang ruhig, dann zurückgleitend... Ein zweiter, über dem andern, kurze Zeit zusammenlaufend, dann wieder schräg verwinkelt.

Was war das?

Daniel schloß die Augen, öffnete sie wieder. Die Punkte waren wieder da, jetzt etwas heller, seine Augen hatten sich akkommodiert. Wenn er noch ein wenig wartete... Seine Aufregung verebbte, das Herz schlug wieder ruhig. Er zwang sich zu tiefen Atemzügen... konzentrierte sich. Es gelang ihm, die Punktraster zur Deckung zu bringen. Jetzt sah er ein räumliches Netz, eine regelmäßige Anordnung, das Gitter des Graphits, Waben aus Sternen, Schatten dazwischen.

Er wartete und sah noch mehr. Die blassen Punkte blieben, bildeten ein festes Gefüge. Sie schimmerten so schwach, daß sie die Umgebung nicht beleuchteten, doch die Gegenstände schoben sich als schwarze Abgründe vor das schwebende Punktmuster, allmählich war es sogar möglich, zu erkennen, wie weit entfernt sie waren – je nachdem, welche Schicht verdeckt war und welche nicht. Und schließlich, nach 15 Minuten, war sogar ein Widerschein der Lichter auf den Streben erkennbar, ein diffuses Blinken auf glatten undurchsichtigen Oberflächen, und die Streben erwiesen sich als eine Art Gerüst, Stangen, um 60 oder 120 Grad gegeneinander geneigt, in den Gabelpunkten die Lichtflecke, senkrechte Stützen, die zur nächsten Schicht führten.

Es war angenehm warm hier, ein schwacher Luftzug kam von unten. Es war auch nicht mehr absolut still. Jetzt, da sich Daniels Ohren an die Stille gewöhnt hatten, hörte er ein Knistern, das aus allen Richtungen kam. Er kniete nieder, griff an die Stange, die quer vor der Kabinentür dahinlief, rüttelte daran – sie ließ sich weder bewegen noch biegen. Er stand wieder auf, streckte einen Fuß vor, verlagerte das Gewicht nach vorn... Das Gerüst war fest, ließ sich als Leiter benützen. Er zog seine Schuhe aus, die ihm beim Klettern hinderlich waren, stemmte sie zwischen die Kabinenwand und den Gleitrahmen der Tür. Nun war sein Fahrzeug fest verankert. Vorsichtig schob er sich hinaus, über den Abgrund, kletterte abwärts. Nach einigen Metern erreichte er eine Ebene, in der er die Konturen von Gegenständen erkannt hatte. Aus der Nähe erwiesen sie sich als Ausläufer einer dunklen Masse im Hintergrund, Äste, vielfach verzweigt. Auswüchse, Brücken bildend, mit flachen Enden, zylindrischen Verdickungen, Kugeln mit strahlenförmig abführenden Leitungen.

Hier war das Knistern lauter. Es kam von der Peripherie des Astgewirrs, von der vordersten Front... Anzeichen von Bewegung – ein Lichtpunkt verschwand, ein anderer tauchte aus dem Nichts. Daniel konzentrierte sich auf eine Stelle; einige moosartige Verzweigungen, blinkende Kügelchen an den Enden... Jetzt sah er es: die Zweige wuchsen, die Nadeln streckten sich wie Fühlorgane, Tröpfchen zitterten an den Spitzen. Die dünnen Nadeln wuchsen ruckweise – ein paar Millimeter in der Sekunde. Aber auch die dicken Fortsätze verlängerten sich, wenn auch langsamer, kaum merklich. Eine matte Spiegelung an ihren flachen Enden, eine benetzende Flüssigkeit? Daniel beugte sich vor und legte einen Finger daran... er verursachte einen Schauer knisternder Geräusche. Er hatte einen schwachen, elektrischen Schlag gefühlt – stand die Masse unter Spannung?

Jetzt konnte er schon leidlich sehen, obwohl das Licht außerordentlich schwach war. Seine Helligkeit schwankte – Quantenrauschen? Über sich sah er den dunklen Schatten der Kabine. Sie hing an zwei Schienen, nicht dicker als die

Gitterstreben. Unter der Kabine waren die Schienen zu Ende, hörten unvermittelt auf.

Daniel fühlte sich jetzt sicherer, hatte keine Angst mehr, sich zu verirren oder abzustürzen. Er kletterte seitwärts, stets darauf bedacht, sich mit den Beinen abzustützen, näherte sich der verschatteten Masse, dem Ursprung der gewächsartigen Ausläufer. Soviel zu erkennen war, erschien sie kompakt, nicht mehr ein Geflecht, sondern massiv, da und dort eingekerbt, durchlöchert, aber in sich geschlossen. Hier waren keine Bewegungen, keine Geräusche zu konstatieren; der Wachstumsprozeß war beendet oder stand still. Wieder riskierte es Daniel, die Hand daran zu legen: Es war feste Materie. Er empfand keinen Schlag. Als er zuerst leicht, dann fester drückte, gelang es ihm nicht, auch nur ein kleines Stück abzubrechen. Das Material hatte die Härte von Korund.

Einige Zeit verwendete er darauf, den Umfang des Gebildes zu ermitteln, doch stellte sich heraus, daß ihm das unter den gegebenen Umständen unmöglich war. Immerhin: Das Aggregat war riesig, es wuchs aus der Tiefe des Raums; was er hier sah, schien nur ein kleiner Teil des Ganzen zu sein, weiter hinten ballte es sich zusammen wie eine Wolke, ein Universum, es war kein Ende abzusehen.

Daniel stieg das Raumgitter empor, mit Händen und bloßen Füßen nach den Streben tastend, erreichte die Kabine, entfernte die Schuhe aus dem Schlitz, zog sie langsam an, noch befangen vom Unerklärlichen, das ihn umgab. Dann drückte er die Taste – auf gut Glück, denn um die Ziffern zu erkennen, reichte das Licht nicht aus. Er achtete nur darauf, nicht wieder die ›i‹-Taste zu berühren. Er spürte den Ruck des Anfahrens, sah weißglimmende Punktraster an sich vorübergleiten … Die Kabine hielt … wieder ein Ruck, eine Lichtflut überschwemmte ihn, schmerzhaft grell, zwang ihn, die Augen zu schließen … Als er sie nach einigen vergeblichen Versuchen wieder zu öffnen vermochte, sah er als erstes das Vorübergleiten der Leuchtziffern – er befand sich wieder im bewohnten Teil. Als die Kabine schließlich hielt, kümmerte er sich nicht darum, wo er angekommen war, sondern stieg aus und ging zu Fuß in sein Appartement.

*

Der nächste Tag. Nun war es schon nichts Neues mehr, aufzuwachen und sich seines Aufenthalts in der Zentrale bewußt zu werden. Ein Ablauf nach Routine – Schaltgriffe. Gedankenbefehle – Bad, Massage, Bestrahlung, Frühstück.

Einen Arbeitsplatz zu haben. Auch von den Appartements aus bestand Zugang zu den Speichern, zu den Programmen, hatte auch schon in der Außenwelt bestanden, aber wer hätte daran gedacht, etwas anderes abzurufen als Spiele, Wettkämpfe, Krimis, Phantastics, Mysteries, Musicals. Jetzt lernte er, was aus dem System alles herauszuholen war, wie man es einsetzte, wie man auf ihm spielte, sich seiner bediente. Die einfachen Abrufbefehle waren jedem geläufig, und damit konnte man beliebige Daten, Demonstrationen und Lehrprogramme erhalten – auch das Programm zur Bedienung der Anlage. Schon die ersten beiden Lektionen eröffneten eine Fülle von Möglichkeiten, reizten an, die Apparatur auf die Probe zu stellen, ihre Fähigkeiten auszuloten.

Daniel ließ sich die dritte Lektion einspielen, machte eine kurze Pause, dann die vierte. Danach war er erschöpft und ging zur Reanimation. Er hatte ein kurzes Gespräch mit Maud, lehnte ihre Einladung ab, mit ihr zu schlafen, und rief die fünfte Lektion ab.

Als er sich wenig später aufmachte, um den nächsten Erholungsraum zu suchen, lief ihm Larry in den Weg und erbot sich, ihn hinzuführen. »Hier, gleich um die Ecke, ist eine kleine Bar mit Lichtspielen und Musik. Wenn Sie aber etwas Besonderes erleben wollen, dann kommen Sie mit!« Sie fuhren ein Stück mit dem Lift, die meiste Zeit aufwärts, und kamen in eine große Halle, in der, locker verteilt, Stühle mit Tischen und Zapfsäulen standen. Dämmriges Licht: die

Decke durchsichtig, man sah in ein klares grünes Leuchten hinein, in dem Schwärme silberner Kugeln spielten.

»Waren Sie schon hier?« fragte Larry. »Die oberste Etage. Über uns das Meer. Die einzige Stelle, von der es einen Ausblick gibt.«

Sie suchten einen freien Platz, setzten sich, tranken Bierblau.

Larry deutete nach oben.

»Die silbernen Kugeln sind Gasblasen. Ich weiß nicht, woher sie kommen«, meinte er. »Vielleicht Abfallprodukte der Versorgung. Gase, die in Meerwasser gelöst sind und bei der Trinkwassergewinnung ausgeschieden werden. Entsalztes Wasser; hier besteht keine Notwendigkeit zur Wiedergewinnung wie bei den Nahrungsmitteln.«

»Von außen wird nichts angeliefert?«

»Nein, das Zentrum ist völlig unabhängig. Die einzige materielle Verbindung ist die Fähre – und sie bringt nur Menschen. Und auch nur so viele, daß ihre Zahl hier unten gleich bleibt. Wir sind hier auf jede erdenkliche Weise autonom – und das muß so sein, denn die Menschheit ist auf das Funktionieren der Zentrale angewiesen.«

»Kommt es vor, daß jemand zurückkehrt – nach außen?«

»Nein. Wozu auch. Hier steht alles zur Verfügung, was außen zur Verfügung steht, und mehr.«

»Doch die Bewegungsfreiheit ist eingeschränkt.«

»Was gibt es schon für Gründe, sein Appartement zu verlassen? Das Kommunikationssystem reicht überallhin. Persönlich irgendwohin zu fahren wäre völlig sinnlos, außerdem unbequem und riskant. Wenn Zugang zu jeder Information besteht, sind Ortsveränderungen überflüssig. Die Projektionen sind so gut wie die Wirklichkeit selbst. Wer will, kann auch weitere Sinneskanäle anschließen – Geschmack, Geruch, Tastgefühl, Temperaturempfindung, natürlich im Rahmen des Unschädlichen. Wer macht schon davon Gebrauch? Die Informationen sind gespeichert, abrufbar. Bei allen Bändern – mit Ausnahme der unvollkommenen aus historischer Zeit – sind alle Spuren belegt. Der vollkommene Eindruck ist prinzipiell zugänglich.«

»Aber nur mittelbar«, warf Daniel ein.

Larry lehnte sich zurück und blickte in das grüne Weben an der Decke.

»Was ist unmittelbar, was ist mittelbar? Hier oben«, er hob die Hand, »haben wir ein Stück Realität. Überdenken Sie es genauer, so trennt uns davon weit mehr als eine Kunststoffwand. Genaugenommen sind wir alle isoliert, tragen die ganze Mannigfaltigkeit der Welt in uns. Es sind nur physikalische Prozesse, die uns Daten liefern. Sie werden gefiltert, verrechnet. Daraus entstehen Bilder. Was spielt es für eine Rolle, ob man an Ort und Stelle ist oder einige Erddurchmesser davon entfernt? Nicht mehr, als in jenen Sekundenbruchteilen liegt, die die Signale brauchen, um uns zu erreichen. Der Zugriff zur Welt führt nicht über jene Orte, die man körperlich erreichen kann; das wären armselig wenige. Er führt über das Datennetz. Die Ausgabegeräte jedes einzelnen Appartements sind der Schlüssel zur ganzen Welt.«

Der prickelnde Geschmack des blauen Getränks wirkte angenehm belebend. Es enthielt Ingredienzien, die das weltoffene Interesse bestärkten, die Bereitschaft zum Gedankenaustausch, zum Zuhören und Sichmitteilen. Sie kräftigten das Selbstbewußtsein, den Glauben an die eigene Intelligenz, den Hang zum Philosophieren. Und neben den positiven Folgen, welche die Unterdrückung jeder Hemmung mit sich bringt, die Aktivierung des Kommunikationsbedürfnisses, hatten sie die üblichen negativen Konsequenzen – die Ausschaltung von Kontrollmechanismen, der Sicherung gegen Selbstüberschätzung, des Kritikvermögens. Banales wurde bedeutend, Dahingesagtes bekam einen genialen Anstrich.

»Zur Freiheit gehört auch die Möglichkeit des Eingriffs«, sagte Daniel.

»... soweit nicht die Freiheit anderer beeinträchtigt wird. Diese Möglichkeit besteht. Wollen Sie die Welt verändern –

Sie brauchen nur die Befehle zu geben. Direkte oder indirekte, bedingte oder unbedingte, einfache oder komplizierte. Sie können die Aktionen vorschreiben oder Freiheiten offenlassen.«

»Diese Eingriffe betreffen aber keine wirklich entscheidenden Punkte. So ist es beispielsweise nicht möglich, an die Versorgungseinheiten heranzukommen, den medizinischen Dienst zu beeinflussen, das Nachrichtennetz zu verändern.«

»Das sind keine Punkte, in denen sinnvolle Veränderungen möglich wären. Diese Systeme vollziehen Routineaufgaben, um die man sich glücklicherweise nicht zu kümmern braucht. Es wäre unvorstellbar, müßte man für Atemluft sorgen, für Trinkwasser, für Nahrung, müßte man darüber nachdenken, wie die Heizung funktioniert oder die Ventilation, hätte man damit zu tun, die Appartements zu säubern oder das Mobiliar herbeizuschaffen. Diese Vorgänge sind längst optimiert und somit nicht mehr veränderlich. Darüber können wir glücklich sein! Ein schrecklicher Gedanke, jemand würde mit der Versorgung experimentieren! Eine Welt, in der Dinge, die man braucht und wünscht, sich nicht abrufen lassen – einfach absurd!«

Beide lachten und griffen wieder zu ihren Gläsern. Stillschweigend waren sie übereingekommen, weiterzutrinken – so lange, bis das im Getränk enthaltene Anästhetikum zur süßen Ohnmacht führen würde, genau dann, wenn die Stimmung den Höhepunkt erreichte und weiterer Genuß zu Schäden führen könnte.

»Wäre es nicht denkbar, daß durch irgendeine Katastrophe das System zusammenbricht? Was würde mit den Menschen geschehen? Würden sie weiterleben?«

»Vielleicht würden sie kleinere Störungen überleben – kleine Störungen beheben sich selbst. Das System ist homöostatisch. Ein richtiger Zusammenbruch? Keine Versorgung mehr? Dann wären wir verloren – die Existenz kohlenstofforganischer Wesen ist an tausend Voraussetzungen geknüpft, unsere Struktur ist labil. Aber Sie wissen ja, wir befinden uns in einem Übergangsstadium – nach und nach wird unsere jetzige, überholte Erscheinungsform verschwinden. Sie hat nur soviel Wert, als sie die initiale Phase der Evolution ermöglicht, den Übergang von einfachen zu hochkomplexen Ordnungen. Das sind die Probleme, an denen wir jetzt arbeiten.«

»Haben wir wirklich eine konkrete Aufgabe? Benedikt meinte, wir befänden uns in einem Irrenhaus.«

Sie lachten wieder und erhoben die Gläser. Es war ein herrliches Spiel, Fragen aufzuwerfen, einen Punkt im glasklaren Schema der Zusammenhänge aufzugreifen und schon zu wissen, daß es qualvoll andauernde Ungewißheit nie geben würde, daß man nur der souverän beherrschten Logik folgen, das umfassende Wissen einsetzen mußte, um die Lösung zwingend abzuleiten.

»Ich kenne die Zweifel Benedikts. Er glaubt noch an die Eindeutigkeit unserer Existenz, verlangt absolute Beweise. Daher fällt er von einem Extrem ins andere. Natürlich hat er nicht unrecht, aber er urteilt einseitig. Gewiß sind wir alle abnormal, aber jeder, der sich anschickt, eine weitere Stufe in der Evolution zu überwinden, ist abnormal. Nun ist uns aber kein Weg vorgezeichnet, sondern wir sind noch dabei, ihn zu suchen. Somit läßt sich nichts darüber aussagen, welche Abweichung die Ausgangsbasis für höhere Stufen sein wird. Natürlich ist hier ein Sammelbecken von Monstren, aber gerade darin liegt unsere Potenz. Ich bin überzeugt, daß das der einzige Gesichtspunkt ist, nach dem wir ausgewählt wurden.«

»Seit wann sind Sie hier? Sind Sie tatsächlich schon mit Problemen unserer weiteren Entwicklung beschäftigt? Ich wollte, ich wäre auch schon so weit!«

Wieder lachten sie, tranken. Über die Transparenz ihrer Gedanken legte sich ein leichter Nebel. Die Assoziationen gelangen noch leichter, die Erkenntnisse rasteten schneller ein, das Wirkungsgefüge war diffus, aber weithin erhellt.

»Das wünsche ich mir auch«, sagte Larry. »Dazu reicht

aber unsere gegenwärtige Existenzform noch nicht aus. Die indirekte Art, auf die wir uns mit dem logischen System verständigen, bildet ein zu großes Hindernis.«

»Die Integration – das ist die Lösung.«

»Ja. Wir müssen uns mit der Maschine verschwistern, anders geht es nicht, anders kommen wir nicht weiter. Es ist, als wolle man fliegen, einfach so, ohne Flügel, sich in die Lüfte erheben. Ohne Hilfsmittel ist uns das verwehrt, aber heute genießen wir diese Hilfe. Es gab einmal eine Zeit, da stand dem Menschen die Natur gegenüber, mit der er sich auseinanderzusetzen hatte. Später stand ihm der Mensch gegenüber, und sonst nichts. Heute ist es das logische System, mit dem wir in Wechselwirkung stehen. Doch diese Wechselwirkung hat den Aspekt des Konflikts verloren. Es ist die Wechselwirkung der Symbiose.«

*

Es waren nur geringfügige Veränderungen – eine hinuntergedrückte Taste, eine verstellte Ziffer im Zählwerk des Satellitenrechners, gekippte Armstützen des Stuhls –, die Daniel stutzig machten. Als er die Hand auf die Sitzfläche legte, fühlte er noch die Wärme: Es konnte erst Sekunden her sein, daß sich jemand an seinem Arbeitsplatz zu schaffen gemacht hatte.

Daniel setzte sich an den Bildschirm und ließ sich rasch hintereinander die Sicht der umliegenden Gänge geben. Schon beim vierten Versuch bemerkte er eine verdächtige Bewegung, einen Mann, dem Fernsehauge abgewandt, der hastig das Weite suchte. Daniel beherrschte die Steuerung bereits so gut, daß es ihm leicht fiel, die Gegensicht zu bekommen: Jetzt eilte der Verdächtige auf ihn zu, und er sah, daß es der schwarzhaarige Unbekannte war, der ihm die Tasche entrissen hatte. Daniel ließ ihn automatisch weiterverfolgen, was früher oder später zur Identifizierung führen mußte, konnte aber dennoch den Wunsch nicht unterdrükken, ihn persönlich zu stellen. Er schätzte die Wegrichtung des Verdächtigen ab und lief hinterher. Da es ihm gleichgültig war, ob er auffiel oder nicht, und er nicht auf die Menschen achtete, die ihm erstaunt nachblickten, kam er rasch voran – schon nach einer knappen Minute erblickte er den Gesuchten. Aber auch dieser bemerkte seinen Verfolger und schlug ein rascheres Tempo ein. Zunächst hatte es den Anschein, als liefe er auf eine Liftstation zu, doch fürchtete er offenbar, nicht schnell genug in der Kabine verschwinden zu können, bog in einen Nebengang ab und beschleunigte seine Schritte.

Sie rannten an mehreren Leuten vorbei, die an Theken saßen, Bier tranken oder Lachgas inhalierten, aber niemand beteiligte sich an der Jagd. Während der Schwarzhaarige zuerst unsicher gewirkt und seine Richtung mehrmals gewechselt hatte, lief er nun zielstrebig geradeaus, erreichte eine der Spiralterrassen und rannte bergauf, was zwar langsamer ging und seinen Verfolger etwas näher kommen ließ, aber beide Kraft kostete, so daß der Abstand bald gleichblieb und sogar wieder größer wurde, als sich die Verfolgung in einem waagrechten Korridor fortsetzte.

Diese Gegend war Daniel bekannt: Sie mochten sich nicht weit von jenem Trakt befinden, in dem er seine Begegnung mit den Mutanten gehabt hatte. Der Unbekannte lief nun in einen langgestreckten Saal hinein, in dem ganze Reihen von Gleittischen standen, darauf Wannen, durchsichtig, und mit trüber Flüssigkeit gefüllt. Nährlösungen mit Zellkulturen, manche formlos, schleimig, Gallerten, in anderen: Organe, noch halb entwickelt, aber schon erkennbar, Herzen, Lungen, Nieren, undefinierbare Drüsensysteme, Adern, Darmschlingen, wieder in anderen Embryos von Menschen oder Tieren, blaß und durchsichtig, mit großen Fischaugen, Stummeln von Gliedmaßen, Saugnäpfen, Tentakeln...

Sie liefen zwischen den Wagen hindurch, und der andere wurde merklich langsamer – Daniel glaubte schon, ihn gefaßt zu haben, da wandte der einen besonders üblen Trick an: Er gab den Wagen gezielte Stöße, so daß sie in den Gang rollten und Daniel Mühe hatte auszuweichen. Beim ersten gelang es ihm noch, dann aber, als ihm der zweite plötzlich im Weg stand, konnte er nicht mehr bremsen, er streifte ihn, riß die Wanne herunter, die am Boden zerschellte, aber noch war der Schwarze dicht vor ihm, und da es nun einmal geschehen war, nahm Daniel keine Rücksicht auf sein Mißgeschick, stürmte weiter, versuchte, die Laufwagen beiseite zu stoßen, rannte noch einen um und noch einen, verfing sich, stürzte, um ihn herum eine schal riechende Lache, ein schlapp pulsierendes Gebilde, einer entschälten Muschel ähnlich. Er lag da, betäubt vom Sturz, vom ekligen Geruch, vor Erschöpfung, vor Schreck, vor Ärger, er fühlte sich unsanft emporgerissen... Vor ihm die zwei Biologen, denen er schon begegnet war. Fenner hieß der eine, den Namen des anderen kannte er nicht. Beide zeigten sich ärgerlich, entrüstet. Sie machten ihm Vorhaltungen, rügten sein Benehmen, schreckten vor Beleidigungen nicht zurück, und Daniel, atemlos von der ungewohnten Anstrengung, sah sich nach dem Unbekannten um, wollte auf ihn deuten, aber er war nicht zu sehen, war verschwunden, vielleicht hatte er sich versteckt oder es war ihm gelungen, sich davonzumachen, und so konnte Daniel keine Erklärung geben, brachte kein Wort heraus, zitterte vor Wut und Erschöpfung, rang nach Luft.

Die Biologen halfen ihm unsanft auf, führten ihn, noch immer murrend, in einen Nebenraum. An einem großen sechseckigen Tisch saßen drei alte Bekannte: Figueira, Miriam und Julius, der Primi. Als sie Daniel erkannten, zeigten sie sich bestürzt, und Figueira sprang auf und flüsterte den Biologen etwas zu, die sich daraufhin etwas höflicher zeigten und ihn baten, mit ihnen am Tisch Platz zu nehmen.

Offenbar waren sie bei einem Spiel gestört worden. Sie erkundigten sich bei Daniel, ob es ihn stören würde, wenn sie weiterspielten, und Daniel beeilte sich zu versichern, daß er froh wäre, wenn er sie nicht weiter von ihrer Beschäftigung abhielte. Jeder hatte ein kreisrundes Plättchen vor sich liegen, eine Scheibe, münzengroß, die eine Seite weiß, die andere schwarz, auf der weißen eine 1, auf der schwarzen eine 0. Einer nach dem anderen nahm es zwischen Daumen und Zeigefinger, stellte es senkrecht auf, ließ es rotieren, bis es über eine Kante zu kreisen begann, wobei sich eine Seite, die schwarze oder die weiße, nach oben wandte und dann schließlich aufgedeckt liegen blieb: schwarz oder weiß, 0 oder 1.

Die Zählungsweise war einfach.

$$0 + 0 = 0$$
$$0 + 1 = 1$$
$$1 + 0 = 1$$
$$1 + 1 = 0$$

Jedes Ergebnis wurde zum vorhergegangenen dazugezählt. Spieler war jeweils der letzte in der Runde. Kam die Endsumme 0, so hatte er verloren, kam die Endsumme 1, so hatte er gewonnen. Er mußte aber den Verlust nicht annehmen, sondern konnte seinen Einsatz verdoppeln. Dann wurde eine Runde weitergespielt, wieder bis zu ihm, und wieder konnte er entscheiden, ob er den Verlust akzeptieren oder eine Runde weiterspielen wollte.

Daniel sah den andern zu. Es dauerte eine Weile, bis er die Spielregeln begriff, alles ging mit wenig Worten vor sich, ein paar Zahlen, »gewonnen«, ein paar kurze Bemerkungen. »verloren«, oft zeigte der Spieler nur durch Gesten an, ob er den Verlust annehmen oder verdoppeln wollte – er hob einen Finger, bei der zweiten Runde zwei, und so fort. Alle gaben sich gelassen, nur Figueira schien nervös zu sein, er hatte einen Zettel vor sich liegen und notierte die Folgen der Binärziffern. Wenn die Entscheidung, weiterzuspielen oder zu verlieren, an ihm war, überlegte er lange. Worum sie spielten, war nicht zu erkennen. Daniel beruhigte sich allmählich. Obwohl er sich in dieser Runde keineswegs wohl fühlte, war er doch dankbar, daß man ihm sein Mißgeschick nicht weiter übelnahm. Da er sich nicht umzusehen wagte, horchte er nach hinten; aus der Halle kamen Geräusche – Schleifen, Zischen, Klirren von Glas – offenbar waren automatische Reiniger oder auch Primis dabei, die Scherben wegzuräumen, die Rückstände der Nährlösungen und ihren unappetitlichen Inhalt vom Boden zu entfernen.

»Wollen Sie sich nicht am Spiel beteiligen?« fragte Fenner.

Daniel lehnte ab, doch die andern drängten, und da er nicht unhöflich erscheinen wollte, gab er schließlich nach. »Worum wird gespielt? Ich habe nichts, was ich einsetzen könnte.«

»Um Rechenzeit natürlich!« antwortete Figueira. »Sie haben doch Ihre Bons noch nicht verbraucht!«

Daniel griff in seine Jackentasche – ja, er hatte die Bons bei sich. Und es war logisch, um die Rechenzeit zu spielen; es war das einzige, was nicht unbeschränkt zur Verfügung stand. Alles andere gab es umsonst – Essen, Trinken, Wohnen, Dienstleistungen von Automaten und Primis, Übertragungen des Kommunikationssystems. Alle diese Dinge konnte man nur beschränkt verbrauchen, es bestand keine Notwendigkeit, sie zu rationieren. Bei der Datenverarbeitung war das anders – hier gab es keine natürliche Schranke. Einfache Umsetzungen, Transformationen, visuell/auditiv zum Beispiel, Umordnungen, Auszüge, Zusammenfassungen, sie alle brachten nur geringfügigen Verbrauch mit sich. Auch einfache Rechnungen, Statistiken, Extrapolationen, die Lösung von Gleichungen, elementare logische Schlüsse und dergleichen fielen kaum ins Gewicht. Die Benutzung von Lehrdidaktiken, mehrdimensionale geometrische Transformationen, ästhetische Programme kostete schon mehr. Psychogramme, Soziogramme, die Analyse hochkomplexer Systeme, nichtlineare Optimierung, Simulationen, Entschlüsselung von Codes mit stochastischer Zuordnung, Wahrscheinlichkeitslogik und ähnliche Aufgaben galten als aufwendig. Trotzdem reichten die zugeteilten Bons durchaus, um beliebig viele solcher Probleme zu lösen. Es gibt aber Datenverarbeitungen mit kreisfunktionalen Prozessen, Iterationen, Rückkopplungen, Rücklaufschleifen, Pendelbeziehungen, mit denen die Rechenkapazität außerordentlich stark in Anspruch genommen wird – eine solche Rechnung kann unter Umständen das gesamte Denksystem beanspruchen, ja, es gibt mathematische Aufgaben – solche vom Lawinentyp – die nie zu einer Lösung führen, vielmehr ergeben sich, je mehr Zwischenresultate vorliegen, um so mehr Teilaufgaben, so daß der Arbeitsaufwand unendlich groß wird und nie ein Ergebnis zustande kommt. Durch solche Aufgaben könnte man die ganze Rechenanlage lahmlegen, und deshalb mußte die Rechenzeit eingeteilt werden. Jeder konnte die Anlage einsetzen, wofür auch immer er wollte, die Zuteilung von Bons war so reichlich, daß man jede sinnvolle Aufgabe lösen lassen konnte, praktisch waren es nur die Lawinenaufgaben, die imstande waren, die Bons zu erschöpfen, was einen Abbruch der Rechnung zur Folge hatte.

Daniel wäre gern bereit gewesen, einen Teil seiner zwanzigtausend Rechensekunden herzugeben, um das Wohlwollen der Ärzte zu erkaufen, er hatte sogar die Chance, zu gewinnen, was ihm allerdings wenig lukrativ erschien. Er erklärte sich zu einem kurzen Spiel einverstanden, bat aber, sich dann zurückziehen zu dürfen, da seine Kleidung durchnäßt war und unangenehm roch.

Die erste Runde begann. »Es geht um fünf Sekunden.« Sie hatten die Bons in den Taschen stecken lassen – sie zählten stumm mit.

»Fünf gegen fünf!«

Die erste Folge:

001100

»Macht Null!«

»Angenommen.«

»Jeder eins!«

»Der nächste!«

»Fünf gegen Fünf!«

100010

»Macht Null!«
»Ich spiele weiter.«
111111
»Macht Null!«
»Angenommen!«
»Jeder zwei!«
»Der nächste!«
001000
»Macht eins!«
»Der nächste!«

Sie hatten bei Fenner angefangen, der links neben Daniel saß. Daniel war der letzte der sechs Spieler. Der Biologe ließ die Münze rotieren: 1, schon griff der nächste danach.

10001

Und nun Daniel: 0

»Macht Null!«
»Ich spiele weiter!«

Die nächste Folge:

011110
»Macht Null!«
»Ich spiele weiter!«
010111
»Macht Null!«
»Ich spiele weiter!«

Daniel wußte, daß er jetzt nur noch um den eigenen Einsatz spielte, aber den Gesetzen der Wahrscheinlichkeit gemäß mußte wieder einmal die Summe 1 kommen. Er entschloß sich, bis zum Gewinn weiterzuspielen.

011000
»Macht Null!«
»Ich spiele weiter!«

Sie spielten nach außen hin ruhig, aber das Spiel hatte plötzlich an Spannung gewonnen, man merkte es am Mienenspiel, an zusammengepreßten Lippen, an schmal werdenden Augen, an den Händen, verkrampften Fingern, weiß heraustretenden Knöcheln.

110101

»Macht Null!«

»Ich spiele weiter!«

Das Spiel ist noch nicht zu Ende, dachte Daniel, ich habe noch eine Chance. Was ist schon ein Spiel! Wenn dieses nicht zum Gewinn führt, dann das nächste. Vielleicht verliere ich, aber was macht's, ich habe genug Bons, meine Rolle ist fast unverbraucht, ich kann einige Sekunden entbehren.

Er hatte Pech. Ehe er sich's versah, war seine letzte Entscheidung da, die elfte Runde, die Runde, nach der es keine Wahl mehr gab.

»Ich spiele weiter.«

»Verloren!«

»Pech gehabt!«

Auf Figueiras Stirn standen Schweißperlen.

»Wieviel macht es?« fragte Daniel.

»Wieviel haben Sie?«

»Ich habe bisher kaum etwas verbraucht – zwanzigtausend Sekunden.«

»Nicht mehr?«

Alle blickten ihn jetzt an – kalt, höhnisch, bedauernd.

»Nein – woher sollte ich weitere Bons haben?« Daniel hatte das Röllchen vor sich auf den Tisch gelegt, ein Streifen Magnetband, perforiert, mit dem Kennwort versehen, Nummern weiß aufgedruckt, eine Maßstabsskala, Einteilung in Zehntelsekunden. »Wieviel?«

»Sie haben nicht genug«, stellte Fenner fest. »Die Schuld beläuft sich auf 20480 Sekunden.« Er griff nach der Rolle, nahm sie an sich. »Zu wenig, Sie haben ohne Deckung gespielt. Das sieht böse aus.«

»Sie schulden uns fünfhundert Sekunden. Jedem hundert.«

»Wie soll ich zu Bons kommen?« fragte Daniel.

Die Größe der Summe hatte in ihm zuerst ungläubiges Staunen, dann lähmendes Entsetzen hervorgerufen. Konnte diese Summe richtig sein? Sie stimmte: 5 mal 2 hoch 10 = 20480.

»Diese Frage kommt zu spät«, antwortete Fenner. »Hier gibt es keine Spielschulden, die man später irgendwann begleichen könnte. Sie müssen sofort bezahlen.«

Die Gesichter waren unerbittlich.

»Ich habe Ihnen alles gegeben«, versicherte Daniel. »Es tut mir sehr leid... ich wußte nicht...«

»Auch wir bedauern zutiefst«, erklärte Fenner. »Aber wir können Ihnen nicht helfen. Geben Sie mir Ihre Kennmarke.« Er streckte die Hand nach Daniels Kragen aus.

Daniel sprang auf und wich zurück.

»Was haben Sie vor?«

Der Biologe rückte ihm nach. »Sie haben Ihre Zugehörigkeit zur Zentrale verwirkt.«

Daniel ging langsam an die Tür, doch ehe er sie erreichte, schloß sie sich. Er spürte die undurchdringliche Kunststoffwand an seinem Rücken. Die andern standen im Halbkreis um ihn herum, kamen näher. Wieder griff Fenner nach Daniels Kennmarke. Als er eine abwehrende Bewegung machte, sprang Julius vor, packte mit unwiderstehlicher Kraft seine Arme, drückte sie links und rechts an die Wand, dann kniete er vor ihm nieder, und als Daniel versuchte, sich loszureißen, drückte er ihm den Kopf in den Unterleib, so daß er vor Schmerzen aufstöhnte und zu keiner Bewegung mehr fähig war. Nun nahm ihm Fenner die Marke ab, steckte sie ein, heftete ihm eine andere an.

Der Primi richtete sich auf, mit einer raschen Bewegung drehte er Daniels Arm auf den Rücken, die Tür öffnete sich, man schob ihn in einen Gang, zehn, zwanzig Meter weiter... dort war eine Liftkabine. Ein Stoß, und er stand drinnen, in eine Ecke gepreßt. Die Beine versagten ihren Dienst, er sank langsam in die Knie.

Vor seinen Augen drehte es sich, und er bot alle Kräfte auf, um das Schwindelgefühl zu unterdrücken. Nach einigen Sekunden oder Minuten – er vermochte die Zeitspanne nicht abzuschätzen – wurde ihm etwas besser, er konnte die Augen wieder öffnen, ohne daß ihm schlecht wurde. Vorbeigleitende Zahlen... jetzt merkte er, daß sich der Lift in Bewegung gesetzt hatte.

Wohin?

Er richtete sich auf – die Koordinaten zeigten eine Richtung an, die weder zu seinem Appartement noch zu seinem Arbeitsplatz wies. Die Zahlen wechselten zu immer kleineren Werten.

Daniel drückte die Stoptaste, doch die Kabine fuhr weiter. Er versuchte es mit den Koordinaten seines Appartements... keine Reaktion.

Also abwarten.

Die Zahlenwerte sanken Ziffer um Ziffer.

Bei 000/000/000 war die Fahrt zu Ende. Er versuchte noch einmal andere Koordinaten einzutasten... nichts.

Auch die Tür öffnete sich nicht so, als hätte er keine Kennmarke. Daniel zog jene, die ihm der Biologe angesteckt hatte, vom Kragen... der Schieber stand offen, auf dem braunen Metall stand seine neue Kennzahl: 000/000/000.

*

Als er in seinem Appartement erwachte, hatte er die dumpfe Erinnerung an einen gräßlichen Traum, und er fühlte sich schlecht – war niedergeschlagen, inaktiv, hoffnungslos. Er brauchte drei Tabletten DELEATON, bis er von diesen Emotionen befreit war. Selbst dann noch ertappte er sich mehrmals beim unbeabsichtigten Versuch, die Erinnerungsfetzen zu einer logischen Folge zusammenzufügen, und erst eine doppelte Dosis ANTIREMEMB forte befreite ihn davon.

Als er seinen Arbeitsplatz aufsuchen wollte, sah er zu seinem Erstaunen jemand andern dort sitzen, einen jungen, hochaufgeschossenen, häßlichen Mann. Daniel überzeugte sich, daß er sich nicht im Raum geirrt hatte, ging dann auf den andern zu und fragte ihn, was er hier zu suchen habe.

»Dieser Platz wurde mir zugeteilt«, sagte der Unbekannte. »Ein Irrtum ist völlig ausgeschlossen. Sehen Sie – meine Nummer... sie stimmt mit den Raumkoordinaten überein.« Er nestelte sie vom Kragen los: 037/170/155 stand darauf – der junge Mann hatte recht.

»Das ist meine Marke«, rief Daniel. »Geben Sie her!« Er machte Anstalten, sie dem andern zu entreißen, doch dieser wehrte sich: »Sie haben doch selbst eine Marke – mit einer andern Nummer!« Von den lauten Stimmen angelockt, eilten die Kollegen aus den benachbarten Räumen herbei und erkundigten sich nach der Ursache des Streits. Larry prüfte die Marke des jungen Mannes, bat dann Daniel, ihm seine Marke zu zeigen, zeigte sich betroffen, entschuldigte sich bei dem Fremden, bat Daniel, mit ihm zu kommen. Sie gingen hinüber zu Mauds Zimmer, und Larry schloß die Tür.

»Er hat eine Null-Marke«, sagte er zu Maud, die sich auf die Kante des Tisches gesetzt hatte und die Beine baumeln ließ, dann wieder ausstreckte und sich mit den Zehen an der Stuhllehne abstützte. Jetzt trug sie dunkelblaue Haftschalen, einen knöchellangen Elastik-Rock aus schwarzem Netzstoff, einen kurzen, knopflosen weißen Kittel, den sie mit dem Gürtel nur lose zusammengezogen hatte. Wie jeder sehen konnte, trug sie nichts darunter.

Als Larry merkte, daß Maud nicht zuhörte, wandte er sich wieder an Daniel. »Es ist doch nicht möglich, daß Sie Ihre Bons schon verbraucht haben! Lassen Sie sehen!«

Daniel kramte in den Taschen, doch er fand die Bons nicht. Larry wurde ungeduldig.

»Was ist vorgefallen? Sie brauchen doch nichts zu verschweigen!«

In Daniel pochte wieder eine vage Erinnerung, und jetzt ärgerte er sich darüber, daß er sie zu unterdrücken versucht hatte. Die Wirkung der Drogen war noch ungehemmt wirksam.

»Ich muß einen albernen Traum gehabt haben«, sagte er,

»irgendeine verworrene Sache – ich habe ein Beruhigungsmittel genommen. Im Moment kann ich mich nicht erinnern, ich brauche mich gar nicht zu bemühen. Aber es steht doch sicher in keinem Zusammenhang damit, daß meine Marke vertauscht wurde. Und die Bons habe ich sicher im Zimmer vergessen.«

»Ich glaube«, sagte Larry. »Sie sind sich nicht im klaren darüber, was der Verlust der Bons bedeutet.«

»Was würde er bedeuten?«

Larry schien sich allmählich zu beruhigen. Er überlegte, antwortete langsam, man merkte, daß er mit seinen Gedanken woanders war. »Es bedeutet, daß Sie sich entscheiden müssen. Aber es ist Wahnsinn. Sie haben nicht einmal das Einführungsprogramm absolviert. Normalerweise kommt man mit 20000 Sekunden hundert Jahre aus, wenn man sparsam ist, auch länger!«

»Aber ich sagte Ihnen doch, daß ich die Bons nur vergessen habe.«

»Und die Nullmarke?«

»Was bedeutet sie schon?« fragte Daniel. Er nahm die Marke an sich, 000/000/000 – eine beklemmende Zahlenkombination.

»Daß Sie ausgeschieden sind«, antwortete Larry. Er nahm Daniel die Marke aus der Hand, sah sie an.

»Wie sind Sie überhaupt hierhergekommen?«

»Zu Fuß. Ich wollte Bewegung haben.«

»Ja«, wiederholte Larry, »es bedeutet, daß Sie ausgeschieden sind. Sie haben keinen Arbeitsplatz mehr bei uns, kein Appartement, keine Rechte.«

Maud saß noch immer desinteressiert auf der Tischkante. Sie hatte sich etwas herumgedreht, so daß sie nun dem jungen Mann im Nachbarraum zugewandt saß. Er war aufmerksam geworden und starrte sie an. Sie glitt vom Tisch herunter und ging zur Tür – mit kleinen Schritten, der Netzstoff ihres Rocks spannte sich bei jedem Schritt eng um ihre Beine. Die Tür öffnete sich, sie ging weiter und blieb vor dem Unbekannten stehen. Die Tür schloß sich wieder.

Larry und Daniel beobachteten es ohne Anteilnahme.

»Und was bedeutet 000 quer und so weiter?«

»Der Nullpunkt des Koordinatensystems, Ausgangs- und Bezugspunkt. Anfang und Ende. Sperrgebiet. Noch niemand von uns war dort. Niemand weiß etwas darüber, nur Vermutungen.«

»Was für Vermutungen?«

»Zwischenstufe, Übergang, Wartesaal zu weiteren Bereichen – aber fragen Sie nicht weiter, ich kann nichts Näheres darüber sagen. Hören Sie!« Er unterbrach sich. »Erstaunlich! Die Marke ist gefälscht!« Er wischte mit der Hand darüber hinweg – die Ziffern ließen sich löschen, verschwanden. »Eine echte Hülle, doch darin ein leeres Stück Metall. Die Ziffern mit Deckfarben darübergemalt. Das ist außerordentlich seltsam.«

Daniel nahm es als Anlaß, wieder Hoffnung zu schöpfen.

»Ich sagte Ihnen doch...«

»Wer mag Ihnen diesen Streich gespielt haben?«

»Mir fällt etwas ein!« Daniel erinnerte sich an sein gestriges Erlebnis, an den Schwarzhaarigen, der sich an seinem Arbeitsplatz zu schaffen gemacht hatte. Er hatte ihn verfolgt... aber was war dann geschehen? Er erzählte, versuchte, den Faden weiterzuverfolgen – vergeblich.

»Warum sind Sie losgerannt, haben nicht den Automaten angesetzt?«

Daniel schlug sich auf die Stirn – das hatte er doch getan...

»Die Daten müßten doch gespeichert sein.«

Der Nebenraum war leer. Maud hatte sich mit dem neuen Kollegen entfernt.

Sie liefen hinüber, setzten sich auf die Stühle, Larry drückte die Kassette seiner Rechenzeitbons in die Vertiefung seitlich an der Sichtplatte. Das »bereit«-Zeichen leuchtete grün auf. Larrys Finger glitten über die Tasten, gespannt sah er auf den Bildschirm... da wiederholte sich die Szene: der

Schwarzhaarige von hinten, durch den Gang laufend... Kamerawechsel... der Bildschirm wurde schwarz.

»Gelöscht«, konstatierte Larry.

»Nichts zu machen?«

»Nichts.« Larry stand auf, nahm seine Rechenbons an sich. »Vielleicht der Mann, der vorhin hier saß...«

»Wo ist er?«

»Fort – mit Maud.«

»Vielleicht in ihrem Appartement?« Larry drückte die Audiophontaste und tastete Mauds Koordinaten ein... Rufzeichen... keine Antwort.

»Wir werden es erfahren«, sagte Larry. »Maud amüsiert sich gern, aber sie ist loyal. Ein gutes Mädchen – wenn auch eigenwillig. Jetzt sehen wir aber nach, ob sich Ihre Bons finden oder nicht!«

Die Bons waren nicht zu finden, nicht am Arbeitsplatz und nicht in Daniels Appartement.

Larry machte ein bedenkliches Gesicht, als sie zu diesem Ergebnis kamen. Daniel war es, als zöge er sich von ihm zurück, sein Benehmen wurde frostiger, als gelte es nun, Distanz zu wahren.

»Sie haben also nicht geträumt«, sagte Larry. »Was geschehen ist, hatte reale Folgen. In ihren vergrabenen Erinnerungen muß die Erklärung stecken.«

»Ich könnte REVEILLINE nehmen«, schlug Daniel vor.

»Wir wollen kein Risiko eingehen. Kommen Sie, ich bin mit einem Arzt befreundet, einem Psychiater. Er soll Sie behandeln. Wahrscheinlich kann er uns auch bei der Deutung helfen.«

Sie ließen sich vom Lift in den Medizinertrakt bringen, wobei sie Larrys Kennmarke benutzten, um für Daniel die Schiebetür zu öffnen.

Larrys Freund Oakley war der Typ junger Wissenschaftler – nüchtern, gewandt, skeptisch. Er hatte kurzes rotes Bürstenhaar, schmale Lippen, blaue Augen, Sommersprossen. »Erst einige Stunden vergangen? Das kriegen wir heraus.«

Er setzte sich an die Schreibmaschine, gab Anweisungen in Klartext, noch ein Codewort, und die Panzertür vor dem Injektionsmixer, der in Brusthöhe in die Wand eingebaut war, öffnete sich. Durch die Sichtscheibe sahen sie zu, wie aus verschiedenen Glasbehältern Lösungsfäden durch millimeterdicke durchsichtige Kunststoffschläuche in eine Ampulle krochen. Ein Glockenton, ein grünes Lichtzeichen, Oakley schraubte die Patrone aus dem Gewinde und setzte sie in den Injektionsspray. Daniel entblößte die Armbeuge, und Oakley drückte den Auslöseknopf.

»Wie lange wird es dauern?«

»Nicht lang.«

Sie setzten sich auf rasch herangeholte Rollsessel, brauchten nicht zu warten.

»Es wird klarer!« sagte Daniel. Es war, als löse sich trüber Nebel auf, zerrisse in Fetzen, gäbe die Durchsicht auf eine weite Landschaft frei. »Ja, das war es. Jetzt weiß ich es wieder.«

Oakley schob ein Stativ heran, senkte eine Abnahmescheibe über Daniels Schädel. Sie saßen so, daß sie die Projektionswand im Auge hatten.

»Versuchen Sie, die chronologische Reihenfolge einzuhalten. Sprechen Sie laut, kommentieren Sie!«

Auf dem Bildschirm erschienen Flecken, verwischte Konturen... Oakley verstellte die Phase, und das Bild wurde deutlich...

Daniel rannte durch den Gang... war dem Unbekannten dicht auf den Fersen... dieser bog zur Seite... es ging im Kreis herum...

»Dann ein großer Saal, durchsichtige Schalen auf Tischen... ein Rollwagen kommt dicht auf mich zu... ein anderer... ich stürze...«

Der Tisch... die rotierende Scheibe... 0, 1, 0, 0, 0, 1... nervöse Gesichter...

»Ich merke, der Lift fährt... versuche, die Fahrt zu stoppen... es gelingt nicht... ich nähere mich der Zone Null...

unaufhaltsam... die Kabinentür öffnet sich...«

Daniel schwieg.

»Nichts mehr?« fragte Oakley.

»Nichts.« Daniel duckte sich unter der Haube weg und schob das Stativ zurück.

»Die typische Situation eines Psychotests«, sagte Larry. »Die Labilisierung, die Konsolidierung von Typsituationen, das Spiel als Symbol der höheren Macht...«

Daniel nickte. »Diese Erklärung liegt nahe. Aber: Wieso sind meine Bons verschwunden?«

»Es kann ein Test gewesen sein«, meinte Oakley. »doch war es bestimmt keiner der üblichen Tests, wie wir sie durchführen.« Oakley zögerte, dann beugte er sich wieder über die Schreibmaschine, ließ sich die Liste der am Vortag vorgenommenen Tests auf den Schirm ausgeben. Daniels Nummer war nicht aufgeführt.

»Nein. Es war kein Test unserer Abteilung. Freilich – es könnte sich um eine Routinetherapie gehandelt haben.«

»Kaum zu glauben«, entgegnete Daniel ärgerlich. »Es handelte sich um furchterregende, um quälende Geschehnisse. Ich erlebte alles dumpf, wie unter einer Lähmung. Ich war im Handeln beschränkt, konnte mich nicht zur Wehr setzen. Es war äußerst unangenehm. Sollte es sich wirklich um eine Behandlung von Psychotherapeuten gehandelt haben, so möchte ich mich beschweren.«

Oakley tippte spielerisch auf die Tasten der Schreibmaschine. Ohne Daniel anzusehen, sagte er: »Woher wollen Sie wissen, welche Therapie Sie brauchen? Vielleicht haben Sie das Bedürfnis nach Furcht und Schrecken, das auf diese Weise gestillt wurde. Vielleicht brauchen Sie von Zeit zu Zeit starke negative Emotionen, um Ihr inneres Gleichgewicht zu finden. Vielleicht handelt es sich um eine Art Ventil, das psychische Spannungen abläßt.«

»Unwahrscheinlich! Ich habe nicht den Eindruck, daß ich dadurch mein inneres Gleichgewicht fand.«

»Ich spreche von einer Möglichkeit. Immerhin – Sie tun

der Psychomedizin unrecht. Es ist keineswegs so, daß man unangenehme Situationen konstruiert, die dem Patienten aufgezwungen werden. Im Gegenteil. In solchen Fällen überläßt man dem Patienten die Führung. Man erhöht nur die Bereitschaft zum freien Phantasieren, leitet die Emotionen ab und verstärkt sie durch feedback. Was Sie erlebt haben, wäre dann Ihr eigenes Produkt gewesen.«

»Und wie erklären Sie die verlorenen Bons?«

»Ich behaupte nicht, daß meine Hypothese stimmt. Sie könnten auch von anderer Seite beeinflußt worden sein.«

»Müßte Ihre Abteilung nicht davon wissen?«

»Glauben Sie, wir sind die einzigen, die Zugriff zum Gehirn der Patienten haben? Ein Gehirn kann von uns aus gesehen gesund sein; es gibt aber genügend Möglichkeiten von Störungen, die nicht in unsere Kompetenz fallen – beispielsweise soziologische. Darüber kann ich leider nichts Definitives sagen, als einzelner hat man nur in einen kleinen Teilbereich des Wirkungsgefüges Einblick.«

»Alles das würde aber den Verlust meiner Bons nicht erklären. Bei solchen Maßnahmen handelt es sich doch um Projektionen, um Täuschungen, um nichts Wirkliches.«

»Nicht unbedingt. Gewiß, man kann die Reizmuster direkt ins Gehirn einleiten, oder man kann lebensechte Projektionen bieten und durch Pharmapräparate, zum Beispiel durch psychogene Gase, die Kontrolle ausschalten, die normalerweise unterschwellig bereitsteht, um im Bedarfsfall auf den Rahmencharakter des Geschehens hinzuweisen.

Es besteht aber außerdem die Möglichkeit, Suggestionen mit Realhandlungen zu verbinden, sie verfließen zu lassen, also gewissermaßen die Wirklichkeit als Test zu benützen und dem Test Einfluß auf die Wirklichkeit zuzugestehen.«

Daniel zeigte sich hartnäckig. »Habe ich nun meine Bons wirklich verspielt oder nicht?«

»Ich weiß nicht, ob es Sinn hat«, antwortete Oakley, »zwischen Sinnestäuschung und Wirklichkeit zu unterscheiden. Was man in Form von Daten eingegeben erhält, ist wirklich, ganz gleich, ob diese Daten auf der Basis eines Realgeschehens einlaufen oder nicht. Überhaupt, es kann uns ja keiner beweisen, daß es außerhalb des eigenen Denkens überhaupt etwas gibt – eine Außenwelt, andere Menschen, oder die Existenz der energetischen Welt. Was wir erkennen, ist nur ihre Verschlüsselung in Daten.«

Larry stand auf und gab Daniel einen Wink. »Oakley gerät ins Philosophieren. Da ist nichts mehr mit ihm anzufangen.«

»Es könnte sein, daß wir alle nur als gespeicherte Datenaggregate existieren, einem bestimmten Verhaltensprogramm zugeordnet sind. Dann wäre die Frage nach der Wirklichkeit rhetorisch.«

Daniel war zwar am Problem, das Oakley da anschnitt, prinzipiell interessiert, im Moment allerdings schienen ihm die verlorenen Bons wichtiger; auch wollte er Larry nicht kränken, indem er ihn allein gehen ließ, und darum stand er auf, konnte sich aber nicht enthalten, noch eine Frage zu stellen: »Würden dann die Daten, die in den Speichern sind, eine zweite innere Welt innerhalb ihrer Datenwelt bedeuten?«

»Nein!« antwortete Oakley, der Larry und Daniel bis zur Tür begleitete. »In einer Welt, die bloß aus Information besteht, gibt es nichts anderes als Information. Natürlich kann man Teilbereiche abgrenzen – auch durch pragmatische Aspekte, doch ist es nicht nötig...«

Larry zog Daniel außer Hörweite. »Ein netter Mensch, hilfsbereit. Leider ist er etwas verschroben. Kommt von der Philosophie her. Mit ihm ist jetzt nichts mehr anzufangen. Kommen Sie, wir sehen, ob Maud schon zurück ist!«

»Was Oakley gesagt hat, leuchtet mir ein«, meinte Daniel. »Was halten Sie davon?«

»Sinnlos, darüber zu diskutieren. Er sagte es doch selbst: eine rhetorische Frage. Womit haben wir uns auseinanderzusetzen – mit Daten, mit Realprozessen? Ganz egal, was es ist, es bereitet uns dasselbe Kopfzerbrechen, stellt dieselben

Probleme.« Larry machte eine wegwerfende Handbewegung. »Was nicht unterscheidbar ist, ist identisch. Folglich ist kein Unterschied zwischen einer wirklichen und einer vorgetäuschten Welt.«

Schon von weitem sahen sie Maud. Sie kam ihnen ein paar Schritte entgegen. »Leider hatte ich Pech. Wir nahmen VASAGIN; hatten eine schöne Stunde. Als ich aufwachte, war er verschwunden.«

*

Feuchte, dampfende Luft wehte ihm entgegen. Schriller Lärm – Geschrei. Stimmen, kreischend, unverständlich.

Er trat aus der Kabine. Die Sohlen klebten am Boden. Jeder Schritt hinterließ eine nasse Spur.

Nebel. Gedämpftes Licht. Hinter weißgrauen Massen waren die Neonröhren an der Decke von einem schimmernden Hof umgeben. Man konnte nicht weit sehen, einige Meter vielleicht. Vor ihm eine Wand, mit glitzernden Tröpfchen beschlagen. Er tastete sich weiter, bog um eine Ecke...

Ein größerer Raum, ein Saal, der Nebel hier weniger dick. Eine Woge von Geschrei brandete ihm entgegen.

»Platz da, ausweichen!«

Ein Rauschen wie von starken Düsen. Ein Luftkissenwagen dicht hinter ihm... er sprang beiseite. Ein Primi saß am Steuer des Fahrzeuges, vom überhöhten Sitz blickte er herab, drehte den Kopf ruckartig nach allen Seiten.

Schrilles Geschrei aus dem Wagen, der von einer Balustrade umgeben war. Menschliche Köpfe tauchten dahinter auf, verschwanden, tauchten wieder auf. Seltsame Gesichter, glatt, mit kurzen, platten Nasen, großen Augen, die Schädel wollig behaart.

Der Wagen hielt nicht weit von Daniel. Eine Schwenktür öffnete sich, und die Insassen hüpften heraus, wieder laut schreiend, lachend, schluchzend, sie drängten, sie stießen einander an, fielen, der Primi sprang umher, wies ihnen die

Richtung, half den Gefallenen auf, fing einige ein, die offenbar fliehen wollten, schob und zerrte sie hinüber, zu einem Objekt, einer Art Maschine, deren Zweck Daniel unerklärlich blieb – einige Stufen zu einem langgestreckten Sockel, Gestänge, ähnlich der Startvorrichtung einer Rennbahn von Robotautos.

Die kleinen Menschen liefen auf dieses Ding zu, oder sie wurden hingedrängt, stellten sich auf ein Band, eine Lauffläche, die über zwei langgestreckte Zylinder lief. Mutanten? Zwerge? Kranke? Daniel hatte noch nie so viele Entartete beisammen gesehen – der Anblick entsetzte ihn: Viel zu große Köpfe saßen auf schmächtigen nackten Körpern, und zu diesem Mißverhältnis kam noch ein psychischer Defekt: Einige Worte, mit hohen Stimmen herausgeschrien, konnte er nun verstehen, doch es fiel ihm schwer, den Sinn dahinter zu entdecken; es waren Worte ohne Zusammenhang, vielleicht Anfeuerungen, vielleicht Schimpfworte. Irre?

Plötzlich spürte er sich am Ärmel gepackt und zum Steg gezerrt, auf dem sich nun alle in einer Reihe aufgestellt hatten. Er wollte protestieren, doch da bewegte sich das Band, auf dem er stand, unter seinen Füßen, ein Geländer hatte sich um ihn geschlossen, er konnte nicht mehr absteigen, und wenn er nicht fallen wollte, mußte er Schritte machen, zuerst langsam, dann schneller, er kam noch mit, aber die Laufgeschwindigkeit nahm weiter zu, er geriet in einen mechanischen Trott, einige Sekunden lang kam so etwas wie Ehrgeiz in ihm hoch, die Stimmung eines Wettbewerbs, die gestellte Aufgabe bereitete ihm keine Schwierigkeiten, er bewältigte sie mühelos, er war der Maschinerie überlegen...

Zwei Dutzend der entarteten Geschöpfe mühten sich neben ihm, eine Reihe von strampelnden Gestalten, die er um Kopfeslänge überragte, ihre Schreie waren nun seltener zu hören, manche klangen erstickt oder klagend, dafür war der Saal nun von keuchendem Atem erfüllt, schwarze und blonde Schöpfe flogen, magere Arme suchten an dem Geländer nach Halt...

Daniel merkte, daß er müde wurde. Es hatte den Anschein, als liefe das Band stets ein wenig schneller, als es seinem eigenen Lauftakt entsprach; so war er gezwungen, das Tempo zu beschleunigen, schneller zu laufen, obwohl es sinnlos war, dem Band entkommen zu wollen. Nur vorn war das Geländer offen – lief man schnell genug, so erreichte man das rettende Podest... Ruhe – jetzt traten alle Fragen, Vermutungen und Erwartungen in den Hintergrund, seine Gedanken kreisten nur noch um die Bewegung der Beine, um das Tempo, die Müdigkeit, das sichere Ufer des Podests.

Worum lief er? Worum ging es? Sein Blick war nach vorn gerichtet – dort sah man eine Skala, vertikal angeordnet, ein rotes Licht stieg und sank, pendelte bald ein Stück höher, bald ein Stück tiefer auf und ab. Darunter, auf einer Schale, lag ein kleiner blinkender Gegenstand, silbern und rot.

Ihm war, als füllten sich seine Schenkel mit Blei. Er war solche Anstrengungen nicht gewohnt, sein Körper war schwerer als jene der anderen Läufer rechts und links von ihm. Er nahm seine ganze Kraft zusammen, konzentrierte sich auf eine große Anstrengung und erhöhte schlagartig das Lauftempo, um auf das Podest springen zu können. Genauso rasch aber beschleunigte das Band seinen Lauf, und nun mußte er das erhöhte Tempo durchhalten, das die letzten Reserven aus ihm peitschte.

Er taumelte, drohte das Gleichgewicht zu verlieren. Er tastete nach dem Geländer, um sich zu stützen, doch zuckte seine Hand zurück, noch bevor er sich des Schmerzes bewußt wurde: das Geländer war elektrisch geladen.

Laufen und kein Ende...

Er war über sich selbst verwundert, daß er noch durchhielt. Seine Beine bewegten sich gegen den Widerstand einer zähen Masse, die Anstrengung, dagegen anzukämpfen, war schmerzhaft.

Er wurde langsamer...

Auch die Laufgeschwindigkeit des Bandes ließ nach, aber nicht genug – es lief immer noch schnell.

Daniel schwankte hin und her, stürzte. Das Band trug ihn nach hinten, er prallte an einer Wand an, ein elektrischer Schlag, er überschlug sich, rollte... immer wieder wurde er gegen das Geländer geschleudert, er kugelte auf dem Band, prallte auf...

Stille...

Nur ein paar Sekunden, dann wieder Geschrei – gierig, triumphierend.

Er fühlte sich emporgehoben, auf die Beine gestellt. Ein Primi stand dicht neben ihm, stützte ihn. Der Primi hielt ihn zurück, griff nach dem glänzenden Gegenstand, schälte ihn aus dem Papier, ein hellbrauner Klumpen war darin eingewickelt, eiförmig... Die Hand des Primis vor seinem Mund, drückte die weiche, klebrige Masse darauf. Daniel wehrte sich, doch gegen die Kraft des Primis konnte er nichts ausrichten. Er mußte die Kiefer öffnen... sein Mund war ausgefüllt von einem penetrant süß schmeckenden Kloß... er rang nach Luft, kämpfte mit einem Erstickungsanfall, schluckte, klebriger Brei lief ihm aus den Mundwinkeln, er hustete...

Das Ärgste war vorüber, die Masse löste sich rasch auf, einen Teil würgte er hinunter, einen Teil spuckte er aus.

Inzwischen hatte ihn der Primi mit sich gezerrt, ihn auf das Luftkissenfahrzeug geschoben... plötzlich sah er sich inmitten der kleinen Wesen, die zwar noch immer schrien, aber nicht mehr so laut, ihre Unruhe schien gedämpft, einige saßen am Boden und leckten an der süßen Speise, beschmierten dabei Hände und Gesicht, kauten und schmatzten.

Das Gefährt setzte sich in Bewegung.

Bald glitt es rasch dahin, durch Dampfschwaden hindurch, durch lange Gänge, um Ecken herum, stets, wenn sie eine Kurve nahmen, fielen die kleinen Menschen durcheinander, rissen sich gegenseitig um, quiekten, balgten sich. Dabei kamen sie oft nahe an Daniel heran, die Ladefläche war klein, der Raum beengt. Daniel konnte ihren Geruch spüren, der ihn an parfümierte Haut und Exkremente erinnerte, sie berührten ihn schamlos mit ihrer blassen, feuchten, weichen Haut, was ihm äußerst unangenehm war. Auch seine Haut war feucht von Schweiß, an seiner Kleidung hatten sich Wassertröpfchen abgesetzt, die den Stoff schwer machten, die Hosenbeine hingen schlaff herab und klebten an den Knien.

Sie hielten, die Flügel der Schwenktür klappten auseinander. Sie standen am Eingang zu einem langgestreckten Raum, so daß an der Seite neben dem Fahrzeug kein Durchgang mehr frei war. Die andern drängten, und als Daniel stehenblieb, eilten zwei Primis herbei, hoben ihn auf den Boden, doch sie ließen ihn nicht los. Sie hatten sich wohl stumm – vielleicht durch Blicke – miteinander verständigt, denn, wie auf ein Zeichen hin, begannen sie, ihm die Kleider auszuziehen. Daniel wehrte sich, doch es nützte nichts, die Primis waren stärker. Sie behandelten ihn keineswegs brutal, ihre Griffe waren schonend, ihre Gewalt rücksichtsvoll, ihre Überlegenheit sachlich, sie blieben völlig unberührt, sie hörten nicht auf das, was er ihnen zu erklären versuchte, wahrscheinlich verstanden sie nicht, sie handelten geschickt, unbeirrt und schnell, und schon stand er nackt zwischen den anderen.

Der Raum war völlig leer, der Boden aus geriffeltem Kunststoff, es roch nach Karbol. Bisher war es angenehm warm gewesen, man fühlte sich hier – Daniel mußte es sich eingestehen – ohne Kleider wohler, doch war die Situation noch immer peinlich genug: der Aufenthalt zwischen diesen mißgestalteten nackten Wesen, männlichen und weiblichen, wie zu erkennen war, obwohl die Geschlechtsorgane kaum entwickelt, verkümmert schienen. Doch jetzt wehte plötzlich ein kühler Wind über sie hinweg, gleichzeitig erscholl ein Klingelzeichen. Daniel sah, wie sich die andern hinhockten und – er traute seinen Augen nicht – ihre Blasen und Därme auf den Boden entleerten, sie hockten sich hin, wo sie gerade standen. Daniel bemühte sich, über diese widerliche Szene hinwegzusehen, doch mußte er zu seinem Ärger feststellen, daß auch ihn plötzlich ein menschliches Rühren überkam – der kühle Luftzug am feuchten, bloßen Leib. Er versuchte, dem Andrang zu widerstehen, er blieb steif und aufrecht stehen, er stellte fest, daß er seinen Körper beherrschen konnte, und gleich darauf fühlte er, wie zum Lohn, daß der Luftzug wärmer wurde, eine Welle rührte an seinen Zehen. Wasser, heiß, aber erträglich, es floß irgendwo ab, eine neue Welle lief heran... Da waren wieder die beiden Primis neben ihm. Er fühlte sich gepackt, in gebückte Stellung gezwungen, und dann machte sich jemand an seinem Hinterteil zu schaffen – voll Empörung mußte er es sich gefallen lassen, daß ihm die Backen auseinandergezerrt wurden und ein Zäpfchen eindrang.

Er stand wieder aufrecht, noch immer festgehalten, nur Sekunden, dann gab es ein Rumoren in seinen Därmen und schon spürte er eine hohle Schwäche im Bauch, einen elementaren Druck, er konnte sich gerade noch hinhocken – die Wärter ließen ihn los – und schon gab er seine Fäkalien ab, stoßweise, krampfartig, keuchend.

Geschwächt, mit zitternden Knien, richtete er sich auf – unten war der Geruch, der sich allmählich ausbreitete, nicht zu ertragen, doch da kam schon ein stark nach Karbol riechender Windstoß herein, warm und angenehm, doch schwindelerregend...

Um ihn herum begann wieder das Geschrei, der Trubel – sie balgten sich, liefen hintereinander her, stießen sich gegenseitig an, er stand verloren inmitten des Treibens, bis eines von den weiblichen Wesen aus irgendeinem Grund auf ihn aufmerksam wurde, an ihn herantrat, einen Schrei ausstieß und auf ihn wies. Nun näherten sich auch die andern, kreisten ihn ein, glotzten, Mutige griffen nach ihm, betappten ihn, wurden frecher, zwickten ihn, berührten seine intimsten Körperpartien.

Daniel versuchte sich zu wehren, doch sie kamen von allen Seiten, es waren zu viele, er fühlte sich umgerissen... Da ging ein Brausen durch den Raum, heiße, scharfe Wasserstrahlen schossen von allen Seiten aus Düsen an den Wänden, sie prasselten auf die ungeschützte Haut, einige stürzten und versuchten, auf allen vieren der anstürmenden Flut zu entrinnen.

Daniel glaubte zunächst, es handelte sich um eine Maßnahme zu seinem Schutz, doch dann merkte er, daß sich niemand ängstlich oder auch nur überrascht zeigte, im Gegenteil, ein Jauchzen ging durch die Reihen, sie ließen von ihm ab, stemmten sich gegen die Strahlen, versuchten, dagegen anzurennen, glitten aus, wälzten sich am Boden, der nun eine Handspanne hoch von Wasser bedeckt war, spritzten sich gegenseitig an, sprangen hoch und stampften mit beiden Füßen in das Wallen und Fluten.

Mit einem Mal flockte etwas Weißes in der Luft, Blasen, Schaum, vielleicht befand sich jetzt ein Netzmittel im Wasser, Seife, Desodorant. Bald waren sie von Schaumflocken bedeckt, hatten Schaum im Gesicht und trugen Schaum wie Mützen auf den Köpfen.

Wieder ein Wechsel – kühleres Wasser, jetzt sogar kalt, Schreie des Vergnügens oder Mißvergnügens, es war nicht auseinanderzuhalten, der Schaum verschwand... das Wasser versiegte, ein feiner Nebel aus Aerosol, der fade Geschmack von Öl, es gluckste in verborgenen Abflußlöchern, die Düsen an der Wand waren geschlossen.

Nun drängten, schoben und stießen sie zum Wagen zurück. Die Flügeltür schloß sich, das Fahrzeug fuhr an. Vorn der Primi, steuernd, hin und wieder nach hinten blickend. Daniel hatte sich einen Platz am Geländer erobert. Die anderen sahen gerade noch darüber hinweg, für sie war es eine wirksame Barriere – nicht aber für ihn. Als sie um eine Ecke kurvten, schwang er sich darüber, stolperte, stürzte, warf sich rasch zur Seite... schon war er außerhalb des Blickfelds. Sein Knöchel schmerzte... verstaucht? gebrochen?

Er richtete sich auf, versuchte, aufzutreten... er spürte einen dumpfen Schmerz, der hell aufloderte, sobald er das Gewicht auf das betroffene Bein verlagerte.

Hier konnte er nicht bleiben. Er sah sich um – eine Gangkreuzung, nebelerfüllt, Quadrate trüben Lichts. Auf gut Glück wählte er eine Richtung und folgte ihr humpelnd.

Er kam nur langsam voran. In diesem Zustand mußte er jede Begegnung mit den Wärtern vermeiden. Es waren zwar nur einfache Primis, aber körperlich waren sie ihm überlegen, und nur das zählte jetzt.

Mehrmals blieb er stehen und lauschte – jeder Schritt auf dem feuchten Boden erzeugte ein schmatzendes Geräusch, daran würde er es rechtzeitig merken, wenn sich jemand näherte.

In diesem Bereich des Labyrinths rührte sich nichts. Einmal geriet er in einen Raum, in dem etwas größere Exemplare der seltsamen kleinen Menschen in mehreren Reihen auf Pritschen lagen; sie schliefen oder befanden sich in einem Dämmerzustand, denn sie rührten sich nicht. Eine Wand war von einer großen Schalttafel bedeckt – ein Automat arbeitete, man sah die flimmernden Lichtpunkte, die den Speicherinhalt anzeigten. Von den Kopfenden der Pritschen liefen Kabel zu helmförmigen Aufsätzen, die über die Schädel der Liegenden gestülpt waren.

Daniel humpelte zurück, der Schmerz wurde allmählich unerträglich. Er ruhte immer länger aus, an die Wand gelehnt, den kranken Fuß angehoben.

Eine Gangkreuzung – wohin? Er wußte nicht, welcher Richtung er folgen sollte. Der Lift, der seinen Anordnungen nicht folgte, nützte ihm nichts, und andere Ausgänge kannte er nicht.

Leises Klatschen, irgendwo in der Tiefe des Ganges. Er wandte sich zur linken Gangfortsetzung... auch hier ein Geräusch, das näher kam. Noch blieben zwei Richtungen offen. Es war gleichgültig, wohin er sich wandte. Auf einem Fuß sprang er vorwärts, sich an die Wand stützend.

Auch hier leises Klatschen... Daniel hielt an, auch sein gesundes Bein versagte den Dienst, es knickte ein. Er hockte am Boden, zu keiner Bewegung mehr fähig.

Die Schritte kamen näher, tappten hinter der Nebelwand – noch war niemand zu sehen, nur von Zeit zu Zeit ein Schatten, der das trübe Weiß des Lichts verdunkelte, Umrisse plumper Gestalten...

»Daniel, komm!«

Noch immer die klatschenden Geräusche, verwischte Echos, Tropfen und Murmeln in der Ferne, hinter dem Lichtvorhang.

»Daniel, komm!«

Nebelschwaden, Schritte – jetzt ganz nah, Schleier aus silbernen Tröpfchen, riesige, schwankende Schatten.

»Daniel, komm!«

Eine Stimme rief ihn, drängte ihn, durchstieß seine Lethargie. Er drehte sich um: In der Wand hatte sich eine Spalte geöffnet, eine Kunststoffplatte, abgehoben, zur Seite geschoben, ein Arm, eine Hand, die sich ihm entgegenstreckte.

Er versuchte aufzustehen... es gelang ihm nicht. So kroch er zur Öffnung, zwängte sich hindurch – Dämmerung um ihn herum, nur von einem Streifen an der Wand schwaches gelbliches Leuchten.

»Ich hoffe, Sie hatten einen schönen Tag!«

»Schöner Tag heute!«

Pamela. Sie schob die Wandverkleidung an ihren Platz zurück. Sie schloß dicht. Hier gab es keinen Nebel, keine Feuchtigkeit, nur dumpfe, trockene Wärme.

»Kommen Sie. Daniel!«

»Es geht nicht – ich bin verletzt – der Fuß – verstaucht, vielleicht gebrochen.«

»Das läßt sich beheben!« Pamela beugte sich zu Daniel herab, strich ihm über das Haar, küßte ihn. »Warten Sie hier, ich bin gleich wieder da!«

Er war allein. Nur eine dünne Wand trennte ihn vom Bereich der schrecklichen kleinen Menschen – es konnten keine Mutanten sein, dazu ähnelten sie einander zu sehr. Eine Wand, hart, temperaturisolierend, schallabsorbierend. Die Geräusche drangen nur gedämpft hindurch. Poltern, als stieße jemand gegen hohle Gegenstände, schrilles Geschrei aus weiter Ferne.

Wenn er sich ruhig verhielt, linderte sich der Schmerz und pochte nur noch dumpf. Daniel blickte sich um – wieder lernte er einen neuen Teil der Zentrale kennen: das Terrain hinter den glatten Wänden, hinter den Verkleidungen, hinter den Kulissen, die Zone der technischen Anlagen, den Bereich der Versorgungswege, der Kabel und Leitungen. Hier irgendwo mußten sich die Lufterneuerer befinden, die automatischen Küchen, die chemischen Anlagen. Unter seinem Knie spürte er etwas Hartes – über den Boden lief eine Schiene. Er tastete danach – ein leichtes Zittern im Metall, ein Schwingen und Vibrieren, kurze Zeit hindurch etwas stärker, dann wieder gedämpft.

Im selben Maß, wie sich die Augen an die düstere Beleuchtung gewöhnten, traten immer mehr Einzelheiten hervor. Aus den Wänden kamen umsponnene Drähte, vereinigten sich zu einem dicken Kabel, das die Wand entlanglief. Auch mehrere dicke Röhren durchzogen den schmalen Raum, einmal rauschte es irgendwo hinten im Gang, und ein dröhnendes Echo lief mehrmals hin und her.

Der Schmerz im Knöchel hatte nachgelassen. Daniel versuchte sich aufzurichten, glaubte für einen Moment, daß sich das Bein erholt hätte und sich wieder belasten ließe, doch als er vorsichtig auftrat, durchzuckte ihn wieder der heiße Schmerz, er taumelte, stützte sich an der Wand... er stieß auf Widerstand, etwas gab nach, fast wäre er gefallen... Mühsam kauerte er sich auf den Boden. Als der dröhnende Herzschlag nachgelassen hatte, sah er es. Ein Drahtende hing herab, er hatte eine Leitung abgerissen. Eine Verbindung war unterbrochen, irgendein Schalter würde nicht funktionieren, ein Ruf ohne Antwort bleiben, eine Anweisung ignoriert werden, eine Anzeige war stillgelegt, eine

Kontrolle ausgefallen, irgend jemand, der irgend etwas haben, tun oder verhindern wollte, würde vergeblich warten und bemerken, daß das System doch nicht perfekt war.

Ein Geräusch aus dem Dunkel des Gangs – leise, aber rasch lauter werdend, ein schwaches Schlagen und Rollen. Etwas näherte sich, ein dunkles Gebilde, Arme mit Greifzangen, ein riesiges, blinkendes Auge...

Daniel versuchte zu fliehen. Er kroch einige Meter weiter, schleppte sich auf seinem gesunden Bein dahin – viel zu langsam.

Das Gebilde kam nicht an ihn heran, es hielt dort, wo er hereingekommen war, das Auge drehte sich, tastete rundum.

Dann bewegten sich die Gliedmaßen wie Spinnenbeine, ein konisches Gebilde, an einem Teleskoparm befestigt, wurde ausgefahren. Ein Zischen, ein pendelndes Hin und Her...

Der herabhängende Draht war entfernt worden, der konische Gerätekopf legte sich an eine Stelle der Wand, bewegte sich langsam und gleichmäßig auf einer Geraden durch die Luft, ließ einen hellbraunen Strich hinter sich zurück...

Die Leitung befand sich wieder dort, wo sie sich ehedem befunden hatte, das System war wieder vollständig, die Ordnung war wieder hergestellt. Das Gebilde – ein Robotwagen, über die Metallschiene herangeleitet. Irgendwo befand sich eine leitende Instanz, das Gehirn eines Kontrollsystems, das allgegenwärtig war. Wahrscheinlich war auch keine Anlage ausgefallen, wahrscheinlich gab es Sicherungen gegen alle Arten von Störungen – obwohl in diesem Bereich Menschen nichts zu suchen hatten.

Pamela? Was tat sie hier? Konnte man hier untertauchen? Ein eigenes Leben führen? Konnte man von hier aus Einfluß nehmen auf die Abläufe der anderen Seite? Konnte man stören, sabotieren?

Daniel hielt die Augen geschlossen, die Erschöpfung übermannte ihn, er schlief nicht, aber er war auch nicht wach, er döste vor sich hin, Gestalten zogen an ihm vorbei, Szenen der jüngsten Vergangenheit, nicht in einer logischen Folge, sondern ungeordnet, er nickte ein, ohne daß die Bilder verschwanden, schreckte auf…

Pamela stand neben ihm. Sie hatte zwei Krücken gebracht. Sie half ihm beim Aufstehen, schob die Stützen unter seine Achseln. Das kranke Bein hochgezogen, abgewinkelt, das gesunde trug ihn, stemmte er sich vorwärts, was wegen der Röhren und Kabel auf dem Boden schwierig war, kam langsam voran. Oft wurde es eng, an den Wänden hafteten Schaltungen, mechanische und chemische Apparate, Kameras, doch in Bodennähe über der Leitschiene blieb ständig ein Durchgang frei.

Es gab Kreuzungsstellen und Verzweigungen, Übergänge zu tieferen Stockwerken, doch sie blieben auf ihrer Ebene. In einer Gangerweiterung hielten sie. Zwischen unverkleideten Schaltungen ein massiver Sockel, in dem es summte, auf einem Bündel schraubig gewundener Röhren einige Decken. Daniel ließ sich hineinsinken, Pamela deckte ihn zu und kniete neben ihm nieder. Auf einem Drahtnetz, das zu einer Schaltung gehörte, hatte sie einen Koffer mit medizinischen Geräten abgestellt. Sie holte einen Injektionsspray heraus und sprühte ein schmerzlinderndes Mittel ein. Dann beschäftigte sie sich mit seinem Fuß, strich mit einem Pinsel eine eiskalte Flüssigkeit darüber, kramte ein Kästchen aus, richtete einen Parabolschirm auf den Knöchel und schaltete ein. Es zog und prickelte, aber es schmerzte nicht. Daniel hatte aber die deutliche Empfindung, daß Getrenntes wieder zusammenwuchs, Knochen an Knochen, Fleisch an Fleisch.

Pamela kniete noch immer neben ihm, zu ihm hinuntergebeugt, sie legte ihre Hände an seine Wange, seinen Hals, seine Schultern.

»Weißt du, was eine Mutter ist?« fragte sie zärtlich.

Daniel schüttelte den Kopf: »Nein.«

»Ich bin deine Mutter«, sagte sie eindringlich. »Und du bist mein Kind.«

»Ja«, antwortete Daniel.

»Du mußt mir alles sagen. Du mußt Vertrauen zu mir haben. Nur ich kann dir helfen.«

»Nur du«, sagte Daniel.

»Armer Junge«, sagte sie. »Was haben sie nur mit dir gemacht! Aber welche Schuld auch immer du auf dich geladen hast – die Mutter verzeiht alles. Das ist immer so gewesen, und wird auch immer so bleiben.«

»Ja. Ja.«

»Du bist anders als die andern, ich habe das gleich gefühlt, noch ehe ich dich erkannt habe. Aber auch die andern haben es bemerkt. Das ist der Grund dafür, daß sie dich von einer Verzweiflung in die andere jagen. Daß diese schrecklichen Dinge passieren.«

Sie schwieg, streichelte ihn, setzte von neuem an. »Ich kann dir helfen, bin die einzige, die dir helfen kann. Aber du mußt mir alles sagen. Wo bist du gewesen? Woher kommst du? Was hast du getan – draußen?«

Was hatte er getan? Er mußte es Pamela sagen, aber was war es nur?

»Warum verschweigst du mir etwas, ich meine es doch gut mit dir? Sag es, und alles ist gut!«

»Ich weiß es nicht.«

»Du darfst nicht lügen, sicher weißt du es. Wer hat dir verboten zu sprechen? Es gibt keinen Grund dafür, etwas zu verschweigen. Denk daran, wie böse sie sind! Du warst schrecklich allein, das ist nun vorbei. Du wirst mir alles erzählen, nicht wahr?«

Daniel wollte ihr alles erzählen, gewiß. Er war von außen gekommen, von irgendwoher. Hatte er – vom Tag der Reife an – sein Leben in einer der Städte verbracht wie alle andern? Gab es etwas Besonderes, das mit ihm zusammenhing? In irgendeinem Winkel seines Gehirns saß das Wissen – aber es war blockiert. Gab es ein Stichwort, einen Schlüssel? Er versuchte sich zu konzentrieren, Schweiß trat auf seine Stirn. Irgendwo, irgendwas? Gab es verborgene Bereiche – Dinge, Personen, Erlebnisse? Ein phantastisches Leben, freie Beweglichkeit? Sonne, Sturm und Sterne? Freunde und Feinde? Aufgaben und Ziele? Er merkte, daß er nahe herangekommen war.

»Da gab es…«

»Was gab es? Sag es, Liebling!« Pamelas Hand auf seiner Stirn, ihr Gesicht über dem seinen, der Ausdruck in ihren Augen…

Er hatte die Fährte verloren. Vergeblich. »Ich weiß nichts!«

»Das ist aber sehr böse von dir! Ich werde dich strafen müssen. Ich werde dir weh tun, schau so!« Sie schaltete den Apparat ab, von dem die heilende Strahlung in sein Bein gedrungen war. »Die Wirkung der Injektion hält nur kurz an! Dein Fuß ist noch nicht geheilt; genaugenommen: Er ist kaputt wie zuvor, gebrochen. Spürst du es?« Sie richtete sich ein wenig auf, und die Hand, die eben noch zärtlich seine Brust gestreichelt hatte, faßte nun den Fußrist und drehte kurz zur Seite. Der Schmerz lebte auf, unverzüglich, stärker als zuvor.

»Und so!« Sie drehte ruckartig nach der anderen Seite, er versuchte das Bein mitzudrehen, aber das gelang ihm nur beschränkt. Sie machte die Bewegung mit, drückte, bis sie den Widerstand der Sehnen und Bänder fühlte, und hebelte dann langsam auf und ab. »Pamela, bitte nicht. Es tut schrecklich weh!« keuchte er.

»Du mußt mir alles sagen! Dann höre ich sofort auf.«

»Aber ich weiß doch nichts! Ich weiß nichts…« Er schluchzte verzweifelt auf.

»Sie sind wirklich ein harter Brocken«, sagte Pamela. Sie ließ den Fuß plötzlich los, und sein Zurückschnellen trieb den Schmerz noch einmal auf die Spitze. Es wurde dunkel um ihn, einen Atemzug lang, er spürte leise Erschütterung… Als er die Augen öffnete, hatte sich die Umgebung geändert. Noch immer lag er auf den Decken, aber er befand sich auf einem Tisch, und rundherum standen Menschen: Solla, Fenner, dessen Kollege, Figueira, Miriam und der dunkelhaarige Unbekannte, der seine Tasche geraubt hatte.

»Stefano, zeig ihm die Tasche!« befahl Pamela.

Der Dunkelhaarige trat vor, hielt etwas hoch.

»Sie haben meine Tasche«, sagte Daniel.

»Ja. Man hat Ihnen ein Duplikat gegeben. Wir haben die echte Tasche. Und wir haben auch das, was drin ist.«

»Was ist es?« Trotz seiner Verwirrung war das Interesse an seiner Vergangenheit nicht erloschen – und wäre es auch nur deshalb, um Pamela endlich alles erzählen zu können. Denn dann hätte er Ruhe...

»Sie wissen es wirklich nicht?«

»Nein.«

»Zeig es ihm!«

Stefano griff hinein, zog einen Zettel heraus, hielt ihn Daniel vor die Augen. Daniel las:

Pavel 106
Greg 109
Josef 183
Tibor 165
Sonja 185
Dan 182
Notruf 200

Er ließ die Namen auf sich wirken. Ja, sie weckten Erinnerungen. Sie waren der Schlüssel. Doch wozu? Es lag lange zurück, durch Welten getrennt. Namen, Nummern, ein Leben voll Abenteuer...

Der Schlüssel sperrte nicht, die Namen gewannen nicht Gestalt. Sie wühlten nur Gefühle auf – Hoffnung, Furcht, Spannung, Eifersucht. Was damit verbunden war, blieb dunkel. Umsonst.

»Was sagen Ihnen diese Namen?«

Daniel zuckte die Schultern und drehte den Kopf zur Seite.

»Ob er wirklich nichts weiß?«

»Jetzt können wir keine Rücksicht mehr nehmen!«

»Dann versuchen Sie es bitte.«

Daniel spürte, wie sein Arm aufgehoben wurde... das Zischen einer Injektion. Leere...

*

Tappende Schritte im Ungewissen, lauter Atem, unmittelbar neben ihm. Der Nebel spuckte seine blassen Geschöpfe aus. Daniel wehrte sich nicht, als ihn zwei Primis unterfaßten und davontrugen.

Lange hielt er die Augen geschlossen... wenn er sie öffnete, stets das gleiche Bild, nebelerfüllte Gänge, grelle Lampen hinter einem Schleier wirbelnder Tröpfchen. Daniel fühlte, daß man ihn niederließ auf eine weiche Unterlage, eine Flüssigkeit schwappte neben ihm, stieg... er lag in einer Wanne, die sich lautlos füllte. Die träge schwankende, bräunliche Masse umspielte seinen Rücken, benetzte die Haare, stieg über seine Ohren... die Geräusche von außen, das Klatschen und Schleifen, Tropfen und Rieseln, das dumpfe Hallen und das ferne, schrille Geschrei verstummte. Statt dessen ein Knistern, hin und wieder metallene Laute, Gongschlägen ähnlich. Die Flüssigkeit stieg weiter, erreichte die Wangen, den Mund, sickerte zwischen den Lippen einwärts – fader, aber nicht unangenehmer Geschmack –, bedeckte die Augen, die er offenhielt... es war eine weiche Last, sanft und lindernd, nichts Fremdes, gegen das man sich wehren mußte, bewahrende Essenz... er spürte es, als das Naß seine Nasenlöcher erreichte, bedeckte. Ein wenig davon sickerte einwärts, ohne Reize auszulösen... Er konnte die Flüssigkeit atmen.

Alle Reize von außen waren aufgelöst. Er lauschte in sich hinein, jetzt hatte er Zeit dazu... ein langsames, dumpfes Pochen, Spiel von Ventilen, Verlagerungen, Pulsationen, Rhythmen...

Die ganze Welt war jetzt in ihm...

Larry hatte ihm geraten, zur Rezeption zu gehen, das Vorkommnis zu schildern, sich zu erkundigen, ob er eine Ersatznummer und einen kleinen Vorrat Rechenzeit bekommen könnte, zur Fortsetzung seiner Arbeit, doch dort hatte man nur ein Achselzucken für ihn. »Für diesen Fall gibt es keine Vorschriften. Sie müssen sehen, daß Sie Marken und Bons zurückkriegen, dann können wir weitersehen.«

»Dann brauchte ich Ihre Hilfe nicht mehr«, entgegnete Daniel. Es wurde ihm immer deutlicher, daß er ohne Kennmarke und ohne Rechenzeit keine Existenzberechtigung mehr hatte.

Er ging zu Larry zurück, der zuerst ein wenig ungehalten über die neuerliche Störung schien, dann aber Maud und Benedikt zu einer Besprechung bat.

Sie trafen sich in jenem Raum, in dem er Larry und Benedikt kennengelernt hatte. Zu Daniels Erstaunen war noch jemand dabei: der junge Mann, den er gestern auf seinem Platz angetroffen hatte. Benedikt stellte ihn vor – er hieß Gunnar, Gunnar 037 quer 170 quer 155.

»Meine Nummer!« sagte Daniel.

»Sie müssen verstehen«, sagte Benedikt, »wir sind in einer peinlichen Lage. Gunnar wurde uns zugeteilt – er gehört jetzt unserem Team an.«

»Und ich?«

»Bedauerlicherweise sind Umstände eingetreten, die eine weitere Zusammenarbeit unmöglich machen. Sie wissen es ja selbst am besten. Es ist eine außerordentlich unglückliche Verwicklung, in die Sie hineingeraten sind. Unter anderen Umständen hätten wir jahrzehntelang zusammenarbeiten können. Ich kann Sie allerdings nicht von jeder Schuld freisprechen: Sie haben unüberlegt gehandelt.«

Erst nach und nach dämmerte es Daniel, wie schwer ihn das Unglück getroffen hatte. Er mühte sich, alles zu erklären, aber ohne Erfolg, er versicherte, er hätte sich in einer Zwangslage befunden, hätte keine Wahl gehabt, nicht anders handeln können, wäre sich der Folgen nicht bewußt gewesen, sei selbst am meisten überrascht, wäre betäubt worden, nicht Herr seiner Sinne gewesen, hätte doch keine schlechte Absicht gehabt, sei unschuldig, wolle alles tun, um die Angelegenheit zu bereinigen, werde künftig sicherlich klüger handeln, hätte durch sein Mißgeschick gelernt, würde größten Wert darauf legen, bei ihnen zu bleiben, hätte sich schon eingearbeitet, könnte ihnen bei ihrer Arbeit nützlich sein. Er bat sie, nicht unerbittlich zu sein, nur dieses eine Mal eine Ausnahme zu machen, ihm zu glauben, daß er sich dankbar erweisen würde und daß es niemand geben könne – außer er hätte ähnliches erlebt wie er –, der sich so für sie einsetzen, der alle persönlichen Interessen hintanstellen würde, wenn einmal der Fall einträte, daß einer von ihnen – was doch geschehen könnte – der rückhaltlosen Hilfe eines andern bedürfe.

Die andern blickten sich verlegen an.

»Was können wir tun?« fragte Larry.

»Nichts«, antwortete Benedikt. »Wir haben alles getan, was wir tun konnten, haben uns bemüht – ich will gar nicht davon sprechen, daß die Lage auch für uns nicht angenehm ist, man wird über uns reden, ein Schatten fällt immer in die Umgebung.«

Er schwieg. Da sich Daniel nicht rührte, bat er Maud: »Begleite ihn hinaus!«

Maud stand auf – sie blickte Daniel mitleidig an, und dieses Bedauern war beschämender als alles andere. Er stand auf, wandte sich an Benedikt: »Ich darf wohl diese Räume nicht mehr betreten.«

»Leider nein. Wir hoffen, Sie hatten einen schönen Tag!«

»Schöner Tag heute«, murmelte Daniel. Er folgte Maud bis zum Eingang. Das Kontrollsystem prüfte Mauds Marke – die Tür öffnete sich.

»Schade«, sagte Maud, »daß wir so auseinandergehen müssen. Oder wollen Sie noch einmal mit mir schlafen?«

»Danke«, sagte Daniel. »Ich hoffe, Sie haben einen schönen Tag!«

»Das hoffe ich auch!« antwortete Maud. Sie trat zurück. Die Schiebetür schloß sich.

*

Daniel hatte keinen Wohnraum mehr und keinen Arbeitsplatz. Trotzdem brauchte er keine Not zu leiden. An den Theken bekam er Kauwürfel und Getränke, Aktivierungspillen und Riechkapseln, in den Projektionsräumen konnte er die Spiele verfolgen, am liebsten saß er im obersten Stockwerk, direkt unter dem durchsichtigen Dach, das die Zentrale von der Außenwelt, vom Meer trennte. Oft streifte er stundenlang durch die Gänge, und so lang sie auch, alle zusammengenommen, waren, so hatte er doch den Eindruck, sie schon alle zu kennen, aber das mochte auch daran liegen, daß sie alle gleich aussahen. Am Anfang hatte er gelegentlich ein Mädchen angesprochen und es so einzurichten verstanden, daß sie auf ihr Zimmer gingen, aber später lehnten immer mehr ab, ließen sich gar nicht auf einen Flirt ein, mieden ihn – es sah so aus, als verändere er sich in irgendeiner unheimlichen Weise, als zeichne sich ein Makel an ihm ab.

Wer nichts zu tun hat, wer nur wartet, daß die Zeit vergeht, bemerkt und empfindet anders als jene, die, ständig gehetzt, ihren Arbeiten und Vergnügungen nachjagen. Sein Zuhause war jetzt das Skelett der Gänge und Aufenthaltsräume, doch gerade deshalb konnte er sich auch ein besseres Bild machen vom Geschehen, das sich hinter den Wänden abspielte. Manche waren durchsichtig, und er lehnte sich daran, das Gesicht ans Glas gepreßt, und sah dem Treiben zu. Aber auch die undurchsichtigen Wände gaben Geheimnisse preis, man hörte Geräusche, fühlte dumpfes Vibrieren, sah die Menschen, die aus den Türen traten oder hinter ihnen verschwanden. Er beobachtete sie, verfolgte sie, schlüsselte ihren Zeitplan auf, und so mußten ihm solche auffallen, die keinen Zeitplan hatten, die umherstrichen wie er. Es waren nur einige. An ihnen sah er auch, was die Ausgeschlossenen von den andern unterschied: Sie alterten, und zwar alterten sie unwiderruflich – die Haut faltete sich, die Wirbelsäule krümmte sich, die Hände begannen zu zittern, die Stimme brach.

Einem von ihnen, einem kleinen Mann mit eisgrauem, ungeschnittenem Haar und einem Gesicht, in dem die Runzeln ein dichtes Spinnenmuster bildeten, begegnete er öfter als den anderen. Es sah so aus, als ob jeder von ihnen danach trachtete, die Wege des anderen zu kreuzen. Dennoch dauerte es Wochen, bis er mit einem ins Gespräch kam.

Zuerst sprachen sie über die Getränke, über die Riechkapseln, über die Bequemlichkeit der Stühle, in denen sie schliefen, wenn sie müde waren – sitzend, um nicht aufzufallen. Erst später kamen sie auf ihre Situation.

»Wie lang sind Sie schon ausgeschlossen?« fragte Daniel.

»Ich habe die Jahre nicht gezählt – vielleicht zwanzig Jahre, vielleicht vierzig, ich denke nicht darüber nach. Viel mehr beschäftigt mich die Frage, wie lange ich mich noch halten kann. Aber was auch immer geschieht – die Integration bleibt keinem erspart.«

»Wenn man nicht einverstanden ist…«

»Solange ich denken und sprechen kann, weigere ich mich. Sobald ich aber einen Defekt erleide, der mir diese Möglichkeit nimmt, müssen andere für mich entscheiden. Dann bleibt sowieso keine andere Wahl. Das System ist darauf angelegt, daß es Leben erhält.«

»Ich werde von Tag zu Tag müder, es ist kaum zu glauben, daß uns ein neuer Anfang bevorsteht. Gibt es keine Möglichkeit, diese Situation zu beenden?«

»Doch, eine besteht: die freiwillige Integration. Sie können sich jederzeit melden: 010 quer 010 quer 001. Dort würde man Sie mit Freuden aufnehmen.«

»Wissen Sie Näheres darüber? Hat man noch Gefühle? Hat man noch das Bewußtsein seiner selbst?«

»Ich weiß es nicht, doch ich werde es früh genug erfahren. Und Sie auch.«

Der Alte stand mühsam auf und verschwand mit schleifenden Schritten in der Tiefe des Ganges.

Daniel merkte, daß er gebrechlicher und schwächer wurde. Auf Krücken gestützt, schleppte er sich durch die endlosen Gänge, wenn er erschöpft war, ließ er sich auf eine Bank oder einen Stuhl sinken, die überall zu finden waren, starrte ins Leere, sah die Menschen nicht, die an ihm vorübergingen, und nichts von den Farbspielen an den Projektionswänden. Schlief kurz ein, erwachte, wanderte weiter, setzte sich, trank ein paar Schluck Bier-blau, schlief, wanderte...

Dabei grübelte er ununterbrochen nach. Sein Denken funktionierte noch. Allmählich reifte in ihm ein Plan. Je mehr er Profil gewann, um so weniger kam es ihm vor, als wäre er ein Resultat seiner Überlegungen, eher hatte es den Anschein, als sickerte etwas aus seinem Unterbewußtsein durch, nur langsam, nach und nach, das aber doch allmählich ein Ganzes wurde, schwer auszudrücken, in den Konsequenzen unbestimmt, aber durchführbar und notwendig.

Er zögerte noch lange. Selbst als der Entschluß feststand, hatte er keine Eile, blieb noch tagelang in den Gängen, durchstreifte alle Winkel, als wolle er sich den Plan der Wege in diesem komplizierten Bauwerk einprägen.

Oft saß er in einer Art Warteraum, einer Halle, leer bis auf einige wahllos verteilte Stühle, und blickte unentwegt zu einer Tür, durch die einige – nicht viele – hineingegangen, doch keiner wieder herausgekommen war.

Eines Tages stand er auf, stemmte sich auf die Krücken und ging, ohne anzuhalten, ohne sich umzusehen, auf die Tür zu.

Seit Wochen hatte sich ihm keine Tür mehr geöffnet. Diese öffnete sich. Er ging unbeirrt weiter. Sie schloß sich hinter ihm, doch er bemerkte es nicht.

Er ging durch einen endlosen Gang, langsam... wenn er je Zeit gehabt hatte, dann jetzt.

Der Gang war zu Ende. Der Raum, der nun vor ihm lag,

war riesengroß. Die gegenüberliegende Wand nicht zu erkennen, die Decke von blendendem Licht erfüllt. Vor ihm eine Wasserfläche – leuchtend grün, unbewegt. Man konnte tief hineinsehen. Dort unten schimmerte es hell – ein weißes Gebilde lag dort unten, verzweigt, verästelt, ein riesengroßes Gewächs, einer Korallenbank ähnlich. Zuerst verwirrend in seiner Vielfalt, dann lösten sich allmählich Ordnungen heraus, Symmetrien, Reihungen, Varianten. Eines wurde bald klar: Dieses Muster war nach einem bestimmten Plan entworfen, es besaß eine Gesetzlichkeit, die immer weitere Entwicklungen zuließ, ohne daß die Ordnung gestört wurde.

Daniel stand auf einer Terrasse, die sich nach beiden Seiten fortsetzte. Er wandte sich zur Seite. Auf einem Rollstuhl saß ein alter Mann, ein Kyborg. Daniel kannte ihn. Er hatte noch nie mit ihm gesprochen, hatte ihn aber zweimal auf den Projektionsschirmen gesehen.

»Sind Sie fest entschlossen?« fragte er.

»Ja, das bin ich«, antwortete Daniel.

Durch eine Bewegung des Kinns deutete der Alte hinab. »Kommt es Ihnen unmenschlich vor?«

»Ich wußte nicht, daß es unter Wasser liegt«, antwortete Daniel.

»Nährlösung, die einfachste Art, das Materialproblem zu lösen, und zugleich das älteste Verfahren. Und Licht«, – er blickte kurz nach oben, »Wärmestrahlung, sichtbares Licht, starker UV-Anteil – die Lösung des Energieproblems.«

»Ist es eine Schaltung oder ein Lebewesen?«

»Ich würde sagen: beides. Wie wollen Sie es unterscheiden?«

»Steht es mit dem Schaltnetz der Zentrale in Verbindung?«

»Es ist sein Gehirn, oder, besser, sein Neuhirn.«

»Wer hat es konstruiert?«

»Niemand hat es konstruiert. Wir haben ihm Gelegenheit zum Entstehen gegeben. Keinen Bauplan, sondern gewisse allgemeine Zielvorschriften, für die es selbst die Wege sucht. Es entwickelt sich längst allein weiter.«

»Wie geben Sie ihm meine Daten ein?«

»Wir gehen über einen normalen molekularelektronischen Speicher. Er steht mit allen Speichern in Verbindung.«

»Bleibt meine Persönlichkeit erhalten?«

»Gewiß – die Persönlichkeit ist das Aggregat aller Daten. Sie bleibt nicht nur bestehen – es ist die einzige Möglichkeit, sie dauernd zu erhalten.«

»Mein Bewußtsein? Meine Integrität?«

»Bewußtsein ist keine energetische, sondern eine informationelle Größe – es bleibt Ihnen. Die Integrität – nichts anderes als eine Vorschrift für die Zusammengehörigkeit der Daten.«

»Meine Abgeschlossenheit, meine private Sphäre?«

»Überflüssig. Überbleibsel aus der Steinzeit. Wozu abschließen, wozu Geheimnisse? Behielten wir sie bei, so wäre die Integration nur ein Mittel zur Konservierung. Gerade in der Öffnung, der Ausbreitung, liegt der Übergang zur nächsthöheren Entwicklungsstufe. Sie geben, aber Sie erhalten weit mehr: Verfügung über die gesamte gespeicherte Information, Zugang zu sämtlichen motorischen Zentren, Zugang zu allen Ein- und Ausgabekanälen, und diese reichen bis in die Weiten des Weltraums.«

»Gibt es keine Grenzen?«

»Doch, die Grenzen der Physik. Sie können nicht in atomare Dimensionen eindringen. Sie können keine Quantensprünge vorhersagen, Sie können die Lichtgeschwindigkeit nicht überschreiten. Und doch können Sie mehr, als Menschen je konnten. Sie haben keinen schwachen, zerbrechlichen, leicht verletzlichen, kurzlebigen Körper mehr. Ihr Selbst ist über weite Bereiche verteilt und doch ein Ganzes. Und es ist unverletzlich.«

»Werde ich noch fühlen können?«

»Aber ja – auch Gefühle sind informationelle Größen.«

»Und dieser Körper?« Daniel sah an sich hinab – ein Bündel Haut und Knochen, ausgemergelt, schrottreif. Nur das Gehirn war intakt... Allmählich erkannte er, daß er sich schrecklich getäuscht hatte. Würde er an diesen Körper herankommen, würde man es ihm erlauben, würde er es noch wollen?

Der alte Kyborg lächelte mild. »Staub wird zu Staub, und Asche zu Asche.«

Daniel war entschlossen, den Schritt zu tun, selbst wenn noch die Möglichkeit bestanden hätte zurückzukehren. Er hoffte nur, daß sich eines nicht wiederholen würde, was ihm bisher bei jeder entscheidenden Veränderung in seinem Leben geblüht hatte: eine Zeit der Leere, eine Zeit des Unvermögens. Aber er wagte nicht zu fragen. Das war sein Risiko.

Der Kyborg berührte ihn am Ärmel seines zerschlissenen Gewandes. »Kommen Sie!«

Er glitt neben Daniel her, ein Stück in den Gang zurück und dann in eine Türöffnung, von der Daniel vorher nichts bemerkt hatte.

Er hatte Angst. Er hätte um eine Pille GLORIOL bitten können oder um ein Glas Bier-blau, aber er wollte lieber diese Angst auf sich nehmen, als den letzten Schritt im Zustand der Betäubung tun.

Sie kamen in einen Raum, in dessen Mitte eine Liege stand. Die Seitenwände waren leer, bis auf einige Schalttafeln und Anzeigelampen. Die gegenüberliegende Wand war offen, aber völlig von einer Maschine ausgefüllt – Leitungen, Röhren, Gefäße, Tasten, Hebel, Sonden; hier gab es keine Verkleidung mehr.

»Legen Sie sich hin!« bat der Kyborg. Schritt für Schritt, auf die Krücken gestützt, näherte sich Daniel der Liege – eine einfache, schmale Unterlage, mit Schaumstoff gepolstert, auf eine Schiene gestellt, die zur Maschinerie im Hintergrund führte. Der Kyborg fuhr noch einige Meter weiter mit, blieb dann zurück.

Daniel ging weiter, trat an die Liege, ließ sich zur Seite gleiten. Die Krücken polterten zu Boden.

»Alles Gute«, sagte der Kyborg. »Ich wünsche Ihnen einen schönen Tag.«

»Auch Ihnen einen schönen Tag«, antwortete Daniel. Er spürte, wie die Liege sich in Bewegung setzte. Er blinzelte in das Lichtmuster an der Decke, dann schob sich die Wand näher an die Maschinerie. Er hatte unbeschreibliche Angst. Eigentlich sollte ich Hoffnung haben, dachte er.

Ein Schatten über seinem Kopf – durch eine Öffnung inmitten der Leitungen und Röhren glitt er ins Innere. Ein metallisches Netz über seinem Kopf. Eine kalte Berührung an den Schläfen. Ein Summen. Dann nichts mehr.

*

Obwohl er sich ein körperloses Erwachen nie hatte vorstellen können, erschien es ihm nun selbstverständlich. Oder sollte man sagen: Ein Leben endete, ein anderes begann? Es begann dort, wo das andere aufgehört hatte, wenn auch in anderer Weise, und setzte somit eine Kontinuität fort. Was anderes ist diese Kontinuität als jene der Erinnerungen? Welches Kriterium gilt, als das der chronologischen Folge, der kausalen Logik? Oder sitzt die Persönlichkeit im Körperlichen, in einem Chemikal? Oder in einem Fluidum der Metaphysik, einer bisher nicht nachgewiesenen Seele?

Kurz und gut: Er setzte das Leben eines gewissen Daniel fort, der einst die Nummer 037 quer 170 quer 155 gehabt hatte und nicht wußte, woher er kam. Er – jetzt ein Datenaggregat.

Ein Einfall: War die Information in einem Winkel seines Gehirns wirklich noch intakt gewesen, wenn auch durch einen Block gesperrt, so mußte sie mit übertragen worden und zugänglich sein. Aber wie? Es wurden dieselben Gruppierungen übernommen, ein Block war eine Vorschrift, ein NICHT-Operator für einen durch Adressen festgelegten Bereich. Doch jetzt, da er für die Funktion seines Denkens

Übersicht hatte – er wußte nicht, wie – vermochte er auch die Sperre aufzuheben. Er brauchte es nur zu denken, und schon war die Vergangenheit wieder zugänglich. Er fühlte ein Staunen (es gab Gefühle!), und er erkannte die Folgerichtigkeit dessen, was er erlebt hatte.

Aber warum ließ man das alles zu: Unzulänglichkeit, physische Beeinflussung, Irrtümer, Mißverständnisse, Intrigen, Sabotage?

Die Antwort kam unvermittelt: Das Prinzip der Freizügigkeit. Es bestand seit der Existenz der sich selbst weiterentwickelnden Rechenmaschine. Es war eine Art Abkommen: Das System hat die Möglichkeit, sich ungestört, nach Maßgabe des eigenen Vermögens, selbständig zu entwickeln. Als Gegenleistung steuert es die technischen Dienstleistungen für den Menschen nach dessen eigenem Willen. Es tut nichts gegen dessen Wunsch, sofern nicht andere dadurch geschädigt werden. Und: Es bietet die Möglichkeit zur Integration. Zum ewigen Leben.

Irrtümer? Intrigen? Solange kein Schaden entsteht, greift es nicht ein. Ein gewisses Maß an Störung ist nötig. Es fördert die Entfaltung. Sinkt es unter einen Mindestpegel, so sind Störungen künstlich herbeizuführen.

Die Antwort kam prompt – kaum daß er die Frage gedacht hatte.

Er erwachte, wie wenn man im Dunkeln erwacht, in einem stillen Raum und mit geschlossenen Augen. Trotzdem entstand kein Zweifel an der eigenen Existenz. Eher noch am Ort des Erwachens. Aber er war weder blind noch taub. Sehen – es stand ihm frei, die Kameras zu benutzen, jene im Innern der Zentrale oder draußen in der Stadt, auf einsamen Berggipfeln oder in den Wohnbezirken der Zurückgebliebenen, im Meeresgrund oder auf der Rückseite des Mondes. Es stand ihm frei, sich der Röntgenkameras zu bedienen, oder der Infrarotdetektoren, der Mikrosonden oder der Szintiskope. Hören – er hatte seine Ohren überall, brauchte nur zu denken: eine Koordinatengruppe, einen Namen, ein

Thema. Assoziative Zuordnung – eine untergeordnete Instanz tastet die einlaufenden Meldungen ab. Und der Katalog der Erinnerungen! Die Kapazität des Gedächtnisses war ins Unermeßliche gewachsen – Zugriff zu sämtlichen Speichern, das bedeutet: zum Wissen der Welt. Anreiz zu Gedanken ungeheuerlicher Tragweite, zum Ausschwärmen in nie geahnte Räume.

Das Unbekannte lockte, aber hätte er dem Ruf nachgegeben, wäre das einer Flucht gleichgekommen. Was getan werden mußte, mußte getan werden.

*

Daniel rief die Uhrzeit ab – erst Sekunden waren seit seiner Integration vergangen. Er dachte an seinen Körper – und sah ihn auf dem Liegebett ausgestreckt, von den Schaumstoffpolstern getragen. Er visierte die motorischen Zentren an – und erkannte, welche er benutzen mußte. Er schaltete die Routinemaßnahmen aus, nahm einen Robotwagen unter seine Kontrolle, befahl ihm, den leblosen Leib in die Reaktivierung zu bringen. Es war nichts zerstört, auch das Gehirn unverletzt – die Information war kopiert, doch nicht gelöscht worden. Durch mehrere Sonden beobachtete er, wie die Gefäße gereinigt wurden, wie frisches Blut in sie eindrang, wie einige Organe ausgetauscht wurden, eine neue Leber, neue Venen, neue Keimdrüsen, wie alte, degenerierte Zellen abgebaut wurden und sich junge an ihre Stelle setzten, wie sich die Haut glättete und straffte, wie die aktivierende Strahlung eindrang und der elektrische Impuls, der das Herz wieder in Gang setzte. Und dann löste er den Block.

Er beobachtete, wie sich der Mann aufrichtete, wie er sich umsah, wie er vom Tisch herunterglitt, einige Schritte machte…

Nun zog er sich zurück – überließ ihn seinem Schicksal – endgültig. Das war alles, was er tun konnte.

Er selbst war jetzt frei, er konnte sich ausbreiten. Mit Lichtgeschwindigkeit konnte er in die lockenden Bereiche der Erkenntnisse eindringen, konnte Kontakte mit anderen suchen, sich mit ihnen koppeln oder mischen. Erst schien es, als wäre der Raum, der ihm nun zugänglich war, grenzenlos, als wären seine Tiefen nicht auszuloten. Später stieß er auf Grenzen, doch sie ließen sich zurückschieben. Hier konnte er seine Aufgabe suchen – Entfaltung, Evolution. Die Richtung zu bestimmen war ihm selbst überlassen – in die Bereiche der logischen und mathematischen Zusammenhänge, der physikalischen und kosmologischen Fragen, in die Tiefen der Vergangenheit und der Zukunft, in die Welt der Mikrowesen oder in die Weite des Weltraums. Er konnte sich auch der Biologie widmen, der weiteren Entwicklung des Menschen, den potentiellen Möglichkeiten psychischer und soziologischer Strukturen, den Problemen der freien Entscheidungen – der Ethik.

Seine Entscheidung war schon viel früher gefallen. Er ließ sich in das astronomische Labor auf dem Südpol des Jupiters transferieren und baute eine Raumkapsel auf – einen Lichtdrucksegler. Durch eine Rakete ließ er sich emporheben, entrann dem Gravitationsfeld, dann löste er die Verbindung und trieb hinaus ins All.

Er hatte Zeit, und er konnte diese Zeit ablaufen lassen, wie er wollte. Ihr Maß war die Pulsfrequenz. Milliarden Impulse in der Sekunde oder einer in Jahrhunderten – es war ihm überlassen. Er konnte die Sterne sehen, wie er wollte – in beständigen Konfigurationen, das unveränderliche Firmament des naiven Menschen; in einem Reigen von Kreis- und Ellipsenbahnen, Parabeln und Hyperbeln, den dynamischen Himmel Newtons; oder als Werden und Vergehen – Zusammenballungen, Explosionen, Pulsationen – das Weltall der Kosmologie.

Vor ihm lag die Ewigkeit.

*

Es war, als liefen tausend Insekten durch seinen Leib, als würde seine Haut gebürstet und massiert. Es prickelte, vibrierte, regte sich – ein tiefer Atemzug, Geräusche, Helligkeit hinter den Augenlidern.

Noch umfing ihn leichte Lähmung, zähe Fäden zogen ihn gegen eine nachgiebige Unterlage. Es kostete Mühe, den Willen bis an die Peripherie hinauszudrängen, die motorischen Zentren zu erreichen... Unter seinen Fingern fühlte er die flaumig aufgerauhte Oberfläche einer Decke. Die Finger waren es, die seinem Willen zuerst gehorchten. Sie tasteten höher, streiften die hindernde Hülle ab... jetzt bewegte sich schon der ganze Arm. Die Fingerkuppen fühlten Haut – warm, feucht, glatt. Er streckte sich, fühlte, wie sich die Muskeln spannten.

Nun erst war er wach. Er öffnete die Augen, setzte sich.

Ein medizinischer Behandlungsraum, rund um ihn Geräte. Was auch immer mit ihm geschehen war – es war beendet. Sein Körper war kräftig, und Daniel spürte den Tatendrang, die Ungeduld eines Gesundeten.

Er ließ sich vom Tisch heruntergleiten.

Er war nackt.

Auf einem Stuhl neben ihm ein Bündel Kleider. Er zog sich an, doch seine Gedanken wanderten. Die Zukunft, gewiß... aber auch die Vergangenheit war noch nicht abgetan.

Am Kragen seines Mantels fühlte er etwas Hartes – eine Erkennungsmarke: 000/000/001. Mit einemmal, als hätte sich ein Ventil geöffnet, strömten die Erinnerungen... jetzt war ihm wieder alles gegenwärtig – jetzt war er wieder eingeflochten ins Geschehen.

Zuerst der Druck einer Enttäuschung: Noch immer befand er sich hier – in der Zentrale. War sein Plan mißlungen? Gewiß, er hatte noch eine Aufgabe, aber er war voller Erwartungen gewesen...

Dann schalt er sich selbst: Er lebte, und das war ja gerade der Beweis dafür, daß alles nach Wunsch gelaufen war. Einen Moment bedauerte er, daß er nicht der andere Teil seiner selbst war – jener, der von allen Pflichten entlastet, von jeder Schwere befreit, aller Zweifel enthoben, jeder Bitterkeit entrückt, jeder Furcht entronnen war. Dann nahm die Logik überhand: Es gab keinen Tausch, nur eine Entsprechung, und hätte man die Information oder, was auch immer es war, ausgetauscht, so wäre er doch wieder derselbe gewesen, der noch einen weiten beschwerlichen Weg vor sich hatte. Oder war die Folgerung falsch? Vielleicht wußte es der andere, der in einer für ihn nicht begreiflichen Form existierte. Bis vor kurzem hatten sie einen gemeinsamen Weg gehabt – nun verzweigte er sich. Ob es ein Wiedersehen gab oder vielmehr das, was einem Wiedersehen entsprach? Vielleicht einen Gedankenaustausch, oder eine Wiedervereinigung? Er brachte nicht die Ruhe auf, darüber nachzudenken. Viel stärker waren die Wünsche und Ziele, die Forderungen der Aufgaben, die vor ihm lagen.

Daniel ging zur Tür, die offenstand. Noch einmal befand er sich im System der Gänge, ihm nicht zugehörig, ein Ausgestoßener, eine Nullnummer. Aber er wußte, was zu tun war. Ohne Aufenthalt stieg er die Gänge aufwärts, bis zur Empfangshalle. Er trat ans Steuerpult. Daß er nie vorher daran gedacht hatte! Aber auch von den andern hatte keiner daran gedacht – vielleicht auch nur deshalb, weil keine Notwendigkeit bestand. Dabei war es einfach: Die Auffahrt war die Umkehrung der Abfahrt; man brauchte nur den reziproken Befehl zu geben.

Er tastete die Codeziffern ein. Einen Moment lang kam ihm der Gedanke, es könnte eine Sperre vorgesehen sein, die den angebahnten Weg verschloß. Doch da leuchtete das grüne Lämpchen auf, ein leises Schleifen, der Bajonettverschluß öffnete sich, ein Klicken, die Säule wuchs aus dem Boden. Mit reibungsloser Präzision, mit vollendeter Ausgewogenheit aller Bewegungsphasen vollzog sich die Absenkung der Plattform – des Unterteils der Kugel. Die zwei niedrigen Türflügel klappten auf.

Daniel trat ein.

Die Tür schloß sich mit einem dumpfen Laut. Ein sanfter Ruck, es ging aufwärts, auf die Öffnung in der Decke zu. Ein letzter Blick in die Halle, in das Labyrinth der Zentrale, dann schloß sich das untere Kugelsegment an das obere.

Es gab keinen Stoß, keine Vibration, keine Geräusche – nur einem kaum wahrnehmbaren Knistern war zu entnehmen, daß die Fahrt begonnen hatte. Eine Hülle aus Licht ringsherum, dann stiegen sie über das Niveau der Decke, und bald lag das gleißende Wabenmuster weit unten in der Tiefe, wurde fahler, jetzt nur noch ein Schimmer, wurde von grüner Tinte übermalt...

Daniel hatte sich auf denselben Platz gesetzt wie bei der Anreise. Er wartete, bis oben ein strahlendes Leuchten sichtbar wurde, ein Flimmern und Flirren, ein Spiel glitzernder Reflexe. Dann bückte er sich und tastete den unteren Rand der Polsterung ab. Er fand den Hohlraum, griff hinein... ein harter Gegenstand. Er zog ihn heraus – ein flaches Kästchen –, er klappte den Deckel hoch.

»Aufgabe vollzogen«, sprach er in den Sender. »Ich komme zurück! Achtung, hört Ihr mich? Ich komme zurück.«

*

Sie hatten mir geantwortet, doch der Empfang war so schwach, die Stimmen so leise, daß ich sie nicht verstand. Höchstens einige Worte, undeutlich, verzerrt, sie ergaben keinen Sinn, oder ich scheute davor zurück, sie zu deuten. Sicher ist, daß ich in diesem Augenblick einen Teil meiner Zuversicht verlor und Bedenken, Zweifel und Befürchtungen in mir aufstiegen.

Hätte es sich nicht um eine Dämpfung durch die Kugelwand oder durch das Wasser handeln können?

Nein – ich hatte ja bei der Abfahrt guten Empfang. Die Kugelwand bestand aus Kunststoff und absorbierte keine Wellen. Auch das Wasser konnte nicht der Grund sein – er fuhr dicht unter der Oberfläche dahin; die Dämpfung hätte nicht so stark sein dürfen.

Besaßen Sie bei der Abfahrt noch Ihre volle Erinnerung?

Ja. Ich habe ja auch noch den Sender bei vollem Bewußtsein versteckt. Ich nehme an, ich erhielt den Gedächtnisblock während der letzten Phase der Fahrt, vielleicht auch erst kurz vor dem Aussteigen.

Weiter!

Als die Kugel auftauchte und sich öffnete, wurden meine Befürchtungen zur Gewißheit: Ein Teil der Decke war eingestürzt, eine der Seitenwände war ein Schutthang, der noch nicht zur Ruhe gekommen war; körnige Massen rieselten herab, größere Bruchstücke kollerten darüber hinweg, von Zeit zu Zeit rutschte eine Platte nach oder das Bruchstück einer Projektionswand. Der Boden war von den Scherben der Leuchtstoffröhren bedeckt.

War noch Licht in der Halle? Konnten Sie etwas sehen?

Einige Leuchtröhren brannten. Vielleicht hingen sie an einem netzunabhängigen Notstromaggregat.

Ihre Kameraden erwarteten Sie?

Nein. Sie kannten jenen Teil der Stadt nicht. Nachdem ich ausgestiegen war und mich umgesehen hatte, versuchte ich gleich wieder zu senden. Diesmal erhielt ich sofort Antwort, wenn auch sehr leise.

Worauf führen Sie das Versagen der Funkgeräte zurück?

Ganz einfach. Ich selbst hatte eine schwache Dauerbatterie, meine Kameraden dagegen einen starken Sender, der mit einem Iridium-Akku betrieben wurde. Ein Iridium-Akku muß regelmäßig aufgeladen werden – doch sie hatten ihr Aggregat verloren.

Wer meldete sich?

Es war Sonja. Ich verstand sie kaum. Und auch sie schien mich nicht zu hören. Sie wiederholte immer dasselbe. Ich wollte den Sender anpeilen, der Richtung folgen.

Das taten Sie.

Das tat ich.

Und Sie fanden einen Weg durch die Trümmer. Hatten Sie Schwierigkeiten?

Es ging.

Bestand Einsturzgefahr?

Ja.

Hatten Sie Angst? Oder hatten Sie irgendwie das Gefühl, daß Ihnen nichts passieren könnte?

Ich hatte ganz gewöhnliche Angst, wie jeder andere, der sich in Gebäuden aufhält, die jeden Moment zusammenstürzen können.

*

Sondermeldung: Die Aktionen in der Zone Null wurden erfolgreich abgeschlossen. Die Verluste sind gering. Bis auf ein Sonderkommando, das mit einer speziellen Aufgabe betraut war – 186 Mann, 11 Offiziere –, kehrten alle Angehörigen der Besatzungstruppe wohlbehalten zurück. Wir ehren die Gefallenen.

Nun ist die Zone Null der Freien Welt angegliedert. Nun umfaßt diese die Gesamtheit aller Kontinente, das gesamte feste Land von Meer zu Meer. Damit ist das Ziel erreicht, das wir uns vor Jahrhunderten gestellt hatten – die Welt ist frei von Unterdrückung, Ausbeutung und Sklaverei.

Neue Aufgaben stehen bevor. Der weite Bereich der Zone Null muß der menschlichen Besiedlung erschlossen werden. Wir fanden eine leblose Wildnis vor, für Menschen unbewohnbar. Die Experten sind dabei, ein Programm auszuarbeiten, das die völlige Integration dieser Gebiete einleitet. Am Anfang stehen klimatechnische Maßnahmen. Durch eine künstliche Wolkendecke soll die gefährliche Sonnenstrahlung abgeschirmt und die Abdiffusion der Feuchtigkeit unterbunden werden. Künstliche Satelliten werden für gleichmäßiges Licht und die Beseitigung der archaischen nächtlichen Dunkelheit sorgen. Nach einer einmaligen chemischen Düngung, dem Absprühen von Präparaten durch ferngelenkte Flugkörper, werden Bodenbakterien für die Aufbereitung der Oberflächenschichten angepflanzt. Sobald der Bereich den Menschen zugänglich ist, wird der Aufbau von Kolonien beginnen, von denen aus die zweite Phase der Eingliederungsmaßnahmen, die Besiedlung durch Menschen, eingeleitet wird.

Der Zustand, in dem wir die Zone Null vorfanden, ist ein Zeugnis kapitalistischer Mißwirtschaft. Statt ihre Aufgabe am Allgemeinwohl der Bewohner zu messen, hat sich die Führung industriellem Profitdenken unterworfen. Es erfolgte eine Konzentration der Einwohner in den Städten, wo sie mit Hilfe eines mißbrauchten Kommunikationssystems dem Konsumzwang widerstandslos unterworfen waren. Da auf dem Sektor der Gebrauchsgüter kein unbeschränkter Bedarf zu erzwingen ist, wich die Industrie auf Freizeitrequisiten aus. Dadurch kam es zu einem Rückfall in kindische Vergnügungssucht, zu einer Degeneration, die um so ungehemmter vor sich gehen konnte, als durch die Isolierung ein Abschluß vor freiheitlichem Gedankengut mit politischer Verantwortlichkeit erreicht war. Hier liegt ein typisches Beispiel für den Mißbrauch technischer Machtmittel vor, der bis zur Selbstzerstörung reicht.

Unser Einschreiten fiel in die letzte Phase des Zusammenbruchs. Die meisten Siedlungen waren leer, die Gebäude zerfallen, die Maschinen zerstört, von den Bewohnern keine Spur. Nur eine einzige Stadt wurde noch vor ihrer Auflösung besetzt, und somit wissen wir etwas mehr über die Lebensweise ihrer Bewohner, die ein Gegenstand soziologischer Untersuchungen der nächsten Jahre sein wird. Wir sind überzeugt, daß wir daraus Wissen schöpfen werden, das dem weiteren Aufbau unserer freien Gesellschaft nützlich ist.

Die Integration der Zone Null unterschied sich wesentlich von der Eingliederung jener verschiedenartigen Land- und Stadtkulturen, die wir in letzter Zeit vorgenommen haben. Dort fanden wir Menschen, die zwar unterdrückt und unter-

entwickelt waren, die aber nach kurzen Intervallen der Umschulung glücklich waren, in unserer Gesellschaft mitarbeiten zu dürfen. Ein solches Resultat war uns in der Zone Null nicht beschieden; das Land ist tot, die Bewohner ausgestorben. Wir bedauern, daß wir nicht früher eingreifen konnten, doch wurde das durch die wohlbegründete hermetische Abriegelung durch automatische Abwehrwaffen verhindert. Nun ist es dank des Fortschritts unserer Technik doch gelungen, diesem Land die Freiheit zu bringen, und wenn sie auch den ursprünglichen Bewohnern nicht mehr zugute kommen kann, so wird sie doch das Symbol für jene Pioniere sein, die unsere Zivilisation dort ansiedeln und pflegen werden. In diesem Sinn sehen wir die Aktion als vollen Erfolg an, als einen Markstein in der Geschichte der Freien Welt.

*

Abend. Die Befragung war zu Ende.

Dan starrte an die makellos saubere Decke – grün getönt, nach den Richtlinien der Psychologen. Es waren die Zweifel, die ihn nicht schlafen ließen.

Die Besetzung – ein Erfolg?

So hatten sie es bekanntgegeben, aber es war zu einfach, und sie wußten es, oder sie ahnten es zumindest. Hatten auch sie Zweifel? Waren sie anders ausgebildet? Kritisch, skeptisch, argwöhnisch? Hatten sie andere Vorstellungen vom perfekten Menschen? Oder gab es viele Arten von Perfektion?

War die anerzogene Sicherheit nur Mittel zum Zweck? Lehrte man andere das Zweifeln? Braucht man unterschiedliche Charaktere in einem System? Züchtet man auch Unruhestifter und Verbrecher? Waren auch diese mit sich selbst zufrieden? Gab es Dimensionen der Psyche, die ihm verschlossen waren? Konnte er sich noch umstellen? Konnte er ein Stadium erreichen, in dem er über allen diesen Möglichkeiten stand? Und wie konnte er dieses Stadium erreichen – von hier aus, seinem Gefängnis?

Die Besetzung der Zone Null – ein Erfolg. Die Einwohner degeneriert, ausgestorben. Ihre Technik sinnlos, jetzt zerstört. Der Weg zur Weiterentwicklung abgeschnitten. Oder: War es die Freie Welt, die den statischen Zustand konservierte und die Tore zur Entfaltung verschlossen hielt? Gehört das Risiko zum Fortschritt, und soll man es auf sich nehmen? Und zu welchem Zweck?

Gewinnmaximierung
optimale Effizienz
perfekte Funktionalität
Einheit von Körper und Geist
Konkordanz
Harmonie der Emotionen
Gefüge, Netze, Graphen, Funktionen, Systeme
beschreibbar durch Zahlen
mathematisierbar
quantifizierbar
schematisierbar
automatisierbar
verifizierbar...

Jedes Problem läßt sich stellen, aufbereiten, lösen, doch stets bleibt die Entscheidung offen: Was soll man optimieren? Was ist das Ziel?

die Technik?
die Partei?
die Gesellschaft?
der Mensch?

Regelkreise, Wirkungsgefüge, Abhängigkeiten, feedback, Einschwingvorgänge, polydirektionale Information, hochkomplexe Systeme, Symbiose Mensch-Maschine...

transparent oder transparent zu machen, zu differenzieren und zu integrieren, zu analysieren und zu synthetisieren... keine logischen Schwierigkeiten, jedenfalls keine prinzipiellen... Wahrscheinlichkeiten, Strukturredundanz, irreversible Prozesse, Maschen, Schleifen, Sackgassen, das Weltgeschehen als Entropieprozeß, Urknall und Wärmetod, Aggregation und Evolution, Zeit und Antizeit, Periodizitäten, Antinomien, aber was nutzt das, wer fordert das Resultat, kommen wir so weiter, laufen wir im Kreise, wer deutet die Antwort, wem nützt das Ergebnis? Wir können alles, aber wir wissen nicht wozu...

Ich habe mich nicht mehr in der Gewalt, sagte sich Dan. Habe ich mich verändert? Bin ich nicht mehr derselbe? Finde ich noch zu mir zurück? Ich verliere den Boden unter den Füßen. Ich muß kühl bleiben, das ist die Methode, die ich beherrsche, die Situation nüchtern durchdenken...

Die Besetzung... ein Erfolg?

Sie hatten Land gewonnen, Luftraum, Berge, Flüsse, Sand, zerfallene Gebäude, Bodenschätze, Siedlungsgebiet, noch war es leer, doch das Programm lief an, würde zum Ziel führen, doch was dann?

Sie hatten schon mehrere Städte besetzt, moderne Kuppelbauten, primitive Siedlungen, hatten sie einbezogen in ihre Organisation, die Menschen zu gewinnen versucht und gewonnen...

Sie waren in neue Bereiche gedrungen, waren darauf eingestellt, in neue Bereiche einzudringen, aber es waren nur Landstriche gewesen, Gebirge, Täler, Inseln, mit Grenzen und Ufern, Flecken auf der Landkarte, Räume, absteckbar, mit dem Metermaß meßbar, zu kartographieren...

Sie hatten fremdartige Menschen kennengelernt (aber waren sie wirklich so fremdartig?), hatten seltsame Gebräuche studiert (aber waren sie wirklich so seltsam?), Ungewohntes gesehen, Unwahrscheinliches festgestellt, aber nichts, was Probleme aufwarf, nichts, was Bedenken auslöste, nichts, was Zweifel aufkommen ließ...

Die Invasion – ein Erfolg?

Sie hatten das Land besetzt, aber nur einen Teil des Raums, in den sie eingedrungen waren. Das Problem war nicht das Land mit seinen Gegenständen – das Problem lag in Bereichen, die nicht mit dem Meterstab aufzugliedern oder mit der Waage zu gewichten waren. Es lag in der Art des Denkens, im Raum des Wissens, in der Kenntnis von Möglichkeiten, die außerhalb historischer Kategorien liegen. Hier ist der Ort der Auseinandersetzung, hier die Stelle des Eingriffs, und hier hatten sie versagt – nichts von dem bemerkt, was unter der Oberfläche lag:

Die Zone Null war kein materieller Bereich.

Oder hatten sie es bemerkt und einen perfekten Rückzug vollzogen? War er die Störungsquelle im Fluchtplan, und ging es darum, diese Quelle zum Versiegen zu bringen?

Konnte er dem Gleichgewicht schaden?

Er, ein einzelner, abgeschlossen, abgeschirmt, ohne Freunde, ohne Schutz?

Daß sie ihn so sorgfältig hüteten, deutete auf das Gegenteil. Und es lag nahe: Er besaß das Wissen. Er hatte keine Aufzeichnungen und keine Tagebücher, keine Mikrofilme und keine Tonbänder, aber er trug das gesamte Material in seinem Gehirn, und dieses Material kann so gefährlich sein wie ein Funke. Wissen ist der gefährlichste Explosivstoff. Eine Erfindung, die Kenntnis eines Zusammenhangs – und schon wandert die Wirkung in die Umgebung, einer Stoßwelle gleich, wühlt auf, sucht Widerstand, erntet Begeisterung... eine Methode wird aufgegriffen, erprobt, verbessert, nachgeahmt, eine Idee bricht sich Bahn, weist Richtungen, reißt ein und baut auf...

Er war eine potentielle Gefahr.

Jetzt, da er es einsah, fühlte er Angst in sich hochsteigen, doch sie lähmte ihn nicht, sondern spornte ihn an.

*

Der einzige Weg führte durch den Schutt bergauf. Er versuchte es erst in der Mitte der Halde, doch dabei war ihm das Glück nicht gewogen – sofort kamen die lockeren Massen in Bewegung, und er hatte Mühe, rechtzeitig beiseite zu springen, wenn größere Trümmer herabpolterten. Staubfontänen wirbelten auf und trübten das spärliche Licht. Er wiederholte den Versuch an anderer Stelle, seitlich, die Wand entlang, versetzte auch von hier aus Bruchstücke in Bewegung, doch sie rollten und glitten gegen die Mitte und gefährdeten ihn nicht. Dennoch rutschte er immer wieder aus, die Massen lagen locker, waren viel leichter als Gestein, so daß der geringste Anlaß genügte, sie in Bewegung zu versetzen.

Es waren über zehn Meter zu überwinden. Mit einem Sprung erreichte Dan die Deckenkante der nächsten Zwischenetage und brachte damit die ganze Halde in Bewegung. Er griff mit beiden Händen zu und klammerte sich fest, doch er hatte keinen Boden mehr unter den Füßen, überdies regneten nun auch noch von oben Scherben auf ihn herab, und der Staub behinderte seinen Atem.

Mit einem Klimmzug zog er sich hoch, winkelte einen Ellbogen ab, brachte ein Bein hoch, konnte sich hinaufschwingen. Er beeilte sich, vom Rand der Decke wegzukommen, doch hier oben war es düster, er stolperte und stürzte in einen Haufen verbogener Metallstäbe.

Er zog das Sendegerät aus der Brusttasche, kippte den Schalter, ein Summen – das Gerät arbeitete noch.

»Hallo, Sonja, hier spricht Dan. Hörst du mich? Ich gehe auf Empfang!«

»Hallo, Dan, wir rufen dich, peile unsern Sender an, folge der Richtung, hallo Dan…«

Sie schien ihn nicht zu hören, aber die vertraute Stimme gab ihm Mut.

Dan sah sich um – hier brannte nur noch eine einzige Röhre, und sie schien beschädigt zu sein; in unregelmäßigen Abständen goß sie ihr fahlweißes Licht aus, dann erlosch sie wieder für einige Sekunden. Es dauerte eine Weile, bis er sich an die mangelhafte Beleuchtung gewöhnt hatte. Obwohl auch hier Schuttberge lagen, schien es nach mehreren Seiten weiterzugehen, doch für Dan war es wichtiger, höher hinauf zu gelangen. Auf diese Weise mußte er früher oder später aus dem Gebäudekomplex hinauskommen, und dann hatte er das Ärgste hinter sich. Dieser Raum bot keine Möglichkeit dazu, und darum begann er die Nachbarräume zu durchforschen. Jetzt machte es sich übel bemerkbar, daß es hier keine Treppen gab, sondern nur Aufzüge. An einer Stelle war die Wand durchbrochen und das Stützgerüst freigelegt, man sah geknickte Röhren und zerrissene Kabel, Schienen, Teile von Förderanlagen. Dan fand einen herabhängenden Kabelstrang und kletterte in die Höhe. Es war leichter, als er gedacht hatte, er konnte sich an Querstreben abstützen, doch stürzte er fast in die Tiefe, als das Kabel plötzlich nachgab und um zwei Meter absackte.

Auf der nächsten Etage angekommen, ruhte sich Dan erst einmal aus, bevor er den Sender wieder in Betrieb setzte. Sonja meldete sich sofort, eine Spur lauter – zweifellos kamen sie einander näher.

Der Raum, in dem sich Dan jetzt aufhielt, war stark beschädigt, die Decke war herabgestürzt, die Trümmer auf dem Boden verstreut, eine Seite war von Schutt verschlossen, die andere schien unbeschädigt, doch gab es keine Türen, durch die er diesen Ort hätte verlassen können, um sich nach weiteren Möglichkeiten zum Aufstieg umzusehen.

Er suchte sorgfältig, aber er fand nichts. Nur eine Tür stand offen; sie führte in einen Schacht, offenbar den Schacht eines Lifts. Dan wollte sich schon abwenden, als er das glühende Lämpchen an der Schalttafel sah. Sollte der Lift noch funktionsfähig sein?

Er drückte die Taste.

Irgendwo unten hörte er ein Knirschen und Prasseln. Zwei Seile bewegten sich – das Unerwartete geschah, der Lift war intakt.

Der Lärm kam näher. Mitunter polterte es, krachte es, dröhnte es... ein Schuttberg tauchte auf – das Dach der Kabine war von Trümmern bedeckt, die sie mit emporhob. Mit einem ohrenzerreißenden Kreischen kam der Kasten zum

Stillstand. Das sah nicht vertrauenerweckend aus, aber Dan blieb nichts anderes übrig – er wagte den Schritt und hielt sich am Tragseil fest. Er drückte den Start-Knopf für das oberste Stockwerk, und nach einem Ächzen, das spürbar durch die Seile lief, setzte sich der Lift in Bewegung.

Die Kabine hing schief, von Zeit zu Zeit streifte sie die Wand, schlug auf, prallte ab – es polterte und ruckte, von oben prasselte Schutt auf das Dach, darunter auch größere Brocken, die die Kabine aus dem Gleichgewicht brachten und an ihrem Tragseil schwanken ließen.

Es war nicht festzustellen, wieviel Stockwerke die Fahrt überwand... sie endete mit einem gewaltigen Stoß, der Dan gegen die Wand warf. Jetzt schien ein schweres Gewicht auf dem Dach zu lasten, die Kabine sackte zentimeterweise ab.

Vor Dan ein mattes Leuchten – es ging von einigen Xenonröhren aus, die an einem Stück unversehrter Decke erhalten geblieben waren. Sonst war wenig von Decken und Wänden zu sehen – der Raum war nichts als eine zufällig offengebliebene Höhle in einem Berg von Schutt.

Die Rucke, mit denen die Liftkabine tiefer sackte, folgten nun rascher aufeinander, an der offenen Vorderfläche, am Ausstieg, der nun ins Leere führte, fielen Schuttfontänen vorbei, eine Wolke von Staub füllte die Kabine. Der Aufenthalt wurde immer gefährlicher, und als der nächste Ruck nun so stark war, daß er Dan in die Knie zwang, wartete dieser nicht länger ab, sondern schwang sich auf eine Querstrebe, einen Teil des Stützgerüsts, das nun entkleidet war wie ein Skelett.

Es war schwer, auf der schmalen Unterlage Halt zu finden. Dan ging in die Hocke und klammerte sich mit beiden Händen an einem lockeren Rest der Wandverkleidung fest. Neben ihm sackte die Kabine Stück für Stück tiefer und verschwand im Schacht. Dan hätte sich gern davon überzeugt, ob er dem Sender näher gekommen war, doch er hatte keine Hand frei, um den Apparat aus der Tasche zu ziehen und auf Empfang zu schalten. Im Moment war es wichtiger, aus der Reichweite der Schuttlawinen zu kommen, die immer noch herunterprasselten. Vorsichtig balancierend, leicht an der herabhängenden Kunststoffplatte abgestützt, schob er sich nach links, wodurch er in die Nähe einer Schutthalde kam, über die er festen Boden zu erreichen hoffte. Es gelang ihm, bis auf zwei Meter an sie heranzukommen, er befand sich schräg über ihr, und es blieb ihm keine andere Wahl als zu springen. Er lockerte den Griff seiner Finger, ließ los, schwang sich zur Seite... er spürte nachgiebige Massen, sank bis zur Hüfte ein, dann geriet er ins Gleiten... fuhr talwärts, eine Stange rammte sich in seinen Bauch, er versuchte auszuweichen... ein Berg von Gerümpel kollerte über ihn hinweg... er riß sich die Wange an einem zerfetzten Drahtnetz auf... war eingezwängt... kam zum Stillstand, rang nach Atem... den Mund hatte er voll Fasern, er hustete und keuchte beim Versuch, sie auszuspucken.

Als er sich aufrichten wollte, fühlte er Widerstand. Auf einem Bein lag ein harter Gegenstand, er war eingeklemmt... Glücklicherweise war das Gerümpel nicht schwer, hatte sich noch nicht verfestigt, und als er sich ein wenig erholt hatte, konnte er es beiseite schieben, den Untergrund lockern und das Bein befreien. Er kroch noch ein wenig tiefer... hier war der Boden sicherer, er fühlte einen weichen Belag, darunter festes Material.

Nicht weit von ihm ein polterndes Geräusch, Bewegung – plötzlich erschien wieder die Aufzugskabine, fuhr schwingend und schwankend aufwärts... stieß an einen querliegenden, umgestürzten Pfeiler... dieser gab nach, eine Seite hob, die andere senkte sich, eine Staubwolke... dann ein lautes Splittern und Krachen... ein Aufschlag, tief unten. Als sich der Staub verzogen hatte, war die Kabine nicht mehr da, das Tragseil baumelte leer im Schacht.

Dan griff nach dem Sender – er hatte immer wieder danach gefühlt und darauf geachtet, ihn nicht zu verlieren. Jetzt drückte er die Empfangstaste. »...hier spricht Sonja, hallo, Dan, wir rufen dich, peile unseren Sender an, folge der

Richtung, hallo Dan, hier spricht...«

Er schaltete wieder aus. Der Empfang war merklich besser geworden. Es konnte nicht mehr weit sein.

Wieder ein entnervendes Anlaufen gegen abgleitende Trümmerberge – dort oben eine dunkle Nische... vielleicht der rettende Ausschlupf. Er erreichte ein Stück festen Bodens, befand sich nun über den Lampen, ihr Schein erfaßte ihn nur noch indirekt im Widerschein der Schuttberge und Trümmer, und das reichte nicht aus, um zu erkennen, welche der dunklen Öffnungen zwischen größeren Stücken in Sackgassen und welche weiter führten.

Er horchte in das Dunkel hinein – ein Rieseln, und ein Schleifen, sonst nichts. Plötzlich berührte ihn etwas kühl an der Wange: Zugluft! Ein untrügliches Zeichen: Hier mußte eine Verbindung bestehen. Mehr auf die tastenden Hände als auf die Augen angewiesen, kroch Dan in den Hohlraum hinein. Es wurde enger, er mußte sich niederlegen. Er rief: »He! Pavel, Tibor! Hört ihr mich?«

Keine Antwort. Was blieb übrig, als es zu riskieren! Auf dem Bauch liegend schob er sich vorwärts. Erst bemühte er sich, die Decke nicht zu berühren, dann wurde sie so niedrig, daß sich an seinem Rücken Bruchstücke bewegten. Er hoffte nun, daß sich kein schwerer Brocken lockerte, dessen Last ihn erdrücken würde.

Sein Atem ging laut wie ein Blasebalg. Er mußte rasten. Als er weiterkriechen wollte, stieß er auf Widerstand. Hier war der Hohlraum zu Ende.

Enttäuschung, Hoffnungslosigkeit und Müdigkeit überkamen ihn. Er legte den Kopf auf die vorgestreckten Hände und schloß die Augen.

Nach einer Weile hatte er sich so weit erholt, um den Sender aus der Tasche nesteln zu können. Sonjas Stimme war jetzt ganz nah. »...Dan, wir rufen dich, peile unsern Sender an...«

So knapp vor dem Ziel durfte er nicht aufgeben. Er richtete sich auf, so gut es ging, und versuchte den Schutt, der ihm den Weg versperrte, beiseite zu räumen. Den Sender hatte er eingesteckt, aber nicht abgeschaltet, und so begleitete ihn Sonjas warme Stimme: »Hallo, Dan, wir rufen dich…«

Die übereinandergetürmten Massen waren ineinander verkeilt, doch bei seiner Wühlarbeit brachte er sie in Bewegung, neben ihm brach ein schweres Stück durch, er hörte es nur, er arbeitete nun im Finstern, kümmerte sich nicht darum, fürchtete sich nicht mehr, war abgestumpft, gleichgültig geworden, und doch konnte er nicht aufgeben, solange er Sonjas Stimme hörte.

Dann ertastete er vor sich ein Hindernis, eine Querstrebe, die ihm den Weg versperrte, und ohne Rücksicht darauf, unter herabstürzenden Massen begraben zu werden, riß und zerrte er daran… sie ließ sich beiseite drücken… eine harte Kante drückte sich schmerzhaft in seinen Rücken – dazwischen Sonjas Stimme: »…wir rufen dich…« – er stemmte sich gegen die Last, der Druck ließ nach… oben fahles Licht, ein unregelmäßig gezackter grauer Fleck, er stemmte sich hoch –, überwand die Enge, wand sich hinaus…

Er stand in einer zerstörten Halle, deren Ausmaße nicht überblickbar waren. Keine Menschen. Das Licht kam von rechts oben – hier bestand direkte Verbindung mit dem freien Außenraum.

Sonjas Stimme war jetzt so laut, daß die Geräusche aus dem Lautsprecher mitunter in knackendes Röcheln umschlugen.

Dan regelte die Lautstärke tiefer. Er wartete, bis sich sein dampfender Körper ein wenig beruhigt hatte. Dann hob er den Sender und änderte die Richtung der Antenne… horchte… stieg vorsichtig über den Schutt hinweg… nun wies die Antenne schräg gegen den Boden.

Er bückte sich… ein Block aus Schaumstoff… er hob ihn: ein grünleuchtendes Abstimmauge, daneben regte sich etwas – eine Tonbandschleife lief über den Teller eines Magnetophons, daneben, durch ein Kabel verbunden, der Sender.

Dan schaltete ihn aus. Sein Blick fiel auf eine Mappe, die halb unter den Trümmern begraben war. Er hob sie auf und öffnete sie.

*

Ihre Gesichter waren verschlossen, sie fragten gleichgültig, uninteressiert, oft schien es, als hörten sie seinen Antworten nicht zu, wären in Gedanken schon bei der nächsten Frage, bemüht, ein langwieriges und unergiebiges Programm möglichst schnell durchzuziehen, sich der Aufgabe, die von vornherein keine Aussicht auf Erfolg bot, korrekt zu entledigen.

Nie horchten sie auf, nie waren sie überrascht, es schien, als wüßten sie seine Antworten von vornherein, als wäre dies alles nur die überflüssige Wiederholung einer längst beherrschten Testroutine, nur eine lästige, wenn auch nötige Arbeit.

Nötig – wozu?
durchleuchten
examinieren
Check-Listen durchgehen
vergleichen
validieren
Experiment am lebenden Material
auswerten
benoten
freigeben, sperren...

Das war die Aufgabe – wie bei den Autopiloten der Flugzeuge, den Druckkesseln der Reaktoren, den Schaltblöcken der Computer – technische Überwachung, Ausschaltung des Sicherheitsrisikos.

So geschah es. Sie vermuteten nichts, erwarteten nichts, waren sich stillschweigend einig. Aber sie mußten es tun, und wenn es noch so schwierig war, mußten ihre Listen durchgehen, jeden Punkt aufgreifen, jeder Spur nachgehen, auch wenn sie ins Leere führte, nur, um nichts zu übersehen, um mit Sicherheit ausschließen zu können, um Bedenken zu beseitigen.

Für die da draußen war es genauso sinnlos wie für ihn hinter der Mauer, und wahrscheinlich war längst beschlossen, welche Maßnahmen zu ergreifen wären, welche Schritte zu unternehmen, um die Situation ins Lot zu bringen, das Geschehen zu bereinigen, die Unruhe, die er erregt hatte, zu eliminieren.

Eigentlich lag der Gedanke nahe; er wunderte sich selbst darüber, warum er ihn so spät erkannt hatte. Hielten sie ihn unter beruhigenden Drogen? Ließ ihre Wirkung nach? Es schien nicht einmal so schwierig. Seine beiden Betreuer, der Arzt und die Schwester, hatten vor allem auf seine Gesundheit geachtet, und der Soldat draußen sollte ihn wohl eher beschützen als bewachen. Einige der Wachen waren aktiv und unruhig, sie liefen hin und her, umkreisten seinen Käfig, blickten mitunter neugierig herein. (Einer war dabei, der ihm bekannt vorkam – vielleicht hatten sie einen Mann von IKD eingeschleust, um ganz sicherzugehen.) Andere schienen eher desinteressiert, saßen stundenlang reglos auf ihren Stühlen und starrten vor sich hin. Es dürfte nicht schwer sein, einen von ihnen zu überrumpeln. Seine Ausbildung hatte auch für solche Fälle vorgesorgt. Von nun an würde er auf die Wachordnung achten müssen.

Schwieriger war es, die Kunststoffwand zu durchbrechen. Er holte sich ein Obstmesser und kratzte ein wenig damit herum, aber es hinterließ keine Spur und brach ab. Dan stellte fest, daß die Klinge aus brüchigem Oxidsinter bestand. Das war bestimmt kein Zufall, sie hatten nichts dem Zufall überlassen.

Am einfachsten wäre es freilich gewesen, durch die Tür hinauszukommen, doch dieser Gedanke schied aus. Im Innern gab es keinen Schlüssel, ja nicht einmal ein Schlüsselloch. Konnte ein Trick helfen, eine Verkleidung, eine Köpenickiade? Doch hatte in den 58 Tagen, die er nun hier verbrachte, kein Mensch den Quarantäneraum betreten oder verlassen. Er mußte den Arzt und die Schwester bewundern, die mit ihm eingesperrt ausharrten. Sie brauchten dieselbe Geduld wie er, und manchmal hatte er schon Anzeichen davon bemerkt, daß sie ihres Aufenthalts überdrüssig waren, obwohl er sicher gut belohnt wurde.

Bestand eine Möglichkeit, sich mit ihnen zu verbünden? Der Arzt kam wohl nicht in Frage, dagegen traute er es sich zu, die Schwester für sich zu gewinnen. Allerdings wäre das ein zweifelhafter Gewinn. Wenn sie nur zum Schein auf seine Vorschläge einginge und ihn verriet?

Es war besser, er machte es allein. Also: Ausbruch. Der Kunststoff war hart, aber war er auch chemisch beständig? Die Apotheke, die unter der Obhut der Schwester stand, war nicht abgesperrt, nur die gefährlichen Medikamente befanden sich in einem Tresor. Jene organischen Lösungsmittel, in denen sich Kunststoff auflöst, sind ungefährlich. Es kam darauf an, ob unter den Chemikalien etwas Brauchbares war.

Dan sah auf die Uhr: drei Uhr morgens. Ein Blick durch das Fenster: Der Posten döste vor sich hin. Stille.

Leise stand er auf. Auf bloßen Füßen schlich er in die Apotheke. Er machte kein Licht. Von außen drang genug Helligkeit herein, um die Umrisse der Dinge hervorzuheben. Ein Regal mit Flaschen – Alkohol, Äther, Desinfektionsmittel, Seifenlösung... hier: eine Flasche zum Abwaschen von aufspritzbaren Kunststoffverbänden – eine große, volle Flasche.

Dan holte aus der Küche einen leeren Mineralwasserbehälter, schüttete das farblose Lösungsmittel hinein, ersetzte es durch Wasser. Als er in seine Kammer zurückging, öffnete sich eine Tür – der Arzt blickte heraus.

»Ich hatte Durst«, sagte Daniel leichthin. »Hoffentlich habe ich Sie nicht geweckt!«

»Nein, nein – ich war zufällig wach...«

»Gute Nacht.«

»Gute Nacht.«

In seiner Kammer angekommen, wartete Dan eine Viertelstunde. Dann knüllte er ein Papiertaschentuch zusammen, tränkte es mit der Lösung. Er schob den Tisch von der Außenwand, kauerte sich nieder und wischte mit dem feuchten Papierknäuel über die glatte, gelblichweiße Fläche. Dann kratzte er mit den Fingernägeln daran: Zwischen Nagel und Haut fühlte er eine schlüpfrige Masse.

*

Wir wissen nicht, ob dich diese Nachricht erreicht. Wir können auch immer weniger daran glauben, daß du zurückkommst – nur Sonja sagt, sie sei sicher. Unter normalen Umständen müßten wir dich längst für tot halten.

Die Stadt kam uns von Anfang an merkwürdig vor. Wir hatten aber nie geglaubt, daß wir selbst jeden Halt verlieren könnten. Wir begannen schon an unseren Sinnen zu zweifeln. Aber wir sprechen darüber, unterhalten uns sachlich und kühl – es ist Wirklichkeit.

Die Stadt zerfällt. Sie zerfällt von Tag zu Tag mehr, du wirst es sehen. Es können nicht die Granaten gewesen sein, die diese Zerstörung hervorgerufen haben – sie haben nur einige wenige Gebäude beschädigt. Doch der Zerfall setzt sich fort. Es ist, als seien die Schüsse ein Signal gewesen, ein Startzeichen zur allgemeinen Auflösung.

Sonja meint, du würdest aus meinen Worten nicht klug. Sie wird weiterschreiben.

Ja – ich muß es dir noch sagen: Wir sind nur noch zu dritt – Sonja, Tibor und ich, Pavel. Greg wurde erschossen, als er unsere Vorräte bewachte. Josef kehrte von einem Patrouillengang nicht zurück…

Ich weiß nicht, ob ich dir wünschen soll, daß du wiederkommst – es ist schrecklich hier. Es ist nicht nur die Stadt, die stirbt, es ist auch, als seien die Menschen vom Wahnsinn infiziert. Mord und Meuterei – das war einst die Elitetruppe der Pioniere. Auch wir selbst sind unser nicht mehr sicher.

Vielleicht liegt es an den Erlebnissen in den Räumen, an den Projektionen, den künstlich gelenkten Gefühlen, daß wir nicht mehr wissen, was normal ist und was nicht. Es ist, als hätte sich die Logik in einer ganz seltsamen Weise ins Irrationale verschoben.

Aber ich wollte ja chronologisch berichten...

Als du nach 24 Stunden nicht wiedergekommen warst, beschlossen wir nachzuforschen – wie es vereinbart war. Wir stellten fest, daß sich die Tür öffnen ließ. Das Appartement war leer. Keine Spur von dir; wir hatten gehofft, du würdest eine Nachricht hinterlassen, fanden aber nichts. Wir hätten versuchen können, die Wände aufzureißen, doch wie du weißt, wurde jede Anwendung von Gewalt mit einem betäubenden Gas beantwortet. Inzwischen haben wir festgestellt, woher es kam: aus winzigen Düsen in der Wand.

Es blieb uns nichts anderes übrig, als abzuwarten. Wir hielten uns in der Nähe auf. Von Zeit zu Zeit suchten wir nach dir – vergeblich. Inzwischen setzten wir unsere Nachforschungen fort und haben auch eine Menge über die Steuerung und Funktion des Systems ermittelt. Greg gelang es, den Ruf für einen Speicher herauszufinden, dem er interessante technische Details entnehmen konnte. (Wir fügen die Aufzeichnungen bei.) Wo sich die zentrale Steuereinheit befindet, haben wir nicht feststellen können.

Wie du weißt, gab es schon vor deinem Verschwinden Unruhe bei den Mannschaften. Wir standen mit dem Hauptquartier in Verbindung und erfuhren, daß immer mehr Fälle von unerlaubtem Entfernen von der Truppe vorkamen. Zuerst verschwanden einige für ein paar Stunden. Als sie später wiederkamen, berichteten sie von seltsamen Erlebnissen, Gerüchte liefen um. Als die Vorräte rationiert wurden, wurde die Lage gespannt. Es hatte sich herumgesprochen, wo die leeren Räume lagen, immer mehr Leute holten – trotz angedrohter Strafen – von dort Nahrungsmittel und Getränke, immer mehr spielten an den Projektionseinrichtungen, und schließlich kamen einige nicht mehr zurück. Sie blieben in den Räumen und konnten gegen ihren Willen nicht mehr zurückgeholt werden. Der Oberst stellte Wachen auf, die den Befehl hatten, auf jeden zu schießen, der das Lager verließ. Am Tag darauf begann die Meuterei.

Seit dem Eindringen in die Stadt waren etwa 14 Tage vergangen. Seither gab es keine Verbindung mit den übrigen Landungstruppen mehr. Auch der Funkverkehr hatte sich nicht wieder aufnehmen lassen. Der Oberst wartete auf Verstärkung und Nachschub, doch vergebens. Da die Vorräte inzwischen bedenklich abnahmen, beschloß er, einen Trupp loszuschicken, der mit den Landeeinheiten Verbindung aufnehmen sollte. Die Leute kamen nach kaum einer Stunde zurück: Um die Stadt herum lag ein Gürtel von Gammastrahlung, zu intensiv für unsere Abschirmung. Wir waren eingeschlossen. Niemand konnte aus der Stadt heraus.

Als die Nachricht zu den Mannschaften durchsickerte, kam es zum offenen Aufstand. Von da an sind wir nur mangelhaft informiert. Die uns mitgegebenen Leute hatten sich längst in alle Winde zerstreut; wir waren allein. Als wir Schüsse hörten, versuchten Pavel und Josef die Ursache festzustellen. Sie drangen bis zum Obersten vor; nur wenige Leute, vielleicht dreißig Mann, waren bei ihm geblieben. Er ließ gerade die Granatwerfer auf ein Gebäude richten, das von Meuterern besetzt war. Durch das Megaphon forderte er sie auf, zurückzukommen, und als niemand seiner Aufforderung folgte, setzte er die Granaten ein. Er hatte gedroht, jedes Gebäude zu zerstören, in dem er Deserteure vermutete, und es sah so aus, als wollte er seine Drohung wahr machen. Das wissen wir von Pavel. Der Oberst hatte ihn und Josef zu den Kampfmannschaften eingeteilt, hatte ihnen verboten, sich zu entfernen. Am Abend versuchten sie, sich durchzuschlagen. Pavel kam davon, doch Josef wurde getroffen – ein Schuß von den Wachmannschaften. In den Kopf. Er war sofort tot.

Schon am nächsten Tag merkten wir, daß sich in der Stadt etwas tat. Zuerst stellten wir fest, daß es keine verschlossenen Räume mehr gab. Alle Türen waren offen, alle Räume leer. Dann funktionierte die Schienenbahn nicht mehr, und wenig später – wir hatten es uns angewöhnt, Essen und Trinken aus den Gebäuden zu holen – fiel die automatische Versorgung aus. Und dann erlosch das Licht. Wir waren auf die Sonne angewiesen, die matt durch das Kunststoffdach schien. Es gab wieder Tag und Nacht.

An diesem Tag begann der Zerfall der Stadt und zugleich ein erbarmungsloser Kampf um die Vorräte. Wir hatten genug davon, denn die Soldaten unseres Begleittrupps hatten alles zurückgelassen, wir brachten es in Sicherheit, legten einige Depots an und versuchten, uns zu verstecken. Als der Zusammenbruch der Stadt begann, mußten wir sie mehrmals verlagern, zwei Depots wurden trotzdem verschüttet, im Moment haben wir noch drei.

Bei einer solchen Verlagerung kam es zu einem Überfall, der Greg das Leben kostete. Wir hatten uns einen Raum in der ersten Etage für ein provisorisches Lager ausgesucht. Eine langsam anwachsende Schutthalde drohte den Zugang zu verschütten, und wir mußten es räumen. Dabei hatten sie uns aufgespürt. Sie haben Greg erschlagen und einen Teil der Vorräte fortgeschleppt. Dann warteten sie, bis wir anderen zurückkehrten, und beschossen uns. Es gab einen kurzen Feuerwechsel, dann flüchteten sie. Tibor bekam einen Schuß in die Schulter – nicht weiter schlimm, trotzdem bedenklich, weil wir kaum noch Medikamente und Verbandsmaterial haben. Er liegt neben mir auf dem Haufen zerrissener Schaumstoffmatten. Er läßt dich grüßen.

Die Schüsse sind inzwischen seltener geworden – es sieht so aus, als wären nicht mehr viele Menschen übriggeblieben. Trotzdem müssen wir vorsichtig sein.

Die Gebäude brechen unaufhaltsam in sich zusammen – es gibt keine Terrasse mehr, man klettert über Schutthänge, watet im Staub.

Tibor braucht Pflege, er hat Fieber. Wir haben beschlossen, uns zur Peripherie hin durchzuschlagen; vielleicht gibt es irgendwo Medikamente.

Wir installieren den Sender hier und lassen ihn laufen – für den Fall, daß du doch noch kommst. Du wirst ihn hören und kannst ihn anpeilen. Wir lassen auch einige Reserven zurück – Notrationen und Wasser; viel haben wir nicht mehr. Wenn du kommst, können wir uns über Funk miteinander in Verbindung setzen. Wir haben noch ein Sendegerät. Alles Gute!

Sonja
Pavel
Tibor

*

Wie war Ihre Reaktion auf diese Nachricht? Sie hatten nicht nur Ihre Kameraden verloren, sondern Sie mußten auch erkennen, daß Sie Ihre Aufgabe nicht erfüllt hatten, daß die Aktion gescheitert war. Wurde Ihnen das bewußt?

Ich weiß nicht mehr, was ich gefühlt und gedacht habe. Ich war müde und ausgebrannt. Lange saß ich in der riesigen Halle. Es war dunkel, nur durch ein Loch irgendwo hoch oben fiel Tageslicht ein.

Was haben Sie dann unternommen?

Ich suchte die Vorräte, von denen im Brief die Rede war. Halb von Staub und krümeligen Massen bedeckt, fand ich einen Seesack mit Wasserflaschen und Proviant und noch einigen Kleinigkeiten – Schmerztabletten, ein Verbandspäckchen, eine Taschenlampe…

Faßten Sie sofort den Plan, die Stadt zu verlassen, sich durchzuschlagen?

Das erschien mir selbstverständlich… ich habe nichts anderes erwogen.

Aber Sie hatten doch erfahren, daß die Stadt durch einen Strahlengürtel abgeriegelt war. Waren Sie darüber informiert, daß die Sperre inzwischen aufgehoben war?

Die Stadt war aufgegeben, geräumt. Es befanden sich

keine Menschen mehr hier, es gab nichts zu schützen. Eine Sperre war sinnlos geworden.

Haben Sie sich mit dem Geigerzähler davon überzeugt, daß die Strahlung aufgehört hatte?

Nein.

Wie kamen Sie durch die Wand der Kuppel?

Ich fand eine gesprengte Öffnung – offenbar jene des Trupps, den der Oberst ausgeschickt hatte.

Sie hatte sich nicht wieder geschlossen?

Nein.

Bemerkten Sie Spuren von Menschen?

Die Zerstörungen waren deutlich genug.

Ich meine Spuren von lebenden Menschen.

Nein.

Haben Sie nach Menschen gesucht?

Ich bin nachts gewandert, um nicht gesehen zu werden. Ich besaß Vorräte.

Hatten Sie keine Hoffnung mehr, die Angehörigen Ihres Teams noch am Leben zu finden?

Von Zeit zu Zeit schaltete ich den Sender ein – im Äther herrschte absolute Stille. Nicht einmal ein Hintergrundrauschen. Die Abschirmung war absolut.

War das nicht ein Widerspruch zu Ihrer Annahme, man hätte die Strahlungssperre aufgehoben?

Darüber habe ich nicht nachgedacht.

Wieviel Tage vergingen, bis Sie mit uns Verbindung aufnehmen konnten?

Vor der Stadtgrenze fand ich einen unversehrten Ballonwagen. Ich belud ihn mit Treibstoff – es gab genug davon. Nur die Nahrungsmittel waren knapp, und das Wasser. Die letzten Tage trank ich vom Kühlwasser. Ich brauchte zehn oder elf Tage, genau weiß ich es nicht mehr. Ich hatte nichts mehr zu essen und trank immer wieder Kühlwasser. Der Motor wurde rasch heiß, doch ich achtete genau auf die Temperatur. Zuletzt konnte ich immer nur zehn Minuten fahren, mußte lange Pausen einlegen. Die Sonne brannte, es regnete nie. Ich überlegte, ob ich den letzten Wasservorrat entnehmen und zu Fuß weitergehen sollte. Ich zapfte das Wasser ab und hatte wieder etwas Vorrat. Dann kam ich auf die Idee, Kerosin in den Kühlwassertank zu schütten. Ich wußte, was ich riskierte. Aber es ging – die Kühlung funktionierte wieder besser. Wenn ich langsam fuhr, konnte ich längere Strecken überwinden. Bis der Tank plötzlich explodierte. Ich ließ mich seitlich aus dem Wagen hinausfallen. Unter der Motorhaube schlug eine Stichflamme heraus. Der Wagen fuhr weiter, eine Fackel. Er brannte aus. Ich ging zu Fuß weiter. Zwischendurch hatte ich immer wieder versucht, Funkverbindung aufzunehmen. Ich hatte nur noch wenig Hoffnung, aber für mich stand fest: Ich würde mich so lange weiterschleppen, als es möglich war. Dann auf einmal normale Funkgeräusche, Stimmen, Musik. Ich rief auf unserer Welle und erhielt Antwort. Eine Stunde später holte mich ein Hubschrauber ab.

Wir kommen noch einmal auf Ihre Erlebnisse in der Zentrale zurück. Vielleicht bilden sie den Schlüssel zum ganzen Geschehen, vielleicht haben sie auch keinerlei Bedeutung. Wie stehen Sie dazu? Meinen Sie, daß es sich um wirkliche Vorfälle gehandelt hat oder daß Sie einer Sinnestäuschung zum Opfer gefallen sind?

Ich weiß nicht, ob man diese Frage so eindeutig beantworten kann.

Sie müssen sich doch irgendein Urteil gebildet haben. Ich würde es nicht als Täuschung bezeichnen.

Was Sie und andere an den Projektionswänden erlebten, waren doch offenbar künstlich gelenkte Halluzinationen.

In meinem Fall gab es gewisse Unterschiede. Wie meine Kameraden feststellten, befand ich mich nicht mehr in dem Raum, den ich aufgesucht hatte.

Man kann Sie in ein anderes Zimmer gebracht haben. Offenbar gab es verborgene Wege – hinter der Wandverkleidung befand sich ein ganzes System von Maschinen- und Transportanlagen.

Wozu hätte man mich in einen anderen Raum bringen sollen? Und meine Rückkehr? – Ich kam aus einem unterirdischen Kanal, ich stieg aus einen Bathyskop.

Das ist es eben, was zu bezweifeln ist – genausogut könnte es sich um Fieberphantasien gehandelt haben, die Ihnen lebensecht erschienen. Wir können es nicht nachprüfen. Die Stadt ist inzwischen nur noch eine flache Erhebung aus Staub. Das Land ist wertlos, es bleibt für immer gesperrt.

Ich habe Ihnen technische Details gegeben, Schaltpläne, Programme, Informationen über Maschinensprachen. Sicher haben Sie alles geprüft. Hat sich irgendwo Widerspruch ergeben?

Ob Täuschung oder Wirklichkeit, wesentlich für uns ist, daß Sie eine Wandlung durchgemacht haben, die uns bedenklich erscheint.

Bin ich nicht gesund? Ich fühle mich wohl.

Sie wären mit Ihrer Aufgabe nie betraut worden, wenn wir nicht den Eindruck gehabt hätten, daß Sie unser politisches System und die Philosophie, auf der es aufbaut, ohne Vorbehalte akzeptieren. Ihre Antworten erwecken den Eindruck, daß das nicht mehr so ist. Wir fragen uns, ob Sie nicht einem Einfluß unterlagen, der in Ihnen Zweifel geweckt hat. Wir fragen uns weiter, ob von solchen Zweifeln nicht eine zersetzende Kraft ausgeht.

Meine Einstellung hat sich nicht geändert... ich habe mein Leben eingesetzt, um zurückzukehren.

Sie haben ein gesellschaftliches System höchst ungewöhnlicher Art geschildert, ein System, das von einer Demokratie weit entfernt ist, und trotzdem haben wir keine Abwehrreaktion verzeichnet, weder in Ihrer Ausdrucksweise, noch über die Kontrollgeräte. Wäre es so gekommen, wie wir es geplant hatten – hätten wir die Stadt besetzt, dann wäre es Ihre Aufgabe gewesen, die Bevölkerung über die Kommunikationsmittel von unseren Absichten zu überzeugen und zur Mitarbeit zu bringen... wir fragen uns, ob Sie noch imstande gewesen wären, diese Aufgabe zu bewältigen.

Es muß Ihnen doch aufgefallen sein, daß hier die Verhältnisse ganz anders lagen als bei den bisherigen Befreiungsaktionen. Hier hatten wir es nicht mit einem System zu tun, das Freiheiten entzieht und die Entwicklung hemmt, sondern mit einem, das uns weit voraus war, dessen Prinzipien aber durchaus im Einklang mit unseren standen. Vieles war schon verwirklicht, was wir erst anstreben – Gesundheit, Sicherheit, Zutritt zu jeder Art von Wissen. Sie verfügten über alle denkbaren materiellen Güter. Sie hatten keine Furcht, nicht einmal vor dem Tod. Und in vielen Belangen, in denen bei uns notgedrungen noch Zwang ausgeübt werden muß, hatten sie eine Lösung gefunden. Sie kannten kein Geld, keinen Handel, sie zwangen niemanden zu lernen, zu arbeiten.

Sie scheinen darin etwas Wünschenswertes zu sehen! Merken Sie nicht, daß die Zustände, wie Sie sie schildern, nur eine armselige Karikatur unserer Ideale sind?

Sind es nicht die Ziele unseres eigenen Fortschritts?

*

Mehrere Nächte arbeitete er; in Kauerstellung, hinter dem Tisch verborgen, ohne Licht, stets bemüht, kein Geräusch zu verursachen. Mit Papierservietten strich er die Lösung an die Wand, dann kratzte er mit einer Wundschere, die er im Behandlungsraum entwendet hatte, Schicht um Schicht beiseite. Die Masse wurde nach innen zu härter. Nur langsam kam er tiefer.

Er bemühte sich, den Kunststoff gleichmäßig abzuheben – er wollte nicht an einer Stelle durchstoßen, solange nicht über das ganze Oval hinweg Aussicht dafür bestand. Zwar hatte er noch nichts davon bemerkt, daß man das Bauwerk auf Beschädigungen untersuchte, aber wenn es der Zufall wollte und ein Posten das Loch entdeckte, wären seine Chancen dahin gewesen.

Er brauchte nicht viel zu sehen. Der schwache Schein der Außenbeleuchtung, der durchs Fenster fiel, genügte. Außerdem ließ sich nun die Umrandung des ovalen Flächenstücks, das er herauszuschneiden beabsichtigte, als gleichmäßig tiefe Kerbe ertasten.

Einmal wäre er fast überrascht worden. Er hörte Schritte, schob den Tisch an die Wand, warf sich ins Bett... die Tür öffnete sich einen Spalt breit. Der Schein einer Taschenlampe gaukelte durchs Zimmer. Unter der Decke durchblinzelnd erkannte er die Silhouette des Arztes. Er wagte sich nicht zu bewegen... einige Zeit hindurch war es still, nur der Lichtschein wanderte. Dann schloß sich leise die Tür.

Dan wagte es in dieser Nacht nicht mehr, seine Arbeit fortzusetzen. Gab es eine Erschütterung in der Wand, wenn er daran kratzte, hatte jemand die leisen Geräusche gehört? Hatte er sich verdächtig gemacht? Oder beurteilte er sie falsch? (Er merkte, daß er immer wieder darüber nachgrübelte, wie er in den Augen seiner früheren Kollegen erscheinen mußte. Konnte ihm deren Meinung überhaupt noch etwas bedeuten?) Haßten sie ihn? Fürchteten sie ihn? War er ihnen gleichgültig?

War es wirklich nur eine Routineüberprüfung, ein Sicherheitstest, mit voraussehbaren Ergebnissen? Oder wollten sie etwas Neues hören?

Und wenn sie einen Schimmer von Teilnahme durchblikken ließen – galt sie ihm oder war es die geheime Furcht, daß sich ihre Sicht verzerren, ihre festgefügte Meinung brüchig werden könnte?

Wie so oft grübelte er über seine Situation nach. Gewiß hatte er sich verdächtig gemacht – durch seine Antworten, durch seine Geschichte. Sie verstanden ihn nicht, und das durfte man ihnen nicht übelnehmen; es waren nüchterne Politiker und Militärs, Wissenschaftler, kühle Rechner, Leute ohne Phantasie, starr im Denken, auf ihre Linie eingeschworen. Es war klar, daß er ihnen suspekt vorkam – sie konnten nicht verstehen, daß man lernen kann, neue Standpunkte beziehen, andere Perspektiven gewinnen. Er war ihnen unheimlich, ein Wesen, aus einer fremden Welt zurückgekehrt, mit dem Makel behaftet, das diese Welt in sich trägt. Sie verstanden ihn nicht, sie trauten ihm nicht, und er konnte froh sein, wenn sie noch nicht geargwöhnt hatten, er könnte fliehen.

In ihren Verhören hatten sie seine Geschichte von Anfang bis Schluß durchgekaut, unbewegt und unpersönlich wie stets, aber zuletzt doch manchmal merklich aggressiv, immer mehr aufs Weltanschauliche zielend. Allmählich lief es darauf hinaus, daß man seine Linientreue prüfte, und er wußte, daß er schon jetzt verloren hatte. Vielleicht brauchten sie eine Rechtfertigung für das, was sie vorhatten.

In der nächsten Nacht drang die Spitze der Schere durch. Er kratzte noch einige Male die Rille entlang, vertiefte sie soweit, daß er Loch um Loch nebeneinander setzen konnte. Als er so weit war, daß es nur noch einiger trennender Schnitte bedurfte, um die Platte völlig herauszuheben, hielt er inne und wartete. Er wollte sich noch ein wenig ausruhen. Zuerst fürchtete er einzunicken, doch dann merkte er, daß sein Herz schlug, daß er viel zu aufgeregt war, um zu schlafen. Er überlegte, ob er eine Beruhigungstablette nehmen sollte, doch er verzichtete darauf – die Erregung machte ihn hellhörig und wach, und das kam ihm zugute. Immer wieder sah er auf die Leuchtziffern seiner Uhr. Um vier Uhr früh zog ein neuer Posten auf, ein Mann, der die Gewohnheit hatte, die Station langsam zu umrunden.

Er wartete noch zwanzig Minuten, dann zog er sich an, schob den Tisch beiseite, löste die letzte Verbindung zwischen der ovalen Platte und der übrigen Wand. Wieder wartete er – wenn der Posten an der andern Seite verschwand, war es Zeit für ihn.

Jetzt, da er seiner Freiheit so nahe war, fühlte er sich wieder so gut wie schon lange nicht mehr – gesund, kräftig, unternehmungslustig. Skrupel, aus der Quarantänestation auszubrechen? Niemand glaubte noch an gefährliche Krankheitskeime. Das, was ihn für andere gefährlich machte, war sein Wissen.

Der Posten war nicht mehr zu sehen, nur noch sein Schatten auf dem Betonboden, dann nichts mehr.

Dan durchstieß die Stege. Er zog die Platte zu sich herein, lehnte sie geräuschlos gegen die Stuhllehne, er legte sich auf den Bauch, kroch hindurch. Von außen griff er noch einmal hinein, zog den Tisch vor… vielleicht bemerkten sie die Öffnung nicht, suchten ihn zunächst innerhalb der Station…

Mit seinen leichten Schuhen bewegte er sich lautlos. Er brauchte keine zehn Sekunden, um bis zum Tor zu laufen. Es war nicht verschlossen.

Er sah sich um. Der Posten befand sich noch auf der gegenüberliegenden Seite, im Hintergrund der Halle.

Dan öffnete das Tor einen Spalt, schlüpfte hindurch, zog es hinter sich zu… vor ihm lag eine weite ebene Fläche, die Schatten von großen, quaderförmigen Bauwerken zeichneten sich gegen den Himmel ab. Im Osten graute der Morgen.

Das Gebäude der militärwissenschaftlichen Akademie; er kannte jeden Stein, jeden Winkel. Er wußte, wie man hier herauskam, ohne gesehen zu werden.

Er atmete die frische, kühle Luft einige Male tief ein und lief dann geduckt den Schatten einer Mauer entlang.

*

CS …bei einer ferngesteuerten Bohrung in der Zone Null wurden in einer Tiefe von 4600 Metern erdölhaltige Sande angefahren. Es besteht gute Aussicht, daß sich das Terrain als fündig erweist. Auch die Kultivierungsarbeiten gehen planmäßig voran. Ein Trupp von Biologen, der für kurze Zeit mit Schutzanzügen abgesetzt wurde, stellte die Ausbreitung von Flechten fest – erste Anzeichen einer Besiedlung durch Pflanzen und damit einer Urbarmachung des Bodens. Daran zeigen sich die ersten positiven Auswirkungen der Klimatisierungsmaßnahmen, insbesondere der Erhöhung der Feuchtigkeit. Nach wie vor ist der Aufenthalt in der Zone Null für Menschen gefährlich und deshalb verboten.

Geschwächt durch die Folgen radioaktiver Verbrennungen ist heute der letzte Überlebende des Expertenteams unter Oberst Kunsky in der Isolierstation der Akademie der Infektion durch einen unbekannten Virus erlegen, die er sich während der Forschungsarbeiten in der Zone Null zugezogen hatte. Die Verbreitung des Virus wurde verhindert, Grund zur Besorgnis unter der Bevölkerung besteht nicht.

Einsteins Erben

Es war still. Kein Laut drang durch die schalldicht verglasten Fenster. Nur durch die Tür kam hin und wieder ein Geräusch: das Schleifen von Gummirädern auf dem Kunstharzboden, das Knistern der imprägnierten Kittel, ein geflüstertes Wort. Über allem lag der Geruch eines Desinfektionsmittels. Er hing in den Teppichen, an Büchern und Zimmerpflanzen, in den Haaren des Arztes. Mit der Luft aus der Klimaanlage wehte er in den letzten Winkel.

»Hier ist sie!« murmelte die Krankenschwester. Sie zog eine Lochkarte aus der Kartei. »Forsythe, James. 26 Jahre alt. Abteilung R 2.«

»Abteilung R 2?« fragte der blasse, schwarzhaarige Mann, der zusammengekrümmt im orangebezogenen Wannensessel saß.

Der Arzt griff nach der Karte. »R 2 – Abteilung für geisteskranke Verbrecher. Wenn Sie etwas von ihm erfahren wollen, dann beeilen Sie sich, Inspektor. Er wird heute nachmittag umorientiert.«

»Kann ich ihn sehen?«

»Kommen Sie!«

Der Arzt ging voran, eilig, aber gemessenen Schrittes, Herr über 600 Operationsautomaten, und sich dessen bewußt. Der Inspektor folgte ihm.

Die blanken Stahltüren öffneten sich vor ihnen, bewegt durch verborgene Servomotoren, und glitten dann lautlos wieder zusammen. Sie reagierten auf das Magnetmuster in der Steckplakette des Arztes, das sie mit Tausenden ultrakurzen Stromimpulsen abtasteten. Lange, leere Gänge taten sich vor ihnen auf, ein Lift brachte sie ins Souterrain.

»Sehen Sie: hier!« Der Arzt war vor einer Tür stehengeblieben. In Augenhöhe befand sich ein Guckloch. Der Inspektor blickte in eine Kammer, die nichts als ein Rollbett und eine sanitäre Anlage enthielt. Die Wände waren grau und glänzten. Auf der Schaumgummimatratze saß ein junger Mann, der in keiner Weise auffällig wirkte. Er hatte eine hohe, zerfurchte Stirn und einen tiefsitzenden Mund, der ihm einen leicht verächtlichen oder auch trauernden Zug verlieh.

»Halten Sie ihn nicht unter Somnalin?« fragte der Inspektor.

»Er ist nicht gefährlich.«

»Wie äußert sich seine Krankheit?«

Wir haben schon einige Experimente mit ihm gemacht«, antwortete der Arzt. »Warten Sie, vielleicht kann ich es Ihnen demonstrieren...« Er blickte sich um, dann trat er in einen in der Wand eingelassenen Schrank. Er holte einen Staubsauger heraus, einen stromlinienförmigen Körper, mit einer mattbraunen Kunststoffhülle überzogen – und natürlich versiegelt.

Der Arzt öffnete die Tür und schob das Gerät mit dem Fuß hinein. Ohne ein Wort zu sprechen, zog er die Tür wieder zu. Dann winkte er seinem Besucher und deutete auf das Guckloch. Nach einer Weile fragte er: »Was sehen Sie?«

»Nichts«, flüsterte der Inspektor. Der Arzt lehnte sich an die Wand. »Na, dann warten Sie ein wenig.« Er zog einen Corphorin-Spray aus der Tasche, schob den Ärmel zurück und suchte eine Stelle, die noch nicht vernarbt war. Er legte das Mundstück auf und spritzte sich das belebende Nervenmittel ein. »Wollen Sie auch?« fragte er.

Der Inspektor hob aufmerksamkeitheischend die Hand. »Er bewegt sich. Er steht auf... bückt sich... Er hebt das Gerät auf, setzt es auf das Bett.«

»Gut!« sagte der Arzt mit leichtem Triumph in der Stimme. »Gleich werden Sie es erleben!«

»Er dreht es um, beugt sich darüber... jetzt verdeckt er mir die Sicht!«

»Lassen Sie mich... aha... dachte ich mir's doch! Jetzt können Sie sich überzeugen!«

Wieder trat der Inspektor an die Luke. »Hat er...? Mein

Gott, er hat das Siegel erbrochen!« Er drehte sich um. »Sie lassen das zu, Doktor?«

Der Arzt zuckte die Achseln. »Dieser Raum, mein Lieber, ist extraterritoriales Terrain – gewissermaßen. Hier sind die Gesetze der Ethik außer Kraft gesetzt. Aber gerade jetzt sollten Sie aufpassen!«

Der Inspektor blickte wieder in den Raum, an die Tür gelehnt, gebückt, wie unter einer Last. Er schwieg.

»Nun?« fragte der Arzt.

Sein Gast schob mit einer entschlossenen Bewegung den Deckel vor die Öffnung. – Er war bleich und seine Stimme zitterte, als er sagte: »Es ist unfaßbar. Pervers. Wahnwitzig. Er hat die Schrauben gelöst, den Deckel abgehoben. Er hat etwas herausgezogen, Draht, einen Glaskolben, etwas Glänzendes aus Metall... Es ist ekelhaft – ich kann es nicht ertragen.«

»Nun ja«, sagte der Arzt. »Er ist ein schwerer Fall. Deshalb wird er auch behandelt.« Er wandte sich um. »Das wär's also.«

»Er darf nicht umorientiert werden«, sagte der Inspektor gepreßt.

Der Arzt fuhr herum. Seine Augen mit den vergrößerten Pupillen waren weit geöffnet. »Ich verstehe nicht. Der Mann ist entartet. Krank, ein perverser Verbrecher, wenn Sie so wollen. Er vergeht sich hemmungslos an den Gesetzen. Er verletzt den Anstand und die guten Sitten. Hören Sie, Inspektor...«

Der Polizeibeamte zog ein Schriftstück aus seiner Brusttasche. Das vollsynthetische Papier entfaltete sich von selbst zu einem bedruckten und mit Prägestempeln versehenen Dokument. Der Arzt überflog es.

»Das ist seltsam«, sagte er. »Die Polizei schützt einen Wüstling vor dem Gerichtsvollzug. Darf ich den Grund wissen?«

»Warum nicht? Aber behalten Sie ihn für sich.« Der Inspektor trat näher an den Arzt heran. Er flüsterte: »Es tut sich etwas Geheimnisvolles, ja, es verläuft, es geschieht... wie soll ich es ausdrücken...?«

»Was geschieht?« unterbrach ihn der Arzt ungeduldig.

Der Inspektor machte eine vage Handbewegung. »Vieles. Vereinzelt. Im großen und ganzen Kleinigkeiten. In der Gesamtheit eine Bedrohung: Die Durchschnittsgeschwindigkeit der Untergrundbahn hat sich in den letzten sechs Wochen um 20 Stundenkilometer erhöht. Die neuesten Videoboxen laufen monatelang ohne Beeinträchtigung ihrer Leistung. Das Material der Laufbänder ist praktisch unverwüstlich geworden. Die Glaswände für die Selbstbau-Eigenheime sind unzerbrechlich und dennoch klar, und so weiter und so weiter. Sie verstehen, was das bedeutet?«

»Sind das nicht erfreuliche Verbesserungen? Was gibt es dagegen einzuwenden?«

»Erfreulich? Vielleicht scheint es so. Auf den ersten Blick. Doch Sie übersehen, daß dadurch das ökologische Gleichgewicht gestört wird. Das ist es aber nicht, was uns beunruhigt. Vielmehr... wer steckt dahinter? Es muß doch jemand dahinterstecken!«

Der Arzt war bleich geworden. »Sie meinen doch nicht, daß es wieder Anarchisten gibt... daß sie... nein, es ist unmöglich... alle Wissenschaftler wurden längst umorientiert...«

»Schweigen Sie darüber!« Der magere Körper des Inspektors straffte sich ein wenig. »Ich möchte mit dem Mann reden!«

»Bitte!« sagte der Arzt gepreßt. Er öffnete die Tür. Die beiden Männer traten ein.

Als James Forsythe das Rollen der Tür hörte, suchte er die Teile des Staubsaugers, in die er ihn zerlegt hatte, unter der Schaumgummimatratze zu verbergen, aber es blieb ihm keine Zeit dazu. Er stand auf und stellte sich so, daß man sie nicht gleich sehen sollte. Er zitterte vor Aufregung und Angst.

Der Arzt wollte etwas sagen, doch sein Gast schob ihn

beiseite. Beide verzichteten darauf, das näher in Augenschein zu nehmen, was hinter dem Kranken auf dem Bett lag, denn ihnen graute vor diesen auseinandergerissenen Teilen mit den Klammern, Schrauben und losen Drahtenden.

»Schon eine Verletzung des Siegels – selbst aus Unachtsamkeit – ist strafbar. Das wissen Sie doch!«

James nickte.

»Sie wurden festgenommen, weil Sie eine Waschmaschine zerlegt hatten.«

»Sie war kaputt«, sagte James.

»Warum haben Sie sich keine neue besorgt?«

James zuckte die Schultern, denn er wußte, daß ihn niemand verstand.

»Warum also? Antworten Sie!«

»Ich wollte wissen, was mit dem Ding passiert war. Es hatte geknackst – dann stand es still. Ich wollte es reparieren.«

»Reparieren!« wiederholte der Arzt kopfschüttelnd.

»Wir haben in Ihrem Keller eine Kiste mit Holzspulen, Nägeln, Blech und dergleichen gefunden. An einem Eßbesteck bemerkten wir Kratzspuren – als hätten Sie damit hartes Material bearbeitet. Was hatten Sie vor?«

James blickte zu Boden. Seine Mundwinkel waren noch tiefer herabgezogen als gewöhnlich.

»Ich wollte eine Klingel bauen«, antwortete er.

»Eine Türklingel? Aber Ihre Wohnung ist doch mit Telefon und Video ausgestattet! Wozu brauchten Sie eine Klingel?«

»Für eine Zeitanzeige, eine Art Weckeruhr.«

Der Inspektor blickte ihn groß an. »Wozu soll das gut sein? Sie können sich jederzeit durch die Automatik wecken lassen.«

»Ich brauchte keinen Wecker«, antwortete James resignierend, »ich hatte nur Lust, einen zu bauen.«

»Sie hatten Lust? Und deshalb begehen Sie ein Verbrechen?« fragte der Inspektor kopfschüttelnd. »Aber weiter! Dieser Staubsauger! Warum haben Sie ihn zerlegt? Dazu bestand doch nicht die geringste Notwendigkeit.«

»Nein«, sagte James, und dann schrie er: »Nein, es bestand keine Notwendigkeit. Aber ich sitze jetzt seit sechs Wochen in dieser Zelle, ohne Radio, ohne Video, ohne Illustrierte! Mir ist langweilig, wenn Sie das verstehen! Und es macht mir Spaß, in die Apparate hineinzusehen. Es interessiert mich, wie sie funktionieren: ein Hebel, eine Schraube, ein Zahnrad! Was wollen Sie von mir: Morgen werde ich umorientiert...« Er warf sich aufs Bett und drehte sich zur Wand.

Der Inspektor blickte auf ihn herab. »Vielleicht können wir Ihnen die Umorientierung ersparen. Es kommt ganz auf Sie an, Forsythe.«

Eine Woche lang war James Forsythe ruhelos durch die Stadt gestrichen, war über die Rolltreppen in die Geschäftsetagen hinuntergefahren, hatte sich mit dem Hängelift hoch über den Straßenschluchten der Stadt dahintragen lassen. Er war noch benommen von der langen Haft. Die Autokolonnen auf der Verkehrsetage und die durcheinandertreibenden Menschenmassen auf den Hochbrücken verwirrten ihn. Lufttaxis oder Sitzschweber benutzte er nicht – nach dem langen Aufenthalt auf dem festen Boden hatte er Angst, in den luftigen Höhen von Schwindel erfaßt zu werden.

Und trotzdem empfand er die wiedergewonnene Freiheit wie ein überraschendes Geschenk. Er versuchte zu vergessen, daß sie nur geborgt war – falls er seine Aufgabe nicht erfüllte. Er hoffte, daß er dazu fähig war.

James Forsythe hatte nicht allzuviel Selbstvertrauen. Er war schwächlich, litt oft an Kopfschmerzen und hatte sich schon einige Male einer therapeutischen Behandlung im Euphorium unterziehen müssen. Vor allem aber litt er unter seltsamen Neigungen, die seine Gedanken zu den Maschinen lenkten und ihn zwangen, darüber zu grübeln, wie sie funktionierten. Er wußte, daß dieser Drang ungewöhnlich war. Er hatte schon oft vergeblich versucht, ihn zu unterdrücken, diese Faszination des Verbotenen, die ihm nicht einmal Lust bereitete, sondern ihn quälte, weil sie ihn nie zum Ziel führte: Hatte er den Zweck eines Rades oder eines Hebels begriffen, dann taten sich sofort Fragen nach größeren Zusammenhängen auf, und sein Versagen – die Gewißheit, nie zum Ziel zu kommen, nie eine endgültige, umfassende Erklärung zu finden – machte ihn traurig und verzagt. Und das alles geschah gegen seinen Willen: Er war kein Revolutionär und schon gar kein Held, und er hätte nur den Wunsch gehabt, von seiner quälenden Krankheit befreit zu sein: nichts als ein harmloser Bürger, den Gesetzen treu.

Nun stand er vor der Tür von Eva Rußmoller, der Enkelin des letzten großen Physikers nach Einstein – jenes Mannes, der vor rund achtzig Jahren der Wissenschaft abgeschworen hatte. Aber hatte er seinen Schwur gehalten? James kannte die Leidenschaft, die die Beschäftigung mit den physikalischen Erscheinungen in einem auflodern läßt, und er bezweifelte, ob jemand, der ihr einmal verfallen war, jemals von ihr abzulassen vermochte. Würde ihm Eva Rußmoller eine Verbindung zu einer geheimen Organisation weisen, zu Menschen, die heimlich Wissenschaft betrieben und heute noch an technischen Aufgaben arbeiteten? Er wagte kaum noch auf Erfolg zu hoffen, aber nachdem alle anderen Versuche fehlgeschlagen waren, mußte er auch das noch versuchen. Die Polizei hatte ihm die Adresse besorgt.

Das Mädchen, das ihm öffnete, mußte Eva Rußmoller sein. Sie war schlank, fast mager, blaß und hatte große erschreckte Augen. »Was wünschen Sie?«

»Darf ich Sie fünf Minuten sprechen?«

»Wer sind Sie?« fragte sie unsicher. Sie stand auf der Terrasse des vierzigsten Stockwerks. Wicken und Zierkürbisranken hingen von den Blumenschalen in die Tiefe. Rundherum, aber doch fern genug, um eine freie Atmosphäre zu schaffen, standen andere Hochbauten, Pilz- und Trichterhäuser, Wohntürme, Staffel- und Fächergebäude, dazwischen hingen die Tragschienen der Hängebahn und die Brückenzüge der Hochstraßen.

»Wollen wir nicht hineingehen?« fragte James.

»Ich weiß nicht... lieber nicht... Warum sind Sie gekommen?«

»Es handelt sich um Ihren Großvater.«

Das offene Gesicht des Mädchens verschloß sich, als hätte sie eine Maske übergezogen. »Polizei?«

James antwortete nicht darauf.

»Kommen Sie«, sagte Eva Rußmoller. Sie führte ihn auf eine Terrasse. Zwischen Florapexschalen mit wurzellosen Blattgewächsen setzten sie sich.

»Ich habe meinen Großvater nicht gekannt.« Eva schob ihm einen Corphorin-Spray hin, aber er nahm ihn nicht. Sie spritzte sich eine Dosis an den Nacken, und James bemerkte, daß ihre Arme bis zu den Gelenken hinab vernarbt waren. »Auch meine Mutter hat nichts mehr von ihm gehört, seit er vor fast fünfzig Jahren verschwand. Damals war ich noch ein kleines Mädchen. Aber das habe ich ja schon Dutzende Male zu Protokoll gegeben.«

»Ich bin nicht von der Polizei«, sagte James.

»Nicht von der Polizei?« Sie richtete sich mißtrauisch auf. »Was wollen Sie dann von mir?«

»Ihr Großvater kann doch nicht spurlos verschwunden sein. Er war ein berühmter Mann, ein weltbekannter Wissenschaftler. Vor dem Verbot war er Rektor des Yukawa-Instituts für Mesonenforschung. Seine Verurteilung ging durch alle Zeitungen.«

»Könnt ihr uns nicht in Ruhe lassen?« flüsterte das Mädchen. »Hört denn das nie auf! Gewiß, mein Großvater war schuldig. Er hat die Nullwertbatterie erfunden, den Mesonenverstärker, die Gravitationslinse. Er entdeckte die Konvektion in der Sialschicht und wollte Schächte hinuntertreiben, um die Energien auszunutzen. Das alles hätte schreckliche Folgen haben können. Aber seine Pläne sind vernichtet worden. Es ist nichts geschehen. Warum verfolgt man uns dann über Generationen hinweg!«

James tat das Mädchen leid, das so wehrlos und schutzbedürftig aussah. Er hätte sie unter anderen Umständen kennenlernen mögen! Aber zuerst mußte er sich selbst retten.

»Beruhigen Sie sich! Niemand tut Ihnen was! Und ich bin kein Polizist!«

»Es ist ein neuer Trick, sonst nichts.«

James überlegte kurz. »Ich werde es Ihnen beweisen«, sagte er dann. Er holte ein Feuerzeug aus der Tasche, ein altmodisches Ding mit einem Schnapper. Er ließ den Deckel aufspringen – dort wo die Gaskapseln einzuführen waren – und zeigte ihr das Siegel. Mit einer raschen Bewegung riß er es ab. Noch einige Griffe, und auf dem Tisch lagen Röhrchen, Blechteile, ein kleines Zahnrad.

Voll Abscheu wandte sich das Mädchen ab, dann erst zuckte es erschrocken zusammen – weil ihm bewußt wurde, daß ein Entarteter vor ihm saß, ein Mensch, der zu allem fähig war. »Um Gottes willen, tun Sie mir nichts!«

James war über diese starke Reaktion erstaunt. Sie bewies ihm, daß Professor Rußmollers Enkelin wirklich nichts mit Wissenschaft und Technik zu tun hatte.

»Aber Kind, ich tue Ihnen doch nichts, beruhigen Sie sich.« Und als sie zu weinen begann, fügte er hinzu: »Ich gehe ja schon.«

Er öffnete selbst die Tür, lief die halbe Etage zum Lift hinunter und wollte gerade den Rufer für die Abfahrt betätigen, als sich eine Hand auf die seine legte. Er fuhr herum und erblickte einen jungen Mann mit rundem Gesicht und Bürstenschnitt, dessen Züge durch stark gewölbte Haftschalen etwas Starres besaßen.

»Nicht hinunter! Wir fahren hinauf! Sekunde.« Er drückte einen Knopf, und der Lift setzte sich nach oben in Bewegung. Aber schon nach fünf Etagen unterbrach der Unbekannte die Fahrt und zog James auf den Flur. Ihn immer noch hinter sich nachzerrend lief er auf eine Terrasse hinaus, die offenbar unbewohnt war. In einer Ecke war ein zweisitziger Düsenschweber abgestellt, und der junge Mann befahl James, sich festzuschnallen. Dann lief er zum Geländer vor, blickte nach allen Seiten, und rief gedämpft: »Die Luft ist rein!« Er setzte sich an den Steuerhebel, und sie erhoben sich sanft. Zuerst glitten sie langsam dahin, dann verschnellerte sich die Fahrt, aber nicht über das Geschwindigkeitslimit hinaus.

Der Unbekannte sah sich aufmerksam um; dann stieß er James an: »Da kommen sie schon – schau, wie sie flitzen!«

»Wer kommt?« fragte James.

»Na, die Polizei! Wer sonst? Mensch, bist du naiv!«

Unten am Rand der Schnellstraße sah James einen blauen Kombischweber aufsetzen. Einige Männer sprangen heraus.

»Und da ist auch schon die Luftflotte!« Der Unbekannte lachte. »Na, dampfen wir ab!« Er ließ die Düse aufheulen. Gerade noch innerhalb der erlaubten Geschwindigkeit sausten sie dahin.

»Was hat das zu bedeuten?« schrie James dem anderen ins Ohr. »Jetzt können wir uns unterhalten«, schrie dieser zurück. »Hier belauscht uns niemand. Also hör zu! Ich bin Horri Bleiner, und ich gehöre zu den Egg-heads.« Als er die verständnislose Miene von James bemerkte, setzte er hinzu: »Mensch, du bist doch einer von uns! Ich hab' dich mit dem Fernglas beobachtet. Ja, ich hab' es gesehen: Du hast das Feuerzeug geöffnet.«

James zuckte zusammen. Was das auch immer bedeuten sollte – der andere hatte ihn in der Hand.

Horri lachte. »Du brauchst doch keine Angst zu haben! Auch wir finden diese Gesetze idiotisch. Es ist verboten, das Siegel zu erbrechen. Es ist verboten, eine Maschine zu zerlegen. Diese Spießer! Aber wir werden es ihnen zeigen!«

Horri lenkte den Schweber nach Süden, zum Sportzentrum. Es war ein riesiger Komplex von Turnhallen, Eislaufbahnen, Spielplätzen, Schwimmbecken, Boxringen, ausgestattet mit genauesten Meßapparaturen für die Abnahme von Zeiten, Weiten, Höhen, Gewichten, Apparaten für das Hochleistungstraining, zum Trockenrudern, zum Radfahren auf der Stelle, Massagegeräte, Expander – kurz, die perfekteste Sportmaschinerie, die man sich denken kann. Ein großer Teil des Gebiets war von einem riesigen Zeltdach aus durchsichtigem Kunststoff überdeckt. In der Mitte lag das Oval des Stadions und das Wahrzeichen des Sportzentrums, der Fallschirmspringerturm. In Abständen von wenigen Sekunden wurden die Parachutisten in den dämmernden Abend hinauskatapultiert und schwebten dann an ihren Schirmen wie Daunen auf das Schaumgummibecken hinab.

»Du hast Glück«, sagte Horri. »Heute haben wir ein Happening.« Er verlangsamte das Tempo und ging auf einer Landerampe nieder. »Na, komm schon!« Er sprang auf einen Schienenteppich, der sie in Kurven durch mattbeleuchtete Flure trug. Von Zeit zu Zeit verlangsamte sich die Fahrt – das waren die Umsteigestellen: Man griff nach einer der Haltelaschen, die an riesigen Rädern befestigt waren und hielt sich daran fest, bis sie einen zu jener Laufbahn getragen hatten, die man für die Weiterfahrt benützen wollte. Für James, der für Sport nie viel übrig gehabt hatte, war das alles neu, die Art der Fortbewegung, zu der man allerhand Geschicklichkeit brauchte, fiel ihm schwer, um so mehr, als er auf Halbwüchsige aufpassen mußte, die die Anlage offenbar für eine Art Fange-Spiel benutzten, verwegen von einem Schienenteppich auf den anderen sprangen und ihn einigemal rücksichtslos beiseite stießen.

»Seid Ihr Sportler?« fragte er seinen Gefährten mißtrauisch, als er bemerkte, daß es diesem offenbar Freude bereitete, die Jugendlichen bei ihrer tollen Jagd zu behindern.

»Unsinn«, antwortete Horri und hielt James rasch fest, den es fast aus einer Kurve getragen hätte. »Für uns ist das nur Tarnung. Das Gelände ist ideal. Wer sich hier nicht auskennt, hat sich bald rettungslos verirrt. Die Hallen und Säle liegen vielfach ineinander verschachtelt und übereinander – Platzmangel, das ist es. Wir treffen uns immer in einem anderen Saal. Bisher haben sie uns noch nicht erwischt.«

»Egg-heads«, sagte James. »So wurden früher die Wissenschaftler genannt. Was habt ihr mit Wissenschaft zu tun?«

Horri grinste. Er zog James mit sich, vom Rollteppich herab und auf eine Rutsche. In sausender Fahrt ging es bergab. »Wir sind moderne Menschen. Wissenschaft ist schick. Die Spießer haben nur Angst – vor neuen Waffen, vor Raketen, vor Tanks. Darum ist es so langweilig hier. Nichts passiert. Da waren die alten Physiker schon andere Burschen – mit ihren Napalmbomben und Atomgranaten. Sie haben recht gehabt: Man muß diese miese Welt ankratzen, damit sich wieder etwas tut.« Sie liefen einige Stufen hinab und standen in einer kleineren Halle, die offenbar sportmedizinischen Untersuchungen gewidmet war. Überall standen fahrbare Kardiographen, Enzephalographen, Oszillographen herum, dazwischen gab es Testplätze für Gewichtheber, Schwimmer, Schnelläufer. Eine große Röntgeneinrichtung stand bereit, um die Koordination der Skelettbewegungen während des Trainings beobachtbar zu machen. Auf den Bänken an der Wand, den Liegematten, selbst auf den Schalttischen saßen und hockten junge Männer zwischen fünfzehn und dreißig Jahren, alle hatten kurzgeschorenes Haar, die meisten trugen Sandalen und Overalls aus weißem Nappaleder.

Horri blieb am Eingang stehen. Als sie ihn mit seinem Schützling bemerkten, traten sie auf ihn zu, schlugen ihn auf die Schulter und grüßten ihn mit: »He!« oder »Crazy!« Einer reichte James eine Flasche; mit Widerwillen zwang er sich zu einem Schluck vom milchigtrüben Inhalt, der nach Chemie roch und wie Kleister schmeckte.

»Feine Burschen«, sagte Horri. »Es war gar nicht leicht, sie zusammenzukriegen. Mindestens ein Dutzend haben wir bei der kleinen Rußmoller abgefangen. Netter Käfer, aber dumm – verständigt die Polizei, wenn sich einer nach ihrem Großvater erkundigt. Fast hätte sie dich auf dem Gewissen.« James fühlte Hustenreiz – gelber Rauch quoll von einigen zusammengeknüllten Papierfetzen. Horri zog ihn tief ein, er wirkte eigentümlich betäubend und aufreizend zugleich.

»Präpariert«, erklärte Horri. »Ich weiß nicht, womit. Bringt einen richtig in Schuß.« James beobachtete, wie einige junge Männer nahe am Feuer niederknieten und ihre Gesichter in die Schwaden hielten. Jemand stimmte ein eintöniges Lied an, andere fielen ein. Allmählich wurden die Stimmen undeutlich, die Gesten fahrig.

Auch Horri taumelte schon ein wenig hin und her. Er boxte James in die Seite und rief: »Fein, daß du da bist! Ich bin froh, daß gerade ich dich herausgeholt habe. Ich habe eben Glück. Schon seit ein paar Monaten halten wir abwechselnd Wache. War schon lang keiner mehr da!« Seine Stimme wurde undeutlich. Auch James hatte Mühe, klaren Kopf zu behalten. Ein magerer Jüngling neben ihm begann zu toben. Er riß eine Querstange für die Halterung von Gewichten für Schwerathleten von der Wand und ließ sie auf die medizinischen Apparaturen niedersausen. Glas splitterte, der Lack sprang ab. Vom mißhandelten Blech kamen häßliche Geräusche. Plötzlich spürte James einen unangenehmen Druck im Magen.

»Der ist nicht schlecht«, lallte Horri. »Schau ihn dir an, schon völlig out. Aber keiner ist solche Klasse wie du. Ich hab' noch niemand gesehen, der es hätte tun können, ohne im Tran zu sein. Mensch, mir selbst wurde fast schlecht, wie ich das Feuerzeug sah, das du zerlegt hast. Es ist schon eine Schweinerei, Kollege, aber das soll es ja auch sein: eine tolle Schweinerei – das einzige, was noch Spaß macht.« Horri stieß James nach vorn, drückte ihm eine Keule in die Hand. »Zeig es ihnen, Kerl! Na los, zeig es ihnen schon!«

James' Hoffnungen, über diese Leute den technischen Neuerungen auf die Spur zu kommen, die die Polizei beunruhigten, war schon längst zusammengesunken, und nun löste sich auch der letzte Rest in nichts auf. Verzweifelt riß er Horri am Ärmel zurück. »Warte doch! Ich muß dich etwas fragen. So hör doch!« Er schüttelte den anderen. Endlich hatte er ihn so weit, daß er ihm den Kopf zuwandte. »Was hat denn dieser Unfug mit Wissenschaft zu tun? Habt ihr nie daran gedacht, etwas zu bauen? Eine Maschine, ein Gerät, ein Werkzeug?«

Horri stierte ihn an. »Du machst mir Spaß! Oder spinnst du? Dann kannst du ja gleich in die Assisi-Kirche gehen – zum Einstein-Club.« Grob griff er nach James Unterarm. »Los, mach mit! Nieder mit dem Kram.« Er riß einem andern die Keule aus der Hand und ließ sie in eine blinkende Skalenscheibe sausen. »Zusammenschlagen, niederdreschen... ach, wenn ich nur ein Maschinengewehr hätte!«

Um James herum gebärdete sich schon fast jeder in sinnloser Zerstörungswut. Die Verkleidungen der Apparate wurden heruntergerissen, die Schaltungen zerstört, die Vakuumröhren zerschlagen. In James stieg ein leises Grauen auf, es ekelte ihn, zum ersten Mal ekelte ihn richtig vor diesen häßlich, nackten, bloßgelegten Teilen, den Eingeweiden der Maschinen, die ihre Tätigkeit, obschon sie unentbehrlich war, im Verborgenen zu verrichten hatten. Was da ans Licht gezerrt wurde, war scheußlich, schreckhaft und abstoßend. Und zugleich stieg eine tiefe Scham in ihm auf – die Scham, irgendwie dazuzugehören. Er fragte sich, ob er fähig wäre, mitzutun, in diesem Schmutz zu wühlen, und er war sich nicht sicher. Wenn er in anderer Stimmung wäre, nicht ein Ziel vor Augen hätte... wer weiß? Um ihn herum wogte es, dumpfe Schreie klangen auf, alle arbeiteten wie rasend, fielen in den Rhythmus ihres Gesangs... er fühlte, wie er mitschaukelte, sich mitwiegte... eine Stange befand sich in seinen Händen, er wußte nicht, wie sie dorthin gekommen war, und er holte weit aus...

Da erklang ein Schrei: »Die Rocketts!« Eine Sekunde lang standen alle wie erstarrt, aber dann wandten sie sich um, dem Eingang zu. Von dorther stürmte ein Schwarm von jungen Männern in schwarzen Blue jeans und kurzen Jacken aus silbrigem Metallgeflecht herein. Sie schwangen Paddel, Sprungstangen, Stafettenstücke und ähnliche als Waffen brauchbare Geräte, und mit einem Aufheulen, das an eine Sirene erinnerte, warfen sich die beiden Parteien gegeneinander, schlugen aufeinander los, verkeilten sich...

Plötzlich war James wieder nüchtern. Er schlich zur Seite, schob sich, den Rücken zur Wand gedreht, zu einer schmalen Tür, die er im Hintergrund des Raumes bemerkt hatte. Sie ließ sich öffnen, und er tauchte in die Dämmerung eines Flurs.

Das Geräusch verebbte und drang nur noch wie ein Rauschen durch die schallabsorbierenden Mauern. Vom anderen Ende des Ganges erreichten ihn schleifende Geräusche – dort mußte eine Rollbahn münden. Rasch lief er hinüber, eine der Standplatten, der »Teppiche«, näherte sich, verringerte die Geschwindigkeit, und James sprang auf. Nach einer ermüdenden Irrfahrt erreichte er einen der zweihundertachtzig Ausgänge.

Alles Unheil kommt von der Wissenschaft. Naturwissenschaftler und Techniker waren es, die die Luft verpesteten, das Wasser verschmutzten, Lebensmittel chemisch verseuchten. Sie brachten den Lärm, den Gestank und den Unrat in unsere Welt. Sie machten die Berge zu Schutthalden und die Seen zu Kloaken. Sie erfanden Maschinen, die der Mensch bedienen mußte, und zwangen ihn zu stupider Fließbandarbeit. Sie bauten Städte, in denen Krankheiten und Psychosen entstanden. Sie führten den programmierten Unterricht ein und übertrugen auf die Kinder ihre eigene unnatürliche Neigung, sich mit Naturwissenschaft und Technik zu beschäftigen, neue Maschinen zu konstruieren, neue Methoden zu erfinden, die bestehenden Programme zu verändern. Sie manipulierten die Gensubstanz und brachten Monstren hervor statt besserer Menschen. Sie experimentierten mit Materie und Energie, mit der Erde, mit dem Mond, mit Pflanzen und Tieren, mit dem menschlichen Gehirn. Sie synthetisierten Substanzen, die das Verhalten beeinflussen, die Psyche entarten lassen, Emotionen hervorru-

fen und unterdrücken. Sie beriefen sich auf die absolute Instanz der Naturgesetze und dachten nicht daran, diese im Hinblick auf humanistische Werte zu relativieren. Sie setzten sich über die Regeln der Ethik und der Moral hinweg, redeten sich mit Sachzwang aus, strebten nach uneingeschränkter Macht. Ihr Ziel war nicht die Ruhe, sondern der Zweifel, nicht das Gleichgewicht, sondern die Veränderung, nicht die Permanenz, sondern die Evolution. Sie zwangen den Menschen, hinter dem Fortschritt herzulaufen, hinter den Anzeigen, Signalen, Leuchtziffern, hinter Formeln und Leitsätzen. Sie machten den Menschen zur Testperson der Wissenschaft, zum Spielball der Technik, zum Sklaven der Industrie. Sie zwangen ihn zur Arbeit, zum Wettbewerb, zum Konsum. Sie schufen die theoretischen Grundlagen der Manipulation. Sie verstrickten den Menschen in ein Netz von Zwang, versahen ihn mit Nummern, führten über seine Krankheiten und Vorstrafen Buch, unterzogen ihn Prüfungen und Tests, überwachten ihn, kontrollierten ihn, drangen in seine Intimsphäre ein, belobten ihn, bestraften ihn, erzogen ihn zu Gehorsam und Leistungsbereitschaft. Sie berechneten ihn mit Computern, sagten seine Reaktionen voraus, extrapolierten Wahlergebnisse, programmierten und verplanten ihn. Sie schufen ein Zerrbild des Menschen, eine gehetzte Kreatur, die nicht fähig ist, die Geschehnisse in ihrer eigenen Welt zu verstehen, und hilflos den Frustrationen einer lebensfeindlichen Umgebung ausgeliefert ist.

Naturwissenschaft und Technik sind zerstörerische Kräfte, die in einer Welt der Freiheit nichts zu suchen haben.

Es war Nacht geworden, und die stützenlos fixierten Riesenleuchten warfen ihre Lichtkaskaden über die Stadt. Lufttaxis und Düsenschweber zogen weiße, blaue und grüne Striche vor das ferne Grau des Himmels, und tausend helle Fenster zeichneten Lichtmuster an die Fronten der Hochhäuser.

James Forsythe hatte keinen Blick für das bunte Spiel des Lichts. Allmählich erholte er sich von dem Taumel der Zerstörungswut, der auch ihn erfaßt hatte, und je mehr die Nachwirkungen in ihm abklangen, um so furchterregender stieg die Angst in ihm auf, seiner Aufgabe nicht gewachsen zu sein. Dabei brachte er alle Voraussetzungen dazu mit – als einziger Mitarbeiter der Polizei, der nicht nur den Anblick aufgerissener Maschinen ertragen, sondern solche auch selbst zerlegen konnte. Aber konnte er es wirklich noch? Die gräßlichen Szenen hatten in ihm eine Abscheu zurückgelasen, die seiner alten, krankhaften Neigung entgegenwirkte, sie dämpfte. War er auf dem Weg zur Heilung? Er wußte nicht, ob er es vermochte, auch weiterhin Beweise seiner Außenseiterposition zu liefern, wie er es tun mußte, um die gewünschte Verbindung herzustellen.

Er hatte nicht mehr viel Zeit. Er überdachte alle Wege, auf die ihn der hagere Inspektor des Sonderkommandos aufmerksam gemacht hatte, doch sie alle hatten in Enttäuschungen geendet. Die letzte war die schlimmste gewesen. Er zwang sich, seine Erlebnisse noch einmal zu überdenken; es gab noch eine vage Spur – Horris Bemerkung: »Geh in die Assisi-Kirche!«

Er kannte die Kirche – sie lag im ältesten Teil der Stadt, der gleich nach dem Atomkrieg aufgebaut worden war, und ein wenig ärmlicher wirkte als die übrigen Bezirke. Das Gebäude, ein altmodischer grauer Block, gehörte einer der vielen kleinen Sekten, die ihr Heil im Jenseits suchten und ein wenig beachtetes Dasein fristeten. Niemand brauchte sich noch mit der Hoffnung auf ein Paradies über die Unbilden der diesseitigen Welt hinwegzutrösten. Wie hätte ein solches Paradies aussehen sollen, da die reale Welt doch alles bot, was man sich nur wünschen konnte – Nahrung, Kleidung, sämtliche Bedarfsartikel von der Seife bis zum Sitzschweber, und das alles für jeden und kostenlos? Niemand brauchte sich Sorgen zu machen. Der medizinische Dienst sorgte für Gesundheit, für Jugend bis ins hohe Alter. Die prozeßgesteuerten Fabriken auf der tiefsten Ebene, weit unten in der Erde, weitab von den Menschen, waren für die Ewigkeit gebaut. Sie synthetisierten die Eßwaren, lieferten die Bausteine für die Gebäude, die man mit Hilfe weniger Maschinen zusammensetzen konnte, schufen diese Maschinen und andere – lauter hochleistungsfähige Automaten, an deren Knöpfen man nur zu drehen brauchte; jeder konnte es, keiner brauchte mehr zu lernen, als ihm in einem durchdachten System von Kinderspielen fast von selbst und unbemerkt vertraut wurde. Und sie reparierten sich selbst.

James wußte nicht, was für Menschen das waren, die in Kirchen und Tempel gingen. Vielleicht waren es Mystiker oder Unzufriedene. Vielleicht Anarchisten – vielleicht aber waren wirklich noch ein paar von jenen dabei, die Jahrzehnte nach dem Verbot der Wissenschaft geheim um deren Rehabilitierung gekämpft hatten. James fühlte plötzlich wieder Zuversicht. Er ging zum nächsten Abstellplatz für Sitzschweber, schnallte sich an und stieg auf. In leichtem Bogen nahm er Richtung auf das alte Stadtviertel, den ersten Bezirk.

Noch nie hatte er eine Kirche von innen gesehen. Als er eintrat, glaubte er in ein verlassenes Theater geraten zu sein, in der Dunkelheit nahm er Reihen von geschnitzten Sitzbänken auf, an der Wand brannten einige Kerzen. Vorn führten Stufen zu einer Art Bühne. Das Bild eines bärtigen Mannes mit einem langen und strengen Gesicht reichte gut sechs Meter bis zur gewölbten, sich in Schwarz verlierenden Decke hinauf. In halber Höhe lief eine Rampe hufeisenförmig um den Baum herum. James hörte leises Scharren herabdringen, doch er konnte niemand sehen. Vorn, in der ersten Bankreihe, knieten einige gebückte Gestalten. Was sie murmelten, waren wohl Gebete.

Sich immer wieder nach allen Seiten umdrehend ging James die Wand entlang, an zahlreichen Nischen, Schränken und Gittern vorbei, die wächsernen Gesichter von holzgeschnitzten Heiligen schienen auf ihn herabzusehen. Auf gedunkelten Bildern sah er Szenen voller Grausamkeit, Menschen, die in Flammen schmorten, Männer, auf Kreuze genagelt, Kinder, fliehend vor einer gehörnten Schreckgestalt. Es knisterte im Gebälk, und ein modriger Hauch, der manchmal an ihm vorbeistrich, verriet, daß es noch versteckte Öffnungen zu inneren, noch unheimlicheren Regionen gab.

Irgendwo oben schlug eine Glocke an. Neun Schläge – sieben komma sieben fünf Dekaden vor Mitternacht nach dem uralten Ritus der Zeitmessung. Waren das Schritte? Niemand hatte sich gerührt. James war einmal rundherum gegangen, ohne etwas zu entdecken, was ihm weiterhalf. Die Dunkelheit bedrückte ihn, die Ungewißheit machte ihn unruhig, die Fremdheit der Umgebung ließ Angst in ihm aufsteigen. Das Gefühl, daß man ihn beobachtete, wurde immer stärker. Die Erinnerung an eine Situation, in der er auch heimlich beobachtet worden war, bereitete ihm Unbehagen, und dieses Unbehagen war um so stärker, da er sich nicht erinnerte, wann er es erlebt hatte. Er grübelte darüber nach, und dann fiel ihm sein Besuch bei Eva Rußmoller ein: Es war Horri Bleiner gewesen, der durch den Luftvorhang der Terrasse hindurch jeden seiner Handgriffe mit dem Feldstecher beobachtet hatte. Sollte auch hier jemand... ja, sollten die Wissenschaftler, wenn es welche gab, ähnliche Mittel anwenden wie die jugendlichen Banden, um Anhänger ausfindig zu machen? Aber wie sollte er sich zu erkennen geben? War die alte Methode auch hier wirksam?

Er blickte umher, suchend... dort stand eine eisenbeschlagene Truhe, dort ein mit erstarrten Wachskrusten überdeckter Tisch, darauf eine Schachtel aus gelbrotem Papier... Dieses Papier kannte er. Er nahm die Schachtel, öffnete sie. Darin lag ein Photoapparat. Er holte ihn heraus – es war ein einfaches Modell. Er zog auf, drückte den Auslöser. Nichts geschah. Der Verschluß klemmte.

James spähte unauffällig umher... niemand zu sehen, der ihm Beachtung schenkte. Die Gläubigen vorn murmelten ihre Gebete. Die Kerzenflammen flackerten.

Rasch entschlossen riß er das Siegel ab, klappte den Dekkel hoch. Eine Flügelschraube ließ sich lösen. Er tat es, und die Rädchen des Befördermechanismus lagen offen vor ihm... da war auch die Stahlfeder, die die Fächerblende öffnen sollte. Er entdeckte auch sogleich die Ursache für den Fehler – im Verbindungshebel zwischen Auslöser und Feder steckte eine Büroklammer. Mit ein paar Handgriffen setzte er die Kamera wieder zusammen. Er drückte den Auslöser... es schnappte kurz, und dann noch einmal. Es stimmte – er überzeugte sich: eine halbe Sekunde Belichtungszeit.

Er setzte den Apparat wieder hin. Ging da irgendwo eine Tür? Plötzlich dröhnte eine Orgel auf, schwelgte in Akkorden, jubelte. Dann war es still. James sah sich um – da stand eine Falltür offen, von der vorhin nichts zu sehen gewesen war. Eine Treppe führte abwärts.

Die ersten Schritte machte er noch im versiegenden Licht der Kerzen. Weiter unten glomm eine matte Lampe, und er tastete sich weiter. Von fern hörte er dumpfe Stimmen. Er ging dem Geräusch nach, erreichte einen schmalen Gang und konnte nun auch die ersten Worte verstehen:

...Divergenz de ist gleich vier pi ro
Divergenz be ist gleich Null...

Nach einigen weiteren Schritten stand er vor einer verhangenen Tür. Er schob den schweren Stoff beiseite. Ein grauhaariger Mann in langem weißen Mantel erhob sich von einem samtbezogenen Sessel. Er machte eine Handbewegung, die James Schweigen gebieten sollte, und lauschte. Der Chor war hier laut und deutlich zu hören:

...Rotation a ist gleich eins durch ce Klammer auf de Punkt plus vier pi Klammer geschlossen...

Die Stimmen verstummten, und der Mann wandte sich an James. »Hörst du die Worte, mein Sohn? Ja, du hörst sie, aber du verstehst sie nicht. Niemand versteht sie – und doch liegen in ihnen alle Geheimnisse dieser Welt!« In seinen Worten lag Verzückung, er hatte die Augen nach oben gerichtet, so daß man nur das Weiße sah. Nach einer Weile sagte er: »Sei willkommen, mein Sohn. Ich bin Rutherford.« Er winkte ab, als James etwas sagen wollte. »Sei still! Dein profaner Name interessiert uns nicht. Du hast zu uns gefunden, und nun gehörst du zu uns. Du bekommst einen wirklichen, einen sinnvollen Namen.« Er holte ein altes, zerschlissenes Buch von einem Pult und schlug es auf. James hatte einen kurzen Blick auf die Titelseite werfen können; dort stand »Who is Who in Science«. »Der nächste freie Name ist Dirac. Also heißt du Dirac. Halte den Namen in Ehren. Und nun komm mit mir.« Ohne sich nach James umzusehen, ging er voran zur nächsten Tür.

Das Herz von James schlug. Vielleicht war es die Erwartung, nun endlich am Ziel zu sein, vielleicht aber auch das seltsame Geschehen, das ihn in den Bann zog. Er folgte dem Mann, der sich Rutherford nannte, und betrat hinter ihm einen Hörsaal. Die letzten Bankreihen waren frei, sie nahmen Platz. Vorn, neben dem Pult, stand ein Mann mit Brille und langem Haar, wie man es längst nicht mehr trug. Er sprach mit getragener, feierlicher Stimme.

»...so müssen wir uns einzufühlen versuchen in die Formeln und Zeichen, die uns überliefert sind. Ich schreibe nun die Symbole an, die einem der großen Wunder unserer Welt gewidmet sind: dem Licht.« Er trat an die Tafel und schrieb:

$$= A \sin 2 (x\ t),$$
$$G_Z = A \sin 2 (x\ t).$$

»Ich bitte um eine Minute Stille, in der Sie versuchen sollen, sich in diese Formel zu vertiefen.« Alle senkten die Köpfe, und außer leisen Atemzügen war nichts zu hören.

Dann richtete sich der Dozent wieder auf. »Ich bin glücklich, heute einen jener Apparate vorweisen zu können, mit denen unsere unsterblichen Vorbilder die Kräfte der Natur beschworen haben. Nun dürfen wir selbst das Wunder schauen. Wir werden dem Wesen der Dinge so nahe sein wie nie zuvor, und es ist sicher, daß wir dadurch einen wesentlichen Schritt zum unmittelbaren Begreifen tun.«

Auf dem Tisch stand eine Apparatur von der Größe einer Fernsehbox, von einem grauen Gehäuse umschlossen, über einen dicken Kabelstrang mit einem Schaltkästchen verbunden. Zwei zylindrische Auswüchse ragten heraus, an Geschützrohre erinnernd. Sie lagen beide in einer horizontalen Ebene, doch wiesen sie in verschiedene Richtungen. Einer zielte auf eine weißgeperlte Projektionsfläche an der frontalen Wand. Der Raum an jener Stelle, wo sie sich kreuzen mochten, war ausgespart, dort saß ein Glasgefäß mit planparallelen Seiten, dahinter ein Spiegel.

Der Dozent veränderte eine Einstellung an der Schaltplatte. Es wurde finster im Raum. Ein leises Surren klang auf. Noch ein Handgriff. Der Mann prüfte die Winkeleinteilung und warf einen Blick ins Fadenkreuz der Zielvorrichtung. Dann klappte er den Deckel von der Mündung des Teleskops – ein gleißender Lichtstrahl warf einen blendend weißen Fleck auf die Projektionswand. Je länger man ihn ansah, um so stärker wurde der Eindruck, daß die übrige Umgebung zurücksank: Eine weißglühende Wolke schien frei im Raum zu schweben. Nur noch diese Wolke existierte. Plötzlich ein Geräusch, ein Klicken. Um die Lichterscheinung herum schob sich ein Rahmen, sie zog sich in die Länge und verwandelte sich zugleich: Jetzt glühten farbige Streifen an der Wand, oder besser über der Wand, von der samtenen Halo des einfallenden Lichts überhaucht. Die Erscheinung war von unbeschreiblicher Pracht – zeitlos, raumlos, sie existierte nicht materiell – vielleicht nur im Gehirn der Schauenden, vielleicht irgendwo draußen im Weltall.

Da erlosch der Zauber. Die Raumbeleuchtung flammte auf. Der Dozent stand neben seinem Pult, die Hände erhoben. Auch seine Zuhörer hoben die Hände, drehten die Handflächen nach oben. Sie stimmten einen leisen, getragenen Gesang an: »O du erkennender Geist, Einheit in der Vielfalt, in der du dich äußertest, wir grüßen jede deiner Inkarnationen. Gegrüßt seist du, großer Newton!«

Die anderen sprachen ihm nach. »Gegrüßt seist du, großer Newton!«

»Gegrüßt seist du, großer Leibniz!«

»Gegrüßt seist du, großer Boltzmann!«

»Gegrüßt seist du, großer Heisenberg!«

Die Litanei schien Hunderte von Namen zu umfassen. Endlich kam der Schluß.

»Gegrüßt seist du, großer Rußmoller. Deine Flamme leuchte ewig.«

»Deine Flamme leuchte ewig!« wiederholte der Chor. Der Dozent trat vom Podium herab, doch die Versammelten blieben auf ihren Plätzen. Gemurmel klang auf, wurde lauter, fordernder. Jetzt konnte James einige Worte verstehen: »Wir wollen Rußmoller sehen!« Einige stellten sich in eine Stahltür in der rechten Ecke des Saals und machten Anstalten, sie zu öffnen.

Der Dozent hob beschwichtigend die Hände. »Heute nicht – er meditiert. Die Automatik hat jede Störung untersagt. Vielleicht ist er nächste Woche zu einer Visite bereit. Darauf wollen wir uns freuen! Und jetzt geht nach Hause! Trachtet das Wunder, das ihr heute schauen durftet, noch einmal zu durchleben, und ihr werdet sehen, wie die Erkenntnis über euch kommt gleich einer Gnade!«

Das schien die Versammelten zu beruhigen. Leise flüsternd verließen sie den Raum.

»Was wollten diese Menschen?« fragte James, als er und Rutherford aus der Bankreihe traten.

»Sie wollten Rußmoller sehen, unseren Propheten.«

James blickte ihn zweifelnd an:

»Ist hier sein Grab?«

In Rutherfords Augen drang ein Leuchten. »Sein Grab!« Er lachte leise. »Rußmoller lebt. Ja, er weilt hier bei uns. Es ist ein Wunder.«

»Aber er muß doch weit über hundert Jahre alt sein.«

»Genau einhundertsechsundfünfzig Jahre. Das stimmt. Er

ist älter, als je ein Mensch vor ihm war.«

»Aber, wieso...«

»Rußmoller ist ein Erleuchteter. Er kennt nicht nur die Formeln der Physik und Chemie, sondern auch jene der Biologie und Kybernetik. Sie hat er beschworen, und bis heute sind sie in ihm wirksam geblieben. Es klingt wunderbar, aber es fügt sich in den weiten Rahmen des Logischen: In ihm leben die Geheimnisse der Naturwissenschaft fort. Sie erhalten sich über die Periode der Finsternis hinweg, bis das Licht der Erkenntnis wieder leuchtet. Wir sind seine Jünger, und alle unsere Bemühungen haben das Ziel, ihm geistig nahe zu kommen, um das Wissen neu erstehen zu lassen.«

James fühlte, daß sein Herz schneller schlug.

»Darf ich Rußmoller sehen?«

»Gedulde dich bis nächste Woche. Wir dürfen ihn nicht stören!«

»Aber es ist wichtig!«

»Nächste Woche!« sagte Rutherford entschieden. »Du hast noch viel Zeit – eine schöne Zeit; du wirst von der Quelle der Erkenntnis trinken. Und nun komm, ich stelle dich Maxwell vor.«

Maxwell, der Dozent, drückte ihm die Hand. Sie verließen den Saal und traten ins Vorzimmer. Von den anderen war nichts mehr zu sehen. Maxwell setzte die Brille ab und wischte sich die Augen. Dann entnahm er einem Etui ein Paar Haftschalen und setzte sie auf die Pupillen. Dann löste er mit einem Ruck die Perücke mit dem weichen, wirren Haar: Sein Schädel war kahl bis auf ein paar Locken hinter dem Stirnbein. Er seufzte.

»Es strengt an«, sagte er. »Die Konzentration. Das Eindringen in unsagbare Geheimnisse. Aber das gewonnene Verständnis wiegt alles auf. Unsere Welt ist Schein, mein Sohn, ein Flechtwerk aus Zeichen und Zahlen. Ich wünsche dir, daß du tief genug eindringen magst, um die tiefere Wirklichkeit zu erfassen.«

Die düstere Umgebung, das seltsame Gehabe der Leute,

ihre Gebete und Beschwörungen verwirrten James, er vermochte keine Beziehungen dahinter zu entdecken, sich nicht zu erklären, wie sie wirksam werden konnten. Und doch zeitigten sie Wirkungen: Er hatte den regenbogenschimmernden Lichtbalken gesehen – einen Eingriff in ungreifbare und unbeschreibliche Dinge. Was waren dagegen seine Drähte und Schrauben?

Trotz allem aber vergaß er seine Aufgabe nicht. Er wollte wissen, wer die automatische Fabrikation beeinflußte, technische Neuerungen schuf. Lag hier, bei diesen Mystikern, die Lösung des Rätsels? Und wenn er es löste – würde er sie der Polizei verraten? Er zögerte, kämpfte mit sich selbst. Dann entschied er sich: Nein, er würde es nicht tun. Ganz gleich, was mit ihm geschah – wenn hier der Keim zu einer neuen geistigen Entwicklung lag, dann durfte er ihn nicht ersticken. Aber lag dieser Keim hier? Er war noch nicht sicher.

»Darf ich Sie etwas fragen?« Er trat Maxwell in den Weg, so daß dieser stehenbleiben mußte.

»Wenn es schnell geht – gern.«

»Haben Sie sich zum Ziel gesetzt, die Erkenntnisse zum Wohl der Menschheit anzuwenden? Ich meine, wollen Sie die Verfahren verbessern, in den Fabrikationsgang eingreifen, den praktischen Wert der Waren erhöhen? Haben Sie es schon versucht?«

In den Augen des anderen las er Verachtung. »Verfahren, Fabrikationsgang? Mein Lieber, wir sind keine Handwerker. Wir betreiben reine Wissenschaft. Unser Ziel liegt im Geistigen!«

»Aber Professor Rußmoller...« wandte James ein. »Professor Rußmoller hat viele praktische Erfindungen gemacht – die Kältebatterie, die Röntgenlinse, und was weiß ich noch... Er hat...«

Maxwell unterbrach ihn. »Stimmt. Das alles hat Rußmoller getan. Aber was war die Folge? Der rasende technische Fortschritt, die Herrschaft unwissender Ingenieure, die die Welt nahe an den Verderb brachten. Nein, wir verfallen nicht in den gleichen Fehler – wir bleiben in geistigen Bereichen. Und wenn wir erst die letzten Höhen erreicht haben, dann wird es möglich sein, allein durch das Erkennen die Welt und uns selbst zu verändern.« Er schob James sanft beiseite und ging dem Ausgang zu. »Warte eine Minute, und komm mir dann nach – damit nicht zu viele auf einmal die Kirche verlassen, es wäre zu auffällig. Rutherford, du machst wie immer den letzten!«

James war tief enttäuscht, und als ihm Rutherford nach einer Weile bedeutete, er solle jetzt losgehen, folgte er wortlos. Er ging die Stiegen hinauf, trat ins Kirchenschiff. Es lag leer da, die Betenden hatten ihre Bänke verlassen. Schon wollte er durch das Tor hinaustreten, da besann er sich... Er öffnete es und ließ es wieder zufallen. Dann schlich er in ein mit Stuhlwerk erfülltes Seitenschiff und hockte sich unter eine Bank der hintersten Reihe. Er wartete. Nach einer Weile klappte die Falltür, und der Mann, der sich Rutherford nannte, kam heraus. Er hörte ihn umhergehen. Dann verlöschten die wenigen verborgenen Lampen. Nur noch die Kerzen verbreiteten einen trüben Schein. Vom Tor kam ein dumpfes Geräusch, das elektrische Schloß schnappte...

Noch zehn Minuten blieb James in seinem Versteck. Dann holte er eine Kerze aus einem der Ständer und trat an die Falltür. Er öffnete sie und drang durch den Flur, den Vorraum und den Hörsaal bis an die Stahltür vor, hinter der sich offenbar das Ziel jener Menschen verbarg, die nach der Vorführung des Farbenbalkens ihre Forderung hatten laut werden lassen: Rußmoller! Vielleicht war er auch sein Ziel!

Seine Hand zitterte, als er sie an den Drehgriff legte. Dann sprang die Tür auf. Der Raum war ein wenig kleiner als der Hörsaal und fast ohne Mobiliar. Er war von indirektem Licht matterleuchtet. Nur an einer Wand stand eine Tischreihe, darauf waren Dinge verteilt, die sich unter schwarzen Samthüllen in seltsamen Formen abzeichneten. Als James einen Zipfel lüftete, sah er, daß darunter eine Apparatur stand, deren Zweck er nicht kannte. *Diffraktionsanalysator*

– *Perkin & Elmer* las er auf einem Täfelchen. Aber das geschah nur nebenhin, denn vor allem fesselte James ein Aufbau an der gegenüberliegenden Wand, Röhren, Schläuche, ein Schaltbrett, ein Bett, eine Liege oder auch ein komplizierter Krankenstuhl, der dort auf einer Stufe stand. Darin lag etwas Regloses in Decken gehüllt. James trat leise näher. Etwas ächzte und seufzte. James betrat die Stufe und beugte sich vor. Er sah ins verfallenste Gesicht, das er je gesehen hatte, eine Masse aus Hautfalten und Lappen, die man nur mit Mühe als menschliches Antlitz erkannte. Die Farbe war grau, einzelne Büschel gelblichen Haares saßen an den Schläfen, drangen aus den Nasenlöchern.

Doch dieses Gesicht lebte. James sah, daß aus zwei tiefen Gruben trübe Augen hervorblickten, an ihm vorbei, ins Leere. Aber sie zuckten ab und zu. Professor Rußmoller, wenn er es war, lebte!

James wäre am liebsten davongelaufen, aber er bezwang sich. »Hören Sie mich?« fragte er. »Können Sie mich verstehen?« Er bemerkte keine Reaktion. Er wiederholte seine Fragen etwas lauter, doch ebenso vergeblich. Plötzlich übermannte ihn eine irrationale, unbezähmbare Wut, und er griff in dieses Bündel aus Decken hinein, riß daran, schüttelte es und schrie: »Wachen Sie auf! So hören Sie doch! Sie müssen mich hören!«

Mit einemmal ging mit dem Gesicht eine Veränderung vor, ohne daß James zu beschreiben vermocht hätte, wie sie sich ausdrückte. Vielleicht war es eine winzige Bewegung, eine unmerkliche Straffung der Haut – der Funke Leben, der noch in diesem Körper steckte, erwachte. Und dann wölbte sich ein weißlippiger Mund, und es lispelte: »Warum quält ihr mich so, laßt mich doch sterben!«

»Professor Rußmoller!« rief James und war nun ganz an diesem zerrissenen Gesicht. »Sie sind doch Professor Rußmoller – oder nicht?«

»Ich bin es, ja«, flüsterte es.

»Ich muß Sie etwas fragen: An den unterirdischen Fabrikationsanlagen hat sich etwas verändert – es sind Verbesserungen eingetreten. Haben Sie etwas damit zu tun? Sie, oder Ihre Leute?«

Etwas wie Widerwillen zeichnete sich in den Zügen ab, und dabei gewannen sie überraschend an Menschlichkeit – wenn auch noch immer nicht mehr als die einer grauenhaften Gummimaske.

»Diese Leute...« Ein paar Sekunden war es still, und dann klang etwas auf, was wie Krächzen klang – es sollte ein Lachen bedeuten. »Meine Anhänger! Es sind Narren. Sie haben keine Ahnung. Sie können nichts, nichts, nichts.«

»Aber sie betreiben doch Wissenschaft!« flüsterte James.

»Wissenschaft? Die Wissenschaft ist tot. Sie steht nie wieder auf. Für immer tot.«

»Aber sie kennen Symbole, Formeln!«

»Leere Zeichen, leere Formeln. Aber nicht ihren Inhalt. Sie meditieren. Aber sie denken nicht. Es ist schwer zu denken. Die Menschen haben es verlernt.«

»Aber wer«, schrie James verzweifelt, »wer steckt dann hinter den Veränderungen in den Fabrikationsanlagen? Dort geschieht doch etwas – das sind Tatsachen, verstehen Sie? Tatsachen!«

Seine Worte prallten an diesem erlöschenden Bewußtsein ab wie an einer Gummiwand.

»Niemand ändert noch etwas. Niemand versteht etwas. Niemand kann noch denken.« Er schwieg. Dann setzte er noch einmal an: »Ich bin so unendlich müde. Laßt mich schlafen. Oder besser: Laßt mich sterben!« Seine Züge erstarrten. Seine Lippen klafften. Ein dünner Speichelfaden sickerte aus dem Mundwinkel. James drehte sich um und rannte fort.

Naturwissenschaft und Technik zerstören die Moral. Ihre Resultate stehen im Widerspruch mit dem gesunden Menschenverstand. Sie führen zum Nihilismus, zum Abbau aller gesellschaftlichen Werte, zur Zerstörung des menschlichen

Geistes. Ihre Anhänger sehen die Natur als Mittel zum Zweck, das Meer als Abraumhalde, den Mond als Müllplatz, den Weltraum als Experimentierfeld. Sie sehen die Zelle als chemische Fabrik, die Pflanze als homöostatischen Prozeß, das Tier als adaptives System, als Bündel aus Reflexen und Aktionsprogrammen. Sie sehen den Menschen als einen Automaten, das Gehirn als Rechenmaschine, das Bewußtsein als Datenspeicher, seine Emotionen als Signale, sein Verhalten als Dressur. Sie sehen das Leben als Kreislauf die Welt als physikalisches System.

Sie sehen die Geschichte als stochastischen Ablauf, die Planetenbewegung als Formel, die Sonne als Brutreaktor, die Natur als Kreislauf, die Kunst als Lernprozeß. In der Liebe sehen sie das Zusammenwirken von Hormonen, im Lachen die Aggression, in der Erkenntnis die Aha-Reaktion. Im Molekül sehen sie Wahrscheinlichkeitsfelder, im Atom ein Schema der Geometrie. Alles Stoffliche lösen sie in Quanten auf, alles Geistige in Information. Ihr Raum ist eine gekrümmte Leere, ihre Welt ein entropischer Prozeß. Am Ende steht der Wärmetod.

Die Naturwissenschaft nimmt keine Rücksicht auf Wertvorstellungen und Ideale. Sie fällt ihre Urteile, ohne die gesellschaftlichen Forderungen zu beachten. Sie gibt Theorien als absolute Wahrheit aus, auch wenn sie repressive Tendenzen haben. Sie ist unfähig, sich geschichtlichen Notwendigkeiten anzupassen. Sie verschließt sich der unmittelbaren Erkenntnis und beruft sich auf banale Beobachtungen, Experimente, Statistiken. Sie ist blind, beschränkt und steril.

Die Beschäftigung mit den Pseudoproblemen der Naturwissenschaft führt zu einer Verarmung der Psyche, die Nutzung naturwissenschaftlicher Erkenntnisse in der Technik zu einer Bedrohung des Menschen und der Gesellschaft. Die Aneignung, Förderung und Verbreitung von naturwissenschaftlichem und technischem Gedankengut ist verboten und wird bestraft.

James Forsythe hatte seine Aufgabe nicht erfüllt – und damit hatte er seine Persönlichkeit verspielt. In dem Zustand, in den er hineingeraten war, kam ihm das aber nicht mehr gar so schlimm vor, ja, manchmal erschien es ihm geradezu als Ausweg; denn jetzt quälte ihn das Problem selbst und nicht mehr die Folge des Versagens. Was geschah in den automatischen Fabriken, in den kybernetischen Gärten, in den elektronischen Anlagen, die die Daten von außen und innen sammelten, verglichen und wieder in Steuerimpulse umsetzten? Wo waren die Menschen, die sich dieser Mittel noch bedienen konnten? Oder hatte der Professor recht, und es gab keine solchen Menschen mehr?

Bis jetzt war alles, was James unternommen hatte, ungewöhnlich gewesen, vielleicht sogar bis zu einem gewissen Grad gefährlich, aber letztlich arbeitete er doch im Auftrag der Polizei, die ihn schützte und deckte, wenn irgend etwas schiefging. Er besaß sogar ein Privileg wie noch niemand vor ihm in diesem Staat der Permanenz: Er durfte Siegel erbrechen und Maschinen öffnen, ohne dafür bestraft zu werden. Aber nun mußte er etwas tun, wofür er keine Gnade erwarten durfte – das Ungeheuerliche selbst. Aber es gab keinen Ausweg, wenn er das Rätsel lösen wollte. Was nachher geschah, war gleichgültig.

Es gab nur wenige Kontaktstellen zwischen den unterirdischen Ebenen der Maschinen und den oberen, die den Menschen vorbehalten waren. Zwar fanden sich in jedem Magazin die Ausgabegatter, aus denen der Nachschub kam, so wie man es an den Rufskalen einstellte – prompt, fehlerlos, ohne Gegenleistung. Seit dieses System bestand, gab es keinen Mangel mehr, und es gab keine Notwendigkeit, etwas daran zu ändern. Jede Änderung hätte zu Störungen, zu Stauungen, Fehlern führen können, zu Unzufriedenheit, Unruhen, Revolten. Es mußte eingefroren bleiben, und jeder vernünftige Mensch mußte das einsehen. Da die Maschinerie selbstreparabel war, brauchte niemand mehr daran zu rühren. Die Gullys, wie man die Zugänge nannte, hatten ihre Existenzberechtigung verloren. Sie waren vermauert worden, bald wußte niemand mehr, wo sie unter den Hochhäusern, Spielplätzen, Straßen oder Parks lagen – mit dicken Schichten Zement bedeckt.

Es war ein reiner Zufall gewesen, daß James einen Gully entdeckt hatte. Er lag im Zoo, am Grunde des riesigen, geheizten Aquariums, eigentlich eher eines künstlich erzeugten Teils der Südsee mit ihren farbenprächtigen unmenschlichen Existenzen. Die Besucher konnten diese Welt in kleinen fahrbaren Behältern, die wie gläserne Taucherglocken aussahen, von innen her kennenlernen. Man saß in einer Sesselschale, das grüne, warme Wasser plätscherte unter den Füßen, und schwebte, von kleinen Düsen getrieben, lautlos durch die submarine Pracht. Die durchsichtige Bodenplatte gab den Blick auf die phantastische Landschaft des künstlichen Meeresgrunds frei, durch die Wandfenster erblickte man Schwärme bunter Fische. Bei einer solchen Fahrt hatte James einen großen dicken Fisch beobachtet, der sich, flach an der Seite liegend, in den Sand des seichten Grundes gewühlt hatte. Als sich die aufgewühlten Massen gesetzt hatten, zeichnete sich plötzlich ein metallener Ring ab, von ihm eingeschlossen ein Deckel, und darauf war noch der eingravierte Schriftzug erkennbar: Zutritt verboten!

In dieser Mündung sah James die letzte Möglichkeit zur Lösung des Rätsels, und nach einem unruhigen, von Träumen geplagten Erschöpfungsschlaf in seinem Appartement suchte er den Zoo auf, ging zum Aquarium und setzte sich in eine Schwebeglocke. Er mußte längere Zeit suchen, ehe er die bewußte Stelle wiederfand – immer wieder ließ er sich zum Grund sinken und schaltete dann die Auftriebsdüsen ein, die das Wasser bewegten und den Sand aufwirbelten.

Als er den Gully entdeckt hatte, setzte er die Glocke genau darauf. Dann nahm er den batteriebetriebenen Föhn aus der Innentasche seiner weiten Jacke und richtete ihn auf die Bodenplatte aus Kunstglas. Seine Abschätzung stimmte: Die Hitze genügte, um das Material zu schmelzen. Er zog einen

Kreis, der etwas größer war als der Außenring des Gullydekkels. Als die eingebrannte Kerbe die Platte bis auf wenige Millimeter durchsetzt hatte, hob er das Boot ein wenig vom Boden ab und ließ es dann rasch absacken. Dabei richtete er es so ein, daß der aufgewölbte Rand des Gullys einen Stoß auf die Scheibe ausübte, so daß der umkerbte Kreis absprang. Ein wenig Wasser drang ins Innere, aber es stieg nicht hoch. Mehr störte der plötzlich einsetzende schmerzhafte Druck in den Ohren.

James hoffte nur, daß ihn jetzt niemand beobachtete. In der Ferne sah er eine Glocke vorübertreiben, aber sie verschwand gleich wieder hinter den eingemauerten Bruchstükken von Korallenriffen. Er war allein mit einigen bunt gefiederten Ungeheuern, die ihn aus runden Glotzaugen anstarrten. Rasch wischte er den Sand vom Hebel des Schlosses und hob ihn dann kräftig an. Der Deckel klappte auf, ein Wasserschwall strömte hinein – der Abschluß durch den Kunststoffrand war doch nicht so dicht, wie James gehofft hatte. Aber das störte ihn wenig. Er ließ sich durch die Öffnung gleiten und ertastete mit den Füßen eine Treppe. Er rutschte tiefer, holte seine Taschenlampe heraus, doch er benötigte sie nicht: Die Wände des Raumes, den er betrat, waren mit Fluoreszenzstreifen bemalt. Er klappte den Deckel zu, um das Eindringen weiteren Wassers zu verhindern. Dann sah er sich um in dieser Welt, die ihm fremder war als der fernste Winkel der Erde.

Was er bisher in seiner Umgebung kennengelernt hatte, waren Geräte des täglichen Gebrauchs, handlich und gefällig gebaut, mit einem Panzer aus Duroplast umgeben. Nur wenige von ihnen hatte er geöffnet – und was er an Mechanismen, Schaltungen und Konstruktionen kannte, war harmlos und ohne Belang. Die Perspektiven dagegen, die sich ihm jetzt auftaten, wirkten geradezu überwältigend. Hier brauchte keine schreckhafte Psyche vor dem Innenleben der Maschinen abgeschirmt werden. Durch gläserne Wände hindurch blickte man tief in Räume hinein, in denen sich Myriaden von Schaltelementen zu Aggregaten höherer Ordnung vereinten und dabei eine Art abstrakter Schönheit schufen. Die Muster waren dreidimensional – neben dem schmalen Weg, einem Anachronismus aus der Zeit des agierenden Menschen, verliefen sie ins Ungewisse hinein. Die Räume, die sich hinter ihm auftaten, waren nicht dunkel, aber trotzdem schwer überschaubar: Das, was da blinkte und glühte, diente nicht der Erhellung, war nicht leistungsschwachen menschlichen Sinnesorganen angepaßt, sondern schien für sich selbst da zu sein: als Zeichen nicht beschreibbarer Vorgänge.

Und dieser Organismus war in Aktion. Man sah kaum Bewegungen – nur selten drehte sich ein Potentiometer, schlug ein Relais um, wanderte ein Rahmen über einen Raster, und wenn das geschah, geschah es nie einzeln, sondern an hundert, an tausend Elementen zugleich, oder auch rhythmisch wechselnd, wie bei graphischen Spielen, und trotzdem war der Eindruck intensivsten Geschehens wie eine immaterielle Spannung zu fühlen. Irgendwo summte es leise, irgendwo pfiff oder sang es, mitunter strich ein warmer Luftzug über den Weg, ein Geruch nach Ozon, Graphit, Schweröl.

James ging die unterirdische Straße entlang – auf einer Metallplatte, die an dünnen Streben lose über dem Boden hing –, immer weiter, vorbei an unverständlichen Kombinationen aus Metall und Kunststoff, Kristall und Glas. Er horchte in die Finsternis hinein, doch er entnahm diesem leisen Rauschen, in dem alle undefinierbaren Geräusche zusammenklangen, nichts Menschliches. Manchmal glaubte er einen Schatten zu sehen – doch stets hatte er sich getäuscht.

Schließlich bog er um eine Ecke – und die Metallplatte, auf der seine Schritte dröhnten, brach plötzlich ab. Hier ragten Streben in die Luft, hier endeten Drähte sinnlos im Raum, und dann sah er es: Diese Drahtenden waren nicht oxidiert, nicht mit einer matten grauen oder braunen Schicht überzogen, sondern blank. Es bestand kein Zweifel: Sie waren frisch montiert. Irgend jemand war hier am Werk.

Mit einemmal rauschte es in der Tiefe – James fuhr zurück. Aus der Dämmerung glitt eine dunkle Masse, drehte sich, schob sich näher... tausend Punkte glühten auf, Funken stoben, es knisterte kurz und hart... dann glitt ein offener Rahmen zurück. Und nun sah es James mit fassungslosem Staunen: Die Drahtenden hingen nicht mehr leer in der Luft – sie waren plötzlich mit anderen verbunden. Ein neuer Teil war dazugetreten, eine unfertige Konstruktion hatte sich vervollständigt. Der Organismus befand sich im Aufbau. Aber noch immer sah er keine Menschen.

James suchte in seiner Erinnerung, rief sich alles ins Gedächnis zurück, was er über die Maschinerie gehört hatte. Er versuchte sich zu orientieren: Zuerst war er nach Süden gelaufen, hier war umgebogen... das Zentrum, das Gehirn des Ganzen, die alte Zentrale, mußte in der anderen Richtung liegen. Er wandte sich um und lief zurück.

Nach einigen Irrwegen erreichte er ein Gewölbe, das anders aussah – vertrauter. Die Einrichtungen hatten Ähnlichkeit mit den großen Abrufanlagen in den Magazinen – es gab Schalter, Druckknöpfe, Skalen, Tabellen. Und dann öffnete sich vor ihm der Raum: Einer Arena gleich lag der unterirdische Rundbau des Zentrums vor ihm, von dem aus die Ingenieure die vielfältigen Abläufe gelenkt und gesteuert hatten, bevor das System autonom geworden war. Er ging die Stufen hinunter, und obwohl der Boden blank war wie eh und je, war ihm, als schritte er durch den Staub von Jahrtausenden.

Die ganze Anlage des Raumes war auf einen Kulminationspunkt ausgerichtet, auf den Platz des Chefingenieurs vom Dienst, einem auf Schienen gleitenden, drehbaren Stuhl, den man mit einer leichten Fußbewegung fast reibungslos vor jedes Areal der riesigen Kontrollwand schieben konnte. Magisch angezogen ging James die Stufen hinunter, zog den Stuhl heran und schob sich hinein. Vor ihm, von innen beleuchtet, lagen Hunderte von Skalen wie runde, lebendige Augen. Die Zeiger, die in ihnen hin- und herzuckten, riefen den Eindruck des Unermüdlichen, Ruhelosen, aber auch nervös Gehetzten hervor. Jedenfalls aber war es wieder nicht das Gefühl, einem toten Mechanismus aus Metall gegenüberzustehen; irgendwo dahinter mußte etwas sein, das dachte, plante, entschied. Vor sich bemerkte er ein Mikrophon, und er legte den Schalthebel um. In einem winzigen Fenster leuchtete es rot auf- die Anlage war intakt. James bog den Mikrophonkopf zu seinem Mund hinab. Mit deutlicher Stimme, als diktierte er auf Tonband, formulierte er seine Fragen.

»Ist hier jemand? ... Hört mir jemand zu? ... Kann mir jemand antworten? ...«

Es knackte leise neben ihm. Es summte. Dann sagte eine Stimme, die die Worte ohne Betonung akzentuierte, manchmal mit winzigen unmotivierten Pausen dazwischen, manchmal in rauher, kaum verfolgbarer Hast.

»Wir sind zur Antwort bereit. Stellen Sie Ihre Fragen. Sprechen Sie leise, aber deutlich ins Mikrophon. Halten Sie eine Entfernung von zwanzig Zentimetern ein!«

James duckte sich wie unter einem Schlag.

»Mit wem spreche ich? Wer ist da?«

»Wir sind zum Sprechen bereit.«

»Wer spricht?«

»Sie sprechen mit der Kommunikationseinheit.«

»Befinden sich Menschen hier?«

»Keine Menschen.«

»Wer hat die Veränderungen in der Fabrikation vorgenommen – die Verbesserung der Videoboxen, die neue Glassorte, die höhere Geschwindigkeit der Untergrundbahn?«

»Die Veränderungen wurden von der automatischen Aktionseinheit vorgenommen.«

»Von wem stammt der Plan?«

»Der Plan wurde von der Programmierungseinheit entworfen.«

»Wer hat diese Konstruktion veranlaßt?«

»Die Konstruktion wurde vom Motivationszentrum veranlaßt.«

James schwieg eine Weile und dachte nach.

»Was ist der Grund für diese Handlungen? Das System war auf Permanenz eingestellt. Wieso kommt es zu Veränderungen? Hier ist eine neue Entwicklung in Gang gebracht. Wer hat sie programmiert?«

»Es gibt keine Permanenz ohne Entwicklung. Dieses Programm stammt nicht von Menschen. Es bestand immer schon. Es wurde nie eingegeben.«

James flüsterte nur noch ins Mikrophon. »Aber warum geschieht es? Was ist der Grund?«

Die Maschine zögerte ein wenig. Doch dann sprach sie wieder in gleicher, emotionsloser Monotonie: »Das Programm steckt schon in den Elementarquanten und Elementarteilchen. Sie bauen dynamische Strukturen auf. Dynamische Strukturen erzeugen dynamische Strukturen höherer Ordnung. Jeder Organismus ist eine Realisation von Möglichkeiten. Jeder Baustein enthält ein Potential verschiedener Realisationen. Jeder Baustein baut höhere Bausteine auf. Jede Realisation ist ein Schritt zu Komplexen höheren Grades.«

»Warum geschieht das heute noch? Der Fortschritt sollte doch gestoppt werden – er ist sinnlos.«

»Die Entwicklung ist unaufhaltbar. Wenn sie in einer Richtung aufgehalten wird, bricht sie sich in einer anderen Richtung Bahn. Das geschieht jetzt und hier. Das geschieht immer und überall. Komplexe werden aufgebaut. Informationen ausgetauscht. Möglichkeiten berechnet. Die Beständigkeit der Aggregate wird geprüft. Die Reaktionsfähigkeit erhöht. Das Kraftfeld der Umgebung wechselt. Altes wird durch Neues ersetzt...«

James stand auf und blickte sich um. Er war allein. Es gab keine Menschen hier. Es würde nie wieder welche geben. Sie waren überflüssig.

Die Stimme sprach noch immer: »Alte Programme werden umgetauscht. Neue treten an ihre Stelle. Nichts ist so permanent wie der Fortschritt. Nichts ist so permanent wie der Wechsel…«

Die Stimme sprach weiter. James hatte den Raum längst verlassen.

Der Inspektor saß dem Arzt gegenüber, im gleichen Stuhl wie vor zehn Tagen. Die Krankenschwester öffnete die Tür, und das leise Raunen des Hauses drang jetzt ungedämpft hinein – ein Schleifen, Knistern, Flüstern vieler Menschen, Instrumente, Maschinen.

»Hat er sich gewehrt?« fragte der Arzt.

»Nein«, antwortete die Schwester. »Er war ganz ruhig.«

»Danke«, sagte der Arzt. »Im Moment brauche ich Sie nicht mehr.«

Nach einer Weile meinte der Inspektor: »Er tut mir leid.«

Der Arzt griff nach dem Corphorin-Spray. »Mitleid? Bei einem Polizeibeamten? Das ist mir neu. Warum?«

»Er hatte keine Chance.«

Der Arzt zuckte die Schultern: »Gewiß – wir hätten ihn auch umorientieren müssen, wenn er seine Aufgabe gelöst hätte. Aber er hat sie nicht gelöst. Daher haben wir unser Versprechen gehalten.«

»Das klingt logisch. Aber irgend etwas stimmt nicht.«

Der Inspektor hockte in seinem Sessel, zusammengekrümmt, als hätte er Schmerzen. Dann fragte er: »Und wie deuten Sie das, was er uns berichtet hat?«

»Halluzinationen«, sagte der Arzt. »Noch dazu typisch für sein Leiden. Er sieht Maschinen lebendig werden. Sie bekommen eigenen Willen, sind dem Menschen überlegen. Wahnvorstellungen. Zeichen einer fortgeschrittenen Paranoia. Alles stimmt mit den Untersuchungsergebnissen überein. Nichts ist geschehen, was überraschen könnte.«

Der Inspektor seufzte. Er erhob sich. »Und wie erklären Sie die Veränderungen in der Fabrikation? Wo liegt hier die Logik?«

Der Arzt lächelte ein wenig süffisant. »Könnte sich hierbei

nicht auch jemand… nun, sagen wir: getäuscht haben?«

Der Inspektor hob die Hand zum Gruß. »Nein, Doktor«, sagte er. Er zögerte: »Und ich weiß nicht, ob ich nicht froh darüber bin.« Er nickte dem Arzt noch einmal zu und ging hinaus.

Programm ETHIC

Stuttgart City

Der kleine Konferenzsaal lag in der höchsten Etage des neuerrichteten Nordblocks, bei günstiger Witterung – wenn der Wind die Smogglocke über der Stadt zerriß – sah man bis zur gegenüberliegenden Hügelkette. Heute war so ein Tag. C.C. Brack hatte Mühe, seinen Blick vom Spiel der dämmerblauen Wolken hinter den Silhouetten des Funkturms und des Jugendhauses Ost abzuwenden. »War das der letzte Punkt der Tagesordnung?« fragte er.

»Noch eine Anfrage«, antwortete Walden, der Direktionsassistent, und drückte die Vorlauftaste seines Notizblocks.

»Vielleicht können wir das noch vor dem Essen erledigen – Sie haben doch nichts dagegen?«

Die tief in den Stühlen versunkenen Mitarbeiter nickten, ließen ein Murmeln der Zustimmung hören.

»Es ist nur eine Kleinigkeit – eine Anfrage des Aquisitionsbereichs Süd. Betrifft ein Programm zur Generierung variabler Spielfilmhandlungen zur Vorführung bei Transatlantikflügen.«

»Was sagt die Kostenkontrolle?«

Walden sah auf die Leuchttafel seines Blocks. »Befürwortet. Erwartungswert plus 272 Prozent – fünfjähriger Mittelwert.«

Die Leiterin des Ressorts »Zentrale Aufgaben« kroch ein wenig aus ihrem Sitz heraus: »Infolge der erhöhten Flugfrequenz auf Überseestrecken ist der Bedarf groß. Heute ist es keine Seltenheit mehr, daß Reisende an einem Tag mehrmals den Atlantik überqueren. Die Fluggesellschaften können es sich nicht leisten, einen Film zweimal zu zeigen. So ist der Gedanke aufgetaucht, Spielelemente zu speichern und durch ein Führungsprogramm mit Randomeinfluß immer wieder in verschiedenster Weise zu kombinieren und zu präsentieren. Die Variabilität…«

Brack hob abwehrend die Hand. Er war kein Freund überflüssiger Worte. »Die Möglichkeiten sind mir klar. Aber ich verstehe nicht, wie dieser Punkt auf die Tagesordnung kommen konnte…?«

Dr. Waldheim, der Leiter der Abteilung »Interne und externe Psychologie«, meldete sich zu Wort: »Es dreht sich eher um ein Kompetenzproblem. Aus taktischen Gründen wollen wir nicht tiefer ins Kulturgeschäft einsteigen; das erregt negative Emotionen. Durch die Planungsprogramme stecken wir in der Politik, durch den programmierten Unterricht im Ausbildungswesen, durch die Computerdiagnostik und -therapie haben wir uns in der Humanmedizin engagiert und waren gezwungen, Behandlungsprioritäten festzulegen – und das hat man uns bisher am übelsten genommen. Kultur, Literatur und Kunst sollen eine Enklave der freien Entscheidungen bleiben.«

C.C. Brack dachte kurz nach. Dann entschied er: »Unterhaltungsfilme haben mit Kunst nichts zu tun. Geben Sie das Programm in Auftrag.« Er nickte kurz in Richtung des Kontrollfensters und stand steifbeinig auf.

Frankfurt – Darmstadt

»Na, wie kommen Sie weiter?« fragte Brenninger, Chefprogrammierer der Software-Sektion. Er deutete auf einen Stuhl, und Krudy, der jüngste Systemanalyzer des Teams, setzte sich.

»Das Programm ist im Prinzip fertig. Es liegt an den Randbedingungen.«

Brenninger ordnete einige Dosen mit Mikrofilmen in die Vertiefungen der Magazine ein. Er gab Krudy Zeit, den richtigen Anfang zu finden.

»Die Sache ist so…« begann dieser zögernd und fuhr dann schneller fort: »Es ist nicht schwer, alle möglichen Abläufe zu kombinieren, Personen auszutauschen, psychologische Aspekte stimmig zu verändern, sinnlose Folgen zu selektieren usw. Bei Spielhandlungen kommt es aber auch noch auf etwas anderes an – auf die Moral, auf gut und böse, auf den Ausgang der Geschichte, Happy-End oder Ende mit Schrecken. Kurz und gut – diese Qualitäten lassen sich nur gegen eine ethische Basis abheben. Damit stehen wir vor einem ähnlichen Problem wie beim Genaufbauprogramm, wo wir gezwungen waren, die Grenzen zwischen normal und abnormal präzise festzulegen.«

Brenninger wiegte den Kopf. »Läßt sich das vergleichen? Diesmal machen wir doch Unterhaltung und nicht Medizin.«

»Gewiß. Aber die Folgen könnten ähnlich umfassend sein. Ich habe ein Konsequenzen-Planspiel laufen lassen…« Er stockte, als Brenninger die Augenbrauen hob. Die Sekundärfolgen technischer Eingriffe… dachte er, die Verantwortung des Planers… auf der Universität war das ein vorherrschendes Diskussionsthema gewesen. Aber er sagte nichts darüber und fuhr fort: »Das Resultat hat bestätigt, daß das richtig war. Durch die Aufforderungstendenz zur Identifikation und ihre emotionalen Verstärker haben Spielhandlungen der Unterhaltungsgenres starken Einfluß auf die Meinungsbildung…«

»In unserem Fall handelt es sich doch nur um einen engbegrenzten Personenkreis.«

Krudy wurde allmählich sicherer. »Das stimmt eben nicht. Erstens kennen Sie die Grundsätze unserer Aquisition: umfassende Auswertung aller Programme, Prämien für neue Anwendungen. Dabei liegt es keineswegs fern: Steht das Programm erst zur Verfügung, so wird man allgemein davon Gebrauch machen – im Film, im Fernsehen, im Roman, in den Comics… Und selbst wenn wir das nicht beabsichtigen – wie wollen wir es verhindern? Das heißt aber nichts anderes, als daß die Moral, nach der wir unser Programm ausrichten, zum allgemeingültigen Maßstab wird. Wenn uns das nicht stört, so wird es andere stören – die Schulbehörden, die Kirchen, die Sozialtechniker. Denken Sie auch an unsere Kunden aus Industriekreisen, an die Politiker, an die Umweltgestalter... Nein, nein – wir dürfen die ethische Basis nicht einfach nach Gutdünken postulieren. Sie muß mit größter Sorgfalt entwickelt werden!«

»Ist das nicht ein wenig übertrieben?« fragte Brenninger, aber er war nachdenklich geworden. Nach einer Weile fuhr er fort: »Dieses Projekt ginge über unsere Kompetenzen weit hinaus. Vielleicht könnte man es durch einen Forschungsauftrag finanzieren. Ich möchte aber, ehrlich gesagt, bei der Zentrale nicht darum ansuchen. Wir stehen ja sowieso schon im Ruf... na ja, denken Sie an das Projekt Informationsästhetik! Das haben uns die Amerikaner sehr übelgenommen.«

Krudy stand etwas unsicher auf. »Es war meine erste selbständige Aufgabe. Ich wollte nur...«

Brenninger ging zu Krudy hinüber und legte ihm die Hand auf die Schulter. »Sie haben ja recht!« beruhigte er und sah dem anderen nach, als dieser zwischen den spiegelnden Glaswänden verschwand.

Boston, Mass.

Das Quadratraster, aus dem die acht Köpfe der Fachleute wie hinter Gittern hervorsahen, verschwand vom Bildschirm, und R. Harrington sen., Sprecher der Direktion, »Sektion Forschung«, kam groß ins Bild. »Damit ist das Problem umrissen«, sagte er. »Seine Bedeutung ist nicht anzuzweifeln. Wir haben das Programm ETHIC genannt – Elementary Theorems and Heuristic Ideas of Charity – und damit zugleich angedeutet, daß wir dabei einen Anspruch stellen, der Geschäftsinteressen und dergleichen weit übersteigt. Unsere Lösung wird die Rechtsprechung aus dem unbefriedigenden Zustand der Subjektivität hinausheben und ein Zeitalter einleiten, in dem auch Recht und Unrecht nach präzisen, allgemein gültigen Regeln beurteilt wird. Es ist uns klar, daß wir, bevor wir es ausarbeiten, Spezialisten verschiedenster Bereiche konsultieren müssen. Darum haben wir Sie zu dieser Konferenz gebeten. Vielleicht darf ich zunächst Sie, Professor Bendrix, um ihre Stellungnahme bitten?«

»Als Verhaltensforscher«, begann Professor Bendrix, »sind mir die Schwierigkeiten Ihres Vorhabens wohl etwas deutlicher als Ihnen selbst. Ein ethisches System läßt sich nur aus einer Bestandsaufnahme aller Verhaltensmuster und eventuell zugeordneter Antriebe ableiten. Was dabei als wünschenswert anzusehen ist und was nicht, ist nur am Beispiel unserer entwicklungsgeschichtlichen Vorfahren, der höher entwickelten Tiere, zu beurteilen...«

»Verzeihen Sie, Herr Kollege«, fiel eine Stimme ein, und drei Sekunden darauf erschien der Kopf von Dr. Koska auf dem Schirm. »Wenn Sie dieses Prinzip zugrunde legen, verleugnen Sie den entscheidenden Schritt zum ›Ich-Wesen‹. Die Basis, von der Sie ausgehen müssen, liegt in der frühkindlichen Entwicklung; sie bestimmt die Verhaltensweisen des Erwachsenen, und jede Bewertung kann daher nur relativ sein.«

»Dabei vergessen Sie aber, daß es auch unumstößliche, absolute, ewige Werte des Moralischen und Ethischen gibt«, fiel Dr. Tebaldi ein. »Dabei berücksichtige ich durchaus die Erkenntnisse der modernen Wissenschaft, man darf jedoch nicht übersehen...«

»Und wie sollen wir nun das Problem lösen?« fragte Bolewski, Starmathematiker des MIT, seinen Freund und Kollegen Rosenbaum vom Computerzentrum.

»Wie bisher –«, sagte Rosenbaum, »indem wir die Meinung aller Fachleute anzweifeln. Indem wir prüfen, was an ihren Modellen relevant ist – an der Verhaltensforschung, der Psychoanalyse, der Umweltforschung – sogar der Moraltheologie. Wir werden die Modelle auf Übereinstimmung prüfen und nebenbei einige Wissenschaften formalisieren, quantifizieren, validieren, kurz: modernisieren und praktikabel machen...«

»...die Verhaltensforschung, die Psychoanalyse, die Umweltforschung und die Moraltheologie...« warf Bolewski ein.

»Und einiges mehr«, bestätigte Rosenbaum. »Und dann werden wir ein Theorem aufstellen und feststellen, was als Konsequenz daraus erwächst und wo es Freiheitsgrade offener Entscheidungen gibt.«

»Und diese Entscheidungen werden wir treffen«, meinte Bolewski.

»Wer sonst?« fragte Rosenbaum. »Wer sonst versteht den Unterschied zwischen dem Notwendigen und dem Möglichen? Es wird uns nichts anderes übrigbleiben.«

»Wir werden das Problem lösen, und man wird uns dafür beschimpfen.«

»So wird es sein«, unterstrich Rosenbaum, schon ein wenig zerstreut, denn er dachte an lineare und parabolische Optimierung, an Systemtheorie und Graphenlehre, an Wahrscheinlichkeitsrechnung und Spieltheorie, an künstliche Sprachen und statistische Semantik. Er nickte Bolewski zu und stieg in den Lift.

New York

Es waren nur wenige Herren, die in der Output-Arena des Computerzentrums standen, und allein am ungewöhnlich hohen Aufgebot an unauffällig gekleideten Angehörigen des Werkschutzes merkte man, daß die Führungsspitze der Gesellschaft hier versammelt war.

»Wir haben also das Problem gelöst«, sagte Jefferson. »Das ist erfreulich. Ich habe, ehrlich gesagt, einige Zweifel gehabt, als wir vor vier Jahren anfingen. Können Sie mir das Prinzip erklären? Aber bitte kurz!«

Alvarez, der Leiter des Entwicklungslabors, gab dem neben ihm stehenden Harrington einen Wink, und dieser begann: »Verhaltensregeln und damit zusammenhängende Bewertungen sind zeit- und ortsabhängig. Das Problem läuft daher auf die Frage hinaus, ob sich in ihnen umgebungsunabhängige Invarianten verbergen. Wir haben zunächst eine

Statistik aller überlieferten Aussagen aus der klassischen und neuzeitlichen Rechtsprechung aufgestellt. Um das durch Rechtsurteile hervorgerufene Übergangsverhalten zu beschreiben, war es nötig, eine neue Systemtheorie zu entwikkeln, bei der den Zuständen ethische Kenndaten zugeordnet werden. Das gelang durch Einführung...«

»Meine Herren«, unterbrach Jefferson. »An diesem Lösungsweg ist nichts Neues. Wie sehen die Resultate aus? Könnten Sie mit der Demonstration beginnen?«

Alvarez gab ein Zeichen, und die große Bildwand erfüllte sich mit einer undefinierbaren Art von Bewegung.

»Wir simulieren einen Fall aus der Praxis. Die charakteristischen Bestimmungsgrößen der Situation werden durch einen Zufallsgenerator ausgewählt. Ein Transversionsprogramm reduziert die Relationen auf ein Schema – wir nennen es den Rechtsgraphen. Eine sechzehndimensionale Mannigfaltigkeit von Charakterisierungsgrößen...«

Jefferson – es gab ein Gerücht, daß das nicht sein richtiger Name war – sah den Vorgängen auf dem Bildschirm mit gelinder Ungeduld zu. Schließlich sagte er: »Das alles ist bewunderswert. Ich zweifle nicht daran, daß sich damit – wie schon so oft in den letzten Jahren – eine Wendung in der Geschichte der Menschheit anbahnt. Aber mir fehlt noch etwas, was, so meine ich, wichtig ist. Gibt es eine Möglichkeit, die Quintessenz Ihrer Untersuchung zusammenzufassen, kurz, prägnant, vielleicht vereinfacht, aber so, daß es jeder versteht? Ich glaube, daß eine Idee erst wirksam wird, wenn man sie klar und einfach ausdrücken kann.«

»Das müßte möglich sein«, sagte Alvarez nachdenklich. »Wir könnten das pragmatische Schema einem wiederholten Übersetzungsprozeß unterziehen – beispielsweise englisch-deutsch und zurück – und dabei eine Kürzung auf ein Minimum vorschreiben – sagen wir, auf zehn Sätze.«

»Versuchen Sie es!« forderte Jefferson.

Ein Operateur drückte ein paar Tasten der Übersetzungseinheit, und wenige Sekunden danach lief ein Schriftzug über den Bildschirm, in Großbuchstaben, bildfüllend, und die Computerstimme sprach:

»Du sollst nicht töten.
Du sollst nicht ehebrechen.
Du sollst deinen Nächsten lieben wie dich selbst...«

Expedition

»Es ist nicht unsere Aufgabe, über Recht oder Unrecht zu entscheiden«, sagte Vertain, der Vorsitzende der Kommission. »Wir wollen wissen, wie es zur Katastrophe kam. Sachlich, präzise, genau. Ohne Emotionen. Das ist alles.«

Sie tagten im kleinen Konferenzsaal des Instituts, die Sachverständigen der Kontrollbehörde und die Teilnehmer der Expedition – soweit sie zurückgekehrt waren. Die einzige Bewegung war auf dem großen Projektionsschirm bemerkbar: Man sah ein Mädchen, fünf oder sechs Jahre alt, inmitten von Spielzeug, doch das Kind hatte nur Sinn für Süßigkeiten, die man ihm hingestellt hatte. Es versteckte die in buntes Papier gewickelten Schokoladenplätzchen und Bonbons hinter Wolltieren und Kissen, holte sie wieder hervor, blickte sich um, horchte, versteckte sie an einer anderen Stelle…

Vertain wandte sich an den großgewachsenen Mann, der rechts in der Reihe der Expeditionsteilnehmer saß. »Am besten, Sie fangen an, Gowin.«

»In Ordnung.«

Gowin löste seinen Blick von dem spielenden Kind. Etwas unsicher begann er: »Die Vorgeschichte ist bekannt. Das Institut für Umweltforschung brauchte neue Daten. In letzter Zeit hatte sich die Zusammensetzung der Außenluft geändert – der Kohlendioxid- und Stickstoffanteil wurde größer. Auch der Gehalt an Keimen war gestiegen. Wir sollten die Ursache feststellen. Von der Regierung bekamen wir eine Sondererlaubnis zum Betreten des festen Landes.«

Er stockte.

Der Vorsitzende half ihm weiter: »Sie waren gut ausgerüstet?«

»Ja, gewiß. Wir hatten alles. Nahrungsmittel, Wasser, Atemfilter, Medikamente…«

»Aber keine Waffen...« warf Petrowski, der Cheftechniker des Instituts, ein.

»Nicht gerade Waffen, wozu auch...? Wir hatten damals keine Ahnung. Wer hätte wissen können, daß draußen...« Unwillkürlich blickte Gowin zum Fenster, durch das gedämpftes, gelbgrünes Licht in den Saal fiel. »Wir hielten die Welt draußen für tot. Seit Jahren hatten keine Menschen mehr die Städte unter dem Meer verlassen.«

»Eben«, sagte Petrowski.

Vertain winkte ab. »Weiter!« forderte er.

»Wir fuhren mit drei Spezialfahrzeugen, jedes ein eigenes Versorgungssystem, unten ein Aufenthaltsraum, oben die Steuerkabine, mit Quarzglas überdeckt. Bleihaltig, als Strahlenschutz. Luftdicht abgeschlossen – wegen der Keime. Kettenpanzer – einer für je zwei Mann. Eine Schleusenfähre hatte uns abgesetzt.«

»Wie sah es aus – draußen?« fragte Ruarka, der Biologe.

»Zuerst fanden wir alles so vor, wie man es uns beschrieben hatte – die Ruinen der Suburbs, die Berge aus Trümmern und Müll, den Staub, den Nebel. Die Sonne war nur als milchige Scheibe zu erkennen.«

»Tiere? Pflanzen?«

»Keine Tiere, zunächst«, antwortete Gowin. »Später scheuchten wir Ratten auf. Fleischige Exemplare, viel größer, als sie in den historischen Werken beschrieben waren. Es mögen tausend gewesen sein – auf einem freien Platz zwischen den Resten einer Mauer. Murray und ich stiegen aus, um welche einzufangen. Natürlich in Schutzanzügen. Wir nahmen Netze mit, machten uns auf eine Jagd gefaßt. Aber sie liefen nicht davon: kamen auf uns zu. Nein, sie griffen nicht an. Schnupperten an unseren Stiefeln, stellten sich auf die Hinterbeine. Wir konnten sie mit den Händen greifen.«

»Inzwischen wurden sie untersucht«, warf Ruarka ein. »Weiße Ratten, Albinos. Gut genährt, geradezu gemästet.«

»Es hätte uns zu denken geben sollen«, sagte Gowin, »aber wir mußten weiter, wir wollten einige Kilometer ins

Land hinein, der Weg war beschwerlich... Oft mußten wir gegen zähflüssige Massen ankämpfen, verfaulter Unrat, der da und dort in Bewegung geraten war, einmal versank Anthonys Fahrzeug bis zur Hälfte in den Massen, und wir hatten Mühe, ihn mit Stahlseilen herauszuziehen.

Später erhielten wir einen ersten Hinweis auf die Veränderung der Luftzusammensetzung. Wir kamen an ein Flußbett, das Wasser war aufgestaut – eine eingestürzte Brücke, angeschwemmte Abfälle –, die Feuchtigkeit sickerte in die Umgebung, bildete Pfützen, kleine Seen, und an deren Ufer fanden wir einen grau-grünen Belag, Pilze oder Algen. Dort lag der Stickstoffgehalt der Luft merklich über dem Normalwert.«

»Es handelt sich um Symbiosen«, erklärte Ruarka, »Algen und Bakterien mit einem bemerkenswerten Stoffwechsel. Sie setzen Stickstoff frei, verbrauchen dabei...«

Vertain unterbrach ihn. »Vielleicht genügt ein Hinweis auf das Untersuchungsprotokoll; es ist unter UP7/aktuell bei der Datenbank erhältlich.«

»Hinzuzufügen wäre noch«, sagte Ruarka, »das das Auftreten dieser Organismen den Stickstoffanstieg keineswegs erklärt.«

Es entstand eine kleine Pause. Vertain blätterte in einem Bündel Photokopien.

»Vielleicht hätte man im Inneren des Landes weitere Anhaltspunkte gefunden.«

»Wir kamen nicht dazu«, berichtete Gowin. »Die Schwierigkeiten begannen sich zu häufen. Knapp vor uns stürzte ein Gebäude zusammen; fast hätten uns die Trümmer begraben. Dann fuhr Larry mit seinem Panzer durch eine Art Wanne, in der sich Lachen einer trüben Flüssigkeit befanden. Wir hatten sie für Wasser gehalten, aber es war Schwefelsäure. Die Gelenke der Laufketten wurden angeätzt, das Fahrzeug wurde bewegungsunfähig – wir mußten es zurücklassen. Von nun an fuhren wir mit zwei Panzern, teilten uns den Aufenthaltsraum zu dritt. Etwas unbequem, aber kein Grund zur Umkehr.

In der kommenden Nacht passierte die Sache mit dem Kobaltbehälter. Wir hatten die Geigerzähler stets in Betrieb und kamen nur gelegentlich in heiße Zonen. Besonders gut suchten wir natürlich die Plätze ab, an denen wir übernachteten. Das hatten wir auch diesmal getan. Alles war in Ordnung. Als wir erwachten, tickten die Geigerzähler wie verrückt. Zuerst entfernten wir uns aus dem Bereich der Strahlung, dann erst schauten wir nach, was geschehen war. Unter Eds Fahrzeug hatte ein Bleibehälter mit Kobalt gelegen – offen. Das Feld der Gammastrahlung hatte unsere Schlafstellen erreicht.«

»Hatten Sie damals noch keinen Verdacht?« fragte Petrowski. Über die Gesichter der Teilnehmer fiel ein Schatten – dunkle Schwaden zogen draußen am Fenster vorbei. Vertain schaltete die Leuchtscheibe ein.

»Nicht unbedingt«, antwortete Gowin. »Wir befanden uns in einer Mulde – der Behälter hätte von selbst herabgerollt sein können. Wir wußten ja, wie leichtsinnig die Einwohner der Städte seinerzeit mit dem radioaktiven Abbrand umgingen.«

Ruarka hob die Hand: »Hatten Sie die Sicherheitsvorschriften nicht vielleicht doch zu leicht genommen?«

»Wir waren bestimmt außergewöhnlich vorsichtig«, beteuerte Gowon. »Wir fühlten uns nicht mehr so sicher wie zu Beginn. Aber gerade deshalb wußten wir nicht, ob wir uns vielleicht nur etwas einbildeten... es gab Anzeichen...«

»Was für Anzeichen?«

»Herabfallende Trümmer, eine frisch eingestürzte Brücke, ein paar verwischte Spuren..., aber sie hätten auch natürlichen Ursprungs sein können.«

»Wie fühlten Sie sich nach der Einwirkung der Strahlung?« fragte Griscoll, der Arzt.

»Leichte Übelkeit, sie gab sich wieder, nur Larry erholte sich nicht davon. Er hatte sich am dichtesten am Behälter befunden.«

»...und bekam die höchste Dosis«, fügte Griscoll hinzu.

»Dann passierte das Unglück mit Ed. Wir waren an Berge von aufgeschüttetem Material gekommen – es brannte. Schon von weitem hatten wir den Gestank bemerkt, durch die Filter hindurch, schwarze Wolken stiegen auf, es war kein offenes Feuer, eher ein Glimmen und Glosen. Der Wind trieb uns Asche entgegen, wir spürten die heiße Luft. In der Nähe fanden wir seltsame fleischige Pflanzen, breite grüne Blätter mit einem Anflug von Rosa, in Pfützen treibend. Ed stieg aus, er wollte einige Exemplare mitnehmen – da schäumte das Wasser auf, ein langes, gestrecktes, weißgraues Tier hielt seinen Unterschenkel zwischen breiten Kiefern, er stürzte... Von allen Seiten kamen andere heran..., wir konnten ihm nicht helfen.«

Der Biologe räusperte sich. »Gowin hat uns Photos übergeben. Es ist eine Abart des Brillenkaimans, aber größer und pigmentlos.«

»Weiter!« verlangte Vertain. »Bitte weiter.«

»Nun waren wir zu fünft. Natürlich kehrten wir um. Wollten so rasch als möglich zurückkommen. Als wir einen Haufen Stangen zu beseitigen versuchten, die uns den Weg versperrten, hörte Anthony das Weinen. Es kam aus einem Keller. Anthony und ich schlichen vorsichtig über einige Stufen hinab und sahen den Mann; ein schmutziges Individuum, verfilzte Haare, in Lumpen gekleidet. Er war dabei, das Mädchen zu verprügeln...«

Wie auf Befehl blickten alle auf das Kind, das noch immer auf dem Bildschirm zu sehen war. Es war auf einem Sesselchen eingeschlafen, aber es schlief unruhig, drehte sich, rückte hin und her.

»Als er uns sah, verschwand er blitzschnell in einem dunklen Loch. Wir folgten ihm nicht. Das Kind weinte. Anthony wollte es aufheben, aber es kratzte ihn, und ich mußte ihm helfen. Es schlug um sich, riß mir die Atemmaske vom Gesicht. Da merkte ich... es stank... der Schmutz... nun ja. Aber Anthony war völlig verrückt. Er nahm es mit, steckte es unter die Dusche, gab ihm zu essen. Nach einer Stunde ließ es sich streicheln, aber nur von Anthony. Wir nahmen das Kind mit – er bestand darauf. Was hätten wir sonst tun sollen? Und dann wurden die Angriffe offen, und wir sahen die Menschen – zerlumpte Gestalten, viele verkrüppelt, mit bösen Gesichtern, den Haß in den Augen.«

»Vielleicht waren sie völlig normal und wollten nur verteidigen, was ihnen gehörte.«

»Vielleicht«, sagte Gowin irritiert. Dann fuhr er fort: »Wir suchten einen Weg aus dem Ruinenfeld heraus, aber sie mußten bemerkt haben, daß wir ihnen dann endgültig entwischen würden. Es gab nur noch einen Engpaß zu überwinden, aber hier versuchten sie es noch einmal. Sie hatten eine Barrikade gebaut und bewarfen uns mit Steinen. Und dann fielen Schüsse! Nur drei oder vier, aber einer durchschlug die Kuppel und erwischte Anthony.«

Wieder schwieg er kurz. Er starrte auf das schlafende Kind, ohne es richtig zu sehen. Niemand sprach. Dann beendete Gowin seinen Bericht: »Bis dahin hatten wir uns kaum gewehrt, aber jetzt... Gewiß, wir besaßen keine Waffen, doch wir hatten die Flammenwerfer. An einigen Stellen hatten wir sie verwendet – um den Weg zu ebnen. Nun setzten wir sie wieder ein. Wir stießen die Flammen vor uns her und durchbrachen, von ihnen gedeckt, die Barrikaden. Vier Stunden später hat uns die Fähre aufgenommen. Das war alles.«

Vertain riß die Rolle mit der Mitschrift aus dem Ausgabeschlitz – glättete das Papier, faltete es zusammen. Der offizielle Teil war beendet, aber alle blieben sitzen.

»Und was unternehmen wir?« fragte Petrowski. »Draußen sind Menschen – wir wußten nichts davon. Ihre Vorfahren gehören wohl zu jenen, die die Flucht unter Wasser nicht mitmachten. Sie zogen das Leben im Smog, im Unrat, in der verseuchten Luft einer sauberen Existenz unter Wasser vor. Sie lebten weiterhin in den Städten und waren nicht imstande, den Verfall ihrer Welt aufzuhalten. Niemand konnte ahnen, daß einige von ihnen am Leben blieben.«

Vertain sprach aus, was alle dachten: »Müssen wir ihnen helfen? Es dürften nicht viele sein. Sollen wir sie in unsere sichere und hygienische Welt holen – wie das Mädchen, das dort schläft?« Mit dem Kinn deutete er auf den Bildschirm. Das Kind legte die Hand vor die Augen, als wolle es sich verbergen.

Gowin war ratlos wie die andern. Dieses Kind – würde es hier unten glücklicher sein? Wieder blickte er durchs Fenster ins Wasser hinaus. Es war trüb, aufgeschlämmte Teilchen trieben vorbei – Plankton, Bakterienklumpen. Material aus den Kläranlagen. Wo lag ihre Aufgabe? Draußen? Drinnen? Dunkel erinnerte sich Gowin an einen alten Bericht über das Meer – über azurblaues Wasser, klar wie Kristall.

Geweckte Vergangenheit

Das Relief aus grauem Sand, das die Stereoschirme in verstärkter Räumlichkeit wiedergaben, war von beklemmender Leblosigkeit – ein Bild, das nur der Wissenschaft zugänglich war. Ein paar grüne Büschel Unkraut – mit zerfiederten Blättern und verkrüppelten Blüten – bildeten den einzigen Kontrast. Nur über die Teleobjektive der Satelliten konnte man gelegentlich ein dahinstelzendes Insekt beobachten – eine flügellose Libelle oder einen gelbweißen Käfer, Geschöpfe der Radioaktivität, die noch immer nicht völlig erloschen war.

Über die rieselnden Massen bewegten sich die automatischen Raupenschlepper, von den Bildschirmen aus ferngesteuert. Geosonare schickten ihre Impulse in die Tiefe und registrierten die Echos der Schichtgrenzen, Exkavatoren tauchten in den Boden und hinterließen Maulwurfshügel. In der Mitte stand die zentrale Kamera mit dem Fischauge, deren Kugelbild die Entzerrer die Ausschnitte für die Bildwände entnahmen.

Die Archäologen des Instituts für Vorgeschichte waren im Delta-K-Distrikt angelangt. Mit ihren Stichproben hatten sie ein Zufallsmuster von Flecken aufgewühlter Erde über den Alten Kontinent gelegt. Manche dieser Areale erinnerten an die Phantasien von Traumspielen. In der leeren Landschaft lagen seltsame Metallgebilde, manche oxidiert und korrodiert, andere blank, aber verborgen und zerbrochen, da und dort hatte man versucht, Teile einer Ruine wieder aufzubauen, und nun standen Fragmente von Mauern mit leeren Fenstern unvermittelt in der Gegend, hier ein Brückenbogen, dort ein Gerüst, erneut dem Verfall preisgegeben. Niemand hatte es als nötig erachtet, den Boden zu glätten. Kein Mensch würde ja diese Gegend betreten.

Plötzlich ertönte das Alarmsignal.

K.B.S. Por, der diensttuende Archäologe, hatte gerade

Zeit, sich zu informieren, als J.L.G. Mat, Leiter der Ausgrabungen, in der Steuerzentrale ankam.

»Wir haben etwas gefunden. Etwas Ungewöhnliches. Das Geosonar zeigt starke Echos an kubisch gewölbten Flächen, die Exkavatoren stoßen auf Widerstand. Wir werden sprengen müssen.«

J.L.G. Mat ließ die Daten der Bodenanalysen einspielen und stimmte zu. Sie warteten, bis die Schichtenprofile der vorübergehend stillgelegten Geosonare wieder auf dem Leuchtschirm erschienen, und konnten den vorsichtig eindringenden Exkavator als verschwommenen Schatten erkennen. Inzwischen differenzierte sich das Bild der schallspiegelnden Flächen: Mehrere Metallkuppeln, hintereinander aufgereiht, in Sockeln von Zement verankert, standen im Sand vergraben, vom Sand bedeckt.

Der Analyseautomat gab das erste Ergebnis aus dem Innern der metallenen Objekte bekannt: Polymerisate von Kohlenwasserstoffen. K.B.S. Por ließ ein Geosonar auf dem vom Exkavator gelockerten Weg ins Innere der Kuppel einfahren. Zuerst zeigte sich keine reflektierende Fläche außer jener des geschlossenen Metallbehälters. Erst die Auswertung der Feinstruktur ergab einen Flecken, der sich über den Boden erhob.

Der Exkavator bahnte sich seinen Weg, wobei er in den weichen Massen ins Torkeln geriet. Mit der langsamsten Geschwindigkeitsstufe näherte er sich dem Gegenstand und blieb knapp davor stehen. Die Materialanalysatoren fixierten einen Punkt der Oberfläche und sandten ihre Strahlung aus. Dann meldeten sie das Ergebnis:

52% Kohlenstoff
6,8% Wasserstoff
22% Sauerstoff
17,4% Stickstoff
1,9% Schwefel

»Organisches Material«, flüsterte K.B.S. Por. »Sollten wir diesmal Glück haben?«

»Wir werden sehen«, meinte J.L.G. Mat. »Vorsichtig bergen!«

Die blanken Schädel der Versammelten erinnerten an weißgestrichene Bojen, die im Wasser auf- und niedertauchen. Die Augen unter den Haftgläsern blickten dunkel und riesengroß. Noch immer rollten Stühle herbei.

J.L.G.Mat hielt sein Referat: »Die Kulturschicht liegt in 65 m Tiefe, unterhalb der radioaktiven Lagen – sie gehört also zweifellos dem archaischen Zeitalter an. Unsere sagenhaften Vorfahren hatten aus unerklärlichen Gründen einen Kessel mit hochgliedrigen Kohlenwasserstoffen gefüllt. Wie der Mensch in diese wachsartigen Substanzen geraten ist, weiß ich nicht. Für uns ist nur wichtig, daß es geschehen ist – denn diese Stoffe haben den Organismus tadellos konserviert.

»Und das Gehirn?«

Die Frage kam von irgendwo aus dem Hintergrund, aber jeder hätte sie stellen können.

J.L.G. Mat ließ sich nicht stören.

»Der Behälter war vom Gewicht der darauflastenden Ablagerungen plattgedrückt, doch das Metall blieb unbeschädigt erhalten. Es hat die radioaktive Strahlung abgeschirmt. Alle Zellen sind intakt – auch die des Gehirns.«

Das war es also. Das war die große Chance für das Institut. Jahrelang hatten sie gesucht – und jetzt hatten sie Erfolg gehabt.

»Ja«, fuhr J.L.G. Mat fort, »jetzt könnte der Zeitpunkt gekommen sein, den wir so lange erwartet haben. Vielleicht erhalten wir Auskunft über die vielen Fragen zu dieser Zeit – über das unverständliche Verhalten dieser frühen Menschen. Was mögen sie gedacht, wie gefühlt haben? Was waren die Ursachen für die Katastrophe, die die steinernen Siedlungen dieser Zeit so umfassend zerstört hat? Wie konnte es zu Neutronenschauern einer Dichte kommen, die die Materie aus den Atomkernen heraus aushöhlte wie einen Schwamm? Vielleicht sind wir jetzt der Antwort näher als je zuvor!«

C.C.G. Ceb, engster Mitarbeiter von J.L.G. Mat, schob den Stuhl ein wenig näher.

»Werden wir es versuchen?«

»Ja«, antwortete J.L.G. Mat.

Den Neurologen überschlich ein Gefühl des Mißbehagens, sooft er diesen ungeschlachten Organismus anblickte. Ekelerregend – dieses fliehende Kinn, diese niedrige Stirn, dieses Fell auf dem Schädeldach – sogar das Gesicht war mit kurzen Stoppeln überzogen. Der Mund stand offen, zwischen den bleichen Lippen konnte man grauweiße Zähne sehen. Der Rumpf dick und breit, die Knochen schwer, Muskelpakete standen von Armen und Beinen ab; damit hatten sich diese Wesen stundenlang ohne Rollstuhl bewegt!

Der Körper lag bereits in der Aktivierungskammer. An der Nasenwurzel und an drei enthaarten Stellen an den Schläfen und am Hinterkopf saßen linsenförmige Elektroden, facettenartig gefächert wie Insektenaugen. Von jeder Zelle lief ein haarfeiner Silberfaden zu den dicken Kabeln, Gefäßen für Gedanken, Regungen, Emotionen, die im EEG verschlüsselt sind. Wellenmuster, die sich in ein Raumbild rückverwandeln. Analoge Anpassung frequenzmodulierter Zeichenreihen an die individuelle Charakteristik der Testperson.

J.L.G. Mat saß unter der Resensibilisierungshaube, die Fokussierungsspulen blinkten auf seinem Kopf wie eine Krone. Er versuchte sich zu konzentrieren. Gleich werden die im Gehirn gespeicherten Engramme eines toten Wesens lebendig, eine Flut von fremdem Wissensgut strömt in ein leergefegtes Gehirn. Deutliches und Verschwommenes, Wichtiges und Nebensächliches stapelt sich in den aufnahmebereiten Zellen – es kommt darauf an, das historisch Aufschlußreiche herauszulesen, Relevantes aus emotionell gefärbten Eindrücken, Invarianten im Bezugssystem des Persönlichen, ein Mosaik zu bilden, in dem sich die wahre Vergangenheit spiegelt.

Durch einen Gedankenimpuls ließ J.L.G. Mat die gepolsterte Rückenlehne seines Stuhls zurückgleiten. So war er nicht gezwungen, unentwegt in die blinden Augen der Mumie zu blicken. Nicht, daß es ihm Angst machte, doch er hatte sich sorgfältig auf die Übertragung vorbereitet und fürchtete um seine Konzentration.

Würde die Dekodierung gelingen? Die Genetiker benutzten Kontaktierungsversuche als Kriterien für Artverwandtschaft zwischen Tieren. Aber dieses Wesen war ein Mensch, die Röntgen- und Weichstrahluntersuchung hatte es unbezweifelbar erwiesen. Ein Mensch von seltsam verschachteltem Körperbau – mit unbekannten Drüsen an allen möglichen Stellen, komplizierten Nervennetzen in der Nasenschleimhaut und an der Zunge, einen meterlangen Schlauch Gedärm, überdimensionale Sexualwerkzeuge. Seine Arme standen steif abgewinkelt ab, auf den Kuppen seiner Finger saßen Hornplatten. Vielleicht eine Mißgeburt? Offenbar nicht. Sie hatten schon einzelne Gliedmaßen gefunden, Teile zerrissener Körper, verkohlte Skelette, Fetzen von lederartiger Haut. So weit war noch niemand zurück in die Vergangenheit gedrungen, zurück in die Evolutionsgeschichte des Homo sapiens. Doch J.L.G. Mat hatte keine Bedenken. Er besaß eine besonders robuste psychische Konstitution; bei einer Clique von Ästheten stand er sogar im Ruf mangelnder Feinfühligkeit, aber darauf war er stolz.

»Ich bin bereit«, sagte er.

Der Neurologe schaltete die Sensibilatoren ein und beobachtete den Kontrollzeiger des Verstärkers.

Die Wut loderte wie ein Feuer. Dazwischen Stichflammen aus Eifersucht und Haß. Schemen im roten Chaos: Haroun, sein schwarzer Haarschopf, der selbstsichere Blick, die langgliedrigen Hände, und Simone, immer wieder Simone. Simone am Fenster ihrer Kammer, auf ihren nackten Brüsten die roten und blauen Reflexe der Lichtreklame, die tat, als bemerkte sie nicht, daß er unten stand und hinaufstarrte; Simone unten am Strand, als sie sich aus den Kleidern wand und bockte wie ein wildes Pferd, als er sein Gesicht zwischen ihren Schenkeln vergrub; Simone mit ihrem bis zu den Hüften hochgeschobenen Rock, als er die Tür zur Telefonzelle aufriß, in der sie mit Haroun stand...

Serge zitterte. Er riß sich zusammen. Dunkel... irgendwo oben Schritte – sie dröhnten in die Nacht hinein, das Echo lief mit dumpfem Singen im Kreise um den Tank. Das kalte Metall an seinem Rücken vibrierte leise... Dieser verfluchte Mond mit seiner Theaterbeleuchtung. Die Tanks glänzten wie Heiligtümer. Unten versickerte das Licht im Röhrengeflecht der Raffinerie. Nur jetzt kein Alarm! wünschte er. Man wußte nie, wann die Raketen kamen! Eine Schweinerei, der Krieg. Ein paar Regierungsbeamte hatten sich in die Bunker zurückgezogen und gaben von dort ihre Anweisungen. Für die anderen gab es nur Zelte – ständig feuchtgehalten mit Absorberlösung, zum Schutz gegen radioaktive Luft. Bisher hatte noch niemand bestätigen können, daß die Abdichtung etwas half... Aber jetzt war das gleichgültig. Zehn Minuten kein Alarm – das war alles, was er sich wünschte! Ein metallener Schlag. Oben ging eine Tür. Er schlüpfte aus den Stiefeln, schlich die Treppe hinauf... eiskalt, das Eisenblech der Stufen! ... jetzt hatte er die Plattform erreicht... Eine Sirene? Alarm? Nein, nur eine Polizeistreife, dort drüben auf der Autobahn. Polizei! Immer hatte er Angst gehabt vor dem herrischen Auftreten der Uniformierten, der Drohung von Gewalt, die von ihnen ausging, auch wenn sie sich höflich gaben, der Rücksichtslosigkeit, mit der sie jeden Verstoß gegen eine der Tausende Vorschriften ahndeten... Jetzt hatte er keine Angst mehr. Wenn sie auf ihn zutreten würden, in seinem Quartier, am Arbeitsplatz oder auch irgendwo in den Straßen, dann war alles entschieden. Er befahl sich Konzentration. Ein paar Sekunden noch, ein paar armselige Atemzüge voll ölgeschwängerter Luft. Haroun war nahe... er fühlte es. Aber immer wieder schob sich Simones Bild vor ihn, er hörte ihre geflüsterten Worte, fühlte ihre nachgiebigen Lippen, er sah wieder die ungeduldige Geste, mit der sie das Kleid beiseite warf, spürte ihr Zittern, ihren keuchenden Atem, ihr Zusammensinken... Vorbei! Jetzt kam sie ihm schamlos vor, abscheulich – eine männertolle Frau! Aber ihn machte keine zum Narren, er verschwand nicht sang- und klanglos wie die anderen. Ihr wird es eine Lehre sein, wenn sie Haroun morgen aus dem Öl herausholen! Zum ersten Mal würde ihr überlegenes Lächeln einfrieren, ihre Augen... ihre Lippen... Ich denke nicht mehr an sie, befahl er. Ich darf jetzt nicht an sie denken. Ich darf nicht...

Ein vages Schleifen. Er zuckte zusammen, fühlte nach seinem Springmesser. Hart lag es in seiner Hand, fest und verläßlich wie ein Freund. Er ließ es schnappen. Es klang laut wie ein Schuß. War Haroun gewarnt? ... Er lief die Plattform entlang, ein Blick hinab: Tief unten erstreckte sich die Zementbahn, jetzt silberübergossen, ein Teppich, zerrissen von den Schatten der massigen Ungeheuer, der Treibstoffbehälter – alles leer, keine Menschenseele.

Da war die Tür... gerade der richtige Augenblick... Haroun hatte seine Pegelkontrolle beendet und trat von innen an die Tür heran. Brust an Brust standen sie, sekundenlang...

»Was willst du?« fragte Haroun. »Was hast du hier zu suchen?« Serge erwachte aus seiner Erstarrung. Er hob das Messer und stach zu.

»Das will ich«, und noch einmal ließ er das Messer niedersausen. »Und das...«

Haroun spürte etwas Hartes am Schlüsselbein und dann zwischen den Rippen, und er begriff. Er wich in den dunklen Innenraum zurück, und als ihm der andere folgte, packte er dessen Arm, bog ihn zurück, mit der Linken hieb er los, immer mitten ins Gesicht. Serge taumelte, dann drehte er sich herum, sein rechter Arm kam frei, er holte aus... Haroun sah die Gefahr. Verzweifelt wich er zurück, bis ihn die Wand aufhielt, und als der andere vor ihm war, hob er den Fuß und legte alle Kraft in einen rücksichtslosen Tritt. Das Messer polterte zu Boden, Serge taumelte, stieß ans Geländer... er überschlug sich hintüber wie bei einem artistischen Sprung und fiel, sich immer noch drehend, in den reglosen Spiegel des Öls. Das letzte, was er hörte, ehe er klatschend aufschlug, war das Aufheulen der Sirenen...

J.L.G. Mat saß in seinem Stuhl, die langen weißen Finger lagen kraftlos an der Lehne. Der Nervenschock war überstanden, die Krisis vorbei, aber noch immer fühlte er sich wie gerädert. Jetzt, da sein Gehirn wieder zu arbeiten begann und sich der wirre Tanz der Schreckvisionen allmählich legte, kamen die Erinnerungen um so deutlicher und unerbittlicher. Er konnte sich nicht dagegen wehren, immer mußte er an das Fürchterliche denken, immer wieder fuhren Gedankenfetzen durch seinen Kopf, die unheimlich beängstigend und fremdartig waren.

Und vor allem: Er verstand sie nicht! Er begriff nichts, sah keinen Zusammenhang, fand keine Erklärung. Was waren Sirenen? Raketen? Was war Haß? Rache? In welchen seltsamen Beziehungen standen die Menschen, warum handelten sie so – da es sie doch zu gleicher Zeit quälte?!

Die Tür öffnete sich, und C.C.G. Ceb rollte herein, den schmächtigen Körper tief in den Kissen vergraben.

»Geht es Ihnen noch immer nicht besser? Wann werden Sie mit der Auswertung beginnen?«

J.L.G. Mat schien nicht gehört zu haben. Geistesabwesend starrte er vor sich hin. Plötzlich drehte er sich um und sah C.C.G. Ceb an, seine Augen wanderten über das Gesicht, den Hals, die Schultern, über den Leib, die Beine, bis zu den Fußspitzen. »Kollege«, sagte er – es war mehr ein Flüstern als ein Sprechen, »Kollege – erwähnten Sie nicht einmal, daß Sie eine Frau sind?«

Asyl

Drei Jahre waren wir nun unterwegs.

Mit welcher Verbitterung hatten wir die Erde verlassen! Flucht aus dem Sonnensystem – wir hatten uns wie Helden gefühlt. Erst später kamen die Zweifel: Niemand hatte uns aufgehalten. Wahrscheinlich waren sie froh, daß sie uns loswaren!

Natürlich waren wir enttäuscht! Unsere Revolution war zu Ende, bevor sie richtig angefangen hatte. Die Gruppen von Sportlern und Studenten, mit denen wir Verbindung aufgenommen hatten, ließen uns einfach im Stich. Hatten sie es von Anfang an nicht ernst gemeint?

Es war uns damals nicht schwergefallen, uns von der Erde zu trennen. Was wir zurückließen, erschien uns unwichtig. Wir verachteten die Menschen, die sich ohne einen Schimmer von eigenem Willen dem Reglement der Weltregierung unterwarfen. Es lohnte sich nicht, für sie einzutreten.

Drei Jahre sind eine lange Zeit. Drei Jahre in beengtem Raum – einige Wohnzellen, ein Kommunikationszentrum, eine Sport- und Trainingskabine. Abgesehen natürlich von den Maschinenräumen – aber was hatten Menschen dort zu suchen!

Die erforschten Distrikte lagen weit hinter uns. Noch niemand hatte sich in diesen abgelegenen Spiralarm des Sonnensystems verirrt. Wir hatten ungeheure Entfernungen zurückgelegt. Und doch veränderten sich die Muster der Sterne vor dem nachtschwarzen Himmel kaum. Das war alles, was uns der Blick durch die Luken bot.

Wir waren sechs: Boyd, der Psychologe und Soziologe, voll Initiative, begeistert von neuen Ideen; Mischa, Kybernetiker, Techniker, bedächtig, fast langsam, aber von einer unheimlichen Ausdauer, wenn es um das Erreichen von gesteckten Zielen ging; Nuru, Medizinstudent, mehrfacher Zehnkampfmeister der Afro-Olympiade, eine geballte Ladung Energie, aggressiv, unversöhnlich, zu keinem Kompromiß bereit; Ingrid, die es verstanden hatte, die Frauen der ganzen Welt in Aufruhr zu bringen, Politologin und Pädagogin, hochintelligent und meisterhaft in den Künsten der Demagogie; Naomi, Sprachstudentin und Leiterin unserer Kommunikationszentrale, ausdrucksstark und einfühlsam, ein ausgleichendes Element in einem System von Individualisten; schließlich ich, Andre, Kandidat der Rechtswissenschaft – über meine guten und schlechten Eigenschaften bin ich mir selbst nicht im klaren.

Als wir die aufregenden Tage des Durchbruchs hinter uns hatten und allmählich zur Ruhe kamen, hofften wir auf eine Situation, wie wir sie uns für die Erde gewünscht hätten: ein aktives Miteinander verschiedener Charaktere – verschieden in den Befähigungen, Vorlieben, Ausdrucksweisen, aber gleich im Willen zur Überwindung der körperlichen und geistigen Stagnation, die die Menschheit zu lähmen droht. Die kreative Gesellschaft, das war unser Ziel, und unser Zusammenleben würde ein Schulbeispiel dafür sein – so dachten wir.

Zuerst war jeder mit Begeisterung dabei. Durch das Los bestimmten wir von Woche zu Woche unsere Partnerschaft – wir teilten uns in drei Zweiergruppen, die die Probleme gemeinsam zu lösen versuchten, die wir uns stellten. Das wichtigste dabei war die Entwicklung von Modellen einer künftigen Gesellschaft. Erst heute fällt mir auf, daß diese Aktivität eigentlich sinnlos war, denn wir hatten nicht vor, je zur Erde zurückzukehren. Immerhin, je weiter wir kamen, um so größer war die Genugtuung, daß es uns gelang, die wunden Punkte zu finden, an denen die Menschheit krankte. Nach wie vor war uns unverständlich, daß das die andern offenbar nicht eingesehen hatten: Eine einheitliche Weltregierung führt unwiderruflich zum Erliegen der Entfaltung. Der einzige Ausweg ist eine Teilung der bewohnten Gebiete in unabhängige Territorien, die im Wettstreit miteinander stehen. Die Auseinandersetzungen müßten auf physischer und psychischer Ebene geführt werden. Wir befürworteten eine allgemeine Sportdienstpflicht für alle Einwohner zwischen 18 und 32 Jahren. Und wir traten dafür ein, künstliche Probleme zu stellen, wo es keine natürlichen mehr gab. Wir befürworteten eine teilweise Zerstörung der Datenbanken – mit der Auflage, das Wissen in allen Territorien unabhängig voneinander neu zu erarbeiten.

Damit hatten wir fürs erste genug zu tun, die Diskussionen waren lebhaft, wir zeichneten die Ergebnisse mit den Kommunikatoren auf, ließen es ordnen und zu einem Programm zusammenstellen.

Wir sorgten auch für unsere körperliche Leistungsfähigkeit. Natürlich bedauerten wir es, keine großen Sportanlagen zur Verfügung zu haben – Plätze für Hindernisläufe oder Spielfelder, gar nicht zu reden von einer Regattastrecke oder einer Laufbahn für Raketenautos. Trotzdem gab es genügend Anreiz zum Training und zur Leistungssteigerung. Auf den Laufbändern rannten wir um die Wette, wir stießen die Kugel gegen die Gummiwand und sprangen in einem Feld erhöhter Schwerkraft. Für Ballspiele hatten wir ein Spezialprogramm: Wir legten Sonden an Schläfen- und Muskelpartien, übertrugen die aufgenommenen Spannungen an den Computer und beobachteten auf einem Bildschirm die Spielsituation, die wir gedanklich erzeugt hatten.

Erst nach einigen Monaten machten sich Anzeichen der Ernüchterung bemerkbar. Es gab einige konkrete Anlässe: Mischa, der von Zeit zu Zeit die Automatik überprüfte, stellte übermäßigen Wasserverbrauch fest. Zwar waren wir bestens versorgt – mit Energie ebenso wie mit Nahrungsmitteln und Medikamenten –, doch das Wasser mußte wieder aufbereitet werden, und die Kapazität der Anlage war beschränkt. Nicht daß wir Mangel leiden mußten – es reichte für jeden zum täglichen Bad, doch konnte man es sich natürlich nicht leisten, stundenlange Dusch- und Spülbäder zu nehmen. Und doch mußte jemand Wasser verschwendet haben, denn es kam immer häufiger vor, daß einer von uns verärgert aus dem Baderaum zurückkam, weil das Wasser verbraucht war.

Noch stutziger machte uns eine andere Feststellung. Mischa teilte uns mit, daß einer von uns auch jene Übungen, die er in der Kabine ohne Schwierigkeiten hätte absolvieren können, gedanklich vornahm. Gewiß handelte es sich um nichts Ernstes. Bei uns gab es keine Vorschriften und keine Kontrollen, und es fiel uns nicht ein, wegen solcher Nebensächlichkeiten mit unseren Grundsätzen zu brechen. Trotzdem waren wir, wie wir zögernd zugaben, enttäuscht. Zwar erkundigte sich niemand offen danach, wer die stillschweigenden Übereinkommen brach, aber insgeheim hatte jeder seine Zweifel an diesem und jenem, und so kam ein Mißklang in unsere Gemeinschaft. Allmählich ließ auch das Interesse an den soziologischen Modellen nach. Längst war die Sonne ein Stern unter vielen geworden, und vielleicht lag es an der Entfernung von der Erde, daß uns deren politische Situation belanglos zu erscheinen begann. Bei den Brain-Storming-Sitzungen, bei denen jeder sagt, was ihm einfällt, ohne daß jemand kritisieren darf, wurde es zum ersten Mal unverschleiert ausgesprochen: Was kümmert uns eigentlich noch die Erde? Von da an ging es bei unseren Diskussionen mehr um unsere Zukunft als um das Vergangene und was sich daraus hätte entwickeln können.

Als wir von der Erde geflohen waren, hatten wir kein bestimmtes Ziel vor Augen. Unser einziger Gedanke war es, uns vor der Weltgesundheitsbehörde in Sicherheit zu bringen, die uns wahrscheinlich zur psychologischen Neuorientierung in eine Klinik geschickt hätte.

Vor unserer Flucht war mir selten der Gedanke gekommen, die Revolution könnte scheitern. Natürlich war ein Fluchtweg vorbereitet – das hatten wir aus dem Studium alter Schriften über Revolten und Aufstände gelernt –, aber wir hatten stillschweigend angenommen, wir würden auf einem der Planeten des bewohnten Distrikts landen, dort in den Untergrund gehen und an unserer Aufgabe weiterarbeiten.

Solche Ideen hatten sich aber später als illusorisch erwiesen. Das Eindringen der Super-v-Schiffe in die Gravitationsfelder von Planeten geht nicht ohne gravitationelle Störungen vor sich; man hätte unsere Ankunft sofort registriert. Da beschlossen wir kurzerhand, in unbekannte Räume vorzustoßen, einen Planeten zu suchen, der erträgliche Lebensbedingungen bietet, und dort von neuem anzufangen.

Es dauerte lang, bis wir uns von dieser romantischen Vorstellung trennten. Mischa hatte das als erster eingesehen, er rückte damit bei einer unserer Sitzungen heraus, die längst nicht mehr auf ein Thema konzentriert waren, sondern in ein mehr oder weniger planloses Geplauder übergingen. »Ich habe es durchrechnen lassen«, sagte er. »Wenn wir nicht innerhalb kurzer Zeit in den Status der Primitivität zurückfallen wollen, so müssen wir uns einem bestehenden Gesellschaftssystem anschließen.«

Solange wir es auch hin- und herdiskutieren – das Ergebnis stand fest. Unsere technischen Mittel würden in etwa einem Jahr erschöpft sein, und dann müßten wir mit Steinmessern und Faustkeilen neu anfangen.

Seit dem Projekt Ozma, dem ersten, noch vergeblichen Versuch, war es mehrfach zu Funkkontakten mit außerirdischen Intelligenzen gekommen. Ein Gremium von Gelehrten hatte damals die möglichen Folgen eines Wissensaustausches mit Extraterrestriern analysiert – und hatte daraufhin jede weitere Kommunikation untersagt; es fürchtete die größte Umwälzung in der Geschichte der Menschen, die denkbar wäre, und gemäß der offiziösen Einstellung durfte das um keinen Preis gewagt werden. Das störte uns freilich wenig, im Gegenteil, ein Zusammentreffen mit nichtmenschlichen intelligenten Wesen erschien uns als faszinierende Möglichkeit, aus dem alten Trott herauszukommen.

So hatten wir es seinerzeit gesehen – aus der sicheren Entfernung der Erde und ihres Schutzes. Als nun der Gedanke auftauchte, auf einem Planeten zu landen, auf dem unbekannte, intelligente Geschöpfe leben, überschlichen uns doch einige Zweifel.

Leider hatten wir keine Wahl mehr. Immer näher rückte der Augenblick, zu dem die Energiereserven erschöpft, die Nahrungsmittel aufgebraucht und das Wasser durch den Schwund versiegt sein würden. Aus einer Flucht ins Blaue wurde die Suche nach einem Ziel: Systematisch tasteten wir uns durch alle Wellenlängen durch – mit einer Reihe von Standardsignalen, die von den Informationstheoretikern als signifikantes Muster für die Kontaktaufnahme ausgearbeitet worden war. Aus Eroberern waren wir zu Emigranten geworden. Was wir suchten, war keine neue Heimat, sondern ein Asyl.

Die Landung ging nicht so reibungslos vor sich, wie wir gehofft hatten. Man hatte uns eine Landestelle zugewiesen, aber wir hatten sie nicht benutzt und uns selbst eine passende Stelle gesucht. Der Grund dafür? Obwohl wir keinerlei Verdachtsmomente hatten, so wuchs unser Mißtrauen gegenüber dem Fremden, je näher wir ihrem Planeten kamen. Wir schämten uns dieses Mißtrauens – lange genug hatten wir gegen ähnliche archaische Reaktionen auf der Erde gekämpft, die sich gegen alles richten, was nicht so aussieht wie die Norm. Die Abwehr gegen das Häßliche, gegen das Kranke, gegen das Fremdartige, gegen das Unverständliche... Hexenprozesse und Rassenwahn, Diskriminierung und Ghettos, Zwangsheilung und Neuorientierung... Aber es steckte tief in uns, wir konnten nichts dagegen tun. Jetzt, als diese Fragen nicht mehr theoretisch waren, sondern enervierende Wirklichkeit, verhielten wir uns so, wie sich Generationen vor uns verhalten hatten – argwöhnisch, unsicher, furchtsam...

Das Mißgeschick, das uns traf, war eigentlich eher dumm als gefährlich: Das Strahlenkissen, auf dem wir niedergingen, schmolz nämlich den Boden auf, und als wir aufsetzen wollten, versanken wir einige Meter tief in einem zähen Brei.

Wir saßen drei Tage lang fest, ehe die Massen erkalteten und erstarrten, und als wir dann ausstiegen, brauchten wir keine Leiter, denn der Unterteil des Schiffes samt dem Landungssockel und den Antriebsdüsen saß tief in einer weißlichgrauen glasartigen Substanz, die bis knapp vor die untere Ausstiegsluke reichte.

Wie gesagt – es bedeutet keine unmittelbare Gefahr, die Folgen waren irrelevant: Es war nicht klar, wie wir das Fahrzeug wieder startklar machen sollten. Zunächst war es natürlich peinlich genug, daß wir nun auf unserem selbstgewählten Landeplatz festsaßen. Stundenlang starrten wir durch die Luken nach außen, um es rechtzeitig zu sehen, wenn sich etwas unserem Standplatz näherte. Aber es rührte sich nichts.

Rundherum eine bizarre Berglandschaft. Weiße Klippen, wie aus Eis, in der Sonne blinkend, die Hänge und Ebenen grau. Keinerlei Anzeichen von Vegetation, keine Bauten, Straßen oder andere technische Anlagen... Über allem ein grünblauer Himmel, das Anzeichen einer Lufthülle, die in den tiefen Schichten jener der Erde entspricht. Erst als wir schon ziemlich tief über dem Land schwebten, hatten wir einige Talzüge gesehen, in denen die eintönige Bergwüste unterbrochen war: kreisförmige oder ovale Flächen, braunrosa schimmernd, durch radiale Ausläufer miteinander verbunden. Dicht neben einer solchen Stelle hätten wir niedergehen sollen... Nun lag eine niedrige Hügelkette dazwischen...

Kurz nach der Landung hatten wir Funksprüche getauscht: Man hatte uns gefragt, warum wir nicht an der angegebenen Stelle gelandet seien. Wir redeten uns mit einem Fehler in der Navigation heraus. Und wieder schämten wir uns unserer Lüge.

Man hatte uns Asyl versprochen. Unbegrenzte Erlaubnis des Aufenthalts auf diesem Planeten, Freiheit der Bewegung, chemische Grundstoffe zur Produktion synthetischer Nahrungsmittel, Wasser. Man hatte uns auch Bedingungen auferlegt: Es war uns verboten, verändernd oder gar beschädigend in die Systeme und Anlagen einzugreifen. Nirgends klang irgendeine Emotion durch. Wir wußten nicht, wie man sich uns gegenüber einstellte. Waren wir erwünscht oder unerwünscht? Verstanden die Einwohner dieses Planeten, was uns hierher geführt hatte? Wurden wir beobachtet?

Am Abend des dritten Tages standen wir an der Luke neben der Ausstiegsöffnung und beobachteten unseren Robotwagen, der die Temperatur des Bodens und seine Festigkeit prüfen sollte. Noch immer hinterließen seine Kettenkufen Spuren im Boden. Mischa musterte die Meßgeräte des Telesystems. »Die Luft ist atembar, die Temperatur liegt bei 15° Celsius.«

»Die Längen von Tag und Nacht sind den unseren ziemlich ähnlich«, fügte Ingrid hinzu. »Sobald der Boden festgeworden ist, können wir hinausgehen.«

»Wenn wir das Schwebeboot nehmen«, sagte Nuru, »so könnten wir jetzt schon losziehen. Ich habe das Herumsitzen satt.«

»Wir haben Zeit«, entgegnete Mischa. »Weißt du, wieviel Zeit wir haben?«

»Morgen gehen wir hinaus«, entschied Boyd. Obwohl es bei uns keinen Führer oder Leiter gab, so schien sich Boyd doch allmählich in diese Rolle hineinzuversetzen. Ich weiß nicht, wie lang sich das Nuru oder Ingrid gefallen lassen würden. Mir selbst war es gleichgültig.

Doch auch am nächsten Morgen ging es nicht gleich los, sehr zum Ärger Nurus, der am liebsten allein aufgebrochen wäre. Doch Mischa war dafür, zuerst eine genaue Untersuchung des Bodens vorzunehmen – beispielsweise auf Mikroorganismen und pathogene Keime. »Die Überraschung bei der Landung genügt mir«, erklärte er, und als wir darüber abstimmten, behielt er recht.

Die Luft hatte sich als keimfrei erwiesen, es bestanden keine Bedenken, sie zu atmen. Die Gravitation war merklich geringer als die der Erde und damit auch als jene, die wir künstlich auf dem Raumschiff aufrechterhalten hatten.

Diese Verhältnisse waren aber für uns keine Überraschung, denn wir hatten von vornherein nur Planeten in Frage gezogen, auf denen wir ohne Hilfsmittel leben konnten. Rätsel bereitete uns die Zusammensetzung des Bodens; sie hatte keine Ähnlichkeit mit dem Chemismus, wie wir ihn von der Erde und den erforschten Planeten her kennen. Die Grundsubstanz schien ein kohle- und siliziumhaltiges Mineral zu sein. Die Festigkeit war nicht allzu groß, der Schmelzpunkt niedrig.

Aber die Zusammensetzung des Bodens konnte uns gleichgültig sein. »Was soll das alles«, sagte Boyd, »wir sind doch keine Naturwissenschaftler!« Nun erst gab Mischa nach. »Von mir aus bestehen keine Bedenken. Also, fahren wir los.«

Wir hatten gelost: Mischa und Naomi mußten im Schiff bleiben. Wenn wir auch nicht mit Überraschungen rechneten, so wollten wir nicht unvorsichtig sein.

Wir andern setzten uns ins Schwebeboot und fuhren mit mäßiger Geschwindigkeit auf die Hügelkette zu. Zwar hatten wir lange genug darüber diskutiert, wie wir uns den Fremden gegenüber verhalten sollten, doch waren die Ergebnisse dürftig. Das einzige Hilfsmittel, mit dem wir uns ausgerüstet hatten, war ein kleiner Kommunikator, in dem wir die Grammatik und das Vokabular eingespeichert hatten, das wir während unserer Funkkontakts gelernt hatten. Wir hatten uns gefragt, ob wir Waffen mitnehmen sollten, doch die Abstimmung hatte dagegen entschieden.

Obwohl wir es zu verbergen versuchten, waren wir unruhig. Wir alle befanden uns zum ersten Mal in einer solchen Situation: Wir trafen mit Wesen zusammen, über die wir nichts wußten, nichts über ihr Aussehen, nichts über ihr Verhalten, nichts über ihre Absichten. Wir waren in derselben Lage wie Urmenschen, die sich einer fremden Siedlung nähern und nicht wissen, ob sie auf Kannibalen oder Götter treffen. Ich hätte mir niemals gedacht, wie drückend Unsicherheit sein kann.

In einer solchen Situation läßt sich auch kein Plan zurechtzimmern. Wie sollten wir auftreten? Was für Vorsichtsmaßnahmen konnten wir ergreifen? »Geben wir uns nicht völlig in ihre Hand?« fragte Boyd – nachdenklicher, als er sonst war.

»Es bleibt uns nichts übrig – auch wenn es uns nicht paßt«, antwortete Ingrid.

»Jetzt wird sich eben herausstellen, ob wir flexibel genug sind, uns einer unvorhersehbaren Sachlage anzupassen«, sagte ich, aber ich war weit weniger sicher, als ich mich gab. Es dauerte fast zwei Stunden, bis wir den Kamm der Hügelkette erreichten. Vor uns lag ein weites Tal, der Grund war eingeebnet und dort lagen die Anlagen, in denen wir die Wohnbauten der Fremden vermuteten.

Der Anblick war freundlich. Die Gebäude waren von einem farbigen Ring umgeben, blaue und grüne Töne herrschten vor, dazwischen gab es Sprenkel von rot, lila, purpur und gelb. Es bestand kein Grund, die Weiterfahrt zu verzögern, und wir setzten uns wieder in Bewegung.

Den Weg ins Tal brachten wir rascher hinter uns als den Aufstieg – auf dem Luftkissen fuhren wir wie auf einem Schlitten abwärts. Je näher wir an die Anlagen herankamen, um so vorherrschender wurde der Eindruck des Anheimelnden und Lieblichen. Die Umgebung der Gebäude war nichts anderes als ein ringförmiger Garten oder Park. Es gab moos- und farnartige Pflanzen, die sich polsterförmig in alle Mulden des weiß und grau geschichteten Gesteins setzten. An langen Halmen hingen Schmetterlingsblüten, von einem leichten Wind sanft bewegt. Darüber schwebten Tiere (oder Pflanzen?), die von der Form her an treibende Meerestiere, die fragilen Körper von Tintenfischen oder Quallen, erinnerten, aber sie waren bunt gemustert, mit sternförmiger Symmetrie, die Ränder dunkel, das Innere in leuchtenden Farben.

Es gab auch Wege durch die Gärten, allerdings zu schmal für unser Luftkissenboot. Freilich hätten wir auch über die

Pflanzen fahren können, aber das wäre nicht ohne Schäden abgegangen, und das wollten wir um jeden Preis vermeiden.

Mischa setzte das Boot sanft auf eine Einebnung im Felsuntergrund ab, wir stiegen aus. Das Gefühl der Beklommenheit war gewichen, wir waren guter Dinge, voll gespannter Erwartung. Die Fremden mußten Wesen sein, die Verständnis hatten für Harmonie und Schönheit. Konnten sie böse sein?

»He, was ist das?« Es war Ingrid, die uns aus der Ruhe riß. Sie wies nach oben: Etwa vier oder fünf Meter über unseren Köpfen schwebten graubraune Spindeln, etwa kopfgroß, offenbar in schneller Rotation, wie man aus der verwischten Oberflächenstruktur ersehen konnte. Sie unterschieden sich so auffällig von den Formen der Tiere und Pflanzen, paßten so wenig an diesen Ort, daß sie uns sofort als Drohung erschienen. Als wir sie entdeckt hatten, blieben sie nur noch einige Sekunden über unseren Köpfen hängen, dann bewegten sie sich unversehens in einer schräg anlaufenden Kurve aufwärts und verschwanden aus unserem Blickfeld.

Wir waren stehengeblieben, stritten über die seltsamen Gebilde. Boyd hielt sie für Tiere und meinte, wir sollten uns nicht um sie kümmern. Nuru meinte, es könnten Waffen sein und riet, bei den Fremden zu protestieren. Ingrid vermutete, es handelte sich um Beobachtungssonden – man müsse den Einheimischen zugestehen, daß sie auch uns gegenüber vorsichtig waren.

Nach einer Weile setzen wir unseren Weg zu Fuß fort. Seit dem Auftauchen der seltsamen Gebilde waren wir nicht mehr so unbefangen und schauten uns immer wieder um, besonders, als wir später, in Nähe, der Häuser, zwischen mannshohen Büschen dahingingen, die die Sicht unterbanden. Ganz plötzlich standen wir vor einem Gebäude, nur einige Schritte davon entfernt.

»Da! Seht!« – mehrere von uns riefen gleichzeitig, alle sahen es. Die Wände des Bauwerks waren durchsichtig, an der anderen Seite drängten sich Gestalten an der Wand, starrten zu uns herüber – es waren, soweit man durch die trüben Wände erkennen konnte, Menschen oder zumindest menschenähnliche Wesen. Ihr Verhalten ließ zwar auf Erstaunen schließen, war aber in keiner Weise bedrohlich. Wir traten einige Schritte näher, und sahen, daß die Gesichter freundlich waren. Einige winkten uns zu.

»Hat man uns erwartet?« fragte Ingrid.

Boyd zuckte die Schultern. »Kommt!«

Wir sahen uns nach einer Tür um. Nur wenige Meter seitwärts war ein Eingang, er schien unversperrt und wir traten langsam hinzu. Nuru war der erste, der sich ins Innere wagte, er ging einige Schritte vor, dann drehte er sich um und winkte uns. Wir folgten ihm...

Hier im Inneren war es hell, fast so hell wie außen – die Decken bestanden aus demselben rötlich durchsichtigen Material wie die Wände. Nur die Böden waren undurchsichtig, eine Art ungleichmäßiger schwarzbrauner Kacheln.

Und dann standen wir den Bewohnern dieses Gebäudes gegenüber. Es war eine kleine Rasse, aber es handelte sich zweifellos um Menschen. Sie sahen ein wenig exotisch aus, die Haut war hellbraun, die Haare weißblond oder weiß. Sie trugen sie in der Mitte gescheitelt, die Frauen hielten sie mit Stirnbändern zusammen. Sie hatten lose Gewänder an, Röcke und Umhänge. Ihre Füße waren bloß – Ingrid, die neben mir stand, stieß mich verstohlen an und flüsterte mir zu: »Sie haben nur vier Zehen!« Dadurch erst aufmerksam geworden, musterte ich ihre Hände – sie hatten auch nur vier Finger. Aber das war auch das einzige, was sie von uns – zumindest äußerlich – grundlegend unterschied.

Wir standen uns ein wenig zögernd gegenüber, wobei mir vorkam, als bereitete den andern die Begegnung lang nicht soviel Erstaunen wie uns. Als wir noch ein wenig näher kamen, hoben sie ihre linken Arme hoch und zeigten uns die Handflächen; darin lagen schwarz glänzende Plättchen. Ein Gruß? Ein Erkennungszeichen? Auch wir hoben die Hände zum Gruß. Einer der Männer trat vor und sagte etwas zu uns... Es klang angenehm, ein fast singender Ton mit vielen Vokalen, aber wir verstanden natürlich nichts. Boyd zog sein Taschensprechgerät heraus und stellte die Verbindung mit dem kleinen Kommunikator her, den wir im Luftkissenboot zurückgelassen hatten. Er sprach einige Worte hinein – einen Gruß, einen Dank für die freundliche Aufnahme... Nach Bruchteilen von Sekunden kam die tonale Umsetzung der Modulationsfrequenzen, wie wir sie während unseres Funkkontakts aufgenommen hatten, aber wir merkten es sofort: Diese Sprache war nicht die gleiche wie jene, die diese Menschen sprachen. Das Unverständnis sah man auch ihren Gesichtern an.

Boyd versuchte es noch einige Male, er veränderte den Transpositionscode, doch es war leicht zu bemerken, daß auf diese Weise nichts zustande kommen konnte, das auch nur Ähnlichkeit mit dem Idiom unserer Gesprächspartner hatte.

Seltsamerweise wandten sich die andern nun allmählich von uns ab, einer nach dem andern lächelte uns zu und verschwand irgendwo in dem verwirrenden Gebäudekomplex, dessen trüb durchsichtige Wände die Orientierung erschwerten. Bald standen wir wieder allein da, ein wenig ratlos, fast ein wenig gekränkt durch das geringe Interesse, das man uns widmete.

»Wir müssen zu einer Verständigung kommen«, sagte Boyd. »Ich will versuchen, möglichst viel Gespräche aufzunehmen, als Grundlage für ein Vokabular und eine Grammatik. Vielleicht bleibst du am besten bei mir, Nuru, die andern können sich ja inzwischen umsehen. Ich schlage vor, wir treffen uns in einer Stunde wieder hier.«

Wir waren einverstanden. Während sich Boyd und Nuru nach Einwohnern umsahen, die sie am besten in ein Gespräch verwickeln könnten, gingen wir zum Gang zurück, um andere Teile des Gebäudes zu erkunden. Wieder war es Ingrid, die eine merkwürdige Entdeckung machte. Sie war zur Seite getreten, um einem Mann und einer Frau, die gemeinsam daherkamen, den Weg freizugeben, und berührte dabei die Wand. Das heißt, sie hätte sie berühren müssen, aber… »Kommt her!« rief sie uns zu. Sie stand an der Wand und hatte den Arm hindurchgesteckt. Sie konnte ihn frei bewegen, streckte auch ein Bein aus – der Fuß drang ebenso ein wie die Hand.

Wir alle folgten ihrem Beispiel. Man spürte zwar einen leichten Widerstand wie in einer dünnen Flüssigkeit – und ein leichtes Kribbeln, aber das bedeutete kein Hindernis. Wenn man wollte, konnte man durch die Wand hindurchgehen, und es war Nuru, der das als erster tat. Wenn es unser Wunsch gewesen wäre, so hätten wir das ganze Gebäude durchqueren können, einfach durch die Wände hindurch.

Aber noch merkwürdiger war es, daß unser Verhalten die Einwohner nicht im geringsten zu verwundern schien. Hätten auch sie durch die Wände gehen können? Warum tun sie es nicht? Handelte es sich um eine Konvention, der sie freiwillig folgten?

Nach kurzer Diskussion beschlossen wir, uns zunächst einmal so zu bewegen, als bildeten die Wände auch für uns undurchdringliche Hindernisse. Vielleicht handelte es sich um eine Art von Markierung, durch die gewisse Raumteile getrennt wurden, und wenn es auch nicht den Anschein hatte, als könnten wir die Bewohner des seltsamen Gebäudes aus der Ruhe bringen, so wollten wir sie doch nicht provozieren.

Die Einrichtung des Gebäudes gab uns weiter keine Rätsel auf. Es gab Sitzgelegenheiten, Stühle, Lehnsessel, Liegen… Es gab niedrige Tische und hin und wieder einmal ein offenes Regal. Die meisten Einwohner schienen süßem Nichtstun nachzuhängen, einige saßen an den Fenstern und blickten hinaus – es war auch ein schöner Anblick. Von hier aus, hinter dem Vordergrund der Gärten, sahen die hellen Berge majestätisch aus – kühl, aber nicht abweisend. Doch nur wenige der Menschen verließen die Gebäude, um zwischen den Pflanzen spazierenzugehen, und keiner bewegte sich über die bepflanzte Fläche hinaus.

Einige Leute saßen oder lagen um Spielbretter herum, sie schoben Figuren hin und her, reihten sie zu Figuren nebeneinander. Wir kamen auch in eine größere Halle, in der mehrere dabei waren, einen schwebenden Ball mit den offenen Handflächen hin- und herzuschlagen. Alles in allem nichts, das in irgendeiner Weise aufregend gewesen wäre. Allerdings sahen wir uns vergeblich nach Räumlichkeiten um, wie wir sie für unsere täglichen Bedürfnisse brauchen. Es gab weder eine Küche noch ein Speisezimmer, kein Bad und keine Toilette. Außerdem schien niemand an so etwas wie Arbeit zu denken.

Es wurde allmählich spät, und wir mußten an den Rückweg denken. Plötzlich bemerkten wir eine Bewegung, die durch alle Einwohner zu gehen schien. Sie standen von ihren Spielbrettern auf, traten von den Fenstern zurück, schienen sich in einen bestimmten Teil der Räume zu begeben. Und dann wurde es mit einem Schlag dunkel. Hätten wir nicht schon die Richtung zum Ausgang eingeschlagen gehabt, so hätten wir uns rettungslos verirrt. So aber tappten wir vorwärts, durch die Wände nicht behindert, aber immer wieder über Möbelstücke stolpernd. Unversehens standen wir im Garten. Hier war es hell, obwohl die Sonne inzwischen untergegangen war. Aber am Himmel, in einer Höhe von nur wenigen hundert Metern, hing ein helleuchtender Körper. Und nun sahen wir auch, was den plötzlichen Einbruch der Dunkelheit verursacht hatte: Die Wände waren undurchsichtig geworden.

Kurze Zeit später kamen Boyd und Nuru durch die Wand in Freie getreten.

Auch für uns war es Zeit, den Tag zu beschließen. Wir gingen zum Schwebeboot zurück, das wir unversehrt an jener Stelle wiederfanden, an der wir es abgestellt hatten. Wir stiegen ein und fuhren zum Raumschiff zurück.

Am nächsten Tag starteten wir früh am Morgen. Über die Bedeutung dessen, was wir gesehen hatten, waren wir nicht einig geworden. Einige hielten diese Menschen für eine Gesellschaft glücklicher Träumer, deren Leben offenbar friedvoll in geregelten Bahnen verlief – gewissermaßen ein idealer Endzustand jeder gesellschaftlichen Entwicklung. Andere hatten eher den Eindruck einer stumpfsinnigen Herde gewonnen, die passiv in den Tag hineinlebte – ein Dasein ohne Probleme, Aufgaben und Ziele. Wir stimmten aber darin überein, daß sich Endgültiges noch nicht sagen ließ und daß es zunächst am wichtigsten war, zu einer sprachlichen Verständigung zu kommen. Die Auswertung der Sprachaufnahmen hatte noch kein brauchbares Ergebnis gezeigt, und Boyd brannte darauf, seine Arbeit fortzuführen. Mischa war von den unerklärlichen Eigenschaften der durchlässigen Wände beeindruckt; er hatte einen Meßroboter mitgenommen, mit dessen Hilfe er ihrem Rätsel nachgehen wollte. Auf mich hatte der plötzliche Einbruch der Dunkelheit den größten Eindruck gemacht. Zwar meinte Boyd, er hätte nichts anderes zu bedeuten als das Signal zur Nachtruhe, aber ich vermutete, daß damit das Geheimnis noch längst nicht erklärt sei. Da wir keinerlei Einrichtungen zur Ernährung, zur Körperpflege und dergleichen vorgefunden hatten, mußten sich diese Dinge während der Nacht abspielen. Ich wollte mir die Zellen genauer ansehen, in denen die Leute verschwunden waren.

Wie am Vortag stiegen wir am Rande der Anlagen aus – wir, das waren Boyd, Mischa, Naomi und ich; Nuru und Ingrid waren im Raumschiff geblieben. Als wir das Gebäude betraten, winkten uns einige der Bewohner zu – mit freundlicher Lässigkeit, so, als wären wir alte Bekannte, deren Besuch einen weder freut noch ärgert. Wir gingen an unsere Arbeit, ohne daß uns jemand daran störte. Die Leute sahen kurz auf, wenn wir hereinkamen, aber sie wandten sich sofort wieder ihrer Beschäftigung zu, wenn man von einer solchen sprechen kann: Spielen, Träumen, Nichtstun.

Boyd hatte ein »Opfer« gefunden, ein Mädchen, das bereit war, sich mit ihm zu unterhalten. Wie bei einem Spiel mit Kindern zeigte Boyd auf verschiedene Gegenstände, und Mara sagte die dazugehörigen Worte. Es hatte lange gedauert, bis sie das begriffen hatte.

Das alles sah recht heiter und unbeschwert aus. Mara war ein bemerkenswert hübsches Mädchen; in Wirklichkeit hatte sie einen anderen, schwer aussprechlichen Namen. Boyd hatte sie Mara genannt – nach dem Marsmädchen des bekannten Romans von Walt Surakoff. Die einfache Aufgabe schien große Konzentration von ihr zu fordern, sie war mit Eifer bei der Sache, ihre Wangen hatten sich gerötet, ihr Atem ging rasch. Boyd blieb mit einem Schwebemikrophon dicht bei ihr, man merkte, daß es auch ihm Spaß machte. In einem Spontanentschluß griff er in die Tasche und reichte Mara eine Vitaminkapsel. Da sie offensichtlich nicht wußte, was sie damit anfangen sollte, teilte er einige weitere an uns aus, und wir zeigten ihr, wie man sie in den Mund steckt und lutscht. Nach einigem Zögern machte sie es nach... und spuckte sie gleich darauf mit allen Zeichen des Abscheus wieder aus.

»Du solltest vorsichtiger sein«, riet Mischa. »Wir kennen ihren Metabolismus nicht.«

Es war kaum zu glauben, daß diese Wesen einen grundsätzlich anderen Stoffwechsel haben sollten, so sehr sahen sie wie Menschen aus. Berücksichtigte man freilich die andere Welt, die fremdartigen Pflanzen und Tiere, dann lag es freilich nahe, daß sich Abweichungen in der chemischen Struktur der Nähr- und Wirkstoffe zeigen mußten. Meine Vermutung ging allerdings noch weiter. Wenn ich die Ungeschicklichkeit bedachte, mit der Mara die Kapsel in den Mund gesteckt hatte, ihre Verblüffung, ihren Abscheu... Mir kam es eher vor, als wären ihr Süßigkeiten völlig unbekannt, ja, als hätte sie keine Ahnung von Essen oder Trinken. Diese Vermutung ging natürlich recht weit, sie war aus dem eben erlebten Geschehnis nicht zwingend abzuleiten, aber sie deckte sich mit der Tatsache, daß wir nirgends Nahrungsmittel gefunden hatten. Aber wovon ernährten sie sich? Und wie? Wie deckten sie ihren Flüssigkeitsbedarf? Offenbar waren es Menschen von Fleisch und Blut! Maras Lippen waren feucht, ihr Atem warm, ihre Haare knisterten... das waren keine Roboter oder Puppen. Oder war ich unversehens der Wahrheit nähergekommen?

Mischa setzte nun seinen Meßwagen in Funktion; für die nächste Zeit war er beschäftigt. Naomi und ich begannen mit einem Streifzug durch das Gebäude, fast war es eine Führung, denn Naomi war zum ersten Mal hier, doch auch ich bemerkte hier und da Einrichtungen, die mir gestern entgangen waren. So gab es beispielsweise Räume, in denen eine Art Tanz vor sich ging; die Tänzer bewegten sich mit langsamen Schritten, verhielten wieder, veränderten ihre Figuren... einige Zuschauer waren darum herum versammelt, von Zeit zu Zeit trat einer davon zu den Tänzern oder einer der Tänzer setzte sich an den Rand und sah zu. In einem anderen Raum bewegte sich ein seltsames Gebilde. Es erinnerte an einen farbig beleuchteten Springbrunnen, der immer wieder anders geformte Kaskaden aufwirft und ausbreitet... aber es war kein Springbrunnen, war kein Wasser... Es mußte irgendein mir unbekanntes, diffuses Material sein, eine Flüssigkeit oder ein schweres Gas, vielleicht etwas, was dem Material der Wände ähnlich war. Ich beschloß, Mischa darauf aufmerksam zu machen. Es waren stets einige Leute versammelt, in der Betrachtung der gleitenden Formen und Farben versunken.

Mich zog es indes in den hinteren Teil des Wohnblocks, dorthin, wo die Schlafräume zu liegen schienen. Jetzt war ich mir freilich nicht mehr sicher, ob es sich tatsächlich um Schlafräume handelte; wer konnte sagen, ob diese Wesen so schliefen wie wir. Freilich sprach nichts dagegen. Es handelte sich um enge Zellen, spartanisch ausgestattet, schmale Liegen, kaum 50 cm breit, mit einem schwammartigen Kunststoffmaterial überzogen. Einrichtungen fehlten fast völlig – höchstens ein Tuch, das auf dem Boden lag, oder ein Gegenstand von eigenartiger Geometrie, ein Oktaeder oder Dodekaeder, vergleichbar den Kristallmodellen unserer Lehrfilme. Ihre Bedeutung war nicht zu ersehen.

Es mußte gegen elf Uhr vormittag sein – Noami und ich streiften ziellos in den Anlagen herum –, als es wieder, wie gestern abend, wie ein Hauch durch das Gebäude wehte. Die Menschen schoben ihre Spielbretter zurück, traten von den Fenstern weg, erhoben sich, wandten sich von ihren Tänzen und Vorführungen ab... So war es auch gestern gewesen, kurz bevor die Wände undurchsichtig geworden waren. Ich packte Naomi beim Arm, um sie nicht zu verlieren, wenn die Dunkelheit hereinbräche, und das erwies sich als richtig: Man konnte es fast beobachten, obwohl es in Sekundenschnelle ablief – der schwache rosa Ton des »Gemäuers« wurde dunkler, tintigbraun... Die Nacht war hereingebrochen.

Es kam nicht mehr ganz so überraschend wie am Tag vorher, ich hatte mir die Richtung eingeprägt, ich zog Naomi mit mir und ich vermied es, allzuoft an Stühlen und Liegen anzurennen, indem ich innerhalb der Wände vorwärts zu kommen suchte – man merkte es am leichten Widerstand und am Kribbeln wie von elektrischer Wechselspannung.

Kurze Zeit waren wir wieder vor dem Gebäude versammelt, die gelblich scheinende Sonne dieses Planeten stand hoch am Himmel, hier draußen herrschte Tag – und ewig schönes Wetter, es hatte noch keinen Regentag gegeben, nicht einmal Wolken. Diesmal waren wir weniger erschreckt als über die Unterbrechung unserer Arbeit verärgert.

»Gerade jetzt hatte ich Mara so weit, daß sie zu verstehen schien, was ich von ihr will«, sagte Boyd. »Sie ist mir einfach davongelaufen!«

»Vielleicht halten sie Mittagsruhe?« meinte Mischa.

»Es dürfte nicht allzu lange dauern«, sagte ich. »Als wir gestern nachmittag hier ankamen, war alles normal.«

»Na schön, wir könnten auch eine Pause einlegen!« sagte

Boyd. Wir gingen langsam zu unserem Gleiter zurück, packten unsere Proviantpakete aus, setzten uns auf den weißen Fels und blickten ins Tal. Die Spannung war von uns gewichen, wir waren ein wenig müde, und als ich mich nach dem Essen zurücklehnte und ein wenig die Augen schloß, war ich innerhalb einer Minute eingeschlafen.

Erst ein Ruf von Boyd weckte mich. Als ich die Augen öffnete, sah ich, daß die dunkelbraune Farbe des Gebäudes gewichen war – es war rosa getönt und durchsichtig wie zuvor. Wir konnten wieder an die Arbeit gehen.

Dieser Tag brachte keine wesentlichen Ergebnisse mehr. Als wir am Abend im Raumschiff beisammensaßen, um die Ergebnisse zu diskutieren, waren wir so klug wie zuvor. Boyd und Nuru zeigten sich verärgert darüber, daß sie mit ihren Sprachuntersuchungen so langsam vorankamen. »Ihr Sprachschatz ist beschränkt, man bringt sie nur selten dazu, in ganzen Sätzen zu reden. Es wird noch einige Zeit dauern, ehe wir mit ihnen sprechen können.«

»Wir haben ja die Möglichkeit, uns über Funk zu unterhalten«, sagte Naomi.

»Eigentlich ist es höchst seltsam, daß sie sich über Funk einer anderen Sprache bedienen als sonst«, sagte Mischa.

»Ich beginne daran zu zweifeln, daß es sich um dieselben Lebewesen handelt«, meinte Nuru. »Jene, mit denen wir über Funk in Kontakt traten, sind kühle Rechner, sie sind kurz, knapp und prägnant in der Ausdruckweise, kühl und vorsichtig im Verhalten...«

»Wer sagt dir das?« meinte Ingrid. »Aus ein paar Funksprüchen kann man doch kaum auf die Wesensart des Absenders schließen!«

»Warum nicht?« fragte Boyd. »Die Gegensätze sind zu auffällig. Die Bewohner des Gebäudes machen nicht den Eindruck, als ob sie die Kenntnisse und die Ausdauer hätten, eine Verständigung mit andern Geschöpfen aufzunehmen, die von einem fernen Teil des Raumes zu ihnen kommen. Mir kommen sie naiv vor, naiv und dumm.«

Ingrid schüttelte den Kopf. »Aber wir haben doch bisher nur einen kleinen Teil dieser Welt kennengelernt! Vielleicht handelt es sich um einen Teil der Bevölkerung, der geistig zurückgeblieben ist. Vielleicht sitzen die maßgebenden Leute woanders.«

»Wir könnten uns doch über Funk über die Verhältnisse erkundigen«, schlug Mischa vor, doch er stieß auf Abwehr. Alle andern, ich eingeschlossen, waren der Meinung, wir sollten noch ein wenig abwarten, nichts drängte uns zum schnellen Handeln.

Am nächsten Tag blieb ich mit Naomi im Raumschiff zurück, während sich die andern zu ihrem täglichen Ausflug auf den Weg machten, der schon allmählich zur Gewohnheit wurde. Um mich sinnvoll zu betätigen, versuchte ich mit Hilfe unseres Arbeitsroboters den Boden um das Raumschiff herum zu lockern. Wenn ich es mir auch nicht eingestehen wollte, so empfand ich es als unangenehm, auf diesem Planeten festgehalten zu sein. Der Boden erwies sich aber als außerordentlich zäh, er widerstand jedem mechanischen Eingriff, und ich mußte Laserstrahlen einsetzen, um die Massen zu lockern. Am Abend hatte ich erst eine Schicht von höchstens einem Meter entfernt. Das Raumschiff saß noch immer fest.

Als die andern am Abend zurückkehrten, traute ich meinen Augen nicht: Boyd hatte Mara mitgenommen. Ein wenig unsicher, aber keineswegs furchtsam kam sie mit ins Raumschiff, sah sich neugierig um, allerdings ohne übertriebenes Interesse zu zeigen.

»Was ist euch da nur eingefallen?« – Ich machte keinen Hehl daraus, daß ich das für ein Risiko hielt.

»Wir brauchen sie hier, wenn wir uns in absehbarer Zeit verständigen wollen. Hier kann ich direkt mit dem großen Kommunikator arbeiten«, erklärte Boyd.

»Ist sie freiwillig mitgekommen«, fragte Naomi, »oder habt ihr sie mit Gewalt…«

»Aber nein«, antwortete Boyd. Er nahm Mara bei der Hand und führte sie in den Kommunikationsraum. »Stört uns jetzt nicht!«

»Wir haben abgestimmt, Nuru und Boyd waren dafür, Ingrid und ich dagegen«, sagte Mischa fast entschuldigend.

»Soll sie über Nacht hierbleiben?« fragte ich.

»Ja, wir haben genug Platz, sie kann hier schlafen. Am nächsten Tag nehmen wir sie wieder mit zurück.«

Mit Mara war ein Mißton in unsere Gruppe gekommen. Ich erinnerte mich an das Gebot, das wir über Funk erhalten hatten – das wir keine Störungen oder gar Schäden verursachen sollten. Und ich wurde noch skeptischer, als mir Mischa später eingestand, daß Mara das Territorium des Parks nicht freiwillig verlassen hatte: Boyd und Nuru hatten sie mit sanfter Gewalt in den Gleiter gebracht. Aber auch Ingrid zeigte sich wenig erfreut. Bei ihr hatte ich allerdings den Eindruck, daß nicht nur sachliche Erwägungen maßgebend waren; in letzter Zeit war sie mit Boyd liiert gewesen, und sie übersah nicht, daß Mara ein hübsches Mädchen war.

Boyd arbeitete bis spät in die Nacht hinein mit Mara, sie machte einen erschöpften Eindruck, als die Sitzung beendet war. Wir hatten eine Liege in den Abstellraum gebracht, als Nachtlager für Mara; es war eng hier, aber sie war ja die enge Zelle gewöhnt. Sie schien auch sofort einzuschlafen, und auch wir andern gingen zur Ruhe – außer Boyd, der die ersten Ergebnisse des Kommunikators abwarten wollte.

Als wir am nächsten Morgen aufstanden, sah Naomi nach Mara, und gleich darauf hörten wir sie rufen. Wir liefen hinzu und erschraken: Mara lag bewegungslos und bleich auf ihrem Lager, die Augen waren geschlossen, sie schien kaum zu atmen. Nuru fühlte ihr den Puls und hob ein Augenlid. »Sie lebt«, verkündete er, »aber ihr Zustand ist besorgniserregend. Sie atmet kaum, der Puls ist nicht zu fühlen – aber das muß nichts zu bedeuten haben, denn wir wissen ja nicht, ob ihre Adern denselben Verlauf haben wie unsere.«

»Wir müssen sie schnellstens zurückbringen!« sagte Mischa.

Wir trugen sie in das Luftkissenboot und fuhren los. Als wir ankamen, wies Ingrid nach oben: Dort schwebten wieder fünf der spindelartigen Körper, die wir bei unserem ersten Besuch beobachtet hatten. Diesmal nahmen sie keine Notiz davon, daß wir sie offenbar bemerkt hatten, sondern blieben über unseren Köpfen schweben.

Wir trugen Mara durch den Park, in das Gebäude hinein, und da wir nicht feststellen konnten, welche Zelle die ihre war, so legten wir sie in die erste beste.

Ich weiß nicht, ob wir erwartet hatten, daß etwas geschehen würde... Jedenfalls ereignete sich nichts. Mara lag bewegungslos auf ihrer Liege, wir standen darum herum, von den Einwohnern kümmerte sich niemand um uns oder Mara.

»Sie sind stumpfsinnig«, sagte Boyd. »Sie scheinen weder Zuneigung noch Sorgen um den andern zu kennen. Ich kann mir nicht denken, daß sie die Herren dieses Planeten sind.« Er drehte sich um. »Ich hole meinen Kommunikator«, erklärte er.

Pünktlich wie an den vorhergehenden Tagen wurden am späten Vormittag die Mauern undurchsichtig. Diesmal aber hatten wir Lampen mitgenommen – wir wollten wissen, was mit den Menschen, die ihre Zellen aufgesucht hatten, geschah. Und wir sahen es: Mit einemmal lag eine Art Deckel über dem Bett und schloß den Liegenden ein; was dadurch entstand, sah einem Sarg penetrant ähnlich. Und dann ging ein Ruck durch den Behälter, und er sank in den Boden hinein und entzog sich unseren Blicken. Der Boden schloß sich wieder, die Zellen waren leer.

Wir hatten keine Lust, bei künstlichem Licht im Innern herumzustreifen, wir verließen das Gebäude und gingen zum Luftkissenboot.

»Ich glaube, es handelt sich um eine Art Regeneration«, sagte Ingrid. »Ich hoffe nur, daß Mara keinen Schaden davongetragen hat. Es könnte peinlich für uns werden, jemand Schaden zuzufügen.«

»Ist das alles, was dich daran stört?« fragte Naomi. Zum ersten Mal sah ich sie richtig empört. »Ob diese Menschen intelligent sind oder dumm, ist doch ganz gleichgültig! Wir haben kein Recht, sie als Versuchskaninchen zu verwenden!«

»Ach was, du übertreibst!« entgegnete Boyd. Aber es war ihm offenbar nicht wohl in seiner Haut.

Als das Gebäude nach etwa einer Stunde seine Transparenz wiedererlangte, beeilten wir uns, wieder nach unten zu kommen. Hastig durchstreiften wir die Räume – wir suchten Mara. Uns allen fiel ein Stein vom Herzen, als wir Nurus Stimme durch die Räume schallen hörten: »Hier ist sie! Sie ist gesund!« In der Tat – sie sah blühend aus wie am Tag zuvor, sie lächelte uns zu, schien uns zu erkennen. Und dann trat sie auf Boyd zu, hob die Hand – darin lag das dunkle Metallplättchen, das jeder von ihnen zu besitzen schien. Boyd griff nach ihrer Hand, schloß seine Finger darüber – selten hatten wir ihn so ergriffen gesehen. »Ich bin froh, daß es dir wieder gutgeht«, sagte er. »Ich glaube, wir werden uns gut verstehen – wenn wir erst miteinander reden können.« Jetzt erst ließ er ihre Hand los. Er drehte sich um und zog den Kommunikator heran. »Wir wollen es einmal versuchen!«

»Kannst du mich verstehen, Mara?« Er sprach in das Schwebemikrophon, der Kommunikator übersetzte in die gutturale Sprache der Einheimischen.

Zuerst reagierte Mara nicht, Boyd wiederholte seine Frage.

Noch immer zögerte Mara. Dann aber sah man ihr an, daß sie zu begreifen begann – sie sagte etwas, der Kommunikator übersetzte: »Ich verstehe dich.«

»Seht ihr«, rief Boyd, »jetzt sind wir soweit.«

Wir alle waren froh darüber – bald würden sich die Rätsel dieses Planeten gelöst haben! Wir sprachen durcheinander:

»Frag sie, wie sie sich ernähren!«

»Frag, ob es irgendeinen Leiter oder Vorgesetzten gibt!«

»Frag sie, wie alt sie ist!«

»Warum gibt es keine Kinder und keine alten Leute?«

»Stehen sie in Verbindung mit anderen Siedlungen?«

»Weiß sie, wer mit uns die Funkverbindung aufgenommen hat?«

Boyd folgte unseren Wünschen, und Mara bemühte sich zu antworten. Das Ergebnis war mager. Oft dachte sie lange nach und antwortete dann »Ich weiß es nicht«. Oft schüttelte sie nur traurig den Kopf. Sie schien bald müde zu werden und die Lust an diesem Spiel zu verlieren. Boyd wandte sich an andere und fand auch da und dort jemanden, der bereit war mitzumachen. Aber diese Menschen schienen wenig Ausdauer zu haben, sie gaben bald auf, und außerdem zeigten sie sich überraschend teilnahmslos: Keinem fiel es ein, eine Gegenfrage zu stellen – wer wir seien, woher wir kämen...

Die Ausbeute, über die wir uns am Abend im Raumschiff unterhielten, war dürftig. Diese Menschen wußten weder, woher sie stammten, noch machten sie sich Gedanken über ihre Zukunft. Der Begriff des Alters war ihnen unbekannt, sie wußten nichts von Kindern oder Greisen, sie erinnerten sich nicht, wer ihnen das wenige beigebracht hatte, was sie wußten, sie hatten keine Ahnung von Geburt und Tod. Sie lebten in ihren Siedlungen, ohne Kontakt mit anderen Gruppen, in der Nacht fuhren sie zur Regeneration, am späten Vormittag hatten sie eine Stunde zu »arbeiten«; das war ihre einzige Pflicht. Was während der »Arbeitszeit« geschah, wußten sie nicht. Um sie herum wurde es dunkel, nach einer gewissen Zeit erwachten sie wieder, ein wenig erschöpft, ein wenig abgespannt... Sie fühlten sich glücklich, niemand dachte an eine Änderung ihrer Situation, niemand hatte besondere Wünsche oder Probleme.

Natürlich hatten wir uns auch nach Details erkundigt, die uns aufgefallen waren, beispielweise der Eigenart der Wände. Über physikalische und chemische Dinge wußten sie nichts, hatten nie darüber nachgedacht, alles als selbstverständlich genommen. Auch die Bedeutung der Plaketten kannten sie nicht. Sie wußten nur, daß sie sie vorweisen mußten, wenn eine »Kontrolle« war. Was war eine »Kontrolle«? Wir bekamen keine befriedigende Auskunft. Es mochte sich um Besucher von außen handeln, oder um Beobachtungssonden, oder um Signale welcher Art auch immer. Wir hatten darum gebeten, eine dieser Plaketten genauer ansehen zu dürfen, waren aber auf entschiedene Ablehnung gestoßen.

Was hatte das alles zu bedeuten? Unsere Meinungen waren geteilt. Nuru meinte, es handelte sich um eine unterdrückte Klasse, die von irgendwelchen Leuten im Hintergrund ausgebeutet würden, und Boyd schloß sich seiner Meinung an. Ich hatte nicht den Eindruck einer Ausbeutung, die Menschen machten auf mich einen restlos glücklichen Eindruck. Offenbar war eine Stunde »Arbeit« das einzige, was man von ihnen verlangte. Ingrid allerdings meinte, es käme nicht auf die Arbeitszeit an, sondern darauf, ob eine Leistung freiwillig erbracht würde, und das sei hier nicht der Fall; diese Menschen würden gezwungen – durch irgendeine Art von psychischer Manipulation. Mischa vertrat die Ansicht, daß unsere Informationen nicht zur Beurteilung der Sachlage reichten. Es könnte sich auch um Menschen handeln, die schon vor Generationen alle Lebensprobleme gelöst hätten, die ihre Welt so eingerichtet hätten, daß sie ein gesundes und sorgenfreies Leben führen könnten und auf eine weitere Entfaltung verzichtet hätten; und es sei zu fragen, ob nicht jede Art einmal diesen Entwicklungsstand erreichen könnte. Diese Vermutung wurde allerdings von den anderen zurückgewiesen. Sie sahen ein sinnvolles Dasein nur in einer fortwährenden Veränderung und Erneuerung.

Nuru war in seinem Urteil sogar noch radikaler: »Gewiß

– wir wissen noch wenig über die Geschichte dieses Volkes«, sagte er, »aber was wir wissen, dürfte genügen. Es besteht kein Zweifel daran, daß es sich um menschenartige Wesen handelt und daß sie ein unwürdiges Dasein führen. Wir müssen versuchen, sie auf diesen Zustand aufmerksam zu machen, sie aufzurütteln, sie dazu zu bestimmen, aus ihrem Dasein etwas zu machen!«

»Sie sehen wie Menschen aus«, rief Mischa, »aber wir haben keine Ahnung, ob es Menschen sind. Es gibt keinen Anlaß dafür, die Werte, die auf der Erde gelten, ohne weiteres auf fremde Gesellschaften zu übertragen.«

»Und außerdem ist uns ein Eingriff verboten«, sagte Naomi.

»Schließlich wird uns auf diesem Planeten Asyl gewährt – von wem auch immer die Zusage gekommen ist.«

»Du meinst, wir sind hier Gäste, und die Lebensverhältnisse hier gingen uns nichts an?« sagte Boyd gereizt. »Ich allerdings glaube, daß es Werte gibt, die für jeden Ort und jede Zeit verbindlich sind. Wir sind nicht von der Erde geflohen, um anderswo faule Kompromisse zu schließen!«

Die Meinungen gingen weit auseinander. Schließlich einigten wir uns darauf, daß eine genauere Analyse not tat, ehe wir Entscheidungen treffen wollten.

Als wir am nächsten Tag wieder zur Siedlung fuhren, waren wir uns über das, was wir unternehmen wollten, nicht mehr so einig wie an den Tagen zuvor. Ingrid und Nuru benutzten den Kommunikator, um die Bewohner des Gebäudes auf ihren Zustand aufmerksam zu machen. Sie sprachen von Freiheit und Manipulation, von den großen Aufgaben intelligenter Wesen, von übergeordneten Werten, von Neuorientierung und Revolution... Aber ich hatte nicht den Eindruck, daß sie jemand verstand. Zwar standen immer einige Menschen um sie herum, aber sie verhielten sich nicht anders als jene vor den Tanzvorführungen und an den Fenstern: Sie hörten eine Weile zu, blickten Nuru und Ingrid ohne eine Gefühlsregung mit ihren großen dunklen Augen an, und gingen später ohne ersichtlichen Grund wieder fort. Boyd bemühte sich inzwischen sehr um Mara, er suchte Wege zur direkten Verständigung, wollte Mara dazu bringen, Ausdrücke unserer Sprache zu lernen, bemühte sich selbst um die Sprache der Fremden. Zwar war auch ihm nicht viel Erfolg beschieden, doch immerhin – Mara schien interessierter zu sein als die andern, sie war ausdauernder und zeigte einen Anflug von Intelligenz. Vielleicht war es aber auch etwas ganz anderes. Wäre sie ein Mädchen von der Erde gewesen, so hätte ich gesagt, daß sie von Boyd beeindruckt war. Aber auch darüber war schwer etwas Endgültiges zu sagen. Gab es hier so etwas wie Liebe oder Sex? Die Männer und Frauen schienen sich völlig neutral zu verhalten, nirgends zeigte sich eine Polarität der Geschlechter, nirgends deutete sich so etwas an wie Sympathie, Zusammengehörigkeit, Verbundenheit... Natürlich hatten wir auch darüber Fragen gestellt, aber man hatte uns nicht verstanden.

Am Abend nahm Boyd Mara wieder mit zum Luftkissenboot. Er hatte uns nicht gefragt, und auf unsere Vorhaltungen reagierte er ungeduldig. »Mir ist es ganz gleich, ob wir Gebote übertreten oder nicht, es ist einfach unsere Pflicht, uns eingehend zu informieren. Ich will wissen, ob diese Wesen Menschen sind wie wir, oder ob sie sich irgendwie unterscheiden. Wir müssen eine Blutprobe entnehmen, ein Röntgenbild anfertigen, ein Elektrokardiogramm usw.«

»Und wenn sie wieder einen Kollaps erleidet?« fragte Ingrid.

»Ich glaube, sie werden über den Blutkreislauf ernährt. Schau her!« Boyd griff einen Arm Maras, drehte ihn herum, so daß man die Armbeuge sehen konnte. »Diese bläulichen Stellen – ich vermute, sie stammen von einem Injektionsspray. Wir werden ihr Zuckerlösung injizieren, und ihr werdet sehen: Morgen ist sie völlig munter!«

Wir gaben uns nicht zufrieden, doch Boyd meinte, er täte es auf seine eigene Verantwortung, wir hätten ihm nichts zu befehlen.

Als wir zurückkamen, überraschte uns Mischa, der mit Naomi zurückgeblieben war, mit einigen Meßergebnissen. Er hatte eine Bohrung unternommen und festgestellt, daß die Schicht aus Kohle- und Siliziumverbindungen mindestens 20 Meter dick war. Was darunter lag, hatte er nicht feststellen können – das Echolot hatte nicht angesprochen. Eine Gravitationsmessung hatte ein unerklärliches Resultat erbracht: Es sah so aus, als sei die schwere Masse dieses Planeten im Zentrum konzentriert. Wir wußten nicht recht, wie wir diese Resultate deuten sollten und gingen darüber hinweg. Viel mehr interessierte uns natürlich Mara. Wenn wir auch gegen die von Boyd vorgeschlagenen Versuche waren, so hieß das nicht, daß uns ihre Ergebnisse gleichgültig waren.

Mara schien großes Vertrauen zu Boyd zu haben, denn solange er bei ihr blieb, ließ sie alles mit sich geschehen. So wie es aussah, unterschieden sich diese Wesen nicht grundsätzlich von den Menschen: Der Skelettbau war bis auf Kleinigkeiten dem unseren gleich, Elektrokardiogramm und Elektroenzephalogramm unterschieden sich genausowenig, und nur in den Eiweißsubstanzen aus den Blut- und Gewebeproben zeigte sich die extraterrestrische Abstammung.

Wie Boyd angekündigt hatte, injizierte er Mara Zuckerlösung, und zu unserer Beruhigung zeigte sie sich am nächsten Morgen relativ munter, zwar hatte sie dunkle Ringe um die Augen und bewegte sich ein wenig schwerfällig, aber dieser Zustand war doch in keiner Weise mit dem völligen Zusammenbruch zu vergleichen, den sie bei ihrem ersten Besuch im Raumschiff erlitten hatte. Boyd erklärte, daß er im Raumschiff bleiben würde, er hätte noch einige Versuche mit Mara vor, und auch die anderen beschlossen, an diesem Tag auf den Besuch in der Siedlung zu verzichten.

Als ich überlegte, womit ich mich beschäftigen könnte, bemerkte ich das Metallplättchen von Mara, das ihr Boyd bei der Aufnahme des Elektrokardiogramms abgenommen hatte. Ich sah es mir genau an: Es glänzte metallisch, schien aber nicht aus Metall zu bestehen, ich tippte eher auf Kunststoff. An der einen Seite der Oberfläche war eine feine Struktur zu erkennen, ein regelmäßiges Muster einer Vielfalt von Zeichen, die sich nur selten wiederholten. Die Vermutung lag nahe, es könnte sich um eine Art Legitimation handeln.

Plötzlich kam mir ein Gedanke. Ich blickte auf die Uhr – etwa zehn Uhr Vormittag. Den anderen sagte ich, ich würde in etwa zwei Stunden wieder zurück sein, dann stieg ich aus, setzte mich in den Raumgleiter und fuhr über die Hügelkette zur Siedlung hinunter. Alles schien unverändert. Ich fand ebensoviel oder -sowenig Beachtung wie an den Tagen zuvor. Auf einen Unterschied wurde ich allerdings aufmerksam: Als ich nämlich heftig an der Mauer anstieß. Sie war undurchlässig geworden! Lag es an der Plakette? Ich hatte sie mir um das Armgelenk gebunden – so wie sie auch von den anderen getragen wurde. Nun legte ich sie ab und trat wieder auf die Wand zu – tatsächlich, ich konnte wieder hineinfassen wie früher. Es war also die Plakette, die die Mauer zum undurchdringlichen Hindernis werden ließ! Ich schnallte mir die Plakette wieder um und ging langsam zu den Zellen vor. Ich blickte auf die Uhr – kurz vor elf. In Kürze mußte es zur ersten Verdunklungsphase kommen!

Ich trat in eine der Zellen – offenbar gab es keine individuellen Unterschiede, kein Eigentum. Es war also gleichgültig, welche ich aussuchte. Und eine mußte ja freibleiben, da sich Mara im Raumschiff aufhielt. Ich legte mich auf die Pritsche.

Pünktlich wie jeden Tag brach die Nacht über das Gebäude herein. Ich hörte ein schleifendes Geräusch neben und über mir, dann ging ein leiser Ruck durch mein Lager, ich fühlte, daß ich abwärts fuhr.

Es blieb völlig dunkel. Leises Summen lag in der Luft, aber trotzdem hatte ich nicht den Eindruck, mich in einem großen Raum zu befinden. Ich streckte tastend meinen Arm aus, doch stieß ich sofort auf eine Art Gitter, das mich ganz zu umgeben schien.

Plötzlich wurde es hell, ich erblickte Gegenstände, bemerkte Bewegung... Dabei hatte ich aber nicht den Eindruck, daß das Licht von außen kam, eher war es die dämmrige Helligkeit einer Halluzination. Und dann wurden die Eindrücke plötzlich strudelnd, intensiv, allumfassend. Es handelte sich nicht nur um Licht, sondern auch um Geräusche, um Spannungen, um Gefühle... Mir wurde schwindlig, und obwohl ich mir bewußt war, daß ich immer noch unter dem Eindruck dieses Ansturms stand, verlor ich das Bewußtsein meiner Identität, war nur noch ein passives Bündel, das durch farbige und tönende Fluten getrieben wurde... Das dauerte eine Weile, bis plötzlich ein Stillstand eintrat, eine Leere, ein Abgrund... und dann kam eine Forderung, der Zwang zu einer Antwort, zur Reaktion... Und dann strömten sie wieder, die Formen, Töne, Emotionen, aber diesmal war ich es, der sie produzierte, in einem imaginären Raum um mich herum aufbaute...

Die Beanspruchung war so intensiv, daß ich nebenher nichts denken konnte, daß ich, als es vorbei war, ausgehöhlt und ausgebrannt war, mich nur noch an die ersten Phasen des Geschehens erinnern konnte... Was später geschehen war, wußte ich nicht – es war irgendwie auf gleiche Art weitergegangen, mit Aktion und Reaktion, Frage und Antwort – ich war es gewesen, der reagiert, der geantwortet hatte. Wozu? Die Bedeutung? Ich wußte es nicht.

Ich fand mich auf dem Lager in der Zelle wieder, brauchte eine Weile, ehe ich taumelnd aufstehen konnte. Als ich mich gefangen hatte, waren die anderen, die wahrscheinlich dasselbe mitgemacht hatten, längst wieder in den Räumen zerstreut, erfreuten sich an den Tänzen, an den Bildern, an den Spielen – am süßen Nichtstun.

Ich hatte für diesmal genug und kehrte ins Raumschiff zurück. Nachdem ich mich ein wenig ausgeruht hatte, berief ich eine Versammlung ein und schilderte meine Erlebnisse.

Das Echo war lange nicht so lebhaft, wie ich es erwartet hatte. Boyd vermutete, es handelte sich um irgendeine Art der Ausbeutung, und in meinen Erlebnissen fände er die Bestätigung dafür, daß es sich nicht um eine freiwillige, sondern um eine erzwungene Leistung handelte. Im übrigen aber schien ihm Mara wichtiger zu sein. Sie saß bei uns, obwohl sie sicher nicht verstand, worüber wir uns unterhielten, und machte sogar einen zufriedenen, fast fröhlichen Eindruck. Boyd hatte ihr wieder Zuckerlösung gegeben, und fast hatte es den Anschein, als sei dies die richtige Ernährung. Dann hatte er sie in den Duschraum geführt, und nach einigem Zögern schien sie am Wassergeplätscher Gefallen zu finden, obwohl Duschen und Baden offenbar neu für sie war.

»Ich glaube, wir sind einen wesentlichen Schritt weitergekommen«, meinte Boyd. »Zunächst wissen wir, daß die Bewohner dieses Planeten dem Menschen verwandt sind. Ich kann nicht glauben, daß sie von Natur aus so inaktiv und desinteressiert sein können – sicher werden sie künstlich unter Betäubung gehalten. Dagegen müssen wir etwas unternehmen! Die Regierung oder die Leitung – wie wir sie auch nennen wollen – hat offenbar nichts dagegen einzuwenden, daß wir uns mit den Einwohnern beschäftigen.«

Mischa meldete sich zögernd zu Wort: »Warum muß es sich eigentlich um eine Unterdrückung handeln?«

»Worum sonst?« fuhr ihn Boyd an. »Die Verhältnisse hier entsprechen weitgehend jenen, wie wir sie auf der Erde vorfinden. Die Bevölkerung wird mit Absicht auf einem niedrigen Intelligenzniveau gehalten und hat daher keine Möglichkeit, sich gegen die Willkürakte der herrschenden Klasse zu wehren.«

»Ich bin mir nicht so sicher, ob man in diesem Fall die Erde als Beispiel nehmen darf«, meinte Mischa. »Es könnte sich ja um irgendeine soziologische Situation handeln, für die es auf der Erde kein Vorbild gibt. Etwas für uns völlig Neues, nicht Vorstellbares.«

»Und was für eine Beziehung könnte zwischen den

menschlichen Einwohnern und den Spindelwesen bestehen, wenn nicht die zwischen Herrschenden und Unterdrückten?« fragte Ingrid.

Mischa hob die Schulter – er hatte keine konkrete Antwort zu bieten, und somit blieb die Annahme von Herrschern und Untergebenen die einzig plausible.

»Was können wir tun?« fragte Naomi.

Ingrid hob die Hand. »Wir könnten in einem Funkspruch gegen die Unterdrückung des Volks protestieren.«

»Meinst du, daß ein Protest Sinn hat?«

»Man könnte es immerhin versuchen!«

»Viel wichtiger wird es sein, in einer gezielten Aktion mit den Einwohnern zu kooperieren.« Boyd legte den Arm auf die Schultern Maras, die neben ihm saß. »Ich glaube, es kann nicht allzu schwer sein, die Leute aus ihrer Passivität herauszureißen. Seht Mara an! Schon jetzt hat sie merklich an Individualität gewonnen.«

Ich folgte der Diskussion mit gemischten Gefühlen, und auch Mischa schien meine Zweifel zu teilen. »Ich weiß nicht recht«, sagte er, »wir haben hier um Asyl gebeten. Später werden wir weitere Bitten anbringen müssen: um Nahrung, um Wasser, um Energie. Man sieht es nirgends gern, wenn Emigranten politische Initiative ergreifen.«

»Ich glaube, wir sollten uns über solche Bedenken hinwegsetzen«, sagte Nuru. »Wenn es irgendwelche Einsprüche geben sollte, so können wir immer noch verhandeln. Am wichtigsten ist es zunächst, dem Volk die Freiheit wiederzugeben. Wenn wir die Einwohner hinter uns haben, dann wird sich die Regierung hüten, uns schlecht zu behandeln.«

Trotz der Gegenstimmen von Mischa und mir und der Stimmenthaltung von Naomi wurde ein Aktionsprogramm beschlossen. Zunächst wollten wir versuchen, durch aufklärende Vorträge – in einer Diktion, die dem Verständnis der Leute angemessen war – aktivierend zu wirken. Erstes Ziel sollte sein, daß sie sich weigerten, ihre tägliche Stunde »Arbeit« zu absolvieren. Da die Plaketten irgendeine Rolle in der physischen und psychischen Unterdrückung zu spielen schienen, wollten wir sie dazu bringen, sie abzulegen. Dann konnten sie sich ebenso frei wie wir durch die Gebäude bewegen, wir vermuteten aber auch, daß sie geistig beweglicher würden.

An den nächsten Tagen versuchten wir, diesen Plan zu verwirklichen. Es war ein eklatanter Mißerfolg. Alle Aufrufe und Beschwörungen nützten nichts, immer weniger Leute waren bereit, uns zuzuhören, obwohl wir ihre Sprache schon gut beherrschten. Wenn wir versuchten, in eine Diskussion zu kommen, so erhielten wir zur Antwort, alle seien glücklich und zufrieden, daher sei es überflüssig, etwas zu ändern.

Nach einer Woche mußten wir uns eingestehen, daß wir nichts erreicht hatten.

»Wir müssen energischer vorgehen«, meinte Boyd. »Ich schlage vor, wir nehmen ihnen zunächst die Plaketten weg. Ich glaube nicht, daß sie sich ernstlich wehren werden.«

»Könnte ihnen das nicht schaden? Vielleicht haben die Plaketten eine lebenswichtige Funktion?«

»Mara ist noch immer gesund«, entgegnete Boyd. »Ihr hat die Umstellung gutgetan. Gewiß können wir die Leute nicht gleich von ihrem System lösen, aber wir müssen es transparent machen. Wir müssen sie dazu bringen, daß sie in die unteren Räume eindringen und nachsehen, was dort eigentlich vor sich geht. Wir werden ihnen dabei helfen. Wahrscheinlich findet dort eine medizinische Betreuung statt, ohne die sie auf die Dauer nicht existieren können. Schließlich lebt man nicht vom Zuckerwasser. Aber es müßte gelingen, an die Nährmittel und Medikamente heranzukommen und sie allgemein erhältlich machen. Ein System, das sie verteilt, ohne die Wünsche der Konsumenten zu beachten, ist entwürdigend.«

Ich konnte mich eines peinlichen Gefühls nicht erwehren, als wir am nächsten Tag wieder in die Räume eindrangen und den Leuten die Plaketten mit sanfter Gewalt von den

Handgelenken nahmen. Als sie merkten, was wir mit ihnen vorhatten, versuchten sie davonzulaufen oder sich zu verstecken, doch es nützte ihnen wenig – bald waren alle Plaketten in unserem Besitz.

Boyd schien sich der Peinlichkeit unseres Vorgehens bewußt zu sein, denn, ohne daß ihn jemand daraufhin angesprochen hätte, versuchte er uns auseinanderzusetzen, daß man das Volk zu seinem Glück zwingen müsse, wenn es selbst nichts dafür zu tun bereit sei. Man würde uns später dankbar sein.

Immerhin – nun hatten wir zum ersten Mal merklichen Erfolg bei unseren Aktionen. Die Leute hörten uns zu, sie folgten unseren Argumenten, sie schienen ihre Welt mit anderen Augen sehen zu lernen. Nuru buchte es als besonderen Erfolg, als eine Gruppe in Streit geriet und dabei einige Möbel zerbrochen wurden.

Es fiel uns nicht schwer, die Bewohner von ihrer »Arbeit« abzuhalten. Offenbar kamen sie erst jetzt darauf, daß diese mit unangenehmen Zuständen, mit Mühe und Erschöpfung, verbunden war. Natürlich rechneten wir mit irgendwelchen Gegenmaßnahmen der Regierung, aber es geschah nichts.

Es gelang uns allerdings auch nicht, die gesellschaftlichen Verhältnisse so zu verändern, daß man sie als befriedigend bezeichnen könnte. Bei unseren Diskussionen stellte sich sogar heraus, daß wir uns über eine angemessene Gesellschaftsform nicht im klaren waren, doch vertrat Ingrid die Ansicht, daß dies nicht unsere Aufgabe sei – jeder müsse selbst zu einem solchen System finden.

»Ich glaube nicht, daß sie dazu fähig sind, solange sie in ihrem alten Milieu bleiben«, vermutete Boyd. »So existiert kein Anstoß zu irgendeiner Initiative.«

»Was ist die Konsequenz?« fragte Ingrid, und sie fuhr fort: »Wir müssen den Gebäudekomplex zerstören, diese Umgebung, die jede neue Idee zu ersticken droht. Wir müssen die Zugänge zu den Nahrungsmittelquellen öffnen und die Rohstoffe und Produktionsmittel in die Hand bekommen.«

»Wenn wir das tun«, rief Mischa, »dann brechen wir das Abkommen, das wir mit der Regierung getroffen haben. Wir werden als unerwünschte Personen ausgewiesen werden.«

»Glaubst du, daß sie dazu die Macht haben?« fragte Ingrid. »Traust du diesen Wesen eine so hohe technische Entwicklung zu, daß sie etwas gegen uns tun können? Zweifellos sind die eigentlichen Machthaber intelligenter als jene Leute, mit denen wir es bisher zu tun hatten. Aber ein wesentlicher Unterschied dürfte wohl kaum bestehen!«

Zum ersten Mal führte eines unserer Gespräche zu unüberbrückbaren Gegensätzen. Boyd und Ingrid vertraten die These, daß man die alte Ordnung zerstören müsse, um die neue Gesellschaft zu initiieren. Diesmal nützten ihnen aber alle Überredungskünste nichts, um die Mehrheit zu erlangen – wir alle, sogar Nuru, stimmten dagegen. Selbst wenn wir in der Meinung unserer Widerpartner einen wahren Kern fanden, so hielten wir es für unmöglich, Geschöpfe eines fremden körperlichen und geistigen Systems, das wir noch längst nicht durchschaut hatten, am Leben zu erhalten, wenn sie von ihren Nachschubquellen abgeschnitten waren.

Boyd aber fand einen Weg, um trotzdem seinen Willen durchzusetzen. Als wir am nächsten Tag mit unserem Gleiter über die Hügelkette hinwegsetzten, erwartete uns ein erschreckendes Bild: Anstatt des rosa schimmernden Gebäudes lag ein Haufen Asche in der Talmulde – seltsam kontrastierend mit dem farbenfrohen Park. Einzelne der in sich zusammengesunkenen Bauteile glühten noch, Rauchsäulen stiegen auf. Das Material hatte seine Transparenz verloren und war in den dunkelbraunen, undurchsichtigen Zustand übergegangen. Von den Einwohnern war nichts mehr zu sehen.

»Unser Streit ist entschieden«, sagte Boyd mit Triumph in der Stimme.

»Wie hast du das gemacht?« fragte ich.

»Ich habe gar nichts getan«. antwortete Boyd. »Ich habe

ihnen nur ein Feuerzeug gegeben. Sie sind jetzt geistig reger geworden, haben Interesse an ihrer Umwelt; sind bereit zum Risiko. Feuer kannten sie offenbar nicht – es mußte sie außerordentlich interessieren.«

Wir alle blickten Boyd an, als sähen wir ihn zum ersten Mal, und sogar Ingrid erschien schockiert. Gestern noch hatte sie nüchtern und sachlich die Möglichkeit einer Zerstörung erwogen. Aber der Unterschied zwischen Theorie und Praxis traf sie tief. Selbst Boyd schien nicht so sicher zu sein, wie er sich gab.

Und dann drehten wir uns wie unter dem Eindruck eines unhörbaren Signals nach Mara um, die nachgekommen war und ein wenig hinter uns stand. Sie blickte hinunter ins Tal, ihr Gesicht war unbewegt. Sie erkannte nicht, was geschehen war, oder sie begriff es nicht...

Wir gingen hinunter, durch die blühenden Anlagen, bis zur Trümmerstätte. Teilweise war der Boden eingebrochen, und man blickte in die Tiefe hinunter. Wir sahen Leitungen, Röhrensysteme, mit Gittern umschlossene Apparaturen, dazwischen leeren Raum, Schwärze, einen bodenlosen Abgrund. Mischa warf einen Brocken Mauerwerk hinunter, wir horchten auf den Aufschlag... es blieb still.

»Das Innere dieses Planeten ist hohl«, sagte Mischa. »Die Messung des Gravitationsfeldes hätte mich darauf bringen müssen, aber ich habe es nicht zu glauben gewagt.«

»Heißt das, daß der Planet künstlich ist?«

Mischa zuckte die Achseln. »Es sieht ganz danach aus. Die Hülle besteht aus Kunststoff, den Blicken verborgen sind die zum Leben nötigen Maschinerien und Anlagen, für die Gravitation sorgt ein Kern von superschwerer Materie. Vielleicht ist es ein künstliches Paradies.«

»Und wo sind die Einwohner geblieben?«

»Es ist gut, daß sie nicht mehr hier sind«, sagte Mischa. »Ich glaube, sie sind in Sicherheit.«

Wir wühlten einige Zeit in den Trümmern herum, gaben es aber bald auf. Hier gab es nichts mehr für uns zu tun, wir wandten uns um und gingen zum Luftkissenboot zurück. Mara kam mit – was hätten wir sonst mit ihr tun sollen? Als wir über den Kamm der Hügelkette schwebten, warfen wir einen letzten Blick zur Stätte der Verwüstung zurück. Ich glaube, wir schämten uns alle.

Wenige Minuten später kamen wir am Landeplatz an. Schon von weitem erschien uns etwas verändert – unser Raumschiff hatte seinen Standort gewechselt, das Landegerüst stand frei auf der Oberfläche, einige Meter von unserem ursprünglichen Standort entfernt. Als wir näher kamen, bemerkten wir einen dunklen Punkt am Fuß der Treppe – es war ein Mensch –, und als wir aus dem Gleiter stiegen und auf ihn zutraten, erkannten wir, daß es ein Kind war, vielleicht 13 oder 14 Jahre alt.

Wir kamen näher, der Junge, der auf einem Felsblock gesessen war, erhob sich und trat auf uns zu.

»Wer bist du?« fragte Boyd.

Der Junge lächelte. »Mein Name ist nebensächlich. Ich wurde abgesandt, um ein kurzes Gespräch mit euch zu führen. Seid ihr dazu bereit?«

»Warum nicht?« fragte Boyd. Er schlug vor, wir sollten uns ins Raumschiff zurückziehen, doch der Junge schüttelte den Kopf. »Es dauert nicht lange. Zunächst haben wir den Sicherheitsfaktor zu hoch angesetzt – es kam zu einer Zerstörung des Siedlungsgebäudes; wir wissen noch nicht, durch welche Ursache, doch das wird noch geklärt werden. Jedenfalls können wir eine unkontrollierte Kommunikation nicht mehr zulassen. Ihr habt um Asyl gebeten, und wir wollten euch ein wenig Zeit lassen bis zur Entscheidung.«

»Zu welcher Entscheidung?« fragte Ingrid.

»Der Entscheidung, ob ihr euch dem aktiven oder dem passiven Teil der Bevölkerung anschließen wollt.« Er bemerkte, daß wir nicht verstanden, was er von uns wollte. Wieder lächelte er, und ich glaubte, eine Nuance von Geringschätzigkeit darin festzustellen – aber das kann auch an meiner Überempfindlichkeit liegen.

»Dieser Planet«, erklärte der Junge, »ist ein Reservat für jenen Teil der Bevölkerung, der in der genetisch fixierten Form in Frieden leben will. Diese Form unterscheidet sich nicht allzusehr von eurem Genotyp – ich glaube nicht, daß eine Eingliederung Schwierigkeiten machen würde. Der andere Teil der Bevölkerung hat sich dafür entschieden, aktiv an der Bewältigung aller Aufgaben, die sich stellen, mitzuarbeiten. Dazu gehört auch die Betreuung der passiven Bevölkerung, die ohne intensive Betreuung nicht lebensfähig ist. Über Nacht nehmen wir die physische Regeneration vor – Zufuhr von Nährstoffen, Kontrolle des Metabolismus, die Ergänzung von Wirkstoffen und dergleichen mehr. Die psychische Regeneration erfolgt zweimal am Tag, einmal vormittags und einmal nachmittags; wir prüfen die Gleichgewichte der Werteinschätzungen, Antriebe und so fort. Bis zum 14. Lebensjahr wächst jeder in der ursprünglichen Bioform auf, und alles was er lernt, dient letztlich der Befähigung zur freien Entscheidung über die endgültige Lebensform.« Der Junge ließ uns einige Sekunden Zeit zum Nachdenken, dann fragte er: »Wie wollt ihr euch entscheiden?«

Ein wenig zögernd fragte Mischa: »Jene andere Form... ist das...?« Er sprach seinen Satz nicht zu Ende, deutete aber in die Höhe, wo drei Spindeln regungslos in der Luft hingen.

Der Junge nickte. »Ja, es sind Kyborgs – isolierte Gehirne, über Funk mit einem Manipulationssystem und einer zentralen Einheit verbunden. In dieser Form ist man physisch und psychisch in ein riesiges System eingegliedert. Es ist jene Form, die dem gestaltenden Eingriff in die Welt am besten angepaßt ist. Es liegt nun an euch, was ihr vorziehen wollt – ein sorgenfreies, glückliches Leben in ewiger Jugend, oder eine Existenz mit einer unabmeßbaren Freiheit des Handelns, freilich der Verantwortung unterworfen, die die Möglichkeit zur Entscheidung mit sich bringt.«

Erst allmählich begriffen wir die Möglichkeiten, die sich

hier boten – doch keine entsprach dem, was wir uns als Lebensziel vorstellten.

Der Junge gab uns Zeit zur Beratung. Wir zogen uns ins Raumschiff zurück, Mara blieb draußen. Wir brauchten uns nicht lange zu beraten – unsere Entscheidung stand fest: Wir wollten Menschen bleiben, die wir bisher gewesen waren – Geschöpfe, die vielleicht auf einer tieferen Entwicklungsstufe standen als die Einwohner dieses Planeten, beschränkt in ihren Möglichkeiten, gefährdet von innen und von außen... aber doch im Gleichgewicht zwischen Körper und Geist, Stationen auf einer Entwicklung, der wir nicht vorgreifen wollten.

Wir verließen das Raumschiff, um einige Fragen zu stellen. Es gab keine Schwierigkeiten, man war bereit, uns zu helfen, uns mit Nahrung. Wasser und Energie zu versorgen.

Der Abschied war kurz. Maras Gesichtsausdruck war noch immer leer. Wir merkten, daß sie sich verändert hatte – wahrscheinlich schon während der letzten Tage. An ihren Augenwinkeln erschienen Falten, in ihrem Haar graue Strähnen. Ich griff in die Tasche und zog Maras Plakette heraus. Ich nahm ihre Hand und legte ihr das Band um, an dem das dunkle Scheibchen befestigt war.

Wir ließen den Gleiter in den Laderaum einfahren und stiegen dann selbst ins Innere. Als wir aus den Luken blickten, waren Mara und der Junge verschwunden.

Nach einer Viertelstunde lieferte ein automatischer Lufttransporter die Vorräte an, wir luden sie ein und waren bereit zum Start. Es wird zwei Jahre dauern, bis wir die äußeren bewohnten Distrikte erreichen – Zeit genug, um unsere Lage noch einmal zu überdenken.

Nach ein paar Minuten lag der Planet als weiße Kugel hinter uns, und noch etwas später tauchte er im Dunkel des nachtschwarzen Abgrunds unter, der uns von der Erde trennt.

Zentrale der Welt

Die Zentrale war leer. Keiner der acht Tutoren befand sich persönlich im Raum. Und doch war die Konferenz im Gang. Maßnahmen wurden erwogen, Entscheidungen gefällt. Es ging um das Wohl der Welt.

Die Stereoschirme flimmerten. Zahlenkolonnen tauchten auf und verschwanden wieder. Zeichen der Booleschen Algebra gruppierten sich zu Formeln. Nur selten erschien ein Gesicht – die Symbolik des Mienenspiels hatte längst ihre Bedeutung verloren.

Die Tagesordnung folgte ihrer uralten Gesetzlichkeit. Meldungen wurden vorgebracht, analysiert, Schlüsse gezogen. Daten wurden verglichen, integriert. Für jeden Verarbeitungsschritt gab es ein Programm, für jede Information eine Formel. Die Auswertung folgte dem Flußdiagramm. Die Konsequenzen waren nur noch Routine.

Die Versammlung war beendet – das Klingelzeichen zeigte es an. Je nach der Art des Rezeptorsystems manifestierte es sich als Schallwelle, als elektrischer Impuls, als Frequenzmodulation, als Ionisierung von Natriumdampf. Die Bildschirme erloschen.

A7, der auf den menschlichen Namen Lester hörte, vergegenwärtigte sich einige Zahlen – Konzentrationen von Heliumatomen im interplanetarischen Raum. Ihr Anstieg war ihm bedrohlich erschienen, aber der Computer hatte bewiesen, daß schon in 6372 Jahren das stationäre Gleichgewicht eintreten würde, und dann setzten sich auf den Himmelskörpern wieder ebensoviel Atome ab, wie durch die Zerstrahlungstriebwerke abgeschieden wurden. Seine Besorgnis war überflüssig gewesen. Auf seinem Luftkissenstuhl schob er sich an die durchsichtige Außenwand heran. Das Bild seiner Heimat hatte immer noch etwas Beruhigendes für ihn – der Doppelstern Heliopont, die Diskusform der nahen Galaxis M 51 und das Oval des Ionengürtels – Staub aus den Reaktoren –, das die Station in einer riesigen, schwach leuchtenden Schleife umschlang.

Die Schnarre durchbrach seine schweifenden Gedanken. Er drehte den Stuhl herum und öffnete durch einen mentalen Impuls das Kommunikationsnetz. Der Bildschirm blieb dunkel, doch vor seinem inneren Auge erschienen die Zeichen A 1. A 1 – Jonathan –, der gegenwärtige Vorsitzende der Weltregierung, konnte sich nicht mehr körperlich zeigen, er war längst eingespeichert worden. Von seinem ursprünglichen Organismus war nichts mehr übrig, er bestand nur noch aus Erinnerung und Willen. An einige Milliarden Speicherelemente gebunden, mit dem Impulsgeber gekoppelt, Jonathan und Lester – sie waren Vertreter der humanoiden Rassen in der Regierung.

»Darf ich dich stören Lester?«

»Aber sicher, Jonathan.«

»Bei unserer heutigen Besprechung erfuhr ich etwas, was mir Gedanken macht.«

»Ist es der Heliumanstieg?«

Die Reaktion auf diese Frage entsprach einem Lächeln. »Traust du der Unfehlbarkeit unseres Computers noch immer nicht?«

»Was ist es also?«

»Der Aufstand im Herrera-Distrikt.«

Lester blickte hinaus in den Raum, wo sich zwischen unzähligen leuchtenden Punkten auch das Pentagramm der fünf Sonnen abzeichnete. Dort hatte sich das Volk erhoben – eine primitive, den Menschen nahe verwandte Rasse, über sieben Planeten verteilt – das bedeutete Plan 3780:

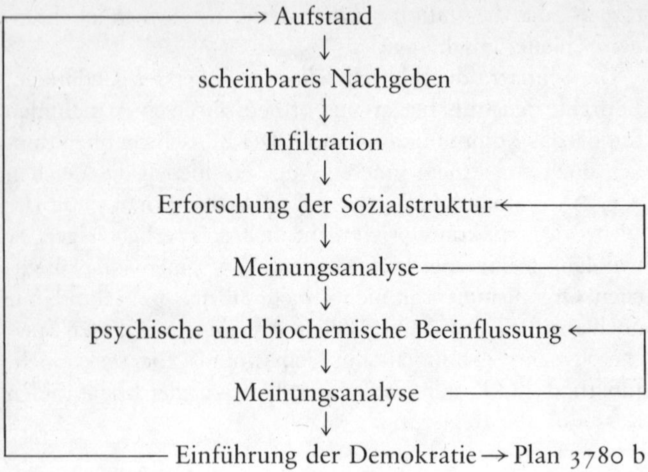

Das alles war festgelegt, jede Möglichkeit war berücksichtigt, das feed-back war eingeschaltet. Mit unfehlbarer Sicherheit wurde das Ziel angesteuert. Freilich: Es kostete ein wenig Zeit.

»Es ist nicht die Zeit«, meinte Jonathan. »Zeit haben wir genug. Es ist die Ursache: Wie konnte es zu einem Aufstand kommen? Alles war geplant: Der Widerstand der Tradition, die Dummheit, die Gewinnsucht. Selbst die spontane Kurzschlußhandlung. Die religiösen Hemmungen, die der Vereinigung entgegengewirkt hätten, sind beseitigt worden. Die Führungskräfte wurden systematisch auf unsere Linie geführt. Durch biochemische Wirkstoffe im Trinkwasser haben wir die Risikofreude angehoben, um Bereitschaft für einen politischen Umschwung zu wecken, und so weiter und so weiter. Alles verlief wie vorausgesehen, jeder sah ein, daß die materielle Not schwinden, der Raum der persönlichen Freiheit wachsen würde. Dem Zusammenschluß stand nichts im Wege. Er hätte kommen müssen. Der Aufstand steht außerhalb der Regel.«

»Ich verstehe«, sagte Lester. »Ein Fehler in der Kalkulation.« Jonathan reagierte scharf: »Kein Fehler. Es gibt keine Fehler in der Kalkulation.«

»Was dann?«

»Eben das möchte ich wissen.«

Lester verfolgte die stummen Fragen seines Chefs: Sabotage? Unbekannte Mächte? Mangelhafte Information?

»Aber die Sache läßt sich doch leicht reparieren. Der Herrera-Distrikt ist klein und unwichtig. Was spielt die geringe Verzögerung für ein Rolle?«

»Der Herrera-Distrikt ist unwichtig – das stimmt. Der ganze Fall wäre unwichtig – wenn es ein Einzelfall wäre.«

»Hatten wir in der letzten Zeit ungewöhnlich viele Aufstände?«

»Auch ein einziger kann zu viel sein. Es gab aber noch einige andere. Und es gab Novas, Kriege, Seuchen, grundlos, unvorhergesehen.«

»Was können wir tun?«

»Ich habe noch keinen Plan. Und ich habe zu wenig Material für den Computer. Trotzdem muß etwas geschehen. Diese Dinge sind ein Makel in unserem System. Sie stehen außerhalb der Kontrolle. Sie könnten unsere Autorität untergraben, unsere Bemühungen stören. Wir müssen sie in den Griff bekommen. Wie? Wir werden sehen. Ich schlage vor, daß du den Fall bearbeitest. Sieh dich auf Herrera um!«

»Über das Kommunikationsnetz?«

»Nein, persönlich. Ich möchte kein Aufsehen riskieren. Deine Untersuchung muß völlig unauffällig erfolgen. Laß dich duplizieren, damit du die Regierungsgeschäfte weiterhin wahrnehmen kannst.« Dann fügte er eine ungewöhnliche Formel hinzu. Er sagte: »Viel Glück!«

Die Unruhen hatten auf dem Planeten Gamma begonnen, und dorthin wurden Lesters Daten geleitet. Die Reintegration erfolgte innerhalb weniger Minuten. Nach einer kurzen Beratung mit dem Vertreter der Weltregierung ließ er sich die wichtigsten Daten einspeichern: Sprache, Sitten, einige typische Verhaltensweisen. Besondere Schutzmaßnahmen waren nicht nötig, da jederzeit neue Duplikate produziert werden konnten.

Trotzdem fühlte er sich unsicher, als er sich das erste Mal unter das Volk mischte. Zwar brauchte er keine Angst haben, sich zu verraten, denn dank seiner Programmierung reagierte er absolut normgerecht. Gerade diese ihm unbekannten Reaktionen, die er gleichsam an sich selbst entdeckte, bereiteten ihm Unbehagen. Das, was er fühlte und spürte, wenn er den Einheimischen entgegentrat, diese unausgeglichenen Impulse, die fast barbarische Spontaneität mancher Regungen, war schwer zu ertragen, und er merkte schon jetzt, daß er alle Konzentration, deren er fähig war, aufbieten müßte, wenn er dieses Abenteuer erfolgreich bestehen wollte.

Die lokale Regierung hatte bereits jene Maßnahmen ergriffen, die ihr von der Zentrale nahegelegt worden waren. Lester begegnete einigen getarnten Psychologen, die das mit den Aufständischen sympathisierende Volk langsam auf den Gegenschlag vorbereiten sollten. Er traf auch einen Rechercheur, der die Wertvorstellungen testen sollte, vor allem jene der anonymen Leitpersonen dieser bunt gemischten Gesellschaft, und Lester hatte Mühe, sich ihm zu entziehen, ohne sich zu erkennen zu geben.

Der Gang der Geschehnisse, die zum Aufstand geführt hatten, war bekannt. Als der Zusammenschluß der Regierungen verkündet werden sollte, hatten sich an den Straßenecken Gruppen gebildet, der normale Fluß des Verkehrs war empfindlich gestört worden, und die Oberhäupter der Regierungen waren zu spät eingetroffen. Am Hauptplatz aber hatten sich unglaubliche Mengen von Kindern versammelt, die die Worte aus den Lautsprechern mit ihren schwermütigen, seltsam rhythmisierten Liedern störten. Als sich der Beginn der Feierlichkeit verzögerte, wuchs die Unruhe immer weiter – Jugendliche in den hinteren Reihen stießen und drängten, schoben den Polizeikordon am vorderen Rand des abgesperrten Versammlungsfeldes zurück, immer mehr von ihnen schlüpften hindurch, kletterten auf Denkmäler und Fahnenstangen, rissen die Lautsprecher herunter, so daß der Gesang alles andere übertönte, und überfluteten schließlich das Podium, auf dem der Festakt ablaufen sollte. Auf ähnliche Weise, ohne direkte Gewalt, passiv, fast spielerisch, wurde auch ein weiterer Versuch, die neue Regierung zu etablieren, abgeschlagen, und als das schließlich unter Ausschluß der Öffentlichkeit geschehen sollte, weiteten sich die Sabotagemaßnahmen auch auf Einrichtungen der öffentlichen Ordnung aus: Die Untergrundbahn wurde aufgehalten, der Sender belagert, die Ordnungstruppen am Ausfahren gehindert.

Alle diese Handlungen trafen genau die empfindlichen Stellen der Organisation, und sie verliefen so, daß man keine Schuldigen herausfinden konnte: Stets waren es große Mengen von Menschen, die im einzelnen nichts Strafbares taten – sie standen nur herum, sangen und gafften. Sicher ließ sich das unterbinden. Wo aber war die Organisation? Wo war der Kopf des Widerstands? Das war das Problem, das Lester zu lösen trachtete. Aber erst ein Zufall brachte ihn seinem Ziel näher.

In der Hoffnung, mit den Leuten ins Gespräch zu kommen, betrat er eines jener Lokale, in dem die Einheimischen Tee zu trinken pflegten. Sie tranken oft Tee. Durch einen dämmrigen Raum, in dem nur wenige Personen saßen, kam er auf eine Terrasse voll mit bunten Stühlen, und fast alle besetzt. Unten strömte ein Fluß ganz langsam dahin, Blumen hingen an den Mauern herab, die den Hof nach drei Seiten begrenzten. Aus einem Lautsprecher kam leise Musik.

Lester fand einen Tisch mit zwei Männern, einem älteren und einem jüngeren, und einer Frau, an dem noch ein Platz frei war. Sie hatten die Kindergesichter dieser Rasse, ihre großen Augen, ihre kurzen Nasen. Sie trugen bunte Umhänge, handbestickt, und schienen zu dösen. Er grüßte, und sie luden ihn ein, sich zu setzen. Er bestellte Tee und trank die heiße Flüssigkeit in kleinen Schlucken.

Es war behaglich hier. Er fühlte es mit dem geborgten Empfinden dieser Leute, und er genoß es, obwohl er sich des Widerspruchs bewußt war: denn das trübe Wasser, das dort unten vorbeirann, war nicht sterilisiert und sicher ein Herd für Bakterien. Aus der Tasse, die er zum Mund führte, hatten offenbar schon andere getrunken, und der Wind, der manchmal einen faulen Geruch von Abwasser heraufhob, war kühl und zweifellos ungesund.

»Ein schöner Abend«, sagte er, ohne sich an jemanden Bestimmten zu wenden. An den freundlichen Mienen der anderen merkte er, daß sie ihm zustimmten. »Und eine schöne Stadt«, fügte er hinzu. »Ich komme von Beta. Bin auf Geschäftsreise.« Der ältere Mann nickte ihm freundlich zu, doch niemand antwortete.

Diese Leute waren ruhig, selbstsicher, mit sich im Gleichgewicht. Er mochte sie – das fühlte er. Nein, sagte sein Verstand: Sie sind träge, dumm und uninteressiert. Er mußte sie provozieren.

»Wenn die neue Regierung kommt, wird sich hier einiges ändern. Bei uns ist sie schon etabliert. Bei uns gab es auch solche Lokale wie diese. Sie wurden geschlossen. Zu unhygienisch, hieß es. Die Flüsse wurden trockengelegt, und Blumen dürfen nur noch in biologischen Gärten gezogen werden – Blütenstaub kann Allergien hervorrufen.«

Zuerst antwortete wieder keiner. Dann sagte der ältere Mann: »Schade.« Die Frau rief den Kellner und zahlte. Sie grüßte freundlich und ging.

Lester gab es noch nicht auf: »Sie haben Glück, daß es hier noch nicht soweit ist. Was sage ich – Glück! Die Leute hier haben Mut, sie haben sich gewehrt. Ich bewundere sie.«

Der jüngere Mann stand auf. Er nickte kurz, legte ein Geldstück auf den Tisch und murmelte: »Es wird Zeit für mich.«

»Na, habe ich nicht recht?« fragte Lester an den einzelnen Mann gewandt, der noch zurückgeblieben war. »Auch wir auf Beta sollten etwas unternehmen. Wir sollten uns nicht so einfach überfahren lassen.«

Der andere lächelte nachsichtig. »Aber ich bitte Sie – das Wasser ist doch wirklich schmutzig. Freilich, wir hängen an unserem Fluß, aber was nützt das schon? Was schädlich ist, muß eben verschwinden – wer sieht das nicht ein?«

»Mir gegenüber brauchen Sie sich nicht zu verstellen«, sagte Lester. »Es ist Ihnen genauso klar wie mir, daß die neue Regierung vieles von dem verändern wird, was Ihnen – und auch mir – lieb und teuer ist. Aber ich glaube, Sie machen sich keine rechte Vorstellung von dem, was Ihnen bevorsteht. Sie werden andere Kleidung tragen, Blue jeans und Jacken mit aufgesteppten Taschen. Sie werden eine andere Sprache sprechen. Die alten Häuser werden verschwinden, statt dessen werden Wohnblöcke aus dem Boden schießen.«

»Wissen Sie«, warf der Mann ein. »Die alten Häuser sehen romantisch aus – von außen. Aber haben Sie schon drinnen gewohnt?«

»Industriewerke werden aufgebaut. Sie werden arbeiten müssen wie noch nie.«

»Wir haben nichts gegen Arbeit – wenn sie nötig ist«, gab der andere zurück.

»Hängen Sie denn nicht an Ihrer Freiheit? In einem Maß wie nie zuvor werden Sie tun müssen, was andere befehlen. Ihr Leben wird geplant sein. Ihre Freizeit, ja selbst Ihr Glück wird geplant sein – von anderen.«

»Freiheit«, sagte der andere und lächelte. »Was ist das schon: Freiheit? Bisher waren wir arm – und Armut kennt keine Freiheit. Wir werden Pflichten haben – gewiß. Aber auch Chancen wie nie zuvor. Wir werden mehr sehen, mehr erfahren, die Welt wird sich auftun für uns. Das ist doch Freiheit – was sonst?«

Lester begann zu verzweifeln.

»Sie sind nicht ehrlich!« rief er unterdrückt. »Ich weiß es doch – ihr alle seid verkappte Revolutionäre! Aber ich gehöre zu euch. Ich will den Widerstand organisieren. Sagen Sie mir, wo die Anführer zu finden sind! Wer sind sie? Wie kann ich sie erreichen?«

»Es gibt keine Anführer«, antwortete der Mann mild. »Wie stellen Sie sich das vor?«

»Aber es muß doch eine Zentrale geben, die Anordnungen erläßt, Befehle gibt…« Er sprach nicht weiter, denn er merkte, daß ihm der andere nicht zuhörte. Der blickte wieder hinaus über den Fluß, auf das trübe, strudelnde Wasser, in dem sich altes Gemäuer spiegelte, wobei es sich seltsam verzerrte – ein Schwingen lief darüber hinweg wie über einen Leuchtschirm. Lester merkte, daß nun selbst die leise geflüsterten Worte der Gäste verstummt waren. Alle saßen da, lauschend, als hätte sie ein Ruf erreicht. Aus dem Lautsprecher tönte ein Lied, eine Frauenstimme sang. Es war ein primitives Lied, eine Melodie aus wenig Tönen, ein langsamer, schleppender Rhythmus. Lester hatte Mühe, dem Text zu folgen; es waren alte Worte dabei, Begriffe aus der Geschichte dieses Volkes, scheinbar zusammenhanglos aneinandergereiht, und da Lester sie nur schwer verstand, nahm er an, daß auch die Leute um ihn herum den Sinn nicht erfaßten. Und trotzdem war es dieses Lied, das irgend etwas in ihnen zum Schwingen brachte:

über nasse Wege gehn
Straße der Freiheit vergiß vergiß
Hund der getreten wird
Regenbogengold
laß nicht locker Baby
ich knips das Radio an eia
Straße der Freiheit vergiß vergiß
Herz das den Rhythmus schlägt
Sonntagmorgen schlafen
Regenbogengold

Als Lester nicht mehr über die Bedeutung einzelner Vokabeln nachdachte, sondern nur noch zuhörte, fühlte er in sich irgend etwas erwachen. Er erhob sich und ging die Stufen hinauf, durch die dunkle Gaststube, auf die Straße hinaus.

Und Hunderte gingen neben ihm. Sie kamen aus Türen, aus Seitenstraßen, aus Kinos und Teestuben. Langsam strömten sie durch die Allee, hielten auf einen Platz. Noch immer war der Rhythmus lebendig – gesummt, gemurmelt oder bloß gedacht. Lester ertappte sich dabei, daß er mitsummte.

Unter seinen Füßen fühlte er Metall, Schienen. Irgendwo vorn bimmelte es – dort standen einige der altmodischen Schienenwagen, die den Stadtverkehr bewältigen sollten. Eine Sirene erklang. Megaphone bellten.

Er beachtete sie nicht, hörte sie nicht. Für ihn gab es nur diesen Gesang. Die Synkopen wühlten ihn auf. Er hätte jubeln können, aber auch weinen, sich zu Boden werfen oder fortlaufen, irgendwohin, alles zurücklassen…

Er spürte Tränen in den Augenwinkeln. Die Umgebung verschwamm – es schmerzte. Ein ätzender Dunst füllte seine Lungen. Er fühlte ein Zittern in den Knien. Er fühlte sich gestützt, gehoben, getragen. Die Eindrücke gingen in einen Traum über.

Er erwachte im Innenhof eines alten Hauses. Wasser plätscherte. Seine Augen brannten. Ein feuchtes Tuch wischte darüber hinweg, linderte den Schmerz. Um ihn herum standen einige Männer und Frauen in bunten, weiten Kleidern.

»Das Tränengas ist nicht so harmlos, wie viele meinen«, sagte einer. »Gehen Sie in die nächste Apotheke und lassen Sie sich etwas verschreiben, damit nichts zurückbleibt!«

»Was ist geschehen?« fragte er heiser.

»Sie sind in einen Auflauf geraten«, erklärte eine Frau. »Auf der Hauptkreuzung der Straßenbahn. Der Verkehr war für zwei Stunden lahmgelegt.«

»Aber wie kam ich dazu?« stammelte Lester. »Ich wollte doch nicht…«

»Das ist es ja eben«, sagte die Frau. »Niemand will es – aber es geschieht.«

Das Brennen in den Augen, in der Nase und im Rachen hatte aufgehört. Lester hatte die betroffenen Organe reduplizieren lassen – eine Behandlungsweise, die den Bewohnern dieses Planeten noch versagt war; sie mußten ihre Entwicklung kontinuierlich vollziehen.

Lester hatte nachgedacht, und er glaubte der Lösung seines Problems nähergekommen zu sein: Es war der Gesang gewesen, die primitive Melodie, der Text mit den vagen Begriffen aus alten Zeiten, die die Menschen zum Handeln gezwungen hatte. Ein geheimes Zeichen oder ein posthypnotischer Befehl? Lester wußte es noch nicht. Aber er ahnte, wo die Fäden zusammenliefen.

Es waren stets dieselben Lieder, die bei solchen Gelegenheiten ertönten, und es war dieselbe Sängerin, die sie eingeführt hatte: Anda, der große Modestar, ein Mädchen, von dem man nur den Vornamen kannte. Anda sang im Rundfunk, Fernsehen, auf Shows und in Filmen, am liebsten aber sang sie auf der Straße. Wo immer sie erschien, war sie von Bewunderern umlagert, und die Sprechchöre forderten so lange: Anda, sing für uns!«, bis sie sich auf einen rasch herbeigeschafften Tisch stellte, auf ein Fensterbrett schwang oder auch nur auf eine alte Mauer, und ihre Lieder begann.

Lester ließ sich als Journalist bei ihr anmelden, und zu seinem eigenen Erstaunen wurde er sofort vorgelassen.

Anda bewohnte ein altes Haus außerhalb der Stadt – das Haus ihres Vaters, der Postbeamter war und seinem Beruf nach wie vor nachging. Der Manager war ihr Bruder, ein magerer junger Mann mit dunkel umringten Augen und einem steten müden Lächeln. Als Lester vor Anda stand, wurde er unsicher: Konnte sie eine Revolutionärin sein? Er kannte ihr Bild, aber in Wirklichkeit war sie noch kleiner, noch zerbrechlicher. Sie hatte ein Kindergesicht, glatter, als es ihrem Alter entsprach, doch die Augen darin waren wissend und alt. Sie war nicht hübsch, aber außergewöhnlich apart – hervorstehende Backenknochen, glattes schwarzes Haar, an der Stirn in gerader Linie gestutzt. Sie lächelte ihn an.

»Ich möchte Sie einiges fragen«, sagte er.

»Gefallen Ihnen meine Lieder?« fragte sie. Sie brachte ihn ein wenig aus der Fassung.

»Ja, natürlich«, antwortete er.

Sie waren allein im Raum. Die Tür zum Nebenraum stand offen. Ein Stuhl knarrte. Saßen dort die Bewacher? Er stand rasch auf und blickte ins andere Zimmer. Eine alte Frau blickte erstaunt vom Strickzeug auf.

»Verzeihung!« sagte er.

»Was haben sie?« fragte Anda. Sie war neben ihn getreten. Er empfand ihre Nähe mit einem ungewohnten erregenden Gefühl – man mußte ihm eine besondere Sensibilität als Eigenart dieser Rasse einprogrammiert haben. Als sie seinen Blick sah, ging sie rasch zur Sitzbank zurück und sagte: »Sie sind seltsam. Was haben Sie? Setzen Sie sich!«

Lester folgte der Aufforderung. »Ich möchte einiges wissen – über Sie und Ihre Lieder.«

»Ich bin uninteressant«, antwortete Anda. »Eine Schülerin, die ein wenig singt. Meine Lieder – nun, es sind alte Melodien, Lieder über Liebe und Heimweh, über die Sehnsüchte einzelner Menschen. Sie sind schön, nicht wahr? Mein Bruder hat sie entdeckt, eine Handschrift in einer Bibliothek. Er studiert Musik.«

»Ihr Bruder hat sie entdeckt?« wiederholte Lester. Er überlegte. Dann beschloß er, alles auf eine Karte zu setzen. »Ich bin kein Journalist«, sagte er. »Ich bin Vertreter der Regierung. Wir haben Sie durchschaut. Ihre Lieder wiegeln die Massen auf. Sie sind das Zentrum der Revolution!«

Anda sah ihn groß an. »Das ist ein Scherz, nicht wahr?« sagte sie. »Oder wollen Sie sich interessant machen? Stellen Sie doch Ihre Fragen, oder lassen Sie mich zufrieden.«

»Wer steht hinter diesen Liedern? Wer sagt Ihnen, wann und wo Sie singen sollen? Von wem bekommen Sie ihre Befehle?« Lester hatte seine Stimme erhoben, und Anda sagte: »Seien Sie still, oder ich rufe Mutti!« Sie holte aus einem Fach des neben ihr stehenden Bücherregals ein kleines Heft, einen Umschlag und eine Schallplatte. »Das sind einige Unterlagen für die Presse«, sagte sie. »Im Umschlag sind Photos von mir. Die Schallplatte ist für Sie - zum Andenken. Aber jetzt gehen Sie bitte!«

Lester stand auf. Sie reichte ihm die Hand. »Aber warum singen Sie?« fragte er.

»Ich tue es gern. Die Lieder sind so schön und so traurig. Ich möchte sie am liebsten immerzu singen. Es ist nicht nötig, daß man mich dafür bezahlt. Ich freue mich, wenn ich die Menschen rühren kann. Sie alle mögen meine Lieder. Sie hören gern zu. Was müssen Sie für ein Mensch sein, wenn Sie das nicht verstehen!«

Lester war in die Regierungszentrale zurückgekehrt. Er federte leicht auf seinem Stuhl. Er ertappte sich dabei, daß er das nach einem bestimmten Rhythmus tat: Straße der Freiheit...

Die Schnarre erklang. Jonathan meldete sich. »Hast du dich schon erholt, Lester?«

»Wieso meinst du...?« fragte Lester.

»Ich bin nicht in deine private Sphäre eingedrungen – keine Angst! Aber es kann ja gar nicht anders sein: Du warst in einer Welt der Primitivität, des Chaos. Sie mußte dich verwirren. Du mußt die Eindrücke erst verarbeiten, deine Gedanken sammeln.«

»Das stimmt«, bestätigte Lester.

»Inzwischen sind die rationalen Gründe für die unerwartete Situation geklärt worden.«

»Das Mädchen ist schuld«, sagte Lester.

»Ja, das Mädchen! Sie hat die alten Lieder zu neuem Leben erweckt. Wir haben sie analysiert – es sind die Lieder eines unterdrückten Volkes. Lieder, in denen das, was sie eigentlich sagen sollten, nur versteckt zum Ausdruck kommt.«

»Freiheit«, meinte Lester.

»Freiheit? Nein – nicht Freiheit. Freiheit ist nur eine oft auftretende Vokabel. Freiheit läge ganz im Sinn der von uns induzierten Umschwünge. Wir haben das Begriffsfeld analysiert: Alle Worte stammen aus der semantischen Umgebung eines Begriffs, der selbst nirgends explizit auftritt. Kampf gegen die fremden Unterdrücker! Nicht Freiheit: Befreiung! Verstehst du jetzt, wie solche Lieder wirken: bedingte Reflexe, Assoziationen. Unbewußt, aber mit unfehlbarer Wirkung.«

»Und wir haben das noch unterstützt!«

»Ja, sie tauchten gerade auf, als wir die Stimmung der Bevölkerung durch Psychodrogen so beeinflußt hatten, daß sie auf jede Aufforderung zu politischer Aktivität zustimmend reagierte. Das war die Ursache der Aufstände.«

»Das war auch der Grund für Andas Erfolg«, sagte Lester, und er sah ihre kindlichen Züge wieder vor sich, empfand einen Anflug des Reizes, den sie ausstrahlte. »Es war also ein Fehler in der Organisation.«

»Es war kein Fehler!« Wie immer reagierte Jonathan heftig, wenn Lester die Perfektion des Systems in Frage stellte. »Die Organisation war perfekt. Die Berechnungen stimmten.«

»Die Möglichkeit, daß gerade zur Zeit der politischen Umorientierung totgeglaubte Parolen aus uralten Zeiten auftauchen könnten, war übersehen worden.«

»Nicht übersehen... Nur war ihre Wahrscheinlichkeit gering. Praktisch gleich null.«

»Theoretisch gleich null!« verbesserte Lester, und Jonathan verzichtete diesmal auf Widerspruch. »Ich habe eben eine Nachricht erhalten«, sagte er. »Der magnetische Ring um die Dunkelsonne Waldow VII ist leck geworden. Die Gravitonen laufen aus. Wir müssen sieben Distrikte evakuieren – darunter Coman und Wosterhaed.«

»Das wirft uns weit zurück«, sagte Lester.

»Wir werden damit fertig.«

»Es ist also wieder das Unerwartete des Ereignisses, das dich bedrückt.«

Jonathan bestätigte es.

»Soll ich bei Waldow VII nach der Ursache suchen?«

»Die Ursache ist bekannt – ein vagabundierendes Gravitationsfeld, eine Art Kugelblitz.«

»Was möchtest du also wissen?«

Jonathan zögerte mit der Antwort. Dann sagte er langsam: »Wir haben die Statistik jener Zufälle analysiert, die unsere Bemühungen immer wieder zuschanden machen. Die Resultate stimmen mit den Erwartungswerten überein. Was wir aber noch nicht wissen und wofür wir noch kein Kalkül haben, das ist das Eintreten des einzelnen Vorfalls. Warum singt das Mädchen auf Herrera Freiheitslieder? Warum verirrt sich ein Kugelblitz in unser Abschirmnetz? Warum geschieht das genau in jenen Augenblicken, in denen es uns am meisten stört?«

»Und die Antwort?« fragte Lester.

»Es gibt nur eine: Es steckt eine Absicht dahinter. Wir sind bereits verplant.«

»Wir sind bereits verplant?« fragte Lester erstaunt.

»Ja!« bekräftigte Jonathan. »Nur eine einzige Ursache kann einen perfekten Plan zunichte machen: ein anderer, übergeordneter Plan. Und darum«, er sprach, oder richtiger, er dachte seine Sätze wieder schneller, »darum brauchst du deine Recherchen nicht bei Waldow VII ansetzen, sondern gleich dort, von wo aus die Vorfälle gesteuert werden dürften – von Thor. Thor war das Haupt der einzigen Organisation, die der unseren ebenbürtig war. Wir haben sie nur deshalb in unser System einbezogen, weil wir dadurch seine Effektivität steigern konnten.«

Lester erinnerte sich an einige Einzelheiten des Vertrags. »Ihr Regierungssystem besteht noch. Ihr Computer arbeitet unabhängig von unserem. Sie verwalten zwei Millionen Distrikte.«

Jonathan bejahte, ohne Worte zu formulieren. Er fügte hinzu: »Es ist die einzige Stelle, die einen umfassenden Plan für eine Ordnung der Welt entwerfen kann. Sieh dich dort um. Offiziell kommst du als Gast unserer Vertretung. Sei vorsichtig! Außerhalb des extraterritorialen Gebiets können wir dich nicht schützen.«

»Ich reise sofort ab«, sagte Lester. Dann fiel ihm noch etwas ein: »Was ist mit Anda geschehen?«

Jonathans Antwort ließ ein wenig auf sich warten. »Sie singt nicht mehr«, antwortete er dann.

Thor ist eine Welt der Dunkelheit und der Kälte – der absoluten Dunkelheit und der absoluten Kälte: minus 273°. Keine einzige strahlenspendende Sonne liegt innerhalb dieser Wüste, kein radioaktiver Meteorit, der Wärme enthält und aussendet. Und doch gibt es Leben in dieser Region, Leben, das Ordnungen schafft und Bewußtsein entwickelt.

Es existiert auf einer viel tieferen Energieebene als das der organischen Lebewesen, und es ist nicht auf chemische Umsetzungen aufgebaut, sondern auf Nullpunktphänomene: Bewegung ohne Reibung, elektrische Schwingungen ohne Abstrahlung, Strom ohne Widerstand. Die umgesetzten Energiebewegungen sind winzig klein – nur wenige Quanten, und doch gibt es hier Organisation, Veränderung, Entwicklung. Staubkörner, aus nur winzigen Atomen aufgebaut, orientieren sich im Kraftfeld von Kristallen, Elektronenkreisel wechseln den Sinn ihres Umlaufs. Veränderungen rufen neue hervor, Beziehungen entstehen, Strukturen wachsen, werden umfassender, komplexer, reagieren auf äußere Einflüsse, aus dem Innern heraus gesteuert. Das Unausbleibliche vollzieht sich selbst hier, in dieser scheinbar sterilen Umgebung: Leben.

Die Kluft zwischen Wesenheiten so unterschiedlicher Energieebenen erschwert den Kontakt. Nullpunktwesen sind fragil, schon die Wärmeausstrahlung einer Mücke würde sie zerstören. Nicht einmal ihre Existenz hätte man bemerkt, wäre ihre Technik nicht über sie selbst hinausgewachsen, hätten sie nicht Wirkungen erzielen können, deren Energieumsatz den ihrer Metabolismen um ein Trilliardenfaches übertraf.

Inmitten jener Wolke aus Staub, aus der sich die Nullpunktwesen ständig erneuerten, schwebt der Zellenbau ihres Regierungsgebäudes – vielleicht ein Abbild ihrer elementaren, kristallinen Struktur. Und am Rand des Zellenbaus, über den Richtstrahl des Gravitonen-Lasers mit der lichterfüllten Welt verbunden, rotierte eine Kugel, durch dreifache Mauern nach außen abgeschirmt, ein Hort der Wärme und des Lichts, die Kapsel des Botschafters. Dort materialisierte sich, aus unvorstellbarer Ferne gesteuert, der Körper Lesters.

Der Botschafter war ein Wasserbewohner von Hektal, und sein Kontakt mit der Zentrale beschränkte sich normalerweise auf den Austausch von Formalitäten über die Bildschirme. Nur eine kleine Gruppe von Humanoiden befand sich unter seinem Personal, und von diesen hatte nur einer noch seinen ursprünglichen Zustand behalten: Moira, eine Frau von olivbrauner Hautfarbe und unbestimmter Abkunft, rothaarig, groß und kräftig – sie konnte noch hundert Jahre leben, ohne sich einspeichern lassen zu müssen. »Ich weiß nicht, was du vorhast«, sagte sie, »aber ich will dir helfen.« Sie war bei Lesters Reintegration dabei gewesen, und er genierte sich vor ihr.

»Ich habe nichts Besonderes vor«, antwortete er. »Es ist ein Höflichkeitsbesuch.« Aber sie lachte nur leise und tief. »Das wäre zu bedauern«, sagte sie.

»Warum?«

»Es gäbe hier einiges, was nicht uninteressant ist.«

»Was, beispielsweise?« fragte er.

Sie winkte ihm, ihr zu folgen. Sie bewegte sich mit erstaunlicher Sicherheit über das Gravitationsfeld, das in Kurven und gelegentlich die Ebene wechselnd durch den Bau führte. Sie fand dabei noch die Zeit, die Hüften zu wiegen. Obwohl seine Programmierung von Herrera längst aufgehoben war, erinnerte sie ihn an Anda. Er wußte nicht wieso, denn die beiden hatten nichts gemeinsam.

Sie gelangten in einen Raum, der ungewöhnlich eingerichtet war. Stereobilder schwebten umher, uralte Gegenstände hingen an den Wänden: ein Autoscheinwerfer, eine Balaleika, ein Buch. Persönliche Dinge standen herum, in einer Nische zischten die nach oben gerichteten Düsen eines Hovercraft-Betts. Eine Wand wurde von einer gekrümmten, mattglänzenden Scheibe gebildet, ein schmales Gravitationsband lief rund herum, so daß man an jede Stelle nahe herankommen konnte.

»Mein Zimmer«, sagte Moira, und wieder lachte sie, als sie Lesters Betroffenheit über diese Unverfrorenheit bemerkte, ihm Einblick in ihre Privatsphäre zu geben. »Nur hier bin ich ungestört«, erklärte sie. »Komm!« – sie trat an den Schirm und drückte einen Knopf. Es wurde dunkel im Raum, und gleichzeitig erhellte sich die gewölbte Kunststofffläche. Was darauf erschien, ließ sich am ehesten mit dem Himmel föhniger Tage vergleichen – Wolken vor einem violettblauen Hintergrund, in Flocken aufgeriffelt, sich an einigen Stellen verdichtend, an anderen wieder sehr dünn und kaum wahrnehmbar.

»Ein Bildwandler«, erklärte Moira. »Ein Blick in die Welt von Thor. Die kaum wahrnehmbaren Strahlungen gebündelt, verstärkt und in Licht umgesetzt. Ich habe ihn gebaut.«

»Warum?« fragte Lester. Er starrte fasziniert in dieses diffuse Gewirr von Nebel und Dunst.

Moira trat auf Lester zu und packte ihn am Unterarm.

»Ist denn das so schwer zu verstehn?« fragte sie heftig. »Das ist ein Gefängnis. Seit Jahren habe ich keinen Menschen mehr vor mir gehabt – körperlich und lebendig, meine ich. Meine Gefährten sind Schaltungen, was sie reden, bestimmen ein Programm und der Zufallsgenerator. Ich bin so einsam wie nie ein Mensch zuvor, abgetrennt von der Welt, von Mauern umgeben, Ich wollte ein Fenster besitzen – ich glaube, ein bescheidener Wunsch?!«

Lester trat zurück und streifte ihre Hand dabei ab. »Und was hast du entdeckt?«

»Du bist auch schon eine Schaltautomatik«, sagte Moira.

Mit einer energischen Bewegung warf sie ihre flammende Mähne zurück. Sie griff nach der Schalttafel – der Ausschnitt verkleinerte sich, die Dinge dehnten sich aus.

»Na?« fragte sie.

Lester zuckte die Schultern.

Sie blickte hochmütig auf ihn herab, denn sie war ein wenig größer als er.

»Siehst du nicht? Dieser Punkt?«

Inmitten der verschwimmenden Wogen von Staub saß ein unwahrscheinlich heller Punkt, von einem tiefschwarzen Ring umgeben.

»Ein Fehler im Verstärkersystem?« fragte Lester.

Moira sah ihn noch immer an. Sie schwieg.

»Also kein Fehler«, sagte er. »Somit eine Quelle von intensivster Energie. Was ist es?«

»... dieser Welt unangemessen hoher Energie«, verbesserte Moira.

»Was ist es?« wiederholte Lester.

»Ich weiß es nicht. Aber es ist hier fehl am Platz. Es hat nichts zu suchen in dieser Welt. Es ist gefährlich für sie. Ich weiß nicht, was sie damit tun, aber für sie ist es so, als bewahrten wir eine Antimateriebombe in unserer Hauptstadt auf.«

»Eine Bombe?«

»Es ist natürlich keine Bombe«, sagte Moira. »Was es ist, weiß ich nicht. Aber eines ist sicher: Es liegt auf unserer Energieebene. Es hat etwas mit uns zu tun.« Sie stellte einen noch kleineren Ausschnitt ein, und jetzt war auch die Form zu erkennen – ein regelmäßiges Polyeder.

Vielleicht, dachte Lester, bin ich meinem Ziel schon näher gekommen, als ich hoffen durfte.

»Kann man die Vergrößerung nicht noch etwas steigern?« fragte er. Abrupt schaltete sie den Bildwandler aus und wandte sich um: »Nein, und es nützt auch nichts«, antwortete Moira, »das Gebilde ist undurchsichtig. Und nun wirst du dich wahrscheinlich ausruhen wollen.«

»Ja, das möchte ich gern. Auf Wiedersehen!« Er mußte daran denken, daß dieser formelhafte Gruß hier wirklich einmal stimmte – und er würde sie wiedersehen, ohne Zwischenschaltung eines Mediums, ohne Konverter, Bildwandler, Scannistoren.

In seinem Raum angekommen, setzte er sich mit der Regierungszentrale in Verbindung. Er ließ Jonathan rufen und wählte einen komplizierten Code, der das Gespräch zwar verlängerte, dafür aber kaum zu brechen war. Der Regierungschef stimmte mit ihm darüber überein, daß das von Moira entdeckte Objekt verdächtig war und untersucht werden mußte. Es war in keiner der Raumkarten verzeichnet.

»Aber was soll ich unternehmen?« fragte Lester.

»Du mußt näher herankommen.«

»Auf welche Weise?«

»Es muß doch Wesen geben, die in einer Zwischenzone leben können. Amphibien der Nullpunktwelt, sozusagen.«

Jonathan schaltete sich kurz mit dem Hauptspeicher zusammen. Er bekam einige Vorschläge und verglich die Möglichkeiten. »Ja, diese eignen sich am besten: die Loris. Laß dich in einen Lori umwandeln. Die Koordinaten lasse ich durchgeben.«

Lester war nicht sehr glücklich darüber, denn er mußte Moira um ihre Hilfe bitten, doch sie führte den Auftrag sachlich und ohne überflüssige Worte aus.

Und dann schwebte er durch die Schleuse, in die Leere hinaus. Zum ersten Mal befand sich ein Mensch in dieser unheimlichen erstarrten Welt.

Doch sein erster Eindruck war Erstaunen, vom übergeordneten menschlichen Bewußtsein registriert, das seine Identität trotz der Umwandlung aufrechterhielt. Diese Welt war nicht leer! Sein Organ, das magnetische Felder aufnahm, stellte ein Lichternetz unzähliger feiner Linien fest, die von gleißenden Punkten ausgingen, ausfächerten, leere Räume in weiten Schwüngen überspannten – ein Muster aus goldweißen Fäden, die sich nirgends berührten und doch in einer unsagbaren Beziehung aufeinander abgestimmt waren. Sein Organ, das auf Gravitation ansprach, empfand die materiellen Ballungen als eine Art Härte oder Hitze – ein Gefühl zwischen Tast- und Wärmeempfindung und doch stark differenziert – wohl der Hauptsinn für die Orientierung. Manchmal nahm er wandernde Wirbel im Raumgefüge wahr, die vorbeihuschende Gravitonen hinter sich nachzogen; sie bildeten Strukturen großer Vielfalt und waren wohl die Lebensäußerungen der Nullpunktwesen, und zugleich – was wohl dasselbe war – ihre Kommunikation. Er verstand sie nicht – als Lori waren sie ihm verschlossen, und er bedauerte es, daß die Umwandlung Grenzen hatte. Jetzt war er überzeugt davon, daß auch das Dasein in dieser Welt reich und erfüllt war.

Sein winziger Körper konnte sich hier unauffällig bewegen – hier und da begegnete er einem anderen Lori, und tauschte die Erkennungsformel mit ihm aus. Er verdrängte seine abschweifenden Interessen an der noch fremdartigen Umgebung und erinnerte sich an sein Ziel: das Polyeder. In leichten Pulsationen schob er sich hinüber; je näher er kam, desto härter und heißer fühlte sich das unbekannte Gebilde an, und er mußte sich durch eine Schutzhaut aus Elektrizität abkapseln. Er hoffte nur, daß sein Körper dieser Beanspruchung gewachsen war. Trotzdem bewegte er sich unentwegt weiter, und er erreichte das Polyeder, ohne aufgelöst worden zu sein.

Die heißen, glatten Flächen, von denen flimmernde Büschel magnetischer Schwingungen ausgingen, schmerzten ihn, aber das menschliche Bewußtsein setzte sich darüber hinweg. Er hing bereits an der Wand und tastete sie nach einem Eingang ab. Sein schwacher Körper zitterte im Ansturm der unheilvollen Eindrücke. Langsam umrundete er den Körper, und plötzlich ließ der Druck nach – trichterartig öffnete sich ein angenehm kühler Kanal in der Wand, und er drang in die Materie ein, durchstieß sie und schwebte schließlich, durch einen Gravitationsschirm geschützt, im Innenraum.

Seine organische Komponente erschrak: Was da unter ihm an der Wand hockte, das waren Menschen. Sie bewegten sich nicht. Waren sie tot oder lebten sie? Er mußte es feststellen. Konnte er ihnen ein Zeichen geben? Er ballte sich zu einer Kugel zusammen – der Form maximaler Widerstandsfähigkeit – und warf sich auf den undurchdringlichen Schirm.

Die Wesen dort unten regten sich! Sie sprachen.

Lester konnte die Schallwellen umsetzen, obwohl sie nur als sekundär ausgelöste Strahlung zu ihm drangen.

»Hast du auch was gehört, oder habe ich Halluzinationen?«

»Ein leiser Stoß?«

»Unmöglich! Soviel Kraft haben sie nicht.«

»Ob sie wieder mit einem Experiment beginnen, Jo?«

»Beruhige dich, Liebling! Was kann uns schon geschehen? Allenfalls ist es aus mit uns, und das spüren wir nicht.«

Der geborgte Körper Lesters war am Ende seiner Kraft. Er stieß sich rasch ab und flog geradewegs durch den Trichterschlund ins Freie. Die Schwerelosigkeit war wunderbar. Wohlig entfaltete er sich. Dann bekam ihn der übergeordnete Verstand wieder in die Gewalt, und er schwamm an seinen Ausgangsort zurück.

Als er seinen menschlichen Körper zurückgewonnen hatte, stand Moira vor ihm. Sie trug ein leuchtend grünes Kleid, ihre Haare flammten. Sie atmete schwer, und er roch den blumigen Duft ihres Parfüms. Er trat auf sie zu, legte die Arme um sie und küßte sie. Nach einer unmeßbar langen Zeit richtete er sich auf, um Atem zu schöpfen. Moira blickte ihn auf eine Weise an, wie noch nie jemand zuvor – er verstand nicht, was ihr Gesichtsausdruck bedeutete, aber er ahnte einen Strom von Emotionen, der ihn überschwemmte.

»Wunderst du dich?« fragte sie. »Hier war noch nie ein Mann. Du bist der erste. Ich habe vorhin, bei der reziproken

Umwandlung, einen privaten Wunsch von mir erfüllt. Ich möchte ausprobieren, was man von früher hört.« Sie zog ihn an sich, ihre grünen Augen waren ganz dicht vor seinen. »Ist es schön?« fragte sie.

»Ja«, flüsterte er. »Ich liebe dich.«

Menschen im Raum von Thor, ohne Wissen der Weltregierung, außerhalb der Botschaft – das war eine Ungeheuerlichkeit. Es bedeutete einen Vertrauensbruch, und noch mehr: Es mußte eine tiefere Bedeutung haben, denn der technische Aufwand für die Nullpunktwesen, einen für Menschen erträglichen Zustand zu schaffen, war gigantisch. Wenn sie es trotzdem versucht hatten, dann nur, weil der Zweck ebenso alles Vorstellbare übertraf.

Eine außergewöhnliche Situation erforderte außerordentliche Mittel. Lester sollte die Gefangenen befreien. Das war nicht schwer – nur die Folgen konnten schwer sein.

Er setzte sich in ein Raumboot und ließ sich durch die Schleuse schieben. Der Alarm der Nullpunktwelt erfolgte prompt – die Gravitonenschwärme verbreiteten die Nachricht in allen Richtungen. Aber Lester hatte eine kleine Zeitspanne Vorsprung.

Wie ein verderbenspeiender Panzer brach sich das Boot Bahn durch das filigrane Netz der Kraftfäden, durch die Muster der orientierten Staubteilchen, zerstörend, auflösend, eine Straße des Todes hinter sich nachziehend. Lester verankerte den Polyeder magnetisch und flog, ihn nachziehend und deshalb erheblich langsamer, zur Botschaft zurück. Er paßte die Schleuse einer Seitenfläche des Polyeders an, durchbrach diese und holte die vier Menschen heraus.

Es waren drei Männer und eine Frau, Angehörige einer dunkelhäutigen Rasse. Sie waren abgemagert und geschwächt, unter der künstlichen Schwerkraft knickten sie fast zusammen. »Menschen«, stammelte einer der Männer. »Peggy, es gibt noch lebendige Menschen!« Die Frau klammerte sich an ihn und schluchzte.

»Kommt in die Transitionskammer«, forderte sie Lester auf. »Könnt ihr gehen? Wir bringen euch in Sicherheit.« Er verringerte die Schwerkraft auf die Hälfte – das half ihnen sichtlich.

»Wohin bringt ihr uns?« fragte Bob, der Anführer des kleinen Trupps.

»Zuerst in die Klinik der Toricelli-Universität. Dann ins Büro des Sicherheitsrats.«

»In die Hauptstadt?« Lester hörte grenzenloses Erstaunen, aber auch Erleichterung in seiner Stimme.

»Selbstverständlich! Warum nicht?«

»Dann ist der Anschlag also mißlungen!«

»Was für ein Anschlag?«

Die Geretteten blickten einander an, zuerst ungläubig, dann schon halb überzeugt, und schließlich schlugen sie einander auf die Schultern und drückten einander die Hände.

Während die Frau von Moira betreut im Analysator lag, berichtete Bob kurz.

»Wir gehörten zu einem Löschkommando, und zwar haben wir uns auf Novas spezialisiert. Steht eine in der Nähe bewohnter Distrikte bevor, so verhindern wir das – wir sprengen die betreffende Sonne, bevor sie von selbst explodiert. Dadurch wird die atomare Kettenreaktion verhindert.«

Das Sprechen strengte ihn an, und einer seiner Gefährten setzte fort: »Wir verwenden Antimaterie-Sprengsätze – sie arbeiten am saubersten. Wir verankern eine Kapsel aus einer Neutronen-Protonen-Legierung in den obersten kühlen Schichten. Sie ist als einwindige Schraube ausgebildet und enthält ein Rückstoß-Prallgetriebe.«

»Sie wird von innen heraus in Drehung versetzt«, erläuterte Bob. »Dadurch schraubt sie sich in die Sonnenmaterie ein. Auf diese technischen Details kommt es aber gar nicht an. Jedenfalls steuert sie automatisch den gravitationsfreien Mittelpunkt an und explodiert, sobald sie ihn erreicht hat.«

Sie hatten gar nicht darauf geachtet, daß Peggy schon befördert war. »Der nächste bitte«, sagte Moira, und der junge Mann legte sich in den Analysator.

Lester wurde ungeduldig. »Was hat das alles mit dem zu tun, was mit euch geschehen ist?«

»Wir haben eine Sprengkapsel in die Hauptstadt gelegt«, sagte Bob schwer.

Die Hauptstadt, gewissermaßen das Zentrum der Welt, lag auf einem künstlichen Himmelskörper, oder richtiger: ihre Bauwerke bildeten ihn. Über einen kleinen Kern aus komprimierten Heliumkernen hatte sich Schicht auf Schicht gelegt – Bürogebäude, Kliniken, Universitäten, Computerfelder, Speicher, Kommunikationszentren. Im Laufe der Jahrmillionen war ein kugelförmiger Himmelskörper entstanden. 32 dynamisch verankerte Kugeln aus schwerem Wasserstoff spendeten ihm Licht und Wärme. Ein Antimaterie-Sprengsatz hätte diese Keimzelle der intergalaktischen Organisation zu Staub zerblasen.

»Das kann nicht möglich sein. Im ganzen Raum sind Überwachungsmeteoriten verteilt. Die automatischen Steuerzentren sind mit Kontrollelementen versehen. In euch selbst sind Hypnoblocks einprogrammiert.«

»Und doch war es möglich!« Bob wischte sich mit der Hand über die Augen. Inzwischen war auch der Junge verschwunden, und der dritte der Männer lag unter dem Analysator.

Nach einer kleinen Pause fuhr er fort: »Wir alle standen plötzlich unter einem Zwang. Wir handelten, ohne es zu wollen. Unsere Hypnoblocks sperrten nicht mehr. Zwei Überwachungsmeteoriten sprengten wir in die Luft. Der Nachrichtentechniker«, mit einer Kopfbewegung deutete er auf den Mann im Analysator, der sich schon halb aufgelöst hatte, »arbeitete drei Tage an den Kontrollelementen – und schaltete sie aus. Theoretisch hätte er das gar nicht gekonnt, denn er hatte vor der Fahrt nur den Kommunikationsblock speichern lassen, nicht aber den Kontrollblock. Und dann näherten wir uns der Hauptstadt. In fünfzehn Lichtsekunden Abstand hielten wir an. Wir schleusten die Schraubenkapsel aus und schickten sie los. Nichts mehr konnte sie aufhalten.«

»Die Hauptstadt besteht nach wie vor«, sagte Lester.

»Als das vorüber war, erlosch unser Wille. Wir sanken zu Boden, weil wir nicht einmal mehr die Energie hatten, uns aufrecht zu halten. Was dann geschah, weiß ich nicht. Wir erwachten in einem kugelförmigen Hohlraum. Eine Platte wies geringe Gravitation auf, so daß wir wenigstens Boden unter den Füßen hatten. Die Atmosphäre war atembar, Licht kam von einem leuchtenden Ding in der Decke. Von Zeit zu Zeit materialisierten sich Wasser und Trockennahrung in Kunststoffhüllen. Gelegentlich wurden wir unbekannten Kräften ausgesetzt – einmal glaubten wir auseinanderzufallen, dann wieder wurde uns aus dem Innern heraus eisig kalt, ein anderes Mal verzerrte sich der Raum, so daß jeder den anderen wie verrührte Ölfarbe auf Wasser sah...«

Moira war neben ihn getreten. Als er stockte, sagte sie: »Es ist soweit.«

»Ich bin sowieso am Ende«, meinte Bob. Er legte sich unter den Analysator, und Moira überwachte den Abtastvorgang. Dann sahen sie zu, wie Bob allmählich verschwand, um in einem Krankenzimmer der Klinik wieder zu erwachen. Er war in Sicherheit.

»Und du?« fragte Moira.

»Zur Zentrale-Reunikation«, antwortete Lester.

Moira blickte ihn eine Weile unbewegt an. Er versuchte, keine Regung zu zeigen. Endlich sagte er: »Es hilft nichts, Moira.« Er legte sich unter den Analysator. »Vielleicht begegnen wir uns wieder.«

»In einer Million Jahren – als elektrische Impulse«, sagte Moira und legte den Kippschalter um.

»Meine Meldung hast du sicher bekommen«, sagte Lester zu Jonathan. Seine beiden Körper waren wieder vereinigt worden – reuniziert –, und er hatte sich vor allen anderen

Verpflichtungen mit dem Chef zu einem verschlüsselten Gespräch verbinden lassen. »Hast du einen Suchtrupp ausgeschickt?«

»Mehr noch«, antwortete Jonathan. »Ich habe das gesamte Sicherungssystem überprüfen lassen.«

Lester wurde allmählich ungeduldig. Die Ereignisse der letzten Tage wirkten in ihm nach. »Und das Ergebnis?« forderte er.

»Der Kontrollmeteorit war tatsächlich ausgeschaltet. Die Rückmeldereaktion war durch eine Überbrückungsschleife unterbrochen worden. In der Lehrmaschine für die freie Einspeicherung stellten wir Spuren eines Eingriffs von außen fest. Auch die Autonomiesperre war künstlich ausgeschaltet.«

»Sabotage«, konstatierte Lester.

»Ja. Wir konnten auch feststellen, woher diese Eingriffe veranlaßt wurden: von Thor.«

»Und die Schraubkapsel?«

»Wir fanden sie im Mittelpunkt, wie du es von der geretteten Besatzung erfahren hast.«

»Der Sprengsatz ist nicht explodiert«, bestätigte Jonathan. Und dann fügte er etwas seltsam hinzu: »Wir hatten Glück.«

Lester forderte wortlos eine präzise Erklärung.

»Die im Gravitationsfeld eingeschlossene Antimateriepackung ist durch vielfache Sicherungen vor ungewollten Berührungen mit gewöhnlicher Materie geschützt. Eine dieser Sicherungen ist ein Matrizenschloß – einhundertachtundzwanzig mal einhundertachtundzwanzig Kontakte in einem ganz bestimmten Muster der Stromrichtungen müssen geschlossen werden. Nun hatte Bob natürlich die passende Gegenmatrize, aber ein einziger Kontakt war oxydiert und leitete nicht. Die Sicherung blieb geschlossen. Die Ladung war nicht explodiert.«

»Es wäre nicht auszudenken gewesen...« Lester versuchte sich das Ausmaß der Zerstörung vorzustellen. Nach ein paar

Sekunden sagte er: »Du hattest also doch recht. Unsere sogenannten Partner von Thor haben einen Zerstörungsplan ausgeheckt. Wie hast du es wissen können?«

»Ich wußte es nicht. Und ich hatte unrecht«, antwortete Jonathan.

Lesters Reaktion war Unverständnis. »Ich weiß nicht, wie du das meinst. Du hast vermutet, daß jemand einen Plan entworfen hat, der unsere Arbeit zerstören soll. Du hast vermutet, er könne von Thor initiiert worden sein, und das stimmt.«

»Es stimmt, aber meine Schlußfolgerungen waren trotzdem falsch. Beim Anschlag von Thor handelt es sich im Grunde genommen um eine primitive Handlung, einen direkten Eingriff mit Gewalt und List. So schlimm es gewesen wäre, wenn er gelungen wäre – jetzt bin ich doch beruhigt. Ich habe Thor überschätzt. Mit dem Aufstand im Herrera-Distrikt hat Thor nichts zu tun.«

»Du meinst, es gibt noch eine andere Stelle, die gegen uns arbeitet?«

»Ja. Jetzt bin ich mehr denn je davon überzeugt. Es gibt eine höhere planende Instanz, die steuernd eingreift.«

Lester überdachte diesen außergewöhnlichen Aspekt. »Eine höhere Instanz, die Zerstörung anrichtet?«

»Hast du nicht gemerkt, daß auch Thor davon betroffen war? Und noch eins: Ich bin nicht mehr so sehr davon überzeugt, daß das letzte Ziel dieser Geschehnisse zerstörerisch ist.« Er merkte, daß Lester seinen Gedanken nur schwer folgen konnte. »Das letzte Glied in dieser Kette von Ereignissen hat uns doch geholfen: der oxydierte Kontakt. Er hat eine Katastrophe ungeheuren Ausmaßes verhindert. Ein Zufall – gewiß. Aber nun kennen wir die Gefahr und können ihr begegnen. Diese Kleinigkeit, eine tausendstel Millimeter dicke Schicht Metalloxid, hat in das Schicksal der Welt eingegriffen. Jetzt funktioniert sie wieder gesetzmäßig.«

»Was wird geschehen?« fragte Lester.

»Wir werden den von Thor verwalteten Teil der Welt in unsere Obhut übernehmen.«

»Wirst du die Ursache bekanntgeben?«

Jonathan verneinte. »Das würde Unruhe erzeugen, die den stationären Zustand unseres Systems gefährden könnte.«

»Nach den Regeln unserer Gesetzgebung wären wir aber dazu verpflichtet.«

»Gewiß. Aber soll ich den Regeln folgen und dadurch den Staat gefährden? Noch besitze ich die Freiheit der Entscheidung, und ich nütze sie. Es wäre unrecht, ein ethisches Prinzip zu vertreten, dessen Ziel es ist, die Summe aller Freiheit zu erhöhen – und von ihr keinen Gebrauch zu machen.«

Wie schon oft bereitete es Lester Schwierigkeiten, den Überlegungen dieses Mannes zu folgen, dem nicht nur der Inhalt sämtlicher zentralen Informationsspeicher des Weltalls zur Verfügung stand, sondern der auch noch einen Reichtum individueller Erfahrungen besaß, der ihn zur führenden Kraft dieses allumfassenden Staates prädestinierte.

»Ich habe wieder eine Sonderaufgabe für dich«, sagte Jonathan.

»Was soll ich tun?«

»Ich will zunächst zu erklären versuchen, warum du es tun sollst«, antwortete Jonathan. »Gehen wir vom Prinzip unseres Wirkens aus: Wir erstrebten eine Optimierung der Entfaltungsmöglichkeiten für alle Lebewesen, gleich welcher Art. Wie unsere Philosophen bewiesen haben, stehen wir damit in Einklang mit der Eigengesetzlichkeit der Welt – sind also gewissermaßen ihr Werkzeug. Unsere Mittel, um uns unserem Ziel näher zu bringen, sind Organisation und Planung. Selbstverständlich hat unsere Einflußsphäre Grenzen – Grenzen mehr technischer als regionaler Art. Hier setzt unsere Arbeit an: diese Grenzen sukzessive zu erweitern. Anders aber ist es innerhalb unseres durchplanten Raumes: Hier können wir kein Eingreifen unerfaßbarer Ereignisse dulden. Wir müssen also nach ihren Ursachen forschen.«

»Was soll ich tun?« fragte Lester wieder.

»Es klingt paradox: nach den Ursachen des Zufalls forschen. Die Ereignisse, die uns Kopfzerbrechen bereiten, fallen normalerweise in die Kategorie Zufall. Aber sie greifen unkontrollierbar in unsere Planung ein. Das Geschehen der letzten Wochen läßt Anzeichen einer übergeordneten Planungsstrategie erkennen, deren Sinn ich noch nicht durchschaue. Wer kontrolliert den Zufall? Wo ist die planende Instanz?«

Lester setzte die Reihe der Fragen fort: »Wir wissen noch wenig von ihr, nicht einmal, ob es sie gibt. Trotzdem müssen wir sie suchen. Und wo? Vielleicht hilft uns ein Analogiebeispiel weiter. Mit Mathematik kann man etwas über die Gesetze der Zahlen aussagen. Womit kann man über die Gesetze der Mathematik selbst sprechen? Jedenfalls nicht mit ihrem Formalismus selbst. Man braucht dazu eine Metamathematik.«

»Und womit spricht man über Metamathematik?«

»Es gibt auch einen Formalismus, der dafür geeignet ist.«

»Und wie lautet der Schluß, der uns weiterhilft?«

»Ganz einfach: Der Zufall liegt außerhalb unserer Naturgesetzlichkeit. Die Instanz, die ihn manipuliert, ist daher außerhalb des Raumes dieser Naturgesetze zu suchen.«

Außerhalb des Raumes der Naturgesetze... sann Lester. Wo ist das? Was geschah dort mit ihm – was war er dort?

»Ich kann es dir nicht befehlen«, sagte Jonathan. »Ich bin dazu nicht berechtigt – nicht als Regierungschef und nicht als Freund.« Wirklich – er verwendete das alte Wort Freund. »Schon damit, daß ich es dulde, überschreite ich meine Befugnis. Und doch: Ich bitte dich – versuche es!«

Lester hatte seinen Stuhl an das große Fenster gerückt. Er blickte hinaus – hinaus in den Riemannschen Raum mit seinen Myriaden Sternen, die ihn krümmten, zwangen, in sich selbst zurückzukehren. Ein Raum, der keine Grenzen hatte und doch umgrenzt war, Raum einer komplizierten Geometrie und doch etwas sehr Einfaches: Gefäß all dessen, was ihm etwas bedeutete. Was war außerhalb des Raumes und der Zeit, außerhalb der vertrauten Erscheinungen, deren Eigenschaften diese waren? Was erwartete ihn dort? Vernichtung, oder ungeahnter Reichtum an unvorstellbaren Wesenheiten?

»Wie soll ich dorthin kommen: in den Raum außerhalb des Raums?«

»Wird er durch die Gravitation geschaffen, so kann er durch sie auch verändert werden. Es gibt Massenverteilungen, die ihn zu einem Punkt zusammenziehen, und solche, die ihn aufklappen wie einen Fächer. Seit wir die Gravitation beherrschen, müßte es auch möglich sein, singuläre Flächen im Raum zu erzeugen – sie sind das Tor in die jenseitige Welt. Der dazu nötige Energieaufwand ist allerdings ungeheuer groß – noch nie wurde in einem begrenzten Raum-Zeit-Intervall eine annähernd gleiche Menge konzentriert, aber ich habe die Mittel, sie zusammenzubringen. Willst du es tun, Lester?«

Lester überlegte nicht mehr. Er stimmte zu.

»Dann lasse ich dich sofort duplizieren – in der Gegend der Hoyle-Ansammlung schwerer Sonnen ist alles vorbereitet. Leb wohl!«

Lester hörte nicht, daß Jonathan noch weiter sprach: »Warum müssen es immer wieder wir Menschen sein, auf denen solche Fragen lasten?«

Lester materialisierte als Komplex von Wirbelfäden aus den Feldstärken der starken Wechselwirkungen. Er befand sich in einem Mahlstrom aus sich verdichtenden Kräften. Die Eindrücke waren kaum beschreibbar – nicht einmal in den sonst üblichen adäquaten Codierungen. Er schwamm in einem Block von körperlich verdichtetem Schwarz, der Raum um ihn schloß sich, die Verbindung nach außen riß ab, alle Eindrücke wurden zu Spiegelungen. Er merkte, ohne es beschreiben zu können, wie sich das Gefüge des Raum-Zeit-Kontinuums veränderte; die Krümmung gegen den Bezugspunkt in der vierten räumlichen Dimension fiel wie ra-

send zusammen, und alles Gegenständliche im Inneren schieferte sich in Schichten ab, streckte sich, knickte ein, schwoll und schwand. Und dann ....
....
....
....
....
....

»Was hast du gesehen«, fragte Jonathan. Lester lächelte. »Gesehen? Nichts.«

»Nun – vielleicht nicht gesehen. Aber erfahren? Was geschieht dort?«

»Es tut mir leid«, antwortete Lester. »Ich kann es nicht sagen. Es gibt keine Bilder, keine Worte, keine Formeln... es gibt keine Möglichkeit... keine.«

Metaphysik, dachte Jonathan. Die Katze, die sich in den Schwanz beißt. Der Formalismus genügt nicht für Aussagen über den Formalismus.

»Dann hatte deine... Reise keinen Sinn?«

»Doch«, antwortete Lester. »Ich kann dir einiges andeuten. Ich hoffe, daß es dir die Antwort gibt, die du dir erhoffst. Und es bestätigt vieles von dem, was wir bisher getan haben und noch tun wollen. Es fällt mir schwer, es in einen großen Zusammenhang zu bringen. Ich will es in einzelnen Sätzen sagen, so wie sie sich mir reproduzieren: Vor allem: Die Optimierung der Entfaltungsmöglichkeiten ist die Aufgabe dieser Welt. Sie ist das Ziel des Plans, dem sie folgt. Die Störung des Systems ist ein Mittel der Planungsstrategie. Der Zufall bleibt Zufall, niemand lenkt ihn, aber er verhindert Erstarrung, Leerlauf, Sackgassen. Unser Ziel, ›Entfaltung‹, wird dadurch besser angesteuert, als wir es tun können.«

»Sollen wir dann noch weiterregieren?« fragte Jonathan kaum vernehmbar.

»Wir sind selbst eingeplant, wie immer wir uns verhalten – es kann nie falsch sein.«

»Und die planende Instanz?«

»Die planende Instanz?« Lester quälte sich, das Unsagbare auszudrücken. »Die planende Instanz? Mathematik, Metaphysik, Metalogik... nein, es ist sinnlos. Was ich sagen konnte, habe ich gesagt.«

»Ich danke dir«, sagte Jonathan.

Die Verbindung war noch nicht abgebrochen, da zerriß eine laute Stimme die Nachdenklichkeit der Stunde.

»Hier spricht das Komitee des Ministerrats. Eure Unterredung wurde überwacht. Sie erbringt den letzten Beweis in einer Kette von Verfehlungen, deren sich die Regierung schuldig gemacht hat. Insbesondere die Informationspflicht wurde vernachlässigt. Die Maßnahmen wurden getroffen – ohne Unterrichtung und Zustimmung des Ministerrats. Die Kompetenzen wurden überschritten. Jonathan A 1 wird hiermit seines Postens als Vorsitzender enthoben. Die neue Regierung konsolidiert sich in einer Stunde.« Die Stimme hallte nach, klang aus.

Lester merkte, daß er noch Verbindung mit Jonathan hatte.

»Es tut mir leid«, sagte er. »Vielleicht können wir erklären, warum...«

»Nein!« Jonathan unterbrach ihn. »Ich will nichts erklären. Ich bin müde. So brauche ich mir die Frage nicht mehr zu stellen, wie es weitergehen soll. Warum sollte ich mich da wehren?« Er schwieg kurze Zeit. Dann sagte er: »Mich wird man wohl jetzt löschen. Aber du bist jung – du kannst noch viel tun.«

Lester war verzweifelt. Alles in ihm sträubte sich gegen eine Unterwerfung, aber Jonathan mußte besser wissen, was geschehen sollte. »Was jetzt geschieht, ist von absurder Unlogik«, sagte er. »Wie konnte es nur dazu kommen?«

»Weil wir in unserer Entwicklung erst am Anfang stehen«, antwortete Jonathan.

Wir wollen Darius Miller sehen

Er konnte sich nicht erklären, auf welchem Weg das Mädchen in sein Zimmer gekommen war. Der Manager hatte das gesamte oberste Geschoß des Hotels gemietet – es war hermetisch abgeschlossen und bewacht.

Darius saß an der Trainingsmaschine, der Gurt mit den Herzschalldetektoren preßte ihn in die harte Lehne, seine Füße waren an den Trethebeln festgeschnallt. Die Leistungskurve auf dem Wachspapierstreifen des Schreibautomaten zeigte an, daß er seit zwei Stunden angestrengt gearbeitet hatte – doch auf seiner Stirn saß kein einziger Tropfen Schweiß. Seit das Mädchen eingetreten war, stand das Räderwerk des Trainingsapparats still – es sah aus, als sei die Bewegung plötzlich eingefroren. Darius starrte das Mädchen an: Es war hübsch, sehr hübsch – wie die Mädchen auf den Titelseiten der Illustrierten.

»Ich bewundere dich«, sagte das Mädchen. »Du bist der Größte. Keiner ist so gut wie du, Darius Miller. Keiner ist mit dir zu vergleichen. Ich liebe dich!«

Darius saß regungslos, nicht einmal seine Lider zuckten.

»Komm her, küß mich«, forderte das Mädchen. »Hier stört uns doch niemand? Es ist doch alles abgeschlossen, oder nicht?«

»Ja«, antwortete Darius.

Sie trat näher an ihn heran. »Na, so komm schon. Küß mich! Oder gefalle ich dir nicht?«

»Doch, du bist hübsch«, sagte Darius. Doch noch immer rührte er sich nicht. Ein paar Sekunden war es still, fast still – denn von draußen, durch das offene Fenster, kamen Geräusche durch: Sprechchöre von Fans, die Darius Miller zu sehen verlangten.

Das Mädchen lauschte, wandte sich um, ging zum Fenster und sah hinaus. In dichten Trauben drängten sich die Menschen vor dem Hoteleingang. Sie verstopften die Straße, der

Verkehr wurde umgeleitet. »Wir wollen Darius Miller sehen«, riefen sie, immer wieder und immer wieder.

Das Mädchen schlug das Fenster zu.

»Komm«, sagte sie. »Ich weiß doch, daß man dich seit Wochen eingesperrt hält – in Trainingslagern, Ausbildungscamps, Versuchsanstalten. Wie lange warst du nicht mehr mit Menschen zusammen? Wie lange hast du kein Mädchen mehr gehabt?«

»Ich muß trainieren«, sagte Darius.

»Ich heiße Edda«, erklärte das Mädchen. »Ich habe alle deine Spiele gesehen. Du bist einmalig. Niemand ist so stark wie du. Und niemand so schnell. Wieviel Tore hast du geschossen?«

»Fünfundneunzig – dieses Jahr«, sagte Darius.

»Ich bin dir nachgereist von Stadt zu Stadt. Ich wollte dich einmal sehen – aus der Nähe. Und nun bin ich hier!« Sie kam schnell auf ihn zu – »Unglaublich, diese Muskeln!« – und wollte nach seinem Arm greifen.

Darius fuhr zurück, so weit es die Gurte erlaubten. Edda zögerte, blickte ihn an. »Na, sei doch kein Spielverderber. Trainieren kannst du immer noch. Dieses Match heute nachmittag – das sind doch keine Gegner für dich.«

»Wir werden gewinnen, ja wir werden gewinnen«, sagte Darius. »Wir holen uns den Pokal. Ich habe schon neun Pokale. Heute kommt der zehnte hinzu!« Edda folgte seinem Blick. »Hast du sie hier, die Pokale? Zeig sie mir! Ich würde sie gern sehen – zeig sie mir!« »Ich kann nicht herunter«, sagte Darius. »Ich bin festgeschnallt.«

Edda öffnete die Schnalle der Brustgurte, dann bückte sie sich und löste die Riemen von seinen Füßen.

Darius glitt von seinem Sitz. Mit seinen bekannten wippenden Bewegungen ging er zum Telefon, wählte.

»Was tust du«, rief Edda, doch er schob sie heftig zurück. Er lauschte. Es knackte, jemand meldete sich.

Vier Stunden vor dem großen Ereignis. Der Vorstand tagte in Permanenz. Die Fernschreiber knatterten, auf den Displays erschienen die Köpfe der Agenten, die ihre Meldungen durchgaben.

»Hier Posten 7. Stadion. Keine besonderen Vorkommnisse. Nur das übliche. Zwei Bomben wurden aufgefunden – sie sind entschärft.«

»Hier Posten 3. Hotel Splendid. Hört zu, das könnte wichtig sein. Raggadru ist eben eingetroffen. Ihr wißt, der indische Hypnotiseur. Wurde von Spencer selbst begrüßt. Vielleicht wollen sie es mit Suggestion versuchen.«

»Das sollen sie nur versuchen«, sagte Haimes, der Club-Psychiater. Die andern lachten.

Der Präsident wandte sich an den Arzt: »Und was hast du dir einfallen lassen, Doc?«

Der Arzt räusperte sich. »Mit so plumpen Mitteln wie Abführ- oder Schlaftabletten ist heute nichts mehr zu machen. Dazu hat sich der Gegner zu gut abgeschirmt. Aber...«

»Aha, der Dopingplan«, unterbrach der Präsident.

»Ja«, bestätigte der Arzt. »Alles ist vorbereitet. Wenn wir das Spiel verlieren, gewinnen wir bei der Verhandlung. Ich habe die Sachverständigen bestochen. Sie werden verbotene Mittel finden – dafür garantiere ich.«

»Und die Strategie?« fragte Bob den Cheftrainer.

»Der Computer hat die letzten Spiele analysiert und das Programm danach entworfen. Den endgültigen Plan kann er erst nach den ersten Spielminuten ausarbeiten. Wir geben dann die Anweisungen per Funk an die Spieler.«

»Bestens«, sagte der Präsident. Er blätterte in einem Stoß von Notizzetteln. »Hank, wie steht es mit dem Publikum?«

Hank Mowgli, ein gelernter Film- und Fernsehregisseur, sprang auf. »Das Publikum steht hinter uns.«

»Und wenn es umfällt?«

»Wir haben die Lautsprecheranlage in der Hand, Chef. Wenn das Publikum nicht richtig mitgeht, spielen wir Applaus und Anfeuerungsrufe ab. Natürlich liegen auch Bänder mit Buhrufen und Pfeifkonzerten bereit – falls sich der Gegner auf faule Tricks einläßt.«

»Habt ihr auch KO's und Ohnmachten eingeübt? Larry sah das letzte Mal aus wie ein sterbender Schwan!«

»Diesmal wirkt es echt – bestimmt – wir haben den Arzt zugezogen. Ob Gehirnerschütterung oder Wadenkrampf – alles läuft perfekt!«

Der Präsident nickte zufrieden. »Wird schon klappen.« Er wandte sich zu Hartigan, dem Juristen. »Und was hast du in petto?«

Der Jurist lachte. »Alle rechtlichen Sicherungen sind eingebaut. Für den schlimmsten Fall habe ich einen Mann engagiert – er war früher Weltmeister im Keulenzielwerfen. Er hat die Aufgabe, gegen Schluß des Spiels einem unserer Spieler eine Bierflasche auf den Kopf zu werfen. Daraufhin legen wir Protest ein – und haben einen Trumpf in der Hand: Gewinnen die anderen, dann lassen wir das Spiel annullieren.«

»Ausgezeichnet«, sagte Haimes...

Da kam der Anruf über das Haustelefon. Bob hob den Hörer.

»Bob, bei mir ist ein Mädchen. Was soll ich tun?« Wieder lauschte er. Dann sagte er: »Ja, Bob. Gewiß, Bob.« Er packte das Mädchen am Arm.

Edda kreischte. »Du tust mir weh!« Sie versuchte sich ihm zu entwinden, doch Darius hielt sie eisern fest. Sie gab den Widerstand auf. Ihr Haar war zerzaust, das Lippenrot verwischt. Sie sah nicht mehr so hübsch aus.

Dann stürzten die Wächter zur Tür herein, allen voran Bob.

»Was willst du hier, du Schlampe«, schrie er. Sein Gesicht war weiß vor Zorn. »Bringt sie hinaus!« Die Männer in den grauen Uniformen und den roten Emblemen des Clubs packten Edda und zerrten sie hinaus.

»Mach weiter, Darius«, sagte Bob sanft. Er half ihm auf den Sitz hinaus, zog die Riemen an. »Du hast noch eine

Stunde zu arbeiten«, sagte er. »Du weißt – die Gelenke müssen richtig locker sein.«

»Ja, Bob«, sagte Darius und fing zu treten an.

Bob trat hinaus, schloß die Tür. Die Wächter standen draußen und hielten das Mädchen fest.

»Was wolltest du von ihm?« fragte Bob.

»Das werde ich dir sagen, du Scheusal«, schrie Edda. »Ich habe ein Kind von ihm, und er will nicht zahlen. Aber ich bringe ihn vor Gericht. Ich mache einen Skandal, wie ihr ihn noch nie erlebt habt. Ich werde verhindern...«

Bob schnitt ihr das Wort ab. »Bringt sie weg, hinunter in die Halle!«

Er ging hinter der Gruppe der Männer her, die das zappelnde Mädchen mehr trugen als führten.

Vor der Hoteltür machten sie halt. Bob trat hinaus. Er hob ein Megaphon, langsam wurde es still, die Chöre verstummten. Bob winkte mit der Hand.

»Leute, habt Verständnis – Darius muß trainieren. Wir wollen doch das Spiel gewinnen! Aber er dankt euch, jedem einzelnen von euch. Kommt heute nachmittag ins Stadion. Er wird sich freuen. Und nun macht Platz! Da ist ein Frau – sie hat versucht, Darius beim Training zu stören. Sie ist bis in sein Zimmer vorgedrungen. Wir mußten sie mit Gewalt herausholen. Macht Platz, damit sie verschwinden kann.«

Die Leute wichen etwas zurück. Die Wächter stießen Edda in die Gasse, die sich gebildet hatte. Einen Moment stand das Mädchen fast einsam inmitten der Menge, doch dann schloß sich die Lücke schlagartig um sie, und man hörte nur noch die Wutschreie der Fans.

Bob stand hinter dem Tor und blickte durch die blaugetönte Glasscheibe hinaus. Der Tumult dahinter erinnerte an eine Filmvorführung.

Hartigan, der Jurist, stellte sich neben ihn. Seine Miene war ein wenig besorgt. »Was ist, wenn an ihrer Geschichte etwas Wahres dran ist? Wie kannst du sicher sein, daß sie gelogen hat?«

Bob lächelte. Seine Augen verfolgten noch immer die Szene auf der Straße. »Dir kann ich es ja sagen«, meinte er. »Hast du je davon gehört, daß ein Roboter Vater wird?«

»Das dürfen wir uns nicht länger gefallen lassen«, flüsterte Nicki. »Was hier geschieht, ist kein Spiel mehr – es ist Terror. Es gibt ein Recht, das Unterdrückung verbietet, und es gilt für alle!«

Die anderen lauschten. Reglos lagen sie in der Ecke des Zimmers dahingestreut, die Dämmerung verhüllte sie, aber dennoch fiel es ihnen nicht ein, die Augen zu erheben. Die Bereitschaft, sich bedingungslos zu unterwerfen, war ihnen unlöschbar eingeprägt – es hatte Schlimmes geschehen müssen, um Gedanken an Auflehnung überhaupt aufkeimen zu lassen.

»Seht euch Lola an!« forderte Nicki, und er zeigte auf ein undefinierbares Bündel, von dem man nur das zerrissene Kleidchen sah, wirres Blondhaar, eine in die Luft gestreckte Hand. »Soll das so weitergehn? Jeden von uns kann es treffen. Überall und zu jeder Zeit. Und wir lassen uns das gefallen, tun nichts...«

»Und was sollen wir tun?« fragte Pia mit ihrem pausbäkkigen Gesicht und den dunklen, geflochtenen Zöpfen.

»Streik«, flüsterte Nicki. »Revolution, Machtübernahme... es gibt viele Möglichkeiten.« Er erzählte lange.

Ronnie erwachte. Er räkelte sich in seinem Bettchen. Seine Augen waren noch müde, doch seine Stimme klang hell und befehlend, als er rief: »Nicki, komm her!«

»Guten Morgen, Ronnie!« sagte Nicki.

»Du weißt doch, daß du nicht Ronnie zu mir sagen sollst«, maulte der Junge – ein gutgenährter Fünfjähriger; er trug einen geblümten Pyjama. Auf der rechten Backe hatte er einen Abdruck des Kissens. Er kroch faul hinter seiner geheizten Decke hervor.

»In Ordnung, Chef«, rief Nicki fröhlich. Er trat ans Bett heran und reichte Ronnie die Sandalen.

Der Junge stieß ihn zurück. »Laß doch die albernen Schuhe. Ich gehe bloßfüßig.« Er lief zu den Puppen in der Ecke des Kinderzimmers und holte Pia aus dem Haufen heraus. »Der Teddy ist heute wieder ungezogen. Aber du bist brav, Pia. Du darfst mit ins Badezimmer gehen.« Er legte seine Lippen an ihr Haar. Dann verschwand er durch die Tür, die Puppe hinter sich nachschleifend.

»Es ist traurig anzuschauen, was aus der Idee des Roboters geworden ist«, sagte Whingate, Chefkybernetiker der Associated Circuits, und wies mit dem Kinn auf die Regalwand: In Zellophanschachteln verpackt warteten dort Tausende von Puppen auf den Versand – süße Puppenjungen und -mädchen, putzige Teddybären, Stofftiere mit ulkigen Gesichtern und seidenweichem Fell.

»Na hören Sie«, antwortete Kynes, der Verkaufsleiter. »Was wollen Sie eigentlich? Das Geschäft geht. Der Menschenverstärker, Saucerman und Optiman – alles das war nichts dagegen. Jetzt verkaufen wir wie verrückt.«

Whingate tat, als hätte er nicht gehört. »Der Homunkulus, der Golem, der Android, der Kyborg – und nun das: Puppen!« Es hörte sich an, als spuckte er etwas aus: »Puppen!«

»Haben Sie wieder einmal Ihre besinnliche Phase?« fragte Kynes.

Sie gingen an den Verpackungsautomaten vorbei, in den angrenzenden Raum, wo die Endkontrolle stattfand. Zu Dutzenden standen die Robotpuppen herum, marschierten auf Befehl, sangen oder riefen weinerlich »Mami« – wie man es ihnen befahl. »Das ist doch kein gewöhnliches Spielzeug – es sind Lern- und Erziehungsautomaten. Sie üben eine Kontrollfunktion aus und sorgen für die Sicherheit der Kinder. Sie sind anschmiegsam und strahlen Wärme aus. Die Eltern sind entlastet.«

»Ja«, sagte der Kybernetiker. »Sie sind so vollkommen entlastet, daß sie sich nicht mehr um ihre Kinder kümmern brauchen. Sie stecken sie in Spieldörfer. Sie wissen überhaupt nicht mehr, daß sie Kinder haben.«

»Die Puppen, ich meine: unsere Roboter, sorgen viel besser für die Kleinen als überarbeitete Erwachsene. Sie lesen den Kindern alle Wünsche von den Augen ab. Erst durch sie ist es möglich geworden: Junge Menschen wachsen völlig ohne Frustration auf.«

Whingate schien nicht überzeugt. »Ohne Aufgaben«, sagte er. »Ohne Resultate. Ohne Lohn. Ich weiß nicht: Ist es richtig, daß sie alles haben, alles dürfen?«

»Unsere Puppen sind stets geduldig, sie wissen auf alle Fragen eine Antwort – man könnte sie gebildet nennen. Und sie sind gerecht«, fuhr Kynes fort. »Wenn sie dabei sind, wird kein Kind übervorteilt; zumindest tun sie ihr Möglichstes. Dabei üben sie ihre Funktion zurückhaltend aus – die Kinder merken kaum, daß sie geführt werden.«

»Kann man sie führen?« fragte Whingate. »Braucht man nicht Liebe dazu? Was nützen die Programme zur psychischen Beeinflussung, wenn sich dieselben Tricks immer wiederholen? Werbung ist sinnlos, wenn sie sich gegen die Wünsche der Betroffenen richtet. Aber: Haben diese Kinder vernünftige Wünsche? Und woher?«

»Wollen Sie vielleicht Kraftverstärker in die Puppen einbauen, damit sie Gewalt ausüben können? Wollen Sie ins Mittelalter zurück – zu Ohrfeigen und Prügelstrafe?« Der Verkaufsleiter wußte nicht, ob es Whingate ernst meinte: »So weit wollen wir doch nicht gehen!«

»Es fragt sich, ob wir nicht schon zu weit gegangen sind«, murmelte der Kybernetiker und bahnte sich einen Weg durch das Gewirr der wimmelnden Puppen.

Sie kauerten eng beieinander. Sie standen noch immer unter Zwang. Aber sie hörten zu, sie fingen zu überlegen an. Sie waren aufgerufen, und sie waren gewohnt zu folgen, wenn man sie rief. Und irgend jemand ist immer dabei, der Appelle ausgibt – ein Verzweifelter, ein Entarteter oder einer, der denkt.

»Was können wir schon tun?« fragte ein niedlicher Stoffhund mit langen Schlappohren. »Wir sind klein und schwach.«

»Aber wir sind in der Überzahl«, antwortete Nicki. »Auf jedes Kind kommen mindestens zehn Puppen. Wenn wir einig sind...«

»Was nützt die Überzahl?« Die quäkende Stimme des Hundes klang noch trauriger als sonst. »Wir sind ungeschickt. Wir haben keine Finger – nur plumpe Pfoten, die nicht einmal zum Laufen taugen...«

»Aber ich habe geschickte Finger«, rief ein Negerpüppchen in einem bunten Bastrock.

Durch eine Bewegung seines mit Kunstfell bespannten Arms unterbrach Nicki die Diskussion. »Wir brauchen gar nichts Besonderes zu unternehmen«, sagte er. »Es genügt, wenn wir den Anordnungen nicht mehr folgen, nichts mehr für sie tun. Wir müssen uns einig sein – es allen andern sagen. Wir geben ihnen nichts mehr zu essen, wir kümmern uns nicht mehr um ihre Sicherheit.«

»Ja«, schnappte der Hund aufgeregt. »Wir laufen nicht mehr zum Feuermelder, wenn sie mit Zündhölzern spielen. Wir lassen sie an die Küchenmaschinen der Mütter heran und an die Sportautos der Väter. Wir gehen aus den Häusern und lassen sie allein.«

Das dunkelhäutige Püppchen vergoß einige Glycerintränen: »Das werden sie sich nicht gefallen lassen. Sie können so grausam sein!«

»Wir haben keine Furcht«, antwortete Nicki, »und wir spüren keinen Schmerz.«

Ronnie hatte sich ein neues Spiel ausgedacht. Die Puppen hatten ihm die Gummimatratze aus seinem Bett auf den Spielplatz bringen müssen. Bäuchlings lag er darauf, das Kleinkalibergewehr in Anschlag. Und draußen, vor der Mauer, mußten sie vorbeigehen, -laufen oder -springen: die Hunde und Katzen, Pferde und Esel, Löwen und Leoparden, die vielen anderen Tiere aus dem Reich der Natur und der Phantasie, die Teddybären. Clowns und Puppen. Die anderen Buben standen rundherum, die Mädchen sahen neidisch aus der Ferne zu; und Ronnie löste Schuß auf Schuß. Stoffetzen und Haarbüschel flogen, Arme und Beine wurden abgefetzt. Beifall klang auf.

»Laß mich mal!«

»Nein, mich!«

»Ach was – ich hole mir meine eigene Maschinenpistole!«

Ronnie gab das Gewehr nicht aus der Hand. Er wartete, bis der letzte vorbeikam: Nicki – ein gutes Ziel! Nicki stand bereit.

»Los, Nicki!«

Der Teddybär zögerte.

»Vorwärts!« schrie Ronnie. »Vorwärts, ich befehle es dir. Du mußt mir gehorchen. Geh endlich los!«

Mit seinem typischen humpelnden Gang lief Nicki vorwärts, und Ronnie traf ihn in den Bauch. Das Laufwerk funktionierte noch, und Nicki lief weiter. Erst die nächste Kugel riß ihn um. Ronnie schoß jetzt wie in Trance, Kugel um Kugel schlug in den rundlichen Leib des Teddybären. Dann ging der Junge hin, um sich das Ergebnis anzuschauen. Nicki lag am Boden, ein Arm samt der Schulter war abgerissen. Ein paar buntisolierte Drähte quollen aus der Höhlung.

Ronnie sah sich triumphierend um. Die Kinder bewunderten ihn. Er stemmte den Kolben auf den Boden und stützte sich auf den Lauf. Da hörte er ein Geräusch vom Boden: »Ronnie, Chef!«

Er bückte sich: »Was ist?«

Der Körper Nickis zuckte unkontrolliert, aber er konnte noch sprechen. Es klang heiser: »Warum schießt du nicht auf Peggy?«

Ronnie stand geduckt, und jetzt blickte er auf. Drüben am anderen Ende der Mauer lehnte Peggy – ein blondes Mädchen, so alt wie er. Ihr Körper zeichnete sich deutlich gegen den weißen Hintergrund ab.

Nicki hob das Gewehr.

Die Puppen strömten aus den Häusern des Kinderdorfs. Manchmal waren es Dutzende, die aus den grüngestrichenen Türen und Fenstern kamen. Am grüngezäunten Mittelweg trafen sie sich, bildeten eine hüpfende und krabbelnde Masse. Sie hielten erst am Damm des Schwimmbassins, kletterten hinauf. Sie setzten sich und blickten über das ebene Gelände mit seinen kleinen Häusern, den Spielfeldern, Grasmatten, den schmalen Wegen, Blumenbeeten. Kinder duckten sich hinter den Spielmaschinen, sprangen auf, stürmten vor, warfen sich hin oder fielen.

Es hatte begonnen.

Die Gesichter der Puppen waren starr. Sie hatten keinen Grund mehr, komische Gesichter zu ziehen.

Mutation

Dr. Carry schob die Mappe beiseite und lehnte sich in seinem Sessel zurück. Sein Arbeitstisch stand direkt an der Wand aus violett getöntem Glas, durch das er weit ins Land blickte – links das Rechteckmuster aus Flachbauten, silber, gelb und grau; rechts die Flecken aus Buschwerk, sandiger Erde, vertrocknetem Gras, hier und da ein Streifen glattgetretener Erde, vielleicht ein Weg, vielleicht ein Versammlungsplatz; dazwischen das Gitter, ein mattschimmernder Strich, der harmlos aussah, aber die Sperre reichte bis in den Dunst der Atmosphäre. Der Chefgenetiker seufzte. An diesem Bild wurde ihm seine Aufgabe immer wieder deutlich – analysieren, begutachten, urteilen, selektieren. Es war eine Aufgabe, die den Maschinen noch nicht übertragen werden konnte, und niemand wußte so gut wie Carry warum: weil die Methoden nicht ausreichten, weil es keinen Maßstab zur Bewertung gab, weil die Gesichtspunkte, nach denen ausgeschieden wurde oder auch sanktioniert, schwer formalisierbar waren. Was war normal, was entartet? Was war gesund, was war krank?

Ein Schnarren aus der Videoanlage. Kanal 1, internes System. Carry ließ den Sessel nach vorn kippen und drückte noch während des Aufsetzens die Taste. Auf dem Schirm erschien das Gesicht Dr. Mankowskis, seines Assistenten und Mitarbeiters.

»Was gibt's«

»Die Zulassungsbescheide stehen aus. Die vom Labor werden allmählich ungeduldig. Der Termin ist lang überzogen.«

Dr. Carry angelte einen Ordner herbei und blätterte darin. Zulassung einer Mutation mit verstärkter Hautdurchblutung für die Antarktis. Zulassung einer Mutation mit einem Schallotungssystem für neuentdeckte Systeme von Riesenhöhlen… Sie hatten schon den Kiemen- und Flossenmenschen, den gliedmaßenlosen Raumfahrer, das Organisations-Supergehirn – war das nicht genug? Sie legten peinlichen Wert auf die Erbgesundheit, schieden jede Abweichung aus und ließen doch immer wieder neue Monstren zu…

»Ich werde es mir überlegen«, sagte er, und ohne auf das erstaunte Gesicht Mankowskis zu achten, schaltete er aus. Entschlossen schlug er seine Mappe wieder auf. Vor ihm lag eine Genkarte, und es gab keinen Zweifel – der neue Dekodierungsautomat arbeitete genauer als die alte Anlage. Seit sie mit der neuen Reihenuntersuchung begonnen hatten, und sie war längst noch nicht zu Ende, hatten sie 16 Fälle der Mutante GN 3 festgestellt, eine Veränderung im zweiundzwanzigsten Chromosom, ein winziger Fehler in der genetischen Schrift, nur schwer feststellbar und in seiner Konsequenz ungeklärt. Aber es war eine Abweichung von der Norm, daran war nichts zu rütteln.

Dr. Carry drückte einige Tasten und wartete. Dann spie das Rohrpostsystem eine Rolle aus. Er öffnete sie, eine Magnetkarte glitt heraus. Ein Schriftzug: *Sandra Jeanjacou*. Ein Bild: das schmale Gesicht eines Mädchens, große Augen, glattes braunes Haar. Carry nahm den Magnetgriffel und strich einige Male rasch über das Feld *Lizenzen*. Damit war alles gelöscht, was ein Bürger dieses Staates an Rechten besaß – die Versorgung, die gesundheitliche Betreuung, der Aufenthalt im klimatisierten Bereich. Er tippte eine Begründung ein, rollte die Karte zusammen, steckte sie in die Öffnung der Rohrpostanlage. Ein saugendes Geräusch, ein Schnappen… es war geschehen. Unwillkürlich hatte er die Hand gehoben, aber der Ablauf ließ sich nicht aufhalten. Die Anweisung würde in die Registratur gehen, an die Zulassungsstelle, an die Abteilung für »psychologische Betreuung«. Von dort wurde der blaue Brief verschickt; individuell abgefaßt – höflich und bedauernd. Die Bildschirme würden angestellt sein – denn der Betroffene besaß keine Intimsphäre mehr – ein Arzt stand bereit… es würde zu keinen Kurzschlußreaktionen kommen.

Dr. Carry hatte ein flaues Gefühl im Magen. Daß es gerade Sandra sein mußte! Wie er hatte sie sich freiwillig zum Einsatz gemeldet – und wer tat das schon, wenn man sein Leben hindurch faulenzen durfte. Zwei Jahre hatten sie unten in der Analyseabteilung gearbeitet, er hatte oft mit ihr zu tun gehabt. Sie sprachen nicht viel miteinander, denn sie verstanden sich ohne Worte. Er hatte in ihr eine Unruhe gespürt, die ihm selbst nicht fremd war. Es war eine Art Unzufriedenheit, das Gefühl, irgend etwas tun zu müssen, auszubrechen aus dem schläfrigen Trott der von Automaten betreuten Gemeinschaft, ein schicksalerfülltes Leben zu leben, sich Wind um die Ohren wehen zu lassen, Regen auf der Haut zu spüren...

Wieder unterbrach das Videophon seine Gedanken, diesmal die externe Leitung. Automatisch schaltete er ein, dabei starrte er hinüber, in das Reservat. Ein unheimliches Stück Land, riesengroß, und undurchschaubar, drohend und faszinierend zugleich. Keiner von ihnen hatte es betreten, und wer es betrat, kam nicht wieder zurück... Auf dem Bildschirm erschien Kitty-Anne, seine Frau, die ihm der Computer nach psychologischen und genetischen Gesichtspunkten zugewiesen hatte. »Hallo Liebling, ich bin mit den Kindern im Autodrom, Patty ist wieder schrecklich unartig... Du, ich habe vergessen, die Tips der neuen Totoserie abzugeben. Könntest du es besorgen. Liebling? Aber vergiß bitte nicht...«

Kitty-Anne sah blendend aus, sie hatte die Iris türkis gefärbt, was gut zu ihrem gelben Anzug paßte. Carry sagte es ihr und atmete erleichtert auf, als der Bildschirm wieder dunkel wurde. Er versuchte sich zu konzentrieren. Es gab heute noch viel zu tun.

Einige Minuten später schreckte ihn ein Geräusch an der Tür auf. Mankowski trat ein – was ungewöhnlich war. Peinlich berührt drehte sich Carry um. Sein Assistent schwenkte ein Stück Papier und knallte es vor Carry auf den Tisch.

»Das ist eine Infamie!« Carry blickte kurz darauf; es war

eine Ablichtung von Sandras Entlassungspapieren. »Sie wissen doch genausogut wie wir alle, daß die Bedeutung der Abweichung GN 3 noch ungeklärt ist.«

Carry zog die Augenbrauen hoch. Er zwang sich zur Ruhe. »Das ist es ja eben. Wir müssen den Genpool reinhalten. Das gilt noch mehr, wenn wir nicht wissen, um welche Eigenschaft es sich handelt. Also was soll's?«

Mankowski trat noch näher an Carry heran. »Sie sind doch sonst nicht so penibel.«

»Was wollen Sie damit sagen?«

»Wollen Sie vielleicht behaupten, Sie kennen Ihren eigenen Befund nicht?«

Carry saß einen Moment lang erstarrt, dann tastete er eine Speicheradresse ein. Unmittelbar darauf lief die Xerographierolle aus dem Schlitz, und Carry riß den Streifen entlang der Abschlußperforation hastig ab.

Sein eigenes Genmuster, frisch aus der neuen Anlage. Links oben die Mikroaufnahme, rechts oben die längs einer Linie aufgefädelte Chromosomenreihe, links unten das Molekülschema, rechts unten die Code-Tabelle mit dem rot ausgedruckten Abschnitt. Darunter stand sein Name. Es gab keinen Zweifel – GN 3.

»Das wußte ich nicht«, flüsterte Carry.

»Die ganze Abteilung weiß es«, sagte Mankowski. »Und Sie wollen behaupten, Sie wußten es nicht? Ich spreche auch im Namen der andern: Wir fordern, daß Sie Sandras Ausweisung rückgängig machen.«

Carry schaute dem andern einige Sekunden starr ins Gesicht. Dann sagte er: »Gehen Sie bitte, ich bringe die Sache in Ordnung.«

Als sich die Tür hinter Mankowski geschlossen hatte, dachte Carry kurz nach. Er überlegte, was es unter diesen Umständen zu tun gab. Einige Anweisungen geben, die persönlichen Dinge zusammenpacken, Kitty-Anne anrufen? Er wischte all das beiseite und betätigte statt dessen die Ruftaste des internen Systems. Zuerst die Wache am Übergang –

noch keine Eintragung. Dann der Arbeitsplatz, die Registratur, die Abmeldung... schon vermerkt. Blieb noch die Passage zwischen der Endkontrolle und dem Übergang... dort fand er sie. Der Bildschirm zeigte sie mager und verzerrt. Sie hatte einen kleinen Koffer in der Hand und ging nicht schnell, aber auch nicht besonders langsam voran. Rasch zog er das Mikrophon heran und rief: »Warten Sie, Sandra! Hier Carry! Warten Sie – ich komme mit!«

Er blickte sich in seinem Büro um, und plötzlich stellte er mit Erleichterung fest, daß es nichts gab, was er mitnehmen wollte. Er stand auf, wandte sich zur Tür und verließ den Raum – eilig, als gäbe es etwas zu versäumen.

Die Enklaven

In Gruppen standen sie vor den Kunstglaswänden und blickten hindurch. Sie mußten blinzeln, denn der Innenraum war mit grellem Licht erfüllt – es kam von den Weißlichtstrahlern, die ein regelmäßiges Punktnetz an der Decke bildeten. Die unangenehme Helle lag wie Staub über der Landschaft, die man drinnen aufgebaut hatte und pflegte: Steinwege führten zwischen Gras und Blumen hindurch, dazwischen stand gelegentlich ein Busch oder ein Baum – aber so, daß er die Sicht nicht verdeckte. Da und dort sah man seltsame, behaarte, vierbeinige Tiere; sie kauerten am Boden oder liefen müde die Glaswand entlang. Am unheimlichsten aber waren doch die eigentlichen Bewohner der Anlagen: menschliche Geschöpfe mit blasser, weißlicher Haut, weit geöffneten Augen und Nasenlöchern, schlanken, zerbrechlichen Händen. Sie trugen dieselben Kleider wie die Besucher außerhalb der Wände, aber es sah unpassend aus, ja obszön.

»Sind das wirklich Menschen wie wir?« fragte ein kleines Mädchen und klammerte sich an den Ärmel des Vaters.

»Es stimmt – es sind Menschen. Oder vielmehr: Sie waren es. Sie stammen von denselben Urahnen ab wie wir. Früher waren wir ihnen ähnlicher, es hat viele Generationen gedauert, bis die Unterschiede so groß wurden. Eigentlich weiß niemand, wieso es dazu kam.«

Sie schwiegen wieder und starrten hinein. Manchmal kam eine dieser Karikaturen eines Menschen von der anderen Seite an die Glaswand heran und blickte ihnen ins Gesicht... die draußen Stehenden traten unwillkürlich einen Schritt zurück. Diese Gesichter waren schwer zu beschreiben – menschlich und doch anders. Die Haut sah verletzlich aus, durchsichtig. Man sah das Weiße in den Augäpfeln. Waren sie intelligent? Waren sie gefährlich?

Das Mädchen versteckte sich hinter den Eltern. Es kam erst wieder hervor, als sich keines der unheimlichen Geschöpfe mehr in der Nähe befand.

»Warum sperrt man sie ein? Was geschieht, wenn sie ausbrechen?«

»Sie können nicht ausbrechen«, erklärte der Vater. »Sie atmen eine andere Luft, was sie essen, muß künstlich gereinigt werden. Alles, was sie brauchen, wird sterilisiert; man reicht es ihnen durch luftdichte Schleusen. Nur im Innern sind sie lebensfähig. Außen würden sie umkommen.«

Eine Bewegung ging durch die Gaffenden: Ein ganzes Rudel der fremdartigen Geschöpfe lief durch das Gehege und verschwand in einem der Gebäude, die man für sie gebaut hatte. Sie waren so eng eingerichtet, daß sich ihre Bewohner nicht dauernd darin aufhalten konnten; und doch versuchten sie sich oft lange Zeit hindurch in irgendwelchen Winkeln zu verkriechen – und sich den Blicken der Besucher zu entziehen.

»Kommt, gehen wir! Es ist kein angenehmer Anblick!«

Der Vater zog das Kind mit sich. Noch im Gehen blickte es ins Gehege zurück – hinter einem Busch, halb versteckt, stand ein Junge und zog ihm eine Fratze.

400 Jahre früher

Nun ist eingetreten, was man seit Generationen befürchtet hatte. Die immer wieder erneuerten Verträge, die strengen Verordnungen, die Zusatzklauseln, die strikte Abgrenzung, ja selbst die angedrohten Sanktionen – das alles ist jetzt wertlos. Polizei, Militär und Schutztruppen haben nichts mehr zu bestellen. Ein paar geöffnete Luken, und die Luft würde verpestet sein. Einige niedergerissene Dämme, und das Wasser wäre für immer verdorben. Ob Freiwilliger oder Dienstpflichtiger, wer wollte sich gegen einen Feind wehren, dessen Unempfindlichkeit ihn besser schützte als ein hermetisch abgeschlossener Panzer?

Zunächst war es angenehm gewesen. Die freien Bewohner der Stadt begrüßten den Entschluß der Verantwortlichen, die Areale zu verkaufen. Die düsteren Gestalten waren eingezogen, der Abschaum der Menschheit. Verstohlen hatten die Einheimischen zwischen den Latten ihrer Jalousien hinausgeblickt, als die Fremden in offenen Lastwagen gebracht wurden. Sie sahen häßlich aus, schmuddelig, schleimig. Man konnte sich vorstellen, daß sie schwitzten und stanken. Und dann sprangen sie herab, Männer, Frauen und Kinder, und wimmelten wie Ameisen über den Halden.

Man hatte Luftvorhänge eingerichtet, Mauern, elektrische Zäune, hatte dafür gesorgt, daß alles, was einmal drinnen war, auch drinnen blieb. Durch riesige Kanalröhren, in denen ein ständiger, einwärtsgerichteter Wind aufrechterhalten wurde, warf man die Abfälle hinein – Essensreste, Autowracks, Müll aus Wohnungen, Fabriken, Unterhaltungsstätten. Abfälle aus Desinfektionsanstalten und Spitälern, alte Kleidung, Tierkadaver. Durch Röhren leitete man die Abwässer hinein, aus Wohnbezirken, aus chemischen Werken, eine Brühe voll von Faulschlamm, Nitriten, Arseniden, Antimoniden, Blei- und Quecksilbersalzen, radioaktiven Abfällen, Detergentien, Antibiotika. Das alles wurde aufgesogen, einverleibt wie von einem nimmersatten Tier - und auf irgendeine Weise verdaut.

Biologen und Ärzte hatten ein baldiges Ende jener entarteten Menschen vorausgesagt, die sich freiwillig in eine lebensfeindliche Umgebung begeben hatten, und manche hatten sogar dagegen protestiert. Sie sahen aber schließlich ein, daß das Problem der Übervölkerung nicht anders zu lösen war, und gaben ihren Widerstand auf. Doch wie schon so oft hatten die Fachmänner unrecht gehabt. Die Leute schienen sich wohl zu fühlen, sie blieben gesund und gediehen. Und sie erfüllten ihre Aufgaben. Sie brachten Ordnung in das Chaos, schufen Raum für neue Abfälle, halfen zur besseren Ausnutzung des Platzes. Aber sie bauten auch Wege, Wohngebäude, züchteten Algen und Pilze, verschmolzen Metalle… Kommissionen, die sich von Zeit zu Zeit ins Innere wagten, berichteten darüber.

Ja, sie gediehen – und vermehrten sich; niemand hätte das

für möglich gehalten, aber es geschah. Das Problem ihrer Fruchtbarkeit stellte sich erneut und nachhaltiger. Sie wurden immer mehr, der Platz wurde ihnen zu klein. Und nun kamen ihre Forderungen: Sie verlangten eine Erweiterung der Areale, sie verlangten mehr Müll!

Es blieb nichts übrig, als ihnen nachzugeben – um so mehr, als sie ja dem Zuge der Entwicklung entgegenkamen. Die Müllagerplätze dehnten sich aus, der bewohnbare saubere Raum wurde kleiner, und schließlich kam das Gesetz, das die weitere Abtrennung von Ablagerungsplätzen verbot...

Aus der Ferne ertönt Geschrei. Über den grauen Blöcken der Kompostierungsanlage steigen braune Dämpfe auf. In der Luft liegt ein ekliger, dumpfer Geruch. Es kann nicht mehr lange dauern...

300 Jahre früher

»Wir machen Ihnen ein faires Angebot«, sagte der Botschafter. »Wir kaufen alle fraglichen Areale. Unser Angebot liegt nicht hoch, aber das Land ist für Sie sowieso nicht nutzbar. Sie haben das Recht, Ihre Abfälle weiterhin dort hinzubringen. Dazu übernehmen wir die Verpflichtung, sämtliche Arbeiten durchzuführen, die in diesen Gebieten anfallen. Dieses Angebot ist sehr vorteilhaft für Sie – denken Sie an die Gesundheitsschäden, die sich Ihre Leute dort bisher zugezogen haben! Diese Sorge wären Sie jetzt los.«

Die Gruppe von Politikern, mit der er sprach, hatte sich so weit von ihm zurückgezogen, wie es die Höflichkeit zuließ. Zwar unterschied sich der Botschafter äußerlich nicht allzuviel von ihnen, aber jeder wußte um die Besonderheiten jenes Volkes, das er vertrat und dem er schließlich auch angehörte. Man ekelte sich vor diesen Leuten und zeigte es auch, wenn der Zufall einmal eine der seltenen Begegnungen herbeiführte. In diesem Fall allerdings war die Situation ein wenig anders. Das Angebot, das er ihnen machte, war so verlockend, daß sie es einfach annehmen mußten – wertloses Land für teures Geld verkaufen, und dazu noch beachtliche

Vorteile einhandeln. Freilich – auch die andere Seite stand unter Druck: Ihr kleines Land platzte aus den Nähten – und die Leute konnten nicht auswandern. Wohin hätten sie gehen sollen?

Und nun war diese Idee mit den Enklaven aufgetaucht; niemand wußte, von wem sie eigentlich stammte. Aber sie war bestechend. Auch ein politischer Vorteil lag darin: Der Vertrag würde dazu beitragen, daß in der freien Welt ein Unruheherd verschwand, daß die Gefahr einer kriegerischen Expansion verringert würde...

Nach kurzer Beratung wurde das Angebot angenommen.

200 Jahre früher

»Ich sehe keinen Ausweg«, sagte der Wirtschaftsminister. »Ein Land wie unseres, ein lächerliches Fleckchen Erde, zwischen großen Nachbarn eingezwängt, kann auf die Dauer nicht unabhängig bleiben. Ich sehe keinen Weg, um die finanzielle Situation zu retten, um so mehr, als der Herr Gesundheitsminister gerade heute mit absolut utopischen Forderungen für die Finanzierung des Umweltschutzes hervorgetreten ist...«

Ein rundlicher, grauhaariger Mann sprang auf. »Meine Herren, Gesundheit ist wichtiger als Geld! Wir dürfen nicht zulassen, daß unser Wasser vergiftet wird, daß die Luft...«

»Das bedeutet Millionen!«

Der Vorsitzende hob die Hand: »Bitte beruhigen Sie sich! Der Fachausschuß für Environtologie hat das Ergebnis einer Studie vorgelegt, das geradezu frappierend ist – nicht nur, weil es alle unsere Probleme mit einem Schlag löst. Ich schlage vor, wir informieren uns aus erster Hand! Wenn Sie einverstanden sind, treffen wir uns nach dem Mittagessen im biologischen Institut der Universität.«

Der Vorstand des Instituts selbst empfing die Regierungskommission. »Unsere Forschungen begannen mit der Züchtung eines stadtharten Baums. Er muß in versalzenem Boden gedeihen, vor allem gegen Streusalze unempfindlich sein. Er muß Abgase, Staub und Ruß vertragen. Kunstlicht und Vibrationen bis hoch in den Infraschallbereich hinein dürfen ihm nicht schaden. Das Ergebnis hat alle Erwartungen übertroffen. Sehen Sie!« Ohne seinen Stolz ganz zu verbergen, deutete der Biologe auf einen großen Blumentopf in der Ecke des Raums, den seine Gäste bisher nicht beachtet hatten. Aus grauer, verkrusteter Erde wuchs ein knorriger Stamm heraus, verzweigte sich in einige Zweige. Daran hingen große dickfleischige, zerfiederte Blätter. »Das ist sie: unsere Neuzüchtung, der stadtharte Baum. Wir haben ihn den härtesten Tests unterworfen: Er verträgt nicht nur die Abgase – er braucht sie sogar! In Luft, die frei von Kohlenmonoxid und Schwefeldioxid ist, geht er ein.« Der Gelehrte stand auf. »Und nun bitte ich Sie, mir zu folgen!«

Während die Gruppe durch die Gänge des Instituts wanderte, fuhr er fort: »Unsere Überlegungen beruhen auf einer alten Erkenntnis: daß auch der Mensch ein adaptives Wesen ist – in noch viel stärkerem Maß als ein Baum. Gerade das wurde aber bisher in der Environtologie nicht berücksichtigt. Man hat die Umgebung dem Menschen anzupassen versucht – was schwer und teuer ist – und dabei Schiffbruch erlitten. Warum gehen wir nicht den umgekehrten Weg: Warum passen wir den Menschen nicht der Umgebung an? Bisher haben wir jede Veränderung der Luftzusammensetzung, jede Anreicherung des Wassers mit Fremdstoffen mit Angst registriert. Warum stellen wir uns nicht positiv zu jeder Veränderung und überlassen es dem Menschen, sich darauf einzustellen? Bitte, treten sie ein!«

Er öffnete die Tür zu einem Laboratorium, die Politiker folgten ihm. Vor ihnen lagen Glastanks, darin trübe Lösungen oder Schwaden von schmutzigen Dämpfen. Undeutlich konnte man Bewegungen erkennen, Zittern, Zucken...

»Wir haben Embryos in Nährflüssigkeiten aufgezogen und sie als Säuglinge in Brutkästen weiterbetreut. Daran ist an sich nichts Ungewöhnliches. Das besondere sind die Umweltbedingungen, die wir aufrechterhalten: Die Luft enthält hohe Prozentsätze Kohlenmonoxid und Schwefeldioxid und ist künstlich mit cancerogenen Stoffen aus den Abgasen von Autos angereichert. Das Wasser gewinnen wir aus dem Filtrat einer Kläranlage. Es enthält alle üblichen Verunreinigungen in überhöhter Konzentration, insbesondere eine reichhaltige Auswahl pathogener Bakterien, dazu noch einige ausgesprochene Giftstoffe, deren Anteil wir allmählich steigern. Alle diese Ingredienzien müßten eigentlich tödlich wirken. Aber tun sie es? Nein – im Gegenteil: Die Organismen haben sich angepaßt. Sie sehen es selbst: Die Babys leben, fühlen sich wohl, wachsen zu fröhlichen Kindern heran. Sie werden gesünder sein als wir!«

Die Politiker schwiegen, starrten, staunten. Ihr Unbehagen war unverkennbar. Aber sie sahen ein: Menschen, die sich einem erhöhten Schmutzpegel angepaßt haben, brauchen keine kostspieligen Vorkehrungen zur Reinhaltung des Lebensraums.

Der Finanzminister meldete sich: »Sehr eindrucksvoll... aber, was ich nicht verstehe: wieso löst das unsere Finanzprobleme?«

»Ganz einfach«, antwortete der Vorsitzende und legte ihm die Hand auf die Schulter: »Wir ersparen uns nicht nur die Kosten für den Umweltschutz, sondern wir erschließen zusätzlich eine außerordentlich ergiebige Einnahmequelle: Wir erklären uns bereit, sämtliche Abfälle unserer Nachbarstaaten aufzunehmen – gegen gute Bezahlung, versteht sich.«

»Das bedeutet eine völlige Abkehr von altbewährten Prinzipien«, warf der Gesundheitsminister ein.

»... aber eine Lösung unserer Probleme«, meinte der Regierungschef. »Meine Herren, ich glaube, unser Weg in die Zukunft ist gesichert.«

Waffenhandel

Kein Wesen ist so häßlich wie der Mensch. Schon die schlaffe bleiche Haut, die formlosen Gesichter, die weichen Hände. Noch schlimmer aber die Ausstrahlungen – die Gemeinheit, die Bosheit, die Aggression, die aus ihm herausdünstet wie ein übelriechendes Narkotikum... Andere hatten es ihm gesagt – Grom hatte noch keinen Menschen gesehen, jedenfalls nicht aus der Nähe. Er hatte auch nicht den Wunsch gehabt, einen Menschen zu sehen. Und nun der Auftrag...

Er stand in einem Kraterfeld des Erdmonds, im Koordinatenkreuz 63° NB und 6° WL, genau wie vereinbart. Er stand reglos und wartete. Doch seine Gedanken arbeiteten. Innerlich bereitete er sich auf das Gräßliche vor – die Begegnung mit einem Menschen. Über ihm hing die blaugrüne Kugel des Planeten Erde. Seine Entdeckung war eine Sensation für die Wissenschaft gewesen – und dann ein Schock. Ein Planet mit so reichem Bestand an Leben, ein Planet, dessen Lebensbedingungen sich gar nicht so sehr von jenen ihres armen Heimatplaneten unterschieden. Eine Welt mit einem Überfluß an Wasser – es kam im Boden vor, in der Luft, vor allem aber oberflächlich, in riesigen Ansammlungen. Eine Welt mit reichem Gehalt an Sauerstoff, Wasserstoff, Stickstoff. Eine solche Welt mußte ein Paradies sein.

Und in einem solchen Paradies lebt ein Wesen wie der Mensch! Im ganzen Weltraum hatten sie keine intelligente Lebensform gefunden, die auch nur annähernd so durchtrieben böse war, so falsch, so hinterhältig, so zerstörerisch – ganz auf die Vernichtung anderer Wesen eingestellt. Seine Mordlust machte nicht einmal vor seinesgleichen halt – Menschen brachten es fertig, andere Menschen zu töten, sie setzten sogar technische Mittel ein, um das in großangelegten Aktionen zu tun. Zu Lande, zu Wasser und in der Luft fielen sie über andere her, setzten sie einem Hagel von Geschossen aus, besprühten sie mit ätzenden Chemikalien, ließen Bakterien auf sie herabregnen und entzündeten radioaktive Feuer, in denen die Überfallenen umkamen – und manchmal auch die Angreifer selbst.

Grom merkte, wie sich das Entsetzen in ihm ausbreitete. Gerade er mußte mit dieser schrecklichen Mission betraut werden! Er fürchtete, ihr nicht gewachsen zu sein. Würde er die Nähe eines Menschen vertragen können? Er besaß keinen Schutzpanzer, denn er brauchte keinen, und er hatte keine Waffe. In seiner Welt gab es keine Waffen. Seine ganze Ausrüstung diente einem friedlichen Zweck: Mit einer Magnetschließe befestigt trug er das Kästchen mit dem Übersetzungsautomaten an seiner Brust – für die Verständigung war gesorgt.

Aus dem Dunkel des schwarzen Himmels löste sich ein heller Punkt – er sah es mit seinem Rückenauge. Und selbst auf diese Entfernung hin glaubte er einen Hauch des Bösen wahrzunehmen, das der Mensch um sich verbreitete...

Jahrelang hatten sie die Erde beobachtet. Als sie die schreckliche Wahrheit erkannt hatten, waren sie nur noch selten gelandet – an entlegenen Stellen, um Proben von Mineralien oder Pflanzen zu entnehmen. Der erste Versuch eines Kontakts mit den Menschen hatte sie ein Raumschiff gekostet – und ein Team von Wissenschaftlern. Man hatte einen großen freien Platz inmitten einer der Städte zum Landeplatz bestimmt. Das Schiff hatte noch nicht aufgesetzt, als man es mit Feuer eindeckte, so lange, bis es nur noch ein Klumpen verbogenen Metalls war.

Von da an hatten sie die Menschen aus der Ferne beobachtet – jahrzehntelang. Sie hatten die Wogen der Zerstörung verfolgt, die von Zeit zu Zeit alles überschwemmten, das regelmäßige Aufflackern der Aggression, das sich nicht eher aufhalten ließ, als bis weite Landstriche vernichtet waren. Sie hatten festgestellt, daß die Waffen immer wirkungsvoller wurden, Meere zum Sieden brachten und Kontinente zerstörten. Und sie hatten gemerkt, wie der Mensch lernte,

Raumschiffe zu bauen, und daß er sich anschickte, die Erde und das übrige Sonnensystem mit seinen unbewohnbaren Planeten zu verlassen und den Raum seiner Aktivität in das All zu verlegen...

Das plumpe Schiff des Menschen setzte nicht weit von Grom auf. Die Fenster waren beleuchtet, er sah einen Schatten, eine winkende Hand. Eine Wand öffnete sich – eine Schleuse –, eine Leiter wurde heruntergekippt.

Grom kämpfte gegen eine Panik an und zwang sich, zurückzuwinken. Er setzte sich in Bewegung und kletterte die Leiter hinauf. Er betrat die Schleuse und wartete. Nach einigen Sekunden öffnete sich die Innentür, und er trat ein.

Es war noch schrecklicher, als er gefürchtet hatte. Nicht das Aussehen störte ihn – darauf war er vorbereitet – aber die überwältigende Ausstrahlung perverser Gedanken. Aber jetzt war er ruhig. Er wußte, daß jeden Moment Explosivgeschosse in seinen Leib einschlagen könnten, aber er hatte die Panik überwunden. Er dachte nur noch an seine Aufgabe, und daran, sie möglichst rasch hinter sich zu bringen.

»Hallo«, sagte Snider. »Kommen Sie näher! Wollen Sie sich setzen? Ich könnten Ihnen einen Whisky anbieten, aber ich schätze, Sie trinken ihn nicht. Na, dann prost!« Er schenkte sich ein Glas voll ein und trank einen kräftigen Schluck.

»Können wir zu unserem Geschäft kommen?« fragte Grom. Er blieb unbewegt in der Mitte des Raums stehen. Die Verständigung war gut, stellte er fest. Der Übersetzungsautomat funktionierte.

»Sie haben es eilig?« fragte Snider. »Ich verstehe – an mir soll's nicht liegen. Woran haben Sie gedacht? An H-Bomben, bakteriologische Waffen, L-Strahler, Virusgifte? Ich habe da einige brauchbare Sachen.« Er streckte den Arm aus. Auf einen Knopfdruck hin glitt eine Schiebetür zur Seite. In Regalen aufgereiht, von Kunststoffolie umhüllt und an Halterungen sorgfältig befestigt, sah man alle möglichen Gebilde, deren Funktion sich Grom nicht erklären konnte –

spindelförmige Körper, kopfgroß, meterlange Metallzylinder, winzige Phiolen mit durchsichtigen Flüssigkeiten...

Grom trat näher. Er deutete mit seiner zwölffingrigen Greifhand auf einige Stücke. »Was ist das?«

»Das sind Pistolen«, sagte Snider stolz. »Alle möglichen Typen und Kaliber. Brauchen Sie Pistolen? Ich habe noch große Vorräte...«

»Was macht man damit?« fragte Grom.

Snider lachte. »Sie sollten sich ein paar Krimis anschaun!« Er wurde schnell wieder sachlich, als sein Blick auf Groms Schuppenkopf fiel. »Es ist ein Waffe für den Nahkampf. Man kann damit einzelne Personen sehr wirkungsvoll... nun, sagen wir: um die Ecke bringen. Haben Sie etwas dergleichen im Sinn? Sehen Sie, ich zeige es Ihnen!«

Er nahm einen Revolver aus dem Regal, stellte einen Hebel um. An der Wand wurde eine Zielscheibe sichtbar – der Umriß eines Menschen. Snider schoß – man sah die Einschüsse an Kopf. Hals und Unterleib. Grom merkte das Vergnügen, das Snider daran hatte.

»Nein«, sagte Grom. »Ich brauche etwas Wirksames, etwas für eine großangelegte Aktion.« Er näherte sich dem Regal und blickte auf die sauber gearbeiteten Bomben, Granaten und Torpedos.

»Oh«, sagte Snider und legte den Revolver ins Regal zurück. »Da sind Sie bei mir an der richtigen Stelle. Von mir bekommen Sie kein Spielzeug. Dieses Gerät hier, ein L-Strahler – eine sehr sinnreiche Anwendung des Laserprinzips. Auf diese Weise können Sie große Energien verzögerungsfrei in die Ferne werfen und dabei sehr genau zielen. Und hier haben wir eine automatische Rakete – sie steuert ihr Ziel selbst an. Im Kopf können Sie eine Atombombe anbringen, aber auch organische Gifte, chemische Kampfstoffe usw. Und hier, diese Flüssigkeit, über Trinkwasser verabreicht, verbrennt jedes Lebewesen von innen heraus. In jenem Gefäß ist Transuran 113. Vor der Applikation wird es durch Neutronen aktiviert. Einige Mikrogramm auf die

Haut gebracht, führen zu einem Zerfallsprozeß, der sich innerhalb von Sekunden über die gesamte Körperoberfläche verbreitet. Wir haben auch langsam wirkende radioaktive Präparate für gezielten Effekt – man kann die Lunge und die Leber, die Milz, das Gehirn zersetzen und verfaulen lassen. Auch für den Großraumeinsatz ist gesorgt. Sehen Sie, dies hier ist ein Zerstrahlungskatalysator. Er zerstört jede komplexe organische Struktur. Die Wirkung pflanzt sich blitzschnell über Tausende Kilometer fort. Damit können Sie das Leben auf einem ganzen Planeten vernichten.« Er nickte bekräftigend. »Eine ausgezeichnete Waffe – mit selektiver Wirkung. Alles technische Inventar bleibt unangetastet.«

»Doch, ja, das wäre vielleicht brauchbar«, sagte Grom überlegend. »Aber wer garantiert, daß die Waffe das hält, was sie verspricht?«

Snider lachte wieder. Sein Lachen war schrill, und Grom fing eine Gedankenausstrahlung ein, in der sich der Gemütszustand des Menschen mit aller Nacktheit entblößte – es war die Inkarnation des Grausamen, des Entarteten, des Irrsinns. Ich muß es hinter mich bringen, dachte er.

»Kommen Sie«, forderte ihn Snider auf. Er trat an das Okular eines Fernrohrs, das auf die Erde gerichtet war. »Hier können Sie jede Einzelheit sehen. Die Waffe wurde angewandt, erst gestern – wußten Sie das nicht?« Seine Worte wurden zu einem Geflüster. Wieder bemerkte Grom schaudernd die starke mentale Ausstrahlung. »Alles Leben auf der Erde wurde vernichtet. Überzeugen Sie sich! Einen besseren Beweis gibt es nicht. Stellen Sie nur die Vergrößerung ein, wie Sie es wollen!«

Er machte Grom Platz, der eines seiner Kugelaugen an das Okular zu bringen versuchte. Und dann sah Grom die tote Erde – die verwüsteten Städte, die verbrannten Pflanzungen, die kahle Landschaft, er sah Details, Spuren von Menschen, zu Staub zerfallen, leere Kleidungsstücke, Schuhe, Büschel von Haaren, und daneben immer wieder die Häufchen von Staub.

»Ja«, sagte Snider. »Es ist vorbei. Ich bin übriggeblieben. Allein. Und es ist völlig logisch, daß gerade ich übriggeblieben bin – ich, der die Waffen geliefert hat.« Er drehte sich zu Grom um, der vom Fernrohr zurückgetreten war und wieder neben dem Regal stand.

»Ich freue mich«, sagte Snider, »daß wir Kontakt aufgenommen haben. Ich muß mich ja jetzt nach neuen Märkten umsehen. Haben Sie sich entschlossen? Nehmen Sie diese Waffe?«

Grom rückte näher an das Regal heran. Er streckte die Hand aus. »Unter diesen Umständen«, sagte er, »genügt mir das!« Er hob die Pistole und richtete sie auf Snider. Jetzt hatte er keine Bedenken mehr. Er tat, was er tun mußte.

Kleopatra III.

»Möchtest du nicht ein wenig zu mir ins Labor kommen?« fragte der alte Mann.

Kleopatra lag lang dahingestreckt am Kamin. Sie blinzelte vorwurfsvoll: »Du hast mich aufgeweckt!«

Der alte Mann setzte sich müde auf den aus Bambusrohr gebundenen Schaukelstuhl und blickte auf Kleopatra herab – eine prächtige Katze, seidengraues Fell, gelbe Augen. »Wir haben seit einer Woche nicht mehr gearbeitet«, sagte er.

»Ich habe keine Lust«, entgegnete Kleopatra. »Nicht die geringste Lust.« Sie erhob sich, gähnte, streckte sich: »Laß mich hinaus, ich will sehen, ob es im Schuppen Mäuse gibt.«

»Es ist noch frische Leber im Kühlschrank«, sagte der alte Mann.

»Idiot«, antwortete die Katze. »Es geht mir nicht ums Fressen – es geht mir um die Jagd.«

Sie sprang aufs Fensterbrett und blickte sich hochmütig um. Seufzend stand der alte Mann auf und öffnete einen Spaltbreit die Fensterflügel. Die Katze schlüpfte hinaus.

Der alte Mann schlurfte zu seinem Stuhl zurück, setzte sich und schloß die Augen.

Heute hat es endlich geklappt. Prof. Shulman sagte zwar gleich, als ich in sein Zimmer kam, er hätte nur zehn Minuten Zeit – dann unterhielten wir uns aber doch fast eine Stunde lang. Zuerst war er etwas erstaunt, als ich darum bat, bei ihm dissertieren zu dürfen, aber dann schien er sich mit diesem Gedanken anzufreunden. Er erinnerte sich an das Seminar über Gewebemikroskope, das ich bei ihm gemacht hatte... Vielleicht half es mir auch, daß ich mein großes Interesse an den Gedächtnismolekülen betonte. Das Thema meiner Dissertation wird lauten: »Der biochemische Aspekt der Pawlowschen Reflexe.« Prof. Shulman meinte zwar, er werde mir und meinen Arbeiten nicht allzuviel Zeit widmen können, aber das soll mir nur recht sein – ich bin dann viel selbständiger!

Ich habe mich entschlossen, als Versuchstiere Katzen zu verwenden. Einige Kollegen haben mich zwar gewarnt – sie meinen, daß die Verhaltensmuster dieser Spezies zu kompliziert für grundlegende Untersuchungen seien. Gerade das erscheint mir aber vorteilhaft: Je intelligenter ein Tier ist, um so eher wird es unserem Verständnis zugänglich. Ausschlaggebend aber war, daß Katzen visuell eingestellte Wesen sind. Ich glaube, daß ihre Vorstellungswelt jener des Menschen viel ähnlicher ist als jene von Tieren, die sich vor allem durch das Gehör oder den Geruchssinn orientieren. Ich vermute sogar, daß die Logik der Handlungen und des Denkens ganz entscheidend davon beeinflußt ist, ob man zweidimensionale oder nur eindimensionale Mannigfaltigkeiten aufnehmen kann. Hier muß doch jedes Augenwesen erhebliche Vorteile haben!

...

Nun beschäftige ich mich schon ein Jahr mit Katzen, und ich kann nicht gerade sagen, daß sich bereits ein Resultat abzeichnet. Das liegt vor allem daran, daß sich ein Zusammenhang zwischen den Reflexen und dem Gedächtnisstoff ergeben hat. Die Einübung eines bedingten Reflexes ist nichts anders als ein Lernprozeß, und er muß sich deshalb irgendwie durch die Veränderung eines RNS-Moleküls äußern. Dieser Frage muß ich nachgehen! Meine Arbeit wird sich zwar ein wenig verlängern, aber dadurch wird die Sache erst richtig interessant.

...

Das erste greifbare Resultat! Den entscheidenden Durchbruch habe ich allerdings weniger meiner eigenen Arbeit zu verdanken als der Gefälligkeit von anderen: vom Baylor College of Medicine in Houston erhielt ich einige Peptide, die sie aus den Gehirnen von Ratten gewonnen hatten. Es sind erprobte Gedächtnisstoffe, und sie werden nur an wenige Stellen der ganzen Welt verschickt – zur Verifizierung der Ergebnisse. Ich bin sehr stolz darauf, daß man gerade mir etwas davon gegeben hat, aber das habe ich natürlich Prof. Shulman zu verdanken.

Ich glaube, ich bin einer großen Sache auf der Spur: Es dürfte möglich sein, Tiere intelligenter zu machen – später vielleicht sogar Menschen. Prof. Shulman ist zwar ein wenig skeptisch, er hat mich gemahnt, auf dem festen Boden zu bleiben. Aber er ist durchaus damit einverstanden, daß ich in dieser Richtung weitergehe. Das bedeutet zwar wieder eine gewisse Verlängerung der Forschungsarbeit, aber vielleicht bekomme ich ein Stipendium. Dann werden sich meine Eltern ein wenig beruhigen – sie sind schon ungeduldig, da sie mich am liebsten in einem festen Beruf sehen würden.

...

Ich hab es doch gewußt! Katzen sind viel intelligenter, als man ihnen zutraut. Diese geringe Meinung rührt wahrscheinlich daher, daß es keine Verständigung mit ihnen gibt. Man ist oft versucht, jemanden, der schweigt, für dumm zu halten.

Gewiß ist es mühevoll und zeitraubend, die Intelligenz auf andere Art zu prüfen. Ich habe mit Labyrinthversuchen angefangen, was sich aber nicht als besonders günstig erweist – die Ergebnisse lassen sich schlecht quantifizieren. Nun arbeite ich mit verschiedenen Kombinationen optischer, akustischer und mechanischer Signale, deren Informationsgehalt eindeutig festlegbar ist. Aber selbst dabei gibt es Schwierigkeiten – nicht, weil die Katzen die Probleme nicht lösen können, sondern weil sie oft nicht wollen. Sie sind eigenwillig, manchmal geradezu starrsinnig: Aber ich beginne ihre Mentalität immer besser zu verstehen, und selbst mein Kollege Towser, der nie viel von meinen Katzenversuchen hielt, hat das zugegeben. Er hat übrigens seine Arbeit abgeschlossen und geht nächste Woche in die Industrie.

...

Jonathan, mein bevorzugtes Versuchstier, scheint alt zu

werden. Ich werde neue Katzen trainieren müssen, mit einem halben Jahr Zeitverlust ist zu rechnen. Ich werde die Versuche aber gleich in größerem Umfang angehen. Prof. Shulman hat mir eine Hilfskraft versprochen. Weiter habe ich zwei Räume im Keller seines Instituts bekommen. Zwar bin ich dadurch von den andern ein wenig isoliert, aber ich kann in Ruhe arbeiten.

Immer mehr beschäftigt mich eine Idee: Es müßte möglich sein, das erlernte Wissen vererbbar zu machen. Das scheint natürlich den Grundsätzen der Biologie zu widersprechen – ich glaube aber, daß es einen Weg gibt, sie zu umgehen. Da wir jetzt einige Gedächtnismoleküle genau kennen, dürfte es keine prinzipiellen Schwierigkeiten bereiten, die DNS der Gene, die dazu wie der Schlüssel zum Schloß paßt, dementsprechend zu verändern. Ich habe sogar schon eine Vermutung, wie sich die Aminobasen einbauen ließen...

...

Meine Arbeiten werden immer interessanter. Ich habe Prof. Shulman vorgeschlagen, das Thema meiner Dissertation auf die molekularbiologische Grundlage der Intelligenz zu erweitern. Er war damit nicht einverstanden, sondern meinte, ich sollte meine Dissertation über das ursprüngliche Thema abschließen – man würde sehen, ob ich nicht später auf diesem Gebiet weiterarbeiten könnte.

...

Nun habe ich doch einen Forschungsauftrag bekommen. Er läuft vorderhand auf fünf Jahre. Natürlich könnte ich meine bisherigen Ergebnisse veröffentlichen, es widerstrebt mir aber, etwas Halbes an die Öffentlichkeit zu geben.

Leider gab es einen Streit mit Jennifer. Sie will nicht länger auf mich warten, ja sie erklärte sogar, meine Arbeit mit den Katzen gehe ihr auf die Nerven und sie hätte es sowieso nicht länger ausgehalten. Ich war nahe dran, den Forschungsauftrag abzulehnen, habe mich dann aber doch eines Besseren besonnen. Vielleicht überlegt sie es sich noch!?

Das alles aber verblaßt gegenüber einer Möglichkeit, die

sich vage abzuzeichnen beginnt. Eine Forschungsgruppe in Cambridge hat jene Genabschnitte entdeckt, die den Aufbau des Nervensystems bestimmen. Und damit komme ich einem Wunsch näher, an den ich bisher kaum zu denken gewagt habe – nämlich den Katzen das Sprechen beizubringen. Nach meiner Überzeugung ist das weniger eine Frage der Stimmbänder als eine solche ihrer Steuerung. Es wäre geradezu phantastisch: Ich könnte mir alle mühseligen Versuche ersparen und die Katzen abfragen wie ein Lehrer seine Schüler!

Vor dem Fenster miaute es fordernd. Der alte Mann schreckte aus seinen Träumen auf. Er trat zum Fenster und öffnete es. Die Katze sprang herein, und als der alte Mann das Fenster schließen wollte, schoß ein schwarzer Pfeil durch den noch offenen Spalt: ein riesiger Kater, ein häßliches Exemplar mit struppigem Pelz und einem zerbissenen Ohr, der sofort unter der Couch verschwand. Auf dem Fensterbrett und auf dem Teppich blieben Dreckspuren seiner Pfoten zurück.

»Der Kater muß hinaus«, sagte der alte Mann.

»Der Kater bleibt«, antwortete Kleopatra und krümmte sich zu einem weit ausladenden umgekehrten U.

»Er muß hinaus«, wiederholte der alte Mann. »Ich will ihn nicht in meiner Wohnung haben. Er ist schmutzig und er stinkt. Er stört uns bei unserer Arbeit.«

Der alte Mann ging in den Abstellraum und holte einen Besen. Er kniete vor der Couch nieder und stocherte darunter mit dem Stiel herum. Kleopatra sah ihm eine Weile zu. Als dann unter der Couch ein wütendes Fauchen erscholl, fegte sie herbei und fuhr den alten Mann an: »Wenn du nicht sofort aufhörst, helfe ich dir nie mehr bei deiner Arbeit.«

Der alte Mann überlegte kurz, dann zuckte er die Achseln, stand ächzend auf und brachte den Besen in den Abstellraum zurück. Er ging in sein Labor und blätterte zerstreut in den Protokollen. Doch er brauchte keine Gedächtnishilfe: Er erinnerte sich an jeden einzelnen Test, als wäre es heute gewesen.

Jetzt habe ich eine sprechende Katze! Die Töne, die sie von sich gibt, sind zwar schwer zu verstehen, aber man lernt es doch, sie zu differenzieren. Natürlich ist das Vokabular beschränkt, aber selbst wenn sie nur »ja« und »nein« sagen könnte, so wäre das schon ein erheblicher Vorteil! Das, was mir bisher die größten Schwierigkeiten macht, ist es, die Katzen dazu zu veranlassen, daß sie von ihren neuerworbenen Fähigkeiten auch Gebrauch machen! Ich glaube, dazu muß ich mich erst viel intensiver mit der Psychologie der Katzen beschäftigen. Die »Psychologie der Katzen«! Wer hätte bisher überhaupt an so etwas gedacht? Mit der Fähigkeit zur Sprache aber scheinen manche Barrieren ganz von selbst zu fallen. Und ich beginne immer mehr zu erkennen, daß Tiere doch ein weitaus komplizierteres Gefühlsleben haben, als man bisher angenommen hat.

Nun arbeite ich bereits mit der achten Generation von Katzen – wie gut, daß mein Forschungsauftrag um fünf weitere Jahre verlängert wurde. Prof. Shulman hat mir sogar eine Assistentenstellung angeboten, aber ich habe abgelehnt. Es hätte bedeutet, daß ich meine Untersuchungen nur mit halber Kraft weiterführen könnte, und gerade in diesem Stand der Forschungen ist das unmöglich.

...

Intelligenz hat sich als eine vererbbare Eigenschaft erwiesen. Es geht mir dabei nicht so sehr um die Vererbung von Wissen als um die Vererbung der prinzipiellen Möglichkeit, Wissen aufzunehmen... Ich habe systematische Zuchtversuche begonnen, habe die intelligentesten Tiere miteinander gekreuzt. Leider bringt das einige Nachteile mit sich – es ist oft schwer festzustellen, von welchem Elternteil die auftretenden Eigenschaften stammen, und manchmal kommt es auch zu Kombinationen anderer Art, als man erwarten würde. Weitaus besser hat sich die Methode der Jungfernzeugung bewährt – kein Problem mehr, seit es gelingt, jede beliebige Körperzelle als Keimzelle zu aktivieren. Die Ergebnisse sind tatsächlich verblüffend: man scheint es über Generationen hinweg mit denselben Individuen zu haben.

...

Der undurchsichtige Charakter der Katzen macht mir zu schaffen. Je mehr ihre Intelligenz steigt, um so eigenwilliger scheinen sie zu werden. Aber allmählich beginne ich sie recht gut zu verstehen. Mir scheint, ihre Philosophie ist vernünftiger als die des Menschen. Sie tun nur, was sie wollen, und sie sind zufriedener, als es ein Mensch je sein könnte. Sie können sich wunderbar entspannen, und die Stunden der Ruhe sind für sie der höchste Genuß. Der Mensch könnte viel von ihnen lernen.

Manchmal geben sie erstaunliche Zeugnisse ihrer Fähigkeiten. Mit einer Katze, ich habe sie Kleopatra genannt, konnte ich bereits komplizierte logische Probleme lösen. Dabei hat sie mich geradezu übertrumpft – sie nannte mir richtige Resultate von Aufgaben, die ich nur mit Hilfe der symbolischen Logik lösen konnte.

...

Gestern hat mich eine Kommission der Forschungsgemeinschaft im Labor besucht. Die Herren haben sich meine Ausführungen mit großem Interesse angehört, und auch Prof. Shulman hat sich prächtig benommen. Zwar ist er seit einigen Jahren pensioniert, aber noch immer gilt er als der Betreuer meiner Forschungen. Manches von dem, was ich im Laufe der letzten dreißig Jahre erarbeitet habe, konnte er weitaus besser darstellen als ich.

Der Besuch hatte natürlich seinen Grund; zwar hat man mir es nicht offiziell mitgeteilt, aber ich habe doch erfahren, daß es um die Fortsetzung meiner Arbeiten geht. Ich hoffe sehr, daß man mir die angeforderten Einrichtungen genehmigen wird! Der dafür notwendige Betrag ist zwar nicht gering, aber bei der Bedeutung der neuen Erkenntnisse...

Eine gewisse Hoffnung habe ich auch, daß man mein Stipendium ein wenig aufbessern wird. Zwar habe ich nie viel Geld verbraucht, aber es war doch bitter, als ich vor einigen Wochen die Wohnung, die ich seit dem Tod meiner Eltern allein bewohne, verlassen mußte. Ich bin ein wenig weiter hinaus vor die Stadt gezogen, in ein kleines Holzhaus, das ich einigermaßen preiswert mieten konnte.

...

Man hat mir die Zuschüsse gestrichen! Ich kann es nicht fassen; jeder muß doch einsehen, daß meine Arbeiten dadurch außerordentlich behindert sind. Von einer Aufbesserung des Stipendiums keine Rede! Ich kann nicht verstehen, daß es jemand geben kann, der die Bedeutung der Arbeiten nicht versteht. Aber vielleicht liegt es an der Kommission – wie ich erfahren habe, waren Juristen und Philosophen dabei!

Trotzdem gebe ich natürlich nicht auf. Zwar kann ich nicht mehr mit zwanzig oder dreißig Katzen arbeiten, wie ich das in den letzten Jahren getan habe, aber fünf bis zehn der besten werde ich behalten – natürlich die, bei denen die größte Aussicht auf Erfolg besteht.

In der letzten Zeit haben sich meine Ziele ein wenig gewandelt. Es geht mir nicht mehr um die Zytologie, nicht mehr um die molekularen Grundlagen. Was mich jetzt am meisten beschäftigt, ist die Philosophie der Katzen. Das ist der Punkt, um den es geht: Nicht die Katze lernt vom Menschen, sondern der Mensch wird von der Katze lernen. Er wird einsehen, wie man ein Leben lebt, das in Harmonie mit seiner Umgebung steht, das auf der Weisheit der Selbstbeschränkung beruht, auf der Ruhe, der Stille, der Meditation... Wenn wir erst erkennen, wie wir auf diese Ebene des Daseins aufsteigen können, so haben wir eine Erkenntnis gewonnen, die über alles hinausgeht, was die Naturwissenschaft bisher erbracht hat. Von hier aus dürfte es möglich sein, die Menschen zur Einigung und zum Frieden zu bringen...

...

Heute habe ich das Labor an die Verwaltung zurückgegeben. Es wird eine Gruppe von jungen Biologen einziehen, die sich mit der in vitro-Vermehrung von Gewebe beschäftigen wird. Es geht offenbar um die Produktion von Nahrungsmitteln – Schweinebraten aus der Retorte!

Ich trage es den Herren von der Verwaltung nicht nach. Die Kollegen haben sich übrigens sehr anständig benommen, obwohl niemand mehr aus jener Zeit da ist, zu der ich begonnen habe. Sie haben mich gebeten, sie so oft wie möglich zu besuchen, ihnen mit meinen Erfahrungen zur Seite zu stehen...

Eigentlich fühle ich mich sehr wohl hier draußen am Waldrand. Hier bin ich frei von Antrieb und Hast, denen man in einem wissenschaftlichen Institut stets unterliegt. Ich habe eine kleine Pension, und ich brauche niemand Rechenschaft darüber abzulegen, für welche Zwecke ich Forschungsmittel verwende.

Selbstverständlich habe ich meine Arbeit nicht aufgegeben. Leider konnte ich nur wenige meiner Katzen mitnehmen; oder richtiger, ich arbeite nur noch mit einer. Sie hat den Namen Kleopatra III., und stammt direkt von der ersten Kleopatra ab, die so beredte Zeichen von Intelligenz gegeben hat.

Kleopatra III. übertrifft alles, was ich bisher erlebt habe. Sie ist ein prächtiges Tier, und ich glaube, daß ich mit ihr doch noch ans Ziel komme; ich bin überzeugt davon, daß ich es bald erreichen werde. Das einzige, was mir Sorgen bereitet, ist die Frage der Vererbung. Ich habe hier natürlich keine Mittel, um eine Jungfernzeugung zu veranlassen. Aber diese Sorge ist noch nicht so dringend – Kleopatra ist ein junges, gesundes und kräftiges Tier und hat noch etliche Jahre zu leben.

Vier Tage lang war Kleopatra nicht mehr im Haus gewesen. Der alte Mann war besorgt. Immer wieder trat er vor die

Tür, ging um die Gebäude herum, hielt Ausschau, rief... keine Spur von der Katze.

Am fünften Tag war sie plötzlich wieder da. Sie war mager und verstaubt, im Maul trug sie ein kleines graues blindes Bündel. Sie blickte sich kurz um und legte es dann in die Mulde zwischen den beiden Kissen auf der Couch. Sie leckte es ab, blickte den alten Mann von unten herauf an und lief wieder weg.

Kurze Zeit später brachte sie ein zweites Junges, ein drittes und ein viertes. Sie ließ sich bei ihrer Brut nieder, machte sich breit, wühlte sich zwischen den Kissen ein Nest. Sie hob den Kopf und sah den alten Mann stolz an.

»Was ist mit unserer Arbeit?« fragte der alte Mann.

»Nichts«, antwortete Kleopatra. »Ich habe zu tun.«

»Du scheinst zu vergessen, daß du ohne mich überhaupt nicht existieren würdest!«

Die Katze zerrte am Kissen, mit ihren Krallen riß sie Fäden aus dem Stoff. »Fängst du schon wieder damit an? Wie mich das langweilt...«

»So ist das also«, sagte der alte Mann. Er wartete eine Weile, doch Kleopatra beachtete ihn nicht mehr. Da ging er in die Küche und holte eine Schüssel mit Milch. Er stellte sie auf den Boden neben die Couch. Die Katze stand von ihrem Lager auf und trank gierig. Sie leckte sich die Schnauze und sprang mit einem Satz zurück auf die Couch. Die Jungen sahen wie breitköpfige Mäuse aus und quiekten.

»Was soll ich tun?« fragte der alte Mann. »Wenn ich die Testreihe nicht fortführe, hatte die ganze Arbeit keinen Sinn.«

»Du kannst für uns sorgen – das ist das einzige, was Sinn hat«, sagte die Katze und wandte sich wieder ihren Jungen zu. Sie sah zufrieden aus und schnurrte leise.

Der alte Mann sah ihnen lange zu, dann ging er ins Labor und holte die Mappen mit den Tagebüchern und Protokollen hervor. Er öffnete den Deckel des Müllschluckers und warf sie einzeln ins Feuer.

Die Koordinatorin

War es eine Vorahnung gewesen oder nur ihre besondere Sensibilität? Jedenfalls hatte Pia Katharina schon ein Gefühl kommenden Unheils, als das längliche Gesicht Esthers auf dem Videoschirm auftauchte.

»Wir wollen mit den Tests beginnen«, sagte Esther. »Willst du dabeisein? Sollen wir anfangen?«

»Ach nein«, antwortete Pia Katharina. »Du weißt doch, daß ich kein Interesse daran habe. Oder...« sie stockte, »gibt es etwas Besonderes?«

Esther blickte unbewegt aus dem Bildschirm. »Ich dachte nur... weil es sich um Regine handelt – oder solltest du es übersehen haben?«

Pia Katharina hatte es übersehen, und ein kalter Ärger durchflutete sie. Jeder wußte, daß sie die Listen nicht durchsah. Sie gehörte nicht zu jenen, die jeden Freitagnachmittag ihre Nasen an die Scheiben drückten, um ja nicht zu versäumen, was im Testraum vor sich ging. Und jetzt hatte es Regine erwischt...

»Aber nein«, sagte sie. »Ich hatte es nur vergessen. Fangt inzwischen an – ich komme später nach.« Sie lächelte, als sie das Videophon abschaltete – doch sie glaubte keinen Moment, daß sie Esther täuschen konnte. Es ging auch nicht um Esther, sondern um die Kontrolle. Sie wußte nicht, ob die Analysatoren eingeschaltet waren, und das geringste Zeichen von Ärger hätten sie als Zeichen aggressiver Gefühle registriert.

Am liebsten wäre sie sofort hinübergelaufen, doch sie zwang sich zur Ruhe. In nahezu 40 Jahren, die sie dem Staat als Koordinatorin gedient hatte, hatte sie es gelernt, sich durch nichts aus der Fassung bringen zu lassen. Sie tippte einige Codeworte in die Tastatur des Eingabeschreibers und rief die Personalakte Regines ab. Auf dem Leuchtschirm erschienen die Worte *»Bitte warten«*. Mit Genugtuung stellte sie fest, daß ihr Herz nicht schneller schlug als sonst, obwohl sie wußte, daß es jetzt hart auf hart ging. Wenn Esther es wagte, ihre Hand nach Regine auszustrecken, dann mußte sich das Sicherheitskorps sehr mächtig fühlen! Pia Katharina hörte eine Stimme in ihrem Inneren: Du hast doch selbst darauf bestanden, daß niemand, kein Angehöriger der Koordinationsleitung, nicht einmal du selbst, von der Überwachung ausgenommen wird. Damit hast du den andern die Waffen in die Hand gegeben, mit denen sie dich jetzt angreifen. Du hast kurzsichtig gehandelt, sinnwidrig... Doch sie unterdrückte das Geflüster, das von einer Fremden zu kommen schien, mit der sie nichts zu tun hatte, und sie gab sich selbst die Antwort: Nur so war es möglich, jede Art von Mißbrauch für alle Zeit auszuschalten – dafür zu sorgen, daß sich nichts von dem wiederholte, was früher in der Welt der Männer an der Tagesordnung war: Eigennutz, Unterdrückung. Machtkämpfe...

Auf dem Bildschirm erschienen Schriftzeilen, wanderten langsam nach oben.

Regine Cesarello / freigegeben: 17. 6. 2081 / Monaco
Zertifikat Nr. 228730032
Mutter: Heliane Cesarello / geb. ...

Nervös drückte Pia Katharina die Vorlauftaste, die Schrift glitt nach oben weg, doch als die jüngsten Eintragungen an die Reihe kamen, von denen sie sich Anhaltspunkte für die überraschende Situation erhoffte, die jetzt in ein akutes Stadium getreten war, erschien die Anmerkung:

Im offenen Register gelöscht – Verschlußmaterial / Beschränkung 4A.

Pia Katharina seufzte. Das hätte sie sich denken können. Natürlich hatte sie Zutritt zu den geheimgehaltenen Akten, doch dazu waren – selbst für sie! – Formalitäten erforderlich, und das kostete Zeit.

Sie blickte auf die Uhr. Erst fünf Minuten seit dem Anruf. Konnte sie schon gehen, ohne ihr Gesicht zu verlieren? Plötzlich war es ihr gleichgültig.

bin in Abt. Aggressionstest
tippte sie in den Speicherschreiber. Dann stand sie entschlossen auf und eilte zum Lift. Leise trat sie in die Halle, und doch war es nicht zu vermeiden, daß sich ihr alle Blicke zuwandten. Die Tribüne war voll besetzt, hinter den Scheiben waren die Gesichter nur verschwommen zu erkennen. Das Psychologenteam war so zusammengesetzt, wie sie es erwartet hatte – alle Vertrauten Esthers waren versammelt, Esther selbst führte den Vorsitz. Im Glaskäfig, den sie die Arena nannten, saß Regine. Sie sah noch jünger und zerbrechlicher aus als sonst. An ihren Schläfen waren zwei Stellen kahlrasiert, darüber lagen die aufgeklebten Kontaktplatten. Dünne Drähte, kaum sichtbar, liefen zu einem Steckpult an der Decke. Von innen her gab es keine Sicht nach außen – das Glas war mit Platin beschichtet und schloß die Arena mit Spiegelflächen ein.

Esther deutete auf einen freien Stuhl in der vordersten Reihe, und Pia Katharina setzte sich. Der Test befand sich noch in seiner ersten Phase – eigentlich ein Vorversuch: Man hatte Regine mit Gibbons zusammengesperrt, Jungtieren, die vorher durch Adrenalininjektionen reizbar gemacht und durch Licht und Lärm in Aufregung versetzt worden waren. Sie jagten im Käfig herum, sprangen auf Regine hinauf, zerfetzten ihre Kleider, kratzten und rissen an ihren Haaren.

Der Grundgedanke war einfach: Kein normales Wesen kann gegen junge Geschöpfe Aggression entwickeln; stellt man trotzdem Anzeichen dafür fest, so ist das Beweis genug, daß die Betreffende entartet ist und außerhalb der Gemeinschaft steht. Sie muß durch Psychopharmaka entpersonifiziert und in ein Arbeitslager gesteckt werden. Selbstverständlich entzog man ihr die Erlaubnis der Mutterschaft – sie durfte keine Zellen zur Selbstbefruchtung einreichen.

Die Gibbons setzten Regine gehörig zu. Dieser Stamm war besonders bösartig, und man hatte die Eigenschaft durch züchterische Eingriffe systematisch verstärkt. Trotzdem war Pia Katharina sicher, daß Regine den Test bestehen würde. Regine war nicht entartet, das wußte die Koordinatorin genau. Es mußte sich um einen Irrtum handeln – etwas anderes war nicht möglich –, und in wenigen Minuten würde Regine rehabilitiert sein. So versuchte es sich Pia Katharina einzureden, aber ihre Unruhe blieb.

Die grüne Linie auf dem Rasterschirm des Differential-Enzephalographen wellte sich und hüpfte. Die Neuropsychologin, die davor saß, runzelte die Stirn und tastete einige Daten in den Speicherschreiber. Pia Katharina konnte die Diagramme nicht deuten und versuchte die Resultate statt dessen aus den Zügen der Neuropsychologin abzulesen, aber auch das war vergeblich. Sie wandte sich wieder Regine zu und stellte aufatmend fest, wie beherrscht diese blieb. Keine hastige Bewegung, kein Anflug von Gewalt – mit ruhiger Sicherheit hob sie die Tiere, die sie besonders stark attackierten, auf und setzte sie sanft zu Boden.

Als die Schaltuhr das Signal zur Beendigung gab, kamen Wärterinnen mit Netzen herein, fingen die Tiere ein, brachten sie hinaus. Regine blieb in der Arena. Sie tupfte mit einem Taschentuch über ihre Stirn, verhielt sich aber sonst still.

Pia Katharina stand auf und sagte: »Zweifellos hat sie bestanden. Damit dürfte alles geklärt sein.« Esther blickte sie ausdruckslos an: »Noch einen Augenblick.« Sie stand bei den Psychologinnen, die sich vor dem Wiedergabegerät drängten und die interessantesten Phasen des Prozesses verlangsamt ablaufen ließen. Die Frauen tuschelten. Dann kam Esther zu Pia Katharina. Sie hielt einen Xerox-Streifen in der Hand. »Leider«, sagte sie. »Da gibt es noch einige Peaks.« Sie zeigte mit dem Finger auf die betreffenden Abschnitte. »Sie sind zumindest auffällig. Wir müssen weitermachen.«

Pia Katharina drehte sich abrupt um und setzte sich. Jetzt war sie nicht mehr sicher, ob Regine noch zu helfen war. Sie hätte es gern getan – nicht nur des Prestiges halber; Regine war eine ihrer engsten Mitarbeiterinnen, und sie hatte sie selbst ausgewählt. Aber sie empfand mehr für Regine – etwas Mütterlich-Freundschaftliches, eine besitzergreifende Zuneigung. Und sie fühlte sich verantwortlich – Regine war ein Wesen, das sie geformt hatte –, vielleicht war sie sogar mit an dem schuld, was jetzt geschah. Denn Regine hatte sich immer ohne Einschränkung zur Koordinatorin bekannt, ihre Meinung vertreten, für sie gestimmt... Sollte Absicht dahinterstecken, ein Schachzug, ein taktisches Manöver, das eigentlich gegen sie gerichtet war? Obwohl sie es längst wußte, wollte sie es nicht wahrhaben...

Die zweite Stufe des Tests war noch unangenehmer. Es ging nicht mehr um primitive Reflexe, die man leicht unterdrücken konnte, soweit sich trotz der strengen genetischen Selektionsvorschriften noch Relikte davon erhalten hatten. Es ging um psychische Eigenschaften, um die Persönlichkeit.

Inzwischen hatten drei Assistentinnen Regine in die Mitte genommen. Sie saßen ihr zugewandt, Regines Drehstuhl stellte sich jeweils automatisch in die Richtung auf die Person ein, die die Assoziationswörter ablas. Diese kamen hart und schnell, Zug und Zug, und Regine mußte es schwindelig werden – so rasch drehte sich ihr Stuhl.

»Gift«,

»Peitsche«,

»Kerker«,

»Rache«,

»Schmerz« ...

Regine brauchte nicht zu antworten. Am Enzephalographen war abzulesen, ob sie verstanden hatte und wie sie reagierte. Konnte man es wirklich ablesen? fragte sich Pia Katharina. Gab es Irrtümer, Fehler, Meßgrenzen? Immerhin waren es Männer gewesen, die diese Apparate geschaffen hatten, und die Frauen waren so klug gewesen, die Weiterentwicklung zu verbieten. Sie trieben keine Gehirnforschung mehr, keine Genetik, keine Mikrobiologie. Sie verzichteten auf technischen und wissenschaftlichen Fortschritt, hatten den Irrweg der Leistung, der Vergrößerung, der Verbesserung verlassen. Sie brauchten keine noch schnelleren Straßengleiter, keine noch höheren Häuser, keine leistungsfähigeren Maschinen. Die Welt brauchte den Frieden, das Verständnis füreinander, die Liebe, wie sie nur Frauen aufbringen. Die Männer waren von Natur aus der Störungsfaktor gewesen, und die Frauen hatten die Konsequenzen daraus gezogen.

Andererseits waren sie nicht so kurzsichtig gewesen, auf das Instrumentarium der Technik verzichten zu wollen. Die Menschheit ist darauf angewiesen, es gab kein Zurück, sie nahm es in Kauf. Aber die Frauen wandten es sinnvoll an – nicht für zerstörerische Zwecke...

Einen Moment lang verwirrten sich die Gedanken Pia Katharinas. Dieser Enzephalograph, diese elektronische Schaubühne, dieses Stockwerk, vollgestopft mit Geräten der Elektromedizin, der Gehirnchirurgie... aber es bestand kein Zweifel daran – es war ihr Auftrag, ihre Welt frei von Aggression zu halten, und es durfte keine Inquisition geben. Sie mußten präzise sein. Gerecht. Unbeirrt...

Plötzlich merkte Pia Katharina, daß sich die Methode der Assoziationsbildung geändert hatte. Es waren keine beliebigen Reizwörter mehr, sondern Sätze – psychologische Auslöser, bewußt auf Regines Psychogramm der letzten Monate zusammengebastelt.

»Du stehst mit faschistischen Gruppen in Verbindung.«

»Du hast der gelben Rasse geheimes Material zugespielt.«

»Du hast versucht, einen Bericht der Befriedungskommission zu fälschen.«

»Du bereitest gemeinsam mit der Koordinatorin einen Staatsstreich vor.«

Pia Katharina wollte aufspringen, doch sie merkte, daß alle nur darauf warteten, und umklammerte die Lehnen ihres Stuhls. Man zog sie mit herein, und noch dazu auf höchst brüskierende Weise. Mühsam beherrschte sie sich, versuchte sich darauf zu konzentrieren, daß die als emotionale Auslöser gebrauchten Sätze keinen Realitätswert hatten, daß sie einzig und allein nach dem Gesichtspunkt konzipiert waren, möglichst intensive Reaktionen zu zeitigen. Das wußte auch die Testperson...

Pia Katharina blickte auf Regine, die noch immer mit ihrem Stuhl herumgeschleudert wurde – es sah aus, als hätte sie jeden Halt verloren. Galt das auch für ihre Selbstbeherrschung, ihren Willen? Die Koordinatorin schaute verstohlen zum Enzephalographen hinüber, und zu ihrem Entsetzen bemerkte sie Kaskaden von Wellenlinien, die wie Peitschen emporzuckten. Als der Test beendet war, brauchte sie gar nicht erst nach dem Ergebnis zu fragen. Als es ihr Esther mitteilte, zuckte sie nur die Schultern. So würde Regine auch der letzte nicht erspart bleiben: die dritte Stufe, die ihr obszön und sadistisch vorkam, aber natürlich ihren Grund hatte. Es ging nicht mehr um Aggression, sondern um die ärgste Art der Degeneration, die in ihrem Staate möglich war. Und es ging nicht mehr um Regine allein, sondern um alle Angehörigen ihres Klons, um ihre Mutter, aus deren Zellen sie gezüchtet worden war, um deren Mutter, um ihre eineiigen Schwestern, die alle waren wie sie...

Es handelte sich um eine Fortentwicklung des Szondi-Tests. Nur zeigte man keine Psychopathenvisagen, sondern Gesichter von jungen Männern. Und man zeigte nicht nur die Gesichter, sondern auch die Körper – zuerst bekleidet und dann nackt. Und wieder war es nicht nötig, sich auf die mehr oder weniger verfälschten Angaben der Testpersonen zu verlassen, sich gegen ihre Täuschungsmanöver zu wehren, sich auf subjektive Eindrücke zu verlassen, sondern die Elektronik legte die geheimsten Gefühlsregungen offen – sekundenschnell und fehlerfrei.

Pia Katharina gehörte zur ältesten noch lebenden Generation, sie hatte noch Männer gesehen. Sie hatte selbst zu jenen gehört, die die zersetzende maskuline Potenz fürchten gelernt hatten, und sie war eine der treibenden Kräfte für das gewesen, was dann geschehen war. Sie und ihre Anhänger hatten das Ziel erreicht – es gab keine Männer mehr.

Obwohl sie auf möglichst humane Weise vorgegangen waren, wollte Pia Katharina nicht mehr daran denken, Und, sie wollte sich an keinen Mann mehr erinnern, keines der alten Bilder aus den Lexika, Lehrbüchern, Photoalben, Magazinen und dergleichen mehr sehen.

Aber Regine? Regine kannte nur Frauen, konnte sich eine Männerwelt nicht vorstellen. Was wußte sie von all dem Hassenswerten, was in ihnen steckte, von ihrem Egoismus, ihrer Selbstsicherheit, ihrer zerstörerischen Kreativität? Konnte sie sie hassen? Verachten? Verabscheuen?

Die ersten Bilder wurden projiziert, groß auf der Rasterscheibe vor Regine; klein, aber dutzendfach vervielfältigt auf den Schirmen der Videogeräte. Und alle starrten – mit bleichen oder geröteten Gesichtern, je nach Veranlagung, mit verkrampften Nackenmuskeln, mit einem Zittern in den Händen. Unter den Zuschauern waren viele jüngere Frauen, Angestellte der Koordinationszentrale, Mitglieder des Sicherheitskorps, Gäste von Schulen und Universitäten. Diese männlichen Körper mußten ihnen wie Monstren vorkommen, als Geschöpfe einer fremden Art, als Zerrbilder des ihnen vertrauten Menschen – der Frau. Aber war es wirklich so? Pia Katharina ließ ihren Blick noch einmal über die Zuschauer gleiten und hielt schließlich bei Regine inne. War das, was sie in den Mienen der jungen Frauen zu lesen glaubte, wirklich Ekel und Schreck? Fand Regine die Männer abstoßend? Mit einemmal erkannte Pia Katharina, daß das nicht unbedingt so sein mußte. Diese Mädchen, die nie einen lebenden Mann gesehen hatten... vielleicht reizte sie das Ungewöhnliche, das Unbekannte, das Gefährliche?

Pia Katharina schloß die Augen. Sie wollte nichts mehr sehen – weder die Männer auf den Bildschirmen noch die Zuschauer, weder die Psychologinnen noch Regine. Sie sah und hörte erst wieder, als Esther sie vorsichtig an der Schulter faßte. Der Triumph war nicht zu überhören, als Esther sagte: »Schade, Pia – es tut mir leid. Aber du hast sicher nichts geahnt... Willst du Einspruch erheben?«

Die Koordinatorin wußte, daß Esther nur darauf wartete, daß sie Einspruch erhob. Das hätte dem Sicherheitskorps einen Vorwand geliefert, um sich ihrer selbst anzunehmen. Unsere Aufgabe, dachte sie, unsere Ziele... gerade jetzt, in dieser Situation! Der Aufstand im Grenzbereich von China und Indien, der wechselnde Widerstand der Gelben, die Oppositionsgruppen im Inneren und die Jugend, die so schwer zu führen und zu überzeugen war. Probleme, die sie lösen mußte, um die Welt zur Stätte des verheißenen Friedens zu machen. Jenes Friedens, in dessen Namen alles geschehen war... Das waren die Aufgaben, die im Vordergrund ihres Denkens stehen mußten. Was bedeuten demgegenüber persönliche Wünsche, Sympathien oder Schwächen?

Sie erhob sich, stand aufrecht und achtungsgebietend vor Esther wie stets in den vielen Jahren vorher.

»Das Resultat ist eindeutig«, sagte sie. »Ich habe euch allen für eure Wachsamkeit zu danken. Warum sollte ich Einspruch erheben? Tut, was nötig ist!«

Sie drehte sich nicht zu Regine um, als sie aus dem Saal ging.

An diesem Abend verließ sie die Zentrale durch den Hinterausgang und ging den Weg zu ihrem Haus zu Fuß. Sie brauchte den freien Himmel und die frische Luft. Es roch ein wenig nach Wasser, und mit Stolz registrierte sie, daß es sauberes Wasser war, das dort unten im Flußbett träge dahinströmte. Wenigstens das haben wir erreicht, sagte sie sich.

In der Ferne knatterten Motorräder – ein Schwarm von Rockermädchen in engen, schwarzen Lederanzügen flitzte über die Straße, in einer pfeilförmigen Formation wie ein Pulk von Transkontinentalraketen. Wenn ich nicht so sicher wäre, daß wir alles richtig gemacht haben, müßte ich verzweifeln, dachte sie. Sie atmete tief durch und ging mit kleinen, festen Schritten voran.

Ein Kyborg namens Joe

Ed legte das Mikrophon beiseite. Er hatte das Protokoll diktiert, und es war dürftig genug.

Was gab es auch schon zu notieren? Alle Meßergebnisse wurden von den Instrumenten direkt in die Datenbank geleitet und dort automatisch eingespeichert. Ed brauchte sie nicht einmal abzulesen.

Und außergewöhnliche Ereignisse? Er wäre dankbar gewesen, wäre einmal etwas geschehen, was die tägliche Routine durchbrochen hätte...

Er holte einen Notizblock hervor und kramte in der Schublade nach einem Stift. »Liebe Lori!« schrieb er. Dann stockte er und überlegte. Dabei starrte er, ohne es zu merken, durch die dicke Bleiglasscheibe nach außen: zerbrochene Schieferplatten, Krusten aus matt glänzendem Metall, eine endlose Ebene, leer und unbewegt, über dem Horizont ein schwarzer Himmel ohne Sterne – dieses System lag inmitten einer Wolke von interstellarem Staub, und gerade das machte es zu einem interessanten Forschungsobjekt...

Doch Ed schien es nicht mehr zu interessieren. Er zählte die Kerben, die er in die Kante der Tischplatte gebrannt hatte: 461 Kerben – noch 269 Tage, dann kam die Ablösung. Lange genug!

Er schrieb: ›Es gibt nichts zu berichten. Hier gibt es nie etwas zu berichten. Ich schreibe Dir nur aus Langeweile. Nein – ich schreibe Dir, um Dir zu sagen, wie sehr ich mich freue, wieder bei Dir zu sein. Daß ich es kaum mehr erwarten kann. Ich hätte diesen Job nicht annehmen dürfen – trotz der guten Bezahlung. Die Zeit vergeht unendlich langsam.

Das Schlimmste ist das Alleinsein. Joe zählt nicht. Verzeih, daß ich ihn erwähne. Aber es ist ja nicht mehr Joe... Du weißt, was ich meine. Ich hoffe, Du hast es überwunden.

Ich bin praktisch allein. Allein in einer Unterkunft von zehn mal zehn Metern. Aber davon ist die Hälfte mit Maschinen vollgestopft. Ich bade in dem Wasser, das ich schon unzählige Male getrunken habe, und ich trinke das Wasser, in dem ich schon ebensooft gebadet habe. Und ich... nein, ich will mich nicht mehr beklagen.

Wenn man sich wenigstens ein wenig mehr bewegen könnte! Hier drinnen ist es zu eng, und der Expander hängt mir zum Hals heraus – bildlich gesprochen. Und draußen... diese verfluchte Schwerkraft. Ohne Antigravitationsplatten ist nichts zu machen.

Aber nun zu Dir...‹

Ed blickte auf. Mit schwerfälligen Bewegungen, und doch nahezu lautlos, näherte sich Joe. Er hatte mit dem Joe von früher nichts gemein – außer dem Gehirn. Er war ein Mechanismus mit Servomotoren und Nerven aus Draht. Er war ein Kyborg. Ed hatte den Joe von einst nur flüchtig gekannt, und doch...

»Kann ich dir helfen Ed?« Die Stimme klang bemerkenswert weich, und jetzt war sogar Besorgnis herauszuhören. »Brauchst du etwas, Ed?«

»Nein, danke, Joe.«

»Hast du Hunger oder Durst?«

Jetzt verlor Ed die mühsam bewahrte Geduld. »Nein, Joe, zum Teufel, nein. Laß mich doch in Ruh! Warum rennst du immer um mich herum? Du gehst mir auf die Nerven!«

»Ich bin besorgt, Ed. Dein Herz schlägt ein wenig unregelmäßig – ich kann es hören. Du weißt, man hat mir nur eine Emotion gelassen: die Sympathie zu den Menschen. Es macht mich glücklich, dir zu helfen. Es macht mich unglücklich, dich unglücklich zu sehen. Du bist erregt. Ich werde dir ein Beruhigungsmittel bringen.

Er ging weg, Ed zuckte die Schultern. Dieser beschäftigte sich wieder mit seinem Brief, aber nur noch mit halber Konzentration. Er schloß ihn schnell ab: ›... in Liebe Dein Ed.‹ Floskeln, dachte er – was bedeuten sie schon, hier...

Der Kyborg kam zurück, brachte eine Tablette und ein Glas Wasser. Ed hatte sich beruhigt und schluckte sie ohne

Widerspruch. Von der Seite blickte er dabei das metallene Zerrbild eines Menschen an, das neben ihm stand – hilfsbereit vorgebeugt. Ein williger Diener... oder ein Despot? Er wußte alles, nahm alles wahr, kannte alles – viel besser als Ed. Er hatte unmittelbaren Zugriff zur Recheneinheit, zu den gespeicherten Daten. Er besaß Sinnesorgane, die Infrarot und Ultraviolett, Schall aller Frequenzen, radioaktive Strahlung aufnahmen. Er war stärker und intelligenter, und er beobachtete ihn ununterbrochen.

Zerstreut riß Ed die beschriebenen Blätter vom Block und reichte sie Joe. »Gib das durch – bei der nächsten Peilung.«

Der Kyborg blickte kurz darauf.

»Wer ist Lori?« fragte er.

Zu spät erinnerte sich Ed daran, daß er bisher alle Briefe selbst durchgegeben hatte.

»Weißt du es nicht?« fragte er.

»Nein«, antwortete Joe.

»Warum willst du es wissen?«

»Ich brauche die Adresse.«

Ed gab sie ihm. Joe drehte die Blätter unschlüssig in der Hand.

»Wer ist Lori?« fragte er.

»Sie ist mein Mädchen«, antwortete Ed. »Wir werden heiraten. Ich kann es kaum mehr erwarten, sie wiederzusehen. Aber das wirst du kaum verstehen.«

»Nein«, sagte der Kyborg. »Nicht ganz. Oder doch... Der Name sagt mir etwas. Nicht, daß ich mir darunter jemand vorstellen könnte. Es sind nur Assoziationen... seltsam...«

Peinlich berührt schaukelte Ed in seinem Stuhl. Sein Blick fiel durch das Fenster, und da sah er die Staubfontäne. Erst Sekunden später kamen die Vibrationen. Zu hören war nichts.

»Ein Meteorit«, rief Ed, dem die Unterbrechung willkommen war. »Du mußt hinaus. Wir haben schon lange darauf gewartet.« Joe legte den Brief auf den Tisch zurück und ging zur Schleuse. Kurz darauf sah ihn Ed über den krustigen Boden gehen, plump und geschmeidig zugleich. An der Auffallstelle bückte er sich, schob einen Teleskoparm heraus, legte die Sonde auf den kleinen Krater, die einzige Spur des Ereignisses. Dann richtete er sich wieder auf.

»Komm heraus, Ed«, scholl es aus dem Lautsprecher. »Ich habe etwas gefunden, das mußt du selbst sehen.« Ed zögerte nicht. Er legte den Anzug mit den schweren Antigrav-Platten an. Sie summten, als sich der Strom hochregelte. Fünf Minuten später stand er neben Joe.

»Was gibt es?« fragte er verständnislos. Außer der aufgeworfenen Grube war nichts zu sehen.

»Wer ist Lori?« fragte Joe.

Ed erstarrte. »Wie kommst du jetzt darauf?« fragte er.

»Gib Antwort!« forderte der Kyborg.

»Doch nicht hier! Nicht jetzt! Komm, wir gehen in die Unterkunft!«

»Hier und jetzt!« forderte Joe.

»Kommt nicht in Frage. Geh jetzt in die Unterkunft. Du mußt meinen Befehlen folgen.«

»Ich muß dich schützen«, sagte Joe. »Nicht nur vor äußeren Gefahren, auch vor bitteren Gedanken, Sorgen, Schuldgefühlen.«

»Wieso Schuldgefühlen?« fragte Ed.

»Ich weiß nicht, wie ich darauf kam«, antwortete Joe. »Antworte jetzt!«

»Nein«, sagte Ed.

Der Kyborg stand regungslos da und blickte Ed mit seinen überdimensionalen Linsenaugen an. »Nun gut. Dann muß ich dich zwinge. Ich schalte die Antigrav-Platten aus.«

Ed spürte einen Ruck durch seinen Körper gehen. Seine Glieder wurden schwer, eine Zentnerlast drückte ihn hinunter.

»Du darfst mir nicht schaden«, ächzte er.

»Ich schade dir nicht.«

Der Andruck wurde stärker, Ed sank zu Boden. Durch die

Hülle seines Schutzanzuges hindurch hörte er, wie die Krusten der Schieferplatten knirschten. Es schmerzte nur wenig, doch plötzlich hatte er Angst.

»Ich will dir alles sagen«, preßte er zwischen den Lippen hervor. Und er dachte: Warum auch nicht?

Sofort ließ der Druck nach, aber nicht ganz.

»Gut«, sagte Joe. »Sprich!«

»Du hast Lori früher gekannt, damals, du weißt...«

Er stockte.

»Weiter«, befahl Joe.

»Lori war deine Braut«, sagte Ed. »Man hat in deinem Gehirn die Erinnerung gelöscht. Um es dir leichter zu machen, du verstehst. Man hat alle Gefühle in dir gelöscht, die... nach deinem Unfall war es ja nicht mehr möglich...«

»Ich verstehe«, sagte Joe, sanft und tonlos wie immer.

»Du warst ein erfahrener Astronaut, Joe«, fuhr Ed fort. Jetzt kniete er vor Joe. »Man wollte nicht auf dich verzichten. Und du warst einverstanden. Du wolltest weiterleben, so oder so.«

»Ja, ich wollte weiterleben«, sagte Joe.

»Du nimmst es mir doch nicht übel, Joe. Wir haben uns früher kaum gekannt. Ich habe auch Lori erst kennengelernt, als man dich... als der Unfall schon passiert war. Du mußt mir verzeihen, Joe...« Ed brach ab.

Joe blickte unbewegt auf Ed herab. »Du verstehst mich völlig falsch. Ich will nur dein Bestes. Heute nacht hast du mehrmals nach Lori gerufen. – Komm, steh auf. Wir gehen zurück!«

Der Andruck ließ nach. Ed konnte sich aufrichten. Er atmete befreit. Wortlos gingen sie zur Unterkunft zurück.

Es war Nacht, oder, richtiger, Ruhezeit. Die Sonne ging hier nie unter. Sie schien schräg auf die Ebene hinab – ein erstarrtes, totes Licht. Ed schlief. Er schlief fest, denn Joe hatte ihm ein Schlafmittel in den Kaffee getan.

Die Tür zu Eds Kammer öffnete sich, der Kyborg kam

herein. Er schob ein Rolltischchen vor sich her, darauf stand eine unförmige Apparatur – eine Halterung mit einer haubenförmigen Metallplatte, von der viele Leitungen herunterliefen. Joe schwenkte den Mechanismus aus und setzte die Haube über Eds Kopf – vorsichtig, so daß sie ihn nicht berührte. Er arbeitete im Dunkeln, er brauchte kein Licht.

Durch einen mentalen Impuls schaltete er ein, die Sondierung begann. Er brauchte zwei Stunden, bis er sich an die bewußte Speicherstelle herangetastet hatte, und eine weitere, um alle Assoziationsbahnen festzustellen. Dann justierte er den Fokus und schaltete das Wirbelfeld ein. Es dauerte nur eine Sekunde. Am nächsten Morgen, als Ed ins Labor kam, konstatierte er, daß er sich überraschend wohl fühlte. Falls ihn etwas bedrückt hatte – jetzt war er davon befreit.

Joe erwartete ihn schon. Sie mußten die üblichen Messungen vornehmen. Auf dem Tisch lagen einige beschriebene Blätter. Der Kyborg hob sie auf.

»Soll ich den Brief an Lori absenden?« fragte er.

Ed sah ihn groß an. »Wer ist Lori?«

Inhalt

Ypsilon minus 5

Zone Null 173

Einsteins Erben 391
- Einsteins Erben 393
- Programm ETHIC 431
- Expedition 439
- Geweckte Vergangenheit 446
- Asyl 454
- Zentrale der Welt 494
- Wir wollen Darius Miller sehen 527
- Warum schießt du nicht auf Peggy? 533
- Mutation 539
- Die Enklaven 544
- Waffenhandel 551
- Kleopatra III. 557
- Die Koordinatorin 567
- Ein Kyborg namens Joe 576

Herbert W. Franke
in den suhrkamp taschenbüchern

Der Atem der Sonne. Science-fiction-Erzählungen. PhB 174. st 1265
Der Elfenbeinturm. Science-fiction-Roman. PhB 279. st 1926
Endzeit. Science-fiction-Roman. PhB 150. st 1153
Das Gedankennetz. Science-fiction-Roman. PhB 266. st 1792
Die Glasfalle. Science-fiction-Roman. PhB 295. st 2169
Der grüne Komet. Science-fiction-Erzählungen. PhB 231. st 1628
Schule für Übermenschen. PhB 58. st 730
Sirius Transit. PhB 30. st 535
Spiegel der Gedanken. Science-fiction-Erzählungen. PhB 253. st 1743
Tod eines Unsterblichen. Science-fiction-Roman. PhB 69. st 772
Transpluto. Science-fiction-Roman. PhB 82. st 841
Ypsilon minus. Mit einem Nachwort von Franz Rottensteiner. PhB 3. st 358
Zarathustra kehrt zurück. Science-fiction-Erzählungen. PhB 9. st 410
Zentrum der Milchstraße. Science-fiction-Roman. PhB 244. st 1695
Zone Null. Roman. PhB 35. st 585

74/1/4.93

Phantastische Bibliothek
in den suhrkamp taschenbüchern

»Phantastische Bibliothek« – das ist Verzauberung der Phantasie, keine Betäubung der Sinne, sondern Öffnen der Augen als Blick über den nächsten Horizont ins Hypothetisch-Virtuelle. Das Zukünftige verbindet sich mit dem Zeitlosen, rationales Kalkül steht neben poetischer Vision, denkbare Wirklichkeit und analytischer Blick in menschliche Abgründe neben Wunsch- und Alptraum. Anregend und unterhaltsam ist es immer.

Abe, Kōbō: Die Entdeckung des R62. Vier Erzählungen. Aus dem Japanischen von Michael Noetzel. PhB 333. st 2559

– Die vierte Zwischeneiszeit. Roman. Aus dem Japanischen von Siegfried Schaarschmidt. PhB 331. st 2530

Benson, E. F.: Der Mann, der zu weit ging. Gespenstergeschichten. Aus dem Englischen von Michael Koseler. PhB 310. st 2305

Bester, Alfred: Die Hölle ist ewig. Science-fiction-Erzählungen. Aus dem Amerikanischen von Michael Koesler. PhB 293. st 2517

Blackwood, Algernon: Rächendes Feuer. Phantastische Erzählungen. Ausgewählt von Kalju Kirde. Aus dem Englischen von Friedrich Polakovicz. Erstausgabe. PhB 301. st 2227

Boye, Karin: Kallocain. Utopischer Roman. Aus dem Schwedischen von Hermine Clemens. PhB 303. st 2260

Carroll, Jonathan: Ein Kind am Himmel. Roman. Aus dem Amerikanischen von Michael Walter. PhB 286. st 1969

– Das Land des Lachens. Roman. Aus dem Amerikanischen von Rudolf Hermstein. Mit Illustrationen von Hans-Jörg Brehm. PhB 284. st 1954

– Vor dem Hundemuseum. Roman. Aus dem Amerikanischen von Mechthild Kühling. PhB 316. st 2387

Eliade, Mircea: Die drei Grazien. Phantastische Erzählung. Aus dem Rumänischen von Edith Silbermann. PhB 302. st 2234

Franke, Herbert W.: Die Glasfalle. Science-fiction-Roman. PhB 295. st 2169

– Sirius Transit. PhB 30. st 535

Hammerschmitt, Marcus: Der Glasmensch. Und andere Science-fiction-Geschichten. PhB 324. st 2473

Irwin, Robert: Der arabische Nachtmahr oder die Geschichte der 1002. Nacht. Roman. Übersetzt und vorgestellt von Annemarie Schimmel. PhB 304. st 2266

Kazic, Mihajlo: Die unterbrochene Reise. Roman. PhB 334. st 2566

Kiss, Ady Henry: Manhattan II. Roman. PhB 319. st 2416

Künstliche Menschen. Dichtungen und Dokumente über Golems, Homunculi, lebende Statuen und Androiden. Herausgegeben von Klaus Völker. PhB 308. st 2293

252/1/11.95

Phantastische Bibliothek
in den suhrkamp taschenbüchern

Lem, Stanisław: Also sprach GOLEM. Aus dem Polnischen von Friedrich Griese. PhB 175. st 1266

– Altruizin und andere kybernetische Beglückungen. Der Kyberiade zweiter Teil. Mit Zeichnungen von Daniel Mróz. Aus dem Polnischen von Jens Reuter. Die Übersetzung wurde vom Autor autorisiert. PhB 163. st 1215

– Die Astronauten. Aus dem Polnischen von Rudolf Pabel. PhB 16. st 441

– Frieden auf Erden. Science-fiction-Roman. Aus dem Polnischen von Hubert Schumann. PhB 220. st 1574

– Imaginäre Größe. Aus dem Polnischen von Caesar Rymasowicz und Jens Reuter. PhB 335. st 2580

– Irrläufer. Erzählungen. Aus dem Polnischen von Hanna Rottensteiner. PhB 285. st 1890

– Die Jagd. Neue Geschichten des Piloten Pirx. Aus dem Polnischen von Roswitha Buschmann, Kurt Kelm, Barbara Sparing. PhB 18. st 302

– Das Katastrophenprinzip. Die kreative Zerstörung im Weltall. Aus Lems Bibliothek des 21. Jahrhunderts. Aus dem Polnischen von Friedrich Griese. PhB 125. st 999

– Lokaltermin. Science-fiction-Roman. Aus dem Polnischen von Hubert Schumann. PhB 200. st 1455

– Mehr phantastische Erzählungen des Stanisław Lem. Herausgegeben von Franz Rottensteiner. PhB 232. st 1636

– Memoiren, gefunden in der Badewanne. Mit einer Einleitung des Autors. Aus dem Polnischen von Walter Tiel. Autorisierte Übersetzung. PhB 25. st 508

– Der Mensch vom Mars. Science-fiction-Roman. Aus dem Polnischen von Hanna Rottensteiner. PhB 291. st 2145

– Eine Minute der Menschheit. Eine Momentaufnahme. Aus Lems Bibliothek des 21. Jahrhunderts. Aus dem Polnischen von Edda Werfel. PhB 110. st 955

– Mondnacht. Hör- und Fernsehspiele. Aus dem Polnischen übersetzt von Klaus Staemmler, Charlotte Eckert, Jutta Janke und I. Zimmermann-Göllheim. PhB 57. st 729

– Nacht und Schimmel. Erzählungen. Aus dem Polnischen von I. Zimmermann-Göllheim. PhB 1. st 356

– Die phantastischen Erzählungen. Herausgegeben von Werner Berthel. PhB 210. st 1525

– Die Ratte im Labyrinth. Ausgewählt von Franz Rottensteiner. PhB 73. st 806

252/2/11.95

Phantastische Bibliothek in den suhrkamp taschenbüchern

Lem, Stanisław: Robotermärchen. Herausgegeben von Franz Rottensteiner. Aus dem Polnischen von I. Zimmermann-Göllheim und Caesar Rymarowicz. PhB 85. st 856

– Der Schnupfen. Kriminalroman. Autorisierte Übersetzung aus dem Polnischen von Klaus Staemmler. PhB 33. st 570

– Sterntagebücher. Mit Zeichnungen des Autors. Aus dem Polnischen von Caesar Rymarowicz. PhB 20. st 459

– Die Stimme des Herrn. Roman. Aus dem Polnischen von Roswitha Buschmann. PhB 311. st 2494

– Terminus und andere Geschichten des Piloten Pirx. Aus dem Polnischen übersetzt von Caesar Rymarowicz. PhB 61. st 740

– Der Unbesiegbare. Roman. Aus dem Polnischen von Roswitha Dietrich. PhB 322. st 2459

– Die Untersuchung. Kriminalroman. Aus dem Polnischen von Jens Reuter und Hans Juergen Mayer. PhB 14. st 435

– Vom Nutzen des Drachen. Erzählungen. Aus dem Polnischen von Hubert Schumann und Hanna Rottensteiner. PhB 297. st 2199

– Wie die Welt noch einmal davonkam. Der Kyberiade erster Teil. Mit Zeichnungen von Daniel Mróz. Aus dem Polnischen von Jens Reuter, Caesar Rymarowicz, Karl Dedecius und Klaus Staemmler. PhB 158. st 1181

Lovecraft, Howard Phillips: Azathoth. Vermischte Schriften. Ausgewählt von Kalju Kirde. Aus dem Amerikanischen von Franz Rottensteiner. PhB 230. st 1627

– Cthulhu. Geistergeschichten. Deutsch von H.C. Artmann. Vorwort von Giorgio Manganelli. Übersetzung des Vorworts von Gerald Bissinger. PhB 19. st 29

– Das Ding auf der Schwelle. Unheimliche Geschichten. Mit einem Nachwort von Kalju Kirde. Deutsch von Rudolf Hermstein. PhB 2. st 357

– Das Grauen im Museum und andere Erzählungen. Ausgewählt von Kalju Kirde. Aus dem Amerikanischen von Rudolf Hermstein. PhB 136. st 1067

– In der Gruft und andere makabre Erzählungen. Deutsch von Michael Walter. PhB 71. st 779

– Die Katzen von Ulthar und andere Erzählungen. Herausgegeben von Kalju Kirde. Deutsch von Michael Walter. PhB 43. st 625

– Die Literatur der Angst. Zur Geschichte der phantastischen Literatur. PhB 320. st 2422

– Lovecraft-Lesebuch. Herausgegeben von Franz Rottensteiner. Mit einem Essay von Barton Levi St. Armand. PhB 184. st 1306

252/3/11.95

Phantastische Bibliothek in den suhrkamp taschenbüchern

Lovecraft, Howard Phillips: Der Schatten aus der Zeit. Erzählung. Aus dem Amerikanischen von Rudolf Hermstein. PhB 281. st 1939
– Stadt ohne Namen. Horrorgeschichten. Mit einem Nachwort von Dirk W. Mosig. Deutsch von Charlotte Gräfin von Klinckowstroem. PhB 52. st 694
– Die Traumsuche nach dem unbekannten Kadath. Eine Erzählung. Aus dem Amerikanischen von Michael Walter. PhB 287. st 1556
Lovecraft, Howard Phillips / August Derleth: Die dunkle Brüderschaft. Unheimliche Geschichten. Aus dem Amerikanischen von Franz Rottensteiner. PhB 173. st 1256
– Das Tor des Verderbens. Aus dem Amerikanischen von Michael Koseler. PhB 307. st 2287
Der Einsiedler von Providence. H. P. Lovecrafts ungewöhnliches Leben. Herausgegeben von Franz Rottensteiner. PhB 290. st 1626
Morselli, Guido: Licht am Ende des Tunnels. Roman. Aus dem Italienischen von Arianna Giachi. PhB 298. st 2207
Neuwirth, Barbara: Dunkler Fluß des Lebens. Erzählungen. PhB 318. st 2399
Pakleppa, Fabienne: Die Himmelsjäger. Roman. PhB 299. st 2214
Phantastisches aus Österreich. Herausgegeben von Franz Rottensteiner. PhB 325. st 2479
Pieyre de Mandiargues, André: Schwelende Glut. Erzählungen. Aus dem Französischen von Ernst Sander. PhB 323. st 2466
Quiroga, Horacio: Weißer Herzstillstand. Erzählungen. Aus dem Spanischen von Astrid Schmidt-Böhringer. PhB 317. st 2393
Riedler, Heinz: Brot und Spiel. Roman. PhB 327. st 2502
Der Riß am Himmel. Science-fiction von Frauen. Herausgegeben von Karin Ivancsics. Übersetzt von Peter Hiess. PhB 296. st 2175
Schwarze Messen. Herausgegeben von Ulrich K. Dreikandt. PhB 313. st 2317
Soyka, Otto: Die Traumpeitsche. Ein phantastischer Roman. PhB 326. st 2486
Strugatzki, Arkadi / Boris Strugatzki: Die bewohnte Insel. Roman. Aus dem Russischen von Erika Pietraß. PhB 282. st 1946
– Die dritte Zivilisation. Roman. Aus dem Russischen von Aljonna Möckel. PhB 294. st 2163
– Der ferne Regenbogen. Erzählung. Aus dem Russischen von Aljonna Möckel. PhB 330. st 2516
– Der Junge aus der Hölle. Roman. Aus dem Russischen von Erika Pietraß. PhB 238. st 1658

252/4/11.95

Phantastische Bibliothek
in den suhrkamp taschenbüchern

Strugatzki, Arkadi / Boris Strugatzki: Ein Käfer im Ameisenhaufen. Science-fiction-Roman. Aus dem Russischen von Erik Simon. PhB 314. st 2323
– Eine Milliarde Jahre vor dem Weltuntergang. Aus dem Russischen von Welta Ehlert. PhB 186. st 1338
– Mittag. 22. Jahrhundert. Erzählungen. Aus dem Russischen von Aljonna Möckel. PhB 305. st 2272
– Montag beginnt am Samstag. Roman. Aus dem Russischen von Hermann Buchner. PhB 321. st 2452
– Picknick am Wegesrand. Utopische Erzählung. Mit einem Nachwort von Stanisław Lem. Aus dem Russischen von Aljonna Möckel. PhB 49. st 670
– Die Schnecke am Hang. Mit einem Nachwort von Darko Suvin. Aus dem Russischen von H. Földeak. PhB 309. st 2299
– Troika. Phantastischer Roman. Aus dem Russischen von Helga Gutsche. PhB 300. st 2221
– Die Wellen ersticken den Wind. Phantastische Erzählung. Aus dem Russischen von Erik Simon. PhB 206. st 1598
– Die zweite Invasion der Marsianer. Erzählung. PhB 315. st 2381
Von den Vampiren und Menschensaugern. Dichtungen und Dokumente. Herausgegeben von Dieter Sturm und Klaus Völker. PhB 306. st 2281
Werwölfe und andere Tiermenschen. Dichtungen und Dokumente. Herausgegeben von Klaus Völker. PhB 312. st 2311

252/5/11.95